희망의 비평

지은이

오길영 吳吉泳, Oh Gil-young

서울대와 뉴욕주립대에서 영문학과 비교문학을 공부하고 영문학 박사를 받았다. 비평이론, 현대영미소설, 비교문학 등이 주요 연구 분야이다. 현재 충남대학교 영문과 교수로 있으며 문학평론가로 활동 중이다. 영화애호가이기도 하다. 저서로 평론집 『아름다움의 지성』(2020), 『힘의 포획』(2015), 산문집 『영화의 풍경, 세상의 풍경』(2025), 『아름다운 단단함』(2019), 연구서 『문학, 앞서가는 시계』(2025), 『세계문학공간의 조이스와 한국문학』(2013) 등이 있다.

희망의 비평

초판발행 2026년 2월 5일

지은이 오길영

펴낸이 박성모
펴낸곳 소명출판
출판등록 제1998-000017호
주소 서울시 서초구 사임당로14길 15 서광빌딩 2층
전화 02-585-7840
팩스 02-585-7848
이메일 somyungbooks@daum.net
홈페이지 www.somyong.co.kr

ISBN 979-11-7549-030-7 03800
정가 29,000원

ⓒ 오길영, 2026

2025년도 충남대학교 국립대학육성사업 지원에 의하여 제작되었음.

희망의 비평
Criticism for Hope

오길영 문학평론집

1

세 번째 평론집을 낸다. 두 번째 평론집 『아름다움의 지성』을 낸 지 6년 만이다. 나는 한국 사회나 인류의 미래에 대해 비관적이다. 인류가 지금 하는 행태를 보면 그 종말이 멀지 않았다고 느낀다. 최근에 내가 읽거나 본 문학이나 영화가 비관주의를 뒷받침한다. 인류가 만들어낸 의미 있는 정치체제라고 믿어온 현대 대중민주주의는 심각한 위기에 처했다. 정치학자가 아닌 나로서는 그 이유를 사회과학적으로 분석할 수는 없다. 다만, 정치제도의 문제와 함께 점차 쇠퇴해가는 인간 지성과 감성의 역량을 회복하지 않는다면 백약이 무효일 거라는 비관주의를 나는 버리지 못한다. 예컨대 여기저기서 떠드는 대로 AI의 능력은 비약적으로 발전할지 모르지만, 그와 반비례해서 인류의 지적 능력은 급격히 쇠퇴할 것이다. 나는 지금도 그런 징조를 느낀다. 거기에는 글을 읽고 쓰는 능력이 포함된다. 물론 나는 이런 비관적 전망이 부디 틀리길 바란다.

글 읽기와 쓰기의 쇠퇴라고 적었지만, 나는 달라진 상황을 탓하지는 않는다. 어떤 인류의 문화 양식도 탄생과 번영과 쇠퇴를 경험한다. 나는 일종의 사고 실험thought-experiment으로서 문학이 인류가 발명한 최고의 문화 양식이라고 생각하지만, 세상의 변화와 함께 문학의 위상도 변화한다. 그 변화의 방향이 내 마음에 들든 그렇지 않든, 세상이 그렇게 움직이는 과정을, 그 속내를 최대한 냉철하게 인식하고 평가하는 게 문학, 특히 비평의 역할이다.

이 시대에 비평이 어떤 홀대를 받는지를 모르지는 않지만, 각자는 자신이 맡은 소임을 다할 뿐이다.

2

세상과 문학비평의 장래에 대해 비관주의적 견해를 적으면서도, 굳이 책의 제목을 '희망의 비평'이라고 적은 이유를 설명하는 것으로 머리글을 대신한다. 나는 2025년에 (포스트)미메시스론을 재검토하는 연구서『문학, 앞서가는 시계』소명출판를 출간했다. 그 글에서 나는 문학의 역할 중 하나로 유토피아적 충동의 표현, 이데올로기와 유토피아의 변증법 등의 주장을 했다. '희망의 비평'이라는 제목은 유토피아적 충동이라는 문제의식과 통한다. 왜 유토피아인가? 어떤 인물과 사건이 현실화하지 못했다고 해서 공상은 아니며, 의식이 인지하지 못한다고 해서 무의식을 부정할 수는 없다. 무의식이 그렇듯이 유토피아는 일종의 가능성이고 제약이다. 유토피아는 현존하는 인물과 체제가 할 수 없는 것, 그 공백을 사유한다. 따라서 주어진 조건의 구체적 분석만이 아니라 그 조건의 구멍을 파고들면서 새로운 삶을 살리는 개인적, 집단적 결단과 의지가 중요해진다. 지금 유토피아적 충동과 사유를 봉쇄하는 데 작동하는 전략은 모든 걸 긍정하는 포섭의 전략이다. 그건 마치 모든 걸 빨아들여 상품으로 만들어버리는 자본주의와 비슷하다.

모든 것을 용인하는 관용의 정신은 언뜻 아름다운 수사레토릭로 읽히지만, 실은 어떤 부정도 인정하지 않는다는 강력한 봉쇄 전략이 될 수 있다. 그때 문학은 무엇을 해야 하는가? 유토피아적 충동이 다시 요구된다. 아니, 발견해야 한다. 이미 주어진 것이 강요하는 보편적인 굴종에 눌려 거의 사라지

다시피 하였고 자연이나 자유 등의 개념과 함께 현실원칙에 억압되어 지하로 쫓겨난 부정이라는 관념을 부활시키는 일이 중요하다. 마르쿠제Herbert Marcuse는 이것을 유토피아 충동의 부활이라고 표현했다. 따라서 주어진 현실을 따르는 '현실추수주의'는 언뜻 과학적으로 보이지만 그렇지 않다. 주어진 현실을 역사성과 유동성의 관점에서, 혹은 과거-현재-미래가 얽힌 시간성, 현실성과 잠재성의 관점에서 사유하지 못하는 현실주의적인 사고는 현실 체제로 쉽게 투항한다. 그렇게 자본주의(문화)는 들뢰즈Gilles Deleuze가 말한 영토화의 힘, 자기에게 맞서는 적마저 자신의 거꾸로 비친 모습으로 바꿔버리는 체제의 힘을 과시하는 생생한 증거가 된다. 우리 시대에 문학예술의 생산은 자본주의 문화생산양식의 힘으로 잠식당하고 있다. 그 결과 반체제적인 예술품들도 거대한 현상으로 용해된다. 유토피아 이념은 이런 현실주의의 한계를 드러낸다.

유토피아적 충동은 주어진 지금의 시공간, 현재 세계와 질적으로 구별되는 다른 세계의 가능성을 생생히 보존하며, 현재의 모든 것에 대한 완강한 부정의 형태를 취한다. 모든 것에서 좁은 의미의 실용성과 계산 가능성, 조작 가능성, 요약하면 현실주의적 실행원칙에 맞선다. 다른 현실을 상상한다. 이 시대에 자유나 욕망 같은 개념의 의미가 상실되거나 억압될 때 그것은 사라지는 것이 아니라 일종의 집단적 건망증이나 망각상태의 형태로 나타난다. 지금의 현재성을 부정하며 유토피아의 투사물인 기억을 고무시키는 해석학적 활동, 유토피아적 충동의 복원은 망각상태를 물리치고 억압된 욕구와 소원이 지녔던 생생한 힘을 되찾아준다. 유토피아적 충동의 표현인 자연 대상에 대한 실러Friedrich Schiller의 언급은 이 점과 관련된다.

우리는 과거에 그것들이었으며 또한 다시금 그것들이 되어야 한다. 그것들과 마찬가지로 우리도 '자연'이었으며, 우리의 문화는 우리를 '이성'과 '자유'의 길을 통해 '자연'으로 다시 인도해주는 것이어야 한다. 그것들은 따라서 우리의 잃어버린 어린 시절의 표상이며 우리에게 가장 소중한 것으로 영원히 남아 있을 것이다. 그러므로 우리는 그것들을 대할 때 슬픔으로 가득차게 된다. 그와 동시에 그것들은 우리가 '이상'의 영역에서 해낼 수 있는 최고의 완성을 상징하고 또 그렇기 때문에 우리 마음속에 가장 숭고한 희열을 불러일으킨다.Fredric Jameson, *Marxism and Form*, p.114

실러가 말하는 자연을 유토피아 사상가인 블로흐Ernst Bloch는 '농민의 도'라고 바꿔서 표현했다. 그것은 주체와 세계가 하나였던, 분열되지 않은 유기적 삶의 표상이다. 예컨대 블로흐에 따르면 들판에서 바라본 불 켜진 창, 밭갈이가 끝나고 집으로 돌아가는 길, 노동이 끝난 후의 휴식이 주는 행복감 등이 유토피아적인 충족의 상징이자 형상이다. 자본주의 정착 이후의 근대문학에서 한편으로는 도시문학이 대세를 이루지만, 동시에 이런 잃어버린 삶을 다룬 문학, 예컨대 한국문학 전통에서는 농민문학이 맥이 끊기지 않은 이유다. 자연주의문학, 농민문학을 복고주의나 퇴행주의로 규정하는 것은 단견이다. 유토피아는 과거의 기억만이 아니라 미래의 존재론적 당김이다. 우리는 주어진 현실(성)의 지평만을 바라본다. 하지만 현실성 너머에는 보이지 않지만, 영향력을 행사하는 잠재성이 다른 세계의 상상으로 이끈다. 주어진 현실만을 사유할 때 발생하는 것이 허무주의, 권태, 부조리, 환멸감이다.

3

훌륭한 문학예술 작품은 유토피아적 충동을 본래 지닌다. 그런 점에서 유토피아적 충동은 정치적 무의식의 다른 이름이다. 어떤 작품이 지닌 내용과 형식적 충동 자체가 억누를 수 없는 "혁명적 소망의 형상"이다.*Marxism and Form*, p.159 그러므로 유토피아적 충동은 그것의 해석학을 요구한다. 비평은 현재 주어진 현실적인 것이 억압하는 유토피아적 단서와 흔적을 발굴하고 해석해야 한다. 지금 이곳의 현실적인 것들에서 유토피아적인 것들이 지닌 시간의 씨앗을 가려내야 한다. 작품의 형식과 기법의 존립 근거는 그것들이 얼마나 유토피아적 실현의 양식으로서 투명해지는 존재론적 차원으로 나아가는가에 달려 있다. 블로흐의 지적대로 "예술이란 성취된 가능성의 실험실이자 축제이다." 성취된 가능성은 형용모순의 개념으로 보인다. 가능성은 미래의 것이고, 성취는 과거의 것이다. 그런데 예술작품은 이런 형용모순의 순간을 포착한다. 주어진 현실의 현실성을 존중하면서도, 그 현실성의 이면에서 작동하는 잠재성의 역량을 외면하지 않는다.

예컨대 소설 장르의 형식, 플롯도 유토피아적 충동의 표현이다. 작품이라는 소우주 안에서 벌어지는 플롯의 전개와 완결은 허구적이지만, 그 해결은 작품 밖 대우주의 긴장과 대립 관계의 문제가 어떻게 전개될지를 예견한다. 여기서 유의할 것은 재현이 아니라 긴장과 대립이라는 점이다. 따라서 비평의 해석은 두 층위를 아우른다. 소극적 / 부정적 해석학negative hermeneutics은 이데올로기 비판의 역할을 하면서 작품이 지닌 이데올로기를 드러낸다. 그리고 작품이 표현하는 특정 이데올로기가 합법화와 정당화의 도구로 작용하는 것을 폭로한다. 반면에 긍정적 해석학positive hermeneutics은 작품의 유토피아적인 면모를 부각한다. 긍정적 해석학은 유토피아적 충동의 표현이다.

그렇게 비평은 이중적 서사의 해석을 감당해야 한다.

4

책 제목을 '희망의 비평'이라고 붙인 이유가 조금은 명확해진다. 내가 읽고 감흥을 느끼고 뭔가 그것에 관해 쓰고 싶은 욕망이 생기는 작품은 그것이 어떤 문학 형식을 취하든, 유토피아적 충동의 서사를 보여주는 작품이다. 나는 그런 작품을 읽으면서 내가 현실에서 느끼는 고통과 절망감을 넘어설 힘을 얻는다. 이것은 요즘 유행하는 '정신승리'의 문제가 아니다. 내가 지각하는 현실에서 보이지 않는 것들, 하지만 현실이 품고 있는 것들, 우리 눈앞에서 사라졌지만 되찾아야 할 것들, 아직 존재하지 않지만 존재해야 할 것들을 뛰어난 문학은 상상하고 형상화한다. 나는 그런 작품을 읽으면서 내가 주어진 현실과 부딪칠 때 느끼는 비관주의를 달랠 희망을 찾는다. 얼마 전에 본, 동물행동학자·환경운동가 제인 구달Jane Goodall의 마지막 인터뷰가 떠오른다. "오늘날 지구가 암울할 때에도 여전히 희망은 있다. 희망을 잃지 마라. 희망을 잃으면 무관심해지고 아무것도 하지 않게 된다." 내게 비평적 글쓰기는 그런 희망을 찾아가는 과정의 산물이다.

책을 5부로 짰다. 1부에서는 세계문학공화국에서 한국소설이 어떤 자리에 놓여있는지를 살펴보는 글을 실었다. 2부는 전통적인 소설 형식에서 벗어나서 새로운 실험을 하는 작품의 세계를 조망했다. 3부는 내가 의미 있게 읽은 시와 시론에 관한 글을 모았다. 쓴 글을 다시 살피면서 내가 미처 읽지 못한 시인들의 숲을 더 많이 탐방해야겠다는 생각을 한다. 4부는 비평과 산문에 관한 글이다. 한국문학 공간에서 다소 홀대받는 논픽션의 매력을 전하고 싶다. 5부는 번역된 외국문학에 관한 글로 구성했다. 나는 한국어로 번역된 외국문학은 넓은 의미의 한국문학에 포함된다고 생각한다. 더 넓고 깊게 확장한 한국문학의 지평에서 세계문학의 뜻깊은 전망이 열릴 것이다.

그동안 몇 권의 책을 한국 인문학 출판의 산실인 소명출판에서 냈다. 지난 몇 년 동안 소명에서 내는 계간 『문학인』의 편집위원으로 일하면서 많은 걸 느끼고 배웠다. 그렇게 맺은 소중한 인연을 소홀히 하지 않겠다는 생각을 이번 평론집을 내면서 확인한다. 팍팍한 출판 현실에서 출간 제의를 받아준 박성모 대표와 꼼꼼하게 편집을 해준 이희선 편집자께 감사드린다.

차례

제1부

세계문학공화국과
한국소설

세계문학공화국, 노벨문학상, 한강

1

이 글의 문제의식을 질문으로 요약하면 이렇다. 노벨문학상은 오직 작가와 작품 수준만 보고 수여되는가? 그렇다면 지난 노벨문학상 수상자 중에서 압도적으로 유럽 출신 수상자가 많은 것은 유럽 출신 작가들이 질적으로 탁월한 작품을 냈기 때문인가? 세계문학 공간은 균등한 힘이 작용하는 개별 국가문학, 혹은 민족문학의 총합에 불과한 것인가? 이런 지형에서 최초의 아시아 출신 여성 작가인 한강 작가^{이하 호칭 생략}의 노벨문학상 수상은 어떤 의미를 지니는가?[1] 나는 20세기 후반부에 출간된 문학 연구서 중 빼놓을 수 없는 책이고 세계문학·비교문학 연구의 패러다임을 바꾸는 데 이바지한 것으로 평가되는, 프랑스 출신 연구자이자 비평가인 파스칼 카자노바_{Pascale Casanova}의 『세계문학공화국』^{이하『공화국』}에 기대서 위의 질문에 답하는

---

1   노벨문학상의 위상에 대해서는 이렇게 요약할 수 있다. "문학연구자로서는 평정심을 가지고 한강의 노벨문학상 수상을 단순한 큰 기쁨으로 받아들인다 하더라도 한강의 수상으로 "한국문학도 더 이상 (세계문학의) 변방이 아니게 된 것"이라는 이야기가 가능해진 것은 노벨문학상이 세계문학 장 안에서 차지하는 문화적 위상을 여실히 반영한다. (…중략…) 스웨덴 아카데미에서 매년 발표하는 선정 이유가 일정 정도 상의 권위를 묵직하게 담보하고 있다고 나는 판단한다." 정은귀, 「노벨문학상 이후─어떤 빛을 기다리는 일」, 『문학인』 17호(2025년 봄), 39쪽.

실마리를 찾아보려 한다. 2024년에 한국어 번역본을 얻는『공화국』의 프랑스어 원작은 1999년에 출간되었다.『공화국』에서 카자노바는 종래의 세계문학·비교문학 연구방법론이 지닌 단순하고 평면적인 비교연구의 문제점을 조목조목 비판한다. 프랑스문학만이 아니라 유럽문학 전반, 그리고 북미문학, 한국문학을 포함한 아시아문학, 아프리카문학, 남아메리카문학 등 말그대로 전 세계문학에 걸쳐 수많은 작가와 작품을 종횡무진으로 연결해 논의한다. 미시 연구가 대세를 이루는 현재 학계 동향과는 다른, 거시적인 문학 연구의 힘을 보여준다.[2]

먼저『공화국』이 세계문학과 민족문학national literature의 관계에 어떻게 접근하는지 살펴보자. 종래의 세계문학론에서는 민족문학의 단순한 집합으로서 세계문학을 상정하고, 비교문학 연구에서도 각 민족문학 사이의 영향과 수용 관계를 텍스트 비교연구에 초점을 맞춰서 논의한다. 카자노바는 평면적 비교문학 연구를 비판하면서 세계문학 공간world literary space이라는 시각에서 민족문학이 등장하고 발전하는 과정이 어떻게 세계체제적인 변화와 맞물려 이루어지는가를 다양한 사례를 분석하면서 천착한다. 카자노바에 따르면 민족문학의 등장은 민족국가의 내재적 발전이나 사회경제적 변화과정만으로는 온전하게 설명할 수 없다. 두 가지 점을 고려해야 한다.

첫째, 민족문학이나 민족문화의 발전은 사회경제적 변화 과정의 영향을 받지만, 나름의 자율성을 지닌 고유한 장field을 형성한다. 그런 자율성 위에서 각 민족문학은 문학 자본을 축적하려고 노력한다. 세계문학공화국에서 경쟁하기 위한, 맑스의 표현에 기대면 문학 자본의 원시적 축적 단계가 필

---

2 1959년생인 카자노바는 2018년에 만 59세로 세상을 떠났다. 더 많은 연구를 할 수 있는 뛰어난 연구자 / 비평가가 이른 나이에 세상을 떠난 게 아깝다. 하지만 카자노바는『공화국』으로 향후 세계문학, 비교문학 연구에서 반드시 참조해야 할 소중한 선물을 남겨 두고 떠났다.

요하다. 가장 많이 사용하는 건 제대로 평가받지 못한 민족문학 전통의 복원이다. 예컨대 독일 낭만주의 문학론의 핵심 인물인 헤르더Johann Gottfried Herder는 민중과 민족의 관념을 새롭게 제시한다. 세계문학공화국의 주변부에 있는 민족문학 창시자들은 각 국가의 민족 작가가 채록하고 출간하면서 변형, 개작하는 민중의 설화, 이야기, 시, 전설을 최초로 수량화할 수 있는 문학 자원 혹은 문학 자본으로 만든다. 이것이 문학적 자본이 원시적으로 축적되는 과정이다. 예컨대 19세기 말~20세 초 아일랜드문예부흥 운동에서 시인들이 최초로 행한 시도는 아일랜드 민중의 특수한 정수를 표현하고 아일랜드 민족문학의 풍요로움을 보여준다고 믿는 민담을 재수집, 재평가, 확산하는 것이다.

W. B. 예이츠, 레이디 그레고리, 에드워드 마틴, A. E. 포드리그 칼럼, 존 밀링턴 싱, 제임스 스티븐스 등은 아일랜드 민중에게서 찾아볼 수 있는 정수의 대변인으로 알려지고 인정받기 시작했다. 노벨문학상 수상자인 예이츠W.B Yeats의 사례에 주목할 필요가 있다. 예이츠는 1923년에 노벨문학상을 받았다. 노벨위원회의 선정 사유를 "그의 항상 영감을 주는 시가, 매우 예술적인 형태로 한 민족의 정신을 표현했기 때문his always inspired poetry, which in a highly artistic form gives expression to the spirit of a whole nation"이라고 밝혔다. 이런 선정 사유는 지금도 울림이 있다. 예이츠가 평생에 걸쳐 시적 변모를 거듭해 온 것은 사실이지만, 그가 걸어간 시력詩歷을 관류하는 것은 아일랜드 "민족의 정신"을 표현하려는 노력이다. 여기에는 뒤에 좀 더 살펴보지만, 작가나 시인이 언어와 맺는 관계, 예이츠의 경우에는 당시 영국의 식민지였던 아일랜드 고유 언어인 게일어의 소멸과 지배 언어로서 영어를 대하는 시인의 착잡한 태도를 고려해야 한다. 가톨릭계가 다수인 식민지 아일랜드에서, 영국에 맞서는 영국계신교계 아일랜드인으로 분열된 삶을 살았던 예이츠의 다음 발언

이 좋은 예이다.

우리와 같은 식으로 증오하는 이들은 없다. 우리 안에는 과거가 언제나 살아있다. 증오가 내 삶에 독을 주입하던 때가 있었다. 나는 적절한 표현을 찾지 못했기에, 내가 지닌 유약함을 비난한다. 소요하는 농민 시인이 적절한 표현의 방법을 찾는 것만으로는 충분하지 않다. 그때 나는 내 결혼이 직계에서는 첫 번째 영국식 결혼이지만, 내 모든 가족의 이름은 영국식이었다는 것을 안다. 나는 내 영혼을 셰익스피어, 스펜서, 블레이크, 그리고 아마도 모리스, 그리고 내가 생각하고, 말하고, 쓰는 영어에 빚지고 있다는 것을, 내가 사랑하는 모든 것은 영어를 통해 왔다는 걸 상기한다. 나의 증오는 사랑으로 나를 고문하고, 내 사랑은 증오로 나를 고문한다. 나는 마치 티베트의 수도승과 같다. 그 수도승은 그의 입회의 과정에서 자신이 야수에 잡아먹히는 꿈을 꾼다. 그리고 꿈에서 깨어날 때 그 자신이 잡아먹는 자임과 동시에 잡아먹힌 자라는 걸 배운다. 이것이 아일랜드적인 증오와 고독, 인간적 삶의 증오이다. 이런 증오와 고독을 갖고 스위프트는『걸리버 여행기』와 그의 묘비명을 썼는데, 이것들은 여전히 우리를 극단적인 것들 사이에서 우왕좌왕하게 만들고 우리의 온전한 정신을 의심하게 만든다.[3]

이런 고민은 노벨문학상 수상자는 아니지만, 역시 아일랜드 출신이고 현대문학의 대표자 중 한 명인 조이스 James Joyce의 사례에서도 확인할 수 있다. 신교계인 예이츠와는 달리 가톨릭계였던 조이스는『젊은 예술가의 초상』에서 주인공 스티븐 디덜러스의 생각을 통해 이렇게 표현한다.

---

3   William Butler Yeats, "A General Introduction for my Work", *Essays and Introductions,* Macmillan, 1961, p.519.

나는 영혼의 흔들림 없이는 이 (영어-인용자) 단어들을 말하거나 쓸 수가 없다. 그의 언어는 너무 낯익으면서도 또한 너무 낯설기에 내게 항상 습득한 언어로 남아 있을 것이다. 나는 그 언어의 단어들을 만들지도, 받아들이지도 않았다. 내 목소리는 그 낱말들을 경계하며 거리를 둔다. 내 영혼은 그의 언어의 그늘에서 초조해한다.[4]

언어 문제는 세계문학 공간에서 그 언어를 사용하는 문학이 차지하는 위상과 관련된다. 역설적으로 말하면, 예이츠가 영어에 대해 착잡한 태도를 보이긴 했지만, 그가 노벨문학상을 받은 것은 그가 영어로 창작했고 그것이 당대 세계문학 공간에서 프랑스 파리와 함께 주도권을 행사했던 영국 런던의 문학계에서 인정받았기 때문이라는 걸 동시에 고려해야 한다.

2

민족문학의 성립과 발전은 독자적으로 이루어지는 것이 아니라 다른 민족문학과의 관계에서만 이루어진다. 카자노바가 주목하는 것은 민족문학 사이에 존재하는 경쟁, 투쟁, 불평등의 상호관계이다. "적대관계, 불평등, 특수한 투쟁의 이 이상하고 거대한 공화국"[5]이다. 그러므로 "세계문학공화국 분석의 목적은 문학 세계의 총체성을 묘사하는 것도 세계문학의 철저한 검토라는 불가능한 작업을 열망하는 것도 아니다. 그것은 관점을 바꾸는 것, 브로델의 용어에 의하면 어떤 관측소로부터 문학 세계를 묘사하는 것이다. 그렇게 해서 통상적인 비평의 시각을 바꾸고 작가 자신이 언제나 모르

---

4 James Joyce, *A Portrait of the Artist as a Young Man* (1916), New York : Viking Press, 1968, p.189.
5 파스칼 카자노바, 이규현 옮김, 『세계문학공화국』, 소명출판, 2024, 17쪽. 이하 쪽수 병기.

는 체해온 세계를 묘사"17쪽하는 것이다. 명시적으로 밝히지는 않지만, 카자노바의 시각은 세계자본주의를 힘의 불균형이 작동하는, 월러스틴Immanuel Wallerstein이 제기한 세계체제론에 기댄 것이다. 세계자본주의의 작동 원리처럼 세계문학공화국에서도 중심과 주변부가 존재한다. 중심에 있는 국가는 더 많은 신용과 문학 자본, 상징 자본을 갖고 있다. 주변 국가는 그런 신용을 축적하기 위해 노력한다. "신용, 파운드의 준거는 사람들이 갖는 믿음의 명목 아래 작가, 심급, 장소 또는 이름에 허락되는 권력과 가치다. 따라서 그가 갖는다고 생각하는 것, 그가 지니고 있다고 사람들이 생각하는 것, 그리고 사람들이 그를 믿으면서 그에게 인정해 주는 권력이다."39쪽 따라서 "문학의 영토는 문학의 제작과 공인 대신에 이 영토의 미적 거리에 따라 규정되고 경계가 설정된다. 문학 자원이 집중되고 축적되는 도시는 믿음, 달리 말하자면 여러 종류의 신용 센터, 특수한 중앙은행이 구현되는 장소가 된다. 가령 라뮈는 파리를 문학적 환전과 교환의 종합 은행으로 규정한다. 문학 수도, 다시 말해서 문학의 가장 높은 위세와 문학에 대한 가장 큰 믿음이 동시에 모이는 장소의 조성과 인정은 이 믿음이 산출하고 불러일으키는 실제의 효과에 기인한다."49쪽

1901년 최초 수상자를 낸 노벨문학상 수상자 분포를 살펴보면, 카자노바의 주장대로 "문학의 가장 높은 위세와 문학에 대한 가장 큰 믿음이 동시에 모이는 장소의 조성과 인정은 이 믿음이 산출하고 불러일으키는 실제의 효과"를 가져온다는 것을 알 수 있다. 쉽게 말해 힘을 행사하는 "장소"에서 활동하고 "인정"을 받는 작가들은 유리한 위치에 서 있다. 노벨문학상은 1901년부터 2024년까지 117회에 걸쳐 총 121명공동 수상 포함이 수상했다. 대륙별 수상자 수를 정리해 보면 대략 이렇다. (수상자 숫자 국적 확인의 애매함 등 때문에 다소 변동이 가능하다) 유럽 작가가 총 84명으로 전체 수상자의 약 70%

를 점유한다. 아시아 작가는 총 5명_{일본 2명, 한국, 중국, 인도 각 1명}이다. 2000년부터 2024년까지의 수상자 경향에는 다소 변화가 있다. 2000년부터 2024년까지의 총 노벨문학상 수상자 수는 25명이다. 이 기간의 대륙별 수상자 수와 비율은 다음과 같다. 유럽 18명으로 영국 작가가 5명이다. 나이폴_{V. S. Naipaul}, 핀터_{Harold Pinter}, 레싱_{Doris Lessing}, 이시구로_{Kazuo Ishiguro, 일본 출생이며 영국 국적}, 구르나 _{Abdulrazak Gurnah, 탄자니아 출생이며 영국으로 귀화}가 수상했다. 프랑스는 4명으로 가오 싱젠_{Gao Xingjian, 중국 출생, 프랑스 국적} 르 클레지오_{M. G. Le Clézio}, 모디아노_{Patrick Modiano}, 에르노_{Annie Ernaux} 등이다. 오스트리아는 2명으로 옐리네크_{Elfriede Jelinek}, 한트 케_{Peter Handke}가 수상자다. 그밖에 루마니아 / 독일_{헤르타 뮐러, Herta Müller}, 폴란드 _{올가 토카르추크, Olga Tokarczuk}, 스웨덴_{토마스 트란스트뢰메르, Tomas Tranströmer}, 터키_{오르한 파묵, Orhan Pamuk} 헝가리_{임레 케르테스, Imre Kertész}, 벨라루스_{스베틀라나 알렉시예비치, Svetlana Alexievich}, 노르웨이_{욘 포세, Jon Fosse} 등이 각 1명씩 수상자를 배출했다. 아시아 출신 작가는 2명으로 한국의 한강, 중국의 모옌_{莫言}이다. 아프리카는 남아공 작가 인 쿳시_{J. M. Coetzee}가 받았다. 북아메리카는 3명으로 선정 시 논란이 있었던 미국의 딜런_{Bob Dylan}, 글릭_{Louise Glück}, 캐나다의 먼로_{Alice Munro}가 수상자다. 중 남미_{페루}는 1명으로 바르가스 요사_{Mario Vargas Llosa}가 이름을 올렸다. 여전히 유 럽과 북미 출신 작가가 많지만, 이전과 비교하면 유럽의 비율이 다소 줄어 든 반면, 아시아와 아프리카의 수상자가 증가한 점이 특징이다. 2000년 이 후 수상자는 지역별, 성별로 분포 변화가 있다. 21세기 들어서 노벨위원회 는 다양한 지역 작가를 수상자로 선정하기 위해 노력해 왔다. 하지만 여전 히 유럽, 북미 출신 작가가 훨씬 많다. 역대 총 수상자에서 남성 수상자는 103명_{약 85%}, 여성 18명_{약 15%}이다. 압도적으로 남성 작가가 많다. 2000년 이 후 수상자 성비를 보면 남성이 16명, 여성이 9명이다.

글을 시작하면서 "노벨문학상은 오직 작가와 작품 수준만 보고 수여되는가?"라는 질문을 제기했다. 그렇지 않다는 것은 세계문학사에 또렷하게 이름을 새긴 작가 중에서 노벨문학상을 받지 못한 작가가 적지 않다는 걸 떠올리면 알 수 있다. 대표적인 작가와 시인만 들어도 이렇다. 톨스토이 Leo Tolstoy, 러시아, 프루스트Marcel Proust, 프랑스, 콘래드Joseph Conrad, 폴란드 / 영국, 조이스 James Joyce, 아일랜드, 울프Virginia Woolf, 영국, 로런스D. H. Lawrence, 영국, 카프카Franz Kafka, 오스트리아-헝가리제국 / 체코, 프로스트Robert Frost, 미국, 제발트W. G. Sebald, 독일 / 영국 등. 노벨상의 수상에는 작가와 작품의 역량만이 아니라 다른 요소가 많이 작용한다는 걸 보여준다. 2024년 노벨문학상 발표 전날, 뉴욕타임스 온라인판에는 노벨문학상의 의미를 다룬 기사가 실렸다. 이런 구절이 눈길을 끈다.

위대함은 인기와 같지 않습니다. 심지어 인기와 정반대일 수도 있습니다. 위대한 책이란 정의상 재미로 읽는 책이 아니며, 비록 일부 책이 재미있거나 의도된 책일지라도, 위대한 작가는 대부분 죽었기 때문에 당신이 좋아하는 책인지 아닌지는 상관없습니다. 위대한 책은 읽지 않은 것에 대해 아쉬움을 느껴야 하는 책입니다. 위대한 작가는 당신이 읽었는지 아닌지가 중요한 작가입니다.[6]

위대함이 인기, 특히 돈과 영향력이라는 가시적인 가치와 동일시되는 이 시대에 새겨볼 만한 말이다. 앞에서 사례로 꼽았던 20세기 문학, 아니 문학 전체 전통에서 가장 위대한 작가 중 일부는 노벨문학상을 받지 못했고 널리

---

6   A. O. Scott, "What Good Is Great Literature?", *New York Times*(2024.10.9) https://www.nytimes.com/2024/10/09/books/review/nobel-prize-literature-greatness.html?searchResult-Position=1 이런 견해도 비슷한 문제의식을 드러낸다. "노벨문학상 수상의 의미가 한국문학이 세계시장에서 경쟁력 있는 상이 되어야 한다는 명령으로만 이해될 수 없듯이, 노벨문학상에 대한 한국 사회의 오랜 염원이 공동체를 구하는 문학의 힘에 대한 신뢰와 무관할 리 만무하다." 소영현, 「노벨문학상 수상 이후의 한국문학」, 『문학인』17호, 2025, 봄, 33쪽.

읽히지도 않았다. 그들의 이름은 유명하지만, 그들의 작품은 여전히 소수의 사람만 읽는다. 예를 들어 조이스의 대표작인 『율리시스』를 읽은 사람이 거의 없다는 사실이 이 작품과 작가의 위대함에 흠집을 내는 것은 아니다. 한강 작품도 그런 사례로 꼽을 만하다. 노벨상으로 한강 작품이 한동안 불티나게 팔리고 한국문학 전반에 관한 관심이 올라가는 건 반갑다. 하지만 한강 작품을 읽어보면 술술 읽히는 작품이 아니라는 걸 금방 알게 된다. 작가의 어떤 작품도 피상적인 재미와도 거리가 멀다. 훌륭한 작품은 쉽지 않고 찬찬히 읽으면서 인간과 세계를 돌아볼 것을 요구하기에 종종 "인기"와는 거리가 멀다. 하지만 그런 작품은 "읽지 않은 것에 대해 아쉬움"을 느끼게 만든다.

카자노바는 민족문학의 역동적인 상호관계를 통해 괴테Johann W. Goethe가 구상했던 지식인들의 연대에서 세계문학 탄생의 현실적 가능성이 열린다고 본다. 세계문학은 민족문학의 단순한 합이 아니라, 그들 사이의 다층적이고 복합적인 상호관계의 산물이다. 복합적이라는 건 그냥 복잡하다는 뜻이 아니라 포섭, 적응, 배제 등 협력과 투쟁의 관계를 가리킨다. "여기에서 우리가 이해하는 그러한 문학사는 (문학의 경제체제처럼) 반대로 문학을 쟁점으로 갖고 거부, 선언, 실력행사, 특수한 혁명, 노선 전환, 문학운동에 힘입어 세계문학을 형성한 경쟁의 역사이다."31쪽 그리고 세계문학 공간에서 벌어지는 경쟁의 역사는 곧 "언어 시장이라 부른 것에서 언어들이 문학적으로 불평등한 현실"43쪽과 관련된다. 앞서 사례로 들었던 예이츠와 조이스의 사례가 그 점을 예증하며, 체코의 유대인 공동체에서 독일어로 글쓰기를 해야 했던 카프카도 주목할 만하다. 이들 작가에게 언어는 손쉽게 갖다 쓰는 도구가 아니다.

언어 투쟁을 설명하게 해줄 수 있는 문학적 권위의 지표는 "오랜 전통, 기품, 그 언어로 쓰인 문학 텍스트의 수, 보편적으로 인정된 텍스트의 수, 번역의 수 등"43쪽이다. 괴테가 말하는 세계문학은 새로운 세계 체제의 현실에 부응하는 문학이고 이를 촉진하는 국제적 연대 운동에 가깝다. 「공산당 선언」에서 맑스가 제기한 세계문학론도 자본주의의 진전에 따른 각국 민족문학의 세계시장 진입을 예견하는 데 머물지 않는다. 맑스가 언급했던 "민족적 일방성과 편협성은 점점 더 불가능해지고, 수많은 민족 및 지역문학으로부터 세계문학이 일어난다"라는 주장은 괴테적인 세계문학의 생산, 운동으로서의 세계문학과 궤를 같이한다. 카자노바는 점점 더 쉽고 빠르게 유통되는 국제적 사업 성격의 세계문학이 진정한 문학적 국제주의에 걸맞은 것인지 묻는다. 요는 진정한 문학적 국제주의의 성격이다. 따라서 문학적 중심국가나 도시런던, 파리, 뉴욕 등와 주변부 국가나 도시조이스의 경우는 아일랜드 더블린 사이의 상징적 주도권을 잡으려는 투쟁을 분석해야 한다. 조이스가 감행했던 자발적인 문학적 망명의 의미도 상징적 주도권 투쟁의 맥락에서 제대로 이해할 수 있다. "매우 자주 중심 민족의 지배적인 특징은 프랑스에 맞서는 독일과 영국의 사례에서처럼 우세한 민족문화의 인정된 특징에 대한 의심할 여지가 없는 대립을 통해서만 이해될 수 있다. 그러므로 문학은 민족 정체성의 발현이 아니라, 문학의 언제나 국제적인 (언제나 부인되는) 경쟁 및 투쟁 속에서 구축된다."69쪽 카자노바가 많은 사례분석을 통해 입론을 펼치는 세계문학공화국의 내적 경쟁은 세계문학공화국 안에서 각 민족문학이 고유한 입지를 차지하려는 투쟁이다. 이런 투쟁은 문학 시장에서 더 많은 상징자본을 획득하거나 자신의 위상을 높이려는 격전으로 귀결된다. 이것이 근현대문학의 세계화가 지닌 성격이다. 세계문학의 양상은 괴테가 구상했던 세계문학과 거리가 멀다. 괴테는 민족문학의 연대로서의 세계문학을 꿈꿨지만, 다양한 민족문학 사이의 소통에는 경쟁과 대립이 작동한다. 세계문학공화국은 평온하지 않다.

이런 맥락에서 한강 수상이 차지하는 의미를 살펴보자. 뛰어난 문학의 기준이 구현하는 차이와 특이성은 작가 개인의 역량만이 아니라 그가 속한 국가와 언어가 지닌 문화적 역량이 축적될 때 가능해진다. 한강의 수상은 작가의 성취가 국제적으로 인정받았다는 의미가 분명히 있지만, 그것은 당연히 작가 개인만의 성취가 아니다. 특히 21세기 들어서 세계적으로 한류, K-문화가 퍼지고 성장하면서 봉준호의 〈기생충〉 같은 한국 영화와 〈오징어 게임〉 시리즈 같은 드라마가 유력한 국제예술상에서 수상하고, BTS를 비롯한 대중음악이 세계적으로 영향력이 퍼지는 문화적 영향력의 확산 과정에서, 다시 말해 한국문화의 체급이 올라간 기반 위에서 한강의 수상도 이뤄졌다. 카자노바의 지적대로, 세계 체제에서 차지하는 한 국가의 정치·경제적 위상 혹은 문화적 체급이 올라가야 문학도 더불어 주목을 받는다. 많은 경우 문학예술상은 운이 따라야 하지만, 그런 운도 역량의 온축과 문화적 발언권의 힘이 없으면 가능하지 않다. 세계문학과 민족문학의 역학관계는 이렇게 작동한다.

세계문학 공간을 구성하는 민족문학 사이의 주도권을 표현하는 개념으로 카자노바는 세계문학의 그리니치 자오선 개념을 가져온다. 지리에서처럼 그리니치 자오선은 표준의 역할을 하고 각 민족문학은 그리니치 자오선에 따라 자신의 위치가 정해진다.

경도의 결정을 위해 임의로 선택된 허구적인 선, 그리니치 자오선이라고도 하는 선이 세계의 실제적인 조직에 이바지하고 지구 표면에서의 거리 측정과 위치 계산을 가능하게 한다. 이와 마찬가지로 문학의 그리니치 자오선이라 부를 수 있을 것에 힘입어, 문학 공간에 속하는 모든 이가 중심으로부터 떨어진 거리를 산정할 수 있다.146쪽 그렇다면 이런 질문이 나온다. "문학의 그리니치 자오선"을 누가, 어떤 기준으로 획정하는가? 이 질문은 곧 세계문학의 주도권을 누가 장악하느냐는 문제이다. 문학의 경우에 그 핵심은 출판의 문제이고, 출판에서 작용하는 선택과 인정, 배제와 무시의 역학이다. 카자노바는 출판 자본이 세계시장을 장악하는 힘이 강해지는 현상과 아울러 문학성의 외양을 갖춘 국제적인 인기 작가의 도래를 지적한다. 한국의 경우를 보더라도 원작 출간에 맞춰 거의 동시에 번역이 이뤄지는 영미권의 베스트셀러나 문학상 수상작이 좋은 사례. 지금은 뉴욕이 그 자리를 차지했지만, 오랫동안 세계문학 공간의 수도 역할을 했던 곳은 프랑스 파리였다.

파리의 평결은 문학 영역에서 가장 자율적이고 가장 덜 민족적이고 따라서 최후의 방책이다. 그래서 예컨대 조이스는 파리에서의 치외법권을 요구한다. 이런 식으로 그는 런던으로의 망명이 나타냈을 식민지 권력에 대한 복종의 거부뿐만 아니라 아일랜드의 민족문학 규범에 대한 동조의 거부라는 이중 거부의 전략을 써서 자율적인 문학의 시도를 성공적으로 수행할 수 있게 된다.158쪽

세계문학 체제에서 프랑스 파리가 문학의 수도로서 부여하는 인정, 비평가에 의한 판정의 힘, 중심에서 공인된 작가가 서명한 서문은 주변부 민족 작가가 중심부로 편입하는 입장권이 된다. 현대 미국문학의 대표자로 인정받는 포크너William Faulkner, 라틴아메리카 작가 다수는 문학의 수도capital 역할을 하는 파리에서 먼저 공인받았다. 파리만의 역량과 파리가 내리는 문학적 평결의 특수한 위력에서 나온 효과다. 예컨대 이집트 작가 후세인Taha Husain의 책에 서문을 쓰고 타고르Rabindranath Tagore를 번역하는 지드Andre Gide, 일본 작가 미시마 유키오平岡公威의 작품을 프랑스에 소개하는 유르스나르Marguerite

Yourcenar가 그렇다.

파리에 의한 공인은 모든 피지배 문학 공간의 국제 저자에게 필요한 방책이다. 즉 번역, 비평적 독서, 찬사와 논평은 그때까지 공간의 한계 바깥에 있었거나 감지되지 않은 텍스트에 문학적 가치를 부여하는 그만큼 많은 판단과 평결이다. (비교적) 자율적인 문학 심급에서 판단을 공언한다는 사실만으로 텍스트의 확산과 인정에 실질적인 효과가 생겨난다.205쪽

한강의 경우에도 이런 분석은 무리 없이 적용된다. 한국어 작품인 한강이 세계문학공화국에서 여전히 강력한 영향력을 행사하는 영어로 적절히 번역되고 좀 더 넓은 국제적 맥락에서 "비평적 독서, 찬사와 논평"을 받지 못했다면, 내가 보기에는 다소 빠른 이번 수상이 가능했을지는 의구심이 든다. 이와 관련해 아래 주장은 설득력이 있다.

개념적으로 (조이스의－인용자)『피네건스 웨이크』보다 더 세계적인 작품은 없지만, 이 작품은 너무 복잡하고 재현할 수 없어서 번역할 때 (어떻게 번역해야 하느냐는 －인용자) 호기심을 불러일으킨다. 훨씬 더 지역성을 드러내는 작품인 (조이스의－인용자)『더블린 사람들』은 훨씬 많이 번역되었고 다른 언어에 훨씬 큰 영향을 미쳤다. 따라서 문학 언어는 번역을 통해 이득을 얻거나 손해를 보는 언어이며, 일반적으로 번역에서 득실이 없는 비문학 언어와는 대조가 된다. 번역에서 얻는 득과 실의 균형은 민족 / 국가문학national literature을 세계문학을 구별하게 해주는 특징으로 남아 있다. 번역에서 보통 손해를 볼 때 그런 문학은 민족 / 국가 또는 지역 전통에 머무르지만, 작품이 번역을 통해 이득을 볼 때 세계문학이 된다. 작품이 번역에서 이득을 보게 되면 (즉, 세계문학이 된다면－인용자) 작품이 도달하는 범위가 넓어짐에

따라 깊이가 확장되어 원작의 문체를 제대로 전달하지 못하는 손해는 상쇄된다. 이로부터 세계문학 연구는 지금까지 해왔던 것보다 훨씬 더 적극적으로 번역을 수용해야 한다는 결론에 이른다. 그렇다고 해서 한 세기 전 세계문학 전집에서 볼 수 있었던 근거 없는 국제주의로 돌아가자는 주장은 아니다.[7]

한강 작품의 번역과 관련해 여러 논의가 있었듯이, 한강 작품은 번역 과정에서 "원작의 문체를 제대로 전달하지 못하는 손해"를 감수해야 한다. 특히 한강처럼 '시적 문체'를 구사하는 경우는 더욱 그렇다.[8] 하지만, 노벨문학상과 기타 주요 국제문학상 수상이 보여주듯이 중심부 언어로 작품이 번역되는 것은 "작품이 도달하는 범위가 넓어짐에 따라 깊이가 확장"되는 걸 보여주는 사례다. 한마디로 한강 작품은 "번역을 통해 이득을 볼 때 세계문학이 된다"는 걸 보여준다.

---

7   David Damrosch, *What is World Literature?*, Princeton University Press, 2003, p.289.
8   한강 작품의 문체에 대해서는 이런 지적이 설득력이 있다. "번역가이자 시인인 사이토 마리꼬가 이야기했듯이 그의 소설이 지닌 시적 특성은 단지 어휘나 표현이 시와 같다는 것만을 의미하지 않으며, 삶과 죽음의 경계, 꿈과 현실의 경계를 돌파하는 섬세하고 강인한 문체라는 점이 중요하다." 백지연, 「삶의 본모습을 찾는 '목소리'의 여정」, 『창작과 비평』 206호(2024년 겨울), 38쪽. 『채식주의자』와 『소년이 온다』 등을 영어로 번역한 데보라 스미스(Deborah Smith)도 비슷한 지적을 한다. 스미스는 『채식주의자』에 대해 "사회 금기에 도전하는" "잔혹하고도 지극히 시적인 연작소설"이라 언급한 바 있다. 시적이라는 말을 좀 더 구체적으로 설명하는 대목에서 그는 "작품 특유의 분위기와 어조와 결이 하나의 정제된 이미지로 다가오"며 "생생한 인상을 받는다고 쓴다. 그리고 이것이 이 작품을 사회학적 보고서와 구별 짓는 특성이라는 메시지를 더한다." 송종원, 「'시적인 산문'이라는 평가에 대하여」, 『창작과 비평』 206호(2024년 겨울), 54쪽.

3

중심부에서 활동하는 번역가의 주도적 역할은 파리가 행사하는 특수한 지배를 보여주는 다른 사례이다. "번역은 문학 영역의 주요한 특수 공인 심급이다. 명백한 중립성 때문에 그 자체로 진가를 인정받지 못하지만 "중심 밖의 모든 작가가 문학 영역으로 접어드는 주된 경로이다."214쪽 예컨대 카자노바는 세계문학 전체를 근본적으로 뒤엎고 일신한 발레리 라르보의 역할에 주목한다. 번역가이자 발견자로서 라르보가 벌인, 눈에 띄지는 않지만, 엄청난 활동과 포크너, 조이스 등의 작가를 프랑스에 소개한 것을 부각한다. 그리고 이런 번역가의 활동은 넓어진다. 여전히 세계문학공화국에서 큰 영향력을 행사하는 유럽, 혹은 북미권에서 많은 번역가가 한강처럼 다른 문화권 작가를 발굴해서 번역하는 활동을 하고 있는데, 이것이 갖는 의미는 양면적이다. 한편으로는 "중심 밖의 모든 작가"가 더 넓은 문학 공간에서 인정받을 기회를 제공하는 긍정적인 효과가 있다. 다른 한편으로는 각 민족문학이나 민족 언어의 다양성을 일률적으로 납작하게 만들면서 영어라는 강력한 매개언어로 포섭해 버리는 효과, 강하게 표현하면 문화적 식민주의의 함의를 지적할 수 있다. 고민이 필요한 부분이다. 한강의 수상 이후 한국문학이 더 많이 번역되는 현실에서 따져볼 지점이다. 덧붙여 지적할 것은 중심부 번역가의 활동이 활발해진 데는, 예컨대 점점 많아지고 주목을 받는 아시아계 미국 작가의 작업도 영향을 미친다. 이런 경향을 제대로 파악하려면 북미권이나 유럽에서도 이주민 혹은 이주민 후손의 독특한 목소리가 담긴 작품이 점점 많이 나오는 상황을 같이 고려해야 한다. 그런 상황은 작품의 성취에 비해 과대평가 되는 사례도 낳는다.[9] 이와 달리 주변부의 번역가가 하는 역할은 민족문학의 자본을 축적하는 것이다. "외국 유산의 병합 겸

세계문학공화국, 노벨문학상, 한강   31

전유로 이해된 국내로의 번역은 유산을 확대하기 위한 또 다른 수단이다. 이것은 특히 낭만주의 시대의 독일에 의해 채택된 길이다."362쪽 한국 근대 문학에서 번역이 차지했던 역할을 떠올리게 된다.

그렇다면 어떻게 파리는 오랫동안 문학적 수도의 역할을 하게 되었는가? 축적한 문학 자본의 차이가 중요하다.

세계문학공화국에서 가장 부유한 공간은 또한 가장 오래된 공간, 다시 말해서 최초로 경합에 참여했고 국가의 고전이 보편적인 고전이기도 하는 공간이다. 그러므로 유럽에서 16세기부터 희미하게 드러나는 문학 지도를 문학 형식이나 작품의 "전파"나 "행운" 또는 심지어 "광휘"라는 공통의 이미지에 따라 문학에 대한 믿음이나 관념이 점진적으로 확장되는 단순한 과정의 산물로 상상해서는 안 된다. 그것은 문학 공간에서, 다시 말해서 민족문학 공간들 사이에서 이루어지는 문학 자원의 불균등한 분배에서 찾아볼 수 있는, 페르낭 브로델의 용어를 다시 취하건대, 불균등한 구조의 소묘이다.138쪽

파리의 지배 구조에 도전장을 던진 것이 런던이다. 18세기 말부터 영국은 프랑스 중심의 문학 질서를 날카롭게 비판하는 국가가 되었다. 그리고 광대한 영토로 확장되는 런던이 부여하는 문학적 공인은 폭넓은 세계문학의 신용을 런던에 가져다주었다. "영국의 수도는 자기 식민지 제국 출신의 작가에게 실제의 문학적 정당성을 언제나 부여한다. 타고르, 예이츠, 쇼 또는 소잉카의 노벨상이 이것의 증거이다. 런던에 의한 공인은 진정한 문학

---

9   예컨대 러시아의 톨스토이 문학상을 받았다고 국내에서도 크게 보도된 한국계 미국인 김주혜 작가의 경우를 꼽을 수 있다. 수상작인 『작은 땅의 야수들』을 꼼꼼히 읽어보면 내용과 형식 측면에서 작품의 성취를 높이 평가하기 힘들다. 이 작품은 소재주의에 기댄 평범한 작품이다.

자격증이다."191쪽 카자노바는 런던에 이어서 미국이 행사하게 된 상징적 헤게모니를 주목한다. 상업적인 형태의 세계문학 중심은 대략 2차 대전 이후, 결정적으로는 1960년대 이후에 미국이 되었다. 이전에 조이스를 끌어당겼던 파리나 런던이 아니라 뉴욕이 우리 시대 세계문학 공간의 중심이다.

　무엇이 위대한 문학인가? 이 질문을 둘러싼 각국의 민족문학의 정전 투쟁이 1960년대를 분기점으로 출판시장에서의 경쟁 국면으로 전환되었다. 중심에는 뉴욕의 출판 자본과 상징적 헤게모니가 있다. 세계문학의 문학적·문화적 중심이었던 파리와 런던의 몰락과 새로운 중심도시로서 뉴욕의 등장을 진정한 문학적 국제주의의 표현이라고 볼 수 있을까? 괴테나 맑스가 기대했던 민족 경계를 초월한 진정한 국제주의적 세계문학의 도래가 자본의 헤게모니와 관철되는 세계시장을 통해 실현되는 착잡한 현실을 우리는 목도한다. 이런 현실을 타개하려면 현재 관철되는 세계문학공화국의 중심국가나 중심도시가 발휘하는 상징적 헤게모니의 본성을 이해하는 것이 관건이 된다. 카자노바에 따르면 주변부 문학이 주도권을 가진 중심부 문학과 맺는 관계는 크게 세 가지로 구분된다. 이런 상이한 패턴이 등장하는 배경에는 문학적으로 존재를 인정받기 위한 진입 경로가 불평등하게 존재한다는 기본적인 사실이 깔려 있다.

　첫째는 동화의 패턴이다. 작가가 활용할 문학적인 자산이 부족할 때 풍부한 문화적 유산을 지닌 다른 문화권으로 편입된다. 두 번째는 반항의 패턴이다. 이것은 일종의 문화적 토착주의cultural nativism로서 지역적이고 특수한 문화로 돌아가려는 경향이다. 19세기 말에서 20세기 초에 아일랜드에서 벌어졌던, 앞서 언급했던 아일랜드 문예 부흥 운동이나 지배문화를 거부하고 자신의 토착 언어를 고집하던 아프리카 작가들이 해당한다. 셋째는 혁명의 패턴이다. 이 패턴에 속하는 작가들은 주어진 주류 문화적 코드를 해체하면서 새로운 문화적 코드를 생산하여 세계문학의 지형도를 바꾼다. 이런 해체 작업은 작가의 탈근대적 사유와 맞물린다. 카자노바에 따르면 이들 작가는 당대의 대표적 근대 담론이었던 민족주의 담론이나 식민주의 담론에 거리를 두면서 동시에 주류문학이었던 영국문학의 규범을 비판하고 해체한다. 이를 통해 이들은 문학적 자율성을 획득한다. 카자노바는 세 가지 유형이 전형적으로 드러나는 문학으로 식민경험을 가졌던 아일랜드문학을 언급하고 그 대표자로 조이스와 베케트^{Samuel Beckett}를 꼽는다. 일종의 아일랜드 패러다임이다.

> 아일랜드문학사는 제임스 조이스로 완결되지 않았다. 그는 다만 문학의 치외법권에 대한 자신의 요구를 통해 아일랜드문학 공간에 현시대의 형태를 부여했을 뿐이고, 이 공간이 파리로 통할 수 있게 함으로써 더블린으로의 유폐냐 런던에 의한 배반이냐 하는 식민지의 양자택일을 거부하는 모든 이에게 출구를 제공했다. 세 군데의 수도, 즉 런던, 더블린, 파리에 의해 형성되고 삼사십 년에 걸쳐 창안되고 동시에 구성되고 닫힌 지리적이라기보다는 오히려 미적인 이 삼각 구도에 따라 아일랜드 문학이 그에 힘입어 구성되었다.^{482쪽}

한마디로 조이스, 혹은 미국 현대문학의 대표자인 포크너는 당대의 문학적 표준 역할을 했던 런던, 더블린, 파리가 만들어 낸 "삼각 구도"를 적절히 이용하고, 자신만의 문학적 "치외법권"을 확보하면서 아일랜드문학과 미국문학에 독특한 "형태"의 자리를 마련했다. 그들은 문학의 혁명가이다. 영국문학과 프랑스문학에 비교할 때 문화적, 문학적으로 궁핍한 상황을 오히려 자신만의 독특한 문학 자원으로 바꾸고 가장 높은 현대성에 이를 수 있다는 걸 보여준다는 점에서 두 작가는 혁명가이다. 그들은 문학에 부여된

정의와 한계를 급진적으로 바꾼다. 예컨대 조이스는 비속한 것, 성적인 것, 『율리시스』가 예증하는 분노 담론, 말장난, 도시적 배경의 진부성을 전면에 내세우는 문학적 형식과 기법을 통해 당대 문학판의 지형을 변형한다.

미국문학의 경우도 그렇다. 18세기 말 독립 이후 오랫동안 미국문학은 영국문학의 그늘에서 독자적인 정체성을 확립하기 위해 고군분투했다. 유럽문학의 전통에서 배우면서도 차이를 만들어 내려 했던 라틴 아메리카문학의 사례도 참조할 만하다.

알다시피 월트 휘트먼은 영국의 문학 규준과 결별하기로 결심하여 시의 형식뿐만 아니라 『풀잎』에서 고어, 신조어, 은어, 외국어, 그리고 당연히 아메리카주의를 받아들임으로써 영어 자체를 뒤흔들어 놓는다. 게다가 미국 소설의 탄생은 1884년 마크 트웨인의 『허클베리 핀』이 출간됨에 힘입어 영어로의 글쓰기에서 구비전승이 발견됨과 동시에 이루어진다고 확언할 수 있다. 즉 통속어의 노골성, 폭력성, 반순응주의를 통해 영국의 문학 규범과 결정적인 결별이 이루어졌다. 미국 소설은 문어의 굴레와 영문학의 품위 규범에서 해방된 어떤 특수한 언어의 표방을 통해 차이를 새로 만들어 냈다.447쪽

한강 작품은 한국문학의 전통과 규범과 비슷한 관계를 맺는다. 시적 산문으로 표현되는 한강 작품의 고유성은 한국문학 전통에서 강하게 힘을 행사해 온 창작의 굴레와 규범에서 작가가 배울 건 배우고 깨야 할 것은 깨면서 한국적인 "특수한 언어의 표방을 통해 차이"를 만들어 낸 데 있다. 뛰어난 문학의 기준은 기존 전통과 구별되는 차이와 특수성을 보여주는 것이며, 그러한 차이와 특수성은 작가의 역량뿐만 아니라 작가가 속한 국가와 언어의 문화적 역량의 축적을 통해서만 가능하다.

『공화국』에 제기되는 비판 중 하나는 카자노바가 여전히 프랑스 중심주의, 혹은 유럽 중심주의에서 벗어나지 못하고 있으며, 탈식민주의post-colonialism 비평이 제기하는 문학적 식민주의의 문제의식을 제대로 수용하지 못한다는 것이다. 설득력 있는 비판이다. 그러나 흡족하지는 않지만, 카자노바도 비슷한 문제의식을 드러낸다.

문학 공간은 정치 구조에 꽤 달려 있으므로, 국제간의 문학적 의존관계는 일정 부분 국제간의 정치적 지배 구조와 관련된다. 그래서 탈식민주의 세계의 중심축에서 벗어난 작가는 가장 부유한 공간의 작가처럼 국가의 정치적 지배에 대해서뿐만 아니라 정치와 동시에 문학의 양 측면에서 실행될 수 있는 국제간의 지배에 대해서도 맞서 싸워야 한다.136쪽

카자노바는 『공화국』이 주변부에서 활동하는 궁핍한, 지배받는 작가를 위한 결정적인 무기가 되길 희망하면서, 뒤 벨레, 카프카, 조이스, 포크너의 텍스트에 관해 이 책이 겨누는 해석의 목표를 명확히 한다. 저자는 『공화국』이 세계문학 체제에서 문학적 가치가 분배되는 불평등성이 작동하는 현실을 부인하는 유럽 중심주의 비평에 맞서 싸우기 위한 수단이 되길 바란다. 세계문학 공간에서 문학적 자본을 독점하고 승인과 배제의 힘을 행사하는 합법적인 문학 세계와 거기에 속하지 못한 변두리 사이에 생겨나는 단절의 비가역성과 폭력성은 중심부 외곽에서 작업하는 작가에게만 지각될 수 있다. 그들은 옥타비오 파스가 말했듯이 "입구를 찾아내기 위해 매우 구체적으로 투쟁하고 중심들에 의해 인정받아야 하므로 문학적 세력 관계의 본질과 형태에 관해 더 냉철하다".79쪽

카자노바가 조망한 세계문학공화국 체제에서 한국문학이 자리하는 "문

학적 세력 관계의 본질과 형태"를 정확히 파악하는 건 여전히 막연한 한국문학의 세계화를 구체화하는 데 긴요하다. 카자노바의 주장은 한국의 근현대문학의 성립 과정에서 외국문학·문화가 수용되고 접속되는 과정의 의미를 논구할 때도 유용하다. 가령 유럽 모더니즘의 한국적 수용 양상을 어떻게 설명할 것인가? 이런 문제를 사유할 때 새로운 문제 틀을 제공한다. 한국문학 혹은 영문학계에서 이뤄진 모더니즘 수용연구에서는 비교 대상이 되는 외국 작가와 한국 작가 사이의 텍스트 내적 유사점이나 차이점을 비교 분석하고, 그를 통해 일방적인 영향 관계를 도출하려는 연구 경향이 지배적이었다. 이런 비교문학적 연구조차도 양적인 면에서만 봐도 미흡하다. 통상 한국 근대문학 100년을 언급하지만, 여전히 한국 근대문학의 발전에서 다른 나라의 민족문학, 특히 한국문학의 근대성의 성립 과정을 사유할 때 빼놓을 수 없는 대상인 유럽문학의 수용 양상 연구, 그리고 그런 수용을 통해 한국문학이 어떻게 자신의 근대적 정체성을 세웠느냐는 중요한 문제는 깊이 있게 다뤄지지 못했다. 카자노바에 기대 말하면 한국 근대문학의 형성은 단지 내재적 발전론이나 정체성론, 혹은 일방적인 수용의 시각에서만 설명될 수 없다. 한국 근대문학의 형성에 압도적인 영향을 끼친 유럽문학과 한국문학이 맺었던 경쟁, 투쟁, 그리고 불평등한 영향 관계의 세밀한 분석이 이루어질 때 한국 근대문학 형성의 안팎이 온전하게 조명될 것이다.

4

앞에서 산발적으로 한강 작품의 수상 의미를 짚었지만, 예이츠의 수상 사유였던 것, 즉 "항상 영감을 주는 시가, 매우 예술적인 형태로 한 민족의 정신을 표현"했다는 노벨문학상의 취지와 관련해 한강과 2018년 부커상 수상자이고 2024년 이호철 통일로 국제문학상 수상자인 북아일랜드 작가 번스Anna Burns의 사례를 구체적인 사례로 살펴보겠다. 모든 쟁점을 다루기는 어렵지만, 내가 특히 주목하는 것은 지역성locality과 보편성universality의 관계다. 이와 관련해 조이스의 발언을 지금도 울림이 있다.

> 그들도 처음에는 민족주의자들이었습니다. (…중략…) 투르게네프의 경우처럼 끝에 가서 그들을 국제적으로 만든 것은 그들의 민족주의의 힘입니다. 투르게네프의 『사냥꾼 일기』를 기억합니까? 얼마나 지방색이 강합니까? 그 바탕 위에서 그는 위대한 국제적 작가가 된 것입니다. 나는 언제나 더블린에 대해 쓰고 있는데, 더블린의 핵심에 도달할 수 있다면 세계 모든 도시의 핵심에 도달할 수 있기 때문이지요. 특수성에는 보편성이 내포되어 있습니다.[10]

나는 한강이나 번스의 사례는 조이스의 조언이 갖는 설득력을 여전히 확인해 준다고 판단한다.[11] 나는 두 작가의 작품을 분석하기보다는 두 작가의 수상 연설을 통해 이런 점을 따져보겠다.

---

10   Richard Ellmann, *James Joyce* (revised edition), Oxford UP, 1982, p.505.

11   독일의 분단과 통일 과정에서 독일인, 특히 구 동독인들이 겪었던 고통과 상처를 천착하는 작품을 쓰는 에르펜베크(Jenny Erpenbeck)의 작품으로 2024년 부커상 인터내셔널 수상작인 『카이로스』도 사례로 꼽을 수 있다. 나는 향후 노벨문학상이 영미권이나 독일어권 작가에게 수여된다면 앞으로도 주목할 만한 작품을 몇 권 더 쓴다는 조건으로 번스나 에르펜베크는 유력한 후보가 되리라 예측한다. 그런 맥락에서 "한강의 노벨상 수상은 진정한 세계문학은 '중심부/주변부', '초국성/민족성', '예술성/정치성', '보편성/고유성', '자율성/타율성' 등의 다양한 이분법을 극복할 때만 가능하다는 것을 분명하게 보여주었다."라는 주장은 선뜻 동의하기 힘들다. 오히려 한강은 중심부와 주변부, 초국성과 민족성, 보편성과 고유성의 이분법에서 주변부, 민족성, 고유성에 충실한 작품을 쓰면서 결과적으로 중심부, 초국성, 보편성을 새롭게 사유하게 만든다고 보는 게 타당하다. 이경재, 「수많은 이분법을 넘어선 자리」, 『문학인』 16호(2024년 겨울), 39쪽.

번스의 2018년 부커상 수상작인 『밀크맨*Milk Man*』과 데뷔 작품인 『노 본스 *No Bones*』는 북아일랜드 분쟁을 배경으로 한다. 북아일랜드의 착잡한 현대사는 한반도의 착잡한 역사와 공명하는 지점이 있다. 그리고 그런 고통스러운 폭력과 살해의 역사적 기억은 번스와 한강의 작품에 깊은 흔적을 남긴다. 문학은 시대의 상처를 드러내는 징후적 지점symptomatic point이다. 북아일랜드 분쟁을 이해하려면 12세기부터 시작된 영국의 아일랜드 지배역사부터 살펴봐야 한다. 그중 핵심적인 사건만 기록하면 다음과 같다. 19세기부터 본격화된 독립투쟁으로 1922년 12월에 아일랜드 자유국Free Irish State, 이후의 아일랜드 공화국the Republic of Ireland이 성립한다. 하지만 북아일랜드는 영국 지배하에 남게 된다. 그런 결정에는 다른 이유도 있지만, 무엇보다 중산층 개신교도들과 노동 계층 가톨릭교도의 종교적 갈등이 핵심 이유로 작용한다. 1922년~1960년대는 초기 안정기였다. 아일랜드 공화국은 1949년 4월 18일에 공식적으로 수립된다. 아일랜드 독립 이후, 경제적 불황과 사회적 긴장 속에서 북아일랜드 내에서의 종교적 갈등이 심화하며, 신교계영국 지지와 가톨릭아일랜드 민족주의 간의 갈등이 발생한다. 1960년대 중반부터 북아일랜드 내에서 가톨릭 공동체의 권리를 요구하는 시민권 운동이 시작되고, 1969년부터 양측 간의 폭력 사태가 증가하고 북아일랜드 정부는 군대를 동원한다. 이 시기에 본격적인 '분쟁The Troubles'이 시작된다. 1972년에는 이른바 '피의 일요일Bloody Sunday' 사건이 발생한다. 무장한 영국 군대가 평화 시위를 진압하는 과정에서 십여 명의 사망자가 발생하며 이 사건은 폭력 갈등의 전환점이 된다. 1981년에는 신교계 아일랜드공화군IRA의 정치적 저항과 함께 여러 명의 정치범이 단식투쟁 중 사망한다. 1985년에는 영국–아일랜드 협정Anglo-Irish Agreement을 체결한다. 아일랜드 정부가 북아일랜드의 정치적 문제에 개입할 수 있는 권한을 부여받는다. 1990년대부터 분쟁 해결을 위한 여러 노력이 이뤄지며 1998년에 마침내 '선의에 기반한 금요 협정 Good Friday Agreement'을 맺으면서, 북아일랜드 내에서의 정치적 권력 공유와 평화 정착을 위한 틀을 마련하게 된다.

핵심적 사건만 언급했지만, 번스 작품은 장구한 북아일랜드 분쟁의 과정에서 특히 갈등이 본격화된 시기인 1970년대를 배경으로 그 시기를 살았던 여성과 그 주변인의 삶과 마음을 형상화한다. 두 소설에 등장하는 젊은 여성 주인공이 작가 자신은 아니지만, 그들의 형상화에 작가의 삶이 투영되는 건 자연스럽다.

저는 북아일랜드에서 '북아일랜드 분쟁'이라 불리는 가장 암울한 시기를 겪으며 성장했고, 당시 현실에 눈감고 살고자 했던 많은 사람 중 하나였습니다. 저는 주변을 둘러싼 폭력과 죽음의 순환을 과음과 클럽, 그리고 생각을 감정으로부터 차단함으로써 벗어나려 했습니다. 저는 외면하고 싶었습니다. 좀처럼 끝나지 않을 듯 보였던 사회적 그리고 정치적 혼란 속에서, 군대화된 국가와 게릴라 군대들 속에서 살아가며 날마다 눈앞의 생생한 현실을 감당할 여유가 없었습니다.[12]

개인이나 집단이나 암울한 시기를 살 게 되면 깊은 심리적 상처트라우마를 얻게 된다. 번스도 그런 고통을 잊기 위해 젊은 시절에 "과음과 클럽"에 의존했다고 토로한다. 그러나 정신분석학이 밝혔듯이, 트라우마는 그것의 뿌리를 드러내고 명료하게 그것을 의식화하기 전까지는 사라지지 않는다. 억압된 것은 사라지는 것이 아니라 반드시 돌아오게 되며, 그것이 돌아왔을 때 어떻게 대응하느냐가 문제다.

---

12 애나 번스, 「수상 소감」, 『제8회 이호철통일로문학상 자료집』, 은평구청 문화정책과, 2024, 20쪽. 이하 쪽수 병기.

번스에게 트라우마와 마주하는 과정은 방어 수단은 글쓰기였다. "훨씬 많은 시간이 흐른 뒤에야 비로소 이 주제에 대해 제가 직접 글을 써보겠다는 충동을 느끼게 되었습니다." 글은 억압을 의식화하고 객관화하는 가장 좋은 방법의 하나다. 어떤 고통이나 상처도 객관화될 때 극복의 실마리가 열린다. 그런 면에서 번스에게 소설 쓰기는 북아일랜드 분쟁의 재현이라는 과제 이전에 자신을 치유하는 과정이었다고 볼 수 있다. 그리고 이런 치유 과정은 세상의 억압과 고통을 직간접적으로 경험하는 모든 뛰어난 작가가 공통으로 경험하는 것이다.

저는 북아일랜드에 관한 책을 써야 한다는 계획에서 글쓰기를 시작하지 않았습니다. 앞서 말했듯이, 제가 써온 거의 모든 글이 제 과거의 풍경을, 특히 그렇게 분열되고 폭력적인 장소에서 살아가는 것의 심리적 여파에 대해 다루고 있습니다. (…중략…) 그들의 허구의 세계가 제가 자라난 북아일랜드의 분쟁 시기와 같다고 느껴질지 모릅니다. 비록 실제의 북아일랜드 분쟁과 완전히 일치하지 않아도 말입니다. 저는 공식적 역사보다 제 등장인물들의 개인적이고 개별적 삶을 통한 서사가 이야기를 보다 감정적으로 진실하게 만든다고 생각합니다.20쪽

위의 말이 드러내듯이, 작가는 "공식적 역사"에 관심이 없다. 문학은 언제나 "등장인물들의 개인적이고 개별적 삶을 통한 서사"와 "분열되고 폭력적인 장소에서 살아가는 것의 심리적 여파"에 초점을 맞춘다. 이것은 번스의 작품만이 아니라 한강의 대표작인 『소년이 온다』이하 『소년』, 『작별하지 않는다』이하 『작별』에도 해당한다. 두 작가의 작품은 폭력과 사건 자체가 아니라 그런 사건을 대하는 인물의 반응re-action과 "심리적 여파"를 다룬다. 문학의 대상은 언제나 구체적 개별성이다.

북아일랜드 분쟁은 공식적으로는 끝났지만, 작가가 지금도 목격하는 세계의 폭력과 불행의 목록은 여전히 길다. 그래서 작가는 절망을 느낀다.

머지않아 이미 한동안 끓어오르는 중이었던 이 어두운 기분이 완전히 절망으로 탈바꿈해 버렸습니다. 그리고 이 모든 비극 주범의 명단이 특별한 서열 없이 제 머릿속에 차례대로 떠오르기 시작했습니다. 살인, 학살, 증오, 부족주의, 부패한 정부, 국가폭력, 세계 중앙화, 데이터 조작, 인간에 대한 디지털 통제, 허위 표현, 언어 왜곡, 세뇌, 대중적 조롱, 희생양 만들기, 혼돈에 대한 중독, 젊은 세대에 대한 질투, 젊은 세대에 대한 훼손, 화학 식품, 거대 식품 산업, 거대 제약 산업, 너무나도 많은 죽음. 이것이 전부는 아니었지만, 주로 몰입한 부분은 세력 확장 중인 권위주의 사회들, 주입된 공포, 자기 검열, 고립, 그리고 소외였습니다. 개인적, 공동체적, 그리고 국가적 비극들이 여기저기서 쌓여만 가고 있는 듯 보였습니다. 그리고 결코 작은 일이 아닌 유머의 죽음. 참으로 잔인한 세상. 이 얼마나 잔인한 세상인가, 하고 저는 생각했습니다.²⁶쪽

작가가 느끼는 "잔인한 세상"에 대한 절망감은 지난 몇 달 동안 정치적 격동을 경험한 한국 시민에게도 울림이 있다. 이런 상황에서 작가는 무엇을 할 수 있고, 해야 할까?

우리 스스로를 일으켜 세우고, 돌보기 위해 계속해서 노력하는 것은 분명 옳은 일이라고 생각했습니다. 그러지 않고 남는 건 끝도 없이 계속되는 내면의 전쟁과 외부의 전쟁 같은 슬프고도 오래된 이야기뿐이지 않겠습니까? (…중략…) 무엇을 어찌해야 할지 저 자신도 알 수 없는 잘못된 그것들에 관해 쓰는 것도 포함해서 말입니다. 저는 세상을 바꿀 수는 없으나 아무리 미약한 빛이라도 세상을 비추도록

도울 수는 있습니다. 진실이 제게 다가와 "애나, 지금이야. 해야만 해" 하고 말한다면, 저 자신에게 도전하고 자신을 바꾸면서 그리할 것입니다.[30쪽]

글은 세상을 단숨에 바꿀 수 없다. 하지만 글은 그것이 지닌 "미약한 빛"으로 "세상을 비추도록" 돕는다. 그리고 더 많은 사람이 그런 글과 작품을 읽게 되면 작가가 만들어 낸 빛은 미약한 빛이 아니라 강력한 빛으로 바뀐다. 진실의 기록자로서 작가는 지금 해야만 하는 일을, 써야 하는 글을 쓴다. 그런 글쓰기는 먼저 작가 자신을 바꾸고 나아가 독자를 바꾸고 세상을 바꾼다. 작가는 어두운 시대를 살았던 사람의 이야기를 썼지만, 작품의 결말을 "초저녁의 빛"으로 물들인다.

우리는 작은 대문을 여닫고 할 것도 없이 작은 산울타리를 훌쩍 뛰어넘었고 나는 초저녁의 빛을 들이마시며 빛이 부드러워지고 있다는 것, 사람들이 부드러워진다고 부를 만한 변화가 일어나고 있다는 것을 느꼈다. 저수지 공원 방향으로 가는 보도 위로 뛰어내리면서 나는 빛을 다시 내쉬었고 그 순간, 나는 거의 웃었다.[13]

애나 번스 작품의 특징은 암울한 상황을 다루고 있지만, 유머humour를 잃지 않는다는 것이다. "나는 빛을 다시 내쉬었고 그 순간, 나는 거의 웃었다." 이런 특징은 『노 본스』나 『밀크맨』의 주인공을 비롯한 캐릭터 형상화, 상황 묘사에서도 발견된다. 어떤 상황에서도 우리는 웃음과 희망을 포기할 수 없다.

---

13   애나 번스, 홍한별 옮김, 『밀크맨』, 창비, 2019, 492쪽.

5

수상을 계기로 널리 알려졌듯이, 한강은 1980년 광주 민주화 운동을 다룬『소년』, 1948~1949년 제주 항쟁을 형상화한『작별』이 보여주듯이 오랫동안 폭력 피해자의 존재에 관심을 기울여 왔다.[14] 이런 폭력은 섣부른 재현을 허락하지 않지만, 작가는 그래도 써야 한다. 여기에 글쓰기의 어려움이 있다.

피에 젖은 옷과 살이 함께 썩어가는 냄새, 수십 년 동안 삭은 뼈들의 인광이 지워질 거다. 악몽들이 손가락 사이로 새어 나갈 거다. 한계를 초과하는 폭력이 제거될 거다. 사 년 전 내가 썼던 책에서 누락되었던 대로에 선 비무장 시민들에게 군인들이 쏘았던 화염방사기처럼, 수포들이 끓어오른 얼굴과 몸에 흰 페인트가 끼얹어진 채 응급실로 실려 온 사람들처럼.[15]

노벨상 수상소감에는 한강 작품에서 폭력과 그 피해자를 대하는 작가의 태도가 어떻게 변해왔는지가 상세히 담겼다.『소년』과『작별』을 쓰기 위한 준비를 하면서 과거에 벌어졌던 참혹한 사건을 만난 것이 큰 전환점이 되었다고 작가는 밝힌다.

---

14 권명아도 비슷한 지적을 한다. 한강문학은 비국민화, 배제, 차별에 저항해 온 글쓰기의 역사와 맞닿아 있으며 이를 사유 대상으로 삼아온 이론적 실천의 역사 및 그 변화와도 맞닿아 있다. 한강문학은 전지구적인 차원에서 진행 중인 차별과 학살에 저항하는 글쓰기와 사유의 변화와 연동되어 있다. 권명아,「'눈'은 문학 / 항쟁의 주체가 될 수 있나」,『문학인』 16호(2024년 겨울), 19쪽 참조.
15 한강,『작별하지 않는다』, 문학동네, 2021, 287쪽.

광주가 하나의 겹이 되는 소설이 아니라, 정면으로 광주를 다루는 소설을 쓰겠다고. 9백여 명의 증언을 모은 책을 구해, 약 한 달에 걸쳐 매일 아홉 시간씩 읽어 완독했다. 이후 광주뿐 아니라 국가폭력의 다른 사례들을 다룬 자료들을, 장소와 시간대를 넓혀 인간들이 전 세계에 걸쳐, 긴 역사에 걸쳐 반복해 온 학살에 관한 책들을 읽었다. 그렇게 자료 작업을 하던 시기에 내가 떠올리곤 했던 두 개의 질문이 있다. 이십 대 중반에 일기장을 바꿀 때마다 맨 앞쪽에 적었던 문장들이다. 현재가 과거를 도울 수 있는가? 산 자가 죽은 자를 구할 수 있는가?[16]

이 구절은『소년』을 쓰기 위해 한강이 들인 준비와 공력의 깊이를 보여준다. 소설을 쓰기 위한 "자료 작업"이 곧 좋은 소설을 낳는 것은 아니지만, 충실한 조사와 공부, 탐구가 없이 관념으로만 좋은 소설을 쓸 수도 없다.[17] 작가는『소년』을 "쓸 때와 비슷한 방식으로 학살 생존자들의 증언을 읽고 자료를 공부하며, 언어로 치환하는 것이 거의 불가능하게 느껴지는 잔혹한 세부들을 응시하며 최대한 절제하여 써간『작별』을 출간"했다고 밝힌다. 이 구절은 한강 작품 세계의 핵심을 요약한다. 작가는 묻는다. "현재가 과거를 도울 수 있는가? 산 자가 죽은 자를 구할 수 있는가?" 곧이어 작가는 이 물음을 바꾼다.

1980년 오월 당시 광주에서 군인들이 잠시 물러간 뒤 열흘 동안 이루어졌던 시민 자치의 절대 공동체에 참가했으며, 군인들이 되돌아오기로 예고된 새벽까지 도

---

16   한강,「노벨문학상 수상소감」, https://www.nobelprize.org/prizes/literature/2024/han/463946-han-kang-speech-korean/

17   이 글에서 다루지는 못하지만 김금희 장편소설『대온실 수리 보고서』(2024)는 그 점을 보여주는 좋은 사례다. 이 작품은 역사와 개인의 관계에 문학이 어떻게 접근해야 하는지를 숙고한다.

청 옆 YWCA에 남아 있다 살해되었던, 수줍은 성격의 조용한 사람이었다는 박용준은 마지막 밤에 이렇게 썼다. 하느님, 왜 저에게는 양심이 있어 이렇게 저를 찌르고 아프게 하는 것입니까? 저는 살고 싶습니다. 그 문장들을 읽은 순간, 이 소설이 어느 쪽으로 가야 하는지 벼락처럼 알게 되었다. 두 개의 질문을 이렇게 거꾸로 뒤집어야 한다는 것도 깨닫게 되었다. 과거가 현재를 도울 수 있는가? 죽은 자가 산 자를 구할 수 있는가? 이후 이 소설을 쓰는 동안, 실제로 과거가 현재를 돕고 있고, 죽은 자들이 산 자를 구하고 있다고 느낀 순간들이 있었다.

이 구절을 읽으면서 몇 달 동안 "실제로 과거가 현재를 돕고 있다고, 죽은 자들이 산 자를 구하고 있다고 느낀 순간들"이 떠오른다. 여러 사례가 있지만 하나만 꼽는다. 광주민주화운동을 진압하는 데 동원되었던 특정 군부대는 지난 수십 년 동안 학살의 직접 집행자였다는 추한 이름을 벗어나지 못했다. 그런데 이번 내란 사태에 동원되었던 군인들은 수십 년 동안 벗어보려 했던 오명을 다시 덮어써야 하는 상황에 놓였다. 나는 국회 진입 과정에 동원된 군인들이 주저한 데는 이런 광주가 남긴 끔찍한 기억이 작용했다고 본다. 그렇게 "과거가 현재를 돕고" "죽은 자들이 산 자를 구"했다.[18]

수상소감문에서 지적하듯이 한강은 한국 현대사에 깊은 상처를 남긴 역사적 트라우마를 끄집어내어 기억하고 치유하고자 한다. 하지만 한국 사회의 트라우마는 현재진행형이다. 한강의 작품은 이때 문학이 어떻게 국가를 진전시킬 수 있는지를 보여준다. 우리의 제도와 역사를 비판하고 시민을 이해하고 희망을 주기 위해 노력한다. 작가는 이를 위해 지역적인 것과 보편

---

18 한강의 노벨문학상 수상이 지난 몇 달 동안의 정치적 격동 상황에 대해 갖는 의미에 대해서는 내가 미국 LA Times에 기고한 글을 참조. "Conflict in South Korea reopens the very wounds examined in this year's Nobel laureate's work." https://www.latimes.com/opinion/story/2024-12-20/han-kang-nobel-prize-south-korea-martial-law

적인 것, 국가적인 것과 세계적인 것의 관계를 탐구한다. 다시 조이스의 말을 인용하자. "내가 항상 더블린에 대해 글을 쓰는 이유는 더블린의 중심부에 도달할 수 있다면 전 세계 어느 도시의 중심부에도 도달할 수 있기 때문이다. 특수성 속에 보편성이 있다." 한강은 『채식주의자』, 『소년』, 『작별』에서 한국의 가족 관계, 폭력, 민주화 운동이라는 지역성, 특수성에서 보편성을 발견했다. 한강의 수상은 한국문학의 세계화를 위한 길은 추상적인 보편을 찾는 것이 아니라 지금 여기, 한국이라는 현실의 뿌리를 찾는 데 있다는 걸 확인시켜 준 사례다.

한국 시민은 한편으로는 우리의 과거를 탐구한 노벨상 수상자를 축하하는 동시에 다른 한편으로는 친위 쿠데타, 계엄령, 국가폭력의 위협을 느꼈다. 이런 경험은 앞으로 또 다른 역사적 트라우마로 작용할 것이다. 수상 연설에서 한강은 이렇게 물었다.

인간은 어떻게 이토록 폭력적인가? 동시에 인간은 어떻게 그토록 압도적인 폭력의 반대편에 설 수 있는가? 우리가 인간이라는 종에 속한다는 사실은 대체 무엇을 의미하는가? 인간의 참혹과 존엄 사이에서, 두 벼랑 사이를 잇는 불가능한 허공의 길을 건너려면 죽은 자들의 도움이 필요했다.

북아일랜드이든 한국이든, 세계 어느 곳이든 "압도적인 폭력"과 죽음이 계속되는 현실은 죽은 자들의 도움, 그리고 "우리가 인간이라는 종에 속한다는 사실은 대체 무엇을 의미하는가"를 탐구하는 번스, 한강과 같은 살아 있는 작가와 예술가의 글과 작품을 요구한다. 문학의 역할이다. 그리고 앞으로도 노벨문학상은 그런 글을 쓰는 작가가 받을 것이고, 받아야 한다.

(2025)

이주 문학이 말해주는 것

반수연 『통영』, 서수진 『골드러시』

　한국 사회가 겪는 변화 중 하나는 해외로부터 들어오는 이주자가 늘면서 다양화, 다변화하고 있으며, 한국인들이 해외로 이주移住, migration하는 일도 여전히 많다는 점이다. 한국이 단일민족 국가라는 신화는 깨지고 있다. 한국 사회로 들어온 이들, 한국에서 다른 나라로 이주한 이들이 새로운 공간에서 생활하면서 생각하고 쓰는 문학의 양상은 '한국문학'의 경계를 넓히고 새로운 사유를 촉발한다. 예전보다 숫자가 줄었다고 하지만 여전히 한국에서 외국으로 이주하는 숫자는 적지 않다. 최근 5년간 이민 가는 숫자가 많은 나라 순위를 살펴보면 1위 미국, 2위 캐나다, 3위 호주, 4위 일본, 5위 뉴질랜드 등이다. 이 글에서 살펴보려는 캐나다, 호주의 사례를 보면 먼저 캐나다로 이주한 한국인은 최근 5년간 약 28,000명이고, 2023년 기준 캐나다 내 한국계 주민은 약 247,000명이다. 호주의 경우는 2016~2021년에 약 16,700명이 이민 간 것으로 추산된다. 2022년 기준으로 호주에 태어나지 않고 한국 출생인 사람은 약 11만 명이고, 한국계 전체 인구본인 또는 부모가 한국계는 135,000명 정도이다. 짐작할 수 있지만 주요 이민 사유는 취업과 사업, 결혼과 가족 이주 등이다. 극심한 경쟁을 피해서 자녀들에게 좀 더 나은 삶을 제공하기 위한 일종의 교육 이민도 있다.

　이 글에서는 캐나다반수연 작가, 호주서수진 작가의 이민 문학 사례를 통해 외국에서 생활하면서 한국어로 창작을 하는 것의 의미를 따져보겠다.

1

다른 나라에서 먹고 살기 위한 생활을 하면서 한국어로 글쓰기를 한다는 것은 이중의 어려움에 부닥친다. 한국에서 살면서 글쓰기를 할 때도 그런 어려움은 있지만, 언어와 문화, 생활 풍속이 다른 곳에서 생활한다는 것은 이질적인 것을 견디며 거기에 적응하면서도 작가가 가진 익숙한 언어한국어와 생각을 유지하고 다듬는 일을 동시에 요구한다. 한마디로 감각과 생각이 훨씬 예민해지고 날카로워진다는 뜻이다. 그런 예민함과 날카로움은 작가가 생활하는 타국의 현실을 섬세하게 바라보고 그 현실을 떠나온 한국의 삶과 비교하게 해주는 역할도 하지만, 작가에게는 극심한 피로감을 느끼게도 만든다. 나 같은 비평가나 독자가 캐나다나 호주 등에서 나온 이주 작가의 작품을 읽는 이유는 무엇일까? 먼저 독자가 잘 모르는 나라의 생활에 대한 정보와 감각을 등장인물캐릭터의 모습을 통해 얻을 수 있다. 그러나 정보가 널려 있는 인터넷 시대에 그런 소득은 별로 중요하지 않다. 혹은 한국이든 어디든 결국 사람살이는 다 비슷하다는 보편적 삶의 원리를 깨닫는 계기가 될 수도 있다. 반수연과 서수진 작품에도 그런 장면들이 적지 않게 나온다. 그러나 역시 뻔한 깨달음이다. 여기서 이주 문학의 특이성 혹은 독특성을 찾기는 힘들다. 아마도 그런 특이성은 이주 작가가 처한 아슬아슬한 경계인의 위치에서 나올 것이다. 한국을 떠났기에 모국의 독자들과 깊이 교감하는 소설을 쓰기도 어려워진 상황, 그렇다고 이민 간 나라에 완전히 동화되기도 어려운 착잡한 상황은 작가에게 한국과 새로운 생활의 터전이 된

나라를 외부의 시각에서 낯설게 바라보게 만드는 기회를 제공한다. 물론 그런 상황이 자동적으로 낯설게 하기defamiliarization의 효과를 가져오지는 않는다. 관건은 그 기회를 고통이 아니라 창작의 계기로 활용하는 작가의 태도이다.

반수연 소설집 『통영』은 내가 위에서 언급한 이주 문학의 가능성을 보여준다. 『통영』을 관류하는 정서를 요약하면 쓸쓸함, 외로움 등이다. 그 이유는 작품에 등장하는 캐릭터가 중년 혹은 노년이기 때문만은 아니다. 첫 작품인 「메모리얼 가든」은 "메모리얼 가든의 한국인 담당 장례 코디네이터 겸 묘지 세일즈맨"[1]이 된 '나'의 생각을 따라간다. "김 할머니의 주검 위로 노모의 얼굴이 스쳤다. 이민 수속을 모두 마치고 비행기 표를 끊고 나서야 노모에게 이민을 간다고 말했다. 나 죽으면 어쩌라고, 그리 먼 데서 나 죽으면 어찌 오려고, 낯선 삶에 대한 불안으로 착잡해진 아들을 앞에 두고 당신의 죽음부터 걱정하는 노모가 몹시 서운했다."19쪽 부모와 자식 사이의 세대 차이에 따른 갈등은 어느 곳에서나 일어나는 일이지만, 이민 생활은 그 점을 훨씬 뾰족하게 드러낸다. 생활의 압박을 받는 '나'에게 죽음이라는 문제도 처리해야 하는 일이 된다. 그럴 때 어디에서도 이해를 받지 못하다가 죽어간 노인의 죽음은 별 의미가 없다. "이십 년이 넘도록 아내의 유해를 묻지도 뿌리지도 않은 노인이 괴물 같았다. 남아 있는 삶을 어떻게 죽을까만 연구하고 세월을 보내는 노인. 나는 그의 검은 그림자에서 얼른 벗어나야 했다. 내 삶은 노인의 죽음 앞에 마냥 머무를 만큼 녹록지 못했다. 나는 해야 할 일이 많았다. 지고 가야 할 짐도 무거웠다. 어떡하든 이 땅에서 버티고 살아내야 했다."28쪽 죽음도 처리해야 할 비즈니스 혹은 "짐"이 된다.

---

1   반수연, 『통영』, 강 출판사, 2021, 10쪽. 이하 쪽수 병기.

『통영』의 미덕은 세대 간의 차이, 혹은 인간관계의 어긋남을 장황한 묘사가 아니라 캐릭터의 생각을 통해 마치 스냅사진을 찍듯이 예리하게 포착한다는 것이다. 관계의 단절은 우리 시대의 보편적 문제이지만, 그 단절이 결국 생활상의 어려움과 관련된다는 걸 글로 표현하는 건 만만치 않다. 특히 돋보이는 점은 이민 사회에서 부모, 자식 간의 관계를 탐구하는 것이다. 「혜선의 집」이 그런 작품이다. 이민을 와서 가족을 이루고 자식을 성공시킨 혜선은 암 환자가 된다. 그런 상황에서 노년의 여성이 느끼는 부부 관계의 불안감, 세대와 문화 차이 때문에 생기는 자식과의 갈등을 작품은 표현한다. 가족 사이의 이해는 만만치 않은 일이다. 이 작품은 다른 나라에서 병들고 늙어가고, 죽음을 생각하면서도 여전히 삶의 욕망을 버리지 못하는 한 노년 여성의 외로움과 고단함을 섬세하게 포착한다. 혜선은 병에 걸리고 나서 거주 도우미로 일하는 여자들과 남편의 관계를 의심한다. 그런 의심으로 자꾸 혜선이 도우미 여성들을 내보내는 일이 반복되자 자식들은 혜선을 원망한다. 하지만 혜선의 생각은 다르다.

> 혜선은 아들의 시선을 피해 얼굴을 돌렸다. 살아온 경험과 몸에 축적된 예감을 간단히 무시할 수는 없는 노릇이었다. 아이들이 자신의 말을 병든 늙은이의 앙탈쯤으로 치부하는 것을 알았지만, 그렇다고 이미 죽은 사람처럼 입을 꾹 닫고 있을 수는 없었다. 무엇보다 이것은 아직 남아 있는 자신의 삶에 관한 일이었다.49쪽

단편이기에 정말 혜선의 자녀들이 혜선의 "말을 병든 늙은이의 앙탈쯤으로 치부"하는지는 드러나지 않는다. 서술 시점이 혜선이기에 작품은 혜선의 남편, 자식의 시각은 포착하지 못한다. 하지만 이런 상황에 처한 나이 든 여성의 심리 묘사는 뛰어나다. 그녀는 가족도 이해하지 못하는 자신만의 욕

망이 있다. "혜선은 지금껏 자신의 방식으로 살아냈듯, 남은 시간을 자신이 알고 있는 안전한 방식으로 견디어내고 싶었을 뿐이었다. 어쩌다가 여기까지 와버린 걸까. 그 누구도 위협하고 싶지 않았는데 어느새 모두를 위협하는 사람이 되어버린 것인가."58쪽 마지막 문장이 예리하다. 혜선의 가족이 서로를 악의로 대하는 것은 아니다. 각자는 자신의 처지에서 옳다고 믿는 일을 한다. 혜선도 마찬가지다. 그런데 그런 말과 행동이 그녀를 "어느새 모두를 위협하는 사람"으로 만들어 버린다. 이민 생활이라는 조건이 그런 결과를 더욱 악화시킨다.

혜선의 사례가 미처 드러내지 못하는 지점은 어쩔 수 없이 혜선 같은 이민 1세대가 이해하지 못하는 자녀 세대 한국인의 정체성이다. 조심스러운 얘기이지만, 혜선 같은 이민 1세대는 캐나다 사람이 아니라 여러 사정으로 캐나다라는 나라에서 살게 된 한국인으로 정체성을 규정한다. 그리고 그런 인식을 자신의 자녀에게도 투사한다. 「자이브를 추는 밤」이 그 점을 날카롭게 드러낸다. 이름이 나오지 않는 화자 '그녀'의 시선으로 도무지 이해할 수 없는 아들 준의 성장 과정을 그린다. 특히 준이 성장해서 베트남 여성 베티와 사귀고 결혼까지 이르는 모습을 대하는 '그녀'의 모습이 주목할 만하다. "아무래도 베티 좀 이상한 것 같지 않아? 어제 소파에 대자로 누워 있는 거 봤어? 민망해서 혼났다 정말. 베트남에서는 그런 건 괜찮은 거야? 어른들 앞에서 벌렁 드러눕는 거 말이야."207쪽 그녀와 준, 베티의 관계에서 서로를 이해하는 건 어렵다. 여러 차이가 작동한다. 하지만 작품은 그런 가능성의 실마리를 보여주면서 끝난다. 이런 모습은 이민 문학만이 아니라 부모와 자식 관계의 어려움에 대한 사유와 관련된 것이다. "그 밤, 그녀는 쉬이 잠들지 못했다. 준이 영영 닿을 수 없는 곳으로 가버리는 건 아닐까 불안했다. 오랫동안 존재한다고 굳게 믿었던, 준과 그녀를 잇는 끈이 끊어져 버린 듯했다."212쪽 부모는 자식을 곁에 두고 사랑의 이름으로 보호하고 간섭하고 싶어 하지만, 때가 되면 그 끈을 끊고 자식은 자신의 인생을 살아야 한다. 서로의 삶과 욕망을 존중해야 한다. 그것이 아무리 힘들더라도. '그녀'는 그 점을 흐릿하게나마 인식한다. 작가의 고민이 있기에 가능한 묘사다.

남들이 이해하지 못하는 욕망의 문제는 작가의 삶을 투영한 걸로 보이는 「나이프 박스」의 명희에서도 확인된다.

실제로 그녀는 욕망을 실현하기 위해 노력한 바가 없었다. 핑계는 도처에 널렸다. 이국에서 맨몸으로 두 아이를 키우며 살아내는 일이 만만치 않았고, 너무 오래 고국을 떠나 있었고, 모국어는 그사이에도 무수히 변했다. 명희는 고국의 현실에서 너무 멀리 와 있었다. 너무 많은 말을 잊었고 잃었다. 이런 상태에서 글을 쓴다는 것이 가능하기는 할까. 더 이상 도망도 여의치 않았던 명희는 새삼 자신의 열망을 의심했다.79쪽

명희의 생각에는 이민 작가의 고단함이 또렷하게 부각된다. 어디에서나 그렇지만 낯선 나라로 이주하여 생활할 때 글쓰기보다 중요한 게 먹고사는 일, "살아내는 일"이다. 그리고 고국을 떠났기에 작가로서 언어 감각을 잃지 않을까 불안에 처한다. 글쓰기에 대한 "자신의 열망을 의심"하게 된다. 이민 작가의 고단한 글쓰기는 이런 의심을 극복하는 과정에서 탄생한다. "고생해서 키운 아들의 성공한 모습을 보며 현실의 고통을 보상받고자 한 것은 아니었다. 명희는 어떻든 무능력하고 무기력한 지금의 상태에서 조금이라도 벗어나고 싶었다. 지나온 생이 헛된 것이 아니라, 뭔가를 해왔던 시절이라는 것을 기억하는 것이 그 순간에는 절실했다."77쪽 명희 혹은 반수연 작가 본인에게 글쓰기는 다른 목적 이전에 "무능력하고 무기력한 지금의

상태에서 조금이라도 벗어나"려는 욕망, 자기 존중의 표현이다.

이민와서 오랜만에 우연히 만나게 된 친구의 남편이자 죽은 화가의 유품을 정리하는 '나'의 내면을 보여주는 「사슴이 숲으로」도 창작을 통해 삶의 의미를 찾으려는 모습을 그린다. 화자는 죽은 화가가 목탄 박스에 남겨놓은 돈을 발견하고 포기했던 자신의 그림을 그리기 시작한다. '나'의 그림 그리기는 곧 작가의 글쓰기와 다르지 않다. 그림이든 글쓰기든 욕구의 표현이다.

> 그 밤에는 그가 그리다 만 그림을 그리기 시작했다. 팔레트에 몇 가지 물감을 짜내 나이프로 섞어, 바다에 색을 덧입혔다. 붉은색 바다 위에 검정을 섞은 파랑을 칠했다. 가파른 섬의 벼랑에 염소를 그려놓고 혼자 소리 내어 웃었다. 어느 여름 남도의 섬에서 벼랑에 매달린 염소를 보았던 기억이 났기때문이었다. (…중략…) 그 기억을 되살려 길고 꾸불꾸불한 골목에는 볕을 쪼이는 노인들을 그렸고 가파른 계단의 중간쯤엔 우물과 빨래터를 그렸다. 그가 완성했던 그림과 내가 그린 그림을 나란히 걸어놓고 한참을 바라보았다. 그의 그림과 나의 그림이 크게 다르지 않았다.121쪽

소설집의 표제작인 「통영」은 앞서 언급했던 이주자의 경계인적 위치, 즉 고향과 고국을 떠나 다른 나라에서 생활하면서도 고향을 잊지 못하지만, 막상 고향에서도 낯선 존재가 되어버린 쓸쓸한 상황과 그 상황을 대하는 양가적 감정을 담는다. 소설의 화자는 중년 남성 박현택이다. 이 작품에는 통영이 고향인 작가의 체험이 반영된다. 현택은 모친의 부고 소식을 듣고 이십 년 만에 통영을 찾는다. 당연히 그의 마음에는 돌아가신 어머니에 대한 슬픔이 깔려 있다. 하지만 작품은 타국 생활이 부과하는 현실적인 걱정을 외면하지 않는다. 현택은 그런 감정에서 혼란을 겪는다. 현택은 손가락 절

단 사고 이후 어렵게 새 직장을 얻었고 장례 때문에 휴가를 내게 된다. 거기에다 현택의 가족은 겉으로 드러내지 못하는 가족사의 비밀을 갖고 있다. 그런 가족사를 알고 있는 고향 사람과 친구들에 대해 현택이 느끼는 불편한 감정이 세밀하게 표현된다. 이 작품의 미덕은 섣부른 감상주의에 빠지지 않는 것이다.

> 어머니가 캐나다에서 지내는 동안 나는 어떡하든 어머니와 관계를 회복하고 싶었다. 새벽녘 눈을 뜨면 아침잠이 많은 아내가 일어나기 전에 어머니 방으로 가서 옆에 나란히 누워보곤 했다. 어색함을 무릅쓰고 손을 잡아보기도 했다. 어머니는 나의 원망과 설움을 받아내기에 너무 늙고 약한 사람이 되어버렸다. 이제와 남아 있는 찌꺼기가 무엇이든 간에 그것은 어머니의 것이 아니라 내 것이라야 옳았다.143쪽

작품은 이해와 화해의 기미를 보여주며 끝나지만, 그것이 감상주의가 아닌 이유는 섣불리 "나의 원망과 설움"을 다른 사람에게 투사하는 것의 위험성을 경계하는 작가의 시선이 작용하기 때문이다.

2

『통영』이 주로 중년 혹은 노년 이민자들의 삶을 다룬다면 서수진의 『골드러시』는 그보다 아래 세대에 주목한다. 하지만 어떤 면에서는 더욱 절박하다. 『통영』의 인물들은 먹고 사는 일은 어느 정도 해결한 삶의 조건에서 가족 간의 갈등, 병고, 다가오는 죽음을 대하는 문제 등을 다룬다. 『골드러

시』에도 그런 문제가 드러나고 이주의 소재를 다루지만, 인물들은 단지 생존하려고 고군분투하면서 살아온 이주자의 삶의 의미를 고민한다. 한마디로 더욱 힘든 상황이다. 첫 작품인 「입국심사」는 국가 간의 경계를 넘어가는 것이 갖는 의미를 단적으로 보여준다.

웰컴 투 아메리카. 직원이 갈색 피부 덕분인지 더 하얘 보이는 이를 드러내고 웃었다. 유미는 대답하지 않고 돌아섰다. 그녀가 인터뷰실을 나설 때까지도 아랍인 부부는 계속 그 자리에 서 있었다. 그들은 여전히 자신들이 진짜 부부라는 사실을 아주 자세히, 반복해서, 열심히 설명하고 있었다.[2]

당연한 얘기이지만, 미국이든 호주든 천국이 아니다. 트럼프 시대에 더욱 명확하게 드러나지만, "아랍인 부부"를 대하는 태도에서 나타나듯이 이민 오는 이들이 자기들에게 도움이 되는지를 엄격히 심사한다. 거기에는 인종주의가 작동한다.

『통영』이 그렇듯이 『골드러시』에도 낯선 땅에서 생활하는 경계인, 이방인으로서 이민자의 삶을 보여준다. 호주에서 한식당을 근근이 운영하면서 12년간 온전히 쉬어본 적이 없는 부부 승수와 미연의 이야기를 다룬 「졸업여행」이 좋은 예다. 이민 1세대로서 그들의 보람은 "그냥 호주 애"처럼 영어를 잘하는 아들이 좋은 대학을 나와서 출세하는 것이다. 그러나 현실은 그렇지 않다. "잭이 어디서 나왔는지 거실 한중간에 서 있었다. 떡 진 머리, 땀에 젖은 옷. 심지어 눈이 빨갰다. 승수는 가만히 서서 마약을 한 것 같은 아들을 바라보았다. 아들의 뺨을 때리고 싶기도, 울음을 터뜨리며 아들을

---

2   서수진, 『골드러시』, 한겨레엔, 2024, 23쪽. 이하 쪽수 병기.

끌어안고 싶기도 했다. 그러나 선뜻 움직였다가는 다리에 힘이 풀려 주저앉을 것만 같았다."106쪽

표제작인 「골드러시」는 살아남기 위해 결혼조차도 일종의 계약이 되어버린 이야기이다. 부부 진우와 서인은 다른 삶의 희망을 품고 호주로 이주한다. 현재를 희생하고 더 나은 미래를 애타게 기다린다. 하지만 둘의 삶은 그런 관념과 희망으로 연결된 것만이 아니다. 그들은 호주 체류 비자로 관계가 묶인 채 헤어질 수도 없는 결혼생활을 억지로 몇 년째 유지한다. 그들이 원하는 것은 안정된 직장, 영주권, 정원이 딸린 집이지만 현실은 그렇지 않다.

> 그는 서인에게 반지를 내밀며 무릎을 꿇은 적이 없었다. 사람들의 박수를 받으며 식장에 입장해 그녀에게 입을 맞춘 적도 없었다. 초음파사진을 보면서 눈물을 흘린 적도, 서인의 눈을 닮은 아이를 보며 경탄한 적도 없었다. 진우와 서인은 빛나는 순간을 가져본 적이 없었다. 빛나는 순간. 진우는 그들이 늘 그것을 기다려왔음을 알았다. 그리고 그것이 그들에게 절대 오지 않으리라는 것을 알았다.83쪽

작품 제목인 '골드러시'는 그렇게 오지 않는 "빛나는 순간"을 상징한다. 원래 골드러시Gold Rush는 1848년 미국 캘리포니아를 중심으로 수많은 사람이 금을 찾아 서부로 이동한 역사적인 사건을 가리킨다. 하지만 작품에서 말하는 골드러시는 이미 끝나버린 꿈을 가리킨다. "골드러시 체험 상품이라고 했다. 지하 광산을 개조해 만든 숙소에서의 1박과 금광체험, 오프로드를 달릴 수 있는 사륜구동 렌터카가 포함된 상품인데 여행사 프로모션으로 반값 할인을 한다는 거였다. 서인은 진우에게 묻지도 않고 여행을 예약한 후에 일정을 통보했다."59쪽 미국이나 호주나 골드러시는 이미 끝났다. "금

광의 역사를 말해주고 있어. 서인이 속삭였다. '1,800'이라는 숫자가 반복해서 언급되었다. 1800년대의 언젠가 금광의 역사가 시작되고 끝이 났으리라고 진우는 추측했다. 겨우 18년이었대. 이 광산에서 금이 나온 게. (…중략…) 됐어. 그는 이미 끝나버린 금광의 역사에는 관심이 없었다."77쪽 이미 끝나 버린 금광 역사는 두 사람의 깨져버린 희망을 가리킨다. 작품의 결말 부분에서 진우와 서인은 렌터카에 치여 사경을 헤매는 캥거루를 발견하고, 주저하다가 캥거루가 쓰러져 있는 초원으로 들어가 머리를 내리찍는다. 그렇게 죽어간 캥거루는 진우와 서인의 현재 삶을 나타낸다. 희망의 잔혹한 죽음이다.

하지만 내가 『골드러시』에서 가장 인상 깊게 본 것은 이민 사회 내의 분할을 드러낸 부분이다. 호주에 와서 산다고 모두 같은 한국인이 아니며, 한국 이민자와 다른 이민자를 여러 가지 이유로 나누고 차별의 시간을 보내는 상황을 작가는 주목한다. 주류 백인사회가 이민자를 차별하는 것만이 현실의 모습은 아니라는 것이다. 한국인으로서의 정체성을 버리지 못하면서도 동시에 서양인의 눈길에 거슬리지 않는 시민임을 인정받고 싶어 하는 이주 한국인의 욕망이 드러난다. 탈식민 비평가인 호미 바바Homi Bhabha에 기대자면, 백인을 닮고 싶어 하지만 결코 같은 존재가 될 수 없는 모방하는 존재mimic man의 모습이다.

그는 호주에 사는 한국인을 영주권자 이상, 이하로 나누었다. 영주권자와 시민권자만이 호주 이민의 고충을 나누며 서로 도울 수 있다는 것이 그의 주장이었다. 클로이가 새 친구를 사귀면 친구가 한국인인지 물은 다음 영주권이 있는지 물었다. 연애에 있어서는 더 말할 것도 없었다. 영주권이 없는 남자는 절대 만나지 말라고 했다. 네 시민권을 노리고 접근하는 거야.「한국인의 밤」, 154쪽

클로이의 아버지는 호주에 사는 한국인을 영주권자 소유자와 그렇지 않은 집단으로 구분한다. 구분이 아니라 차별한다. 그리고 점차 클로이도 "유학생이나 워킹홀리데이 비자로 온 한국인들에게는 책임감을 기대해서는 안 된다"는 아버지의 관점을 받아들인다.

한국인 이민 사회 안의 분할과 차별만 있는 게 아니다. 스스로를 백인 주류사회와 동일시하면서 다른 이민자 집단을 무시한다. 호주에 들어오는 아시아인을 바라보는 서양인의 시각 안에 갇힌 한국인 이민자의 행태를 드러내는 대목이 날카롭다. 차별의 논리가 갖는 힘이다.

중국인 이름을 우스꽝스럽게 흉내 내 칭, 챙, 총이라고 부르는 사람들에게 킴, 리, 팍을 알려주고 싶었다. 어차피 인종차별을 당할 거면 한국인으로 당하고 싶었다. 내가 진짜 중국 사람처럼 보이나? 혜선은 어느 날 거울을 보면서 스스로에게 물었다. 대답을 찾을 수는 없었다. 질문 자체가 틀렸기 때문이다. 호주 사람은 작은 나라 한국을 잘 몰랐다. 「헬로 차이나」, 123쪽

부동산 에이전트로 일하는 혜선은 중국인 고객을 상대하며 그들과 가깝게 지내지만, 결코 중국인으로 간주되고 싶지는 않다는 뿌리 깊은 구별 짓기를 버리지 못한다. 그러나 한국인이라고 예외가 되지는 않는다. 그런 생각은 백인사회를 닮고 싶은 욕망, 모방하기mimicry의 작동일 뿐이다. 다른 이민자 집단과 다를 게 없으면서도 다르다고 믿는 착각이다.

한국 사람이 인도 사람에게 집을 빌려주기 싫어하는 건 하루 이틀 일이 아니었다. 호주에서 집을 임대로 내놓은 한국 사람은 대부분 그런 조건을 내세웠다. 인도 사람에게 집을 빌려주면 친척의 친척을 모두 불러와 살면서 집을 엉망으로 만들

며, 이사를 나가고도 몇 달 동안 커리 냄새가 빠지지 않아서 내벽 페인트칠을 새로 해야 한다고 했다. 혜선은 한국 사람도 똑같은 짓을 한다고 말하고 싶었지만 참아야 했다. 「헬로 차이나」, 127쪽

희망을 갖고 찾아간 캐나다 혹은 호주라고 해서 그곳이 천국이 될 수는 없다. 좀 더 자유로운 삶을 찾아 호주로 떠난 여성 커플의 이야기를 다룬 「외출 금지」는 그 점을 드러낸다. 호주에서 젊은 아시아 여성은 성폭행의 대상이 되기 쉽다. 하지만 그렇다고 돌아갈 수는 없다. "찰박찰박 밟히는 물에 운동화가 금세 젖었다. 아, 씨. 희율이 중얼거렸다. 돌아갈까? 됐어, 이제 와서 뭘. 그들은 손을 잡고 끝이 보이지 않는 통로를 걸었다."207쪽

예전보다 이민 혹은 이주가 쉬워진 시대라고 한다. 특히 노동력의 이동이 그렇다. 거기에는 반수연과 서수진 작품이 보여주듯이 한국에서 가져보지 못한 "빛나는 순간"을 얻기 위한 욕망과 희망이 작동한다. 그렇게 많은 사람이 다른 나라로 떠나지만 그들이 어떤 삶을 살고 있는지, 그리고 그런 삶을 살면서 글쓰기를 계속하는 작가들이 한국문학에 어떤 의미가 있는지를 따져볼 때가 되었다. 앞으로 그런 이주의 글쓰기가 많아질 것이기 때문이다. 『통영』과 『골드러시』가 제기하는 과제이다. (2025)

현대사를 바라보는 독특한 시각

김멜라 『없는 층의 하이쎈스』, 백수린 『눈부신 안부』

    문학과 역사의 관계를 설명하는 여러 설명이 있다. 기억에 남는 것 하나는 엥겔스가 영국의 사회주의 소설가이자 사회운동가였던 마거릿 하크니스에게 쓴 편지에 나오는 구절이다. "프랑스 역사와 사회에 대해서 모든 역사학자, 경제학자, 통계학자를 합친 것보다 발자크로부터 배운 게 더 많다." 엥겔스가 어떤 의미로 이런 말을 했는지는 여러 해석이 가능하다. 우선 "역사학자, 경제학자, 통계학자"가 관심을 두고 분석하는 사실fact 정보information, 데이터data가 알려주는 표면적 진실이 아니라 그 밑에 깔린 진실truth이 더 중요하다는 뜻으로 해석할 수 있다. 문학은 사실의 정밀한 묘사를 무시하지 않지만 그런 묘사의 집적만이 아닌 역사적 통찰과 비전을 제시한다는 것이다.

    달리 말하면 역사학자, 경제학자, 통계학자는 각자의 시각에서 역사와 사회의 진실에 접근하지만, 예컨대 루카치가 언급한 사회와 역사의 총체적 진실은 문학이 형상화하는 내포적 총체성으로만 얻을 수 있다는 보충 설명도 가능하다. 그렇다면 파란만장한 사건과 사연이 쌓여 있는 한국 현대사를 문학적으로 다룬다는 것은 어떤 의미일까? 나는 엥겔스나 루카치의 관점에 기본적으로 동의하지만 가령 역사학자가 미처 발굴하지 못한, 혹은 어렴풋이 독자가 알고 있는 역사적 사실을 입체적으로 작품을 통해 상기시키는 역할을 하는 문학의 기능을 덧붙이고 싶다. 동어반복으로 들리지만 사실을 상기하는 것도 문학적인 방식으로만 이뤄진다. 루카치는 문학이 다루는 사회·역사적 현실은 언제나 인간화된 현실이라고 표나게 강조한다. 범박하게 말하면 문학은 객관적 현실에는 관심이 없다. 그 현실이 작품의 각 캐릭터에게 미치는 영향과 그에 대한 인물의 반응에만 관심이 있다. 이것이 루카치가 언급한 인간화된 현실이다. 문학이 표현하는 인간화된 현실은 어떤 사실이나 정보를 역사학자, 경제학자, 통계학자가 다루는 것처럼 하나의 사물, 대상, 숫자가 아니라 고유한 개성을 지닌 인간들의 형상화와 관계의 묘사와 그 묘사를 효율적으로 엮는 서사 형식으로만 다룬다는 뜻이기도 하다. 이 글에서는 문학과 역사의 관계를 독특한 방식으로 접근하는 두 작품을 통해 역사를 문학적으로 형상화하는 의미를 다시 따져 보겠다.

1

영화계에서 쓰는 표현 중에 톤 앤드 매너tone and manner가 있다. 영어를 음차해 쓰는 게 마음에 안 들지만, 편의상 그렇게 쓴다. 가령 심각한 주제를 다루는 영화일 때 톤을 무겁게 할 것인지 아니면 가벼운 코믹 풍으로 할지는 중요한 선택이다. 영화를 만들 때 적절하게 톤을 설정하고 톤의 변화를 고려하지 않으면 영화는 실패한다. 그렇게 실패한 몇 편의 영화가 떠오른다. 문학도 마찬가지다. 한국 현대사처럼 고비마다 비극적인 사건이 자주 일어났던 경우에는 그런 사건을 다룰 때 대체로 어둡고 무거운 톤으로 접근하는 것이 일반적이었다. 그렇게 하는 게 어울리기도 한다. 그러나 새로운 창의성을 늘 고민해야 하는 창작의 경우 전통으로 자리 잡은 톤 앤드 매너와는 다른 방식으로 무거운 주제를 다루려고 작가는 고민하게 된다. 그 고민에서 작품의 독창성이 드러난다. 김멜라 장편소설『없는 층의 하이쎈스』이하『하이쎈스』는 새로운 시도의 좋은 예라고 꼽을 만하다.

『하이쎈스』는 정치적 목적으로 간첩 조작 사건이 빈번하게 일어났던 1970~1980년대를 주요 배경으로 한다. 작품은 크게 할머니 사귀자별칭 하이쎈스가 하숙집을 운영하며 어이없는 간첩 혐의를 받는 과거 얘기와 그걸 돌아보는 현재 시점의 이야기, 그리고 손녀 아세로라가 겪는 지금 이야기를 번갈아 전달한다. 작품 공간은 군사독재 시절 고문 사건이 빈발했던 남산 근처의 빌리지 상가 건물이다. 할머니 사귀자와 손녀 아세로라는 이 건물의 201호와 202호에 산다. 등기부 등본에는 없는 층이다. 이런 공간은 두 인물의 없음을 표현한다. 그들은 각기 다른 이유로 한국사회의 인명부에서 삭제되었다. 오래전 남산에서 하숙집을 운영했던 할머니는 간첩으로 몰려 자신의 존재를 지운 채 수십 년 동안 숨어 살았다. 사귀자는 자신도 모르게 한 행동 때문에 위험한 상황에 부닥친다.

사귀자는 조심스러운 손길로 루주 뚜껑을 열었다. 작달막한 통을 돌리자 해당화처럼 환한 자줏빛 루주가 꽃향을 내며 부드럽게 솟아올랐다. 척 봐도 브랜드 달린 고급 루주 같았다. 사귀자는 주책맞게 이러면 안 된다 싶으면서도 콧등이 시큰해지면서 눈앞이 뿌예졌다. 그 루주가 그런 일을 불러올 줄은 꿈에도 몰랐다. 순영 학생을 따라 방으로 들어갔을 때 전에 써줬던 것보다 큰 종이가 바닥에 깔려 있어 내심 놀라긴 했지만, 겉으로 내색하진 않았다. 순영 학생은 사귀자 옆에 무릎을 꿇고 앉아 한자가 가득한 종이를 손으로 짚어가며 똑같이 따라 써달라고 했다. 사귀자는 한획 한획 정성을 들여 썼다. 그 글자 중에 '김일성 만세'가 있는 줄도 모르고.[1]

---

1   김멜라,『없는 층의 하이쎈스』, 창비, 2024, 133쪽. 이하 쪽수 병기.

이런 주제를 다루는 종래의 소설 문법에 따르면 아마도 학생운동권으로 짐작되는 순영 학생이 왜 글은 모르지만 글씨는 잘 쓰는 사귀자에게 "김일성 만세"라는 글자를 쓰게 만들었는지를 순영의 시각에서 서술하는 부분을 넣었을 것이다. 그리고 그 서술의 톤은 무거웠을 것이다. 작품을 읽으면서 나도 그런 생각을 했다. 순영은 무슨 생각으로 사귀자에게 저런 부탁을 했을까? 작가는 그 점을 그냥 넘어간다. 사건과 사건을 연결할 때 이유를 고민해야 하는 플롯의 구멍이다. 이런 공백을 미흡하다고 판단할 수 있다. 그러나 순영의 이야기를 집어넣게 되면 작품의 톤과 매너가 너무 무거워질 가능성을 작가가 고려했다고 이해할 수 있다.

되풀이 말하면 지금까지 한국소설에서 간첩 사건 같은 주제를 다룰 때는 무겁고 진지한 톤을 채택했다. 이 작품은 다르다. 어두웠던 시절의 밝지 않은 이야기를 전달하는 톤은 무겁지 않다. 가볍다고는 쓰지 않겠지만, 무겁지는 않다. 나는 『하이쎈스』의 매력이 여기 있다고 본다. 가령 아세로라의 관점에서 사귀자의 과거 이야기를 정리하는 대목이 꼽을 만한 사례다.

> 아세로라는 탱탱 부은 동거인의 손가락과 주삿바늘이 뚫고 들어간 마른 손목을 흘깃거렸다. 다 끝났으니까 그만해도 된다고. 왜 탕탕탕 할머니를 감시하는지 모르겠지만, 그게 할머니 간첩 활동이면 이제 그만해. 요즘 세상에 누가 소시지로 사람을 포섭해? 그러니까 이제 소시지 정보도 그만 모아. 나무도 그만 지켜. 어차피 지킬 나무도 없으니까. 할머니처럼 약해 빠진 간첩은 수령님도 필요 없대. 할머니는 해고야. (…중략…) 축하해. 이제 해방이야!285~286쪽

아세로라의 판단이 낳은 어휘인 "감시", "간첩 활동", "약해빠진 간첩", "수령님" 등은 통상 한국 현대사의 착잡한 맥락에서는 섬뜩한 느낌을 주기

쉽지만, 인용문에서 아세로라는 그런 단어를 "이제 해방이야"라고 말로 가볍게 넘겨버린다. 한국 현대사를 바라보는 독특한 시점을 도입한 느낌이다.

희소병을 앓다가 먼저 세상을 떠난 동생의 죽음으로 깊은 심리적 상처를 입은 아세로라는 자신만 살아남은 데 죄책감을 느끼고 세상에서 도피하려고 한다. 그녀는 희귀 면역 질환을 앓느라 음식을 매우 가려 먹어야 하는 동생 칭퉁이에게 유일하게 공감하는 인물이다. 자신들을 따돌리고 부모가 몰래 돼지갈비를 먹고 왔다는 사실을 알고 아세로라는 분노한다. "인간이 다른 인간에게 이렇게 치사해도 되는 거야? 그깟 돼지갈비 때문에?"57쪽 독자로서 아세로라의 분노를 이해할 수는 있지만, 그 분노가 아세로라가 부모를 떠나 세상에서 숨을 만한 계기가 되는지는 흡족하지 못하다. 역시 플롯의 공백이 있다. 하지만 이런 식으로 부모를 평가할 줄 아는 캐릭터를 만난 건 신선하다. 서로 다른 세대의 관계를 신선하게 다루는 황정은 소설의 어떤 면모를 더 밀고 나간 느낌이다. 작가는 고통받는 인물을 형상화하는 통념을 깬다. 작품을 끌고 가는 두 캐릭터의 형상화가 돋보이는 지점이다.

아세로라는 분노하지만, 그 분노에 짓눌리지는 않는다. 걸핏하면 도끼를 휘두르는 소녀라는 독특한 설정부터 그렇다. 그래서 작품의 첫 부분이 인상적이다.

바람이 불자 벽에 걸린 유리 새가 흔들렸다. 1층 화단에서 라일락 향기가 풍겨왔다. 역겨웠다. 역겨워서 돼지갈비를 굽고 싶어지는 날이었다. 숯불에 구운 돼지갈비를 먹고 옷에 밴 냄새를 지우려고 뿌리는 방향제 같은 봄. 나뭇잎이 넘실거리는 화단에서 개는 오줌을 싸고 부스럼 난 고양이는 뒷발로 귀를 긁고 사람은 꽃을 배경으로 사진을 찍었다. 아세로라는 이 향긋한 봄을 어떻게 망칠까 궁리했다. 휘두를 때마다 고무 손잡이가 밀리는 싸구려 도끼를 버리고 스위스산 군용 도끼를

살까. 그립감이 살아있다는 히커리 나무 도끼를 살까. 사서 저 라일락의 옆구리를 찍어버릴까.10쪽

이 묘사에 나오는 도끼는 아세로라가 품고 있는 분노의 상징이지만 "향긋한 봄을 어떻게 망칠까"를 생각하고 도끼를 "사서 저 라일락의 옆구리를 찍어버릴까"를 궁리하는 아세로라의 모습은 다른 톤을 전달한다. 라일락 향기를 맡으면서 "역겨웠다"고 느끼는 캐릭터도 한국문학에서는 찾기 힘든 독특한 모습이다. 좋은 시가 새로운 이미지와 비유법을 동원해서 독자에게 낯설게 하기의 충격을 주는 것처럼, 창의적인 소설도 그런 표현을 활용할 수 있다는 걸 보여주는 사례다. 소설의 개성이 부각되는 대목이다.

작품 곳곳에 이런 경쾌한 위트가 드러나지만, 그렇다고 작품이 톤 앤드 매너를 조절하는 데 실패하지는 않았다. 작품의 골격을 이루는 사귀자와 아세로라의 관계는 뒤로 갈수록 돈독해지고 깊어진다. 그런 변화의 과정을 묘사할 때 섣부른 감상주의에 빠지지 않는 것도 『하이쎈스』의 장점이다.

"우린 없는 사람이고, 여긴 없는 층이야." 없는 사람이란 다른 사람과 손을 맞잡을 수 없다는 뜻이었다. 아세로라는 그 없는 층에서 살았다. 그리고 그곳에서 함께 지낸 하이쎈스, 아세로라는 동거인 하이쎈스에게 듣고 싶은 말이 있었다. 뭐라고 물어야 할지, 할머니가 그 얘기를 하고 싶어 할지 알 수 없지만, 하이쎈스와 자신 사이에 아직 못다 한 이야기가 있다는 것이 다행으로 느껴졌다. 궁금해하고 계속 아파한다는 것이 아세로라가 살아있다는 증거였다. 그것만은 누구도 빼앗아갈 수 없고, 없다고 숨길 수도 없었다. 아세로라는 이마를 들고 봄이 끝나가는 남산을 바라보았다. 비정형으로 나는 큰 벌, 가려움을 참느라 눈물이 가득 맺힌 내 동생. 아세로라는 두 팔을 뻗고 나무를 돌면서 하이쎈스가 있는 곳을 지날 때마다 칭퉁이

를 향해 웃어 보이듯 어렴풋하게 웃었다.^{324~325쪽}

아세로라가 느끼듯이 "하이쎈스와 자신 사이에 아직 못다 한 이야기"가 있다. 기존 한국문학에서는 찾기 힘든 "동거인" 관계로 할머니와 손녀의 가족 관계를 다루는『하이쎈스』는 이들이 맺는 동거인 관계가 지닌 의미를 더 깊이 파고들지 못한 아쉬움이 남는다. 짤막짤막한 에피소드로 구성된 작품 구성의 장단점을 따져볼 필요가 있다. 아세로라와 사귀자의 이야기를 번갈아 전달하는 구성은 두 인물의 접점을 찾아보라는 과제를 독자에게 제기하지만, 작품 내적으로 그런 접점이 얼마나 설득력있게 배치되었는지는 의문이다. 아세로라는 자신과 할머니의 관계를 설명하면서 서로 "궁금해하고 계속 아파한다"라고 가능성을 열어 놓는다. "뭐라고 물어야 할지, 할머니가 그 얘기를 하고 싶어 할지 알 수 없"다고 주저하면서 둘 사이에 더 할 이야기가 있다는 걸 분명히 한다. 그런 미진함에 독자로서는 공감할 수도, 불만을 가질 수도 있다. 하지만 이 작품을 읽고 나면 둘 사이의 "못다 한 이야기"가 궁금해진다. 한국 현대사가 남긴 상처를 마음에 새긴 사귀자와 그와는 다른 의미에서 상처를 받고 마음에 도끼를 품고 살아가는 아세로라 사이에 아직 못다 한 남은 이야기를 담은 작가의 다음 작품을 기대한다.

2

김멜라의『하이쎈스』와 백수린의『눈부신 안부』^{이하『안부』}는 비슷한 점이 꽤 있다. 두 작품 모두 상처받은 가족 이야기를 플롯 구성과 서사 형식의 뼈대로 삼는다.『하이쎈스』가 시대의 상처를 입은 할머니와 가족 관계에서 생긴 트라우마로 힘들어하는 손녀 사이의 이야기를 다룬다면, 『안부』에서는 1994년 불의의 도시가스 폭발 사고로 언니를 잃고 애도를 하지 못한 이해미가 겪은 사연이 서사의 한 초점이다. 해미 가족은 깊은 마음의 상처를 입는다. 언니의 죽음 때문에 벌어진 부모의 별거로 해미는 엄마를 따라 독일로 가게 된다. 1997년 아이엠에프IMF 구제금융 사태가 터지면서 귀국하기 전까지 독일에서 지내면서, 해미는 여러 사람을 만나고 마음의 상처를 조금씩 치유한다.

> 언니의 유품은 내가 우려했던 것처럼 하루아침에 증발해버리지는 않았다. 하지만 우리 가족이 독일로 떠나기로 결정했을 때, 유품 중 상당수는 우리의 이삿짐 속에 포함되지 않았다. 언니의 사고가 있고 난 이후 달라진 것이 많았지만 그중 엄마가 나에 대해 가장 못마땅해했던 점은 내가 사람들의 눈치를 보고 별것도 아닌 일로 쉽게 움츠러든다는 것이었다. 그도 그럴 것이, 언니가 그해 겨울 온갖 신문의 1면에 동네 이름이 실리게 했던 가스 폭발 사고로 사망한 열두 명 중 한 명이란 것이 알려진 이후, 학교에서는 누구나 나를 보면 뒤에서 수군거렸다.[2]

이렇게 읽으면 이 작품은 해미가 마음의 상처를 치유해가는 작품이다. 자신의 트라우마를 도끼 소녀의 길을 택하면서 돌파하려는 아세로라와는 다르게, 해미는 "사람들의 눈치를 보고 별것도 아닌 일로 쉽게 움츠러"드는 소녀가 된다. 이해할 법한 반응이다. 그렇다면 이런 질문을 독자는 자연스럽게 하게 된다. 해미는 어떻게 그런 트라우마를 마주하고 돌파할 것인가? 그 질문의 답을 작가는 한국 현대사의 다른 역사적 사실을 가져오면서 찾으려고 한다.

---

2 백수린, 『눈부신 안부』, 문학동네, 2023, 28~29쪽. 이하 쪽수 병기.

『하이쎈스』가 간첩 조작 사건을 독특한 톤으로 다룬다면,『안부』는 돈을 벌기 위해 독일로 가서 정착했던 간호사들의 이야기를 서사의 다른 기둥으로 삼는다. 그렇다면 두 개의 서사를 어떻게 연결할 것인가? 이 점이 관건이다. 『하이쎈스』의 경우 사귀자와 아세로라의 이야기를 묶어주는 서사적 고리가 약하다는 지적을 했는데,『안부』는 1970년대 파독 간호사들의 이야기와 이해미의 성장 이야기를 사랑 이야기로 꿰려고 한다. 사랑 이야기도 두 축으로 구성된다. 먼저 1인칭 화자인 해미가 대학 시절 친구였다가 많은 시간이 지난 뒤 다시 만나게 된 우재와의 관계가 있다. 해미는 기자를 그만두고 전시회장을 다니다가 우재를 우연히 만난다. 둘은 예전에 애매한 관계를 이어 가다 연락이 끊긴 사이였다. 이렇게 해미와 우재 사이에 새롭게 움트는 사랑이 하나의 축이다. 대학 시절 해미가 독일에서 어린 시절 2년 동안 지낼 때 만났던 이모들의 이야기를 쓰고 싶다고 했던 걸 우재는 상기시킨다. 마치 영화의 플래시백 기법처럼 우재와의 관계를 통해 이모들과 만나면서 겪었던 일을 해미는 떠올린다.

이모들은 1970년대에 파견된 한국 간호사들이다. 역시 한국 현대사에서는 주목받지 못한 역사적 사건이다. 이모들은 이런 여성들이다. 집안 형편 때문에 독일에 간 해미의 친이모 행자, 자유로운 삶을 찾아 파독 간호사가 된 마리아, 인천의 가난한 가정에서 태어나 고등학교도 가지 못하고 간호사 직업을 찾아 한국을 떠난 선자. 이 중에서 해미와 우재의 관계에서 밀접히 관련된 캐릭터는 선자 이모다. 해미는 선자 이모의 아들 한수, 마리아 이모의 딸 레나와 함께 선자 이모가 평생 잊지 못한 첫사랑을 찾으려고 한다. 『안부』는 어린 시절 선자 이모의 첫사랑, 이름은 알 수 없고 K.H.라는 머리글자로만 남은 사람의 정체를 20여 년이 지나 해미가 우재와 함께 찾아가는 과정을 미스터리 형식에 담는다. 스포일러가 될 수 있어서 이런 추적의 결과를 상세히 쓸 수 없지만, 그 결론은 상투적이다. 작가는 독자의 예측을 뒤집는 반전의 효과를 위해 천근호라는 이름으로 밝혀지는 K.H.의 정체성을 결말로 제시하는데, 나는 결말에 드러나는 반전 효과가 무리하다고 판단한다. 해미의 이런 판단에 쉽게 공감이 안 된다는 뜻이다.

나는 천근호의 메일을 받은 이후 선자 이모가 입원해 있던 병실 풍경을 몇 번이고 상상해보았다. 상상 속에서 선자 이모와 한수는 사방이 눈부실 정도로 새하얀 공간에 있었다. (…중략…) 그리고 이모는 햇살이 잘 드는 창가에 앉아 천근호에게 편지를 썼다. 이십 년의 세월이 흐른 후에야 천근호와 내가 읽게 될 바로 그 편지.298쪽

안부가 일종의 성장소설이라고 규정했는데, 해미가 보여주는 정신적 성장에는 해미와 친이모 행자와의 관계가 가장 눈에 띈다. 한 인물의 정신적 성장에는 어른다운 어른이 필요한데, 행자는 그런 역할을 감당한다. 다만, 행자를 초점 화자로 해서 그녀가 독일로 건너와 살면서 겪었던 사연을 더 서술했다면 어땠을까 하는 생각은 든다. 그렇게 못한 데는 뒤에 좀더 살펴보겠지만, 파독 간호사 이모들의 삶을 얼마나, 어떤 시각에서 다룰 것인가에 대해 작가가 명료한 입장을 갖지 못했기 때문이라고 짐작한다. 해미가 생각하듯이, "이모는 네가 찬란히 살았으면 좋겠어. 삶은 누구에게나 한 번뿐이고 아까운 거니까. 그 순간, 나는 어떤 표정을 짓고 있었을까? 그것에 대해선 알지 못했지만 나는 우리가 어둠 속에 있어서 다행이라고 생각했다"227쪽라는 구절은 여성들 사이의 이해와 연대의 의미를 반추하게 만든다. 마음에 남는 장면이다.

요약하자면 『안부』는 한편으로는 해미가 어린 시절의 트라우마를 치유하는 성장 이야기, 그리고 우재와 이뤄가는 사랑의 관계를 다룬 연애 소설

이다. 하지만 그런 측면에서는 『안부』가 독특한 톤과 시각을 보여주지는 않는다. 작가도 그 점을 의식해서 설정한 틀이겠지만, 그보다는 그간 한국문학이 주목하지 못한 파독 간호사의 삶을 부각한 것이 더 인상 깊다. 소설은 보고서가 아니기에, 두 가지 역할을 요구받는다. 첫 번째는 나 같은 독자가 몰랐던 사실과 정보를 제공하는 것이다. 막연하게만 알고 있는 역사적 사실의 세목을 정확하게 보여주는 보고서의 역할을 때로 소설은 감당한다. 『안부』는 그 점에 충실하고 나는 그런 부분을 흥미롭게 읽었다. 해미는 선자 이모의 첫사랑을 찾기 위한 기초작업으로 파독 간호사들 관련 자료를 찾아본다. 독자는 해미의 작업을 따라가면서 잘 몰랐던 사실을 알게 된다.

> 무엇보다도 파독 간호사에 대한 자료를 찾아보고 싶어졌기 때문이었다. 물론 그렇다고 분명한 목적을 갖고 자료들을 읽기 시작한 것은 아니었다. 내가 언젠가 이모에 대한 글을 쓰고 싶다고 했다는 우재의 말이 나를 국회도서관으로 이끈 것만은 틀림없었지만. 나는 내가 그런 말을 했다는 것을 여전히 기억하지 못했고 그런 욕망이 내게 있다고도, 시간이 갈수록 그 시절 '이모들'에 대해서 좀더 알고 싶다는 마음이 내 안에서 점점 더 자라는 걸 느꼈다.[69쪽]

자료를 찾아가면서 해미는, 그리고 독자는 한국과 독일 어디에도 속하지 못했던 정체성의 혼란을 겪었던 파독 간호사들의 삶을 돌아보게 된다.

> 파독 간호사에 대한 논문과 유튜브 영상을 찾아 읽고 보기 시작하면서, 내 눈에 자주 띈 건 '뿌리가끊어진병Entwurzelungskrankheit'이라는 표현이었다. 한 영상 속에서 금테 안경을 쓴 어느 한국인은 처음엔 한국어로 말을 시작했다가 중반부터는 자신도 의식하지 못한 채 독일어로 바꿔 다음과 같이 자신의 처지를 설명했다. "독일

에 와서 독일 말을 하고 문화를 받아들이고 독일 남자와 결혼해 독일 국적 아이들을 낳고 살지만 처음 만나는 사람들은 어디서든 나에게 어느 나라 출신인지를 가장 먼저 물어요. 나는 아무리 이곳에 오래 살아도 죽을 때까지 이방인인 거죠. 그래서 나는 언제나 고향이 그리워요. 그런데 뿌리 뽑힌 느낌이 드는 건 이제 한국에 놀러 가도 마찬가지예요."(김계숙) 한국에서도 스스로를 이방인처럼 느끼는 것은 선자 이모도 마찬가지였다. 선자 이모가 전남편과 헤어질 수밖에 없었던 결정적인 이유는 그가 독일에 그렇게 오랫동안 살았으면서도 삼시 세끼 한식을 먹고 싶어했고, 한국으로 돌아가 정착하기를 점점 더 소망했기 때문이었을 거라고 우리 이모가 내게 말했던 걸 나는 기억하고 있었다. "한국에 가면 있지, 딱 이 주는 정말 좋아. 가족도 만나고, 친구들도 만나고 한국 음식 실컷 먹고. 근데 이 주가 지나면 바로 알게 되는 거야. 아, 여기에도 내 자리가 없구나 하고. 선자도 그랬던 거겠지."129~130쪽

서두에 엥겔스와 루카치에게 기대 썼듯이, 문학이 역사학이나 보고서와 다른 점은 표면적 사실과 정보만이 아니라 그 사실의 뒷면을 들춰본다는 것이다. 삶은 몇 개의 표현이나 문장으로 정리할 만큼 단순하지 않다. 사실을 전달하는 데 치중하는 역사 교과서나 건조한 보고서는 "여기에도 내 자리가 없구나"하고 생각하는 마음을 담지 못한다. 관변 역사학에서는 파독 간호사는 외화벌이의 역군이나 영웅, 혹은 가족을 위해 자신을 희생한 숭고한 여성으로 추앙된다. 『안부』에는 그런 시각을 보여주는 해미의 학교 윤리 선생이 등장한다.

물론 이모는 다큐멘터리 어디에도 등장하지 않았다. "늬들 말이야, 엉? 누구 덕에 이렇게 호의호식하며 사는지 알고는 있냐, 엉? 윤리가 뭐냐, 엉? 민족과 국가를 위해 희생한 불쌍한 누이들을 잊지 않는 거, 엉? 그게 윤리고 애국이라 이거야,

엉?” 다큐멘터리가 끝난 후 '윤리'는 핏대를 세워가며 말했다. '애국'과 '희생', '불쌍한 누이'. '윤리'의 입에서 흘러나온 그런 단어들은 나를 한없이 이상한 기분에 빠져들게 했다.⁴⁴쪽

윤리 선생이 쓰는 표현인 “민족과 국가를 위해 희생한 불쌍한 누이들”, “윤리”, “애국” 등의 거창한 말은 진부하고 공허하다. 그렇다면 독자가 자연스럽게 기대하는 것은 해미를 “한없이 이상한 기분에 빠져들게” 만든 기이한 표현의 의미를 파독 간호사들의 삶과 사연을 통해 살펴보고 해체하는 것이다. 다시 말해 우리가 몰랐던 역사적 사실을 상기시키는 보고서로서는 『안부』가 의미 있는 작업을 하고 있다고 평가하지만, 보고서가 아닌 소설 장르의 역할에 얼마나 충실한가는 만족스럽지 않다.

몇 가지 아쉬움을 적었지만 『안부』가 한국문학의 지평을 넓히는 데 이바지한 점은 또렷하다. 여러 가지 이유로 국경을 넘나드는 이주migration가 쉽게 이뤄지는 시대에, 한국이 아니라 다른 나라로 건너가 생활하는 사람들, 혹은 그렇게 이주를 해서 한국어로 혹은 다른 언어로 한국 사회와 역사를 다루는 문학을 어떻게 볼 것인가? 이런 질문에 당장 뾰족한 답을 제시할 수는 없지만, 독자를 사유의 길로 이끄는 데 『안부』 같은 작품이 갖는 의미가 있다. (2024)

너의 총합, 가족의 총합

이수경 『너의 총합』

나는 이수경의 첫 소설집 『자연사박물관』을 다룬 글을 이전에 썼다. 『자연사』의 문제의식을 짚으려고 한 대목을 인용한다.

> 되풀이 말해 『자연사』는 한 노동자 가족의 초상이다. 그 초상화에는 학생운동을 하다 만난 부부, 노조 활동을 이유로 해고된 남편, 예민한 감수성을 지닌 부부의 딸, 노동자 아내인 '나' 혹은 '그녀'의 어머니와 아버지의 모습들이 담긴다. 그리고 깊이 있게 조명되지는 않지만 노동자 부부가 관계 맺는 외국인 노동자들의 모습이 동시에 그려진다. 소설은 그렇게 위로, 옆으로 이야기를 펼쳐 가면서 이 시대의 한 축도를 만들어낸다.[1]

두 번째 소설집 『너의 총합』이하 『총합』은 "노동자 가족의 초상"을 더 확장한다. 우리 시대 가족 안팎의 이야기를 담는다. 결론을 당겨 말하면 『총합』은 내용 측면에서만이 아니라 서술 시점을 아우른 형식적인 면에서도 재현의 문제를 더 깊이 있게 천착하려는 노력이 돋보인다. 이제 한 작품씩 차례대로 그런 모색이 어떻게 드러나는지를 살펴보겠다.

1　오길영, 「노동과 생활」, 『황해문화』 109호(2020년 겨울), 239쪽.

1

첫 작품 「어떻게 지냈니」는 제목부터 인상적이다. "어떻게 지냈니"라는 질문은 누가 누구에게 하는 것인가? 질문하는 쪽과 질문을 받는 쪽을 편하게 구분하는 서술방식에 대해 이수경은 거리를 둔다. 『총합』에서는 영화에서 사용하는 캐릭터character의 시점 숏을 교차하는 방식을 활용한다. 그런데 영화에서도 시점 숏의 변화를 예민하게 보지 않으면 놓치듯이, 이미지가 아니라 글로 서술되는 소설의 경우 그런 시점의 변화는 독자가 꼼꼼하게 작품을 읽을 것을 요구한다. 「어떻게」는 신애의 시점을 따라간다. 이 작품만이 아니라 전체적으로 『총합』에서는 중년 여성 캐릭터를 1인칭 화자narrator로 삼는 구성을 따른다. 3인칭 서술자가 있는 경우에도 화자는 주인공의 시점과 겹치는 초점 화자focalized narrator로 기능한다. 「어떻게」는 신애가 바라보는 "스무 살 무렵 둘이 대학에서 만난" 남편 영호, 딸 윤아, "대학생이 된" 이름이 나오지 않는 아들을 대하는 신애의 기억과 현재, 그리고 신애의 느닷없는 죽음을 바라보는 서술자의 시점이 뒤섞여서 서술되는 다소 복잡한 서술방식을 쓴다.

윤아가 열 살이 되었을 때 신애는 윤아가 동화책에서 본 것과 비슷한 모양의 타원형 거울을 벽에 걸어 주었다. 세상에서 제일 예쁜 우리 윤아. 거울 속 일산 윤아는 열세 살 열일곱 살 스물세 살 윤아가 되었다. (…중략…) 그날 밤 신애는 윤아가 잠들 때까지 머리맡에 앉아서 이야기를 들려주었다. 아빠는 다시 공장에 가고, 동생은 한참 전에 잠든 늦은 밤이었다. 몹시 추운 날이었다. 아빠가 두꺼운 목도리를 목에 감고 윤아와 동생에게 손을 흔들며 밖으로 나갈 때 문밖에서 찬바람이 들어왔다.[2]

---

2   이수경, 『너의 총합』, 강출판사, 2023, 14쪽. 이하 쪽수 병기.

이 문단에서도 신애의 시점에서 묘사하다가 바로 윤아의 시점을 병치시킨다. 그렇게 엄마와 딸이 각기 서로를, 혹은 가족을 바라보는 마음과 정서를 불러일으킨다. 이 작품만이 아니라 『총합』의 어조는 대체로 가라앉아있고 서늘한 느낌을 준다. 묘하게도 그런 서늘한 묘사에서 가족 관계, 인간관계의 뜨거운 정감을 독자는 느끼게 된다. 나는 이런 다소 복잡해 보이는 서술방법이 자칫 하나의 등장인물 혹은 서술자에게 작품에서 벌어지는 사태사건과 기억에 대한 인식과 해석을 모두 맡기길 경계하는 작가의 태도로 읽었다. 이수경은 첫 소설집에 비해 더 신중해졌다.

다층적인 시점을 통해 노동자 영호-신애 가족의 일상, 영호가 일하던 육가공 회사가 보내준 중국여행에서 만나게 된 구걸하던 중국 소년, 그 소년과의 조우에서 자연스럽게 생겨난 사회주의란 무엇인가라는 물음이 서로 연결되어 드러난다. "자전거를 소유하기 위해 달리던 북경 소년 웨이와 자전거를 갖고 싶었던 또 다른 소년의 이야기는 중국에서 상영되지 못했다." 덧붙여 이곳에서 벌어지는 "마을과 길을 빼앗"긴 황새울 사람들의 이야기가 끼어든다. 벌어지는 사건의 와중에도 "다음 해 새해가 되고 며칠이 지난 밤, 영호는 공장에 갔고, 신애는 두 아이 곁에서 이야기를 하고 또 했다. 열두 시간 교대근무는 영호에게 피해갈 수 없는 정지된 시간 같았다." 그렇게 어떤 사건이 벌어져도 삶은 무심하게 이어지는 "연속적인" 것이다. 그 흐름속에는 신애의 느닷없는 죽음도 자리한다. 작가는 신애의 죽음에도 "공장에서 돌아오지" 못한 영호의 생활을, 어떤 감상주의도 배제하고 적는다. 나는 처연한 듯 보이면서도 냉정하게, 무심하게 흘러가는 삶의 흐름을 응시하려는 작가의 시선을 느낀다.

2

「서문 밖에서」는 대학에 입학해 숙소를 찾는 아이와 엄마의 여정을 따라간다. 사소해 보이는 소재다. 하지만 그 소재를 활용해 작가가 다루는 엄마와 아이 사이에 작동하는 세대 차이에서 발생하는 정서적, 감각적 거리를 천착하는 능력은 만만치 않다. 화자인 엄마 '나'는 아이를 보면서 동시에 자신의 마음을 돌아본다. '나'는 성찰적이다. 자신의 감정에 대해 "단순하고 허황된 감정"이라고 직시하기는 쉽지 않다.

> 아이에게 어리숙하고 물정 모르는 어른으로 보이고 싶지는 않아서 평소보다 크고 명랑하게 말했지만, 실제로 나는 그런 일에 무지했다. 자동차를 새로 산 적도 없었고 새집으로 이사를 하기 위해 부동산 중개소 같은 곳에 가본 적도 없었다. 스물아홉 살에 결혼한 후 아이가 태어나 만 18세가 될 때까지 살던 집에서만 살았고 타던 차를 탔다. 그러니까 18년 동안 변한 것도 변할 만한 일도 없었기 때문에 무언가 새로운 것을 찾는 일에서 서툴고 자신이 없었다.⁴⁰⁻⁴¹쪽

'나'는 이제 대학생이 된 아들에게 배운다. 조심스러운 판단이지만 나는 최근 한국소설에서 부모와 자식, 특히 엄마와 아들 사이의 관계를 진득하게 묘사하는 작품을 거의 읽지 못했다. 모성을 무조건 신비화하는 것도, 그렇다고 모성을 아무 실체가 없는 것으로 탈신비화하는 것도 딱히 마음에 들지 않는다. 좋은 문학은 다만 그 관계의 의미를 날카롭게 묻는다. 이 시대에 엄마의 마음은 무엇이냐고. 이 작품은 그런 물음을 찬찬히 제기한다. 엄마를 대하는 아이의 태도에는 뭔가 못마땅한 것이 있는데, 그것은 가족 관계에서 발생하는 정서의 차이 때문만은 아니다. 아들이 얘기해주는 "명문대

를 졸업한 취준생"인 "좋아하는 형"의 에피소드가 그 점을 예리하게 드러낸다. 성체가 된 멍게에게는 뇌가 필요 없기에 자신의 뇌를 먹어치운다는 에피소드에는 우리 시대 젊은이의 초상이 담긴다. "우리도 멍게야. 이미 바위에 붙어버렸어."

이 대목을 읽으며 얼마 전 졸업한 지 몇 년 만에 연구실로 찾아온 제자^라^{고 하자}와 꽤 길게 얘기를 나눈 기억이 떠오른다. 대학 시절 영화 동아리에서 활동했던 J는 이제 단순하게 반복되는 직장 일, 종종 부딪치는 직장 내 폭언, 지역에는 마땅한 일자리가 없어서 어떻게든 수도권으로 새로운 직장을 찾아 떠나는 친구들을 보면서 느끼는 착잡함, 그러면서도 자신이 애정을 가진 지역에 남고 싶은 마음을 털어놨다. 다시 확인한 사실. 나와 청년 세대 J 사이에는 쉽게 넘을 수 없는 감각과 인식의 벽이 존재한다는 것. 그래도 이해하려는 노력을 포기할 수는 없다는 것. 그래서 누구나 자신과 동세대 사람들과 상대적으로 강한 친화감을 느끼게 된다. 『총합』에서 청년 세대보다는 아마도 나와 동세대인 부모 세대에 더 마음이 간다. 다시 말해 「서문」에서 그려지는 중년 서술자의 자식 세대, 청년 세대와 정서적 거리감이 그만큼 커졌다는 뜻이다. 「서문」은 그 거리감을 신중하게 숙고한다.

아이가 원하는 것이 실제로 이루어진 것은 무엇이었을까. 그것은 언제였을까 짐작할 수 없이 아득했다. 혹시 그런 것이 있었다면 형들이나 삼촌 같은 사람들 아이의 느낌대로라면 그 천재들과 마작 경기를 하고 돌아오던 그때 그것이었을 것이다. "왜 그걸 해?" 마작 같은 것이 그들의 인생에 큰 도움이 된다고 생각하는 부모는 드물 것이고 나 또한 어쩔 수 없이 내 버려둔 일이었지만 어느 날 그렇게 물었던 적이 있다. 그때 아이는 "성장하고 있는 게 느껴져서요. 우리는 모든 게 대등했어요." 하고 대답했다. ^{51쪽}

이런 대화에는 자신의 견해를 섣불리 강요하지 않는 신중하고 사려 깊은 마음이 깔려 있다. 그래서 화자는 계속 묻는다. "아이가 원하는 것이 실제로 이루어진 것은 무엇이었을까. 그것은 언제였을까 짐작할 수 없이 아득했다." 나는 그 물음에서 어른인 척하는 게 아닌, 진짜 어른의 마음을 읽는다. 엄마와 아이, 어른과 아이, 기성세대와 청년 세대 사이에는 서로 알지 못하는 틈이 있다. 그래서 마지막 문장이 인상적이다. "그들이 누구인지 우리가 잘 모르는. 어쩌면 그들 자신도 아직은 잘 알지 못하는." 작가가 생각하는, 나도 공감하는 좋은 세상은 그 누구도 자신에 대해서나 남에 대해서나 함부로 다 안다고 자신하지 않는 이들이 맺는 세계, 그렇게 결핍을 안고 있는 존재가 서로 이해하려고 노력하는 세계다. 그렇지 못한 이들이 목청을 높이는 현실이기에 더욱 그런 마음이 강하게 든다.

3

「연희 북문」은 앞의 두 작품과는 달리 시선을 가족 밖으로 돌린다. 하지만 화자 '나'의 사려 깊은 시선은 비슷하다. 작품은 작가인 '내'가 대학 동창의 남편이자 곧 강제 출국을 앞둔 '그'를 찾아 가는 여정을 따라간다. 그는 "내 친구의 남편 이성연"이다. 1인칭 등장인물 시점에서 다른 중요한 인물을 묘사하는 기법은 현대 미국소설의 고전인 『위대한 개츠비』를 연상시킨다. 이런 기법에서는 묘사되는 대상도 흥미롭지만 묘사하는 화자의 내면이 더 주의를 끈다. 『개츠비』에서 주인공 개츠비만큼이나 1인칭 서술자이자 등장인물인 캐러웨이가 매력적인 이유다. 「북문」도 그렇다.

오래전 파리로 망명했다 돌아온 어떤 사람도 택시 운전사였다고 전해진다. 파리의 택시 운전사를 망명하게 한 것은 70년대 말 공안 사건이었다. (…중략…) 워싱턴의 택시 운전사 역시 그로부터 26년이 지난 2000년대 공안 사건 관련자였으며, 그에게도 한국은 돌아올 수 없는 나라였다. 그는 7년 동안 투옥된 뒤 출소 후 워싱턴으로 추방당해 5년간 입국이 금지되었다. 그가 받았던 혐의와 죄목이 무엇이었는지, 출소 후에는 왜 추방되었는지, 5년의 입국 금지 기간이 만료되어 7년이 지났는데 왜 아직 돌아올 수 없는지 나는 잘 알지 못했으나, 기어이 알려고 하지도 않았다. 어떤 경우, 아는 것만으로도 피해갈 수 없는 위험이 있던 시절을 살아본 까닭이겠지만, 이제 이 세계에 그런 종류의 위험이 사라졌다고 확증할 수도 없었다.68~69쪽

그를 찾아가는 '나'의 태도와 마음이 흥미롭다. 특히 위 인용문의 마지막 문장에서 드러나는 이 시대에 남아있는 감시의 위험은 현실감이 있다. "어떤 경우, 아는 것만으로도 피해갈 수 없는 위험이 있던 시절을 살아본 까닭이겠지만, 이제 이 세계에 그런 종류의 위험이 사라졌다고 확증할 수도 없었다." 그런 이유로 화자 '나'는 이성연에게 궁금한 마음을 갖고 있으면서도 섣불리 마음을 열어놓지도 않는다. 그런 화자의 태도를 비판적으로 볼 수도 있지만, 나는 그 마음에 서려 있는 시대에 대한 두려움에 공감하면서 이해하는 쪽으로 기운다.

'내'가 그를 만나러 가면서 만나게 되는 이들, 특히 젊은 세대에 대한 시선은 요즘 소설에서는 찾기 힘든 것이다. 요즘 한국소설은 주로 20~30대 캐릭터를 등장시켜 그들 사이에서 벌어지는 양상을 다루면서, 서로 다른 세대 사이에서 벌어지는 관계의 양상을 상대적으로 소홀히 한다. 특히 윗세대가 아래 세대를 바라보는 관점이 약하다. 「북문」은 다르다.

몇 계단 앞에 피맛골에서 스쳐 갔던 두 사람이 이어폰을 한쪽씩 나누어 끼고 마스크를 쓴 채 각자의 책을 읽고 있었다. 90년대의 끝에 태어나 스무 살이 막 지났거나 그보다 한두 살쯤 더 되어 보이는 앳된 모습이었다. '저 등이 견딜 수 있는 무게는 어디까지일까.' 도로로 올라가 택시를 타기 전까지 나는 그들의 뒤쪽 계단에 앉아, 지난날 우리들의 연약한 등에 얹혀졌을 무게에 대해 생각하며 시간을 흘려보냈다. 65쪽

이런 작중 화자의 안쓰러운 시선에는 어쩔 수 없이 작가 자신의 시선이 겹친다. 특히 이 작품의 화자 '나'의 직업이 작가로 설정된 것이 우연처럼 보이지 않는다.

마주치는 이들에게서 드러나는 '나'의 단순치 않은 마음을 전달하는 묘사가 눈에 들어온다. '나'는 섣불리 단정하지 않는다. "그것이 그에 대해 내가 알거나 안다고 생각하는 전부"기에 자신과는 다른 태도로 이성연을 대하고 보내는 다른 사람들의 입장을 '나'는 존중한다. 그래서 최근 읽은 묘사 중 가장 뛰어난 대목이 그 점을 전한다.

정원에서 뿜어져 나오는 나무와 풀들의 싱그러운 냄새 때문이었는지, 어디선가 흘러드는 기묘한 느낌의 빛 때문이었는지 연희북문으로 가는 도중 길을 잃을까 봐 불안했던 마음과, 낯선 장소에서의 만남이 괜찮지 않아서 망설이던 마음과 차라리 다른 사람들과 함께 만나는 것이 좋겠다고 생각하던 마음과, 어쩌면 그보다 전에 그가 자가격리를 끝내고 나에게 언제쯤 시간을 낼 수 있겠냐고 물었을 때, 내 친구가 '너는 작가니까 그를 한번 만나 달라'고 할 때 내가 가졌던 모든 마음을 무화하듯 그 집을 감도는 어떤 빛과 냄새와 적요는 내가 알고 있는 것과는 달랐고, 그래서 안전하게 느껴지기까지 했다. 73쪽

여기서 묘사되는 "어떤 빛과 냄새와 적요"는 단지 집에서만 감도는 것은 아니다. 사람 관계에도 감도는 것이다. 그 필요성을 이렇게 문장으로 전달하기는 쉽지 않다. 이 장면이 주는 감흥은 어떤 영화의 이미지로도 그리기 힘들다. 문학에서만 가능한 문장의 매력이다.

4

『총합』은 이제는 한국문학계에서 찾기 힘들어진 중년 여성의 시점, 아이를 키우는 엄마이자 아내의 시점에서 세계를 감각하고 해석한다. 당연한 말이지만 어떤 작가도 세계를 객관적이고, 중립적으로 재현할 수 없다. 자신이 제일 잘 아는 성적 정체성과 계급적 정체성을 지닌 주체와 그 주체가 속한 집단의 시각에서 세계를 본다. 이수경에게 그런 관점의 주체는 중년 여성이다. 그 여성이 꼭 공장 노동자일 필요는 없다. 가정주부, 작가 등 서 있는 위치는 다르다. 하지만 각자가 자신의 자리에서 노동하는 여성들이다. 「이별」은 특히 신중한 관찰자의 시각이 돋보이는 작품이다. 「이별」은 다른 작품과 구별되게 3인칭 시점에서 남성 '그'의 생활에 접근한다. 그는 이혼남이다. 이혼 후 새로운 여성을 만나나 곧 헤어진다. 그리고 이혼한 전 부인이 사망했다는 소식을 듣는다.

육년 전 그녀와 완전히 끝나버린 뒤 그는 매일 저녁 회사 뒷골목에 있는 작고 허름한 식당에서 밥을 먹고 늦도록 술을 마셨다. 늦은 나이에 딸 하나를 낳아 혼자 키우면서 식당일을 하고 있다고 어느 날 함께 술을 마시며 그에게 말해주었다. 두 달쯤 뒤에 그와 여자는 살림을 합쳤다. 그때 그의 아들은 막 고등학교를 졸업했고,

딸은 다른 도시에서 대학에 다니고 있었고, 여자의 아이는 열두 살이었다.^{90쪽}

『총합』에는 캐릭터 이름이 명확하게 표기되지 않는 경우가 종종 있다. 이인용한 문장에서도 "그녀"는 그의 전 부인이고, "여자"는 이혼 뒤에 그가 만난 여성이다. 왜 인물들에게 고유한 이름을 부여하지 않은 걸까? 짐작건대 「이별」과 『총합』 전반에서 작가가 주목하는 사건들이 비단 특정한 여성에게만 일어나는 일이 아니라는 판단이 작용하고 있는 게 아닐까.

사람이 만나고 헤어지는 일이 보통 일은 아니고, 그런 만남과 헤어짐을 묘사할 때 감상주의적 격정이나 정념의 문장을 쓸 수도 있다. 이수경은 그런 손쉬운 길을 가지 않는다. 서늘할 정도로 건조하게 묘사한다. "그와 여자가 법적인 부부인 적은 없었기 때문에 이별도 간단했다. 여자가 말없이 갔듯 그는 떠나는 이유를 묻지도 붙잡지도 않았다." 묘사는 서늘한데 독자가 느끼는 감흥은 그렇지 않다. 「이별」에는 그, 전부인 그녀, 헤어진 여자와의 관계도 드러나지만 그의 아들, 그리고 아들이 "스물여섯이 되자 결혼"한 "아들의 동갑내기 아내"와 그가 맺는 관계도 중요한 부분을 차지한다. 그런 부분에서는 그의 시점이 아니라 아들의 시점에서 바라본 아버지 그, 어머니 그녀의 모습이 그려진다. 그리고 그의 딸의 시점에서 바라본 그녀, 즉 엄마의 모습도 추가된다. 이런 교차하는 시점에 기댄 묘사를 통해 특히 남성 주체인 그와 그의 아들의 시점에서는 온전하게 파악할 수 없는 가정 폭력의 문제가 뾰족하게 부각된다. 통상 가정 폭력의 문제는 부부관계의 문제로 치부되고 그 폭력이 아이들에게 미치는 영향은 소홀히 취급된다.

이 작품은 아버지인 그는 인지하지 못하는 맹목 지점을 딸의 시점에서 드러낸다. 아버지인 그는 엉뚱한 생각을 한다.

그녀도 어머니처럼 어디론가 가버릴 것만 같았다. 그는 그녀를 붙잡기 위해서 할 수 있는 모든 것을 다했다. 자신이 가진 것 자신의 마음 전부를 주었다. 불안해서 화가 나서 그녀를 심하게 때린 다음 날 아침에는 무릎을 꿇고 빌었고, 어쩌다가 깨진 술병이나 뾰족한 물건으로 그녀의 몸에 상처를 입힌 날에는 출근도 하지 않고 곁을 지켰다. 그녀가 자신을 버려두고 아이들을 데리고 숨거나 도망칠 때마다, 그가 알고 있는 모든 곳을 헤매다니며 그녀를 찾아냈다. 그가 그녀를 얼마나 사랑했는지 아는 사람은 그녀뿐일 것이었다.[102쪽]

마지막 문장이 눈길을 끈다. 그는 자신의 행동을 사랑이라고 생각 혹은 착각하지만 그건 자신만의 생각일 뿐이다. 그는 사랑이 주관적인 느낌의 문제가 아니라 사람이 맺는 관계의 문제이고 자신의 결핍을 채우는 대체물을 찾는 것이 아니라는 걸 모른다. 「이별」이라는 제목이 아프게 느껴지는 이유다.

5

「선량하고 무해한 휴일 저녁의 그들」은 「이별」처럼 가정 폭력 문제에 주목한다. 이때 폭력은 단지 물리적 폭력의 문제가 아니라 상대방의 감정을 헤아리지 못하는 무지의 문제, 곧 모욕의 폭력이다.

수아 아빠가 기억하든 기억하지 못하든, 술에 취해서든 얼마간 악의적인 행동이었든 그의 몸이 내 몸을 그토록 무방비하게 쓰러뜨릴 수 있다는 것은 상상해본 적이 없는 일이었다. 그것은 폭력이라기보다는 모욕에 가까웠다. 차라리 손으로 머리통이나 얼굴을 한 방 날렸다면 나도 달려들거나, 피하거나, 살다가 한

두 번은 있을 법한 거친 부부싸움 정도로 생각하고 말았을지도 모르지만, 그런 일은 없었다.119쪽

이 문장을 읽으면서 젠더 이론을 강의하는 수업에서 학생들에게 내가 했던 말이 떠오른다. 이 수업에서는 버지니아 울프의 에세이 「자기만의 방」과 「3기니」를 주요 교재로 사용한다. 「3기니」에서 울프는 가부장제가 만들어내는 독특한 심리적 성향으로 '유아고착증infantile fixation'이라는 개념을 끌어들인다. 정신분석학자 자크 라캉이 고안한 상상계the imaginary 개념과도 일견 통하는 이 개념은 자신과 다른 세계, 혹은 주체를 인정하지 못하고 어린아이처럼 세계를 자신만의 고착된, 고정된 시각에서 바라보는 것을 뜻한다. 아이가 그렇게 하는 건 자연스럽다. 그게 아직 주체가 되지 못하고 상상계에 머문 아이의 특징이다. 그런 아이에게는 자신이 세계의 중심이다. 세계는 '나'를 중심으로 돌아간다. 하지만 주체가 되고 어른이 된다는 건 세계의 중심이 '내'가 아니라는 것, 세계에는 '나'와는 다른 감각과 인식을 지닌 주체들이 존재하며, '나'는 그런 다른 존재와 관계를 맺는 법을 배워야 한다는 걸 알게 된다는 뜻이다. 그것이 쉽게 말해 성숙해진다는 뜻이다. 울프가 말한 유아고착증에서 벗어난다는 것이다. 하지만 그런 일이 나이를 먹는다고 저절로 일어나지는 않는다. 성숙한 성인이 된다는 건 "기억하든 기억하지 못하든, 술에 취해서든 얼마간 악의적인 행동이었든" 자신의 말과 행동이 가져올 효과를 예민하게 의식하고, 그 결과에 책임진다는 뜻이다. '내'가 한 말이 사랑의 의도에서 나온 말이더라도 그 말이 상대방에게 "모욕"으로 느껴졌다는 걸 인지할 줄 아는 존재다. 말과 행동의 효과는 '내'가 아니라 그 말과 행동이 전해지는 상대방과 남들이 정한다. 「선량」은 이 지점에 착목한다.

남편과의 관계에서 "모욕"을 느낀 서술자 "나"는 자신의 딸 수아가 같은

경험을 하지 않을까 내심 걱정한다.

> 사랑하는 사람의 몸은 부드럽고 따스한 애정으로 가득할 것이고 수아와 석이 역시 봄날의 행복한 연인일 것이다. 그러나 이 옆에서는 너무 작고 연약해 보이는 수아가 나는 어쩐지 위태롭게만 느껴졌다.(…중략…) 수아 아빠는 화로를 빌려와 장작불을 피웠다. 조금 떨어진 산비탈에서 준이가 내려오는 모습이 보였다. 그 무엇에도 위협이 되지 않을 것 같은 사랑스러운 아들이었다. 그런 준이와 작고 연약한 강아지를 안고 텐트 밖으로 나온 수아와 수아 곁의 석이와 고기와 마시멜로를 구워 세 아이에게 골고루 나눠주는 수아 아빠. 그날 저녁 우리 모두는 서로에게 선량하고 무해했다.[123쪽]

이 문장은 화자 '내'가, 그리고 아마도 작가가 바라는 세상이 무엇인지를 명료하게 요약한다. "서로에게 선량하고 무해"한 세상. 그러나 이 작품에서도 문득문득 드러나듯이 그런 세상을 위협하는 요인은 많다. 그 위험은 외부에서 오는 것만이 아니라 관계 내부에서도 온다. 그래서 중년 여성이자 엄마인 '나'는 "수아가 나에게 뭘 감추고 있는 건 아니겠지"라고 의심한다. 그런 의심은 '나'의 엄마에게 폭력을 행사했던 아버지에 대한 기억으로 이어지고, 아버지에 가졌던 냉정한 마음을 떠올리게 한다. "아빠가 나를 와락 껴안았다. 나는 아빠의 팔에서 느껴지는 안심과 사랑을 믿지 않았다. 아빠의 팔에 숨겨진 또 다른 힘을 나는 알고 있었다." 좋은 소설은 이런 "숨겨진 또 다른 힘"이 무엇인지를 탐구한다. 그것이 설령 사랑이라는 이름으로 포장된 가족일지라도.

6

「나는 고인 눈물이다」는 시어머니를 요양원으로 보낸 '내'가 시어머니의 삶을 돌아보면서 반추하는 여성의 삶이 고갱이를 이룬다. 그리고 아들 준이, 준이 아빠의 죽은 여동생 선이의 이야기가 끼어든다. 앞의 작품들이 화자가 바라본 동세대, 혹은 아래 세대의 이야기를 전한다면 「눈물」은 윗세대로 시선을 돌린다.

> 여든 살 가까운 나이에 그 일을 그만두어야 했을 때, 마지막 청소를 마치고 집으로 돌아간 날 어머니는 나에게 전화를 걸어 인생이 끝난 것 같았다고 했다. 준이 용돈을 줄 수도 없고 시아버지 제삿날 돈을 보태줄 수도 없게 되었다고 홀로 준이 아빠를 돌보던 무수한 날들도 떠올렸을 것이다. 시켜만 주면 일할 수 있는데 이렇게 매정할 수가 있냐며, 몇 년 전 파킨슨병 진단을 받고서 하필이면 팔다리에 몹쓸 병을 주었냐고 하던 그때처럼, 어머니는 매정한 것들에 슬퍼하고 낙담했다. 어머니가 말하는 '매정'은 병든 몸으로도 지켜온 노동에 관한 어쩌면 그것으로 지켜오던 것을 끊어내야 하는 마음이었을지도 모른다.143쪽

노동하던 몸에게 시간의 흐름은 병을 가져오고 더 이상 노동하지 못하게 한다. 굳이 "매정한 것"들이 무엇이냐고 묻는다면, 그건 세월일 것이다. 인용문의 마지막 문장은 이수경만이 쓸 수 있는 득의의 문장이다. 한 나이든 여성이 느끼는 매정이라는 감정이 단지 주관적 감정의 토로가 아니라 그 말이 나오게 된 "몸으로도 지켜온 노동"과 연결된 것이며, 노동이 "지켜오던 것"을 더는 할 수 없는 몸의 상태와 관련된다는 걸 드러낸다. 아무나 사유할 수 없는 지점이다. 이 인용문이 슬픈 이유는 어머니의 모습이 노동하

는 모든 여성의 미래이기 때문이다.

'나'는 시국사건에 연루되어 체포된 남편 준이 아빠, 남편과 시어머니의 오래전 삶을 되돌아보며 그것과 겹치는 자신의 모습을 발견한다. "그런 사무치는 슬픔을 오래 붙들 수 없었던 것은 어머니나 나나 마찬가지였을 것이다. 어머니에게는 아버지를 잃은 두 딸과 준이 아빠가 있었고 나에게는 울지 못하는 준이가 있었다." 이 작품은 나의 현재 가족 관계만이 아니라 과거로 거슬러 올라가 하나의 가족사를 보여준다. 첫 소설집 『자연사박물관』에서 내가 인상적으로 읽은 부분도 노동자 부부의 형상화보다는 위로, 옆으로 이어지는 가족사를 다룬 작품이었다. 노동자의 아내인 '나'의 엄마 이야기를 다룬 「인생이야기」나 '나'의 엄마에게 폭력을 일삼던 아버지의 숨겨진 이야기를 찾아가는 「노블카운티」가 그래서 마음에 들었다. "우리에게는 무섭고 어머니에게는 고통스러운, 죽음" 「인생이야기」의 뒷면을 짚으면서, '나'는 자신과 여동생이 겪어야 했던 엄청난 심리적 트라우마를 마주하려고 한다. 「눈물」은 가족사의 숨겨진 역사를 드러내는 작가의 역량이 뛰어나다는 걸 다시 입증한다.

화자 '내'가 시어머니의 삶을 바라보는 시각은 다시 '나'를 바라보는 아들 준이에 대한 '나'의 생각으로 이어진다.

나는 준이의 노트 속 과거의 이야기를 읽는다. 누구에게도 연락할 수단이 없고 서로의 눈을 마주치는 것조차 금지된 곳에서 스무 살 준이가 유일하게 말을 걸었던 노트와, 그날 밤 내 얼굴을 똑바로 바라보며 준이가 했던 말과 준이 아빠의 휴대폰 화면 속에서 들려오던 어머니의 낯설고 이상한 그러나 꼭 그렇지만은 않은 이야기가 나를 어느 시간 속으로 끌고 다닌다.152쪽

가족 구성원 각자의 이야기는 다른 가족에게는 "낯설고 이상한 그러나 꼭 그렇지만은 않은 이야기"다. 가족이라는 것이 그런 것이 아닐까? 가족은 매우 익숙한 관계이지만 「눈물」이 보여주듯이 때로 "낯설고 이상한" 관계이고, 왜 이상한지를 묻고 생각해보면 "꼭 그렇지만은 않은" 관계다. 이런 착잡한 가족 관계의 양상을 이 정도로 서늘하게 드러내는 작품도 드물다.

7

마지막 작품 「눈이 내리면 그들은」은 다른 작품과 다르게 한국인 가족 관계의 문제를 다루지 않는다. 한국으로 이주해와서 후천적으로 한국인이 된 사람들을 다룬다. 화자 '나'와 "마이투, 한국 이름은 소라"의 관계가 서사의 요체이다. 이주 여성 마이투는 한국에 온 지 15년이 지나 한국 국적의 소라가 되었다. 「눈」은 마이투 혹은 소라 같이 한국 남성과 결혼해 한국에 온 여성들의 숨겨진 이야기를 드러낸다.

> 소라는 쉼터에 머물다 떠난 여자들에 대해 많은 것을 알고 있다. 그녀들에게 무슨 일이 있었는지. 고향 집으로도 남편과 아이들이 있는 곳으로도 돌아가지 못하는 여자들이었다. 유골로 돌아간 여자도 있었다. 스물일곱 살 여성도 있었고, 열아홉 살 여성도 있었다. 유골이 되어 고향에 돌아간 여성은 소라의 친구였다.164쪽

한국문학 지형에서 취약한 부분 하나는 대부분 작품이 여전히 단일민족 신화에 갇힌 태생적 한국인의 생활에만 초점을 둔다는 것이다. 하지만 단일민족 '한국인' 개념이 흔들린 지는 꽤 되었다. 소라처럼 한국에 이민 와서

오래 살았고 사후적으로 국적을 얻어 한국인이 된 이주자들은 한국인이 아닌가? 그들과 한국 남성 사이에 태어난 아이들은 한국인이 아닌가? 한국인과 비한국인을 나누는 경계선은 어떻게 그어지는가? 점점 늘어나는 한국사회의 이주 한국인들을 한국문학이 소홀히 하고 있다는 인상을 받는다. 이수경은 홀대받는 한국사회의 새로운 구성원들의 목소리에 귀를 기울인다.

예컨대 이런 사연. 단일민족 신화 서사에서는 들리지 않는 이야기다. "마흔 살이었던 한국인 남편에게 맞아 갈비뼈가 부러지고 발목이 어긋났다. 당신과 함께 행복하게 살고 싶었습니다. 열아홉 살 엔은 그녀의 언어로 유서를 남기고 죽었다." 르포 작가인 유가은을 1인칭 시점 '나'로 삼아 「눈」은 소라의 이야기를 기록한다. 「눈」의 미덕은 유가은이 기록하려는 소라의 기록이 보여주는 생생한 사실성에만 있지 않다. 그보다는 '나'가 시도하는 재현으로 미처 담을 수 없는 토종 한국인과 이주민 소라 사이의 거리를 섬세하게 포착한 점이 돋보인다. 코로나 사태 같은 재난 상황이 벌어지면 누가 국민인지가 가려진다. 많은 사람이 코로나 팬데믹으로 고통을 겪었지만 그 양상에서도 차이가 발생한다. 소라는 묻는다. "재난 상황이 되면 알죠 누가 가장 약자이고 누가 먼저 소외되는지. 당시 우리는 팬pan, 코로나 팬데믹—인용자에 속하는 사람이 아니었어요 우리는 어디에도 존재하지 않았습니다. 사람이 아니라면 우리는 무엇인가요 우리가 침묵해야 하나요."174쪽

작가로 설정된 '나'는 특히 그 재현의 한계에 민감하다. 여기에는 작가 본인의 음성이 겹쳐 들린다.

"잘 알지도 못하고 써서 미안해요." 그러나 나는 소설 속 이주노동자 '이불'을 떠올리며 소라에게 미안하다고 했다. 이불은 나의 상상 속에서만 존재하는 방글라데시 청년이었다. 이름도 나이도 국적도 죽음도 늦은 밤이나 새벽에 창밖에서 들려

오던 이주노동자들의 낯선 언어와 노랫소리를 들으며 쓴 소설이었다. 나는 한 번도 그들 가까이에 가본 적이 없었다.177~178쪽

유가은은 자신이 하는 글쓰기 작업의 한계를 의식하면서도 "그들 가까이에" 가보려고 하는 불가능한, 하지만 소중한 노력을 시도한다. 어쩌면 이런 태도는 소설을 포함한 모든 글쓰기에 필요한 태도다. 그렇기에 이 작품의 마지막 구절이 마음에 강한 인상을 남긴다. "한번 안아볼까요? 유가은 선생님. 아름다운 소라가 내게 말했다."186쪽

뛰어난 작품은 이렇게 단 하나의 문장으로 인물 사이에 작동하는 정념을 표현한다.『총합』은 그런 정념을 매우 신중하고 사려 깊게 표현하는 보기 드문 성취다. (2023)

노년 문학의 의미

최일남 『국화 밑에서』, 황동규 『오늘 하루만이라도』

사람의 정체성identity을 규정하는 건 여러 가지다. 인종, 성, 계급 등이 보통 언급된다. 점점 노령화되어 가는 한국사회에서는 세대generation의 차이도 중요한 요소다. 작가는 자기가 속한 범주의 정체성을 공유하는 인물들만을 작품에서 다루지 않으며 그럴 수도 없다. 예컨대 톨스토이는 남성 작가이지만 어떤 생물학적 여성보다도 더 탁월하게 안나 카레니나라는 개성적인 여성 캐릭터를 창조했다. 조이스는 20대 초반의 나이에 다양한 성, 계급, 나이에 속한 인물들을 입체적으로 조명하는 단편집을 썼다. 다시 말해 젊은 작가만이 젊은 세대의 삶에 대해, 노년의 작가만이 노년의 삶과 애환에 대해 쓸 수 있는 배타적 위치에 있는 건 아니다. 그러나 아무래도 생물학적 나이가 갖는 경험치도 무시할 수도 없다. 조심스러운 판단이지만 한국문학에서 노년이 아닌 작가들이 쓴 노년 문학은 적다. 짐작컨대 노년의 삶에 대해 무심하거나 아니면 그걸 천착할 자신감이 부족한 탓이겠다. 그렇다고 노년에 이른 작가들이 쓴 작품이 많은 것도 아니다. 여기에는 조로화 현상이 심한 한국문학계의 경향도 작용한다. 어느 정도의 나이에 이르면 더 이상 창작 활동을 하지 않고 뒤로 물러나 은거하는 작가들이 적지 않다. 내가 생각하는 이상적인 문학적 영토의 모습은 다양한 작품의 꽃과 나무가 어울려 있는 풍경이다. 젊은 세대의 문학도 필요하지만 중년 세대의 문학도 필요하고, 점점 그 숫자가 많아지는 노년의 삶이 지닌 의미와 애환과 명암을 조명하는 문학도 필요하다. 그게 바람직한 문학적 영토의 모습이다.

어느 글에선가 미국의 저명한 문예비평가이자 탈식민주의 비평의 선구자인 사이드Edward Said는 자신이 기대하는 노년 문학의 모습에 대해 이렇게 썼다. "차분함과 성숙함이 기대되는 곳에서 우리는 털을 곤두서게 하고 까다롭고 가차 없는, 심지어 비인간적이기까지 한 도전을 발견한다." 사이드에 따르면 뛰어난 예술가들은, 우리의 오해와는 달리, 원로가 되었다고 해서 "차분함과 성숙함"의 세계로 도피·초월하지 않는다. 이들은 세상을 달관하는 도사의 길을 걷지 않는다. 이들 예술가들이 펼친 말년의 예술세계에서 우리는 안주하지 않는, 그래서 심지어 "비인간적"으로 느껴지는 끝없는 "도전"을 발견한다. 그러나 현재 한국문학에서는 이런 "비인간적이기까지 한 도전"을 논하기 이전에 노년에 이른 작가나 시인들의 작품을 만나기조차 힘들다. 이런 상황에서 반갑게 만난 최일남 소설과 황동규 시집은 노년에도 멈추지 않는 어떤 "도전"을 보여주는가? 그 점이 궁금하다.

1

최일남은 1932년생이다. 1953년에 등단했다. 60여 년에 걸친 창작활동을 해왔다. 이번 소설집에 묶인 작품 중 가장 최근 작품은 2013년 작품이다. 한국문학의 취약점 중 하나가 작가들의 조로현상을 꼽는데 최일남은 예외다. 일단 그 사실로도 높이 평가할 만하다. 『국화 밑에서』이하 『국화』는 내용적으로는 노년의 삶을 다룬다는 점이, 형식적으로는 대화의 생생함이 돋보이는 점이 좋았다. 최근에 나온 장편과 단편소설들은 형식면에서 가장 눈에 띄는 특징이 대화보다 인물들의 심리 묘사에 훨씬 힘을 쏟는다는 것이다. 예컨대 2019년 대산문학상 수상작인 조해진의 장편『단순한 진심』이 그렇다. 해외 입양의 문제를 성인이 된 입양인의 1인칭 시점에서 다룬 이 소설은 제재의 특성 때문이기도 하지만 압도적으로 심리 묘사가 많다. 이런 경향은 조해진만의 특징은 아니다. 이렇게 된 연유는 세심하게 살펴야겠지만 한 가지 이유로 생생한 대화를 포착하는 데 작가들이 어려움을 느끼는 것이 아닌가라고 나는 판단한다. 여기에는 한국소설의 전체적인 내성화內省化 경향도 이유로 꼽을 수 있겠다.

『국화』는 이점에서 다르다. 이 작품의 재미와 활력은 무엇보다 노년에 이른 인물이 나누는 대화에서 나온다. 1인칭 시점이든 3인칭 시점이든 초점은 그 대화의 현실감에 있다. 작가 자신이 그 점을 인식한다. 작가의 말이다. "내놓고 실토하기 무엇하지만 요즈음의 노년소설은 형식이 예전과 많이 다른 듯하다. 객관적 서사役事와 상상력의 단순한 비교를 두고 하는 소리가 아니다. 나같이 문단 데뷔 초장을 납 냄새, 즉 신문사에서 보낸 사람은 더구나 처신이 힘들었다. (…중략…) 이번에 더 좀 유념한 것은 일본이다. 일본어 교육을 받은 마지막 세대의 한 사람으로 비망록備忘錄을 적듯이 썼다."[1] 각 작품에서 인물들이 나누는 대화에는 아마도 작가의 기자 경력에서 비롯되었을 특장인 사실과 지식에 대한 탐구의 정신이 깔려 있다.『국화』의 많은 대화가 "객관적 서사"에 초점을 둔다.『국화』는 입체적 인물형상화나 날카로운 주제의식보다는 특정한 계층에 속한 노년의 기록문학의 의미를 지닌다. 특히 일본어 교육을 받은 마지막 세대의 초상을 그린다. 그 초상은 단순한 서술이 아니라 자의식이 깔린 초상이다. 그점이 매력이다.

---

1   최일남,『국화 밑에서』, 문학과지성사, 2017, 271쪽. 이하 쪽수 병기.

『국화』는 각 작품에 등장하는 인물이 다르다는 점에서 연작소설은 아니다. 그러나 그렇게 읽힌다. 일단 주요 등장인물이 모두 노인이고 그들이 나누는 대화와 정서가 전해주는 감수성이 유사하다. 『국화』는 무엇보다 노년 세대의 풍속과 감각의 보고서로 읽힌다. 그런데 그 보고서가 딱딱하지 않고 재미있다. 계층적으로 보자면 이 소설에 나오는 인물들은 중산층에 속한 지식인 노인이다. 하층계급이나 최상층 노인을 다루지 않는다. 그걸 한계라고 볼 수도 있지만 작가는 자신이 잘 아는 것을 쓸 뿐이다. 중간계층이 아닌 노인들의 생활과 정서를 다룬 문학은 다른 작품을 요구할 것이다.

「물수제비」는 혼자 사는 노인 박 교장의 생활을 다룬다. 『국화』에 실린 작품이 지닌 형식의 전형적 특징을 보여준다. 이 작품은 3인칭 시점이지만 거의 박 교장의 내적 독백과 심리 묘사에 집중한다. 그 점에서 대화가 중심을 차지하는 다른 작품과는 좀 다르다. 그러나 그런 심미묘사가 갖는 효과가 있다. 아내의 죽음이 생활에 남긴 변화를 박 교장은 반추한다. 박 교장의 내면묘사가 전해주는 실감이 있다. 그 심리에는 감상주의가 없다. 마치 기자의 리포트 같다. 그래서 오히려 힘이 생긴다.

한 사람이 죽었을 뿐인데도 주부는 이렇게 엄청난 것들을 남기는가, 겁도 안 났다. 남편이 죽으면 간단하다. 옷가지와 책 무더기 등속을 치우면 그만인데, 집을 형성하는 오만 가지 물건을 온몸으로 떠메고 살던 안사람이 세상을 뜨면 그녀에게 딸린 유물이 이토록 굉장한가 싶다. 이제사 그걸 알다니 별놈 다 본다는 소리를 들어도 싸다고 박 교장은 자책한다. 다 늦게 웬 수선인가. 콧방귀 뀔 사람이 많겠으나, 몸뚱이만 들락거린 세월을 할 수 없이 접고 목격한 삶의 속살 앞에서 그는 절감했다. 누추하다면 누추하고 웅숭깊다면 웅숭깊은 경이로운 세계를 또다시.85쪽

『국화』는 노년의 삶이 보여주는 "누추하다면 누추하고 웅숭깊다면 웅숭깊은 경이로운 세계"를 탐구한다.

『국화』의 돋보이는 지점인 대화가 전하는 것은 노년이 겪는 신변의 이야기와 정서다. 소설이 하는 역할 중 하나는 독자가 모르는 다른 영역과 세계의 정보와 감각을 전달하는 것이다. 여기서 정보와 감각은 실은 하나로 연결된다. 우리는 자기가 속한 세대의 감수성을 안다고 생각한다. 하지만 다른 세대의 감수성은 모른다. 거기서 몰이해가 나온다. 자기보다 윗세대를 무조건 '꼰대스럽다'고 쉽게 말하는 풍조가 있다. 그런 점에서 『국화』는 서로 다른 세대 사이에 필요한 대화의 물길을 트는 역할을 한다. 문학의 한 역할이다. 예컨대 단편 「메마른 입술」을 살펴보자. 이 작품은 1인칭 시점을 택한다. '나'가 나누는 대화에 등장하는 문학작품과 책을 다룬 논평이 서사의 골격을 이룬다. 그 대화에서 표현되는 사실에 대한 평가가 예리하다. 그렇다고 등장인물들이 작가의 대변인에 머무는 것은 아니다. 이런 서사에서는 자칫 그럴 수도 있는데 『국화』는 그것을 절묘하게 벗어난다. 특히 말과 글의 의미에 대한 성찰이 눈에 띈다.

세상을 들었다 놓을 것 같은 기세로 한꺼번에 들입다 쏟아 부은 말의 홍수가 우리에게 던진 의미는 무엇일까. 속에서만 부글부글 끓던 마그마가 지표를 뚫고 분출하듯 요란하게 사람들의 일상을 흔들고 작살냈네그려. 그 꼬투리가 지금은 어떤 형태로 남아 있는지, 아니 깨끗이 사라졌는지. 있다면 있고 없다면 없는지.53쪽

하지만 그것도 한물간 발상이기 쉬워요. 근자에 와서는 하여간 긴 것을 싫어한대. 똑떨어진 한 줄짜리 문장이라야 환영받는다만, 트위터니 소셜미디어니 하는 인터넷 공간은 물론, 티브이에서 재치껏 던진 누군가의 한마디가 순식간에 대중을

사로잡는 둥, 사제私製 경구가 판을 친대요 글쎄.

　　장황한 연설은 가라. 질린 지 오래이므로 듣자마자 귀에 새롭고 단박 가슴을 치는 일발 장타를 바란다 이거지. 기둥을 쳐 대들보를 울리는 꼼수지."55쪽

『국화』의 미덕은 다른 세대와는 구별되는 노년 세대의 감각을 포착한 것도 있지만 자기 세대를 날카롭게 돌아보는 데서도 발견된다. 표제작 「국화 밑에서」의 대화가 그렇다.

　　그만 그만, 대충 이해하겠는데, 당신의 말엔 한문 투가 너무 많아. 대명천지 인터넷 세상에 무슨 짝인가. 젊은 인터넷 세대는 인터넷 이전의 인류 생활과 상식을 까맣게 모른다고 미국의 인터넷 게임 전문 교수가 지적한 것 못 보았나. 그런 터에 사전에만 있을 뿐 사어나 다름없이 까다로운 단어를 자꾸 쓰면 어떡해.21쪽

『국화』에는 노년 세대가 쓰는 어휘들이 많이 나온다. 나도 따라 읽기가 쉽지 않았다. 이것은 소설의 대중성면에서는 단점이 될 수 있다. 작가보다 아래 세대가 술술 작품을 읽을 수 있기는 어렵겠다. 그러나 달리 보면 사라져가는 한국어 어휘의 기록이다. 어휘만이 아니라 문체도 그렇다. 언뜻 보면 고색창연하다. 그런데 그런 문체가 오히려 낯설게 하기의 효과를 지닌다. 묘한 품격을 지닌 문체다.

　이런 언어에 대한 자의식은 일본어를 어릴 때부터 공부했던 마지막 세대로서 지닌 감회에서도 드러난다. 단편 「말이나 타령이나」는 최일남 같은 작가만이 쓸 수 있는 작품이다. 거의 자전적 작품인 이 단편에서 작가는 어린 시절의 경험을 회상한다. "1944년 들머리. 아니다. 이런 서력 연호는 귀동냥조차 못했던 쇼와昭和 19년 초봄의 어느 날"227쪽을 떠올린다. '나'는 일제

강점기 때 교육칙어를 강제 암송해야 했다. 그로부터 촉발된 한국과 일본의 관계에 대한 생각들이 흥미롭다.

"예전에는 일본 정신으로 중국 전래의 문명을 활용하자는 화혼한재和魂漢才를 내세웠던 민족이."

"그것의 서양 편이 화혼양재和魂洋才 아닌가. 한국은 애당초부터 싹 무시하고 덤볐어."

"조선총독부의 강요와 달리, 소위 일본 나이치內地의 권세가들이 조선인과 이름이 같아지는 게 싫어 창씨개명을 반대했듯이."

"암."

"앗사리라는 일본말 있지? 깨끗이 졌다거나 결정했다는 뜻으로 흔히 쓰는 부사."

"어세가 더 좀 센 마잇타쪘다'도 있잖아. 유도나 검도, 예전에는 사무라이 용어로 멋있었어. 제꺼덕 무릎을 꿇고 머리가 마룻바닥이나 땅에 닿도록 깊숙이 절을 올리는 모양이."

"멋있는 것도 썼다. 여하튼 헛소리라고, 위안부 문제에 대한 저런 억설을 봐봐. 잘못했다. 죄송하다. 이 한 마디면 될 것을 저토록 비루하게 끌다니."

"누가 보면 웃겠다. 두 노틀이 과거와 현재를 오락가락 헤매는 말놀이를 보고."251쪽

작가는 한 세대와 시대의 기록자이다. 『국화』는 그런 기록문학으로 의미를 지닌다.

2

앞에서 노년문학에서 지녀야 할 "까다롭고 가차 없는, 심지어 비인간적이기까지 한 도전"을 언급한 사이드를 인용했지만 노년은 곧 지혜로움과 등치될 수 없다. 강하게 말하면 시간의 흐름 속에 한 사람은 그냥 나이든 노인이 될 뿐이다. 노인은 생물학적 나이일 뿐이다. 생물학적 나이가 많다고 지혜가 자동적으로 따라오는 것은 아니다. 오히려 사태는 그와 반대다. 나이가 들면 많은 경우 몸과 마음이 굳고 딱딱해진다. 유연성을 잃고 자신이 직간접적으로 경험한 세계 안에서 자기 밖의 세계를 단정하려는 편협함이 강해질 수 있다. 세네카가 일갈했듯이 책이니 인생이나 중요한 건 그것의 길이가 아니라 그것이 얼마나 훌륭한가에 달려 있다. 그런데 여기에서 훌륭함goodness의 의미는 무엇일까? 그것은 어떤 완결된 사상의 모습일까? 사상의 근원을 따지는 철학의 경우에도 그런 식의 완결된 사상의 체계는 없다. 다양한 현대철학의 흐름이 밝힌 것은 그렇게 체계를 구축하려는 욕망의 의미와 구멍을 탐구하는 것이다. 문학에서 사상과 지혜의 문제는 철학과도 다른 궤적을 그린다. 문학에서 지혜는 선험적으로 주장되는 것이 아니다. 좋은 문학은 자신을 포함해 모든 것을 심문대에 올려놓고 그 의미와 가치를 묻고 또 묻는 것이다.

내가 알기에 현역으로 활동하는 시인 중 가장 원로일 황동규의 신작 시집 『오늘 하루만이라도』이하 『오늘』를 읽으면서 시적 지혜의 지평을 살펴본다. 황동규 시의 형식적 특징은 시인 자신의 말대로 한 편의 시안에서 "연극처럼 무슨 일이 일어나 시적 자아를 변모시키는, 종교적인 용어를 빌리자면 거듭나게 하는" 극서정시劇抒情詩이다. 극서정시는 시 안에서 "처음과 끝의 정황이 다른 시"이고 그것은 "조그만 거듭남"을 목표로 한다.[2] 그렇다면

『오늘』은 시인이 말하는 극서정시에 정확히 부합하지는 않는다. 무엇보다 『오늘』에서 시적 화자는 거의 시인 자신이라고 봐도 무방하다. 비판으로 하는 말이 아니다. 통상 시적 화자와 시인이 동일시되는 시를 시적 긴장이 해이해졌다고 평하지만 그것도 경우에 따라 다르다. 『오늘』처럼 자전적 시 쓰기의 구조를 가진 경우에는 시적 화자와 시인의 거리가 거의 사라지는 게 미덕일 수 있다. 나이 들어가고 죽음에 다가가는 나이가 되었다고 반드시 그에 어울리는 지혜와 통찰을 얻는 것은 아니지만, 또한 그런 경험에서만 가능한 통찰도 있는 법이다. 그리고 좋은 시는 한걸음 더 나아가 삶의 종점에 다가간다고 해서 삶에 대한 애정이나 죽음에 대한 두려움이 사라질 수는 없다는 걸 동시에 직시한다. 손쉬운 달관과 초탈은 경계해야 한다. 만약 그렇지 않다면 그건 가짜 도사의 시가 될 것이다. 각자의 나이에 걸맞은 삶과 죽음에 대한 성찰만이 가능할 뿐이다.

『오늘』에서 무엇보다 눈에 들어오는 건 삶의 종착역에 도달하고 있다는 사실에 대한 자각이다.

60년이 바람처럼 오고 갔다 / 이제 그대의 눈 어둑어둑, / 도로 표지판도 제대로 읽어내지 못하고 / 표지판들이 / 일 없인 들어오지 말라고 말리게끔 되었어. 「불빛 한 점」 부분, 11쪽

입에 달고 살던 것들이 곧잘 잊힌다. / 세상과 멀어진다는 거 아니겠어. / 한참씩 만나지 않으니 /

50여 년 알고 지낸 이들의 이름도 가물가물 / 꽃, 새, 새소리, 동네 이름들 / 모르는 새 많이들 길 떠나갔네. 「지우다 말고 쓴다」 부분, 126쪽

---

2   황동규, 『오늘 하루만이라도』, 문학과지성사, 2020, 154~155쪽. 이하 시 제목과 쪽수 병기.

시인은 "그대의 눈"이라고 썼지만 위의 진술은 시인 자신에 대한 이야기다. 아직 생물학적 죽음을 느끼기 어려울 젊은 시인도 시적 상상력을 동원해 죽음을 논할 수는 있다. 하지만 그것은 시의 육체성에서 절실함이 부족하다.

『오늘』에서 눈길이 가는 것은 시인이 일상에서 마주치는 자연과 풍경과 대상에 대한 예리한 관찰이다. 원래 시인은 그런 섬세함을 지녀야 하지만 황동규는 특히 관찰의 생동감이 돋보인다. 그런 대상의 관찰은 삶에 대한 성찰로 연결된다. 생활 풍경과 내적 풍경이 완미하게 결합된다. 『오늘』의 시들은 빼어난 서경시敍景詩이자 동시에 서정시다. "은행잎! 할 때 누가 검푸른 잎을 떠올리겠는가? / 내가 아는 나무들 가운데 떡갈나무 빼고 / 나뭇잎은 대개 떨어지기 직전 결사적으로 아름답다."「오늘 하루만이라도」, 16쪽 이 시 말고도 다른 시에서도 종종 느낌표나 물음표가 등장하는데, 그것들은 시인 자신과의 대화이기도 하고 시인이 자신의 감각과 사유를 자극하는 대상을 만난 바로 그 순간의 감흥을 포착하려는 태도를 보여준다.

깊은 숨 몇 번 들이쉬니 / 창밖 저 아래 밀어 논 눈 더미가 내려다보인다. / 참새가, 조그만 다갈색 새 하나 / 그 앞에서 땅을 쪼고 있다. / 그 뒤에 한 마리, 그 뒤에 또 한 마리, / 저녁 햇빛 속에 앙증스레 땅을 쪼고 있다. / 눈 돌렸다 다시 보니 셋이 머리 서로 맞대고 / 고개 까딱까딱 함께 땅을 쪼고 있다. 간질간질 정답다. / 그렇지, 한란, / 그 어디서고 삶의 감각 일깨워주는 자에게 / 죽음의 자리 삶의 자리가 따로 있겠는가?「죽음의 자리와 삶의 자리」부분, 25쪽

이 시에서는 시인이 키우는 한란과 창밖에 보이는 풍경에서 눈에 들어오는 눈, 참새 등이 포착된다. 삶의 감각을 일깨워주는 생활 속의 대상이다.

그런데 시인의 조망에서 대상과 인간 사이에는 차등이 없다. 그것이 무엇이든 삶의 감각을 일깨워주는 것은 소중하다. 그래서 "간질간질 정답다." 하지만 "죽음의 자리, 삶의 자리"가 쉽게 파악되지는 않는다. 그 둘이 쉽게 연결되지도 않는다. 둘을 쉽게 연결하는 건 사이비 도사들이나 하는 짓이다.『오늘』에는 그런 오만함이 없다. 그래서 가지가 잘리는 나무들의 모습은 억지로 "자연스런 제 모습을 포기"하는 인간의 모습과 마찬가지로 감각된다.

> 자연스레 사방으로 뻗치던 가지들이 잘리고 / 모두 동그랗고 가지런한 나무들이 되고 있었다. / 가지 잘릴 때 / 나무들은 속으로 치를 떨지 않았을까? / 가지 하나는 전정 톱에 잘리고도, / 몸에서 떨어지지 않고 한참 건들거렸다. // 산 것이 인간 마음에 들려면 / 자연스런 제 모습 포기해야 하는가? / 인간도 힘 거머쥔 자의 비위 거스르지 않으려면, / 가지 자르고 동그래져야 하는가? / 그러지 않는다면? / 좀 단순해지자.「산 것의 노래」, 부분 30쪽

예리한 관찰과 성찰이 결합된 시들도 좋지만『오늘』에서 역시 가장 마음에 다가오는 것은 죽음에 대한 성찰의 시다. 시인의 그런 성찰은 거창하고 추상적인 죽음에 대한 명상이나 사유를 통해 제시되지 않는다.

> 아파트 낡으면서 사람도 낡아
>
> 엘리베이터에서 오래된 이웃 만나면
>
> 언제부터 우리 이렇게 됐지? 생각이 들곤 한다.
>
> 그러나 잠깐, 지금도
>
> 마음 홀리는 와인 한 병 잡으려
>
> 주머니 사정 살펴가며 마트의 와인 부스를 뒤지고

늦저녁 전철에서 빈자리 놔둔 채 꼭 껴안고 서 있는

젊은 남녀를 멍하니 바라보기도 한다.

죽음이 없다면

세상의 모든 꽃들이 가화가 되는 건 맞다.

꽃들이 죽는 이 세상에는

덮어씌운 눈 간질간질 녹이다가

살짝 웃음 띠고 얼굴 내미는

복수초의 샛노란 황홀이 있고,

해 진 줄 모르고

독서 안경 끼고도 잘 안 뵈는 잔글씨를

죽음아 너 어딨어? 하듯

읽을 수 있는 마지막 글자까지 읽어내는 인간이 있다.

「죽음아 너 어딨어?」 전문, 63쪽

죽음이 있기에 삶의 가치를 확인한다. "죽음이 없다면 세상의 모든 꽃들이 가화가 되는 건 맞다." 가화假花는 가짜 꽃이다. 그렇다고 죽음이 삶의 꽃이 지닌 가치를 무화하는 허무주의를 낳는 건 아니다. 이 점에 『오늘』의 뛰어남이 있다.

삶의 위엄은 삶의 마지막 순간까지 "죽음아 너 어딨어? 하듯" 삶이라는 책에 쓰인 "마지막 글자까지 읽어내는" 태도에서 나온다. 그것은 삶에 대한 미련일 수도 있지만 인간다움의 표현이기도 하다. 이런 말을 적자니 DC코믹스 영화인 〈닥터 스트레인지〉의 한 장면이 떠오른다. 이 영화에서 천 년을 살아온, 닥터 스트레인지의 스승인 에인션트 원이 나온다. 깨달음의 경지에 이른 존재인 에인션트 원조차도 죽음의 순간에 내리는 눈, 곧 스러져 갈 눈snow을 보기 위한 욕망을 버리지 못하는 장면이 인상적이다. 그게 인간의 삶이다. 여기서 눈은 곧 스러져갈 삶의 상징이다. 삶의 무상함과 초월을 말하는 자칭 도사를 나는 믿지 않는데, 그런 삶의 무상함이 역설적으로 우리를 살게 만드는 동인이기 때문이다. 우리는 마지막 순간까지 삶에 대한 욕망을 버릴 수 없다. 『오늘』은 그런 욕망의 안팎을 때로는 진중하게, 때로는 경쾌하게 들여다본다. 그래서 이런 시적 장면이 좋다. "나보다 조금 젊어 뵈는" 사내와의 만남을 다루면서 삶의 순간이 주는 경쾌한 기쁨을 포착하는 장면. 그런 기쁨들이 우리를 살게 한다. 아이든 청년이든 노인이든. 그런 기쁨을 즐길 줄 알 때 생물학적 노인은 가짜 도사가 아니라 성숙함을 아는 아이, 청년이 된다. 『오늘』은 노년 문학의 좋은 예라 할 만하다.

순환로에 나서니 가뿐해진 세상 / 걸음 멈추고 공기를 깊이 들이마신다. / 눈앞에서 비둘기 둘이 춤추듯 푸덕이고, / 사람들 말소리에 가벼운 비브라토vibrato가 실린다. / 이런! 눈웃음 지으며 그가 양손에 종이컵 들고 나타난다. / 마시던 컵 발치에 내려놓고 / 새 컵 받아 들고 한 모금 마신다. / 초여름 비 맛이군요. / 짧은 비였지요. / 그리고 헤어졌다.「종이컵들」부분, 93쪽 (2021)

역사를 다루는 시각

황석영『철도원 삼대』, 천잉전『충효공원』

어떤 면에서 모든 소설은 역사소설이다. 대개의 소설은 과거 일을 현재시점에서 조망한다. 소설의 서술 시제가 과거형인 이유다. 그러나 범위를 좁혀서 역사소설historical novel을 규정하면 두 가지 범주가 가능하다. 첫째, 아직 알려지지 않았지만 알아야 하는 역사적 사실을 발굴해 전하는 것이다. 이 경우는 사실史實의 제공이 큰 의미를 차지한다. 이 글에서 다루려는 황석영의『철도원 삼대』이하『철도원』는 여기에 가깝다. 예컨대 당대 사회주의 독립운동의 핵심 인물인 이재유와 그를 자기 집에 숨겨줬다가 체포된 경성제국대학 교수 미야케의 이야기가 그렇다. 나는 이 작품을 읽으며 이런 사실을 처음 알게 되었다. 둘째, 역사적으로 의미가 있는 사건historic event을 재해석하는 것이다. 가령 임진왜란과 병자호란을 당대 실제 인물들과 허구적 인물들의 관점을 통해 천착했던 김훈의『칼의 노래』나『남한산성』이 그런 작품이다. 그러나 어느 경우든 역사소설은 역사학의 서술과는 다르다. 어떤 의미에서든 역사적 사실fact과 그에 근거한 해석만이 인정되는 역사기술과는 달리 역사소설은 사실과 허구의 적절한 배합과 구성을 통해 사실 전체를 다른 시각에서 볼 가능성을 제기한다.『철도원』에는 중요한 실존 인물로 "국내 사회주의 독립운동의 마지막 희망"[1]이었던 경성 트로이카의 핵심인 이재유, "일제 강점기 국내에서 벌어진 사회주의 조직의 마지막 운동"500쪽의 구심점이었던 박헌영 등이 등장한다. 하지만 이런 인물들의 작품 내 평가는 허구적 인물들과의 직간접적 관계를 통해서 이뤄진다. 역사소설이 열어주는 지평의 확장이 갖는 의미다.

역사기술에서 사건만이 아니라 역사적 인물의 활동을 서술대상으로 한다. 그러나 군이 구분하자면 그런 서술은 중요한 사건을 부연하기 위한 외면적 서술이다. 다뤄지는 인물들도 이름 없는 민중들이 아니라 영향력을 미치는 자리에 있었던 인물들이다. 민중사 쓰기가 어려운 이유는 기록을 남길 만한 여유와 위치를 민중들이 갖지 못하기 때문이다. 역사소설은 그 공백을 메운다. 무엇보다 소설에서는 사건이 아니라 그 사건을 대하는 인물의 반응과 감정, 견해를 다루는 내적 묘사에 초점을 둔다. 그렇게 박제화된 인물에게 생명력을 불어넣는다. 실존했던 중요한 역사적 인물만이 아니라 허구적인 민중 캐릭터를 통해 당대 사건을 다른 시각에서 접근할 수 있는 공간을 연다. 그것을 얼마나 잘 하느냐에 따라 역사소설의 성취나 재미가 결정된다. 이런 시각에서 두 편의 작품을 읽는다.

1

솔직히 말하면 황석영 소설을 읽지 않은 지 꽤 되었다. 오랜만에 읽은 작품인 『철도원』은 기대에 부응한다. 다른 점을 논외로 하더라도 『철도원』은 재미있다. 장쾌하다. 최근 한국소설에서 받은 전체적 인상은 자잘하다는 것이다. 소설이 다루는 제재도, 그 제재를 다루는 시각도 활달하지 못하고 좁

1   황석영, 『철도원 삼대』, 창비, 2020, 438쪽. 이하 쪽수 병기.

다. 뭔가 위축되었다는 인상을 받는다. 누군가는 그런 태도를 신중함이라고 볼 수도 있겠지만 나는 생각이 다르다. 그 점에서 『철도원』은 오랜 창작 경력을 지닌 작가가 무엇을 할 수 있는지를 보여주는 좋은 예다. 한국 근대사 100년에 걸친, "성난 물결의 소용돌이 같은 세월"604쪽을 살아간 한 가족의 연대기를 담고 있는 『철도원』을 끌고 가려면 서사의 뼈대를 튼튼하게 세워야 한다. 그 점에서도 작가는 지혜로운 선택을 한다. 잘 알려지지 않은 근대 노동운동 역사를 발굴하고 그 역사를 한 노동자 가족의 개별 서사 속에 결합하는 것이다. 그를 위해 작가는 지금 시점에서 고공 농성을 하는 노동자 이진오를 서사 짜기의 핵으로 삼는다. 그리고 증조부 이백만, 할아버지 이일철, 작은 할아버지 이이철, 아버지 이지산으로 뻗어가는 서사를 덧댄다. 그 결과 한국 근현대사의 입체적 풍경이 완성된다.

　　이진오는 아버지 이지산이 할아버지 이일철을 따라 이북에 갔다가 천신만고 끝에 다리 한쪽을 잃고 돌아온 뒤에 증조할아버지 이백만과 짝이 되어 공방을 지키며 살아왔던 세월을 기억하고 있었다. 그는 두 사람이 작업 중에 두런거리며 나누던 옛날이야기 속에서 할아버지 이일철과 작은할아버지 이이철의 행적을 알게 되었다. 또한 할머니에게는 끝내 귀하고 여린 아들이었던 아버지 이지산은 시장에서 돌아온 어머니의 등과 어깨를 안마해주며 소곤소곤 이야기를 나누던 것이었다. 지산이 신금이에게 몇 번이나 해주었던 이야기가 있었다.600쪽

　　그러나 전체 서사의 초점화자 역할을 하는 이진오의 역할은 다소 밋밋하다. 고공농성의 일상을 묘사하는 대목들은 그 구체성이 눈에 띄지만 최근 출간되는 노동소설의 어떤 상투성을 시원스럽게 벗어나지는 못한다. 그리고 뒷부분에서 일제강점기 말과 해방공간을 다루면서 너무 많은 역사적 사

실을 집어넣다보니 호흡이 다소 가빠진 느낌도 있다. 그래서 이진오의 아버지 이지산의 캐릭터 형상화가 납작해지는 결과를 낳는다. "이일철을 따라 이북에 갔다가 천신만고 끝에 다리 한쪽을 잃고 돌아온 뒤에 증조할아버지 이백만과 짝이 되어 공방을 지키며 살아왔던" 이지산의 행적은 별도의 작품을 요구하겠다. 이백만의 이야기가 좀 더 깊이 있게 펼쳐졌으면 하는 아쉬움도 남는다.

짐작컨대 『철도원』 구상에서 작가는 이런 난점을 인식했을 것이다. 최근 출간되는 장편소설 분량의 두 배 정도 분량이지만 작품의 주요 인물이 살아간 "행적"을 상세하게 천착하는 건 거의 불가능하다. 그런 난점을 알면서도 4대에 걸친 한 가족의 노동운동사 혹은 가족사를 다루기로 한 건 그 시도의 대담함을 높이 사야 한다. 황석영은 이런 걸림돌을 해결하기 위해 이진오의 할아버지 세대인 이일철한쇠, 이이철두쇠에게 서사의 척추를 할당한다. 그리고 다른 인물들의 경우는 제한된 분량이지만 고유한 입담으로 인물 형상화에 생기를 불어넣는 길을 택한다. 소설의 스토리텔링storytelling에서 텔링, 즉 서술하는 방법을 다채롭게 하는 방법을 통해 서술의 경제성을 취한다. 이런 것도 이야기를 끌고 가는 내공이 있기에 가능한 일이다.

『철도원』의 초점은 일제 강점기, 해방공간을 이일철과 이이철 형제에게 놓인다. 그들의 이야기가 재미있고 그만큼 비중을 차지한다. 격동의 시대를 살아갔던 허구적 인물들의 이야기를 통해 그 시대의 정조와 정념이 느껴진다. 그렇다고 이들 형제가 모든 면에서 같은 입장을 취하는 건 아니다. 그런 미묘한 차이와 갈등을 묘사하는 것도 인물의 개성을 살리는 데 기여한다.

일철은 최달영과 나눈 이야기를 그에게 털어놓았다.

"어떻게 형이 나에게 이럴 수가 있어? 아무리 일제의 노비 노릇을 하여 먹고살지만."

"그래, 아버지는 평생 쇠를 깎으며 엄마도 없이 우릴 키웠고, 이제 내가 아버지를 대신해서 집안을 꾸려가야 한다. 네가 욕을 하지만 나라 없는 백성들은 모두 그렇게 살아가고 있다. 아버지도 말씀은 안 하시지만 나처럼 너를 이해하실 게다. 한데 네 아내와 장차 태어날 아이는 어떻게 할 테냐? 활동가를 하겠다면서 왜 아낙은 들이구 그래. 네 처자식은 보호해야 할 거 아니냐?"

이철은 눈물이 흐르자 닦지도 않고 얼굴을 위로 쳐들고 한숨을 푹 내쉬었다.

"어쩌다보니 그렇게 되었어. 누군 그러구 싶었나 뭐."

"니가 전향서 쓰면 제수씨는 훈계방면한다구 약속했다."

(…중략…) 일철은 아우에게 진심을 다하여 달래고 또 달랬다.388쪽

이런 입장의 차이들은 "코민테른의 기치를 내걸고 국제선의 권위를 빌려 군림하려는 권위주의적인 태도"165쪽를 둘러싼 독립운동 진영 내부의 갈등에서 드러난다. 그런 부분을 이상화하지 않고 사실적으로 묘사하는 것이 이 작품의 미덕이다.

최달영 같은 친일부역자의 형상화도 눈에 띈다. "십대 때부터 자청하여 일본 경찰의 끄나풀"292쪽이 된 최달영은 인상적이다. 작가는 최달영이 왜 이런 삶을 살게 되었는지 그 내력을 소개한다. 악인을 비판하기는 쉽다. 하지만 문학은 그런 비판 이전에 그가 왜 악인이 되었는가를, 그 연유를 내적으로 탐구한다. 문학의 역할이다. 평가와 단죄는 당연히 필요하지만 그것은 일단 그 인물을 이해한 다음에야 설득력 있게 이뤄진다. 일철과의 대화에서 최달영은 그만의 논리를 내세운다.

지쓰요우혼이, 실용본위라구 하지. 어디서나 일본인 상관이 그렇게 가르치더군.

인정이니 의리니 하는 게 다 잡동사니 쓰레기란 소리 아닌가. 그런 걸 싹 치워버리면 머릿속도 빈방처럼 청결해진다. (…중략…) 잘 먹고 잘 살자는 게 사람이 태어난 이유고 본분 아닌가. 그게 왜 나쁜가 말이다. 나는 강해져야 한다구 결심했고 제일 먼저 실행을 해버렸다.301쪽

이런 주장은 기본적으로 자기합리화에서 나온 것이다. 필요한 건 그런 자기합리화가 어떻게 작동하는가를 이해하는 것이다. 식민주의의 작동은 무슨 고상한 논리나 이념이 아니라 정념에 기반한 약육강식의 태도, 삶을 생존의 문제로 축소시키면서 "잘 먹고 잘 살자는 게 사람이 태어난 이유고 본분"이라고 우기는 관점에서 가능해진다. 원초적이지만 바로 그렇기에 힘이 센 태도다. 악을 비판하기는 쉽지만 어떻게 그런 악이 탄생했는가를 사유하는 건 쉽지 않다. 최달영의 형상화에서도 악의 상투적인 형상화가 완전히 가신 것은 아니다. 하지만 악의 탐구가 매우 빈약한 최근 한국소설의 흐름 속에서 『철도원』은 돋보인다. 최달영 말고도 좀 더 악의 탐구가 이뤄졌으면 하는 아쉬움도 남지만 역시 그러기 위해서는 지금보다 더 긴 대하소설을 요구할 것이다.

남성 캐릭터들의 형상화도 좋지만 주안댁, 막음이, 신금이, 한여옥, 김영숙 등 여성 캐릭터의 묘사가 인상적이다. 그들은 단지 남성의 보조가 아니라 그만의 방식으로 자기 시대를 치열하게 살아간다. 특히 "이백만의 아내 주안댁"43쪽은 인상적이다. 그녀는 어떤 상황에서도 절망하지 않는다. 그 순간에 할 일을 찾아 하고 제안하는 생명력을 표현한다. 그런데 그게 허황된 낙관주의가 아니라 건강함으로 느껴진다. 폭우 속에서 주안댁이 보여준 활약을 그리는 대목은 생활의 신명을 전해준다. "이 이야기는 수년 동안이나 전설처럼 부풀려져서 온 동네 사람들에게 전해졌다. 주안댁이라

는 여자가 어찌나 헤엄을 잘 치고 힘이 천하장사인지 돼지 수십 마리를 물 속에서 건져냈다고."85쪽 시대의 제약이라는 점을 감안해야 하지만 독립운 동이라는 대의를 공유하면서도 그 안에서 드러나는 성적 차이를 포착하는 시각도 좋다. "헤게모니에 집착"하는 남성 운동가들을 비판하는 한여옥의 시각이 그렇다.

> 한이 피식 웃으면서 말했다. (…중략…)
> "어느 쪽이든 조국과 노동계급의 해방을 위하여 싸우는 일인데, 뭐 입신양명 하는 사업두 아니잖아요? 아, 남자들은 헤게모니에 집착하니까. 그런데 현장에 가보면 노동자들이 이해를 못해요. 왜 별 차이도 없는 노선을 가지고 다투냐구 요. 우리는 양쪽 다 우리를 응원해주면 일본과 싸우겠다고 그러지요. 저두 그 사 람들과 뜻을 같이하려 합니다. 옳은 노선은 접수하고 비현실적인 지침은 모른 척 하는 것이지요."259쪽

한국소설사를 살펴보면 사회운동이나 노동운동을 다룰 때 대체적으로 대의를 내세우는 남성주의적 시각에서 서술하는 사례가 적지 않다. 『철도 원』도 그런 시각에서 완전히 벗어난 건 아니다. 거기에는 여성을 대하는 당 대의 제약도 작용한다. 그래도 『철도원』은 남성적 시각에 종속되지 않는 여 성인물들의 삶과 견해를 부각시킨다. 생기 있는 인물들을 제시한다.

끝으로 서술기법에 대해 몇 자 적는다. 전체적으로 작가의 장기인 사실 주의적 기법이 우세한 작품이다. 이런 서술이 가능한 이유는 그만큼의 철 저한 자료조사와 분석이 깔려 있기 때문이다. 당대 역사적 사건들인 만주 사변과 만주 류타오후 사건의 설명, "조선 사람의 피와 눈물"60쪽로 이뤄진 철도건설과정에서 벌어지는 갈등, 조선인 기관수로 일하게 된 일철의 기관

차 노동 경험의 생생한 묘사218~222쪽 등이 그런 예다.『철도원』은 거기서 그치지 않는다. 고공농성장에서 이진오가 만나는 수많은 인물들과의 관계는 분명 환상이지만 그게 단지 환상으로만 느껴지지 않는다. 현실적인 것과 환상적인 것이 자연스럽게 이어지면서 감각적 현실성을 획득한다. 이것도 장인의 솜씨다. 오랜만에 장쾌하면서도 재미있는 소설을 읽었다. 굳이 '원로'라는 말을 쓰고 싶지 않지만 문학의 원로는 이런 작품을 쓰는 데 있다는 생각을 다시 한다.

2

(동)아시아 문화권을 종종 말한다. 그런데 우리는 이웃나라에 대해서 얼마나 알고 있는가? 나만 하더라도 중국, 일본의 역사와 문화 전통을 잘 알지 못한다. 가까운 관광지로 인기를 얻고 있는 타이완대만에 대해서는 더 그렇다. 몇 년 동안 겨울이면 추위를 피해 타이완의 여러 곳을 방문했다. 겨울에 따뜻하고 사람들이 친절하고 음식이 입맛에 맞는다는 피상적인 인식을 갖고 있을 뿐이다. 짐작컨대 대부분의 한국인들이 타이완에 갖고 있는 인식이리라. 그러나 어떤 연유로 타이완 역사와 문학을 좀 공부하게 되면서 그런 인식이 얼마나 피상적인가를 조금은 알게 되었다. 내가 참여하는 공동연구 작업을 위해 작년 초에 타이완의 주요도시 몇 곳을 방문했다. 타이베이의 2·28기념관도 방문했다. 그곳에서는 특별전시회로 한국 제주도의 4·3사건 전시를 하고 있었다. 특별전시를 보면서 두 나라 현대 역사의 어떤 공통점을 알 수 있었다. 두 나라 모두 상당기간 동안 일제 강점의 식민지 경험을 한다. 1945년 해방 이후 두 나라가 겪은 정치적 경험은 비

슷하면서도 다르다.

해방공간에서 한국이 좌우익 사이의 격렬한 이념투쟁, 전쟁, 그리고 분단을 겪었다면 타이완은 중국 본토에서 패전 후 넘어온 외성인外省人과 300년 전부터 건너와 거주해온 본성인本省人, 그리고 본토 중국인들이 정주하기 오래전부터 살고 있던 원주민들이 맺는 복잡한 갈등 관계가 타이완 현대사의 질곡으로 작용한다. 현재 약 2,300만 명인 타이완 인구 중 85%는 본성인이다. 1949년을 전후해 국민당-공산당 내전 이후 타이완으로 건너온 외성인은 13%, 나머지 2%가 토착 원주민이다. 일제 강점기를 대하는 타이완인들의 복합적 시각도 한국과는 다르다. 1945년 일본인들이 물러간 자리를 채운 것은 국부군이었다. "타이완이 해방되던 그해 10월부터 70사단은 타이완을 접수하고 방어 임무를 맡았다."[2] 국부군은 국민당 정부의 군대'라는 뜻으로 그들은 마오쩌둥의 홍군과 치열한 내전을 벌이다 해협을 건너왔다. 그리고 타이완의 지배권력을 구성한다.

타이완 현대사의 최대 비극인 1947년 2·28사건은 담배 행상이 경찰에게 폭행당한 일에서 비롯되었다. 이 사건은 해방 이후 타이완의 비대칭적 권력관계를 반영한다. 일본인들이 쥐고 있던 권력은 국민당 정권을 축으로 한 외성인들에게 넘어갔다. 외성인들이 경제적 이권을 독점한다. 이런 이유 때문에 일부 타이완인들은 일제 강점기 시절이 오히려 더 나았다고 판단하기도 한다. 2·28사건으로 대략 2~3만 명 정도의 본성인들이 희생되었다. 그 이후 수십 년 동안 계엄 상태와 백색테러라는 심각한 국가 폭력이 등장한다. 타이완 현대사의 풀리지 않은 이슈들은 허우샤오셴侯孝賢 감독의 영화 〈비정성시〉의 주요 모티프를 이룬다. 그러나 타이완문학, 특히 타이완현대

---

2   천인정, 「귀향」, 『충효공원』, 문학과지성사, 2011, 50쪽.(원작은 2001년에 출간) 이하 쪽수 병기.

사를 다룬 타이완문학은 우리에게 제대로 알려지지 않았다.[3]

천인정陣映眞 소설집 『충효공원』^{이하 『충효』}은 이런 타이완 현대사를 다룬다. 작가 자신도 국민당 정권에 맞서다가 7년간 감옥생활을 했다. 『충효』는 세 편의 중편소설로 구성된다. 세 작품 모두 뛰어나다. 깊은 역사의식도 돋보이지만 개성적인 인물형상화가 뛰어나다. 첫 작품 「귀향」은 가족의 경제문제를 해결하기 위해 국민당 군대에 입대해서 본토에서 전개 된 국민당-공산당 전쟁에 끌려갔다가 "46년 만에 처음으로 고향 타이완을 밟"^{64쪽}은 양빈 노인의 이야기를 전한다. 그의 본명은 린스쿤이다. 군대 장부에 이름은 있는데 사람은 사라진 지원자를 대신해 강제로 양빈이라는 이름을 받게 된다. 이런 정체성의 혼란은 작품 내내 반복된다. 그는 타이완 사람인가? 중국 사람인가? 각기 수십 년 전 국민당 군대에 입대했던 라오주 노인과 양빈 노인의 대화를 통해 밝혀지는 과거 역사는 그들 다음 세대의 타이완 사람들에게도 낯선 정보다. 1935년 타이완 각지에 주둔해 있던 국민당 "국군 70사단과 62군단이 타이완에서 병사를 모집"^{25쪽}했다. 당시 "가난과 배고픔은 타이완 청년들이 군영을 밟은 중요한 이유 중 하나였지요."^{27쪽} 혹은 국어를 배우기 위해서도 입대했다. 타이완은 오랫동안 일본 식민지였고 1945년 해방되었을 때 대부분의 타이완 사람들은 중국어를 말하거나 읽지 못했다. 이런 사실을 겪지 않은 세대에게는 잊힌 역사다. 새로운 세대는 과거에 타이완 사람들이 겪은 일들을 알지 못한다. 어떤 단절이 있다. 두 노인의 대화 속에서 각기 다른 이유로 군대에 지원했던 청년들의 삶과 죽음이 밝혀진다. 린스쿤 / 양빈이 수십 년 만에 방문한 타이완은 이제 돈과 물질이 지배하는 곳으로 변했다.

---

3   타이완 현대사의 여러 문제점과 문학적 대응을 소개한 글로 김남일, 『어제 그곳, 오늘 여기
    -아시아 이웃도시 근대 문학 기행』, 학고재, 2020, 261~300쪽 참조.

두 번째 작품 「밤안개」는 국가정보기관에서 일하는 이들의 시점에서 서술된다. 이런 작품은 한국소설에는 드물다. 한국소설은 권력이 행사하는 폭력을 다룰 때 대체로 피해자의 시점에서 서술된다. 작품에서 두 개의 시점이 절묘하게 결합되어 있다. 오랫동안 정보기관에서 일하다 퇴직한 딩스쿠이를 초점화자로 삼는다. 그는 1950년 이후 공산주의자 숙청 작업 등 백색테러 작업에 참여했다. "당시 그가 의지했던 건 바로 지도자와 국가 그리고 주의에 대한 흔들림 없는 믿음"146쪽이었다. 「밤안개」는 이런 믿음이 어떻게 시대의 변화와 함께 허물어지는가를 딩스쿠이가 발탁해 일하다가 자살한 리칭하오의 1인칭 시점을 통해 보여준다. "리칭하오의 기록들"105쪽이 딩스쿠이가 걸어온 삶의 이력 사이에 적절하게 삽입된다. 리칭하오가 남긴 기록은 상부의 요구에 따라 범인들을 검거해 사건을 조작하는 등 백색테러의 여러 추잡한 양상을 담는다.

"저희 같은 국민당 앞잡이들이 앞으로도 계속 일을 해야 합니까?"

다음 해 1월, 장징궈蔣經國 총통이 세상을 떠났다. 나는 한 시대가 이미 끝나가고 있음을 깨달았다. 전문대학의 교수 자리가 정해지자 나는 당 비서께 사직하도록 도와달라고 부탁하였다. 곰곰이 생각해보니 바로 그 몇 해 동안 나는 날마다 영혼 깊은 곳의 끝 모를 두려움과 지울 수 없는 근심에 사로잡히기 시작했던 것 같다. 당시의 공포와 두려움은 외부의 구체적 사건에서 기인했지만, 오랜 세월이 흘러가면서 사건의 실체는 희미해져갔고, 구체적 내용도 모두 사라져버렸는데 단지 이유를 알 수 없는 공포와 초조감만이 마음 깊숙이 남아 내 인생을 온통 암흑으로 뒤덮어버렸다.110쪽

스스로를 "국민당 앞잡이"로 규정하는 리칭하오는 불면증, 두통, 보복에

대한 망상으로 극심한 심리적 갈등에 시달리다 결국 자살한다. 그 죽음으로 그의 "마음 속 멍에"144쪽가 풀렸는지는 작품에서도 명료하게 제시되지 않는다. 압축적으로 역사적 격동의 양상을 개성적인 인물 형상화 속에 담는 능력이 돋보인다. 악인의 입체적 묘사에서 나온 설득력이다.

표제작 「충효공원」은 「밤안개」와 마찬가지로 정보기관에서 일했던 마정타오가 주인공이다. 그는 "전형적인 중국 북방 사람"152쪽, 곧 외성인이다. 일본인들이 만주에 세운 대학을 나온 그는 곧 일본 식민권력의 부역자가 된다.

> 마정타오가 대학을 졸업하던 해에 공산당이 이끄는 둥베이 항일 유격동맹군 제1군의 대장 양징위楊靖亭가 장백산 전투에서 전사하였다. 신문에는 눈길을 끄는 사진이 한 장 실렸다. 시커먼 수염으로 뒤덮인 얼굴에 두꺼운 외투를 입은 비대한 몸집의 양 장군 시체 주변에 군용 외투를 입고 허리에 긴 일본도를 찬 일본 군관들이 둘러서 있었다. 마정타오는 건장하고 거칠지만 천성적으로 말재주가 뛰어나 젠궈대학에 다니던 몇 년 사이에 일본어를 아주 유창하게 할 수 있게 되었다. 게다가 마쉬제는 유명한 친일파 유지였으므로, 일본 헌병대의 부토 소좌는 마정타오가 졸업 후 가을이 되기도 전에 그를 불러 일본 말로 몇 마디 물어보더니 바로 다음 날 헌병대 정탐조의 수사 업무와 통역을 맡겼다. 그때부터 마정타오는 현장에서 배우며 단련을 했고, 몇 년 지나지 않아 고문과 납치, 체포와 살해의 각종 기술들을 익히게 되었다.162쪽

마정타오는 『철도원』의 최달영 같은 인물이다. 타이완과 한국의 현대사는 이렇게 서로 포개진다. 하지만 『철도원』에서는 최달영의 시점에서 서술된 부분은 많지 않다. 최달영은 외부의 시선에서 그려진다. 「충효공원」은

그 점에서 다르다. 시대의 혼란에 대처하는 마정타오의 현란한 변신도 최달영과 유사한 면이 많다. 마정타오는 해방 이후 "애국지하 공작원으로 변신하여 국민당 군의 둥베이지역 통수작업에 참여"195쪽한다. 이후에는 숙청운동을 주도하는 정보국에 취직하여 백색 테러의 핵심역할을 담당한다. 하지만 역사의 변화 과정에서 "마음 깊은 곳에서부터 지울 수 없는 불안과 근심을 느끼기 시작"201쪽한다. 다른 주요 인물은 린뱌오 노인이다. 그는 「귀향」의 노인들처럼 일본 군대에 징집되어 필리핀에서 전투에 참전했다가 죽을 고비를 넘겼다. 그리고 그와 같은 타이완 사람 일본군 노병들은 일본에게 피해배상을 요구한다. 일본 식민권력이 끼친 영향력이 어떻게 사람들의 삶에 각인되었는지를 마정타오와 린뱌오 노인을 통해 작품은 포착한다. 흥미로운 점은 린뱌오 같은 참전 타이완 군인들이 한편으로는 일본에 배상을 요구하면서도 일제 강점기를 그리워하는 복합적 감정을 드러낸다는 것이다. 사람들의 내면은 그렇게 단순하지 않다. 그런 감정은 남방에 징집되었을 때 소대장이었던 일본인 미야자키와의 회동에서 설득력 있게 제시된다.

　소략하게 논의했듯이 『충효』는 주로 일제 강점기부터 현재에 이르는 타이완 현대사를 밀도 있게 다룬다. 그래서 주요 등장인물들도 노인들이 많다. 그들이 살고 있는 현재 시점의 타이완은 과거를 망각한 채 돈과 물질이 힘을 행사하는 곳이다. 그런 사정도 한국과 다르지 않다. 작가는 그런 변화 가운데에서도 무엇을 잊어서는 안 되는가를 묻는다. "고난의 시간이 지나간 후 나와 네 큰어머니는 한 가지 결론에 이르렀지. 그것은 바로 어떤 고난과 괴로움에서도 인간이길 포기해서는 안 된다는 거였어."「귀향」, 82쪽『충효』의 미덕은 이런 인간다움의 위엄이 무엇인지를 사유하는 데 있다. 타이완 문학의 저력을 느끼게 한 작품이다. (2021)

노동과 생활

이수경『자연사박물관』, 하명희『불편한 온도』

소설의 역할은 무엇인가? 정보를 제공하는 것? 우리가 모르는 계급과 다른 사람들의 생활의 정보를 알려주는 것? 세상에는 다양한 방식으로 사람이 많다는 사실을 제공하는 것인가? 소설이 그런 역할을 한다면 노동소설은 무엇을 하는가? 노동자 계급의 생활양식을 알려주는가? 노동운동의 르포르타주인가? 최근 뉴스에는 비행기 운항이 중단되면서 항공업계 종사 노동자들이 겪은 실직 등 어려운 처지에 대한 르포 방송이 나왔다. 언론에서 종종 읽게 되는 마음 아픈 일들이다. 그렇다면 이런 보도 기사와 소설은 무엇이 다른가? 혹은 달라야 하는가?

노동문학에서 말하는 '노동'은 무엇인가? 맑스가 통찰했듯이, 자본주의에서 노동은 돈을 벌기 위해 일하는 소외된 노동으로 그 의미가 축소되었다. 그래서 노동은 생활을 지탱하는 버팀목이면서도 생활의 활력과는 거리가 먼 단어가 되었다. 노동은 놀이의 적대어가 되었다. 하지만 노동의 개념조차도 단일하지 않다. 급여를 받고 생활하는 이들은 모두 노동자이지만 그중에는 노조에 가입한 이들도 있고, 가입하지 않은 노동자들도 있다. 정규직 노동자, 비정규직 노동자, 남성노동자, 여성노동자, 생산직 노동자, 서비스직 노동자 등의 차이도 존재한다. '우리 모두는 노동자'라는 말은 일견 맞지만 부분적으로만 그렇다. 노동자라고 해서 같은 노동자가 아니다. 노동자들도 각자가 놓여 있는 상황에서 다르게 세계를 감각하고 해석한다. 그렇다면 노동소설은 무엇을 쓸 수 있는가?

노동소설에 대한 상투적인 이미지들이 있다. 주로 2차 산업인 제조업 공장에서 벌어지는 노조결성을 둘러싼 갈등, 노조 탄압과 파업, 회사의 억압, 격렬한 저항, 탄압의 뒷배 역할을 하는 권력 등. 이런 일들은 지금도 실제 벌어지는 일들이고 그것을 다시 확인하고 고발하는 것의 의미는 크다. 문학은 때로 그런 일을 한다. 사람들이 모르는 사실을 알리는 것. 정보를 제공하는 것. 하지만 그런 역할은 르포르타주에서 더 잘 할 수 있다. 범박하게 말해 언론의 보도가 사건에 초점을 맞춘다면 문학은 그것이 노동문학이든 아니든 간에 상관없이, 벌어진 사건이나 상황이 아니라 사건에 대한 사람들의 반응리액션, 사람들의 감각과 인식의 양상을 주목한다. 결국 문학에서 핵심은 사람, 그리고 사람들의 관계이다. 이런 관점에서 두 편의 작품을 읽는다.

1

이수경 소설집 『자연사박물관』이하 『자연사』은 노동소설인가? 그렇게 볼 수도 있지만 나는 이 소설을 가족소설로 읽는다. 정확히 말하면 한 노동자 가족의 이야기다. 여러 평자들이 지적했지만 그 점에서 『자연사』는 이제는 고전의 경지에 오른 조세희의 『난장이가 쏘아 올린 작은 공』의 우리 시대 판본이다. 가족소설에도 여러 종류가 있다. 어떤 계급, 계층의 가족인가? 가족 이야기에도 수많은 변이가 가능하다. 가족은 애정의 연대지만 동시에 갈등과 증오가 발생하는 곳이다. 가장 사적인 관계이기에 가장 정치적인 공간이 된다. 가까운 사람들이기에 오히려 더 먼 존재들이라는 걸 느끼는 관계이기도 하다. 통상 근대사회에서 가족의 모범은 부르주아 가족이었다. 많은 연구들이 밝혔듯이 노동자 가족도 부르주아 가족을 모방한다. 하지만 엄연히 존재하는 계급적 차이가 만들어내는 가족 감수성의 다양한 면모를 무시할 수는 없다. 우리는 그걸 이미 봉준호의 영화 〈기생충〉에서 보았다. 〈기생충〉에서 박사장 가족과 기택 가족의 거리감, '냄새'로 감각화된 그들 사이의 계급적 거리는 쉽게 해소될 수 없다. 하나의 범주로 뭉뚱그릴 수 있는 가족은 자본주의 계급사회에 존재하지 않는다.

『자연사』는 표제작 「자연사박물관」을 포함해 7편의 단편으로 구성된다. 각 단편이 독립적 작품을 이루지만 동시에 다른 작품들과 가족들의 이야기로 연결되는 연작소설로도 읽을 수 있다. 되풀이 말해『자연사』는 한 노동자 가족의 초상이다. 그 초상화에는 학생운동을 하다 만난 부부, 노조 활동을 이유로 해고된 남편, 예민한 감수성을 지닌 부부의 딸, 노동자 아내인 '나' 혹은 '그녀'의 어머니와 아버지의 모습들이 담긴다. 그리고 깊이 있게 조명되지는 않지만 노동자 부부가 관계 맺는 외국인 노동자들의 모습이 동시에 그려진다. 소설은 그렇게 위로, 옆으로 이야기를 펼쳐 가면서 이 시대의 한 축도를 만들어낸다. 먼저 노동자 부부의 이야기가 있다.『자연사』는 노동자 아내 '나'의 1인칭 시점, 혹은 3인칭 시점을 택하되 남편을 초점화자로 삼아 이 부부의 이야기를 풀어간다. 미리 결론을 말하자면 이들 부부의 이야기가 새롭다고 할 수는 없다. 최근 출간되는 많은 노동문제를 다룬 소설에서 발견하는 익숙한 모습이다. 하지만『자연사』는 노동'운동'이 요구하는 신념과 노동자의 가족이 견뎌야 하는 생활의 중력 사이의 갈등을 실감 나게 묘사한다. 그 점은 특기할 만하다. 생활의 중력은 사람을 땅으로 끌어당긴다. 그래서 다툼이 벌어진다. "미안해, 함께 추락하기 싫어."[1] 여기서 추락의 이미지는『자연사』에서 종종 언급되는 "철탑이나 고공으로 올라가는 사람들"31쪽의 이미지와 대비된다. 그런 선택의 이유로 '그'는 "지상에서의 선택이 끝났기 때문"31쪽이라고 판단하지만 '그'의 아내는 다르게 생각한다. 『자연사』는 차분하고 냉정한 어조로 그와 그의 아내 사이의 다름과 갈등을 서술한다. 거기에는 섣부른 화해가 없다. 그래서 그 서술에는 현실이 강요한 비애가 깔려 있다.

> 아무튼, 죽자고 싸우는 일이든 사랑이든 노동운동이든, 도무지 알 수는 없지만 몸과 마음이 시키는 대로 하는 일이 왜 없을까. 하지만 내가 할 수 있는 일은 방문 학습지 아이들의 머릿수를 늘리며 돈을 더 벌어오고, 그러니까 생계? 아무튼 의기 양양하게 책임지겠다고 했던 그 무언가를 책임지고, 몇 년째 회사 앞에서 농성을 벌이고 있는 학습지 노조 주변을 얼쩡거리는 일도 없이, 나의 딸 재이가 안전하게, 얌전하고 아름다운 소녀로 성장하게 하는 것이었다. 이쯤이면 나로서는 최선을 다해 살고 있는 셈이 아닌가. 재이의 부주의한 행동과 남편의 무관심이 나를 괴롭히지만 않는다면, 나는 끝나지 않을 것 같던 내 부모와의 최초의 불행에서 겨우 벗어나 사원 밖 세상에서 평범한, 어쩌면 행복할 수도 있는 내 인생을 그런 것으로 망치고 싶지는 않았다.「재이」, 157쪽

가족 구성원 중 누군가가 노동'운동'을 하기 위해서는 또 다른 구성원은 "생계"를 책임져야 한다. 그것이 생활의 논리다. 이런 대목을 두고서 '가족 이기주의' 운운하는 말을 한다면 생활의 무게를 감당해보지 못한 발언이라고 하겠다.

이런 무게를 전달하는 대목들이 『자연사』에는 곳곳에 깔려 있다.

---

1   이수경, 『자연사박물관』, 강 출판사, 31쪽. 이하 작품명, 쪽수 병기.

모든 것은 아내의 몫이었다. 그의 아내는 얼마쯤 모아두었던 적금과 보험을 깬 돈으로 카드 값을 막고 쌀을 샀다. 아이들의 피아노와 방문 학습지 수업을 그만두게 했다. 공과금이 밀리자 전기 공급을 중단하겠다는 통보를 받았다. 고작 우체국 비정규직 상담 직원으로 그녀가 받는 급여 70만 원이 그들이 가질 수 있는 전부였다. 「자연사박물관」, 24쪽

관념이나 이념보다 힘이 센 것은 항상 생활의 논리다. 그리고 자본주의에서 생활의 논리는 노동'운동'을 위해서도 누군가는 노동을 해야 한다는 걸 전제한다. 이것이 자본주의가 노동에게 강요하는 딜레마적 상황이다. 그리고 많은 경우 그런 운동과 생활의 분리는, 노동운동하는 남편과 생계를 책임지는 아내라는 성별에 따른 분리에 기초한다. 그런 점에서 『자연사』가 전제하는 남성 노동자 혹은 운동가와 그의 여성 배우자의 구도는, 어떤 시각에서 보자면 종래의 노동의 성적 분할구도를 답습한 걸로 비판받을 수도 있다. 하지만 나에게는 그런 비판 이전에 이 작품이 제기하는 운동과 생활의 관계에 대한 고민이 더 뜻깊게 읽혔다. 그런 이유로 "당신도 돈을 좀 벌었으면 좋겠다는 그런 말은 절대로 하지 않을 건데"「크라운 공장 노동자 가족」, 37쪽라는 고백이나, "또 노조를 만든다고?"「크라운」, 45쪽하는 반응이 상투적인 표현이 아니라 생활의 역할을 전달하는 발언으로 읽힌다. 이런 노동자 부부 사이에 발생하는 감각의 차이는 노동운동의 의미에 대한 예리한 물음으로 이어진다.

그렇다면 왜 계속하는 거지? 남편은 말이 없었다. 가령, 정의라든가 희망이라든가. 어쨌든 상대는 충직한 노예와 쉬운 해고와 차별이 필요하겠지만, 이쪽에서 보자면 단지 '비非'라는 음절 하나로, 공장에 노예계약서를 바친 사람들처럼 사는 위협적인 삶을 받아들일 수는 없는 노릇이었다. 말하자면 '존재'에 관한 문제였고, 어

느 쪽이든 죽자고 하는 일이었다. 사실, 어느 쪽이 죽을지 점치는 것이 그리 어려운 일은 아니다. 그렇다면 무엇 때문에 죽자고 덤벼드는 것일까.「재이」, 155쪽

물론 이것은 작가의 견해가 아니라 작중 화자인 '나'의 물음이다. '나'의 질문에 대해 여러 답변이 가능할 것이다. "상대"와 "이쪽"은 각기 분명한 논리를 가지고 있다. "노예와 쉬운 해고와 차별이 필요"한 쪽과 "노예계약서를 바친 사람들처럼 사는 위협적인 삶"을 인정하기 싫은 쪽 사이의 손쉬운 화해는 불가능하다. 맑스가 정확히 간파한 계급투쟁의 구도다. 그리고 그 구도는 대의명분이 아니라 오직 힘의 세기에 의해서만 성패가 갈린다. "그렇다면 무엇 때문에 죽자고 덤벼드는 것일까." 이 질문에는 현실에서 작동하는 힘의 구도에 대한 냉철한 '나'의 인식이 작용하지만, 때로는 패배를 예상하면서도 "죽자고 덤벼"들 수밖에 없는 "이쪽"에 대한 애정도 깔려 있다. "긴 통로의 끝에서 초록빛 유도등이 반짝였다. 밖으로 나가는 문이었다"「자연사」, 33쪽라고 얘기할 수 있는 손쉬운 탈출구는 현실에 없다. 현실은 오히려 다음과 같은 상황이다.

뱀이 똬리를 틀고 잠들어 있는 작은 유리 상자 안에서 생쥐는 두려움에 가득 찬 듯한 까만 눈동자를 이리저리 굴리고 있었다. 저곳을 빠져나올 수 있을까. 혹, 뱀이 먼저 죽거나 어떤 전능한 손이 상자를 열고 생쥐를 들어 올리거나, 그렇다 해도 또 다른 뱀의 먹이가 되겠지만…… 그는 계속해서 생쥐 앞에 서 있었다. 생쥐를 두고 떠날 수가 없었다.「자연사」, 29쪽

현실은 "작은 유리 상자" 같다. 하지만 작가는 "초록빛 유도등"을 찾는 걸 포기하지 않는다. 인간은 "또 다른 뱀의 먹이"가 될 운명인 "생쥐"가 아니기

때문이다.

내가 보기에 『자연사』의 미덕은 노동자 부부의 형상화보다는 위로, 옆으로 이어지는 가족사를 다룬 부분들에 있다. 노동자의 아내인 '나'의 엄마 이야기를 다룬 「인생이야기」나 '나'의 엄마에게 폭력을 일삼던 아버지의 숨겨진 이야기를 찾아가는 「노블카운티」가 그래서 인상적이다. "우리에게는 무섭고 어머니에게는 고통스러운, 죽음"「인생이야기」, 67쪽의 뒷면을 짚으면서, '나'는 자신과 여동생이 겪어야했던 엄청난 심리적 트라우마를 마주하려고 한다. 어머니의 죽음 이후 "아버지 같은 늙은 주정뱅이와 함께 남겨진 나를 멀쩡한 세상이 받아줄 리가 없잖아요. 내가 들어갈 세상은 나와 비슷한 세상이어야 했어요. 그 점에서 그 가난한 남자는 나에게 더할 나위 없는 좋은 조건의 남자였죠."「인생이야기」, 71쪽 이렇게 '나'의 가족사는 그녀의 현재 삶에 이어진다. 「노블카운티」는 '그녀'의 숙모할머니와 왕고모를 통해 듣는 '그녀' 아버지 '호야'의 이야기를 다룬다. "그녀가 알고 있던 아버지와 할머니에 대한 이야기"「노블카운티」, 108쪽이다. 자신을 낳아준 친어머니에게 버림받은 아버지의 숨겨진 상처가 이 작품에서 드러난다. 아버지를 낳고 집을 떠난 "어머니 표진년은 호야의 친동생인 아들을 키우며 어느 잡지사의 기자로 살았다고. 그 아들은 이른 나이에 죽고 표진년도 혼자 외롭게 살다가 죽었다고. 그것이 아버지의 진짜 인생이었다고."「노블카운티」, 111쪽

이런 노동자 가족사의 초상과 함께 『자연사』는 한국사회의 구성원이 되었지만 여전히 차별받는 존재들인 이주 노동자들의 이야기를 다룬다.

어느 늦은 밤 골목에서, 꿈속에서, 노래를 부르며 지나가던 큰 눈망울의 외국인 노동자들의 행렬과, 필리핀인가, 베트남이었나, 동남아에서 온 여자 앤의 엄마와 그녀의 딸 앤의 검은 얼굴이 떠오른다. 집으로 돌아가면 길 건너 식당에서 재이와

함께 냉면을 먹고, 재이가 다시 냉면을 먹을 수 있을지 모르겠지만, 그들 중 누구든 밤꽃 냄새 가득한 밤길을 함께 걸으며 어떤 이야기라도 나누고 싶다고, 나는 생각했다.「재이」, 170쪽

비판적으로 읽자면 "동남아에서 온 여자 앤의 엄마와 그녀의 딸 앤"의 이야기, 공장 분쇄기에 손이 분쇄된 이주노동자 '아불'의 이야기가 좀 더 구체적으로 다뤄지지 못한 아쉬움은 있다. 하지만 그건 별도의 작품을 요구할 것이다. 한국사회는 다양한 노동자 가족의 이야기를 품고 있다. 『자연사』는 그런 초상화들의 갤러리에서 인상적인 한 자리를 차지하게 될 것이다.

2

하명희 소설집 『불편한 온도』이하 『불편』는 노동 이슈만을 다루지 않는다. 다루는 제재가 다양하다. 택배 노동자, 돌봄 이주 노동자, 다문화 가정 아이, 알코올중독자, 타워크레인 기사, 동물원 직원, 고려 시대 여성 등. 대체로 사회적 소수자들의 신산스러운 삶을 작가는 주목한다. 나는 그들의 생활을 그리는 작가의 관점에 주목했다. 작가는 삶의 현장에 주목하면서 생활 묘사에 공을 들인다. 그런데 그런 묘사가 단지 자연주의적 정밀함이 아니라 독특한 질감을 획득한다. 나는 특히 이 글의 주제와 관련된 작품들인 「꽃 땀」, 그리고 표제작인 「불편한 온도」를 인상 깊게 읽었다.

먼저 「꽃 땀」을 살펴보자. 제목부터 의미심장하다. 여기서 '땀'은 우선 손이나 재봉틀로 바느질한 땀stitch으로 읽을 수 있다. 하지만 동시에 이 작품이 묘사하는 노동의 땀sweat으로 읽을 수도 있다. 어쨌든 땀은 모두 노동과 관

련된다. 거기에 붙은 '꽃'은 노동의 아름다움을 가리킨다. 「꽃 땀」에 바느질 장면이 직접 나오지는 않지만 등장인물 모두가 각자의 생활 현장에서 노동하고 생활하는 활기를 보여준다. 노동소설은 우울하고 패배적인 분위기에 갇히기 쉬운데 「꽃 땀」은 그렇지 않다. 이 작품은 택배노동자인 '그'의 시점에서 서술된다. "대학등록금 때문에 받은 대출이자로 신용불량자가 된 그"[2] 이다. '그'는 영국 축구팀 1부 프리미어 리그에서 강등된 리즈 유나이티드 축구팀(이하 리즈 팀)의 열성 팬이다. "그건 그렇지. 우리가 개인 사업자로 등록돼 있다고 어디 사장님인가, 비정규직도 아니지. 근데 형, 리즈도 없었으면 이 답답하고 느려터진 전농동에서 못 버텼을 거야. 패배하는 팀을 보면 이상하게 기운이 나거든. 왜 그런지 모르겠어. 형들은 그렇지 않아?"(12쪽) 「꽃 땀」의 독특함은 이렇게 서로 관련 없어 보이는 한국의 택배노동과 영국의 프로축구팀의 이야기를 연결하는 데 있다. 처음에는 그 연결이 다소 의아하게 느껴지지만 작품을 읽으면서 공감하게 된다.

「꽃 땀」을 읽기 전까지 나는 리즈 팀에 대해 잘 몰랐다. 하지만 작품을 읽고 흥미가 생겨 찾아봤다. 작품에서 여러 번 언급되는 앨런 스미스는 박지성과 함께 맨체스터 유나이티드에서 뛰었던 선수다. 스미스는 리즈 팀 시절 만큼 활약하지는 못했다. 누군가의 전성시대를 가리키는 '리즈 시절'이라는 표현이 여기서 유래되었다고 한다. 「꽃 땀」이 처음 발표된 것은 2009년이다. 리즈 팀은 맨체스터 유나이티드와 로즈 더비를 가졌을 정도로 프리미어 리그에 오래 있었지만 2003-04 시즌을 끝으로 2부 리그로 강등되었다. 나중에는 3부 리그로 강등되기까지 했다. 참담한 추락이다. 「꽃 땀」은 이 강등의 시기를 언급한다. 그러나 2019-20 시즌에 16년 만에 프리미어

---

2   하명희, 『불편한 온도』, 도서출판 강, 2018, 34쪽. 이하 쪽수 병기.

리그 승격을 확정한다.「꽃 땀」의 택배노동자 '그'는 리즈 팀의 앨런 스미스에게 강함 친밀감을 느낀다. 소수자, 약자에 대한 연대의 태도라 하겠다. 「꽃 땀」을 감싸는 생활의 활기와 생명력을 보여주며 리즈 팀은 다시 프리미어 리그로 승격한다. 그것은 소수자가 어떤 승리를 쟁취하는 이야기이다. 「꽃 땀」은 표면적으로는 승리의 이야기는 아니다. 오히려 착잡한 생활의 어려움을 전하는 이야기다. 리즈 팀과 전농동 사람들은 그렇게 연결된다. "경기가 끝난 후 패배할 수밖에 없는 팀에 속해있는 실력 없는 선수의 변명 같다. 곧 이곳도 헐리겠구나."27쪽 작품은 택배원인 '그'가 철거를 앞둔 전농동의 여러 사람들에게 물건을 전달하면서 떠오르는 생각들, 만나는 사람들의 생활의 모습을 실감나게 전한다. 아마도 이렇게 다양한 생활의 모습을 담기 위해 작가는 사람을 찾아다니고 만나고 배달하는 택배원으로 '그'의 직업을 정했을 걸로 짐작한다.

작품「목발」의 화자 '나'도 배달 일을 하는 데서 그런 의도를 엿볼 수 있다. '그'가 만나는 전농동 주민들은 한말숙 할머니, 17호 할아버지, "그 틈을 비집고 들어와 상대를 깔아뭉개며 적당히 타협할 줄 아는 인물"21쪽인 감나무 집 중년 남자, 전농시장 아저씨, 김학자 할머니, 35번지 여자아이, 반지하의 한상훈씨, 그리고 택배 일을 같이 하는 동료인 문석이 형, 동수 형 등이다. 이들과 나누는 대화에는 삶의 생기가 감돈다. 다만 화자 '그'의 사연이 좀 더 상세하게 나오지 않은 게 아쉽다. 이 작품에 생기를 부여하는 데 한 몫 하는 것은 동물의 이미지다. 택배차량 "노란 트럭"을 '그'는 코끼리라고 부른다. "그가 올라타면 트럭은 코끼리로 변신한다."16쪽 트럭은 '나'와 함께 먹고 사는 일의 어려움과 보람을 함께 한다. "코끼리는 하루 동안 제 몸무게의 절반은 되는 풀과 열매를 먹어야 산다. 그의 코끼리는 오늘 70여 곳에 들러 물건들을 건네주어야 몸값을 벌 수 있다."16쪽 아래 대목은 '그'와 코끼리가 된 노란 트럭이 움직이는 생활공간의 묘사다.

> 그는 앞뒤 생각할 것도 없이 그길로 코끼리를 몰고 서울로 왔다. 서울은 야생보
> 호구역처럼 독신인 수컷 코끼리들이 맘껏 뛰어다니는 곳이다. 일 년 넘게 코끼리
> 의 몸값을 아버지에게 부치고 있기는 하지만 큰 것들은 시간을 잡아먹는 속성이 있
> 다. 월세를 받아 생활하던 노인네들이 하나둘씩 집을 팔기 시작하면 남는 것은 개
> 들뿐이다. 그 개들처럼 이자는 어떻게든 살아 새끼를 친다. 전농동에는 고양이보다
> 그런 개들이 더 많다. 개들이 활보하는 거리에는 집집마다 고무 화분이 네다섯 개
> 씩은 밖으로 나와 있다. 파를 심어놓은 궤짝도 있고 부추꽃, 분꽃, 과꽃, 족두리꽃까
> 지 대부분 시골집 마당에서 보았던 꽃들이다. 그래서 그런지 전농동에는 꽃집이 없
> 다. 꽃집이 없는 대신 오색 깃발이 만국기처럼 듬성듬성 꽂혀 있다. 선녀보살, 천지
> 보살, 무녀천신보살, 천신백마장군보살, 보현보살……. 이층에 깃발이 꽂혀 있으면
> 주변에는 어김없이 부동산이 있다. 사람들은 선녀보살에게 어디로 갈까요. 언제 갈
> 까요를 묻고 부동산에 가서는 얼마나 받는데, 언제가 좋겠어를 묻는다. 보살과 부
> 동산에서 일러주는 날짜가 맞아떨어질 때가 사람들이 떠나는 시점이다.[17쪽]

철거를 앞둔 전농동 사람들의 상황은 우울하지만 그 상황에 압도되지 않고
살아가는 힘을 전달한다. 묘사의 활력이 있다. 사람들은 "어떻게든 살아"간다.
표제작 「불편한 온도」[이하 「불편」]의 독특함도 이런 생명력의 분위기에서 나
온다. 크레인 노동자의 파업이라는 상황이 아니라 그 상황에서 발생하는 인
물들의 교류와 반응에 작품은 초점을 맞춘다. 화자 '나'는 여성 크레인 노동
자인 미주이다. 작품은 화자 미주가 "어린이대공원에 있는 동물원"[69쪽]에서
일하는 '당신'에게 하는 말과 생각으로 전개된다. 거기에 동물원 공사현장
에서 크레인 기사로 일하다가 사고를 당한 정혜 언니의 이야기가 겹쳐진다.

동물원 노동자인 '당신'은 정혜 언니를 기억해주는 사람이다. 「불편」에서도 동물의 이미지가 효과적으로 사용된다. 작가에게 동물은 살아있음의 활력을 전해주는데 여기서는 '당신'이 돌보던 기린 마르의 이야기가 그렇다. 그리고 기린 마르의 죽음과 정혜 언니의 죽음이 연결된다. '당신'의 말이다. "불편했습니다. 그 건물을 보는 것이. 새들의 몸값으로 지어진 건물이라고, 마르의 심장을 멈추게 한 건물이라고만 여겼었는데."80쪽 건물을 위해 사람과 동물의 몸값이 치러진다.

그랬군요. 그날 동물원 전체가 울어주었군요. 아니, 울음으로 사고를 예견하고 있었군요. 나사 두 개가 덜 박힌 크레인이 곧 바람을 흔들며 넘어질 거라고 동물들이 온몸으로 외쳐 주었군요. 우리들만 모르고 동물들은 다 아는 그런 균열을 당신도 느끼고 있었던 거였군요. 당신과 내가 같은 건물을 바라보고 있다는 느낌이 벅차게 다가오더군요. 이럴 때 이야기할 수 있는 상대가 있다는 것이 고마웠습니다.80쪽

「불편」은 세계의 비극을 견디는 힘이 나와 당신과 동물들의 교감에서 나온다는 걸 차분한 어조로 전해준다. "외롭고 괴로운 것들, 그리운 것들이 그런 온도를 조절"해준다.

당신은 날개를 다친 새들은 생명이 붙어 있지만, 다리를 다친 새들은 하룻밤 새에 얼어 죽는다고 했지요. 몸속의 온도를 조절하지 못하면 그렇게 되는 거라고요. 새에게 중요한 건 날개가 아니라 체온을 유지하게 해주는 괴망이라고 했습니다. 우리 몸속에도 살기 위해서 온도를 조절하는 그 불편한 온도계가 있는 것처럼 느껴졌어요. 외롭고 괴로운 것들, 그리운 것들이 그런 온도를 조절하는 거였을까요. 그동안 내가 그걸 거부하고 있었던 걸까요. 눈처럼 쌓이는 당신의 목소리는 외롭

지도 않으면, 괴롭지도 않으면, 그립지도 않으면 사람은 살 수가 없는 거라고 내게 말을 걸고 있었어요.[86쪽]

이런 묘사를 서정적이라고 평하기 쉽지만 나는 그런 표면적인 서정성 밑에서 움직이는 사람살이의 속내를 감각하는 예리한 시각을 느낀다. 『불편』의 미덕은 그런 예리한 시각을 독특한 분위기의 문체로 전달하는 능력에 있다. 생활 감각이 살아있는 작품을 작가가 앞으로도 계속 쓰길 기대한다. (2020)

노동소설에서 사회소설로

장류진 『일의 기쁨과 슬픔』, 김혜진 『9번의 일』

1980년대부터 1990년대 초반에 걸쳐 '노동문학'이 주목받았다. 1987년 노동자대투쟁을 전후로 많은 노동소설과 노동시가 쏟아져 나왔다. 그러나 오래지 않아 노동소설은 잊혀졌다. 그런데 지금 다시 노동문학이 등장하고 있다. 물론 구체적 전개 양상과 작품의 내용 및 형식은 예전의 노동소설과 같지 않다. 수십 년의 시간 동안 한국자본주의의 현실이 변화하면서 노동소설에서 천착하는 '노동'의 의미도 달라졌다. 그렇지만 "노동의 생산물이 나에게 낯설게 존재하고, 나에게 낯선 힘으로서 대립한다면, 그것은 누구에게 속하는 것인가?" 하는, 노동의 소외에 대한 맑스의 물음은 여전히 유효하다.

맑스, 그리고 루카치는 인간 활동의 객체화objectification로서 노동이 지닌 본래적 성격이 자본주의에서 어떻게 소외alienation의 형태로 드러나는지를 밝혔다. 그리고 그 소외에 맞서는 투쟁의 전망과 가능성을 언급했다. 1980대 후반기 잠시 활화산처럼 타올랐던 노동문학은 그런 투쟁의 모습을 형상화했다. 그러나 지금 시점에서 꾸준히 읽히는 당대의 노동소설은 거의 찾기 힘들다. 거기에는 노동-자본 간의 갈등과 투쟁, 그리고 파업으로 이어지는 노동소설의 도식성도 한 이유로 작용한다.[1] 그때 나온 대부분의 노동문학

---

1 오래전에 나는 노동소설의 현황을 비판적으로 점검하는 글을 썼다. 「현실을 꿰뚫는 작가의 눈에 대한 기대─『검은 노을』, 『그해 여름』, 『봄 비』 등을 중심으로」, 『오늘의 문예비평』

작품은 잊혀졌지만 오히려 딱히 노동소설이라고 규정하기 힘든 조세희의 『난쟁이가 쏘아 올린 작은 공』이 시대를 견디고 살아남은 이유를 궁구해야 한다. 이 글에서는 최근에 읽는 '노동'의 문학인 장류진의 『일의 기쁨과 슬픔』과 김혜진의 『9번의 일』을 통해 이 시대 노동과 일의 의미를 조망한다.

1

장류진 소설집 『일의 기쁨과 슬픔』이하『일』의 제목이 의미심장하다. '일의 기쁨과 슬픔'. 그렇다면 여기서 '일'의 의미는 무엇인가? 일과 노동은 같은 가, 다른가? 이 소설에서 표현되는 일의 모습은 예전 노동문학의 그것과는 다르다. 단순화해서 말하면 이 소설집에 노동-자본 갈등과 투쟁은 거의 다 뤄지지 않는다. 한마디로 자본의 묘사는 찾기 힘들다. 초점은 자본의 힘 앞 에서 살아남으려는 노동자들의 안간힘과 노력의 여러 면모를 그린다. 팍팍 해지는 생존의 어려움 속에서도 어떻게든 삶의 의미와 재미를 찾으려는 노 력만이 있다. 주어진 시스템에서 효율적으로 살아남는 법만이 이제는 문제 다. 이런 경향을 비판하거나 비아냥대는 게 아니다. 변화된 사실fact을 전하 는 것이다. 많은 연구자가 지적하듯이 이 시대 일의 소외, 노동의 소외 양상 은 나빠졌다. 예전엔 생산된 노동이 노동자에게 "낯선 힘"으로 느껴지는 것 이 문제였다면 이제는 노동과정에서 겪는 소외가 더 문제가 된다. 착취에 맞선 저항을 말하기 전에 착취당할 수 있는 기회조차 박탈당하는 현실. 그 런 현실에서 어떻게든 정규직이 되는 것이 엄청난 의미를 지닌다. "역시 정

3호(1991년 가을).

규직은 다르다. 채용 전 건경검진이라는 걸 해보니 뭐랄까, 정말 존중받고 있다는 느낌이 들었다."[2] 『일』에 실린 단편에서 저항의 양상은 찾기 힘들다. 내가 이 소설집에서 읽는 정조는 착잡함이지만 작가는 그만의 방식으로 노동과정에서의 소외를 돌파하려는 활기와 생명력을 전달하려고 한다. 우선 그점이 미덕이다.

『일』에 실린 여덟 편의 단편은 대체로 고른 수준을 유지한다. 두 편은 일의 기쁨과 슬픔과는 조금 다른 결을 지닌다.「나의 후쿠오카 가이드」에서는 서술자인 남성 '나'의 위선과 유아론적 태도를 잘 드러낸다. 자기만의 생각과 망상에 사로잡힌 결과, 세상을 자기 멋대로 보고 판단하고 해석할 때 생기는 모습을 예리하게 파고든다. 이 단편이 드러내듯이 『일』에서 소통과 연대의 정서는 거의 찾기 힘들다. 한마디로 고립된 단자론單子論의 세계다. "이 씨발년이. 열었으면 닫아놔야 할 거 아냐. 소중한 황금연휴가 엉망이 되어버렸다. 나는 내가 지유씨 앞에서 울었다는 사실이 억울해서 또 눈물이 났고 그렇게 눈물의 악순환 속에서 잠이 들었다."97쪽 '나'는 주관적으로 억울함을 토로하지만 독자에게 그 억울함은 유아론자의 한탄으로 읽힌다.「새벽의 방문자들」에서는 성매매를 둘러싼 여성과 남성의 인식 차이를 표현한다. 두 작품에서도 일의 문제가 나타나지만, 나머지 여섯 편의 작품들에서 작가는 일이 지닌 의미를 다양한 각도에서 다룬다. 거의 모든 작품에서 서술시점으로 1인칭 시점을 택하는데 그 이유는 화자인 '나'가 겪는 일의 여러 사정과 다채로운 사연들을 생생하게 전달하기 위해서다.

「잘 살겠습니다」는 결혼을 앞둔 여성 직장인들이 동료에 대해 갖는 미묘한 감정과 정념의 속내를 파헤친다. 직장생활에서 모든 건 비교의 대상이

2 　장류진,「백한번째 이력서와 첫 번째 출근길」,『일의 기쁨과 슬픔』, 창비, 2019, 162쪽. 이하 쪽수 병기.

된다. 이른바 '스펙' 만능주의다. "나는 빛나 언니보다는 내가 훨씬 능력 있다고 생각해왔었다"는 생각이 지배하고 "대외 활동과 스펙 쌓기에 열을 올려 화려한 이력을 가진 것"14쪽이 서로를 대하며 평가하는 기준이다. 명료하고 간편하다. 이런 스펙은 자본 앞에 자신의 가치를 입증하라는 요구의 결과물이다. '나'는 그 편리한 잣대로 생활의 모든 것을 잰다. 그래서 결혼식 초대도 등가의 돈을 주고받는 계약으로 여긴다. "언니랑 내 사이는 축의금 오만원 정도의 사이였다."23쪽 상대에게 갖고 있는 감정과 호감의 척도도 돈이다. 모든 것이 교환가치로 측정되는 시스템이 자리 잡았다.

빛나 언니한테 가르쳐주려고 그러는 거야. 세상이 어떻게 어떤 원리로 돌아가는지, 오만원을 내야 오만원을 돌려받는 거고, 만이천원을 내면 만이천원짜리 축하를 받는 거라고, 아직도 모르나본데, 여기는 원래 그런 곳이라고 말이야, 에비동에 새우가 빼곡하게 들어 있는 건 가게 주인이 착해서가 아니라 특 에비동을 주문했기 때문인 거고, 특 에비동은 일반 에비동보다 사천원이 더 비싸다는 거. 월세가 싼 방에는 다 이유가 있고, 칠억짜리 아파트를 받았다면 칠억원어치의 김장, 설거지, 전 부치기. 그밖의 종종거림을 평생 갖다 바쳐야 한다는 거, 디즈니 공주님 같은 찰랑찰랑 긴 머리로 대가없는 호의를 받으면 사람들은 그만큼 맡겨놓은 거라도 있는 빚쟁이들처럼 호시탐탐 노리다가 뭐라도 트집 잡아 깎아내린다는 거. 그걸 빛나 언니한테 알려주려고 이러는 거라고, 나는.28쪽

세상이 돌아가는 "원리"는 모든 것의 가치를 상품 가격으로 균질화시키는 돈자본의 힘이다. 그런 점에서 맑스가 말했듯이 자본은 모든 것을 평등하게 세속화시킨다. 여기에는 현실에 대한 냉정한 판단이 깔려 있다. 그 현실이 옳은가 그른가, 마음에 드느냐 그렇지 않으냐는 더 이상 중요하지 않다.

일종의 현실추수주의다. 현실이 이런 모습으로 주어졌으므로 어쨌든 따라야 하고 따를 수밖에 없다는 인식. 이런 묘사에는 예전의 노동소설에서라면 분명이 느껴졌을 비판적 거리나 아이러니가 없다. 그걸 쿨함이라고 볼 수도 있지만 체념이라고 평할 수도 있다. 하지만 이런 사회과학적 진단도 의미 없는 단계가 되었는지 모른다. 돈의 원리는 사람들의 마음에 철저히 내재화되었고 시비를 용납하지 않는다. 모든 것은 효율성의 여부로 평가받는다. 음악도 예술도 돈과 조회 수로 환산된다. 그래서 「다소 낮음」에서 장우의 여자 친구인 유미는 이렇게 말한다. "제발 인생을 좀 효율적으로 살아봐. 적어도 남들처럼!"115쪽 그러나 이런 유미의 반응을 속물적이라고 쉽게 평할 수는 없다. 생활이 예술보다 먼저이기 때문이다. "지금 뭐든 해야 해. 전기요금 연체돼서 두달 치 밀렸다고!"115쪽 사태를 단순하게 보지 않으려는 시선이다. 그렇다면 정우의 효율등급은 어떤가? "정우의 냉장고는 4등급, 다소 낮음이었다."126쪽 정우와 정우의 냉장고는 효율성의 척도에서 같은 위치를 차지한다. 재치 있는 표현이다. 그런데 그 재치의 깊이가 어떤지는 달리 따져볼 문제다.

이제 가능한 건 주어진 현실을 냉정하게 받아들이고 그 안에서 최대한의 기쁨을 찾는 것이다. 표제작 「일의 기쁨과 슬픔」은 회사생활에서 웃픈 일상들, 거기서 생기는 사람들의 다양한 정념을 그렇게 묘사한다. 그런 감정의 묘사는 좋다. 한마디로 징징대지 않는다. 가볍지도 않지만 무겁지도 않다. 그 사이에서 아슬아슬한 균형을 유지한다. "포인트로 모닝커피 마시고, 포인트 되는 식당에서 점심 먹고, 포인트로 장보고, 부모님 생신 선물도 포인트로 결제했다. 그렇게 일주일을 더 보내고 나서 그녀는 모든 것을 한결 편하게 받아들일 수 있었다."51쪽 월급을 돈이 아니라 포인트로 받아야 하는 현실은 황당하다. 하지만 그 황당하고 암울한 생활에서 어떻게든 버티고 재미를 찾아야 한다. 다른 도리가 없기 때문이다. 그런데 이런 모습이 안간힘으로 느껴지는 게 아니라 그냥 그렇게 한다는 느낌이 강하다. 이 정서는 뭘까? 포기, 혹은 의연함? 이런 정서에서 나는 선뜻 납득하기 힘든 정서적 거리를 느낀다. 누가 옳고 그르고의 문제가 아니라 거리의 문제다.

『일』의 등장인물은 대체로 20~30대 직장생활을 하는 여성들이다. 작가가 잘 아는 세대의 생활을 다룬다. 그런 인물이 각자의 직장과 가정생활의 여러 국면에서 생기는 사건, 그에 대한 각 인물의 반응과 정념을 표현한다. 「도움의 손길」은 젊은 직장여성이 가정에서 고용한 가사도우미 여성과 겪는 갈등의 양상을 그린다. 서로 다른 인물들은 각자의 일을 하지만 그것들이 충돌할 때 손쉬운 이해는 쉽지 않다. 화자인 '나'는 고용한 가사도우미가 "늘 조금씩 실망스러웠고 내 기준에는 다들 못 미쳤다"133쪽고 생각한다. 그런 판단에는 그만이 지닌 생활의 논리와 감각이 작용한다. 하지만 고용된 여성 가사 도우미의 생각은 다르다. "점심시간 끼어 있으면 대충이라고 먹을 거는 주고 그래야 아줌마들이 좋아해. 새댁이 잘 몰라서 그러나 본데."155쪽 '나'와 가사도우미는 각자의 입장에서 불만이 있다. 그런데 그 둘 중 어느 한쪽이 꼭 잘못된 것은 아니다. 각자의 생활 감각이 작동한다. 그냥 각자의 입장에서 불편한 걸 못 참을 뿐이다. 생활과 노동에서 이해는 그만큼 어렵다. 그런 어려움의 양상을 무겁지 않게 포착하는 것도 『일』의 미덕이다.

『일』에서 개인적으로 가장 마음에 든 작품은 「탐파레 공항」이다. 범박하게 말해 다른 작품에서는 생활의 표면을 다룬다. 사건에 대한 반응을 다룬다. 그러나 「탐파레」는 사건이 남긴 감정의 안쪽을 들여다보려 한다. 다른 작품들과는 다르게 사람살이의 이면, 관계의 의미를 파고든다. 그래서 단순한 재치를 넘어서는 울림이 있다. 「탐파레」는 화자인 '나'가 6년 전 아일랜드 더블린으로 워킹홀리데이를 하러 가는 길에 경유한 핀란드의 탐파레라는 작은 도시 공항에서 겪은 일을 다룬다. 그 공항에서 '나'는 앞이 잘 보이지 않는 노인과 우연히 만난다. "다시 한국에 돌아온 날, 집에 들어가기도 전에 먼저 나를 반긴 건 우편함 바닥에 깔려 있던 핀란드 노인의 편지였다. 겨우 네 시간 남짓 만났을 뿐인데, 석 달 내내 같이 지냈던 더블린의 동료들 보다 핀란드의 노인이 더 가깝게 느껴졌다."202쪽 그렇지만 '나'는 답신을 계속 보내지 않는다. 아니, 못한다. 여기에도 먹고 사는 문제가 개입한다. 워킹 홀리데이를 가려고 한 것도 해외연수를 갈 형편이 못되었기에 휴학을 하고 택한 차선책이었다. '나'는 방송 피디를 지망했지만 졸업 후 현실적인 이유로 외주제작사에 취직한다. 그러나 가정의 문제로 그 일도 그만두고 "결국은 풀타임으로 취직했다. 큰 기업은 아니지만 건실하다고 알게 모르게 소문난 식품회사의 회계팀이었다. (⋯중략⋯) 최종 합격 통보를 알리는 문자메시지를 받았을 때 아마 열시였을 거다. 소식을 들은 엄마는 아빠가 잠든 육인실 병상에서 숨죽여 울었다고 했다."206쪽

먹고사는 것은 생활에서 중요하다. 매우 중요하다. 하지만 그것이 삶의 전부가 될 수는 없다. 그 점을 '나'가 드러내는 후회라는 모습으로 설득력 있게 파고들면서 울림을 준다.

나는 알고 있었다. 인생에서 가장 후회하는 일인지는 모르겠지만 적어도 내가 후회하는 몇 가지 중 하나가 무엇인지, 알고 있었다. 애써 다 털어버렸다고 생각했지만 내 안 어딘가에 끈질기게 들러붙어 있고, 떼어내도 끈적이며 남아 있는, 날 불편하게 만드는 그것. 내가 그것을 다시 꺼내는 데는 많은 용기가 필요하고 꺼내서 마주하게 되더라도 차마 똑바로 바라보기는 힘들 거라는 걸 너무 잘 알고 있었다. 천천히 두 번째 서랍을 열었다. 통장과 여권을 들어내고 그 아래 깔렸던 노트 두 권과 책 한권을 또다시 들어냈다. 그리고 맨 아래, 핀란드 노인이 보냈던 편지 봉투가 모습을 드러냈다. 깜깜했다. 그곳에 편지 봉투가 있다는 사실은 알았지만 너무 오래전

일이어서 봉투 안에 무엇이 들었는지, 편지에는 어떤 내용이 쓰였는지 도무지 기억 나지 않았다. 단지 시간이 많이 흘렀기 때문만은 아니었다. 나는 언젠가부터 노인으로부터 편지를 받았던 일을 없었던 일이라고 여겼다. 그리고 그렇게 생각할수록 정말 없었던 일이 되어버린 것만 같았다. 왜 그랬는지는 모르겠지만 아마도 그가 이미 죽었을 것 같다는 생각 때문이었을 것이다. 한해가 지나고 두해가 지나고, 노인이 지금쯤 몇 살일까를 떠올리다가 고개를 젖곤 했다. 만약에 노인이 정말 그렇게 되었다면, 그걸 내가 알게 된다면 나는 미안해서 도저히 견디지 못할 것 같았다.211쪽

이런 묘사는 신파가 아니다. 돈으로 환산되지 않는 무엇의 가치를 떠올리게 한다. 작가가 '일의 기쁨과 슬픔'의 세계를 더 깊이 파고들길 바란다. 선부른 전망을 말하는 건 문제지만 주어진 현실의 논리를 넘어선 다른 세계의 가치를 상상하는 것은 분명 작가의 역할이다.

2

김혜진의 『9번의 일』이하 『9번』에도 '일'이 언급된다. 왜 9번의 일인가? "78구역 1조 9번. 그는 숫자로 이뤄진 간략한 소속과 이름을 부여받았다. 차를 몰고 네 시간을 넘게 달려 도착한 곳은 변두리의 소읍이었다. 마을이 바로 내다보이는 2차선 도로에 차들이 길게 늘어서 있었다. 도로를 막은 천막 때문이었다."3 『9번』에서 '그'는 고유성이 지워진 딱딱한 번호로만 불린다. "78구역 1조 9번." 노동현장에서 인간은 기계처럼 다뤄진다. 주어진 일

---

3   김혜진, 『9번의 일』, 민음사, 2019, 181쪽. 이하 쪽수 병기.

의 진행에 인물의 이름은 필요 없다. 그게 자본의 효율성에 부합한다. 9번은 화자가 맡게 된 일들과도 관련된다.『9번』에서 주인공 '그'는 업무평가를 통해 계속 아무 상관없는 일을 위에서 시키는 대로 해야 한다. 그는 다양한 일을 해야 하지만 그 일들을 왜 해야 하는지조차 납득할 수 없다.『9번』에서 주인공은 이름이 없다. '그'로만 언급된다. 그의 아내는 해선이고 아들은 준오다. 주인공에게 이름을 부여하지 않은 건『9번』이 그리는 한 노동자의 초상이 그만의 특별한 사례가 아니라는 걸 표현하기 위해서라고 짐작한다.

『9번』은 한 마디로 평범한 노동자의 삶을 따라가며 그리는 초상화이다. 『9번』은 점점 아래로 추락해가는 노동자의 이야기이다. 단지 동물처럼 먹고 살기 위해 인간다움을 잃고 추락하는 이야기. 서술시점은 3인칭 서술자 시점이지만 많은 경우 1인칭 시점처럼 주인공의 내면을 전한다. 장류진의 『일』의 노동자들이 주로 20~30대 사무직 여성노동인데 비해,『9번』의 '나'와 그 주변의 노동자들은 기술직 노동자이다. 80년대 노동소설이 철강소나 제조업 등 2차 산업 노동자들의 삶을 주로 다룬다면 지금의 노동소설은 서비스 산업 노동자의 애환, 특히 감정노동의 이면을 들춘다.『9번』의 미덕은 요즘 많이 발견되는 사회학적 보고서와 같은 노동현장의 정보제공이나 실태보고에 머물지 않는다는 점이다. 신문기사나 사회학적 연구 혹은 르포가 사실의 전달과 분석에 초점을 맞춘다면 소설은 그 사실이 인물에게 미치는 영향과 정서적 반응에 관심을 둔다. 사태의 묘사보다는 그 사태를 바라보는 주인공의 반응과 태도가 주목할 만하다. 소설의 현실은 무엇보다 "인간화된 현실"루카치이다. 단편소설집과 장편소설의 차이가 작용하지만『9번』이 『일』에 견주어 지니는 미덕은 인간화된 현실에서 한 노동자가 겪는 정서의 세계를 더 깊이 파고든다는 것이다.

주인공 '그'가 겪는 생활의 전형성은 새롭다고 하기 힘들다. 작가도 그점을 미리 전제하고 이 작품을 구성한 것으로 보인다. '그'는 통신회사 현장 팀에서 26년을 근속했다. 그러나 그런 오랜 근속은 오히려 회사에게는 부담스러운 일이 된다. 여러 번에 걸쳐 권고사직을 권유받지만 '그'는 거부한다. 거부의 이유는 무엇보다 생활상의 이유다. '그'는 은퇴 후를 대비해 몇 달 전 변두리에 있는 오래된 다세대 건물을 매입했고 대출금을 갚아야 한다. 곧 대학에 진학할 아들이 있다. 아내는 마트에서 일을 하고 과중한 일로 손의 통증을 호소한다. 그래서 돈이 필요하다. 다세대 건물의 누수 수리비, 대출금 이자와 원금, 자동차 할부금, 연금, 보험료, 학비, 장인의 병원비, 노모의 시골집 수리비 등으로 압박당한다. 그렇지만 이런 경제적인 이유만이 '그'가 권고사직을 거부하는 이유의 전부는 아니다. "회사를 그만두지 못하는 이유가 다만 경제적 어려움 하나뿐이라고 생각하는지, 26년간 회사와 자신을 이어주던 게 겨우 얄팍한 통장 하나뿐이라고 여기는지 그는 되묻고 싶었다."33쪽

'그'도 왜 자신이 권고사직을 거부하는지를 명료하게 인식하지 못한다. 그것도 자연스럽다. '그'는 그만의 삶의 리듬과 기억이 있었고 그것을 지키려고 한다고 설명할 수 있지만 명쾌한 설명은 못된다. 작가가 이 쟁점을 더 깊이 파고들지는 않지만 변화하는 자본주의의 현실과 그보다 지체된 노동자의 감각 사이의 거리를 지적할 수는 있다. '그'와 회사가 서로를 바라보는 인식의 간극이 문제다. 이제 회사는 돈비용의 관점에서만 노동자를 본다. 그 척도에서 인간적인 것들이 자리 잡을 공간은 없다. 그러나 '그'는 다르게 생각한다. "동질감과 소속감, 연대감 같은 것들이 늘 그를 커다랗게 둘러싸고 있었다. 그건 회사가 직원들을 대하고 품는 방식이었다."105쪽 그런 시대는 끝났다. 아마도 1998년 금융위기 이후가 전환기였을 것이다. 평생직장의 개념이 무너진 전환점. 더 이상 "동질감과 소속감, 연대감"을 말하기 힘들어

진 시대의 도래.

　　당혹스러움이 가셨고 동료들에 대한 서운함도 옅어졌다. 마지막까지 남은 건 자신에 대한 의구심과 자괴감 따위의 감정이었다. 직장을 다니는 동안 그는 누구에게도 이런 원색적인 비난을 들어본 적이 없었다. 서운함과 불편함은 하루나 이틀이 지나면 저절로 사라졌다. 그는 믿을 만한 동료들과 일했고 동료들은 그를 믿었다. 믿음은 하루가 가고, 계절이 쌓이고, 서로의 표정과 목소리에 익숙해지고, 버릇과 습관 같은 것들에 길들여지고, 그런 지루하고 지난한 과정을 수없이 반복하고 난 다음 생겨나는 것이었다. 그는 그토록 어렵게 생겨난 것들이 이처럼 쉽게 망가질 수 있다는 게 놀라웠다.34~35쪽

　　『9번』이 끈덕지게 묻는 질문, 하지만 명료한 답을 제시하지 않는 질문. 지금 노동자에게 회사는 무엇인가? 이런 질문이다. 그렇다면 '그'는 질문의 답을 찾았을까? "혼자 힘으로는 결코 부서뜨리거나 망가뜨릴 수 없는 철과 쇠로 무장한 거대한 구조물이 그를 내려다보고 있었다. 사람들이 몸을 숨기듯 언급했던 회사라는 것의 실체가 마침내 눈앞에 드러난 것 같았다."252쪽 자신이 세운 거대한 통신탑을 보면서 '그'는 회사의 실체를 발견했다고 느낀다. 그리고 통신탑의 너트를 풀어서 무너뜨린다. "정말이지 이런 식으로, 그동안 자신이 세워 올린 것들을 무너뜨리면서, 이 일을 길게, 아주 길게 이어갈 수 있을 거라는 생각을 그는 하고 있었다."255쪽

　　나는 이 결말이 다소 작위적으로 느껴졌다. 작중 인물 '그'에게는 그가 겪어온 고통스러운 경험의 결과 이런 결단을 할 수 있을지 모른다. 그러나 그걸 바라보는 서술자나 작가의 인식은 별개 문제다. 『9번』에서 "회사라는 것의 실체"는 제대로 모습을 드러낸 적이 없고 깊이 탐구된 적도 없다. 회사는

알 수 없는 윗선의 힘으로만 추상적으로 처리된다. 회사 혹은 자본의 추상화라 하겠다. 이런 대목에서도 『일』과 마찬가지로 노동-자본의 관계를 사유하는 것을 포기했거나 혹은 그런 관계 자체를 따지는 것이 실효성을 상실한 것이 아닌가라는 무력감의 징후를 발견한다. 고통스러운 노동자의 삶을 표현하는 것은 분명 의미가 있지만 고통의 근원에 다가가는 것을 두려워한다는 느낌이다. 그럴 때 가능한 선택 중 하나는 문제를 개별화하고 벌어진 사태에 대한 개인의 정서적 반응을 기록하는 것으로 만족하는 것이다.

이런 태도는 노동조합을 묘사하는 대목에서도 확인된다. 『일』에서도 노동은 개인의 일로 치부된다. 1980년대 노동소설에 자주 등장했던 노동조합ㄴㅈ은 거의 등장하지 않는다. 노동은 파편화, 개별화된다. 『9번』의 경우에 노조가 등장은 한다. 그러나 서술자나 주인공은 노조에 대해 기대를 걸지 않는다. 종종 비판적이다. 사태를 해결하는 데 도움이 된다고 보지 않는다. "노조 사람들이 차례로 올라와 준비한 말을 했다. 이야기는 종규의 죽음에서 시작되었고 회사에 대한 분노와 비인간적인 처우로 옮겨 갔다. 국가, 자본, 세계와 빈곤 같은 거대한 단어들에 다다랐을 때는 종규의 죽음 같은 건 증발하듯 사라지고 없었다."121쪽 노동자들이 겪는 구체적인 생존의 문제, 먹고 사는 문제와는 거리가 멀어진 노조의 추상적 인식을 비판하는 대목으로 볼 수 있다. 자본의 말들이 종종 추상적이듯이 노동의 말들도 추상적이 될 수 있다. "국가, 자본, 세계와 빈곤 같은 거대한 단어"들이 공허하게 떠도는 현실. 어떻게든 살아남는 것만이 목적이 되어버린 현실. 작가는 그런 착잡한 현실의 고발에 초점을 맞춘다.

『9번』은 한 평범한 인간이 어떻게 인간다움을 잃어버리는가에 주목한다. "그럼에도 가까운 사람들과 관계를 맺고 마음을 나누고 소박한 일상을 유지하는 데에는 어려움을 느끼지 못했다. 그러나 언젠가부터 내면의 어떤 부분들이 작동을 멈추는 것 같았고 어떻게 손볼 수 없을 정도로 망가진 게 아닌가 하는 의문이 들었다.”162쪽 ‘그’도 자신의 내면이 왜 망가지고 부서져 가는지를, 그 이유를 알지는 못한다. ‘그’가 하는 일이 그렇게 만들었다는 걸 느낄 뿐이다. 마지막 일자리였던 통신탑 건설 하청 현장에서 ‘그’가 탑 건설에 반대하는 마을 사람들과 벌이는 언쟁이 좋은 예다. “일이라는 건 결국엔 사람을 이렇게 만듭니다. 좋은 거, 나쁜 거, 그런 게 정말 있다고 생각해요?”206쪽 먹고살려는 일 앞에 윤리나 도덕은 더 이상 설 자리가 없다. 그렇게 인간은 동물의 수준으로 추락한다.

오직 생존하고 살아남는 것만이 목적이 되는 수준.[4] 일이 단지 생존의 수단이 될 때 “모욕감과 모멸감 따위의 감정들”91쪽이 나타난다. 그리고 사유는 사치스러운 일이 된다.

> 못 할 게 뭐 있나. 다 하는 거지. 하는 데까지 해보는 거지. 읍내 지구대에서 폭행 관련 조사를 받고 돌아온 늦은 밤에 그는 3번에게 그렇게 말했다. 일이라는 건 매일 끔찍하도록 같은 작업을 반복하면서 기술을 배우고 노하우를 익히고 실력을 늘려가는 것이었다. 그거면 됐다. 그게 무슨 일인지, 어떤 일인지 생각할 필요는 없었다. 그는 그 이상의 것들을 생각하지 않기로 했다.200쪽

『9번』이 그리는 노동자의 초상을 현실에서 발견하는 건 어렵지 않을 것

---

4 장강명 소설집 『산 자들』에 실린 「대기발령」은 이점을 주목한다. 노동자들에게 합당한 일을 주지 않는 ‘대기발령’은 실존적 형벌이 된다. 사람을 동물의 수준으로 추락시키는 형벌이다. “어디 나가서 청소를 하는 게 차라리 낫겠어. 실존적 고민이 들더라니까. 내가 지금 뭐 하는 건가 하는. 이거 아주 실존적 형벌이야. 그런데 회사는 지금 자르려는 거예요, 벌을 주는 거예요? 그게 문제지. 자르려는 건 아니지 않아요? 이러다 다른 보직을 주지 않을까?” 장강명, 『산 자들』, 민음사, 2019, 59쪽.

이다. 나는 이 작품이 품고 있는 강한 비관주의가 지닌 그 나름의 현실성에 한편으로 공감한다. 그러나 뭔가 미진함이 남는다. 소설가는 문제의 해답을 제시하는 존재는 아니지만 문제를 뿌리로부터 파고들고 사유하는 역할을 외면할 수 는 없다. 동물의 수준으로 추락한 노동의 모습을 그리는 건 의미 있지만 이제는 더 담대하고 강인하게 그 추락의 원인을 사유하고 이 소설에서 미흡하게 처리된 "회사라는 것의 실체"를 밝혀야 하지 않을까? 그때 노동소설은 단지 노동문제만을 다루는 편협함을 벗어나서 노동-자본의 관계를 문명사적으로 사유하는 사회소설이 될 수 있을 것이다. 작가에게 거는 기대다. (2020)

제2부

실험하는 소설

레거시문학과 현실 감각

몇 가지 쟁점을 중심으로

이 글의 목적은 현재 한국문학 동향을 점검하는 것이다. 문학의 위상이 예전 같지 않다지만 부지런하지 못한 비평가로서는 출간되는 작품을 그때그때 따라 읽으면서 흐름을 정리한다는 것은 쉽지 않다. 다만 내가 주목하는 몇 가지 쟁점을 중심으로 한국문학 동향에서 드러나는 쟁점 몇 가지를 조망하는 것이 이 글의 목표다. 새로운 문학 플랫폼의 등장에 따른 웹문학과 레거시문학의 관계, 노동문학과 페미니즘문학의 양상, 기후 위기와 문학적 대응, 작가 양성 시스템의 문제점 등이 이 글에서 살펴볼 주요 쟁점이다. 내가 읽은 몇권의 작품과 평론이 촉발한 사유를 통해 지금 문학이 놓인 자리를 조금이나마 가늠해 보겠다.

1

얼마 전 읽은 칼럼 구절이 기억에 남는다.

독자의 입장도 마찬가지이다. 여가의 방식으로 책과 오티티^{OTT} 한 달 구독료를 비교하면 책의 가성비가 현저히 떨어진다. 책 한 권이 넷플릭스 한 달치, 그것도 네

명 몫의 즐거움과 의미를 줘야만 한다. 결국 출판사 입장에서도 제작 비용이 비슷하면, 여러 명의 중견 작가들에게 동시대적 소재를 주어 엮은 가벼운 앤솔로지를 내는 편이 효율적이라는 판단을 할 수도 있다. 세상에는 분명히 가성비로 측정할 수 없는 가치가 있다. 이 책뿐 아니라 모든 문학은 그 가치를 말한다. 읽는 데 시간과 노력은 많이 들지 않지만 감동과 재미는 극대화하는 책 한 권을 사기 위해 적립금과 쿠폰을 꼼꼼히 살피는 알뜰한 독자가 된 나는 슬프게도 알아버렸다. 가성비를 따질수록 문학은 점점 가성비를 맞출 수 없다는 것을.[1]

작가에게는 두 개의 선택지가 놓여 있다. 자본주의가 뿌리내린 이후로 문학은 다양한 매체와 경쟁하면서 자신의 "가성비"를 증명해야 한다. 많은 독자는 "즐거움과 의미"를 지불하는 비용만큼 얻지 못하면 작품을 사기 위해 쉽게 지갑을 열지 않는다. 그 지갑을 열게 하기 위해 "시간과 노력은 많이 들지 않지만 감동과 재미는 극대화하는" 길을 제시하는 게 하나의 길이다. 두 번째는 19세기 이래 심화된 대중성과 예술성의 해묵은 이분법에 얽매이지 않고 어차피 "문학은 점점 가성비를 맞출 수 없다는 것을" 받아들이고 '정신의 귀족주의'를 지키면서 당면한 문제를 문학만의 방식으로 다루는 길이다. 물론 그 길은 고독하며 돈벌이와는 거리가 먼 길이다. 여러 상황의 변화는 작가에게 시장 논리에 굴복할 것인가, 아니면 정신의 귀족주의를 지킬 것인가를 강요한다. 해묵은 쟁점이지만 이 시대는 더욱 첨예해졌다.

구독하는 영화 잡지에서 웹소설의 부상을 다룬 기획을 읽었다. 나같이 전통적인 레거시문학[2]을 연구하고 글을 쓰는 평론가에게는 낯선 충격이었

---

1   박현주, 「가성비의 시대, 소설은 어디로 가는가」, 『한겨레』 2022.3.26.
2   레거시문학이라는 용어는 새로 등장하는 언론매체와 구별하기 위해 기존 언론을 가리키는 개념인 레거시 언론(legacy media)에서 따온 것이다. 이 글에서는 전통문학, 문단문학을 가리킨다.

다. 한국콘텐츠진흥원의 웹소설 시장 규모 자료를 보면 2014년 200억 원 대 규모였던 웹소설 시장은 2018년 4,000억 원대에 이르렀고 2020년에 6 천억원 규모로 커졌다. 웹소설『나 혼자만 레벨업』은 매출 300억원을 돌 파했다. 웹소설『전지적 독자 시점』은 출간 5일 만에 8,700세트가 팔렸다. 8권짜리 한 세트의 가격은 12만 8,000원이다. 파트2와 3이 올해 출간 예정 으로 수십억 수익을 기대한다고 한다. 웹소설은 철저히 시장 논리와 대중 의 기대를 염두에 두고 창작된다. 재미를 최우선으로 하면서 상상의 나래 를 끝까지 펼쳐보는 이야기를 뼈대로 한다. 웹소설은 웹이라는 새로운 플 랫폼에서 연재된다. 웹소설 중 남성 독자가 선호하는 대표적인 장르로 꼽 히는 무협, 판타지의 경우 기존 대여점을 중심으로 한 장르물 시장이 웹으 로 이동한 것이다. 여성 독자가 좋아하는 장르인 로맨스, BL, GL 등은 그런 장르물을 선호하는 동인 계열에서 주로 읽히다가 웹소설 시장으로 확장 된 사례다.[3]

무엇보다 웹소설 시장이 6천 억대라는 것이 놀랍다. 레거시문학장 밖에 서 거대한 독서 시장이 형성된 것이다. 내가 알기로 소위 본격문학 혹은 문 단문학 작가의 경우 초판 1만 부 이상을 판매하는 작가가 많지 않다. 문단 문학 작품이 수십만부씩 팔리는 시대는 지나갔다. 들은 얘기지만 작가 지망 생이 가장 선호하는 진로는 상업성과 수입이 어느 정도 보장되는 방송작가, 시나리오 작가라고 한다. 이제 거기에 웹소설이 추가된 모양새다. 레거시문 학을 지망하는 작가의 자리는 점점 좁아진다. 따지고 보면 문학사에서 대중 성과 예술성의 거리는 19세기 문학부터 다양한 형태로 나타난다. 웹문학의 부상이 아주 특별한 사례는 아니다. 달라진 매체 환경의 소산이다. 요는 예

---

3   송경원, 「대중적 스토리텔링의 왕도」,『씨네 21』1343호, 41쪽.

전 대중문학 장르가 새로운 매체 환경에서 모습을 바꾼 웹문학이 더욱 넓게 유통된다는 것이다. 웹소설은 판타지나 로맨스, 미스터리 등 익숙한 플롯과 서사가 대부분이다. 웹소설의 인기를 두고 레거시문학은 어떤 입장을 취할 것인가? 웹소설이 보여주는 천편일률적인 스토리전개와 플롯 구성을 지금 까지처럼 대중문학의 한계라고 지적하기는 쉽다. 어려운 점은 독자층이 웹 문학에 맞춰 취향이 길들여 질 때 레거시문학은 어떤 행보를 취할 것인가 라는 지점이다. 나는 레거시 소설이 장르 소설의 형식과 기법을 적극적으로 받아들여서 스토리텔링의 방식과 밀도를 높일 필요가 있다는 점을 지적해 왔다. 한국소설에서도 김영하, 김연수 등이 추리 소설의 틀에 기댄 작품을 썼다. 최근에는 여러 젊은 작가들이 SF의 틀에서 레거시 소설의 오랜 주제 인 인간다움과 인간관계의 양상을 새롭게 천착하는 작품을 발표한다.[4]

더 중요한 건 레거시문학이 웹소설 같은 새로운 대중문학의 인기와 상관 없이 이 시대에 문학에게 주어진 역할을 얼마나 의연하게 감당하느냐는 문 제다. 나는 앞으로 레거시문학의 자리는 점점 좁아질 거라고 판단한다. 하 지만 나는 이런 진단에 여전히 공감한다.

우리는 현재 세 가지 해결해야 할 과제에 직면해있다. 전쟁, 환경문제, 세계적인 경제적 격차. 이것들은 자연과 인간, 인간과 인간의 역사적 관계를 집약하는 사항 들이다. 게다가 이것들은 시급한 과제들이다. 이전의 문학은 이런 과제들을 상상 력으로 떠맡았다. 그러나 오늘날의 문학이 이것을 떠맡지 않는다고 해도, 나는 불 만을 드러낼 생각은 없다. 그러나 나 자신은 그것을 떠맡고 싶다. 그것이 문학적이

---

4   천선란, 심너울, 이경희, 황모과 작가를 작가 리스트에 올릴 만하다. 「SF 소설가 4인」, 『씨 네 21』 1350호 참조.

든 비문학적이든 아무런 상관이 없다.[5]

웹소설을 비롯한 대중문학은 자연과 인간, 인간과 인간의 역사적 관계를 집약하는 "전쟁, 환경문제, 세계적인 경제적 격차" 등의 문제를 떠맡지 않는다. 무겁고 부담스러운 쟁점이다. 그러나 내가 아는 모든 훌륭한 문학은 다양한 방식으로 이런 문명사적 쟁점을 다뤄왔다. 인류와 문명에 대한 넓은 시야를 잃지 않았다. 최근에 읽은 나희덕 시집 『가능주의자』와 이문재 시집 『혼자의 넓이』는 그런 시야가 지닌 힘을 보여준다. 앞으로 레거시문학이 아무리 궁지에 몰릴지라도 정신의 귀족주의를 포기해서는 안 될 일이다. 결국 시간의 흐름을 견디고 살아남는 건 이런 문학이기 때문이다.

2

현재 한국문학 공간에서 가장 강력한 목소리를 내는 건 페미니즘문학이다. 창작과 비평 모두에게 해당하는 진단이다. 그러나 내 판단으로 페미니즘문학이 지닌 면모에 대해 얼마나 균형 잡힌 판단이 이뤄졌는지는 의문이다. 예컨대 넓은 시야를 갖고 최근 페미니즘 소설 경향을 정리하고 분석한 김명인 평론가의 판단이 그렇다.[6] 1990년대부터 2010년대까지 지난 30년간의 한국소설사를 어떻게 정리하고 읽을 것인가? 이런 화두를 들고 설득력 있는 논지를 펼친다. "한국문학의 편에서 본다면 이것은 아마도 1970년대 민중문학의 시대 이후 동시대 다수 대중의 일상적 삶에서 가장 중대한

---

5   가라타니 고진, 『근대문학의 종언』. 도서출판b, 2006, 10쪽.
6   김명인, 「여자들이 온다」, 『폭력과 모독을 넘어서』, 소명출판, 2021.

문제가 문학 속에 육박해 들어온 형국이라고 할 수 있으며, 전체 한국사회의 동향이라는 측면에서 본다면 문학이 다시 동시대의 사회적 의제의 한복판으로 개입해 들어온 형국이라고 할 수 있다."^{김명인, 45쪽}

김명인은 박민정의 첫 소설집 『유령이 신체를 얻을 때』를 사례로 들면서 이 작품이 어떤 관점이나 관념을 앞세우고 삶과 세계의 자료들이 그것을 뒷받침하는 듯한 연역적인 글쓰기에 가깝다고 비판한다. 그러나 이후 박민정은 점차 이러한 약점을 극복해나가며 기왕의 문제의식을 보다 심화·확장해 가고 있다고 높이 평가한다.^{김명인, 39쪽} 그런데 내 판단으로는 젠더 문제를 다루는 적지 않은 작품이 여전히 섹슈얼리티에 대해 어떤 관념이나 '정답'을 전제하고 그것에 기반하여 "삶과 세계의 자료들"을 다룬다는 인상을 받는다. 내가 아는 어떤 좋은 소설도 정답을 전제하는 작품은 없다. 영국 소설가 로런스^{D. H. Lawrence}가 날카롭게 지적했듯이 소설은 기본적으로 미지의 세계를 탐색하는 사유의 모험^{thought-adventure}이다. 그 모험에서 미리 정해진 정답은 없다. 들뢰즈에 기대면 작가는 의견^{opinion}을 갖지 않는다. 작가에게 필요한 건 주장이나 의견이 아니라 깊은 질문이다. 페미니즘문학도 예외일 수는 없다.

일종의 페미니즘 편향이라 할 시각은 한기욱 평론집 『문학의 열린 길』에서도 나타난다.⁷ 이 평론집에서 한국문학 작가 목록에는 황정은, 권여선, 김애란, 정미경, 김금희, 김려령, 신경숙, 조해진, 김세희 등이 이름을 올린다. 남성 작가는 황석영 정도가 언급된다. 여성 작가가 압도적인 대세를 형성하는 한국문학 현황에 대해 저자는 기본적으로 우호적인 태도를 취한다. "페미니즘의 목소리는 재현-대의 체계상의 성차별을 철폐할 것을 요구하

---

7   한기욱, 『문학의 열린 길』, 창작과비평사, 2021.

는 성평등 주장일 뿐더러 무의식적인 남성우월적 발상과 언어, 관행에 대한 정동적 저항"한기욱, 21쪽이라고 강조하는 대목이 그런 예다. 이런 현실진단은 "한국문학의 주력이 어느새 여성 작가 독자로 바뀐 데는 2016년 강남역 살인사건과 문단 내 성폭력 사건을 계기로 촉발된 새로운 페미니즘 물결이 한몫했음이 분명하다"한기욱, 41쪽는 판단에서 나온 결과다. 여성 독자층의 대두와 새로운 페미니즘 물결이 그렇게 직접적으로 연결될 수 있는지는 상세한 검토가 필요하다. 좀더 따져볼 문제는 페미니즘 운동의 어떤 분파가 드러내는 인식론적 오류나 독단성은 주목하지 않으면서 "페미니즘 운동과 갑질반대운동은 적폐청산과 더불어 촛불혁명의 강력한 보루"한기욱, 234쪽라고 단정하는 시각이다. 페미니즘운동을 포함해 어떤 이론이나 운동도 선험적으로 옳을 수 없으며 현실에서 검증되어야 한다. 페미니즘이 "촛불혁명의 강력한 보루"였는지도 의문이지만 촛불 이후의 페미니즘운동이 보여온 긍정성과 부정성을 동시에 드러낸 착잡한 궤적을 점검하지 않는 것은 아쉽다.

많은 페미니즘 비평이 현실에서 작동하는 성별 임금 격차, 성 역할 구분을 강조한다. 사회학적 분석으로는 타당한 지적이다. 하지만 문제는 상당수 20대 남성은 그렇게 느끼지 않는다는 것이다. 문학은 사회학적 보고서가 아니라 감정적인 액션과 리액션을 보여줘야 한다. 차별받는 여성의 모습을 재현하는 게 전부가 아니다. 나는 최근 페미니즘문학이 압도적으로 젊은 여성의 일상생활에서 작동하는 성적 억압 기제에 초점을 둔다는 점에 주목한다. 그러나 그 여성들이 관계를 맺는 남성들의 내면, 감정, 정서와 구체적인 관계에서 섹슈얼리티를 대하는 리액션의 양상은 소홀하게 다뤄진다고 본다. 이번 대선에서 논란이 된 이대남20대 남성 현상이 좋은 예다. 일단 20대 남성을 뭉뚱그려 무엇으로 규정하는 것도 문제다. 하지만 문학에서 필요한 건 일부 이대남이 보여주는 뒤틀린 인식을 비판하는 데 그치지 않아야 한다.

20대 남자의 인식 세계에서 남성은 약자이므로 자신들이 받는 불공정은 역차별이 아니라 그냥 차별이고 자신들은 차별받는 마이너리티다. 결혼 시장과 같은 사회문화적 권력 관계에서도, 법 집행에서도 20대 남성은 자신들이 약자라고 느낀다. 그것이 사실에 부합하느냐 여부는 별로 중요하지 않다. 사실이든 아니든 그렇게 느낀다는 점이 포인트다. 20대 남성의 4명 중 한 명이 이런 강고한 정체성 집단에 속한다. "이들은 게임의 법칙을 왜곡시키는 정부의 양성평등 정책과 여성의 우월을 쟁취하려는 페미니즘을 확고하게 반대한다. 이들은 또래 여자에게 위축되거나 피해의식을 가졌을 개연성이 있다. 교육과정이나 입시 경쟁에서, 데이트 관계에서, 취업 경쟁에서 자신들이 주관적으로 경험한 피해 경험을 공유한다. 사실이든 허위든 이것이 일부 이대남이 지닌 정체성을 구성하는 원재료일 수 있다."[8] 문학이 할 일은 이런 잘못된 인식의 오류를 지적하는 게 아니다. 그런 건 사회과학 논문이나 여성학에서 충분히 다룰 수 있다. 문학은 이들이 느끼는 피해의식의 메커니즘이 실제로 성적 관계에서 어떻게 드러나는가를 실감 나게 형상화하는 것이 그 역할이다. 옳고 그름을 따지는 건 문학의 주된 관심사가 아니다. 나는 페미니즘을 다루는 작품에서 단지 여성들의 재현만이 아니라 그 여성들이 관계 맺는 다른 성들의 입체적인 형상화를 만나고 싶다. 문학은 정체성 정치를 고민하지만 더 중요한 건 그 정체성이 작동하고 형성되는 성적 관계sexual relationship의 탐색이다. 페미니즘문학, 젠더문학도 몇 걸음 더 앞으로 나가야 한다.

---

8   이선우, 「누구를 위한 젠더갈등인가」, 『영화가 있는 문학의 오늘』 42호, 34쪽.

3

그 외양은 달라진다고 해도 자본주의의 성격은 변하지 않는다. 그렇다면 자본주의에서 노동과 생활의 문제는 문학이 외면하기 힘든 대상이다. 물류 배달의 새로운 노동형태인 플랫폼 노동을 다룬 소설을 읽었다.

> 수경은 벤치에서 일어났다. 이건 기본 중의 기본이다. 자차 배송기사의 시급은 본인이 결정한다. 뛰면 시급이 오르고, 걸으면 시급이 내려간다. 요의를 참으면 오르고, 화장실에 자주 들르면 내려간다. 밥을 굶으면 오르고, 밥을 먹으면 내려간다. 사먹기까지 하면 더 많이 내려간다. 수경은 여숙 씨에겐 말해주지 않았던 시급 계산법과 시급 올리는 법에 대해 우재에겐 알려주었다. 우재는 다음 배송지부터 뛰기 시작했다.[9]

이 작품도 그렇지만 내가 읽은 노동문학 작품이나 관련 평론에서 발견하는 주된 흐름은 노동 현실을 사실적으로 재현하는 것이다. 위의 인용문에도 시간을 다투면서 배달하지 않으면 급여가 깎이는 새로운 노동 구조에서 힘들어하는 가족의 모습이 그려진다. 나는 노동 현실과 거기서 겪게 되는 사람들, 특히 노동자 가족의 생활을 르포르타주에 가깝게 묘사하는 것의 가치를 유보 없이 인정한다. 예컨대 노동자 가족의 삶을 세밀하게 담은 이수경의 『자연사박물관』이나 조선소 용역·파견업체의 적나라한 노동 현실을 조명한 김숨의 『제비심장』이 그런 예다. "한국 사회의 노동자가 겪고 있는 노동의 현실은 앞서 몇 작품에 나타난 사례에서 살펴볼 수 있듯, 신자유

---

9   이서수, 『헬프 미 시스터』, 문학동네, 2022, 152쪽.

주의 글로벌 자본주의 체제 아래 한층 정교화·중층화·다원화된 제도적 범주 안에서 노동자들은 새로운 노동의 모순과 억압의 21세기 현대판 노예노동으로 전락해가고 있다."[10] 경청할 주장이다. 그런데 노동문학에서 독자가 기대하는 것이 "노동의 모순과 억압"을 재현하고 고발하는 데만 있는 것일까? 문학이 사회과학이나 다른 담론과 다른 점이 있다면 문학은 사건이나 행동의 액션 자체가 아니라 그 사건으로 영향을 받는 사람들의 리액션re-action, 반응에 주목한다는 것이다. 리액션은 일차적으로 캐릭터들의 심리와 감정으로 표현된다. 노동소설만이 아니라 좋은 소설에서 독자가 감흥을 얻고 새로운 감각과 인식의 지평을 발견하는 것은 리액션의 실감과 깊이다. 위에 인용한 이서수 소설에서 내가 주목하는 지점도 그런 대목들이다. 이 소설이 제시하는 플랫폼 노동에 대한 다양한 정보는 나름대로 생생하지만 신문 등에서 얻게 되는 정보와 비교하자면 특별한 건 없다. 소설은 정보로 경쟁할 수 없다. 『헬프』의 힘은 수경 가족이 돈을 벌기 위해 쉽지 않은 노동을 하면서 각 인물이 겪는 내면의 격동과 인물 간의 충돌을 날카롭게 포착한 데서 발생한다.

다만 이 소설만이 아니라 최근 노동소설이 공통적으로 보여주는 아쉬움은 있다. 노동을 노동자 가족의 이야기만으로 제시한다는 것이다. 다시 말해 그 노동을 강제하는 자본의 메커니즘을 다루는 소설을 찾기 힘들다. 여기에는 자본과 자본가들의 생활과 의식, 감각, 내면을 다루기 힘든 점이 작용했을 것이다. 한마디로 작가들이 자본(가)을 그리는 과제 앞에서 담대하지 못하고 주저한다. 그 결과는 일종의 피해자주의를 되풀이하는 것이다. 노동문학도 일종의 정체성 정치에 갇힌 형국이다. 오직 이윤만을 추구하는

---

10   고명철, 「다시, 노동의 현실을 주목하는」, 『영화가 있는 문학의 오늘』 42호, 28쪽.

자본의 욕망으로 고통받는 노동자와 그 가족의 삶이 겪는 피해를 가능한한 사실적으로 전달하는 것에만 머문다. 되풀이 말해 그런 작업이 의미가 없다는 뜻이 아니다. 요는 그게 전부는 아니라는 것이다. 좋은 노동소설은 곧 좋은 자본(가) 소설을 함축한다. 노동과 자본은 연결되어 있기 때문이다. 그런데 우리 노동소설에서는 인상적인 자본(가)의 형상화를 찾기가 어렵다. 노동소설은 넓은 의미의 사회소설이 되어야 한다고 내가 판단하는 이유다. 이런 상황에서 젊은 작가들이 찾은 돌파구는 무엇일까? 주어진 현실을 긍정하고 그 안에서 자잘한 기쁨을 얻으려고 하는 '소확행'의 삶이다. 송지현, 장류진, 박상영 소설에 등장하는 인물들은 계속해서 실패하는 대신 경쟁 구도 자체에서 잠시 이탈하는 길을 선택한다. 어떤 자책이나 왜곡 없이 자신의 욕망을 부정하지 않는 일, 불안을 안정이라는 국면에 미달된 양태로 여기지 않고 다만 그 불안이 자신의 욕망과 정체성을 재단하여 잘라내지 않게 방어하는 일. 그것이 부각된 삶의 자세이다. 이 시대 달라진삶의 풍속을 다루는 것은 의미 있지만, 이런 모습을 자연주의적으로 묘사하는 것에 머물게 되면 자칫 세태소설에 그치는 결과를 낳게 된다.

여기서 길게 논할 수 없지만 노동문학의 협소한 시각은 작품이 다루는 노동자를 한국인 노동자로 한정하는 데서도 드러난다. 짐작건대 작가들이 이주노동자들의 생활을 제대로 알지 못하는 데서 생기는 신중함이나 조심스러움도 작용할 것이다. 그러나 이미 한국노동 시장에서 큰 비중을 차지하는 이주노동자는 "한국의 노동자보다 열악한 노동조건 아래 놓여 있다. 특히 조선족 여성 노동자처럼 한국인과 결혼을 한 경우 문제의 양상이 그리 간단하지 않음을 알 수 있다. 조선족 여성 노동자에게 오직 궁극의 관심은 국경을 초월한 사랑을 통해 행복한 가정을 한국 사회에 꾸리는 게 아니라 한국인과 결혼함으로써 획득한 대한민국 국민으로서 신원이 보증되는 것을 최대한 이용하여 돈을 벌어 자신의 고향으로 돌아가 행복한 삶을 누리는 것이다. 때문에 조선족 여성 노동자로부터 우리는 민족, 국가, 국민, 성 등의 문제들이 중층적으로 포개져 있음을 주목해야 한다."고명철, 23쪽

나는 이런 부분이 한국문학의 구멍이라고 본다. 노동문학이 다루는 노동자의 삶은 노동현장에만 제한되지 않는다. 노동자의 생활에는 무엇보다 다양한 형태의 노동자 가족이 포함된다. 예컨대 이주노동자의 가족이 한국에 적응하면서 생기는 어려움, 한국인과 결혼하게 된 이주노동자의 아이들이 겪는 문제 등 다양한 쟁점이 부각된다. 그러나 오래전 읽은 조선족 작가 금희가 쓴 『세상에 없는 나의 집』 정도가 이 문제를 다뤘다는 점이 아쉽다.

4

작가를 비유하는 말 중에 탄광 속의 앵무새라거나 잠수함 속의 토끼가 있다. 앵무새나 토끼는 사람보다 훨씬 더 예민하게 산소 결핍에 반응하는 동물이기에 작가나 시인도 세상의 위기를 그런 예민함으로 느낀다는 것이다. 위기에 둔감한 작가치고 훌륭한 작가를 본 적이 없다. 그런 점에서 기후 위기라는, 점차 긴박성을 더하는 전지구적 재난 상황의 문제를 작가들이 외면하기는 힘들다. 한국문학 공간에서도 이 문제에 관심을 두는 움직임이 엿보인다. 그러나 아직까지 대세는 좁은 인간관계에서 발생하는 정념을 다루는 작품이다. 범박하게 말해 거시적 시야가 부족하다. 나는 이것도 나쁜 의미의 문학주의가 가져온 결과라고 판단한다.

『문학인』 4호2021년 겨울의 '기후 위기 시대와 문학적 대응' 특집을 읽으며 최근 동향을 조금 파악할 수 있었다. 선우은실 평론가의 「기후 위기와 문학

이라는 서사 / 시나리오」는 강영숙, 조시현, 조해진, 최이수 소설을 다루면서 그 동향을 이렇게 요약한다. "기후 변화 및 생태계의 교란에 따른 지구 시스템의 고장이 비단 인간종만을 위기의 상태로 몰아넣은 것은 아니나, 이를 위기로 의식하고 그에 따른 혐오나 훼손에 노출되는 등의 추가적인 상실을 겪는 주체로 언급되는 것은 다름 아닌 인간이다."^{선우은실, 48쪽} 이 대목은 레거시문학이 쉽게 벗어나기 힘든 인간중심주의적 서사 틀을 어떻게 벗어날 수 있는가라는 중요한 문제를 제기한다. 노대원 평론가는 이 지점에 착목한다. "실제로 '인간이야말로 지구의 바이러스'라는 주장은 바이러스 SF 서사에서 반복되어 온 성찰적 전언이기도 하다. 우리^{인간─인용자}는 이 행성에 퍼져서 식민지화, 전쟁, 소모를 일삼는 곰팡이다. 지구는 우리가 감염시키고 있는 세포다. (…중략…) 바이러스는 지구의 백혈구다. 우리는 지구의 질병이다."[11] 인간이 오히려 역병이다. 굳이 말하면 지구의 호스트는 인류가 아니라 바이러스다.

김초엽 장편소설『지구끝의 온실』은 인간중심주의를 해체하는 하나의 시각을 보여준다. 세계의 중심이 인간이 아니라 식물일 수 있다는 가능성을 SF 장르의 틀을 빌려 사유한다. 김초엽의 이전 단편집에 견주어 인물 묘사의 깊이에서 아쉬움이 있지만 나는 이런 다른 사유를 시도한다는 점에서 주목할 작품이라고 판단한다. 노벨문학상 수상작가인 가즈오 이시구로가『나를 보내지 마』,『클라라와 태양』같은 작품에서 인류문명의 위기를 돌아보는 틀로 SF문학에 기대거나 현재 미국문학의 주목할 작가 중 한 명인 테드 창이 SF 작가로 분류되는 것도 그 의미가 무엇인지 따져볼 필요가 있겠다.

---

11   노대원, 「세계의 끝에서 다시 내딛는 이야기들」, 『영화가 있는 문학의 오늘』 42호, 15쪽.

5

창작 동향에 대한 점검도 중요하지만 나는 한국문학계가 보여주는 어떤 불균형을 끝으로 언급하고 싶다. 질문은 이렇다. 왜 남성 소설가는 멸종해 가는가? 왜 작가들의 출신이 다양하지 못한가? 시는 좀 다르지만 서사 장르에서 남성 작가를 찾기 힘들다. 이렇게 된 데는 여러 이유가 있을 것이다. 페미니즘이 문단의 중심으로 진입하면서 생물학적 남성 작가가 느끼는 무력감이나 조심스러움이 가장 중요한 이유로 짐작된다. 선이 굵은 소설 전통이 약해졌다는 것도 다른 이유다. 하지만 그게 다는 아닐 것이다. 나는 제도적 맥락을 생각해 본다. 얼마 전에 흥미로운 분석기사를 읽었다. 2022년 신춘문예 당선자 출신 학과를 정리한 것이다. 분석결과를 요약하면 신춘문예 등단자의 42%가 문예창작과 출신이다. 극작과, 국문과를 합치면 66프로에 이른다. 이 기사에서는 신춘문예만을 검토 대상으로 삼았지만 주요 계간지, 월간지 등으로 넓혀서 문단문학에 진입하는 작가 지망생을 따지더라도 사정은 크게 다르지 않을 것이다.

이 수치를 두고 여러 해석이 가능하겠다. 글쓰기와 관련된 전공자가 다수 당선된 것은 당연하다고 볼 수도 있다. 글쓰기의 기본을 다졌다는 뜻이다. 하지만 다른 해석도 가능하다. 글쓰기의 기본이나 테크닉은 어느 수준에 이르렀을지 모르지만 세계를 대하는 시야가 비슷하고 협소해질 수도 있다. 나는 최근 한국문학, 특히 소설을 읽으면서 뭔가 비슷비슷하다는 인상을 받는다. 우선 시야가 좁다. 뭔가 유약하다. 그 이유를 하나로 꼭 집어 말하는 건 무리다. 하지만 이유 중에는 작가들의 출신 배경이 이렇게 좁다는 것도 꼽을 수 있다. 주관적인 희망을 말하자면 문창과, 극작과, 국문과 출신만이 아니라 더 다양한 전공과 경험을 가진 이들이 문학을 하길 바란다. 좋은 글은 글쓰기 솜씨와 테크닉만 갖고 얻을 수 없다. 글쓰기 재주는 필요조건일 뿐이다. 문학이 더는 그만큼의 매력이 있는지는 자신할 수 없지만 말이다.

시와 비평 동향에 대해서도 쓸 말이 꽤 있지만 하나만 지적해두고 싶다. 최근 시 비평에서는 '시적인 것'의 의미를 반추하려는 모습이 눈에 띈다.[12] 그런데 조심스러운 판단이지만 시적인 것을 내재적으로만 보는 것이 아닌가 하는 아쉬움이 있다. 그 점에서 원로 비평가의 이런 지적은 새겨둘 만하다.

한편 소위 내재적 비평이라고 하는 것은 오늘날 우리 눈앞에 한창 창궐해 있는 바로서 그 폐해를 몸소 겪는 터이지만, 요컨대 그것은 문학을 철저히 비정치화·비사회화시킴으로써 올바른 현실감각을 마비시킬 뿐더러 올바른 문학 행위 자체를 저해하고 역사의 후퇴에 공헌해온 것이다. 아무리 정밀한 분석이라 하더라도 그것이 외적 현실에 대한 철저한 순종과 무지를 기초로 한 것이라고 한다면 그것은 현실맹목적 문학 전문가들끼리 주고받는 자기만족과 자기기만의 가면극에 지나지 않는다.[13]

나 자신의 비평 활동에 대해서도 자계自戒하는 바이지만 요즘 창작과 비평, 특히 시는 협소한 대상에 대한 "정밀한 분석"에 머물면서 "문학 전문가들끼리 주고받는 자기만족과 자기기만의 가면극"이 되고 있지 않은가 하는 우려가 종종 든다. 창작만이 아니라 비평에서도 입체적이고 담대한 시야가 부족하다는 느낌을 받는다. (2022)

---

12 시각은 차이가 있지만 김종훈 평론집 『시적인 것의 귀환』과 조재룡 평론집 『시집』을 좋은 사례로 들만하다.
13 염무웅, 『한국 현대시―그 문학사적 맥락을 찾아서』, 사무사책방, 2021, 174~175쪽.

한 사람을 구하려는 문학의 마음

최진영 『단 한 사람』

1

어떤 소설을 읽든 작가의 마음을 상상하게 된다. 이런 소설을 쓴 마음은 무엇일까? 특히 『단 한 사람』이하 『한 사람』을 읽으면서는 그런 추측이 더 강하게 들었다. 제목 자체가 그런 질문을 촉발한다. '단 한 사람'만을 살릴 수 있다는 상상을 작가가 하게 된 이유는 무엇일까? 짐작컨대 이 시대를 살아가는 다른 사람들과 마찬가지로 느닷없이 삶을 빼앗기는 사람들의 모습을 작가가 적지 않게 목격했기 때문이리라. 세월호 참사, 이태원 참사 등. 거기에 그런 억울한 죽음만이 아니라 그것을 사회적으로 애도하지 못하게 만드는 권력이나 사람들의 무관심 등이 더 아프게 다가왔다. 애도는커녕 그런 죽음을 비웃는 인간 말종의 모습조차 뻔뻔하게 모습을 드러내는 시대가 되었다. 이것은 정치의 실종이다. 사회의 실종이고 인간다움의 위기다. 나는 기후위기 등의 자연적 상황이 아니라 삶과 죽음을 대하는 인간 심성의 타락이 인간 종의 종말을 가져올 더 근본 원인이라고 판단한다. 문학예술은 오래전부터 인간의 심성, 감각, 감정의 움직임, 그것의 미덕과 추함을 다뤄왔다. 그런데 이 시대는 특히 인간 종의 수준에 대해 비관주의를 피하기 힘들다. 인간은 얼마나 더 추해질 수 있을까? 이럴 때 작가는 글쓰기의 역할을 자연스럽게 묻게 된다. 문학은 사람을 살리는 일, 인간다운 심성을 지키고 북돋우는 데 어떤 기여를 할 수 있을까? 다시 작품의 제목에 기대어 묻자면, 문학은 "단 한 사람"을 살릴 수 있을까? 혹은 한 사람의 마음을 움직일 수 있을까?

이제는 시들해졌지만, 21세기에 들어서면서 잠시 한국문학 공간의 화두였던 '문학의 정치'를 떠올리게 되는 이유다. 문학은 기본적으로 집단적 주체가 아니라 개별 주체와 관련된다. 작가도 독자도 개별주체이다. 따라서 문학은 자신의 한계에 유념해야 한다. 문학이 가져올 수 있는 감성의 충격과 변화, 낯설게 하기를 통한 현실의 새로운 인식은 문학만의 소중한 역할이다. 그러나 그런 역할을 감당한다고 해서 문학은 세상을 바꾸는 정치, 집단적 주체가 행하는 현실의 정치가 될 수 없다. 문학의 정치론에 자극제가 되었던 랑시에르의 지적대로 "문학은 낯섦의 경험이다."[1] 이런 "낯섦의 경험"은 그것이 문학답다면 본디 미학적이고 정치적이지만, 정치적인 것의 의미를 과도하게 평가해서는 안 된다. 문제는 그것이 지닌 미학성과 정치성의 동시적 깊이다. 문학의 정치는 범박하게 말해 독자가 느끼는 개별적인 "낯섦의 경험"이다. 독자들은 그런 낯섦의 경험을 통해 자신이 갖고 있는 감성의 배치를 해체하고 새로운 재배치를 할 수 있지만, 그러나 그로부터 현실의 대중 정치까지의 거리는 멀다. 따라서 문학의 정치를 큰소리로 떠들기 이전에 먼저 문학의 자기성찰을 요구해야 한다. 문학은 무엇을 할 수 있고, 할 수 없는가를 되물어야 한다. 문학은 말을 통해 말과 얽혀 있는 세상을 바라보는 감성과 인식에 균열을 만든다. 그것은 굳이 말하면 문학의 정치가 아니라 문학이 취해야 할 윤리적 태도의 문제다.[2] 나는 무엇보다 『한

---

1   자크 랑시에르, 『감성의 분할』, 도서출판b, 2008, 211쪽.
2   문학의 정치론을 비판적으로 검토한 글로는 오길영, 「민주주의의 위기와 문학의 정치」, 『힘의 포획』 산지니, 2015, 48~50쪽 참조.

사람』을 이런 윤리적 태도의 글쓰기로 읽었다. 수많은 죽음 앞에서 아무 것도 할 수 없다는 무력감에서 어떻게든 단 한 사람이라고 구할 수 있고, 그래야 한다는 다짐으로 나아가자는 권유의 표현으로 읽었다. 단 한명을 구할 때 세상을 구하는 것이라는 윤리적 언명의 표현이다.

2

『한 사람』은 몇 대에 걸쳐 이어지는 여성 가족 서사를 서사의 기둥으로 삼는다. 이런 방식은 내가 근자에 읽은 인상적인 장편소설인 최은영의 『밝은 밤』에서도 효과적으로 사용되었다. 최은영의 소설이 한국현대사를 배경으로 사실주의적인 방식으로 증조할머니, 할머니, 그리고 엄마를 거쳐 주인공으로 이어지는 여성들를 다룬다면 『한 사람』은 사실주의적인 방식이 아니라 환상 소설fantasy novel의 틀을 가져온다. "그러나 꿈이 아니었다. 어떤 틈과 같은 것. 꿈과 현실의 균열. 어긋나는 지점. 또는 미세하게 맞닿은 선, 증명할 수 없으나 존재하는 세계. 가능성으로 남아 인식 너머에 존재하는 사건. 목화는 금화를 생각했다. 투신하는 사람 중에 금화가 있었던가? 있었다면 바로 알아봤을 것이다."[3] 『한 사람』은 우리 눈에 보이는 세계가 아니라 "증명할 수 없으나 존재하는 세계"를 보여주려 한다. 굳이 나누자면 증명을 요구하는 것이 인간의 세계이다. 하지만 자연의 세계는 증명을 넘어 존재하는 세계다. 그 점에서 『한 사람』은 소설이 대상과 현실을 재현한다representation고 할 때 그 말의 의미를 다시 묻는다. 좋은 소설은 이미 있는 세계를 다

---

3   최진영,『단 한 사람』, 한겨레출판, 2023, 63쪽. 이하 쪽수 병기.

시 보여주는 데 멈추지 않는다. 오히려 우리가 알지 못하는 세계, 미처 감각하지 못하지만 존재하는 세계의 가능성을 실험하고 드러낸다. 작가가 이 작품에서 환상과 초자연적인, 초현실적인 상상력에 기댄 이유다. 그 세계는 눈앞에 보이는 구현된 현실이 아니라 가능성과 잠재성의 세계다.

『한 사람』이 최은영 소설과 공유하는 정서도 있다. 우정, 자매애, 사랑과 공감이라는 키워드는 두 소설 모두를 끌고 가는 동력이다.『한 사람』의 독특한 점은 이 소설이 단지 인간들, 여성들의 이야기만이 아니라 나무들의 이야기를 동시에 표현한다는 점이다. SF 장르문학의 경계를 넘어서서 현재 활동중인 작가 중 주목할 만한 작품을 내놓고 있는 김초엽의 장편소설『지구 끝의 온실』이 인상적으로 보여줬듯이 지금 작가들이 매료된 화두 중 하나는 식물적 상상력, 혹은 나무적 상상력이라고 할 만한 새로운 상상력의 시도, 인간을 인간 외부의 시각에서 조망하려는 시도이다. 이런 글쓰기에는 지구라는 생명체의 삶터에서 어떻게 인간만이 아니라 모든 생명체가 자신의 삶을 온전하게 유지할 수 있을까, 그런 문명사적 질문이 깔려 있다. "캘리포니아 세쿼이아 국립 공원에는 3,200년 동안 산 거대한 세쿼이아가 있다. 그 앞에 선 사람이 흡사 개미처럼 보일 만큼 커다란 나무다."159쪽 이 문장을 읽으면서 나도 개인적으로 체험했던 기억이 떠올랐다. 작품에 인용된 자이언트 세쿼이아 국립공원, 그리고 자이언트 세쿼이아와 자매 나무인 레드우드 국립공원을 방문해서 이들 거대한 나무 앞에 섰던 기억. 그런 경험을 하게 되면 누구라도 잠시나마 인간 종의 자리를 겸허하게 돌아본다. "흡사 개미처럼" 작고 수백 년, 수천 년을 사는 나무와는 다르게 길어야 백년을 사는 존재, 그러면서도 강고한 오만함과 우월감으로 무장한 인간이란 존재는 누구인가를 잠시나마 숙고하게 된다. 저들 나무들이 인간 종을 볼 때 무슨 생각을 할까하는 질문도 하게 된다.

『한 사람』은 바로 이런 나무들의 우화로 시작한다. 소설의 시작을 인간이 아니라 나무의 우화 혹은 전설로 배치한 이유는 이 세계의 생명체가 발생한 근원을 고민한 결과다. 인간이 아니라 나무가 먼저 있었다.

머지않아 두 발로 걷는 사람들이 나타났다. 어떤 사람들은 말의 등에 앉아서 이동했다. 그들은 숲의 언저리부터 파고들었다. 두 나무는 먼 곳의 기괴한 소리에 귀를 기울였다. 나무로부터 흘러나오지만 나무는 낼 수 없는 소리가 바람에 실려 왔다. 움직이는 생명들이 몰고 온 소문을 두 나무는 도저히 이해할 수 없었다. 날카로운 것으로 나무를 단숨에 쓰러트린다고 했으니까. 나무를 쓰러트릴 수 있는 것은 나무보다 거대한 번개나 비바람, 세월 같은 것이었다. 또는 균처럼 섬세하고 집요하고 보이지 않는 것들. 아무리 덩치큰 동물도 나무를 일부러 쓰러트리지 않았다. 그건 쓰러트리는 존재를 포함하여 숲의 모든 존재에게 위험한 일이었다.17~18쪽

두 나무는 생명의 씨앗에서 성장했다. 두 나무는 우정과 사랑의 관계를 맺는다. 인간만이 그렇게 하는 게 아니다. 짐작가능하듯이 이것은 목화 자매들이 맺게 되는 우정과 사랑의 관계를 미리 보여준다. 다른 것은 목화 자매들, 혹은 인간들의 관계와는 달리 두 나무의 관계에는 우정과 사랑이 있을 뿐이지 질투, 질시, 몰이해는 없다는 점이다. 두 나무는 성장하고 상대쪽으로 가지를 뻗는다. 그리고 뿌리조차 하나로 연결되면서 한 나무처럼 살게 된다. 그때 "기괴한 소리"를 내는 인간이 등장한다. 한 나무는 "날카로운 것으로" 벌목 당해서 밑둥만 남는다. 남은 나무는 얽혀 있는 뿌리를 통해 자기의 생명력을 잘린 나무에게 전달한다. 나무의 밑둥에서 작은 나무가 자란다. 다시 숲을 찾아온 인간은 남아있던 나무도 자른다. 위의 인용문은 이 시대 문명을 바라보는 작가의 시각을 요약한다. 나무의 탄생과 죽음은 언제나

자연스러운 자연의 힘, "나무보다 거대한 번개나 비바람, 세월"에 따른 것이었다. 그게 자연이 보여주는 생성과 소멸의 흐름이다. 어떤 자연의 존재도 "나무를 일부러 쓰러트리지 않았다." 여기서 주목할 단어는 "일부러"다. 인간만이 자신의 목적, 문명의 목적을 위해 나무를 "일부러" 쓰러트린다. 그리고 나무의 죽음 위에 문명을 세운다. 그 다음이 중요하다. 이런 나무의 죽음은 나무에게만 "위험한 일"이 아니라 나무를 "쓰러트리는 존재"인 인간에게도 위험하다. 나무가 쓰러지면 인간도 쓰러진다.

인간은 나무를 쓰러트렸지만 나무는 어떤 인간에게 다른 인간을 구할 수 있는 힘을 준다. 모든 인간이 아니라 단 한 인간만을 구할 수 있다는 조건위에. 『한 사람』은 그 이유를 명료하게 설명하지 않는다. 단지 그런 현상이 일어났을 뿐이다. 그것도 자연의 이치다. 자연의 흐름은 인간의 논리와 설명으로 모두 해명할 수 없다. 그렇게 믿는 것도 인간의 오만함이다. 나무는 인간의 오만함에 댓가를 요구한다. "되살아나 그는 되살리는 존재, 그는 그 자리에서 사람에게 파괴된 적이 있다. 그는 그 자리에서 사람을 파괴한 적이 있다."21쪽 주인공 목화는 어렸을 때 그 나무가 있는 숲으로 언니 금화와 함께 놀러갔다가 금화가 실종되는 일을 겪는다. 금화가 사라지고 목수가 대신 나무 밑에 깔렸다가 구조된다. 이 사건은 목화에게 자신이 금화 대신 살아남았다는 죄책감을 심어주고 엄마 장미수나 다른 자매들과 맺는 관계에 파열음을 가져온다. 일화, 월화, 금화, 쌍둥이 남매 목화와 목수로 구성된 이 가족의 관계는 그들의 이름이 보여주듯이 소설의 시작을 알리는 두 나무처럼 자연의 이미지를 지니고 있다. 하지만 그들은 그 이름대로 살지 못한다. 문명이 시작되었기 때문이다.

금화의 실종과 그로 인한 죄의식은 '내'가 살기 위해 형제와 자매 같던 친구, 동료를 잃었던 세월호와 이태원 참사의 비극을 또렷하게 상기시킨다.

국가권력은 그런 죽음을 그냥 덮으려고 했지만, 그 장소에서 살아남은 이들, 그 비극을 직간접적으로 목격했던 동시대인들은 그 죽음에서 목화가 금화의 느닷없는 실종에서 느끼는 죄책감을 벗을 수 없다. 그게 인간다움의 한 모습이다. 그런 점에서 『한 사람』은 세월호와 이태원 참사를 제대로 애도하지 못했던 우리 시대의 비극을 에둘러 떠올리게 만든다. 그리고 제대로 된 애도의 필요성을 말한다. 『한 사람』은 목화를 비롯한 그의 가족이 어떻게 금화의 실종을 겪고 상처입고 결국 받아들이게 되는 가에 대한 애도의 이야기가 된다.

3

『한 사람』은 애도의 서사를 실종된 금화에 대한 애도로 한정하지 않는다. 그 애도를 다른 사람들로 넓힌다. 살릴 수 없었던 사람들의 죽음을 슬퍼하는 것이 아니라 살릴 수 있는 한 명의 사람을 살리는 것이 애도라는 뜻이다. 『한 사람』이 사람을 살리는 일에 초점을 두는 이야기다. 그렇게 사람을 살릴 수 있는 능력은 목화 가족의 모계 유전으로 설명된다. 상식적인 해석이지만, 이는 생명을 낳고 품고 낳고 기르는 능력을 지닌 여성 서사의 계보에 있다. 목화의 할머니인 임천자, 어머니 장미수, 그리고 미수의 딸 신목화는 사람을 살리는 능력을 지닌 중개자의 유전을 이어받는다. 『한 사람』의 흥미로운 점은 목화의 가족 관계에서 드러나는, 어쩌면 당연하지만 자칫 놓칠 수 있는 자매 관계, 자식과 부모 관계에서 발생하는 차이와 갈등을 놓치지 않는다는 점이다. 이런 대목들은 자칫 설화적 분위기로 감쌀 수 있는 작품에 예리한 현실성의 감각을 동시에 부여한다.

일화와 월화가 주목받으며 세상 또는 자기와 전투를 벌일 때 금화와 쌍둥이는 흙을 밀어내고 이제 막 솟아나는 새싹처럼 어른의 그늘에서 배우고 다치고 회복하며 자랐다. 금화는 일화 언니처럼 똑똑해지고 싶었다. 월화 언니처럼 예뻐지고 싶었다.39쪽

자매들의 관계에도 질투심과 경쟁심이 작용한다. 작가가 그 부분을 좀더 세밀하고 충분하게 다루지 않은 건 아쉽지만 이 소설의 핵심은 그런 자매 관계의 탐색에 있지는 않다. 자매들 각자는 자기만의 세계를 찾아가는 과정을 보여준다. 예컨대 목화는 자신에게 중개의 의무를 부과한 나무를 이해해보려고 목수가 되는 일을 자신의 일로 삼는다. 목화는 언니인 일화와 월화를 모델로 삼고 따라 하려 하지만, 좀더 사실적인 현실 세계를 살고 있는 일화와 월화의 관계도 삐걱거린다.

신일화. 그만해. 오랜만에 만나서 왜 이래? 너는 지금 걱정이 아니라 힐난을 하고 있어. 내가 전에도 진지하게 말했지. 너는 네 인생만 살면 돼. 남의 인생까지 네 방식에 끼워 넣으려고 하지 마. 남들 사는 게 마음에 안 든다 싶으면 그건 지금 네 인생이 마음에 안 든다는 뜻이란 걸 아직도 몰라? 월화가 상황을 마무리하려는 듯 가족을 둘러보면서 말했다.173쪽

금화와 목화의 이야기가 설화적 분위기를 지닌다면, 일화와 월화의 이야기는 우리에게 익숙한 세상잡사의 세속적 분위기를 지닌다. 그 두 이야기가 다소 병립적으로 전개되는 것이 눈에 걸리지만 이 작품을 끌고 가는 기본 서사는 목화의 이야기이므로 넘어갈 만하다.

사람을 구하는 능력을 모계 유전으로 이어 받지만 임천자, 장미수, 신목

화, 그리고 일화의 딸이자 목화의 조카로 목화가 자살의 위험에서 구해주는 루나로 이어지는 여성 서사의 이야기는 매끈하게 이어지지 않는다. 각 여성은 그들이 놓인 상황에 따라 자신들이 부여받은, 자신이 목격한 죽음의 현장에서 오직 한 사람만을 구할 수 있는 중개인의 역할을 다르게 받아들인다. "임천자의 엄마는 전쟁 전에 죽었다. 아버지는 시체도 없이 '죽었다'라는 소식으로만 돌아왔다. 동생 두 명은 병으로 죽었다. 아니, 배가 고파 죽었는지도 모른다."93쪽 자신이 경험한 세상에 만연한 죽음을 겪으면서 임천자는 한명의 생명이라고 구할 수 있는 힘을 긍정적으로 여긴다. 장미수는 다르다.

장미수는 열다섯 살부터 사람을 구했다. 미수는 목화처럼 금세 깨닫지 못했다. 여러 차례 소환당하면서도 너무 지독한 악몽이 거듭된다고 생각했다. 미수는 친구들에게 말했다. 나 비슷한 꿈을 너무 자주 꿔. 꿈이 너무 현실적이야. 그럼 친구들은 대꾸했다. 나도 반복해서 꾸는 꿈 있는데!71쪽

많이 구할 수도 있잖아! 목소리는 대답하지 않았다. 미수는 살아남은 단 한 사람이 아닌 죽은 사람들을 기억했다. 미수에게 목소리는 사람을 살리는 존재가 아니라 죽도록 내버려 두는 존재에 가까웠다. 그런 존재와 엮이고 싶지 않았다. 하지만 소환은 계속되었고, 더 많은 사람을 구하고 싶다고 생각하면서도 미수는 매번 단 한 사람만 구할 수 있었다.73쪽

미수가 놓인 곤혹스러운 입장은 작가가 이 작품을 쓰게 만든 동기를 집약한다. 미수가 꾸는 꿈이 "지독한 악몽"인 이유는 꿈이자 현실에서 너무 많은 사람이 죽어가는 걸 보기 때문이다. 그럴 때 단 한 사람만을 구할 수

있다는 것은 축복인가? 악몽인가? 작품이 던지는 질문이다. 되풀이말해 『한 사람』은 질문의 답을 궁구하는 노력의 결과물이다. "살아남은 단 한 사람이 아닌 죽은 사람들을 기억"하는 미수가 내놓은 답은 부정적이다. 나는 이 구절을 읽으며 세월호 참사 현장에서 바다 밑에서 수많은 희생자들을 모셔왔던 잠수부들을 소설로 형상화한 김탁환 소설 『거짓말이다』를 떠올린다. 더 많은 희생자를 바다밑에서 모셔오지 못해 힘들어했던 마음을 생각한다. "신의 기준은 대체 무엇인지. 물론 목화는 알고 있었다. 침몰하는 배에서 살아남은 사람도 많다는 사실을 자신과 엄마와 할머니를 불렀다면 적어도 세 명은 더 구할 수 있었다는 사실 또한"20쪽 목화가 떠올리는 "침몰하는 배"는 곧 여러 가지로 침몰해가는 우리 시대로 확장된다.

그렇다면 목화는 엄마 장미수와는 어떻게 다른 길을 갈 것인가? 특별한 사건이 없는 이 소설에서 계속 묻게 되는 질문이다. 목화는 사람을 구하는 첫 소환을 경험하면서 "둘이었다가 하나가 된 나무"의 힘을 느낀다. 이 능력은 그 나무에서 왔다는 걸 안다. 목화가 경험하는 과정은 당연히 할머니 임천자와 엄마 장미수가 겪었던 길을 어느 지점까지 반복한다. 장미수처럼 한 사람밖에 구하지 못한다는 죄책감을 느끼기도 한다. 투신해 죽고, 교통사고로 죽고, 살해당하고, 일하다가 죽는 사람들을 목화는 본다. 수많은 죽음을 목격한다. 그들은 새벽 가로등 빛이 닿는 건물 입구 계단 벽에 기대어 죽었다. 밤 갓길에 세운 자동차 안에서 쪽잠을 자다가 죽었다. 새벽에 문득 일어나 반백 년 넘게 함께한 사랑하는 사람의 얼굴을 보고 다시 잠들어 죽었다. 나는 작품에 묘사된 수많은 죽음의 사례에서 이 시대의 목소리를 듣는다. 반면에 장미수가 떨치지 못했던 죄책감을 넘어서 목화는 처음의 회의감과는 다르게 점차 자신의 의지로 한 사람을 구할 수 있다는 점에서 기쁨을 느끼기도 한다.

『한 사람』에서 가장 인상적인 장면은 목화가 루나의 자살을 막게 되고, 자신도 중개인의 소명을 물려받은 걸 알게된 루나가 중개 때 목화를 봤다는 말에 놀라 그녀가 살린 사람들을 목화가 찾아가보는 부분이다.

병원으로 이송되거나 병원에서 살아난 사람이 많았다. 미수와 복일의 도움으로 목화는 그중 몇 사람을 더 찾아갈 수 있었다. 어떤 사람은 자기가 신을 믿어서 구원받았다고 길거리에서 증언했다. (…중략…) 어떤 사람은 주말 봉사 활동을 하고 있었다. 독거노인의 집을 청소하고 수리하는 일이었다. 그 또한 목화를 알아보지 못했다. 바닷가 근처에 사는 단 한 명은 아침저녁으로 해변의 쓰레기를 주웠다. 그도 목화를 그냥 지나쳐 갔다. 누군가는 휴대폰으로 아내와 통화하며 큰 소리로 심한 욕을 했다. 오래 듣지 않아도 폭력적인 남편임을 알 수 있었다. 누군가는 고급 외제 차를 타고 비싼 건물의 가장 높은 층에 살고 있었다. 교도소에 복역 중인 사람도 있었다. 교수도 있었고 학생도 있었다. 요양원에서 지내는 노인도 있었고 이제 막 유치원에 입학한 아이도 있었다. 지하철과 버스에서 마트와 영화관에서, 카페와 식당에서, 길을 걷다 만날 수 있는 평범한 단 한 명들. 모두 목화가 가까이 다가가도 알아보지 못했다.218~220쪽

자신이 살려낸 "평범한 단 한명들"이 각자의 방식으로 그들의 일상을 살아가는 모습을 확인하면서 목화는 자신이 하는 일을 다르게 보는 시각을 얻는다. 어떤 깨달음을 얻는다. 자신이 하는 일이 나무의 힘에 수동적으로 끌려가는 것이 아니라 자신이 자발적으로 할 수 있는 일이라는 깨달음.

그리고 중개 중에 이전에는 하지 않는 것을 했다. 마음을 다해 명복과 축복을 전하는 일. 죽어가는 사람과 살아난 사람의 미래를 기원하는 일. 그것은 나무의 일이

아니었다. 사람으로서 목화가 하는 일이었다. 나무의 지시가 아니었다. 목화의 자발적인 마음이었다.221쪽

권력자가 아닌 평범한 시민인 작가는, 혹은 우리는 세상을 단숨에 바꿀 수 있는 권력과는 거리가 멀다. 문학예술은 따지고 보면 많은 일을 하지 못한다. 많은 사람을 구하거나 살릴 수 없다. 따지고 보면 문학의 정치는 자칫 거창한 개념이 될 수 있다. 그러나 우리는 각자가 지닌 능력에 따라 누군가를 위해, 단 한 사람을 위해 "마음을 다해 명복과 축복을 전하는 일"은 할 수 있다. 누가 "지시"해서가 아니라 "자발적인 마음"으로 할 수 있다. "목화는 끌 사장의 마지막 말을 곱씹었다. 산 사람을 살리는 일"204쪽 우리는 우리가 구할 수 없었던, 살릴 수 없었던 죽음을 한탄하지 않고 "산 사람을 살리는 일"은 할 수 있다. 문학예술은 그것을 읽고 감화되는 단 한 사람을 구할 수 있다. 그것이 "어둠과 고독뿐, 인류는 해변의 모래알보다도 작은 행성에서 홀로 존재하다 홀로 사라질 것이다. 인류가 잠시나마 실재했다는 사실을 기억해 줄 이는 없"142쪽는 광활한 우주에서 인간이 자신의 위엄을 지키는 유일한 방도일 것이다. 자세히 따지자면 이야기의 전개나 구성에서 구멍이 눈에 띄는 작품이면서도, 『한 사람』이 전하려는 마음에 공감하게 되는 이유다. (2024)

SF문학에 기대하는 것

김초엽『방금 떠나온 세계』,『지구 끝의 온실』

　한국문학계의 특징 혹은 문제점 하나는 소위 본격문학과 SF나 미스터리, 환상문학 등 장르문학 사이의 벽이 높다는 것이다. 그렇게 된 연유를 따지는 건 따로 검토를 요구한다. 하지만 2000년대 이후에 그 경계가 흐릿해지고 있다. 특히 애초에 그 출발이 잡종양식인 소설에서 그런 모습이 나타난다. 본격문학이 장르문학의 형식과 기법을 적극적으로 받아들여서 스토리텔링 방식과 밀도를 높이고 있다. 김영하, 김연수 등이 추리 소설의 틀에 기댄 작품을 썼다. 최근에는 젊은 작가들을 중심으로 SF의 틀에서 전통문학의 오랜 주제인 인간다움과 인간관계의 양상을 새롭게 탐구한다. 이런 양상은 한국문학만이 아니라 세계문학에서도 발견되는 현상이다.

　나는 SF^{Science Fiction}문학 작품이나 영화를 좋아한다. 개인적으로 찾아보기도 하고 강의시간에 내가 가르치는 비평이론의 보조텍스트로도 사용한다. 이미 SF문학은 본격문학의 내용과 형식에 큰 영향을 주고 있다. 한국문학의 경우는 본격문학과 SF문학을 비롯한 장르문학을 나누는 벽이 더 단단했다. 그러나 이미 많이 논의되었듯이 그 벽은 많이 무너졌다. 그리고 그런 과정에 김초엽 작가의 역할은 빼놓을 수 없다. 이 글에서는 김초엽 소설집『방금 떠나온 세계』^{이하『세계』}와 장편소설『지구 끝의 온실』^{이하『온실』}을 읽으면서 이 시대 한국 SF문학이 도달한 지점을 조망한다.

1

얼마 전 읽은 신문 칼럼 구절이 생각난다. "오늘날 나는 대중영화로서 슈퍼히어로 장르가 예전에 가졌던 몰입감과 흡입력이 완전히 실종되고 말았다는 데 놀라고 만다. (…중략…) 그럼에도 놀란과 싱어는 만화의 캐릭터에게 생생한 실재감을 부여하고 그들의 관점에서 현실의 일면을 돌아보게 함으로써 이 장르를 진지한 담론의 대상으로 끌어올렸다."[4] 이런 지적은 슈퍼히어로 영화만이 아니라 SF문학 전반에도 해당한다. 독자가 SF 작품에서 어떤 감흥을 얻는다면 그 이유는 작품에 묘사된 미래 사회, 혹은 대안 세계의 화려한 기술 문명이 주는 매혹 때문만은 아니다. 그런 점도 있지만, 핵심은 캐릭터의 "생생한 실재감", 그리고 실재감을 통해 독자가 살아가는 "현실의 일면을 돌아보게" 하기 때문이다. 인간종에 속하는 독자는 로봇, 사이보그, 외계인, 동식물 등 비인간들이 보여주는 시각, 혹은 인간과 비인간의 관계를 통해 인간과 인간다움의 의미를 더 날카롭게 성찰하게 된다. 『세계』에 실린 작가의 말도 비슷한 문제의식을 드러낸다.

우리는 다르게 보고 듣고 인식하는 것뿐만 아니라 정말로 각자 다른 인지적 세계를 살고 있다. 그 다른 세계들이 어떻게 잠시나마 겹칠 수 있을까, 그 세계 사이에 어떻게 접촉면 혹은 선이나 점, 공유되는 공간이 생겨날 수 있을까 하는 것이 지난 몇 년간 소설을 쓰며 내가 고심해온 주제였다. 그 세계들은 결코 완전히 포개어질 수 없고 공유될 수도 없다. 우리는 광막한 우주 속을 영원토록 홀로 떠돈다.[5]

4   조재휘, 「슈퍼히어로 영화의 황혼」, 『국제신문』 http://www.kookje.co.kr/news2011/asp/newsbody.asp?code=00&key=20221124.22015007336&fbclid=IwAR0XYlpV33cKSHE_UktRda71rNuzisZ-h205Aox-89fPqaxinGw0jncuQa4
5   김초엽, 「작가의 말」, 『방금 떠나온 세계』, 한겨레출판, 2021, 322쪽. 이하 쪽수 병기.

『세계』를 관류하는 주제를 한마디로 요약하면 "결코 완전히 포개어질 수 없고 공유될 수도 없"는 존재들의 관계, 세계들의 관계를 사유하는 것이다. 『세계』에 실린 모든 작품이 이런 문제의식을 보여주지만 「최후의 라이오니」, 「로라」는 특히 주목할 만하다. 먼저 『세계』의 서술 시점을 주목할 필요가 있는데, 작중 캐릭터인 '나'의 1인칭 시점으로 서술하는 경우가 많다. 그런데 이때 서술자 '나'는 주인공이 아니다. 미국 현대문학의 고전인 『위대한 개츠비』가 좋은 예가 되듯이, 『세계』는 1인칭 서술자 '내'가 만난 다른 중요한 캐릭터를 다룬다. 이런 이야기 구조에서는 자연스럽게 '나'가 관계 맺는 다른 주인공 캐릭터가 어떤 존재인지를 알아가는 과정이 서사의 골격을 이룬다. 그 과정에서 그 캐릭터를 대하는 '나'의 내면과 시각도 묘사된다. 이런 서술기법은 독자에게 중심 캐릭터만이 아니라 '나'에 대해서도 생각하게 만든다.

「라이오니」는 인간, 인간과는 다른 종족인 로몬, 그리고 로봇들이 맺는 관계를 조명한다.

> 내가 동의할 수 없는 표현들이 보인다. '우리 로몬'이라는 표현부터가 그렇다. 나는 나의 종족, 로몬들에게 소속감을 느끼지 않는다. 오랜 시간 평범한 로몬으로 인정받기 위해 애를 썼지만, 그럴 수 없다는 것을 너무 늦게 받아들였다. (…중략…) 내가 심약한 로몬이라는 것은 어릴 적부터 이모들의 걱정거리였다.21쪽

존재들 사이의 차이는 인간, 로몬, 로봇 등 다른 종 사이에만 있는 게 아니다. 각 종種 안에서도 차이가 있다. '나'는 강인한 로몬과는 구별되는 "심약한 로몬"이다. 그런데 그런 차이, '나'만의 독특함으로 다른 존재인 기계들의 말을 들을 수 있다.

기계들 일부가 작업을 멈추고 내 말을 듣기 시작한다. 나는 창고에 몇 없는 인간용 의자를 차지하고 앉아 기계들에게 이야기를 들려준다. 죽음으로부터 삶을 갈취하는 로몬들의 생활 방식과 강인한 성품, 평생 우주를 떠도는 운명, 최후의 라이오니 그리고 회수인으로서의 삶에 관해. 로몬 동료들과 똑같이 시스템에 의해 복제되어 태어났지만, 나에게는 다른 로몬들과 달리 치명적인 결함이 있다는 이야기도 한다.32~33쪽

'나'가 결함이 있듯이, 라이오니도 "이곳에 살던 불멸인들의 복제였고, 동시에 결함 있는 복제"35쪽였다. 김초엽 소설의 미덕은 캐릭터들의 대화를 통해 그 관계에서 발생하는 정감을 전달하는 능력에 있다. 결함 있는 존재이기에 '나'는 라이오니와 기계의 처지를 이해하려고 노력하게 된다. 라이오니가 곧 폐기될 운명에 처한 로봇을 외면하지 않은 것도 비슷한 이유다. "라이오니는 불멸인의 복제 과정에서 결함이 발생한 복제였다. 면역 향상을 위해 투입된 돌연변이 유도체가 지나친 변이를 초래했고, 급속성장 과정에서 뒤늦게 성격의 결함이 발견되었다. 15세에 성장이 강제로 중단된 소녀는, 얼마 지나지 않아 다른 불량품들과 함께 폐기될 운명이었다."39쪽 이 작품을 읽고 나면 먹먹한 슬픔을 느끼게 되는데 그 슬픔이 감상주의와는 다르다. 『세계』의 문체는 감상주의와는 다른 간결한 문체다. 그런데 그런 간결함에서 강한 감흥이 발생하는 이유는, 결함 있는 존재들이 맺는 이해와 연대의 가능성을 깊이 사유하는 시각 때문이다.

다른 존재와는 구별되는 특이성이나 결함을 지닌 존재의 문제는 "일종의 시지각 이상증을 겪는 사람들"62쪽인 모그의 이야기를 다룬 「마리의 춤」에서도 나타난다. "주위 사람들로부터 이해받지 못했고, 사회적인 비난과 조소의 대상"94쪽인 존재를 예리하게 다룬 작품은 「로라」이다. 로라는 특이한

존재다. "인간은 고유의 신체 지도를 가진다. 팔과 다리를 의식하지 않을 때도 그것이 어디에 있는지 알 수 있는 것은 인간에게 몸의 위치와 움직임을 감지하는 고유수용 감각이 있기 때문이다. 하지만 어떤 사람들은 어긋난 고유수용 감각을 가진다. 다시 말해, '잘못된 지도'를 가진다."106쪽 잘못된 신체 지도와 그렇지 않은 지도의 차이는 무엇인가? 그렇게 나누는 기준은 무엇인가? 로라가 지닌 신체 지도는 잘못된 것이 아니라 "고유"한 감각을 낳지 않는가? 작품이 묻는 질문이다. 「로라」는 로라만이 아니라 로라를 사랑하는 진의 태도를 설득력 있게 제시한다. 진에게 로라는 "여전히 불가해한", "미지의 영역으로 남아 있"105쪽는 존재다. 하지만 바로 그런 이유로 진은 로라를 사랑한다. 두 사람은 다르다. 그런데 그것이 오히려 사랑을 가능하게 만드는 이유다.

그다음 해, 진이 로라를 만난 지 거의 십 년이 되어가던 시점에, 로라는 처음으로 진에게 말했다. "내게는 세 번째 팔이 있어. 그걸 실제로 달 생각이야." 사고를 당한 열두 살 이후로 로라는 존재하지 않는 세 번째 팔에 극심한 통증을 느끼기 시작했다고 한다.115쪽

이 작품은 진이 이해하지 못했던 로라의 마음을 서서히 알아가는 과정을 뭉클하게 그린다.

그 순간 저는 여전히 로라를 사랑하고 있다는 사실을 알았어요. 동시에 제가 앞으로도, 어쩌면 영원히 로라를 이해할 수 없으리라는 것도요. 하지만 그걸 깨닫는 기분이 나쁘지는 않았습니다. 사랑하지만 끝내 이해할 수 없는 것이 당신에게도 있지 않나요.126쪽

진과 로라의 관계가 어떤 결말에 도달하는지를 작품은 분명하게 보여주지는 않는다. 하지만 최근에 내가 읽은 가장 인상적인 작품 결말에서 이해가 어렵기에 오히려 다른 존재를 사랑하게 되는 지점을 포착한다.

> 진은 얇은 커튼을 통과해 쏟아지는 햇빛과 서성이는 실루엣을 보았다. 창문 너머 여름 정원을 등지고 누군가 문 앞에 서 있었다. 오른쪽 어깨에서 시작되는 직선의 기계 팔과 뻣뻣한 움직임, 기우뚱한 그림자. 은색의 표면 위로 햇살이 부서졌다. 진이 끝내 이해할 수 없을 로라가, 그곳에 있었다.127쪽

앞서 언급했듯이 이런 묘사에는 과장된 장식과 수사가 없다. 대상을 가능한 한 정확하게 포착하려는 태도가 두드러진다. 조심스러운 판단이지만 지금 한국문학계에서 높이 평가하는 화려하고 말랑말랑한 문체와는 비교된다. 문학에서 문체는 중요하지만 좋은 문장은 그냥 미문美文이 아니다.『세계』를 좋은 예로 꼽을 만하다.

2

김초엽의 첫 번째 장편소설『온실』은『세계』의 문제의식을 변주한다. 다른 SF 작품과는 달리『온실』은 인간과 식물의 관계를 다룬다. 작품 뒷부분에 나오는 레이첼의 말이 그 지점을 잘 요약한다.

> 식물 인지 편향은 동물로서의 인간이 가진 오래된 습성입니다. 우리는 동물을 과대평가하고 식물을 과소평가합니다. 동물들의 개별성에 비해 식물들의 집단적

고유성을 폄하합니다. 식물들의 삶에 가득한 경쟁과 분투를 보지 않습니다. 문질러 지운 듯 흐릿한 식물 풍경을 바라볼 뿐입니다. 우리는 피라미드형 생물관에 종속되어 있습니다. 식물과 미생물, 곤충들은 피라미드를 떠받치는 바닥일 뿐이고, 비인간 동물들이 그 위에 있고, 인간은 피라미드의 꼭대기에 있다고 생각합니다. 완전히 반대로 알고 있는 셈이지요. 인간을 비롯한 동물들은 식물이 없으면 살아갈 수 없지만, 식물들은 동물이 없어도 얼마든지 종의 번영을 추구할 수 있으니까요. 인간은 언제나 지구라는 생태에 잠시 초대된 손님에 불과했습니다. 그마저도 언제든 쫓겨날 수 있는 위태로운 지위였지요.[6]

지난 3년간 지속된 코로나 사태는 인간 종의 입장에서 보면 인류의 삶을 위협하는 특이 바이러스와 고통스럽게 싸워온 과정을 보여준다. 그러나 "인간이 가진 오래된 습성"을 벗어나 바이러스의 시각에서 보면 다른 이야기가 가능하다. "피라미드형 생물관"에서 가장 아래에 있는 바이러스가 사실은 지구의 가장 오래된 거주자이며 인류는 "지구라는 생태에 잠시 초대된 손님"이라는 점이 드러난다. 인류는 바이러스를 하찮게 보지만 바이러스의 입장에서 보면 인류야말로 오만한 존재다.

이런 뿌리 깊은 인간중심주의는 SF문학이 오랫동안 씨름해온 대상이지만, "식물들의 집단적 고유성"을 무시한 결과 발생한 파국 앞에서 어쩔 줄 모르는 인간의 모습을 생생하게 묘사한 점이 『온실』의 독특함이다. 그런 파국은 식물 종 자체의 진화가 낳은 결과가 아니다. 인류가 자신들의 이익을 이해 인위적인 유전자조작으로 초래한 것이다.

---

6   김초엽, 『지구 끝의 온실』, 자이언트북스, 2021, 365쪽. 이하 쪽수 병기.

더스트대응협의체가 공식 대응을 시작한 것도 그 무렵이었다. 오랜 논쟁 끝에 결국 솔라리타 연구소는 멸망을 불러온 자신들의 실책을 인정하고 더스트에 대한 모든 자료를 공개했다. 협의체는 솔라리타의 자료를 참고하여 더스트 제거 대책을 연구했고, 시행착오를 거쳐 자가 증식 나노어셈블러에 대응하는 나노-디스어셈블러의 살포를 공식적인 대응책으로 수립했다. 디스어셈블러 프로젝트가 공표되었을 때, 사람들은 또 다른 더스트 사태가 발생할 수 있다고 우려했다. 그러나 살아남은 사람도, 살 수 있는 장소도 얼마 남지 않았으므로, 인류는 끊어질 듯한 한 가닥 희망이라도 붙잡아야만 했다.351쪽

인류를 둘러싼 모든 문제를 기술technology을 가속화시켜 극복할 수 있다고 믿는 기술 가속주의는 생명체를 다루는 시각에서도 나타난다.[7] 더스트를 불러온 "자가 증식 나노어셈블러" 같은 기술이 가져온 파국적 결과도 역시 그에 대응하는 나노-디스어셈블러" 기술로 해결하려는 태도가 좋은 예다. 『온실』에서는 그렇게 해서 문제가 일단 해결된 것처럼 보이지만 작품에서 밝혀지는 진실은 더스트를 없애기 위해 레이첼이 개발한 덩굴식물 모스바나가 더스트 시대의 종언과 함께 오히려 자연에서 적응해가면서 자신의 특징을 바꿔나갔다는 것이다. 작가는 생명체를 인위적으로 조작하려는 인간의 욕망조차 자연의 순리로 변용시키는 식물의 능력, 혹은 자연의 능력을 부각한다.

형식적인 측면에서 보자면 『세계』에 비해 복잡한 서술구조를 취한다. 『온실』은 세 장으로 구성된다. 서사의 시간적 배경도 세 축으로 되어 있다. 먼저 '1장 모스바나'는 가장 나중의 시간대인 2129년 더스트생태연구센터

---

7   기술가속주의에 대한 비판적 설명으로는 사이토 고헤이, 『지속 불가능 자본주의』, 다다서
     재, 2021 참조.

연구원인 아영을 초점 화자로 삼으면서 폐허가 된 도시 해월에서 모스바나가 퍼져가는 이유를 찾아가는 이야기다. 아영은 여기서 더스트 시대를 살아남은 나오미, 아마라 자매의 존재를 알게 된다. '2장 프림 빌리지'는 2058년 더스트가 지배하는 시대를 배경으로 어린 나오미의 1인칭 시점에서 더스트 시대에 겪었던 거대한 사회적 혼란을 그린다. 더스트의 시대는 2064년에 시작된 세계 더스트대응협의체의 디스어셈블러 광역 살포를 통해 2070년 5월 종식된다. 프림 빌리지에서 나오미 자매는 그 공동체의 지도자인 지수와 몸 일부를 기계로 대체하면서 더스트에 맞서는 식물을 연구 중인 레이첼을 만난다. '3장 지구 끝의 온실'은 다시 아영의 시점에서 아영이 만난 나오미의 증언을 정리한다. 그 정리를 통해『온실』의 숨은 주인공인 지수와 레이첼의 관계에 얽힌 이야기가 드러난다.

정리해보면 시간대로 보더라도 전체 이야기를 끌고 가는 2129년 아영의 시점, 소설의 핵심사건이 벌어지는 더스트가 지배했던 2050년대, 그리고 더스트 시대가 끝나는 2060년대 이야기가 얽히면서 펼쳐진다. 긴 시간대의 이야기다. 한두 명의 인물을 중심으로 단순한 사건을 다루면서 그 안에 담긴 쟁점을 전개해가는 단편 창작과는 다른 장편 쓰기의 구상을 작가가 고심한 흔적이 드러난다. 그러나 아무래도『온실』이 첫 장편인 만큼 아쉬운 대목도 남는다. 작가는 아영을 서사의 중심에 놓고 아영이 만나는 나이든 나오미, 아마라 자매로 이야기를 뻗어 나간다. 그리고 그들 자매를 매개로 지수와 레이첼의 숨겨진 역사를 드러내는 몇 겹으로 짜인 서사 구조를 만든다. 그런 구성에서 받는 인상은『세계』에서도 잘 드러난 김초엽 단편의 미덕, 즉 인간중심주의가 빚어낸 파장, 인간관계의 새로운 조망, 혹은 인간-비인간 사이의 충동을 통해 밝혀지는 휴머니즘의 의미 등을 날카롭게 천착하는 시각이 다소 흐릿해진다는 것이다.

좀 더 구체적으로 따져 보자. 인류에게 큰 고난을 안겨준 더스트 시대를 직접 겪지 않은 아영은 소설에서 그녀가 만나는 여러 인물이 전해주는 이야기를 매개해 주는 역할에 머문다. 사실 『온실』을 읽으면서 독자는 이 작품이 발표된 2021년 시점에서 전 세계를 장악한 코로나 대감염을 경험하면서 어떤 기시감을 느끼게 된다. 하지만 사태의 기록자로서 아영이 맡은 역할이 분명 있지만 오래된 역사를 탐방해가는 작중 인물로서 아영의 생각과 감정이 실감 나게 드러나지는 못한다. 이런 인상은 더스트 시대를 살아갔던 나오미-아마라 자매의 경우에도 발견된다. 두 자매가 경험했던 2050년대 시점의 시대상이나 그 시대에 살아남으려 했던 사람들의 모습이 나름대로 묘사되지만, 그 사건을 경험했던 두 자매의 정서적 반응은 깊이 있게 탐구되지 않는다. 한마디로 인물 형상화, 인물 간의 관계를 깊이 있게 탐구하기보다는 더스트 사태가 가져온 여러 사건의 설명이 인물들의 이야기를 압도한다. 앞서 언급한 "식물 인지 편향"의 문제점을 드러내기 위해 인류의 삶에 큰 영향을 미치는 더스트의 등장, 그로 인한 생명체의 멸종 사태 등은 분명 큰 사건이다. 그러나 소설은 사건의 기록에 초점을 두지 않고, 관계의 탐색, 사건에 대응하는 인물들의 리액션이 핵을 이뤄야 한다.

이런 불만은 이 모든 이야기의 숨겨진 기획자라 할 수 있는 지수와 레이첼의 관계에서 두드러진다. 나오미 자매가 몸담았던 공동체인 프림 빌리지의 핵심인물이었던 지수와 레이첼의 관계는 더스트 사태에 대응하기 위한 협력 이상의 의미를 지닌다는 걸 『온실』은 보여준다.

지수는 직감적으로 느꼈다. 프림 빌리지도 똑같은 길을 밟고 있다는 것을 지수가 그동안 숱하게 보아왔던 대안 공동체들의 결말이 보였다. 마을의 형성, 짧게 지속되는 평화의 순간, 그리고 곧 이어지는 갈등과 배신, 공동체의 파국, 죽음과 종말.

이제는 정말 레이첼을 설득해야 한다고 지수는 생각했다. 식물들이 숲 밖에서도 자라게 하는 법을 찾아야 한다고, 그래서 그것들을 가지고 밖으로 나가야 한다고.329쪽

여러 사건을 병렬적으로 숨 가쁘게 나열하기보다는 지수가 느꼈던 지점들, 특히 어떤 공동체 안에서 발생하는 "갈등과 배신, 공동체의 파국, 죽음과 종말"의 양상을 작가가 구체적으로 그렸다면 작품이 생생해졌으리라 판단한다. 프림 빌리지를 지키기 위한 두 사람의 견해에는 해소되지 못한 미묘한 감정이 작용한다. 두 사람도 그걸 느끼고 있었다는 걸 서로 알고 있다. 정확히 말하면, 그런 인식은 두 사람이 헤어진 뒤 오랜 시간이 지난 뒤에 찾아온다.

레이첼이 마을의 해체를 원치 않았던 건 이 마을을 자신의 실험실로 생각해서가 아니었다. 그럼으로써 지수를, 자신의 옆에 붙잡아두고 싶었던 거였다. 정비사가 아닌, 지수를 옆에 두고 싶어했던 것이다. 그리고 레이첼의 그 내적 동기, 감정적 혼란은 모두 지수가 초래한 것이었다. 레이첼이 처음부터 지수를 원한 게 아니었다. 지수가 그것을 의도했고, 그렇게 만들었다.339쪽

지수가 나를 되살렸을 때, 난 그에게 호기심이 생겼던 거예요. 그게 진짜 이유였죠. 다시 죽어야겠다고 생각하다가도 지수가 어떤 사람인지 궁금해졌고 신경이 쓰였어요. 자신도 인류를 구할 생각 따위는 전혀 없으면서, 차라리 세상이 망해버렸으면 좋겠다고 생각하면서, 저에게는 구원자가 될 것을 요구하는 뻔뻔함이 흥미로웠죠. 그를 지켜보고 싶었어요. 생각해보면 저의 호기심도, 지수가 제게 가졌던 것과 근본적으로 비슷하다는 생각이 드는군요. 어쩌면 우리는 서로의 내면을 평생 궁금해하기만 하다 끝나버린 것인지도 모릅니다.378쪽

내가『온실』에서 가장 인상 깊게 읽었던 대목은 레이첼이 뒤늦은 깨달음을 전하는 부분이다. 두 사람은 "서로의 내면을 평생 궁금해하기만 하다 끝나버린" 관계, "가슴 부근의 묘한 울렁거림"313쪽을 느꼈던 마음 아픈 관계다. 가정을 해보면 김초엽이 지수와 레이첼의 관계만을 다루는 단편을 썼다면 이것보다는 더 깊이 있게 그 관계의 양상을 파고들었을 것이다.『세계』는 작가에게 그런 능력이 있다는 걸 보여준다. 그런데『온실』에서는 그렇게 하지 않는다. 그 점이 아쉽다. 장편에서 잘라낼 부분과 더 키워야 할 부분을 구분하고, 사건의 액션이 아니라 인물의 리액션을 더 중시하는 다음 장편을 기대한다. (2023)

악을 이해하기

정유정『완전한 행복』, 핑루『검은 강』

범죄소설에 대해 사회·역사적 해석을 시도하는 흥미로운 책에서 읽은 구절이다.

> 심리적 욕구에 대해 말할 때에는, 비역사적인, 따라서 부정확한 가정을 피하기 위해 용어를 보다 정확히 조심스럽게 정의해야만 한다. 우리가 쉽사리 접하게 되는 무의식적 공격 충동, 유혈을 향한 본능적인 갈망, 혹은 죽음에 대한 소망 같은 단순한 언급들이 얼핏 보면 추리소설의 인기를 설명해주는 듯이 보이기 때문이다. 무의식적인 동인이나 충동, 공언되지 않은 정서와 억압된 욕망이라는 인류의 야만적이고 동물적인 유산 때문에 범죄소설이 인기를 얻고 대량으로 소비될 수 있었다는 언급은 너무나 자명한 것처럼 보인다. 하지만 가능한 것이 언제나 반드시 실현되는 것은 아니다. 추리소설이 대량 생산된 이유를 인간의 정서나 충동이라는 용어로 설명할 경우, 우리는 개별 심리학으로 근본적인 역사적 현상을 설명하려는 시도에서 생기는 난점과 동일한 난점에 맞닥뜨리게 된다.[1]

이 구절을 읽고 떠오른 질문이다. 추리소설 혹은 미스터리 소설이 왜 "대

---

1   에르네스트 만델,『즐거운 살인』, 이후, 2001, 123쪽.

량생산" 되고 인기를 얻는가? 그것을 어떤 시각에서 봐야 하는가? 만델은 "무의식적인 동인이나 충동, 공언되지 않은 정서와 억압된 욕망이라는 인류의 야만적이고 동물적인 유산" 때문이라고 보는 것은 "개별 심리학"에 근거한 협소한 시각으로 판단한다. 여기서 어려운 점은 인간이 지닌 충동과 욕망 등의 "심리적 욕구"와 그것의 사회역사적 조건이 어떻게 연결되는지를 설득력있게 설명하는 것이다. 만델의 설명은 흥미롭고 배울 게 많지만 이 질문에 명쾌한 답을 제시하지는 못한다.

그러나 그 이유가 무엇이든 만델이 밝히듯이 추리소설은 오랫동안 끊임없이 생산됐고 탐독의 대상이 되었다. 대중문학 서브 장르로 종종 폄하되기도 하지만 추리소설은 인간이 지닌 어두운 내면, 통상 악으로 규정되는 그 심연의 실상을 드러낸다. 그점에 독자는 끌린다. 소위 본격문학 작가도 추리소설의 형식과 기법을 종종 빌리는 이유도 여기 있다. 그런데 악은 손쉽게 파악되지 않는다.[2] 나는 최근 한국문학에서 발견되는 한 가지 공백이 선과 악을 심층적으로 탐구하지 못하는 데 있다고 판단한다. 요즘 소설에서는 악인을 찾기 힘들다. 거의 모든 캐릭터가 놀라울 정도로 선하다. 그러면 악인과 반대되는 선인善人을 잘 그리는가 하면 그렇지도 않다. 왜냐하면 선과 악의 경계를 또렷하게 나누기 어렵고 손쉽게 포착할 수 없는 다층성을 지니기 때문이다. 악을 다루는 건 그만큼 어려운 것이다. 이 글에서는 두 작품을 읽으면서 이 어려움이 무엇인지를 따져보려 한다.

2 악의 의미에 대한 흥미로운 분석으로는 테리 이글턴, 『악』, 이매진, 2015 참조.

1

정유정은 한국문학계에서 거의 독보적으로 악의 세계에 관심을 기울여왔다. 하지만 그 결과가 언제나 만족스러운 것은 아니다. 작가가 본격적으로 악인의 내면을 파헤치겠다는 의도를 드러낸 『종의 기원』이하 『종』은 기대에 못 미쳤다. 『종』은 악을 본성의 문제로 여긴다. 통상 악인을 사이코패스, 소시오패스라고 규정한다. 그런데 이들을 이렇게 단정하고 치워버리면 그만인가? 악의 뿌리는 어디에 있는가? 이 질문을 집요하게 탐구하는 게 중요하다. 사이코패스psychopath는 통상 반사회성 성격장애를 지칭하며 그런 기질을 선천적으로 타고난 경우라고 정의한다. 소시오패스sociopath는 기질보다는 가정과 사회의 억압 때문에 형성되는 기질을 가리킨다. 그러나 이런 구분도 다분히 임의적이다. 인간의 기질을 어느 하나로 정의하는 것은 언제나 위험하다. 그런데 『종』은 이런 이분법을 전제하는 문제점을 드러냈다. 악의 실체를 만만하게 본 것이다.

이런 악을 마주할 때 우리는 다양한 설명을 시도해보지만 딱 잡히는 이유가 없기에 사악함은 끝내 불가해한 것으로 남는다. 이해될 수 없는 악을 이해하려고 인간은 다양한 시도를 하지만, 실패로 끝난다. 아마 그 실패의 상징적 표현이 다양한 종교에서 발견되는 악마의 형상일 것이다. 악마의 사악함은 설명될 수 없다. 설명할 수 없기에 사악함은 무섭다. 인간의 고통과 희생은 그런 사악함이 던진 미끼에 걸린 탓에 생겨날 뿐이다. 악이 무서운 것은 그것이 이해될 수 없고, 설명될 수 없기 때문이다. 그렇다면 『종의 기원』처럼 1인칭 시점을 택하면 그 악의 실체가 온전히 파악될까? 그렇지 않다면 오히려 악의 묘사는 그 악의 불가해성, 악과 서술·재현 사이의 간극과 긴장을 제대로 전달할 때 더 효과가 있는 것이 아닐까? 작가가 성급하게 악의 실체를 파헤칠 수 있다는 자신감에 사로잡힌 것은 아닐까? 우리는 악의 실체와 기원을 어디까지 이해할 수 있을까? 이런 질문을 던지면서도 악이 두려운 이유는 악을 완벽하게 이해할 수 없기 때문이다.[3]

좋은 추리소설, 미스터리 소설이 전해주는 충격이나 감흥은 파악되지 않는 악의 힘을 실감 나게 전달하는 것에서 온다. 세상이 선의 힘보다는 악에게 휘둘리기 때문이다. 인간이 천사와 악마의 중간지점에 있는 존재라고 하지만 인간은 고도의 각성과 노력이 따르지 않으면 악으로 쉽게 기운다.

신작 『완전한 행복』이하 『완전』은 어떤가? 『종』이 그랬듯이 『완전』은 살인자를 찾는 데 초점을 두지 않는다. 연속살인을 저지른 범인을 추적하는 추리소설의 예를 따르지 않는다. 작품에서 벌어지는 끔찍한 살인범이 누구인지는 작품 앞부분에서 능히 짐작할 수 있다. 이런 특징은 정유정 소설의 한 특징이다. 작가는 범인이 누구인가에 초점을 맞추지 않는다. 그 행동의 동기에 관심이 있다. 좋은 작품은 선과 악을 이분법으로 나누고 재단하는 데 관심을 두지 않는다. 설령 사회적으로 악인으로 단죄되는 경우라도 그 악이 탄생하게 된 사연을 탐색한다. 인간이 그렇게 단순하지 않기 때문이다.[4] 『완전』은 그 악의 뿌리를 강한 자기애나르시시즘에서 찾는다.

언제부턴가 사회와 시대로부터 읽히는 수상쩍은 징후가 있었다. 자기애와 자존

---

3   오길영, 「악을 장악할 수 있는가?」, 『아름다움의 지성』, 소명출판, 2020, 243쪽.
4   이 글에서는 다루지 못하지만 선과 악, 죄와 벌의 착잡한 관계를 탐구한 최근작으로 히가시노 게이고의 『백조와 박쥐』(현대문학, 2021)를 꼽을 만하다. 히가시노는 베스트셀러 작가로만 통상 평가되고 작품의 질에도 편차가 있지만, 이 작품은 악과 선의 경계를 탐구한다는 면에서 조명받을 만하다. 미야베 미유키가 그렇듯이 이런 문제도 장르 소설을 홀대하는 한국문학계의 그릇된 경향에서 비롯된다. 악의 문제를 다루는 히가시노와 미야베 작품의 의미를 살펴보는 일은 별도의 글을 요구한다.

감, 행복에 대한 강박증이 바로 그것이다. 자기애와 자존감은 삶에 중요한 의미가 있는 미덕이다. 다만 온 세상이 '너는 특별한 존재'라 외치고 있다는 점에서 이상하기 그지없었다. 물론 개인은 '유일무이한 존재'라는 점에서 고유성을 존중받아야 한다. 그와 함께 누구도 '특별한 존재'가 아니라는 점 또한 인정해야 마땅하다. 자신을 특별한 존재라고 믿는 순간, 개인은 고유한 인간이 아닌 위험한 나르시시스트가 될 수 있기 때문이다.[5]

그렇다면 『완전』의 살인자 신유나는 왜 "위험한 나르시시스트", 살인자가 되었는가? 신유나의 살인 행각은 "단지 자기애와 자존감, 행복에 대한 강박증"이 낳은 끔찍한 결과물인가? 『완전』은 이 질문을 깊이 파고들기보다는 신유나의 악행이 주위 사람에게 미치는 심리적, 물리적 영향을 묘사하는 데 초점을 맞춘다. 그런 묘사가 주는 힘도 있다. 살인을 둘러싼 심리적 강박감과 긴장감 등이 전달된다. 악의 행태를 즉자적이지만 강렬하게 묘사하는 의미가 있다. 한국소설에서 찾기 힘들어졌으나 정유정 소설에서 발견하는 미덕이다.

하지만 『종』이 그랬듯이 『완전』도 신유나 캐릭터가 보여주는 악의 입체성을 보여주지는 않는다. 신유나는 "세상이 자신을 중심으로 도는 사람들"342쪽에 속하는 인물로 제시된다. 그녀가 보이는 강박증의 원인은 신유나의 언니 신재인이 지적하듯이 어린 시절 아버지에게 버림받고 버려진 상처 때문이라고 제시된다. 그럴듯하지만 진부한 설명이다. 신유나의 "자기애성 성격장애Narcissistic Personality Disorder"「작가의 말」, 520쪽는 어떻게 만들어진 것인가?

---

5   정유정, 「저자의 말」, 『완전한 행복』, 은행나무, 2021, 521쪽. 이하 쪽수 병기.

"행복한 순간을 하나씩 더해가면, 그 인생은 결국 행복한 거 아닌가."

"아니, 행복은 덧셈이 아니야."

그녀는 베란다 유리문을 물끄러미 바라봤다. 마치 먼 지평선을 넘어다보는 듯한 시선이었다. 실제로 보이는 건 유리문에 반사된 실내풍경뿐일 텐데.

"행복은 뺄셈이야. 완전해질 때까지, 불행의 가능성을 없애가는 거."^{112쪽}

이 대화에는 신유나가 지닌 강박증적 면모가 명확히 제기된다. 삶에서 완전함은 불가능하다. 오점과 구멍이 없는 삶은 없다. "완전"을 추구할 때 삶과 관계는 망가진다. 신유나는 분명히 성격장애를 지녔다. 그런데 성격장애를 말끔하게 정리하는 이론은 없다. 성격 형성은 복합적이다. 문학이 그런 정신분석학적 분석을 감당해야 할 이유도 없다. 그러나 좋은 작품은 한 캐릭터의 어두운 내면을 들여다보면서 어두운 악의 심연을 들여다보는 우리의 모습을 되돌아보게 한다. 다시 말해 신유나는 예외적 악인인가? 아니면 신유나는 그 캐릭터 안에 투영된 지금 이곳의 가족, 사회의 뒤틀린 모습을 드러내는 하나의 극단적 사례인가? 사이코패스든 소시오패스든 악의 한 특징은 공감하는 능력이 없다는 것이다. 신유나는 극단적 사례지만 그 극단성을 예외로 치부할 수 없게 만드는 것. 그것이 문학이 열어야 할 사유의 지평이라면 『완전』은 그 점에서 미흡하다.

『완전』은 서술자가 있는 3인칭 소설이지만 신유나, 신유나의 재혼한 남편 차은호, 신유나의 딸 지유의 시점을 교차로 제시한다. 이 작품을 신유나의 1인칭 주인공 시점으로 하지 않는 이유는 아마도 악의 내면을 직접 서술하기보다는 그 악이 다른 이들에게 미치는 영향을 객관적으로 드러내고 신유나라는 악의 실체를 함부로 규정하지 않으려는 판단이 작용했다고 본다. 악의 실체를 선명하게 드러내려는 의도에 반해 그렇게 만족스러운 결과를 얻지 못한『종』에서 겪은 실수를 되풀이하지 않겠다는 뜻이다. 그렇지만 서술의 초점은 압도적으로 신유나에게 놓인다. 그때 외부 관찰자 시점은 신유나를 대하는 신유나 가족으로 한정된다.『종』이 그렇듯이『완전』은 가족 울타리 안에서만 사태를 조망한다. 가족 밖의 사회는 거의 안 보인다. 혹은 가족관계 안에 작동하는 사회의 힘이 의미있게 드러나지 않는다.

신유나의 딸 지유에게 "엄마는 규칙을 정하는 사람이었다. 규칙을 어기면 벌을 주는 사람"31쪽이고, 남편 차은호의 시점에서 그는 "아내에게 자발적 복종의 자세"63쪽를 취해야 하고, 억압하는 아내에게 복종하는 존재다. 신유나가 "배냇병신 마마보이라고, 아내가 지적한 바 있는, 결혼생활을 위협하는 그의 두 번째 결함"107쪽을 늘 의식하고 긴장하는 유약한 남편이다. 신유나가 살해하는 이혼한 전남편 서준영, 준영의 동생 서민영이 등장하지만 그 형상화는 인상적이지 않다.『완전』의 가족관계에서 눈길을 끄는 건 신유나의 언니인 신재인과 신유나의 관계다. 그 관계를 다룰 때 자매 사이의 감정과 애증이 부각되는 대목이 있다. 그들의 관계, 그리고 그 관계에서 드러나는 이들 자매가 아버지와 맺었던 관계에서 빚어진 트라우마가 신유나라는 캐릭터를 만드는 데 작용하는 지점도 있다. 그 지점을 천착했으면 하는 아쉬움이 있다.

이런 아쉬움은 막판에 사태를 해결하는 신재인의 개입이 자연스러운가라는 질문으로 이어진다. 신유나와는 다른 맥락에서 신재인은 "아버지가 믿는 딸이 될 때 비로소 가치 있는 사람이라 여겼기 때문이었다"503쪽라는 중요한 각성에 이르지만 그 깨달음이 다소 느닷없다는 인상이다. 왜냐하면 이 자매에게 작용한 숨겨진 아버지의 역할을『완전』은 거의 조명하지 않기 때문이다. 이 모든 참사가 서사에서는 사라진 아버지의 잘못 때문인가? 그 질문을 깊이 파고들었으면 사유를 촉발하는 작품이 되었을 것이다. 그 결과 "인간의 외피를 가진 후피동물"177쪽이고 "인류가 지닌 속성 중 가장 큰 강점으로 뻔뻔함"177쪽으로 무장한 신유나의 악행은 "신유나를 버린 사람들"370쪽을 치밀하게 계획해 죽이는 엽기살인 범행으로 좁게 제시되고 만다. 악의 입체성이 납작해진다. 악이 지닌 다층성을 밝히려면 작가의 시야가 가족관계를 넘어서 더 확장될 필요가 있다. 악을 탐구하는 작가를 찾기 힘든 한국문학 공간에서 정유정의 역할이 소중하기 때문에 적는 제안이다.

2

공동연구 모임에서 동아시아 지역 공부를 하면서 새삼 느낀 것은 내가 주변 국가의 문화상황, 문학동향에 대해 매우 무지하다는 점이다. 타이완의 경우도 그렇다. 타이완은 최근 각광 받는 관광지로 주목받지만 타이완 역사, 문화와 문학에 대한 관심은 많지 않다.[6] 그나마 내가 읽은 타이완문학 작품도 주로 타이완 현대사의 비극인 2·28사건과 그것이 미친 영향, 한국과는 비슷하면서도 다른 타이완의 정치 상황과 이념 갈등을 다룬 작품이다. 우연히 현재 활발하게 활동 중인 타이완 작가 핑루平路의 『검은 강』이하『강』을 읽고 타이완문학의 다른 결을 느낄 수 있었다. 언뜻 보기에는 사회파 미스터리 작품이라고 평하기 쉽지만 그렇게만 이해하기에는 작품의 의미가 남다르다.

『강』은 사실fact과 진실truth의 관계와 차이를 묻는다. 예컨대 언론은 어떤

---

6   타이완의 역사와 정치적 상황 변화에 대한 좋은 소개로는 궈팅위 외 지음, 신효정 옮김, 『도해 타이완사』, 글항아리, 2021 참조. 기본적으로 타이완 독립파의 시각에서 쓴 점을 감안하고 읽어야 하지만 타이완을 이해하는 데 좋은 길잡이가 될 만하다.

일을 사실 그대로 보도한다고 여겨진다. 그 보도에서 오늘도 벌어지는 범죄, 악행이 기록되고 독자는 그 악행을 저지른 자들을 쉽게 재단한다. 그리고 금방 잊는다. 이유는 간단하다. 언론에서 그렇게 사실을 보도했고 내 일이 아니니까. 여기에는 문학평론의 해묵은 쟁점인 재현representation의 윤리 문제가 있다. 악행과 범죄 행위를 시시콜콜하게 재현한다고 그것의 진실에 도달할 수 있는가? 이런 질문을 문학은 사유한다. 2015년에 원작이 출판된 『강』은 2013년에 실제 일어났던 살인 사건을 기반으로 창작된 작품이다. 물론 작품에 등장하는 인물들은 허구이다. 3인칭 시점으로 구성된 『강』은 여성 캐릭터인 살인범 자전, 피해자인 훙타이를 초점화자focalized narrator로 삼는다. 3인칭 소설이지만 실질적으로 자전, 훙타이의 시점에서 서사가 전개된다. 자전과 불륜관계를 맺는 훙타이의 남편 훙보는 자전과 훙타이의 시선을 통해서 간접적으로 그려진다.

　여기에는 이 살인 사건을 여성의 시각에서 살펴보려는 서술 의도가 작용한다. 그렇다고 자전과 훙타이의 관계가 여성이라는 이유만으로 순탄한 것은 아니다. 또 다른 충돌하는 욕망이 작용한다. 남편이 자기를 싫어하는 만큼 훙타이는 "남편을 혐오하는 심리"[7]에 빠지게 되고 남편의 불륜을 알게 된 후 "남편에게 받은 치욕을 다른 여자에게 되갚아 줄 기회"238쪽로 삼는다. 자전은 그런 복수의 도구가 되고 파국을 낳는다. 실제 사건에서 피해 남성은 79세의 사업가, 배우자인 여성은 57세의 교수였는데 『강』에서는 이런 신상은 흐릿하게 처리된다. 실제 사건에서 살인범은 카페에서 일하는 20대 여성으로 드러났다. 짐작할 수 있듯이 이 사건은 부유한 부부의 돈을 노린 계획 살인으로 정리되었다. 언제나 그렇듯이 언론은 탐욕에 빠진 잔혹한 범

7　핑루 지음, 허유영 옮김, 『검은 강』, 현대문학, 2017, 102쪽. 이하 쪽수 병기.

행이라고 단정했다.

앞서 지적했듯이 이런 단정은 사실fact의 정리일 뿐이지 사건의 진실과는 다를 수 있다. 실제 살인범이 어떤 동기로 살인을 했는지는 알 수 없다. 살인자가 피해자들과 어떤 관계를 맺었는지도 알 수 없다. 그건 영원히 알 수 없는 비밀의 영역이다. 그러나 『강』은 문학적 장치를 통해 그 비밀이 감추고 있을지 모를 한 여성, 혹은 두 여성의 착잡한 내면을 포착하려고 한다. 그것이 문학이 포착하려는 삶의 진실이다. 언론과 외부인이 손쉽게 긋는 악과 선의 경계는 어디인가? 이런 곤혹스러운 질문을 작품은 되묻는다. 책 출간 후 좌담회에서 밝힌 작가의 말은 그 질문과 닿아 있다. "나는 이 소설을 통해 흑도 백도 아닌 회색 지대를 보여주고자 했다. 우리가 소위 '악인'들과 같은 환경에 처했다면 어떤 선택을 하게 될지 입장을 바꾸어 생각해보라고 말하고 싶었다. 그들도 우리와 마찬가지로 평범한 사람들이다. 우리가 그들처럼 극단적인 선택을 하지 않은 것은 어쩌면 그저 운이 조금 좋았기 때문인지도 모른다." 악인은 탄생하는가? 아니면 만들어지는가? 악행을 규탄, 단죄하는 것은 쉽지만 악행의 뿌리를 탐구하는 건 만만치 않은 과제다. 언론이나 여론은 그 과제 앞에서 멈춘다.

『강』의 두 여성 캐릭터는 각기 다른 맥락에서 감춰진 진실을 보여준다. 체포된 후 자전은 이런 생각을 한다. "속으로 생각하는 것을 왜 말해야 하지? 사실 자전이 정말로 관심 있는 건 말로 표현할 수 없는 것들이었다. 무슨 일이 일어났는지 자기 자신도 명확하게 알 수 없는데 어떻게 남에게 설명할 수 있을까?"37쪽 이런 엽기적 살인 사건이 발생하면 언론은 "말로 표현할 수 없는 것들"에는 관심을 두지 않는다. 어떻게든 사건의 선정성을 부각시키고 선과 악을 명쾌하게 정리하길 원한다. 언론의 욕망이다. 법도 마찬가지다. "법정에서 원하는 것은 단순한 대답이었다. '인성을 저버린 잔인한 범죄', '용서받지 못할 반인륜적 악행', '천인공노할 악랄한 범죄', '도저히 용납할 수 없는 흉악 행위' 등등 검사는 호통조의 비난을 연달아 쏟아냈고 아무도 피고인이 하고 싶은 말이 무엇인지 진지하게 들으려 하지 않았다."197~198쪽 『강』은 일종의 심리소설이자 법정 소설이다. 재현의 대상과 재현하려는 주체의 욕망 사이에 얼마나 큰 심연이 놓여있는지를 묻는다. 세상은 "진지하게 들으려 하지 않"고 즉각적이고 명쾌한 답을 내놓길 요구한다. 그러나 세상사나 사람의 삶은 그렇게 명쾌하게 정리될 수 없는 세계를 품고 있다. "자전의 내면 깊숙이 깔려 있는 그 혼란한 마음"147쪽을 누구도 이해하려고 하지 않는다. 『강』은 살인자를 옹호한다는 비난을 무릅쓰고 그런 이해의 손길을 내밀려고 한다.

　『강』이 평범한 심리소설에 머물지 않는 이유는 악인으로 낙인찍힌 한 살인범이 처한 삶의 내력에 주목하고 그런 악행을 낳은 구체적인 조건을 조명한 데 있다. 물론 어떤 이유로든 살인은 용납될 수 없다. 단죄도 필요하다. 그러나 더욱 어려운 질문은 단죄의 주체인 사회가 그렇게 떳떳한가라는 물음을 놓지 않는 것이다. 부록으로 실린 작가 인터뷰에서 밝히듯이 자전은 "사회 밑바닥에 있는 여성들의 축소판"285쪽이다. 그녀는 유별난 개인이 아니다. 누구라도 자전 같은 운명에 처할 수 있다. "자전에게 돈이란 줄곧 스트레스였"61쪽고 자신보다 유복한 이들을 부러워 한다. "누구에게도 사랑받아본 적 없는 자전"125쪽은 그래서 누구를 어떻게 사랑해야 하는지도 모른다. 자전이 애인인 셴밍에게 자신의 마음을 털어놓지 못한 이유다. 소통의 단절이라는 말은 쉽게 쓰는 편리한 말이 되었지만 『강』이 돋보이는 지점은 자전에게는 그 단절이 진짜로 비극을 낳았다는 걸 들춰낸 것이다. "만일 그때 자전이 셴밍에게 고민을 털어놓고 두 사람이 함께 해결 방법을 찾았더라면 그 뒤의 인생은 완전히 달라졌을 수도 있다. 하지만 그날 편의점에서 자전은 셴밍의 선한 미소를 보고 바닥에 떨어진 팝콘을 주우며 말하지 않기로 마음을 바꾸었다."174쪽 악을 단정하고 규탄하기는 쉽지만 악의 뿌리를 이해하기는 어렵다.

『강』에서 흥미롭게 읽은 부분은 피해자인 홍타이와 홍보 부부 관계를 묘사하는 대목이다. 이웃주민에게는 그저 "금실 좋은 부부"45쪽로 보였던 그 관계의 실상은 다르다. 재현의 한계를 보여준다.

> 침 묻은 껌? 아니면 코 묻은 코딱지? 둘 다 아니었다. 그 역겨운 물건은 바로 그녀 자신이었다. 얼마 후 그녀는 자신이 옷을 갈아입을 때마다 남편이 고개를 슬쩍 돌려 외면한다는 것을 알고 깜짝 놀랐다. 내가 썩은 고깃덩이 같아? 그 후로 그녀는 더 이상 남편 앞에서 속옷 차림으로 돌아다니지 않았다. 그녀는 점점 자신에게도 남편을 혐오하는 심리가 존재한다는 사실을 깨달았다. 그녀는 해답을 찾기 위해 인터넷을 검색했다. 여러 사이트를 오가며 마우스를 부지런히 움직였다. 늙은 남자의 체취는 어디에서 나는 걸까? (…중략…) 가령취 외에도 한밤중에 코를 찌르는 지린내가 나기도 했다. 아래층에 내려가 볼 것도 없이 늙은 남자가 지금 변기 앞에 서 있다는 것을 알 수 있었다. 한차례 물줄기가 쏟아지고 난 뒤 한 방울, 두 방울씩 질금거리며 떨어지는 소리가 한참 동안 계속되었다. 그녀는 이를 악물고 마지막 한 방울이 변기에 떨어지기를 기다렸다. 시간이 왜 이렇게 안 가지?102~103쪽

이런 묘사에는 단순한 심리 묘사가 아니라 그 심리와 욕망의 메커니즘에 작동하는 성적 차이, 나이의 차이, 취향의 차이, 혹은 계급적 차이가 스며 있다. 홍타이가 자전을 대하는 마음에도 역시 그런 것들이 작동한다. 심리적인 것과 사회적인 것은 그렇게 얽혀 있다. 『강』의 미덕이다.

『강』에는 부부 살인 사건을 대하는 주변 사람의 견해가 다양하게 여러 차

례 소개된다. 외부인들이 보여주는 상이한 견해는 일종의 라쇼몽 효과를 떠올린다. 다른 이들은 각자의 관점에서 사건을 해석한다. 타이완을 찾아온 관광객에게 "살인 사건이 일어난 현장은 관광지인 셈"42쪽이다. 동네주민에게는 "집값 떨어지니까 그 얘기는 그만하라"는 생각이 자연스럽다. "아무도 피고인의 얘기에는 귀 기울여주지 않는다. 포기할까 하는 마음도 든다"는 변호인의 의견도 있다. 그밖에도 피고인자전 남자친구, 피해자홍타이 가족 대변인, 법학과 학생, 심리감정보고서, 변호사, 법학 교수, 문학 교수, 문학전공 대학원생, 네티즌, 언론기사, 자전이 일했던 커피점 사장, 추리소설클럽 회원, 신문방송학 교수, 사형제 폐지 반대 단체 등의 견해가 인용된다. 우리는 대상을 객관적으로 볼 수 없으며 언제나 자기가 놓여 있는 위치와 이해관계에 따라 해석하고 평가한다. 그래서 법의 집행자라는 위치에서 검사는 자전을 질타한다. "탐욕! 이것이 바로 피고인이 저지른 모든 죄악의 시작입니다! 유감스럽게도 피고인은 아직도 잘못을 인정하지 않고 있습니다. 피고인은 자신의 탐욕을 직시하지 않기 때문에 자신의 잘못이 무엇인지도 모르고 있습니다."69쪽 검사에게 중요한 건 진실이 아니다. 자전이 "잘못"을 명확하게 시인하는 것이다. 그것은 모두 나름의 설득력이 있는 해석이지만 어떤 것도 진실에 닿지는 못한다. 그런데도 각자의 판단은 단호하고 명확하다. "살인범은 사형해야 합니다."253쪽

좋은 작품은 그런 단호한 판단의 근거를 묻는다. 문학이 언론이나 법이 멈추는 곳에서 더 나아가는 지점이다. (2022)

죽은 자의 벌려진 입

손홍규 『예언자와 보낸 마지막 하루』

『예언자와 보낸 마지막 하루』^{이하 『예언자』}를 읽기 전에 나는 『파르티잔 극장』을 읽을 기회가 있었다. 점점 사소해지고 내면으로만 들어가는 한국소설의 최근 경향과는 다른 소설이라는 인상을 받았다. 한국 근현대사의 굴곡을 배경으로 두 남녀의 인생유전과 사랑을 담은 서사가 인상적이었다. 뒤로 가면서 좀 힘이 달린다는 인상도 받았지만 오랜만에 소설다운 소설, 유장한 이야기 속에 사람살이의 면모를 곡진하게 담아낸 작품이라는 인상을 받았다. 『예언자』를 읽으면서 나는 근현대사의 이면을 파고드는 작가의 문제의식이 지속되고 있다는 걸 확인했다. 『예언자』에서는 실존 인물인 전봉준, 박헌영, 노무현과 허구적 인물인 해원을 등장시킨다. 작품의 전개는 이들의 마지막 날을 조명하면서 그 이야기를 교차하는 식으로 짜였다. 1895년 4월 24일 전봉준, 1956년 7월 19일 박헌영, 2009년 5월 23일 노무현, 그리고 2014년 4월 16일 세월호의 희생자인 해원의 이야기다.

그렇다면 왜 작가는 이들에 주목했을까?

역사가 된 경우와는 달리 역사가 되고 있는 사람이나 사연을 다루었으니 조심스러울 수밖에 없었다. 간절함이 귀중했기에 나는 이런 생각에 의지했다. 우리가 어떤 일을 했는지를 기록하는 게 역사라면 우리가 어떤 꿈을 꾸었는지를 기억하는 건 소설이라고. 소설은 기억이다. 아름답고 비참했던 사람들이 어떤 세계를 꿈꾸었는지를 기억하는 가장 쓸쓸한 형식이다. 잠이 들면 그들은 내게 예언 같은 이야기를 들려주었고 잠에서 깨어나면 나는 무슨 꿈을 꾸었는지 기억하려 애썼다. 이 소설은 가까스로 기억해 낸 이야기다.[1]

물론 작가의 의도intention와 작품이 의미하는meaning 것이 언제나 일치하지는 않는다. 하지만 작품의 내용과 형식을 이해하는 데 위의 인용문은 실마리를 제공한다. 이 작품은 "어떤 꿈"에 주목한다. 그들이 가졌던 꿈을 "기억"하는 것이 소설의 역할이다. 작가는 작중 인물을 "아름답고 비참했던 사람들"이라고 판단한다. 그렇다면 독자로서 우리가 물어야 할 질문은 이들이 가졌던 꿈의 내용이 무엇이고, 그 꿈이 왜 아름답고 비참했는가가 되겠다. 모든 꿈이 아름다울 수는 없다. 현실에서 패배했기에 비참할 수 있지만, 꿈의 아름다움은 그것이 현실적으로 구현되었는가가 아니라 그 이루지 못한 꿈이 보여주는 새로운 삶의 가능성에 있다.

작가가 지적하듯이 『예언자』는 사건에 초점을 두지 않는다. 예컨대 전봉준, 박헌영, 노무현의 죽음이라는 사건을 외면에서 기록하는 건 언론과 역사가 하는 일이다. 그런 기록에서 그들의 죽음은 종종 건조하게 기록된다. 그런 기록을 통해 삶의 마지막 날, 그들이 죽음을 앞두고 무슨 마음을 가졌는지를 알 수는 없다. 그때 소설의 역할이 필요해진다. 과연 그날 그들은 각자 무슨 생각을 했을까? 일차적으로 소설은 그런 호기심에서 출발해 그들의 내면을 탐구해 간다. 그건 상상력에 근거한 허구의 이야기다. 하지만 허구는 사실fact과 대조되지만 진실truth과는 오히려 가까울 수 있다. 소설적 상

---

1   손홍규, 「작가의 말」, 『예언자와 보낸 마지막 하루』, 문학사상사, 2021, 395쪽. 이하 쪽수 병기.

상력의 힘이다. 사실을 모아놓는다고 사태의 진실이 포착되지는 않는다. 소설적 상상력은 사실이라는 외면이 덮고 있는 그 안의 진실에 다가서려는 역할을 한다. 그런데 어쨌든 사실의 충실성에 치중하는 역사가의 경우와는 다르게 상상력이 만들어낸 허구를 통해 사태의 진실에 다가가려는 작가의 경우에는 그 사건을 지금, 현재 왜 다시 형상화하는가라는 문제가 제기된다. 왜 지금 시점에서 작가는 서로 다른 배경과 맥락을 지닌 세 명의 인물의 삶과 마지막 날을 다시 조명하려는 걸까? 그렇게 현재적 평가를 위해 조명등을 비추는 작가의 위치는 어디인가? 임화가 지적했듯이 소설에서는 아무리 사실에 충실한matter-of-fact 묘사를 하는 경우에도 거기에는 묘사하는 정신이 작동한다. 강하게 말해 객관적 묘사는 없다. 그 묘사에 스며있는 평가의 시각이 문제다. 특히 어느 정도 역사적 평가가 완료된 전봉준과는 달리 박헌영과 노무현의 경우는 여전히 역사적 평가는 진행 중이다. 한마디로 이들은 뜨거운 감자다. 섣불리 건드리면 자칫 화상을 입을 수 있는, 함부로 평가하기 힘든 대상이다. 그런데 작가는 그런 인물을 소설로 끌고 온다. 그리고 이들과는 다소 결을 달리하는 세월호 희생자 해원을 등장시킨다. 해원은 이들 인물과 어떻게 연결되는가? 소설을 읽으며 자연스럽게 제기되는 질문이다.

전봉준은 혁명이 패배한 뒤 압송되어 처형을 기다리면서 감옥에 갇혀 있다. 작가는 독자가 알고 있는 전봉준에 대한 역사적 지식을 다시 나열하지 않는다. 전봉준과 같이 감옥에 갇힌 죄수들의 시점에서 전봉준을 보려 한다. 그 시각을 통해 전봉준의 마지막 모습이 어땠는가를 상상한다. 다른 인물도 그렇지만 작가는 전봉준에 대한 총체적 평가를 시도하지 않는다. 그런 작업은 별도의 장편소설을 요구한다. 다른 죄수들에게 전봉준은 "감히 누구도 범접할 수 없는 대역죄인"13쪽이다. 전봉준을 둘러싸고 "켜켜이 쌓인 소문"15쪽만이 떠돈다. 그렇다면 전봉준의 삶과 그가 추구했던 혁명의 꿈이 지닌 진실은 무엇인가? 전봉준을 대하는 다양한 시선에서 그런 객관적 진실을 추구하는 것의 어려움이 부각된다. 작가는 끝까지 외로운 혁명가였던 전봉준에게 발언의 기회를 주는 것에 관심을 둔다. "역적의 입에서 나온 말"144쪽은 기록되지 않기 때문이다. 작가는 그렇게 사라진 말의 기록자가 된다. 전봉준을 묘사하는 말은 "신념만을 게양"164쪽하고, "평생을 바친 신념"313쪽을 지킨 사람이라는 것이다. 그 신념에서 고독감이 나온다. 그런데 그 고독감을 내적으로 파고들지는 못했다는 인상도 받는다. 그가 왜 그런 신념을 갖게 되었는지를 내적으로 조명하는 데까지는 이르지 못한다.

박헌영도 역시 신념의 인간이다. 당대 최고의 좌파 이론가이자 조직가였던 박헌영은 월북 후 부수상이 되었으나 김일성 수상과의 정치투쟁에서 패배하고 한국 전쟁 패전의 책임을 떠안는다. 당대의 월북 지식인이나 혁명가가 그랬듯이 박헌영의 착잡한 정치적 행로는 그를 남과 북 양쪽에서 잊힌 존재로 만들었다. 역사적 미아迷兒가 된 것이다. 박헌영은 자신을 감시하는 김해원과의 대화에서 심경을 토로한다. 자신은 곧 "유령이 될"40쪽 것이다. 역사의 유령이다. 해원은 처음에 박헌영을 제국주의자, 종파주의자, "반역자"172쪽로 단정한다. 그 단정 앞에서 박헌영이 보이는 태도가 궁금해지는데, 다른 인물들에 비해 작가의 상상력은 어느 선에서 멈춘다. 특히 김일성을 대하는 박헌영의 태도는 애매하다. 작가가 이 지점에서 자신의 입장을 어디에 세울 것인지를 정하지 못한 인상이다.

이런 어려움은 노무현에 오면 더 심해진다. 전봉준이나 박헌영과 달리 노무현의 경우는 그 죽음의 의미를 둘러싼 역사적 해석이나 평가가 여전히 명쾌하게 정리되지 않은 상태다. 작가의 어려움도 여기 있다고 본다. 세월호 희생자인 열여덟 살 여고생 해원이 중음신이 되어 노무현의 마지막 날을 증언하는 목소리가 된다. 그렇다면 해원은 왜 중음신이 되는가? "중음신은 죽은 사람이되 아직 환생하지 못한 사람"86쪽이다. 어떤 면에서 세월호 희생자인 김해원만이 아니라 소설 속의 세 인물이 모두 중음신이다. 모두 진정한 역사적 애도를 거치지 못했다. 풀지 못한 역사적 한풀이, 해원이 남았다. 박헌영과 노무현은 특히 그렇다. 하지만 나는 해원이 노무현과의 관계에서 맡은 역할이 작품의 흐름 속에 설득력 있게 녹아들지는 못하고 작위적이라는 인상을 받았다. 해원이 하는 이런 생각이 한 예다. "누군가를 깊은 절망에 빠뜨려도 되는 정의란 없잖아요. 당신이 지금까지 바라 왔던 세상 역시 그런 세상은 아니었잖아요. 정의 같은 거 단번에 실현될 수도 없잖아요. 포기하지는 않겠지만 부당하게 얻지도 않겠어요."356쪽 이 대목은 고등학생 해원의 생각이라기보다는 해원을 통해 작가의 견해를 전달하는 것으로 읽힌다. 노무현이 "지키려 애썼던 신념마저 그를 떠나는 중"333쪽이라고 느꼈을 깊은 고독감을 파고들지 않은 게 아쉽다.

　그리고 허구적 인물인 해원이 있다. 해원의 이름이 한을 풀어주는 '해원' 解冤을 뜻한다는 건 금방 다가온다. 해원은 전봉준에게는 앞을 못보는 젊은 예언자, 박헌영에게는 그를 감시하면서도 박헌영의 고통에 연민을 지닌 젊은 당원, 노무현에게는 그 마지막 날을 지켜보면서 안타까워하는 중음신이다. 그리고 무엇보다 해원은 자신의 꿈을 채 펼쳐보지도 못하고 세상을 떠난 어린 학생이다. 2014년 4월 16일 세월호 비극으로 세상을 떠난 해원의 이야기는 "우리 딸"238쪽이 태어나서 자라는 과정을 회상하는 엄마와 아빠의 시점에서 서술된다. "네가 태어나는 순간 새로운 우주가 생겨났다. 네가 태어나기만을 기다린 세계가 바야흐로 기지개를 켜며 일어났다. 하지만 엄마와 아빠는 전혀 몰랐다. 네가 만든 우주가 겨우 18년 만에 사라지게 되리라는 걸."130쪽 아직도 그 비극의 진실이 여전히 규명되지 못한 세월호는 앞으로 더 많은 작품을 통해 다뤄질 거대한 역사적 사건이다. 그리고 『예언자』에서 시도된 부모의 애절한 마음은 잊어서는 안 될 소중한 기억의 기록이다.

> 침몰하는 배에서 너는 엄마와 아빠가 했던 이 말을 떠올릴 거였다. '사람에게는 사람이 필요해. 다른 무엇도 아닌 사람이 필요해. 그래서 사랑이란 말의 어원은 사람일 수밖에 없는 거야. 사랑은 사람에서 나온 말이야.' 책을 들었는데 어느 갈피에서 오래된 단풍잎 하나가 툭 떨어지듯 기억이 날 거였다.[389쪽]

그렇지만 앞서 지적했듯이 『예언자』에서 세월호 비극과 해원의 이야기가 다른 세 인물을 다룬 부분과 유기적으로 연결되는지는 의문이 남는다. 서로 다른 맥락에 놓인 이야기를 연결시키려는 접점을 만들기 위해 설정된 인상을 받는다는 뜻이다. 이 부분이 작가의 의도와 작품의 객관적 효과 사이의 거리가 느껴지는 지점이다. 차라리 세월호 이야기는 여기서 다루지 않고 별도의 작품으로 다루는 것이 낫지 않았을까. 이런저런 불평을 적었지만 "죽은 자의 벌려진 입"[358쪽]이 되려는 쉽지 않은 시도만으로도 『예언자』는 여전히 내면성의 감옥에서 헤어나지 못하는 한국문학 공간에서 평가받을 만하다. 작가의 다음 작품을 기대한다. (2021)

(비)인간을 바라보는 두 시각

조광희 『인간의 법정』, 가즈오 이시구로 『클라라와 태양』

통상 공상과학소설이라고 오역되는 SF^{Science Fiction}는 '공상'소설이 아니다. 현재까지 이뤄진 인류의 과학기술 수준에 근거하여 앞으로 인류의 삶과 문화를 전망하는 장르다. SF의 좀 더 온당한 번역어는 과학소설이다. 그렇지만 작품이 전망한 미래의 모습이 실제와 얼마나 일치하는가도 별로 중요하지 않다. 예컨대 1982년에 만들어진 SF 걸작 영화 〈블레이드 러너〉의 영화 속 시대배경은 2019년이다. 그러나 이 영화의 가치를 평가할 때 영화에서 표현된 모습이 실제 2019년에 얼마나 실현되었는지 여부는 중요하지 않다. SF의 가치는 다른 데 있다. 그것이 어떤 창작방법을 택하든 전통적인 소설은 인간들의 관계를 다룬다. 소설의 한 가지 정의는 인간관계의 탐구이다. 인간 관계에서 드러나는 정념과 욕망의 충돌, 서로 다른 이념과 세계관의 갈등 혹은 화해를 소설은 다룬다. 그 충돌에서 부각되는 정념, 욕망, 이념, 세계관이 아무리 다를지라도 그것들은 여전히 인간(주의)적인 시각과 틀을 벗어나지 못한다. 여기에는 어떤 경우에도 우리는 인간이라는 존재 틀을 벗어나서 세계를 조망할 수 없다는 한계가 작동한다. 과학소설은 이런 고정된 관점을 넘기 위해 고안된 장르다. 물론 과학소설도 여전히 인간 작가가 쓴다. 하지만 과학소설에서는 상상력을 통해 고안된 비인간적 존재들의 시각을 통해 인간 외부에서 인간, 인간주의, 인간성, 인류 문명을 조명하는 다른 조망점을 확보한다. 이런 독특함은 최초의 본격적인 과학소설이라 할 메리 셸리의 『프랑켄슈타인』부터 명확히 드러난다.

　종종 인류세Anthropocene의 위기라 말해지는 이 시대에 인류 문명의 문제점을 외부 시각에서 살피려는 과학소설의 가치는 더 높아진다. 나는 기술의 사회적 파급력, 특히 고용문제를 외면하는 4차 산업혁명 운운하는 발상에 비판적이다. 하지만 그와 별개로 인공지능이 발달해 가는 상황에서 인간의 감성과 지성과 인공지능의 관계를 사유하는 것은 더 이상 공상의 영역으로 치부할 수 없는 시대가 되었다. 그러므로 어떤 면에서 과학소설을 평가하는 기준도 전통소설의 그것과 완전히 다를 수는 없다. 그것이 어떤 창작 방법을 선택하든 좋은 작품은 인류에 대한 문명사적 시야를 놓치지 않는다. 다만 과학소설은 비인간로봇, 사이보그, 인공지능 등의 시각에서 인간과 인류문명의 의미를 되묻는다. 이런 잣대를 들고 신작 과학소설 두 편을 읽는다.

1

　소설가 조광희는 낯설다. 나는 그를 변호사 조광희로만 알고 있었다. 신작 『인간의 법정』이하 『법정』을 읽으면서 나는 조광희 변호사가 과학소설에서 주목하지 않은 영역을 개척하려는 작가라는 걸 알게 되었다. 결론을 당겨 말하면 『법정』이 다루는 주제들이 아주 새롭지는 않다. 하지만 인간과 비인간의 관계를 법률적 시각에서 조명한 건 내가 알기로 드물다. 이 작품이 열어놓은 일종의 블루오션이다. 철학적, 인문학적 시각이 아니라 철저히 법의 관점에서 인간과 비인간의 관계를 조망하는 작품이다. 이 작품의 백미도 그런 법정에서의 치열한 논쟁을 다룬 부분이다. 법이란 무엇인가? 인간의 법정이 지닌 한계는 무엇인가? 제목은 그런 문제의식을 요약한다. 『법정』을 지탱하는 사유의 골격은 저명한 논리학자 "중국계 영국인인 안나 자오"[1]의 견해다. 작가는 작품 후반부에 전개되는 로봇의 생명권을 둘러싼 법적 논쟁의 클라이맥스를 예비하면서 그 철학적 기반을 앞서 제시한다.

> 인간도 근본적으로 물질로 이루어진 존재이므로, 물질 일반에 적용되는 과학적 법칙에서 예외가 될 수 없다. 그러므로 인간의 사고와 감정과 행동이 과학적 인과관계를 벗어나서 인간 자신의 의지에 따라 독립적으로 전개되는 것은 불가능하다. 결국 인간에게 자유의지는 존재하지 않는다. (…중략…) 삶의 의미는 의식에게 선천적으로 주어지지 않지만, 개별적 의식이 스스로에게 삶의 의미를 부여할 수는 있다. 그러나 그 의미는 그 의식에게만 참이며, 다른 의식에게도 참인지 거짓인지는 논리적으로 결정될 수 없다. 즉, 인간은 각자 삶의 의미를 발견하고 실천하며 살아간다. 나는 지금까지 인류의 현실을 개선하는 데 학문적으로 이바지하는 것을 삶의 의미로 삼았다. 그런데, 발전할 만큼 발전했으면서도 여전히 탐욕을 버리지 못하는 인간들을 보면서, 인류의 현실을 개선하는 것에 더 이상 의미를 부여하지 못하고 있다.⁹⁻¹⁰ᵖ

이런 주장은 인간도 "생화학적 기계에 불과하다"¹³⁵ᵖ는 판단으로 이어진다. 안나 자오가 제기하는 문제의식의 고갱이는 "인간은 각자 삶의 의미를 발견하고 실천하며 살아"가는 존재인데, 다른 인간 혹은 비인간의 삶을 존중하지 않고 탐욕에 사로잡혀 있다는 것이다. 많은 과학소설이나 과학영화에서 발견되는 반反인간주의나 인간혐오misanthrophy의 주장이다. 이런 주장

---

1   조광희, 『인간의 법정』, 솔 출판사, 2021, 9쪽. 이하 쪽수 병기.

자체가 새롭다고 하기는 힘들다. 그렇지만 이런 주장에 반대하기 힘든 것이 작금의 현실이다.

『법정』이 제기하는 또 다른 쟁점은 안드로이드나 로봇 등이 지닌 인공지능Artificial Intelligence이 의식을 가질 수 있는가라는 물음이다. 『법정』에서는 "인간 전두엽의 신경세포와 유사한 생체조직과 전자회로가 결합된 의식생성기"13쪽를 등장시키면서 이 문제를 다시 제기한다. 의식생성기는 의식을 만들 수 있는가? 아니면 일종의 유사의식인가? 그런데 작가는 이런 문제를 깊이 파고들지는 않는다. 다만, 의식생성기를 장착한 안드로이드가 종종 심각한 내적 분열에 빠져 자살하거나 도망가는 사례를 언급할 뿐이다.

그 대신에 수천 대의 안드로이드가 소유자를 떠나 도망쳤다. 그들 중 일부는 인간에게 대항하기 시작했고, 뉴질랜드 북섬 해안에 거점을 마련했다. 도망친 안드로이드들은 수술을 통해 높은 지능을 얻었다가 도주한 동물들과 연대하여 포스트휴먼 해방전선Post-Human Liberation Front, 약칭 '해방전선'을 조직한다. 그들은 의식 생성기를 다른 안드로이드들에게도 설치한 후 조직에 끌어들이는 전략을 구사했다. 그 이후로 대부분의 나라에서는 엄격하게 정해진 목적 외에 의식생성기를 생산하거나 유통하는 것은 불법이 되었다. 그렇지만 지하시장에서 손가락 두 마디 크기에 불과한 의식 생성기를 구하는 것은 그다지 어려운 일이 아니다.14쪽

『법정』의 관심사가 인간과 비인간의 관계를 둘러싼 법적 쟁점에 대한 천착이라는 점을 고려할 때 무리할 주문일 수 있지만, 이 작품에서 느끼는 아쉬움 하나는 포스트휴먼 해방전선에 대한 서술이 거의 없다는 것이다. 아마도 작가가 이 문제를 파고들 준비가 되어 있지 않거나 기존의 과학소설에서 반인간주의 단체의 저항에 대해서는 다뤄왔기에 깊이 논의할 필요가 없

었다고 여겼을지 모른다. 그러나 이 작품의 핵심인 법적 논쟁의 구체성을 위해서도 안나 자오가 제기하는 인간의식의 논리적 근거와 거기에서 비롯되는 인간과 비인간의 관계, 그 관계에서 파생되는 대안적 공동체인 포스트휴먼 해방전선의 의미를 상세하게 형상화했으면 하는 아쉬움은 남는다.

이런 아쉬움은 『법정』에 나오는 캐릭터의 입체성이 다소 흐릿하다는 문제와도 연결된다. 안드로이드 아오를 변호하는 변호사 윤표나 자신과 닮은 아오라는 분신 안드로이드를 만들었다가 살해되는 EAU^East Asia Union, 동아시아 연합 소속 인공언어 개발부에서 일하는 한시로, 한시로의 애인인 미나 등 모두에 해당된다. 한시로가 "주인을 복제한 안드로이드"23쪽, "자기분신 같은 안드로이드"24쪽를 만들려는 이유는 무엇일까? 미나는 그 질문을 제기한다.

"왜 굳이 자신을 닮은 안드로이드를?"

"나와 정말 잘 맞는 동료를 가지고 싶어. 미나는 마음에 꼭 맞는 사람이 있나? 미나도 없을 거야. 나는 그게 늘 불만족스러워. 아, 남녀 사이는 달라. 남자와 여자는 서로 많이 달라도 도리어 그것 때문에 끌리기도 하지. 나는 정말 비슷한 친구를 가져보고 싶어. 그리고 '나의 밖에서 나를 본다'는 느낌은 어떨지 궁금해. 나를 보는 것 같을까? 아니면, 남을 보는 것 같을까? 그런 욕망이 이상해?"28쪽

이 대화는 중요한 문제를 제기한다. 한시로는 "나와 정말 잘 맞는 동료", "마음에 꼭 맞는 사람"을 갖고 싶어 하지만, 따져 보면 위험한 생각이다. 세상에 나와 "꼭 맞는 사람"은 없다. 안드로이드는 그럴 수 있을까? 작품에서는 다루지 않지만 이런 복제의 욕망에는 똑 같은 존재가 마주치면 어느 한쪽은 죽는다는, 음울한 도플갱어의 신화가 깔려 있다. 시로는 자기와 똑같은 존재인 아오에 대한 양가적 감정을 느낀다.

시로는 아오의 애매한 태도에 분이 풀리지 않았다. '내가 안드로이드 따위의 감정까지 헤아려야 하나?' 시로는 마음속에 떠오른 '한 번만 더 그러면 폐기하겠어!'라는 말을 꾹 누른다. 그러자, 로봇에게 감정을 절제해야 하는 자신의 처지에 더 화가 난다.103쪽

시로에게 아오는 "정말 비슷한 친구"이면서 동시에 "안드로이드 따위"이다. 언제든지 마음에 안 들면 폐기할 수 있는 비인간이다. 어떤 점에서 안드로이드는 반려동물보다도 못한 존재다. 반려동물을 함부로 폐기할 생각은 하지 않는다. 이런 균열된 의식의 문제는 많은 과학소설에서 다뤄진 주제지만 『법정』이 이런 쟁점을 얼마나 새롭게 규명하는지는 의문이다.

『법정』의 백미는 아오가 한시로를 살해한 뒤 벌어지는 재판이다. 먼저 AI 판사의 의미를 생각하면서 아오의 생명권을 옹호하는 윤표가 전개하는 상념이 눈에 띈다.

윤표는 AI 판사의 얼굴을 떠올린다. 표정이 없는 AI 판사의 재판은 인간 판사의 재판보다 편안할 때가 많다. 인간 판사의 재판에서 판사가 드러내는 감정의 기복, 미묘한 편견 그리고 심판자의 자부심이 AI 판사에게서는 전혀 보이지 않는다. 그렇다고 그 점이 AI 판사의 우월성을 보여주는 것이라고 단정할 수 있을까? 어떤 점에서는 분명히 그럴 것이다. 어떤 점에서는 그렇지 않다. 재판은 어차피 인간에 의한, 인간을 위한, 인간의 절차다. 그 절차에서 인간적인 무엇이 배제되어 있는 것이 과연 올바른 것일까?223쪽

지난 몇 년간 한국사회에서도 법조계와 관련된 여러 문제들, 특히 사법 농단 사태 등과 관련해 법조에 대한 불신이 강해졌다. 그런 와중에 차라리

인공지능 법조인이 더 낫지 않을까라는, 상상에 근거한 의견도 나왔기에 흥미롭게 읽은 대목이다. "인간 판사의 재판에서 판사가 드러내는 감정의 기복, 미묘한 편견 그리고 심판자의 자부심이 AI 판사에게서는 전혀 보이지 않는다." 하지만 이 대목은 안드로이드를 변호하는 윤표가 지닌 생각의 균열을 동시에 드러낸다. 그런데 작가는 이 점을 깊이 파고들지는 않는다. 재판이 "결국 인간의 법정"243쪽에 불과하다면 왜 윤표는 아오를 변호하나? 재판에서 배제된 "인간적인 무엇"의 실체는 무엇인가? 윤표가 왜 아오를 도와주는가에 대한 설명225쪽도 너무 소략하다. 아오를 변호하는 과정에서 윤표는 "인간에게 적용되는 형사적인 절차는 의식 있는 안드로이드에게도 적용되어야 하거나, 만일 그것이 지나치다면 안드로이드에게 합당한 형사절차가 새로 제정되어야"135쪽 한다는 법률적 허점을 지적하지만, 그런 주장이 윤표 자신이 지닌 분열적 의식의 착종된 면모와 유기적으로 연결되지는 않는다. 작가가 앞으로 이런 미진한 부분들을 메우는 작품을 써주길 기대한다.

2

메리 셸리의 『프랑켄슈타인』 이래 인간에게 비인간로봇, 사이보그, 인공지능 등은 두려움의 대상이었다. 그래서 『프랑켄슈타인』에서도 빅터 프랑켄슈타인이 창조한 존재는 이름도 없이 그냥 '피조물Creature'로 불린다. 이 소설의 탁월함은 피조물이 괴물이 된 이유가 그의 잘못이 아니라 그를 괴물로 규정한 사람들의 시선에 있다는 것을 설득력 있게 보여준 것이다. 이 선구적 작품의 의의는 인간이 자신과는 다른 존재를 대할 때 작동되는 편견과 선입견의 폭력을 드러낸 데 있다. 괴물의 외모가 흉측하다는 이유로 사람들은 괴물을 공격한다. 그런데 그런 선입견은 인류 역사에서 많이 목격한 것이다. 인간은 다른 인간을 인종, 성적 정체성, 계급이 다르다는 이유로 공격하고 심지어는 학살했다. 어쩌면 수많은 문학작품의 주제는 인간이 지닌 선입견과 편견이 어떻게 작동하는가, 그것을 어떻게 해결할 것인가라는 윤리적 문제와 관련된다. 가즈오 이시구로의 신작 『클라라와 태양』[이하 『클라라』]은 이 문제를 인공지능 로봇 클라라의 1인칭 시점을 통해 제기한다. 인간의 시각에서 바라본 비인간의 이야기가 아니라 비인간의 시선으로 바라보는 인간과 인간다움의 문제가 그것이다.

『클라라』의 주인공인 클라라가 다른 과학소설이나 과학영화의 주인공과 다른 점은 그녀가 아이들의 친구 역할을 해야 하는 인공지능 친구[에이에프, Artificial Friend]라는 것이다. 인공지능 로봇이지만 클라라는 "관찰하고 배우려는 욕구"[2]를 지닌 그만의 개성을 지녔다. 그 개성은 클라라가 친구 역할을 하려는 아이들과 비슷한 감수성과 인식능력을 가지고 있다는 걸 보여준다. 그런데 여기서 생기는 물음이 있다. 클라라가 친구 역할을 해야 하는 인간 아이 조시는 성장한다. 하지만 클라라는 성장하지 않는다. 아이가 성장한 다음에도 클라라는 인공지능 친구가 될 수 있을까? 이런 주제는 디즈니 영화 〈토이 스토리〉 시리즈에서 솜씨있게 다뤄진 주제다. 하지만 이시구로는 이 문제를 훨씬 냉정하게, 그래서 슬프게 그린다. 나는 이 부분이 이 작품의 요체라고 판단한다.

『클라라』에는 기존의 과학소설이나 과학영화에서 이미 다뤄진 쟁점이 나온다. 그런 부분들이 새롭다고 할 수는 없다. 먼저 클라라는 인간에게 어떤 존재인가? 그녀는 인간과 비슷한 존재인가? 아니면 비인간으로서 굳이

---

2   가즈오 이시구로, 『클라라와 태양』, 민음사, 2021, 69쪽. 이하 쪽수 병기.

말하면 반려동물이나 심지어는 노예와 같은 존재인가? 많은 인간들에게 클라라는 인간과는 확연히 구분되는, 인간의 편의를 위해 존재하는 기계일 뿐이다. 그래서 조시의 친구들은 클라라를 장난감처럼 던지고 받으려고 한다.122쪽 사람들은 클라라에게 인간과 비슷한 감정이 있을 수 있다고 믿지 않는다. 그래서 묻게 된다. 감정은 무엇인가? "저에게도 여러 감정이 있다고 생각해요. 더 많이 관찰할수록 더 다양한 감정이 생겨요."150쪽 소설이 전개되면서 독자는 인간과 클라라, 혹은 다른 에이에프 중에서 누가 더 '인간다운' 감정을 지녔는지를 묻게 된다.

하지만 클라라는 고객의 선택에 의해 팔리는 상품일 뿐이다. 여기서 딜레마가 발생한다. 에이에프는 감정을 지닌 상품 혹은 노예를 연상시킨다. 그래서 매니저는 "더 심한 경우는, 아이가 다시 오긴 했는데 딱하게도 기다렸던 에이에프를 외면하고 다른 에이에프를 고르기도 해. 아이들은 원래 그래"57쪽라고, "고객이 에이에프를 선택하는 거지, 절대 그 반대가 아니야"56쪽라고 확고하게 못을 박는다. 독특한 상품으로서 클라라는 오래된 상품인 구형 에이에프를 대체하고, 나중에는 더 새로운 에이에프에 의해 대체당한다. 상품주의, 시장주의이다.

그런데 계속 창밖을 관찰하다 다른 가능성이 떠올랐다. 에이에프들이 부끄러워하는 게 아니라 걱정하는 거라고. 우리가 새 모델이기 때문에, 아이들이 이제 자기 에이에프를 처분하고 우리 같은 신형으로 교체할 때가 됐다고 생각할까 봐 걱정하는 거였다. 그래서 부자연스럽게 걸음을 재촉하고 일부러 우리 쪽을 쳐다보지 않으려고 하는 거였다.31쪽

다른 상품과 마찬가지로 에이에프는 오직 유용성으로만 평가된다. 그런

데 이런 대체의 논리는 인간에게도 적용된다. 사람도 대체된다. 조시의 아버지가 그런 예다. "그 사람은 대체됐어. 모두 다 그렇게 됐지."152쪽 이런 대체의 논리는 인공지능 로봇에 자식의 감정을 이식시켜 죽은 자식을 대체할 수 있다고 믿는 조시 엄마의 태도로도 이어진다. 작품에서는 이런 태도에 대해 어떤 명확한 평가도 드러나지 않는다. 그 점에서 이 소설은 설명하기 telling가 아니라 보여주기showing라는 현대소설의 준칙에 충실하다. 서술의 톤은 차분하게 가라앉아 있다. 그런데 그 차분함이 갖는 독특한 힘이 있다. 인간과 비인간 사이의 우열관계는 인간 사회에도 작동한다. "유전자 편집의 혜택을 받지 못한 학생"361쪽은 은연 중 차별을 받는다. 유전자 편집으로 능력이 향상된 인간과 그렇지 않은 인간의 구분이 작동한다. 그러나 과연 무엇이 향상된 것인지는 작품에서 구체적으로 언급되지 않는다. 작품의 초점은 아이들에게서도 나타나는 편견과 차별의 시선을 보여줄 뿐이다.

지금까지 작품의 제목인 '클라라와 태양'에서 클라라에 관한 얘기를 주로 했다. 이제는 제목의 뒷 단어인 '태양'에 대해 얘기할 차례다. 처음 책을 대할 때는 제목의 의미에 대해 자연스럽게 의문을 갖게 된다. 클라라와 태양은 무슨 관계인가? 클라라와 주변 사람들의 이야기가 인류 문명의 의미를 묻는다면, 클라라와 태양의 관계는 태양으로 상징되는 자연과 생명체의 관계를 묻는다. 생명체에는 에이에프도 포함된다. 작품에서 에이에프는 태양광을 주된 에너지로 사용한다고 설정된다. 요즘 많이 언급되는 재생 에너지로서 태양광의 역할을 상기시킨다. 그러나 태양의 의미는 그보다 더 깊다. 따지고 보면 인간도 태양 없이는 생명을 유지할 수 없다. 지구상의 모든 생명체가 근본적으로는 태양이 있기에 생존할 수 있다. 그런 점에서 클라라와 인간들의 차이는 없다. 모두가 태양을 필요로 하는 생명체이다. 태양의 자식들이다.

우리와 같이 있던 소년 에이에프ᴬᶠ 렉스가 걱정하지 말라고, 우리가 어디에 있든 해는 우리한테 올 수 있다고 했다. 렉스가 마룻바닥을 가리키며 말했다. "저게 해의 무늬야. 걱정되면 저걸 만져 봐. 그러면 다시 튼튼해질 거야."12쪽

초반부에 등장하는 이 대목은 작품 전체의 주제를 요약한다. "해의 무늬"를 만지면 에이에프는 튼튼해진다. 태양은 자연의 상징이고 "우리에게 필요한 자양분"19쪽을 제공한다. 그래서 작품 곳곳에 해의 이미지가 나타난다.

다음 날 아침 셔터가 올라가자 정말 눈부신 날이 펼쳐졌다. 해가 거리와 건물 안에 자양분을 쏟아 나는 건너편 거지 아저씨와 개가 죽어 있던 자리를 보고는, 그들이 죽지 않았다는 사실을 알았다. 해의 특별한 자양분이 그들을 구한 것이다.63쪽

이건 클라라의 착각이다. 하지만 해의 능력을 믿는 마음으로 클라라는 조시를 구하려는 희생을 감행한다. 인간들, 특히 사고와 감각이 딱딱하게 굳은 성인 어른들의 시각에서 보자면 이런 주장은 그냥 나이브한, 동심의 공상일 뿐이다. 우리 시대는 선의, 희생, 배려, 기도, 사랑 등은 케케묵은, 철없는 개념으로 치부된다. 『클라라』의 뛰어난 점은 그만의 방식으로 이런 것들의 소중함을 차분히 상기시켜주는 데 있다. 그것은 클라라, 아파서 정상적인 생활을 하지 못하는 조시의 관계에서 특히 부각된다.

작품의 포인트는 어떻게든 조시의 건강을 회복시켜 보려고 염려하고 애쓰는 클라라의 내면에 대한 섬세한 묘사에 있다. 그것은 인간다움의 최고 경지인 선의善意의 마음이다. 그래서 클라라는 생명의 근원인 해의 인자함을 믿고 되풀이 기도한다.

제가 여기에 이렇게 올 자격이 없다는 거 압니다. 해가 저한테 화가 났으리라는 것도 압니다. 공해를 완전히 멈추지 못해서 해를 실망시켰으니까요. 공해를 계속 생산할 끔찍한 기계가 또 있을 가능성을 고려하지 않았다니 얼마나 어리석었는지 지금은 압니다. 하지만 해가 그날 야적장에서 우리를 보고 있었으니 제가 열심히 노력했고 희생을 하기도 했다는 사실을 알 겁니다. 제 능력을 감소시킬 수 있는 일이었지만 오직 기쁘게 그렇게 했습니다. (…중략…) 다른 누구도 아닌 제 착오이고 해가 저한테 화가 나는 것도 당연하지만 조시는 아무 잘못도 없다는 걸 알아주시길 부탁드립니다. 아버지처럼 조시도 해와 저의 약속에 대해서는 몰랐고 지금도 마찬가지입니다. 그런데 지금 조시가 하루하루 점점 약해지고 있어요. 제가 오늘 여기 이렇게 온 까닭은 해가 얼마나 인자한지 기억하기 때문이에요. 해가 거지 아저씨와 개에게 그랬던 것처럼 큰 연민을 보여주시기만 한다면요, 조시에게 너무나 간절히 필요한 특별한 자양분을 보내 주시기만 한다면요.395~396쪽

우리 시대는 이런 간절한 염려의 기도를 망각했다. 그래서 눈에 보이는 물신의 가치만을 신봉한다. 그래서 다시 묻게 된다. 클라라와 인간들 중에서 누가 더 '인간적'인가? 그때 인간다움의 의미는 무엇인가? 클라라의 간절한 기도 덕분에 조시는 병을 극복하고 성장해서 대학에 간다. 그리고 클라라는 용도 폐기되어 야적장에 버려진다. 작품이 이미 예고했듯이 상품이자 기계로서 클라라도 대체된다. 클라라에게 조시는 자신을 희생하면서까지 구하고 싶었던 친구였다. 그렇다면 조시에게 클라라는 어떤 존재였을까? '인공'이라는 말이 붙긴 하지만 클라라는 '친구'였을까? 인공 친구Artificial Friend는 정말 가능한가? 대학생이 되어 집을 떠나면서 조시는 클라라에게 말한다. "내가 다시 왔을 때는 네가 여기 없겠지. 넌 정말 최고였어, 클라라, 정말로."434쪽 클라라의 응답이다. "고마워요. 내가 말했다. 나를 선택해줘서

고마워요."

　자신의 어떤 부분을 희생해서 클라라는 조시를 살린다. 하지만 조시는 그 사실을 모른 채 떠난다. 클라라는 원망도 않는다. 어떤 대가를 바라지 않는 희생이다. 이런 모습은 그렇게 인간을 위해 희생하도록 프로그래밍된 인공 친구의 역할이라고 봐야 할까? 그렇다면 인간들 사이에서도 가끔 목격하는 희생과 헌신은 어디서 오는 걸까?『클라라』가 묻는 질문이다. 이시구로는 결코 스케일이 크다고 할 수 없는 이 작품에서 울림이 적지 않은 이야기를 전한다. 그리고 상기시킨다. 과학소설을 포함하여 모든 좋은 소설은 결국 인간다움의 의미를 되묻는다는 것을. (2021)

제3부

시의 물음

시를 쓰기, 시를 살기

김해자 『니들의 시간』, 김소연 『촉진하는 밤』

계간 『문학인』에서 읽은 김시종 시인의 시론이 기억에 남는다. 글을 읽으며 시인, 시적인 것, 시와 생활의 관계를 생각했다. 인상적인 대목을 요약하면 이렇다. 시인은 성립된 정의조차 의심한다. 선악과 미추美醜를 즉각적으로 판단하지 않는다. 사람들이 찬동하며 흥겨워하는 것에는 머쓱해 하며, 감격의 눈물을 흘리는 많은 사람의 그늘에서 홀로 웃음을 짓는다. 시인은 심술쟁이가 아니며 평소에는 누구보다도 사람이 좋으며, 유연하게 반골적인 기골을 숨기고 사색하는 사람이다. 시는 시인만이 독점하지 않는다. 시인은 어쩌다 언어로 시를 쓰고 있을 뿐이다. 우리는 모두 각자의 생활을 시로 쓰면서 산다. 시인은 그것을 언어로 표현하는 존재일 뿐이다. 무용가는 자신의 무용으로 시를 표현하며, 조각가는 정과 망치로 돌을 조각하고, 나무를 파서 자신의 시를 표현한다. 모두가 시를 지니고 있으며, 자신의 시를 써가는 사람은 허다히 많다. 그러므로 쓰이지 않은 소설은 존재하지 않지만 시는 쓰이지 않아도 존재한다. 그렇다면 왜 시를 쓰는 사람에게만 시인이라는 칭호를 붙이는 걸까?

오래전 영국 낭만주의 시를 대표하는 시인 워즈워스는 시인에 대해 비슷한 정의를 내렸다. "시인은 사람들에게 말하는 사람이다. 인간 정신이 사건과 상황에 영향을 받는 작용을 가장 섬세하고 주의 깊게 관찰하는 과정을 통해 그는 인간 본성의 가장 훌륭하고 영구적인 열정을 발견한다. 그는 그 것들의 중요성을 느끼고 그 느낌을 전달한다." 물론 시인은 그런 전달을 할 때 자신만의 고유한 "성격, 습관, 의견"으로 수정된 느낌을 표현한다. 어느 철학자는 철학을 정의하면서 철학은 사람들이 알고 느끼고 있지만 정확한 표현을 하지 못하는 것에 개념을 부여하는 것이라고 했다. 시도 비슷하다. 워즈워스나 김시종 시인이 지적하듯이 시인은 유별난 존재가 아니다.

따라서 시를 쓰는 사람, 언어를 구사하는 사람의 책무는 자신의 생각은 반드시 그 밖의 많은 사람이 생각하고 있는 것이기도 하다는 자각을 소홀히 하지 않는 것. 요컨대 자신도 대중의 한사람이므로 많은 사람들의 생각을 필연적으로 품고 있다고 생각해야 합니다. 주위를 보면 자신을 위해서 시를 쓴다는 사람이 종종 있습니다. 확실히 그렇기는 하나 주위 사람들로부터 떨어져 살아가는 것이 아닌 이상, 많은 사람들과 연결돼 있음을 부정할 수 없습니다. 그러므로 시인은 불가분하게 타인의 삶을 나누어 가진 존재입니다. 시인의 언어는 그러므로 무엇보다 소중합니다.[1]

범박하게 말하면 시인은 없는 것을 창조하는 존재가 아니다. 그는 표현되지 못하는 "많은 사람들의 생각"을 표현하는 존재다. 최대한 정확한 단어와 이미지와 리듬으로 그렇게 한다. 그런 점에서 시인은 창조자가 아니라 '누군가'와 접신하는 무당에 가깝다. 얼마 전 읽은 신문 인터뷰에서 김해자 시인도 비슷한 견해를 피력한다. "제가 시를 쓰지만 제게 고유한 무엇이 있어서 쓰는 게 아니란 생각이 들어요. 누군가가 '받아라' 하고 갑자기 문장 혹은 말을 휙 던져주는 것 같다고나 할까요."[2] 누군가는 세상이고 사람이다. 그러므

1   김시종, 「시론−시는 현실 인식의 혁명」, 『문학인』 12호(2023년 겨울), 503쪽.
2   「할매 언니들이 꽉 안아줬다」, 〈한겨레〉 2023년 1월 27일.

로 그들이 던져주는 것을 받으려면 세상과 사람과 통해야 한다. 세상과 사람들이 느끼는 것을 감각하고 자기 것으로 받아들여야 한다. 관념이 아니라 생활과 온몸으로. 요즘은 생활의 감각이 아니라 관념의 체조에 근거한 시가 많이 보이기에 특히 유념할 대목이다. 누군가 던지는 걸 받아들이려면 먼저 생활이 있어야 한다. 생활을 대하는 태도와 감각은 다르지만 나는 김해자 시집 『니들의 시간』과 김소연 시집 『촉진하는 밤』의 활력이 여기서 온다고 본다.

1

좋은 시인은 독창적인 이미지와 표현을 발견한 존재가 아니다. 그런 것들은 시의 완성을 위해 필요하지만 시의 기술은 그 기술의 뿌리인 생활과 세계의 뒷받침이 없으면 취약하다. 되풀이 말해 중요한 건 시를 쓰는 것이 아니라 자신의 시를 살아가는 것이다.

　호미가 읽는다 / 띄어쓰기가 규칙적인 콩밭과 고추밭 / 낫이 읽는다 소루쟁이와 바랭이 방동사니 / 풀밭은 띄어쓰기 안 한 중세의 문장 / 여러 번 지나가야 독해가 된다 / 밭의 새싹과 마을의 말소리가 오랜 가르침이었다는 / 내 학문은 이제 시작이다[3]

머리로 읽는 것이 아니라 몸으로 읽는 "육독"이 관건이다. 호미, 콩밭, 고추밭, 낫은 농촌 노동의 수단이자 생활의 표현이다. 생활로 읽지 않으면 제대로 읽지 못한다. 그리고 특히 "띄어쓰기가 규칙적인 콩밭과 고추밭"과는 달

3　김해자, 「육독[肉讀]」 부분, 『니들의 시간』, 창비, 2023, 29쪽. 이하 쪽수 병기.

리 "띄어쓰기 안 한 중세의 문장" 같은 "풀밭"을 읽으려면 "여러 번 지나가야 독해"가 된다. 그리고 잘 읽으려면 풀밭이 하는 소리를 잘 들어야 한다. 왜냐하면 "벼 벤 논바닥 위로 쌓여가는 눈 위에 눈 / 학교도 회사도 모르는 / 마늘에서 막 돋아나는 뿌리처럼 / 늘 푸른 말"「당신의 말이 떨어질 때마다 나는 웃었다」부분, 11쪽은 점점 사라져가고 들리지 않기 때문이다. 더 정확히 말하면 "늘 푸른 말"을 듣는 법을 잊었기 때문이다. 시의 경우에도 잘 쓰려면 잘 들어야 한다.

김해자에게는 살아가는 생활에서 만나고 교류하는 농촌공동체가 시를 쓰게 만든다. 정확히 말하면 받아 쓰게 한다. "내 시의 3분의 1은 '시 안 쓰는 시인들'이 써준 거예요. 그들의 이야기에 연결될 때 쓰고 싶은 욕망이 일어요. 열 번쯤 받아쓰면 시 한 편 쓰는 것 같아요."『니들의 시간』이하『니들』이 전하는 정서가 한편으로는 활달하면서도 동시에 슬픔과 소멸의 정서가 깔린 데는 그 공동체가 소멸하고 있기 때문이다. 시의 정서에는 소멸의 슬픔이 스며들 수밖에 없다. "삶과 몸과 이야기가 하나인 사람들은 농촌에서도 이 분들이 마지막이에요. 위대한 시간이 지나가고 있는 거예요. 부끄러운 웅얼거림이 만일 시라 불릴 수 있다면 저는 공들여 부단히 읊조릴 겁니다. 벌레 먹힌 복숭아 입장에서 생각해보는 것, 복숭아를 떼주고 잘려 나간 가지 입장에서 보는 것, 그 가지 끝에서 붉은 잎이 돋아나길 기다리는 것. 시가 말할 수 있는 희망이 고작 그뿐일지라도요."

김해자는 "시가 말할 수 있는 희망이 고작 그뿐"이라고 적지만 이런 마음은 비단 농촌공동체에만 해당하는 게 아니다. 자세히 쓸 수 없지만 나는 인류문명 전체가 붕괴의 과정에 있으며 인류에게 남은 시간이 길지 않다는 생각을 한다. 그렇다면 그냥 낙담하고 털썩 주저앉을 것인가?

벽은 뚫으라고 있는 것이다 뚫기 시작하면 이미 벽이 아 / 니다 / 우리들 머리 위에서 내리누르는 / 거대한 벽에 빛이 새어들게 / 구멍을 뚫자 참을성 있게 / 하나뿐인 부리로 / 곧 새로운 새벽이 깨어나리라 한 세계가 / 솜털 보송보송한 너와 나의 미래 // 차고 넘치는 결여여, / 우리는 한밤중에도 들을 것이다 / 번갈아 언 발 떼며 알 데우는 소리 / 지난한 희망이여, / 우리는 한낮에도 얼음장 밟는 소리에 / 귀 기울일 것이다「바위뛰기펭귄」 부분, 76쪽

언뜻 주장처럼 들리는 위의 구절은 주장이나 선동이 아니라 일종의 다짐이다. "곧 새로운 새벽이 깨어나리라"고 적지만 그럴 수는 없다는 걸 시의 화자도 모르지 않는다.[4] 그래서 "참고 넘치는" 것은 역설적으로 "결여"다. 우리는 많은 걸 잃고 있다. 그래서 "희망"은 "지난"하다. 하지만 그래도 희망하는 이유는? 희망의 기운을 놓치지 않고 들으려고 하기 때문이다. "한밤중에도 들을 것"이고 "한낮에도 얼음장 밟는 소리에 / 귀 기울일 것"이다. 그렇게 보면 시인은 무엇보다 잘 말하는 사람이 아니라 잘 듣는 존재다. "시인이 머시라? 고래 잡고 오징어 낚고 청어 배 째가 말리고 물질하는 사람들하고 놀믄서 얘기 들어주는 사람이라?"「그냥 상」 부분, 20쪽 시인은 우선 농사짓고 공장에서 사무실에서 일하고 "고래 잡고 오징어 낚고 청어 배 째가 말리고 물질하는" 생활인이다. 그리고 시인은 "얘기 들어주는 사람"이다. 시인은 사람들의 얘기를 들어주고 그 얘기를 받아서 자신만의 방식으로 시로 쓴다. 독자는 그 시를 읽으며 거기 담긴 사람들의 얘기, 그리고 그 얘기와 사연을 대하는 시인의 마음을 듣는다. 곧 시를 읽는다는 것은 남의 얘기를

---

4   시의 화자와 시인의 거리가 도드라지게 드러나는 것이 현대 시의 한 특징이다. 김해자 시는 그렇지 않다. 많은 시에서 시적 화자의 시각이나 태도는 곧 시인의 것으로 등치해도 무방하다. 나는 그 이유를 소멸해가는 농촌공동체에 굳건히 발을 딛고 있는 시인의 감각 때문이라고 판단한다. 시인은 많은 걸 묻고 따지지만 자신이 어디에 서야 할 것인지에 대해서는 회의감이 없다. 그런 확고함이 시작 화자와 시인 자신의 거리를 사라지게 만든다.

잘 듣는 걸 배우는 일종의 훈련이다. 종종 어려운 시, 난해시를 읽고 그 의미를 곱씹는 이유도 종종 남의 얘기는 쉽게 이해되지 않기 때문이다. 그럴 때 우리는 찬찬히, 오랜 시간을 들여 단어와 표현의 안팎을 살핀다.

세심하게 들어야 할 대상은 단지 사람만은 아니다. 보고 듣고 느껴야 할 것들은 많다.

> 당신이 지나쳐온 가락들이 함께 꽂혀 있는 골목 모퉁이 / 가끔씩 비트를 넣어주는 젖은 음악들 / 급커브길에서 넘어졌다 다시 일어서는 오토바이 / 긴 장마 사이 / 잠시 하늘이 말갛게 씻어놓은 / 당신 집 근처에서 따스한 구기자차 입술에 적시듯 / 당신의 오래된 향기를 천천히 맡아보겠습니다 / 다른 이들 속에서 / 모두와 함께 「모든 이들 곁에」 부분, 55쪽

이 구절에는 거의 모든 감각이 작동한다. 들어야 할 "젖은 음악", 봐야 할 "다시 일어서는 오토바이"와 "하늘이 말갛게 씻어놓은 당신 집"이 있다. 맡아야 할 "오래된 향기"와 입맛으로 느껴야 할 "따스한 구기자차"가 있다. 김해자가 소멸의 위험에 처한 농촌공동체[5]의 가치를 시로 전하는 이유는 그런 소멸과 함께 우리가 무엇을 잃는가를 떠올리기 위해서다. 우리가 잃어버린 것은 "텃밭 공화국"이다.

> 상사화 잎과 긴병풀꽃은 무사하다 / 잔디 파고들어도 개망초 밀어붙여도 저마다 일가를 이루 / 었다 옹색한 지하방 붙어 잘수록 식구도 늘었다 온몸이 굴 / 삭기

---

5 한때는 한국문학 공간에서 '농민문학론'이 중요한 자리를 차지했다. 이제는 거의 아무도 농민문학과 농촌공동체를 말하지 않는다. 그러나 사라지는 것들이 다 의미 없는 건 아니다. 그 사라지는 것들의 의미를 따져보는 것도 문학의 소임이다.

인 지렁이도 새끼를 쳤다 바위가 엉덩짝 하나 내주어 / 향도 본적도 모르는 초롱꽃과 돌나물도 문패를 달았다 / 연푸른 혀들이 공중을 소요한다 / 붉고 노란 꽃 무더기들이 산비얄을 내려온다 / 싸리 순과 다래 순과 산고추나물이 텃밭에 부려진다 / 제 이름으로 땅 한뙈기 소유하지 않아서 / 사시사철 산은 보살들 것이다 / 텃밭 공화국이다 「연푸른 혀들」 부분, 43쪽

이 구절은 김해자의 시적 역량을 잘 요약한다. 자연의 모습을 장엄하게 그린 이런 표현은 아무나 할 수 없다. 세상의 것들은 "저마다 일가를 이루"지만 "제 이름으로 땅 한뙈기 소유하지 않"는다. 아마도 이런 세상이 시인이 바라는 모습일 것이다. 그러나 바란다고 세상이 그렇게 되지는 않는다. 그래도 시인은 그런 유토피아를 꿈꾸고 묘사하고 기도한다. "파울 첼란, 나는 당신을 따라 기도합니다 / 나를 위해 아무도 아닌 자들을 위해 / 저 거짓의 말들을 꺾어주소서 / 솎아내주소서 이 사람의 말을. 「파울 첼란에게」 부분, 63쪽 "아무도 아닌 자들"에는 사람만이 아니라 "텃밭 공화국"에 속하는 상사화 잎, 긴병풀꽃, 잔디, 개망초, 지렁이, 바위, 초롱꽃, 돌나물, 붉고 노란 꽃, 싸리 순, 다래 순, 산고추나물이 포함된다.

그러므로 시인은 본래 지구와 자연의 존재이고 "바다와 땅과 공기는 모두 연결되어 있기에 / 땅과 바다와 사람은 한 몸으로 이어져 있"는 걸 알기에 고통스러워하고 발언하고 투쟁하는 활동가이다.

지구상 모든 생명체와 바다와 하늘과 바람이지 / 아니지, 이익의 반대말은 손해가 아니라 / 바로 죽음이지 // 여기에 있는 우리의 죽음이 아니라 / 십 년 삼십 년 육십 년 백 년 후에 올 너희의 목숨이지 / 미래의 너희 부모가 지금 우리의 자식들인 것처럼 / 바다와 땅과 공기는 모두 연결되어 있기에 / 땅과 바다와 사람은 한 몸

으로 이어져 있기에 // 오, 엘니뇨, 따뜻한 바닷물 같은 소년이여, / 너희는 바다에서 헤엄치고 모래집을 지을 수 있을까 / 내가 만나지 못할 삼십 년 후 소녀들이여,

미안하다「삼십 년 후 소년 소녀에게」 부분, 102쪽

현대문명은 "십년 삼십년 육십년 백년 후에 올 너희의 목숨"은커녕 당장 눈앞의 이익에 휘둘린다. 시인은 그럴 때도 먼 미래에 올 "우리의 자식들"을 앞세우는 윤리를 말한다. 인류의 윤리를 고독하게 사유하는 시인이 소중한 이유다.

2

굳이 구분하자면 김해자 시집이 외부로 나가는 운동이라면 김소연 시집은 안으로 파고든다. "안쪽으로 / 안쪽으로 / 뱅글뱅글 파고들고 파고들고 파고들다가 / 그것이 / 사랑을 시작하는 얼굴이란 걸 / 알아챌 때도 있었다."[6] 그런데 두 시집이 묘하게 만난다. 김소연 시집 『촉진하는 밤』'이하『촉진』'은 쉽지 않은 시집이다. 특별한 비유법이나 모호한 이미지를 사용해서 그런 건 아니다. 구문을 의도적으로 뒤틀어서 그런 것도 아니다. 이유는 시의 화자가 펼치는 생각과 감각이 여러 방향으로 펼쳐지기 때문이다. 나쁘게 말하면 종잡을 수 없는 것인데, 좋게 말하면 독자의 예측을 벗어난다. 범박하게 말하면 예측을 벗어나는 시가 좋은 시다. 서사 장르가 아닌 시는 결국 화자의 반응리액션, re-action이 중핵인 장르다. 시에서는 소설과 달리 서사와 플롯이

---

6   김소연,「이 느린 물」 부분,『촉진하는 밤』, 문학과지성사, 2023, 24쪽. 이하 쪽수 병기.

뼈대를 이루기 힘들다. 그렇다면 관건은 시의 화자가 부딪치는 대상, 그것이 자연, 사물, 사람이든 그런 대상에 대한 인식과 견해의 예리함과 깊이다.

그럴 때 두 가지 길이 있다. 하나는 외부대상에 대한 인식을 넓혀가는 과정을 적는 것이다. 김해자 시집이 보여준 길이다. 그렇다고 해서 소설처럼 외부대상에 대한 폭넓은 묘사에 기반한 인식을 시가 확보할 수는 없다. 할 수 있는 건 외부대상의 핵심적 면모를 마치 엑스선 사진처럼 포착해 제시하는 것이다. 소위 '시적 상관물'은 그런 인식을 집약하는 이미지다. 두 번째 길은 외부대상에 대한 화자의 반응을 더 깊이 파고드는 것이다. 통상 내면성의 탐구라고 하는 것인데, 『촉진』은 이 점에서 인상적이다. 물론 모든 좋은 시는 깊은 내면성의 시, 섬세한 리액션의 시다. 우리가, 독자가 시를 읽는 이유는 우리도 그런 대상을 만나기 때문이다. 우리는 의식하든 모르든 언제나 마음의 리액션을 하면서 산다. 그런데 좋은 시는 우리가 대상에 대해 갖는 감각과 인식의 리액션이 아닌 다른 리액션, 더 뾰족하고 더 깊은, 그래서 감각의 충격을 주는 리액션의 세계를 보여준다. 우리는 다르게 느끼는 법을 알기 위해 시를 읽는다.

『촉진』에서는 그런 다양한 리액션이 드러나지만 가장 주목할 만한 건 말하기와 글쓰기의 의미에 대한 사유다. 현대문학에서 말하기와 글쓰기에서 재현의 한계를 의식하는 건 새로울 게 없다. 어려운 건 어떤 대상의 재현이 어렵고 때로는 불가능에 가깝지만, 그렇다고 그냥 겸손한 척하면서 재현을 포기할 수 없다는 것이다. 작가나 시인은 재현할 수 없지만, 그래도 재현해야 한다. 이런 어려움은 말과 글의 근본적 한계와도 관련된다. 라캉이 지적했듯이 모든 소통communication은 본성적으로 오해mis-communication에 기반한다. 말하고 글을 쓰는 사람의 의도intention를 온전하게 전달하는 말과 글은 없다. "준비해 간 말들은 / 입술로부터 발생되지 않았다 / 식은땀이 되어 방울방울 흘러내렸다." 「가장자리」 부분, 44쪽 입술로 발생되는 말은 얼마나 진실을 전달하는가? 그걸 표현하기 어려워서 "식은땀"으로 흘러내린다. 말로 표현하는 것은 어렵다. 그렇다고 식은땀으로 표현하는 말은 진실한가? 어떻든 인간은 말을 사용하는 존재다. "목적에 맞게 가공된 얘기를 해야지. / 간신히 거짓말만 모면해야지. / 진심을 다해 진심을 감추고서 / 대화에 임하는 사람의 진심을 / 모르는 척해줘야지." 「천사의 날개도 가까이에서 보면 우악스러운 뼈가 강인하게 골격을 만들고」, 80쪽 우리가 할 수 있는 건 "간신히 거짓말만 모면"하는 것이다. "진심"을 전달하고 안다는 것은 힘들다. 할 수 있는 건 "진심을 다해 진심을 감추"는 것이다. 그럴 때 진심과 거짓은 사실 종이 한 장 차이다.

그리고 그런 의도를 담아 말하고 쓰더라도 읽는 이는 다르게 해석한다. 의미는 청자와 독자가 결정한다. 그렇게 결정된 의미도 역시 제한적이다. 왜냐하면 수많은 타자들이 존재하기 때문이다. 그래서 역시 잘 듣는 것이 중요하다. "응, 듣고 있어 / 그녀에게 들리든 들리지 않든 / 그 사람과 나는 그녀에게 이 말을 해놓고서 기다렸다 / 그녀가 한 번쯤 이쪽을 보기를 기다리고 있었다." 「그렇습니다」 부분, 29쪽 『촉진』에는 어떤 진술을 하고 그것을 지우는 줄을 표기한 시들이 자주 발견된다. 나는 그런 표현을 글쓰기의 양면성, 혹은 글쓰기에 대한 시인의 자의식을 표현한 걸로 읽는다.

만약 내가 시인이라면 / 지금 쓰고 있는 것을 / 시라고 여기지 못한 채로 쓸 것이고 // 만약 다행하게도 내가 시인이 아니라면 / 증명할 수 없는 진실에 대하여 괴로워하다 / 시를 써야겠다 / 마음먹게 될 것이다. // 진실의 부재를 발견하기 위하여, 부재를 부재로 내버 / 려두기 위해서가 아니라 허구의 손쉬움을 거부하기 위하 / 여. 오직 두려움을 위하여, 두려움이 없는 두려움을 두려워하며. 「내가 시인이라면」 부분, 143쪽 시인은 단어와 문장을 쓰고 지운다. 왜 지우는가? 그 표현이 마음에 안 들어서? 그랬다면 그냥 없애버리면 그뿐이다. 그런데 그렇게 지워진 부분을 그대로 남겨둔다. 나는 이런 시인의 태도를 "허구의 손쉬움을 거부"하려는 표현으로 읽는다. 『촉진』이 쉬운 시집은 아니지만 되풀이 읽게 되는 이유는 『촉진』이 우리 시대의 넘쳐나는 말들에 대한 조용한 훈계이기 때문이다.

> 책상에 앉아 씌어지는 대로 쓰고 지우지 않아보기로 / 결심한 사람의 어깨 위에 / 너무 많은 말이 모여들고 모여듭니다 / 어깨에서 말들이 조용히 낙하합니다 / 종이 위에 안착하자마자 눈송이처럼 녹아 사라지고 있 / 습니다「비좁은 밤」부분, 118쪽

말 혹은 글이 넘쳐나지만 대부분의 말과 글은 대체로 알맹이가 없다. 그냥 목청만 높다. 상대방을 제압하려는 욕망이 말과 글을 지배한다. 가장 추한 건 그 말과 글이 항상 남을 향해서만 던져지지 자신을 향해서는 면책한다는 것이다. 말하고 쓰는 사람은 많지만, 제대로 찬찬히 듣고 읽는 사람은 드물다. "모두가 듣고 있다고 외치는 바람에 / 외치던 사람도 계속 외치고 듣는 사람도 외치기 시작 / 하고………… / 듣기만 하는 사람 더 이상 없음."「2층 관객 라운지」부분, 32쪽 이렇게 말과 글이 지닌 액션과 리액션에 대한 찬찬한 사유가 돋보이는 시집이지만, 살아가는 일상을 어렵지 않게 묘사한 시도 울림이 있다. 예컨대 이런 시. "누군가의 응원이 미행하듯 나를 따라오고 있다는 걸 / 압니다 / 고마우나 달갑지 않은, 달지만 뱉고 싶은, 소중하되 떨 / 치고 싶은 / 그런 인사말 같은 것들이 / 나를 추월해서 앞서가버릴 때까지 / 속도를 늦춥니다."「꽃을 두고 오기」부분, 85쪽

다시 말하지만 『촉진』은 쉽지 않은 시집이다. 하지만 되풀이 찬찬히 읽어보면 많은 걸 느끼고 생각하게 한다. 나는 어려운 시는 나쁜 시이고, 쉬운

시는 좋은 시라는 견해, 혹은 그 반대의 견해에도 선뜻 동의하지 않는다. 읽기에 어려운 시든, 쉬운 시든 가짜가 적지 않다. 세상에 넘쳐나는 말과 글에 가짜가 많은 것처럼. 어디서나 진짜와 가짜를 가리는 건 만만치 않다. 그러나 『촉진』은 세상사가, 우리가 살아가는 일이, 우리가 생각하고 감각하는 일이, 우리가 말하고 쓰는 일이 쉽지 않기에 그래서 자연스럽게 어렵게 느껴질 수밖에 없는 시가 무엇인지, 그런 시를 읽으면서 무엇을 새로 배우고 느끼게 되는지를 알려준다. (2024)

시와 진실

송경동 『꿈꾸는 소리 하고 자빠졌네』,

진은영 『나는 오래된 거리처럼 너를 사랑하고』

여기저기서 대화형 인공지능 시스템인 챗지피티Chat-GPT, 이하 챗에 관한 말이 나온다. 새로운 기술 혁명의 전환점이 된다는 언설도 있다. 문외한으로서 이런 문제에 대해 내가 가타부타 판단하기는 어렵다. 그러나 내가 챗을 이용해본 소감 정도는 적을 수 있겠다. 몇 가지 질문을 해보니 수많은 데이터를 스스로 학습한 결과를 정리해서 꽤 그럴듯한 답변을 내놓는다. 주어진 정보를 종합하고 분석해서 정리해 내놓는 수준에서는 이미 상당한 수준에 오른 듯하다. 예컨대 법률, 의료 분야같이 데이터를 모아 사례분석 하는 분야에서는 오래되지 않아 챗 같은 인공지능이 그런 일을 대체할 수 있을 거라는 생각도 든다. 그렇다면 문학예술 같은 쪽에서는 어떨까? 챗이 답변했다는 시 몇 편을 읽어봤다. 새로운 감각이나 사유를 제시하는 정도는 못되지만, 챗이 학습한 기존의 문학 텍스트를 적당히 섞어서 그럴듯하게 변용하는 정도의 창작물은 보여준다. 어떤 평자들은 이런 걸 두고 아직 챗이 문학적 글쓰기는 못 한다고 안심한다. 그러나 따지고 보면 지금도 발표되는 창작물, 소설, 시 작품의 상당수도 이런 변용의 수준에 머문다는 생각이 든다. 사실 챗이 아니라 인간이 창작한 작품에서도 기존의 감각과 사유를 돌파하는 창작품은 드물다. 안심할 일이 아니다.

다른 반론은 챗은 데이터 분석과 종합을 할 뿐이지 인간처럼 감정과 정서를 못 느끼므로 앞으로도 인간 수준의 문학예술 창작은 하지 못할 거라는 견해다. 역시 동의하기 힘들다. 오랫동안 강의해온 과학소설SF, Science Fiction과 SF 영화 작품들에서도 위와 같은 뻔한 반박은 나온다. 인공지능은 결코 인간 같은 감정을 가질 수 없다는 주장으로 요약되는 반론이다. 다시 말하지만 나는 이런 주장을 과학적인 근거를 갖고 논박할 역량은 못 된다. 그런데 인간도 감정이 처음부터 주어진 것이 아니다. 인류의 오랜 진화과정에서 이성과 지성같이 감정도 진화과정에서 형성된 것이다. 그리고 그 과정에서 지금도 명확히 설명하기 힘든 진화론적 도약leap이 발생했다. 그런 일이 인공지능의 진화 과정에서 없으리라고 단정할 수 있을까?

서론이 길어졌다. 정리하면 앞으로 챗 같은 인공지능이 인간의 전유물이라고 할 수 있는 창작을 할 때가 올 가능성을 배제할 수 없다. 그렇다면 질문은 이것이다. 그런 시대가 왔을 때, 아니 현재 시점에서도 시, 혹은 시적인 것의 의미는 무엇일까? 쉽지 않은 질문이지만 두 가지만 지적해둔다. 첫째, 나는 인간의 육체성과 시적인 것의 관계를 강조하고 싶다. 인공지능은 모아놓은 데이터를 갖고 시, 혹은 시처럼 보이는 언어조립체를 그럴듯하게 만들수 있다. 지금도 적지 않은 시인이 그런 조립품을 시라고 내놓는다. 그러나 적어도 지금까지는 인공지능은 어떤 사전 프로그램이나 알고리즘으로 환원되기 힘든, 인간이 지닌 고유한 육체를 갖고 있지 못하다. 그리고 그 육체는 수많은 사회적 관계에서 다른 몸들과 부딪치면서 다양한 감각, 정서, 혹은 기운affect을 발생시킨다. 내가 생각하는 시적인 것은 이런 과정의 기록이다. 둘째, 다양한 관계 속에 놓인 인간 주체는 그 관계에서 작동하는 사회문화적 힘들이데올로기, 편견, 가치관, 선입견 등의 영향을 받는다. 대부분의 작품은 그런 힘들에 굴복하여 힘의 논리를 내면화한다. 어떤 작품은 그 힘의 양상을 사실적으로 재현한다. 그것도 미덕이긴 하지만 미흡하다. 어떤 작품은 드물게 그 힘의 양상이 보여주는 세계가 아니라 다른 감각, 정서, 세계를 미리 보여준다. 이것이 시의 전위성이고 유토피아적 충동이다.

아도르노가 설득력 있게 설명했듯이, 우리 시대에 예술 작품의 생산은 자본주의 문화 생산양식의 힘에 의해 잠식당한다. 그 결과 반체제적인 예술품들도 거대한 현상으로 용해된다. 유토피아 이념은 현실주의의 한계를 드러낸다. 유토피아적 충동은 주어진 지금의 시공간, 현재 세계와 질적으로 구별되는 다른 세계의 가능성을 생생히 보존하며, 현재의 모든 것에 대한 완강한 부정의 형태를 취한다. (…중략…) 유토피아적 사유는 철학적 충동과 예술적 충동을 결합하는 동시에 초월한다. 그것은 구체화된 관념의 차원을 넘어선 철학, 현실의 이면을 꿰뚫는 철학이다. 창작과 작품이 아니라 삶 자체를 목표로 삼는 예술이다. (…중략…) 쾌락원칙이 억압되지 않은 순수한 상태로 남아 있는 영역에 대한 유토피아적 충동은 현존하는 세계를 부정하며, 그 세계가 억압하거나 그 세계 안에서 움트고 생성되는 미래를 예견한다.[1]

뛰어난 예술작품은, 시는 이런 "유토피아적 충동"을 보여준다. 주어진 세계의 모습을 충실하게 보여주는 것에서 멈추는 것이 아니라, (그것도 의미 있지만) "현존하는 세계를 부정하며, 그 세계가 억압하거나 그 세계 안에서 움트고 생성되는 미래를 예견"한다. 내가 인상 깊게 읽은 두 권의 시집을 이런 시각에서 살펴보려고 한다.

---

1   오길영, 『문학, 앞서가는 시계』, 소명출판, 2025, 272~273쪽.

1

최근에 『분해의 철학』을 인상 깊게 읽었다. 사회를 생산과 축적의 관점이 아니라 분해와 해체의 시각에서 조명한 관점이 돋보였다. 특히 이런 대목이 눈에 들어왔다.

모모키 바쿠百木漠는 『아렌트의 마르크스』에서 아렌트의 주장을 다음과 같이 논했다. 즉 노동내구성 낮은 물건을 생산하는 일, 작업내구성 높은 물건을 제작하는 일, 활동공공 영역에서 의견을 서로 교환하는 일이라는 세 가지 장르를 마구 뒤섞어 전부 노동과 소비로 혼연일체화시켜 나가는 것을 '노동의 키메라화'라 부르면서, 아렌트는 이 비대화된 '노동'을 장차 전체주의로 이어질 것으로서 비판했다.[2]

우리 시대에서 작업과 활동은 찾기 힘들어졌다. "내구성 낮은 물건을 생산"하는 노동만이 인정된다. 더 정확하게 표현하면 그 생산물이 무엇이든 중요하지 않다. 그 일이 노동이든, 작업이든, 활동이든 그 일을 해서 얻게 되는 수입만이 중요하다. 상품으로 팔리는가만이 중요하다. 이제는 낡은 표현이 된 노동의 소외다. 지금은 찾기 힘들어진 장인의 작업, 즉 "내구성 높은 물건"을 정성스럽게 만들어내는 것 자체가 주는 기쁨, 혹은 "의견을 서로 교환하는" 활동에서 발생하는 생기는 잊었다. 그 결과는 "비대화된 노동"이다. 이런 노동은 즐거움, 기쁨, 만족감과는 거리가 멀다. 이 시대에 노동을 다룬 문학이 주목을 받지 못하는 데는 여러 이유가 있겠지만, 독자는 자신의 일상생활에서 이미 지겹게 느끼고 있는 이런 노동의 모습을 시나 소설

---

2   후지하라 다쓰시, 박성관 옮김, 『분해의 철학』, 사월의책, 2022, 364쪽.

에서 다시 확인하길 원하지 않는다는 점도 그 이유로 빼놓을 수 없다. 한마디로 독자는 문학예술에서도 소외된 노동을 잠시라도 잊길 원한다. 그렇다면 송경동 시집 『꿈꾸는 소리 하고 자빠졌네』^{이하 『꿈꾸는』}는 이 시대의 노동, 혹은 생활의 어떤 면모를 포착하고 있는가?

『꿈꾸는』은 좁은 의미의 노동현장을 다룬 노동시집이 아니다. 시인이 체험한 사회현실에 대한 반응이 두드러지는 시집이다. 특히 4부와 5부에 실린 각종 추모 시, 행사 시가 그런 시각을 잘 보여준다. 한겨레창간 30주년, 제9회 맑스코뮤날레, 민족민주유가족협의회 30주년, 소년 정광훈 5주기 추모제, 삼상반도체 백혈병 희생자 황유미님 11주기 추모, 용산 철거민 참사 희생자 7주기, 세월호 참사 2주기 추모, 백남기 농민 1주기 추도, 김용균 청년비정규직 영결식, 촛불항쟁에 소신공양한 정원 스님 추모, 2018년 종로고시원 쪽방 희생자 추모, 백기완 선생님 영전에 드리는 시, 한진중공업 김진숙 동지 37년 만의 복직을 기념하는 시들. 나열하기에도 숨이 가쁜 시를 시인은 지치지 않고 썼다. 나는 이런 시들을 읽으면서 시인만큼이나 숨이 가빴는데 그만큼 이 시들이 전달하는 현장성과 긴박성이 독자에게도 전해지기 때문이다. 그리고 대체로 이런 행사 시는 어쩔 수 없이 다소 추상적이고 당위론적인 어조를 띠게 된다.

하물며 새의 한숨 소리와 꽃의 떨림에까지 가격이 매겨지는 동안 / 자본가 여덟명이 전세계 재화의 절반을 독점하는 / 모순은 해결되었는가 / 모든 생태 여성 노동자 민중 장애인 소수자 도시빈민 들의 / 권리는 향상되었는가 / 소수의 무한한 독점과 자유를 위해 대다수 인류가 / 존엄한 생명의 기회를 빼앗기고 / 훼손당하고 짓밟히고 착취당하는 / 이 세계는 과연 정의로운가³

나는 현장의 시인으로서 송경동이 떠맡은 이런 작업의 의미를 십분 인정한다. 송경동은 누군가는 떠맡아야 할, 하지만 주류 매체와 관변 지식인이 애써 외면하는 현장의 정서를 시를 통해 기록한다. 그 기록의 의미는 소중하다. 그러나 시가 단지 기록문학이 아니고 시만이 지니는 정서의 리듬과 울림이 있어야 한다면 이런 현장 시의 생명력이 얼마나 오래갈지는 의구심이 든다. 이런 판단은 지금 시대와는 다른 맥락에서 역시 수많은 현장 시가 나왔던 1980년대~1990년 초반을 떠올리게 된다. 그때 나온 현장 시들도 당대 상황이 요구한 긴박성에 부응했지만, 시간의 흐름 속에서 읽히지 않게 되었다. 시의 현장성이 지닌 양면성이다.

시인도 그런 긴박성에서 나온 시의 한계를 모르지 않는다.

그간 많은 사건에 연루되었다 / 더 연루된 곳을 찾아 바삐 쫓아다녔다 / 연루되는 것만으로는 성이 안차 / 주동이 돼보려고 기를 쓰기도 했다 / 그런 나는 아직도 반성하지 않고 / 어디엔가 더 깊이깊이 연루되고 싶다 / 더 옅게 옅게 연루되고 싶다 / 아름다운 당신 마음 자락에도 / 한 번쯤은 안간힘으로 매달려 연루되어보고 싶고 / 이젠 선선한 바람이나 해 질 녘 노을에도 / 가만히 연루되어보고 싶다 / 거기 어디에 주동이 따로 있고 / 중심과 주변이 따로 있겠는가 「연루와 주동」 전문, 16쪽

시인은 시대의 압박이 강요한 "연루"라는 말을 의도적으로 확장하여 그가 바라는 다른 삶, 다른 시의 방향을 제시한다. 어쩌면 그것이 시인의 욕망일지도 모른다. 단지 긴박한 "많은 사건"이 아니라 "아름다운 당신 마음", "선선한 바람이나 해 질 녘 노을"과 "연루"되고 싶은 욕망은 역설적으로 그

---

3   송경동, 「새로운 인류애로 다시 서로를 무장하라」 부분, 『꿈꾸는 소리 하고 자빠졌네』, 창비, 2022, 127쪽. 이하 시 제목과 쪽수 병기.

런 걸 허락하지 않는 시대의 질곡을 드러낸다.

> 큰 의미 없이도 우리 모두를 살리는 / '물결'이나 '바람결'이나 / 조용한 '숨결' 같
> 은 것도 느껴보며 / 조금은 다른 삶의 결로도 살아보고 싶은 / 해 질 녘 우연한 그
> 리움「'결'자해지」부분, 93쪽

언뜻 읽기에 시인이 바라는 "물결이나 바람결", "조용한 숨결"이나 "다른
삶의 결", "해 질 녘 그리움"은 "큰 의미"를 주장하는 사회적 사건과 대립적
으로 설정된, 일종의 현실 초월적 기표처럼 보인다. 하지만 찬찬히 따져보
면 그렇지 않다. 오히려 이런 기표들을 아우르지 못하는 "큰 의미"는 무엇
인가라는 물음을 촉발하는 시적 구도로 봐야 옳다. "큰 의미"가 "작은 소리,
여린 소리, 세밀한 목소리들을 묵살"「목소리에 대한 명상」, 부분 48쪽할 때, 그 큰 의미
는 무엇인가라는 물음이 제기된다.

여기에는 정치를 포함한 사회제도를 바꾸는 싸움은 당연히 필요하지만
그런 변화만큼이나 그것을 만들고 움직이는 사람들의 심성과 감성이 바뀌
지 않을 때 근본적 변화는 어렵다는 복합적 판단이 작동한다. 나는 여기서
한때 한국문학판에 떠돌았던 '문학의 정치론'이 남긴 울림을 다시 확인한
다. 문학은 세상을 크게 바꾸지 못한다. 그런 점에서 문학의 힘은 약하다. 그
러나 문학은 그 세상을 구성하고 움직이는 사람들의 마음에 돌을 던진다.
마음의 파문을 만든다. 그래서 남들 탓을 하기 전에 자신을 먼저 돌아보게
만든다. 그런 성찰 능력이 없는 자들이 세상을 지배할 때 어떤 일이 벌어지
는지를 지금 목도하고 있다.

> 위만 나쁘다고 / 위만 바뀌면 된다고도 말하지 말아주세요. / 나도 바꿔야 할 게

많아요 / 그렇게 내가 비로소 나로부터 변할 때 / 그때가 진짜 혁명이니까요「우리 안의 폴리스라인」 부분, 43쪽

세상의 변화를 요구하기는 쉽다. 그러나 그 요구를 하는 "나로부터 변할 때"를 따지는 일은 만만치 않다. 어렵기에 그것이 "진짜 혁명"이다. 좋은 문학과 시는 그런 혁명에 관여한다. 그래서 시인은 자신이 부딪치는 여러 사회적 사건들과 "큰 의미"를 따지고 부딪치는 것과 동시에 그런 행위를 하는 자신을 돌아본다. 그런 자신의 모습은 때로는 비겁하고 비루하다. "나는 지금껏 비겁하게 살아남았고 / 오늘도 여전히 비루하게 살아가고 있다"「오늘 난 편지를 써야겠어」 부분 27쪽 혹은 이제는 "소극적 반항밖에" 못하는 존재가 된 건 아닌지, "이젠 내가 티끌만큼도 불온해 보이지 않게"「대한민국 예술원 풍경」 부분, 30쪽 된 것은 아닌지 자문한다. 하지만 그것은 상투적인 성찰에 그치는 것이 아니라 남들이 뭐라든, 돈과 권력이 지배하는 시대에 맞서 "나는 계속 꿈꾸는 소리나 하다 / 저 거리에서 자빠지겠네"「꿈꾸는 소리 하고 자빠졌네」 부분, 78쪽라는 다짐과 결합된 성찰이다.

이런 단단한 다짐이 있기에 "삶이라는 도서관"을 상상하는 시가 나온다.

다소곳한 문장 하나 되어 / 천천히 걸어 나오는 저물녘 도서관 // 함부로 말하지 않는 게 말하는 거구나 / 서가에 꽂힌 책들처럼 얌전히 닫힌 입 // 애써 밑줄도 쳐보지만 / 대출받은 책처럼 정해진 기한까지 / 성실히 읽고 깨끗이 반납한 뒤 / 조용히 돌아서는 일이 삶과 다름없음을 // 나만 외로웠던 건 아니었다는 위안 / 혼자 걸어 들어갔었는데 / 나올 땐 왠지 혼자인 것 같지 않은 / 도서관「삶이라는 도서관」 전문, 37쪽

좋은 시는 어쩌면 "함부로 말하지 않는"법을 가르쳐주는 시다. 나는 그

점과 관련해 한가지 아쉬운 점을 적어둔다. 『꿈꾸는』에서 시인 자신과 시적 화자poetic narrator는 거의 구별되지 않는다. 조심스러운 판단이지만 거의 모든 시에서 시인 자신이 시적 화자와 겹친다. 이렇게 된 이유는 앞서 언급한 시대가 요구하는 현장성과 긴박성 때문이다. 시인과 시적 화자의 거리를 유지할 여유가 사라진 것이다. 그것은 시인의 문제라기보다는 시대의 한계다. 그러나 내가 생각하기에 울림이 깊은 시, 그래서 시간이 흘러도 계속 읽히고 사유하게 만드는 시는 "나만 외로웠던 건 아니었다는 위안"을 하는 시적 화자에 대해서조차 비판적 거리를 유지하면서 그 발언의 의미를 다시 묻는 시인의 자리가 돋보이는 시다. 이것은 단지 형식적인 차원에서 하는 요구가 아니라 '시적인 것'이 무엇인가를 다시 묻는 것과 관련되는 아쉬움이다.

2

진은영 시인이 인용한 외국 시 두 편이 시집 『나는 오래된 거리처럼 너를 사랑하고』이하 『오래된 거리』의 정서를 요약한다.

한 아이가 햇빛의 우화와 / 푸른 예배당의 전설과 / 귀에 젖은 아이 시절의 들판을 통하여 / 엄마와 거닐던 아침들을 / 너무나도 선명히 되살렸기에 / 아이의 눈물이 내 뺨 적시고 / 아이의 심장이 내 심장 안에 움직였다.딜런 토머스

나는 고통의 표정을 좋아하지 / 그건 진실되다는 것을 알기에에밀리 디킨슨

시는 언어라는 제한된 수단으로 도달할 수 없는 "진실"을 전달하는 것이

다. 어떻게 "아이의 눈물"과 "아이의 심장"을 언어로 담는가? 그게 시인이 고투하는 문제다. 고통의 은유를 많은 시인이 고민하지만, 더 중요한 건 그 은유 자체를 찢는 것이다. "진실이여, 너에게 주고 싶다 / 너울거리는 은유의 옷이 아니라 / 은유의 살갗을 // 벗기면 영혼이 찢어지는 그런 거."[4] 시는 "은유의 옷"에 머물지 않는다. 거기에 머물면 진실에서 멀어진다. 은유와 하나가 된 "은유의 살갗"이 시가 목표로 하는 것이다. 은유를 돌파하여 은유를 벗어나는 것. 라캉의 정신분석학에 기대 말하면 은유가 작동하는 상징계 the symbolic를 돌파하여 "영혼"에 직접 다가가는 실재the real와 부딪치는 시를 진은영은 고민한다. "나는 기다린다. / 육화된 질문, / 한 줄의 문장이 언제쯤 흘러내릴까. / 존재의 메마른 진흙 위에 / 신이 잠든 노란 달밤 위에 / 한 줄기 비로 / 한 줄기 피로."「종이」부분, 37쪽 시는 "육화된 질문"이며, 한 줄의 문장으로 "존재의 메마른 진흙"을 담을 수 있는지를 사유한다. 좋은 시는 은유가 아니라 "한 줄기 비", "한 줄기 피"로 쓰는 시다. 다시 말해 한 줄의 "문장"과 한 줄 "비"와 "피", 곧 은유/언어와 현실/대상 간의 틈을 어떻게 좁힐 것인가라는 문제가 제기된다. 보통 이런 쟁점을 재현representation의 이슈로 정리하지만, 나는 이런 구절에서 시인의 더 깊은 고민을 읽는다.

진은영은 한국문학 공간에서 문학의 정치를 다시 제기한 중요한 역할을 했다. 내가 이해하기에 그 고민의 요점은 형식주의적 재현의 문제가 아니라 시인이 육체로, 정신으로 부딪치는 현실이라는 대상을 어떻게 제대로 이해하고 파악할 것인가라는 사유의 문제다. 진은영은 사유하는 시인이다.

시간이 주름 가득한 흰개의 얼굴로 짖는다 내가 지나 / 가는 / 모르는 고장의 동

---

4   진은영, 「아빠」 부분, 『나는 오래된 거리처럼 너를 사랑하고』, 문학과지성사, 2022, 63쪽. 이하 시 제목과 쪽수 병기.

맥이 또 끊어진 것 같다 / 쏟아지는 피에 거구의 여신이 드레스를 깨끗이 빨고 / 있는 것 같다 / 이놈의 세계는 매일매일 자살하는 것 같다「빨간 네잎클로버 들판」부분, 106쪽

이 구절에 나오는 강렬한 이미지들이 보여주듯이 시인이 내리는 세상에 대한 진단은 비관적이다. 세상은 "동맥이 또 끊어"졌기에 피를 흘린다. 세상은 "매일매일 자살"하면서 "쏟아지는 피"가 묻은 드레스를 빨고 있다. "주름 가득한 휘개"라든지 "거구의 여신"은 그로테스크한 이미지를 전달한다. 하지만 진은영이 "매일매일 자살"하는 세계에 대응하는 법은 통상 생각하는 정치가 아니다. 혹은 혁명도 아니다. 이 시집에는 그런 식의 정치적 언어나 수사는 거의 나오지 않는다.

시인의 첫 시집 『일곱 개의 단어로 된 사전』 제목이 명료하게 보여주듯이, 시인은 단어와 말, 시적 언어가 무엇을, 어디까지 할 수 있는지를 먼저 따져본다. 그 사유에는 언어와 대상, '나'와 당신, 나와 다른 사람들, 나와 세계 사이에 존재하는 거리를 어떻게든 좁혀보려는, 더 정확히 표현하면 그 거리에서 발생하는 긴장감의 의미를 깊이 천착하려는 노력이 돋보인다. 아마도 이 시집에서 가장 대중적인 작품으로 꼽히는 「청혼」 같은 시도 잘 읽어보면 말랑말랑한 로맨스의 시가 아니다. "나는 인류가 아닌 단 한 여자를 위해 / 쓴 잔을 죄다 마시겠지 / 슬픔이 나의 물컵에 담겨 있다 투명 유리 조각처럼."「청혼」부분, 9쪽 이 구절에는 청혼과 슬픔의 관계가 문제가 된다. 쉽지 않은 연상이다. 시적 화자는 왜 슬픈가? 시인이 인용한 존 버거의 말인 "나는 당신에게 내가 함께 있다는 것을 전해줄 말들을 찾고 있어요"7쪽가 실마리를 제공한다. 어떤 말도, 청혼도 이미 "슬픔"을 담은 "쓴 잔"이다. 말의 한계다.

그러므로 시인이 생각하는 시의 자리는 무엇인가를 단언하거나 주장

하는 목소리가 앞서는 것이 아니다. "그러니까 시는 / 돌들의 동그란 무릎, / 죽어가는 사람 옆에 고요히 모여 앉은 / 한밤중 쏟아지는 / 폐병쟁이 별들의 기침 / 언어의 벌집에서 붕붕대는 침묵의 말벌들." 「그러니까 시는」부분, 11쪽 시는 죽음, 고통, 침묵과 관여한다. 시인은 함부로 누구를 대신해서 말할 수 없다. 신중함이 요구된다. 나는 그런 신중함의 예를 진은영의 시들에서 발견되는 다양한 시적 화자의 형상화에서 발견한다. 진은영 시에 등장하는 화자는 시인 자신이 아니다. 『오래된 거리』의 미덕 중 하나는 시적 화자를 사려 깊고 능숙하게 생각하면서 "침묵의 말벌"로서 시가 어떤 일을 할 수 있는지를 보여주는 점이다. 예컨대 시 「올랜도」에서 시적 화자는 "나는 사포", "나는 햄릿이 사랑한 요릭", "나는 해운사에 취직한 이스마엘", 그리고 영원히 새로운 존재로 생성하는 올랜도로 나타난다. "올랜도, 나 올랜도는 모든 사람을 상실한 후에 태어 / 났다 / 내게 남겨진 것이라고는 나 자신의 현존 / 모든 상실을 보기 위한 두 눈과 / 본 것을 말해야 할 작고 흰 입술을 가지고서 // 올랜도, 우리가 모든 슬픔보다 더 오래 살아남았다." 「올랜도」부분, 43쪽

좋은 시인은 그렇게 시 안에서 다른 존재가 되고becoming 그 존재의 목소리를 담는다.

네 어린 시절의 큰 글씨를 영원히 기억하고 싶다 / 학년이 올라갈 때마다 알맞게 줄어드는 글씨를 보고 / 싶다 / 토끼의 두 귀처럼 때때로 부드럽게 접힐 줄 아는 네 마 / 음을 보고 싶다 / 베여 나간 나무 밑동의 향기에 인사하듯 길게 구부러 / 지는 / 너의 훌쩍 자란 등뼈를 만져보고 싶다 「죽은 엄마가 아이에게」 부분, 96쪽

죽은 엄마가 아이에게 말하는 것처럼, 세상에서 말할 수 없는, 말하지 못하는 이들을 대신해, 좀 더 정확히 표현하면 시 쓰기에서 그들이 되어 말하

는 존재가 시인이다. 쉽지 않은 일이다. 들뢰즈에 기대 말하면 다른 존재 되기를 수없이 연습하고 실천하고 언어의 한계를 숙고해야 가능하다. 그런 숙고에서 나온 시적 화자의 역할이 독자에게 얼마나 큰 울림을 전달할 수 있는지를 보여주는 시들은 세월호 참사를 다룬 시들이다.

> 아빠 미안 / 2킬로그램 조금 넘게 너무 조그맣게 태어나서 미안 / 스무 살도 못 되게, 너무 조금 곁에 머물러서 미안 / 엄마 미안 / 밤에 학원 갈 때 휴대폰 충전 안 해놓고 걱정시켜 미안 / 이번에 배에서 돌아올 때도 일주일이나 연락 못해서 / 미안 / 할머니, 지나간 세월의 눈물을 합한 것보다 더 많은 눈 / 물을 흘리게 해서 미안 / 할머니랑 함께 부침개를 부치며 / 나의 삶이 노릇노릇 따뜻하게 익어가는 걸 보여주지 / 못해서 미안 「그날 이후」 부분, 44쪽

세월호 희생자 예은이를 시적 화자로 등장시킨 이 시는 시인이 말해야 하지만 말할 수 없는 이들의 언어를 어떻게 받는지를 보여준다. 그것은 재현이나 대변이 아니라 받는 것이다. 시인은 "봄날에 죽은 착한 아이"를 기억하는 시적 화자의 역할에 주목한다.

> 그 전에, 봄의 잠시 벌어진 입속으로 / 프리지어 향기, 설탕에 파묻힌 이빨들은 / 사랑과 삶을 발음하고 / 오늘은 나도 그런 노래를 부르련다 / 비좁은 장소에 너무 오래 서 있던 한 사람을 위해 / 코끼리의 커다란 귀같이 제법 넓은 노래를 / 봄날에 죽은 착한 아이, 너를 위해 「봄에 죽은 아이」 부분, 21쪽

> 예은아, 진실과 영혼은 너무 가볍구나 / 거짓됨에 비해 / 진실과 영혼은 너무 가볍구나 / 모시옷처럼 / 등 뒤에 돋는 날개처럼 「천칭자리 위에서 스무 살이 된 예은에게」 부분, 55쪽

세상을 지배하는 "거짓됨"의 말들은 "거구의 여신"처럼 "진실과 영혼"을 짓누른다. 진실과 영혼은 가볍다. 하지만 무거운 말들은 그 무게를 이기지 못한다. "모시옷처럼" 가벼운 말들은 "날개처럼" 세상에 퍼져 "진실과 영혼"을 전달한다.

시인이 생각하는 시의 진실은 정답을 제시하는 것과는 거리가 멀다. 오히려 진실은 계속 묻는 것이다. "나는 / 그 순간에 덧붙일 정치철학적 논평은 / 준비하지 못했습니다 / 다만, 질문으로 / 다시 질문을 지우며."「아뉴스데이, 새뮤얼 바버─한 노동운동가에게」부분, 85쪽 시인은 "정치철학적 논평"을 하지 않는다. "다만, 질문하고 그 질문을 지우-"고, 또 질문한다. 시인은 아무도 묻지 않을 때 왜 그런지를 묻고, 또 묻는 존재다. 『오래된 거리』는 그렇게 묻는 시집이다. 나는 그런 물음에서 시의 진실을 발견한다. (2023)

세상 만물이 이룬 가족

나희덕 『가능주의자』, 메리 올리버 『기러기』

공동체의 윤리란 무엇일까? 일본의 문예비평가 가라타니 고진의 견해가 울림이 있다.

그러나 환경문제에 대해 아직 태어나지 않은 자손의 동의를 얻을 수 있을까요? 환경오염이나 지구온난화로 피해를 받는 것은 자손들입니다. 하버마스적인 공동 주관성이나 공공성에는 그와 같은 타자가 없습니다. 그런 의미에서 보편성을 공동 주관성으로 간주하는 것은 잘못입니다. 하버마스와 같은 생각은 내셔널리즘은 아니라고 해도 유럽주의나 서양적 이성으로 귀결된다고 생각합니다.[1]

통상 윤리는 사람들 사이에 지켜야할 도리를 말한다. 그러나 가라타니는 그 사람들의 기준을 "아직 태어나지 않은 자손"까지 확대한다. 그들이 환경 파괴나 기후 위기의 피해를 받게 되기 때문이다. 예리한 지적이다. 최근 생태비평이나 신유물론에서는 모든 것을 인간의 시각에서 규정하고 평가하려는 인간주의적 사유를 해체하자는 주장을 한다. 생태비평Ecocriticism에서는 외부와 교류하지 않는 공동체의 부패와 사멸에 주목한다. 하나의 동질적 기

---

[1] 가라타니 고진, 조영일 옮김, 『근대문학의 종언』, 도서출판b, 2005, 247쪽.

제나 단일한 코드가 집단을 지배할 때 생명체는 존속하지 못한다. 이것은 세포 단위부터 공동체와 같은 여러 집단의 관계, 인간과 다른 생명체들 사이의 관계, 그리고 생명체와 가이아로 표상되는 지구와의 관계에도 적용된다. 이 모든 관계에서 문제가 되는 것은 모든 타자를 인간주의적으로 해석하려는 인간중심주의적 시각이다.[2]

하지만 사람들은 당장의 이기적인 욕망에 휘둘린다. 뒷날의 걱정을 하지 않는다. 후손은 고려하지 않는다. 지금 당장 추구하는 욕망과 만족만이 중요하다. 자연이 파괴되고 기후 온난화로 위기가 닥쳐도[3] 현재 생활에 조금이라도 불편을 끼치는 것을 감내하려고 하지 않는다. 하지만 대다수가 다가오는 파국을 외면하더라도 누군가는 숨겨진 진실을 전하려고 한다. 시인도 그들 중 하나다. 이 글에서는 두 권의 시집을 읽으면서 시인의 예리한 관찰에 근거하여 생명에 대한 경외심을 상기시키는 목소리를 들어보려 한다.

1

나희덕 시집 『가능주의자』는 현대문명의 문제점을 꼭 짚어 포착한다. 시인은 철학자나 사상가와 달리 시적 화자poetic narrator가 포착하는 구체적인 시적 이미지와 정황으로 그런 작업을 한다. "몸을 최대한 굽혀야 한다는 것 / 무엇을 만들거나 사지 않아도 돼요 / 줍고 또 줍는 것 / 이것이 내가 살아가는 방식이죠 / 쓰레기, 라는 말을 너무 함부로 쓰지 않나요? / 누군가

---

2   Peter Barry, "Ecocriticism," *Beginning Theory*, Manchester : Manchester UP, 2002, pp.248~270 참조.

3   이 글을 쓰고 있는 시점에서도 강원도 지역을 중심으로 여러 군데 산불이 발생했다. 최근 전세계적으로 빈발하는 큰 산불의 원인은 기후 변화 때문이다.

남긴 음식이나 물건이 그렇게 표현되는 건 슬픈 / 일이지요 / 그들은 버림으로써 남긴 거예요 / 나의 나날은 그 잉여만으로도 충분해요."[4] 현대문명은 엄청난 쓰레기를 만들어낸다. 대량 생산, 대량 소비의 결과다. 쓰레기는 "버림으로써 남긴 것"이다. 그들은 버려진 물체들이다. 그런데 '나'는 "누군가 남긴 음식이나 물건"을 줍고 또 주우면서 생활한다. 이 구절에는 사람들이 함부로 쓰는 "쓰레기"라는 말을 돌아볼 것을 요청한다. 자본주의는 "끊임없이 무엇을 만들거나 사"도록 욕망을 자극한다. 쓰레기는 그 욕망의 "잉여"이다. 나는 이 구절을 읽으며 자발적 가난을 되풀이 강조했던 김종철 선생을 떠올렸다. 어려운 점은 끊임없이 팽창하려는 이윤추구의 욕망에 맞서 어떻게 욕망의 절제를 할 것인가다. 김종철 선생도 이점을 안타까워하다가 세상을 떠났다.

얼마 전 드라마 시리즈 〈고요의 바다〉를 보면서 확인한 점은 모든 걸 기술로 해결할 수 있다고 믿는 현대문명의 태도다. 물이 부족하면 기술적으로 물을 만들어내면 되고, 지구가 파괴되면 다른 행성으로 이주해서 살면 된다는 것이다. 기술이면 해결된다는 것이다. 크리스토퍼 놀런 감독 영화 〈인터스텔라〉가 보여주는 모습이다. 그런데 그런 자기 파괴적 문명을 만들어내는 욕망의 구조를 바꾸지 않는다면 인류가 어디로 이주를 해서 어떤 기술을 쓴들 결과가 달라질까 싶다. "거대한 공룡은 사라졌지만 / 물고기와 새와 인간은 어떻게 살아남았는가 / 깃털을 잃어버린 새는 / 왜 점점 날카로운 부리를 지니게 되는가 / (…중략…) / 살육의 증거들은 왜 희미해지는가 / 하늘과 땅 사이에 휘몰아치던 바람은 고요해졌는가 / 돌멩이들은 왜 날아오르지 않는가 / 죽은 새들은 어디로 갔는가 / 새들마저 다 죽으면 홍적기 다

4   나희덕, 「줍다」 부분, 『가능주의자』, 문학동네, 2021, 50쪽. 이하 시 제목과 쪽수 병기.

음에는 무엇이 오는가."「홍적기의 새들」부분, 77쪽 『가능주의자』에서는 이렇게 의문 구문이 많이 나온다. 그런 질문은 답을 몰라서 던지는 질문이 아니다. 우리는 답을 알고 있지만 그 진실을 알고 싶어 하지 않는다. 정신분석학이 해명했듯이 앎을 추구하는 욕망이 있듯이 무지를 추구하는 욕망도 있다. 안다는 건 고통스럽기에 애써 외면한다. "새들마저 다 죽으면 홍적기 다음에는 무엇이 오는가." 새들이 사라지고, 꽃이 사라지면 인간도 사라질 것이다.

"세계는 이미 많은 지붕을 잃었다 / 알프스의 만년설도 / 킬리만자로의 만년설도 얼마 남지 않았다 / (…중략…) / 우리는 저 사라진, 사라져가는 얼음덩어리로부터 왔다 / 얼음 치마에서 멀리 떨어져나와 불의 도시에서 살아가는 / 우리는 그 / 빙하가 쪼개지는 비명에 잠이 깨기도 한다 / 그러곤 뒤늦게 깨닫는다 / 온통 시퍼런 핏물로 흥건해진 꿈이 꿈만이 아니라는 것을 / 매일매일이 빙하들의 장례식이라는 것을."「빙하 장례식」부분, 84쪽 이 구절은 빙하-물-인간으로 이어지는 생명의 연쇄 고리를 드러낸다. 인간은 바다 물에서 왔다. 그 바다가 우리 삶을 지탱하는 "지붕"이다. 사라져가는 만년설은 그 지붕의 견고한 형태다. 우리는 그 지붕이 있기에 생존해 왔다. "우리는 저 사라진, 사라져가는 얼음덩어리로부터 왔다." 무생물로 치부되는 얼음덩어리가 생명을 지탱한다. 빙하가 장례식을 치르면 인류도 그렇게 될 것이다. 우리가 누리는 자연물도 이미 자연이 아니다. "도시의 사람들은 / 장미 향기에 섞인 휘발유 냄새를 눈치채지 못한다 // 한 송이 장미꽃을 피우기 위해서는 / 봄부터 소쩍새가 아니라 / 7에서 13리터의 물이 필요하단다 / 그리고 그보다 훨씬 많은 휘발유가 필요하겠지."「장미는 얼마나 멀리서 왔는지」부분, 86쪽 이 시는 서정주의 시를 비틀어 자연적인 것의 의미를 묻는다. "장미 향기에 섞인 휘발유"는 그 점을 강렬한 이미지로 제시한다.

이런 사태 앞에서 무엇을 할 수 있고 또 해야 할까? 어디서부터 문명은 어긋나기 시작한 걸까?

> 날고기를 먹는 야만인, / 에스키모라는 말은 그렇게 해서 생겨났지요 / 이누이트족은 에스키모라는 말을 싫어했다고 해요 / 인간이라는 뜻의 이누이트, / 스스로 그렇게 불렀고 그렇게 불리길 원했어요 / (…중략…) / 나눅에게 문명인이란 어떤 존재였을까요 / 카메라와 필름을 가져와 자신을 찍어대는 사람들을 / 나눅은 아주 친절하게 대했지요 / 그들은 얼음 위에서 너무 약한 존재들이었으니까요「북극의 나눅」부분, 81쪽

문명과 야만을 나누는 기준이 무엇일까? "문명인이란 어떤 존재"인가? 대량생산을 할 줄 아는 물질적 생산력? "카메라와 필름"으로 대표되는 현대문명이 이 지경에 이르게 된 것이 생산력이 부족해서일까? 시인은 이 큰 질문에 답할 의무는 없다. 그러나 우리가 잃어버린 무엇인가를 상기시킨다. 중요한 건 "얼음 위에서 너무 약한 존재들"을 친절하게 대하는 태도다. 만약 조건이 변한다면 누군가가 나눅을 친절하게 대해야 할 것이다. 그게 "문명인"의 태도다.

시인이 보기에 문명인은 여러 "입술"의 목소리를 잘 들으려는 이다. "입술들은 대체 어디서 모여든 것일까 / 각기 다른 언어로 / 각기 다른 목소리로 / 각기 다른 리듬으로 / 목소리들은 서로 삼키고 뱉고 다시 삼키고 뱉고 삼키고 / 들리지 않는 노래를 너무 많이 들었나 봐 / 귀가 먹먹해."「입술들은 말한다」부분, 16쪽 시인은 말할 권리를 가진 주체들의 입술에 귀를 기울인다. 각기 다른 언어와 목소리와 리듬으로 그들은 말한다. "시인은 들리지 않는 노래"를 듣는 존재다. 동물, 식물, 심지어 물질도 "입술"이 있다. 이런 시각을 현대문명은 잃어버렸다. 그래서 내 옆의 사람들을 사람으로 보지 않고 일하는

물건처럼 간주한다. "사람들은 우리를 보지 않는다 / 빗자루만 본다 / 대걸레만 본다 / 양동이만 본다 / 점점 투명해져 간다. 우리를 사람으로 보지 않기 때문이다."「유령들처럼」부분, 42쪽

이런 냉담함으로 아이를 잃은 부모의 마음을 외면한다. '나'의 일이 아니니까. "아이를 기다리면서 무슨 생각을 했나요? / 울기만 했어요. / 그러나 사람들은 무심한 표정으로 밥을 먹고 출근을 했다 / 어떤 목소리도 들리지 않는 것처럼."「어떤 목소리도 들리지 않는 것처럼」부분, 65쪽 우리는 듣는 능력을 잃었다. 그렇게 사람들은 "인간이라는 품성을"「선위에 선」부분, 55쪽 잃었다. 눈에 보이지 않는 것의 가치를 무시한다. 물질이 신의 위치에 올랐다. 눈에 보이게 입증하지 않는 가치는 의미 없다. 시인은 그런 가치의 위계에 질문을 제기한다. 시인에게 대안을 내놓을 의무는 없다. 다만 모두가 눈을 감을 때 눈을 뜨고 사람들이 보지 않고 보지 않으려는 것을 보이게 만든다.

시인은 혁명의 의미를 다시 생각한다. 혁명은 위로 올라가는 것이 아니라 아래로 내려가는 것이다. 전진하고 진보하는 것이 아니라 멈추는 것이다. "원치 않았지만 그것이 끝내 우리를 데려다 부려 놓는 / 어떤 하류의 퇴적층이 우리를 기다리고 있는지 / 하지만 그때는 알지 못했다 / 흐르다, 라는 동사는 흐르지 못한다는 것을."「흐르다」부분, 31쪽 벤야민의 말에 시인이 공감하는 이유다. "벤야민은 혁명을 / 기차 탄 사람들이 잡아당기는 비상브레이크라고 말했지 / 달리는 기관차를 멈춰 세우는 것이라고 / 달리는 기관차를 멈추게 하는 장력은 / 얼마나 고요해야 하는지 / 얼마나 자유로워야 하는지 / 또는 얼마나 천진해야 하는지."「달리는 기관차를 멈춰 세우려면」부분, 102쪽 시인은 강한 힘은 강한 힘으로만 멈출 수 있다는 통념을 무너뜨린다. 지금보다 더 많이 생산하고, 더 많이 진보하면 세상이 좋아진다는 관념을 해체한다. "달리는 기관차를 멈추게 하는 장력"은 다른 데 있다. 그것은 "고요"하고 "자

유"롭고 "천진"한 힘이다. 인류가 더 고요하고 자유롭고 천진해질 때 혁명이 일어난다. 그 길이 무엇인지를 같이 생각해보자고 시인은 제안한다. 발상의 전환이다.

주위를 돌아보면 비관주의자가 되기 쉽다. 이렇게 적고 있는 나부터도 그렇다. 그러나 시인은 "가능주의자"를 자처한다. "그럼에도 불구하고, / 아직 무언가 가능하다고 말하는 사람이 되는 것은 / 어떤 어둠에 기대어 가능한 일일까요 / 어떤 어둠의 빛에 눈멀어야 가능한 일일까요 / 세상에, 가능주의자라니, 대체 얼마나 가당찮은 꿈인가요."「가능주의자」부분, 101쪽 시인도 어쩌면 이런 것이 "가당찮은 꿈"이란 걸 모르지 않는다. 그렇게 현대문명과 자본주의의 힘은 강해 보인다. 그래도 시인은 "어떤 어둠에 기대어" 역설적으로 "무언가 가능하다고 말하는 사람"이다. 그 가당찮은 꿈에 동참하자고 권유하는 사람이다.

2

나희덕 시집은 시인이 얻은 자료와 정보에 기반해 문명사적 비전과 묵시론적 견해를 제시한다. 퓰리처상 수상자였던 미국 시인 메리 올리버는 다르다. 거시적 관념보다는 매우 감각적인 대상들과 교감하면서 발생하는 느낌과 인식을 제시한다. 그 감각 속에서 우리가 잃어버린 것, 잃어버려서는 안 되는 것을 상기시킨다. 이건 우열의 문제가 아니다. 시작詩作법의 차이다. 최근 번역본이 나온 시 선집『기러기』는 그 점을 잘 보여준다. 이 시집은 1992년에 원작이 출간되었다.원제는 *New and Selected Poems* 같은 해 전미全美도서상을 받았다. 메리 올리버는 예술가의 도시라 불렸던 매사추세츠주 바닷가 소도

시 프라빈스타운에서 수십 년 동안 거주하면서 거의 매일 걸으면서 보고 만났던 숲과 들판, 바다, 거기에 사는 동식물을 시에 담는다. 『기러기』에 등장하는 자연물로는 비, 폭포, 들판, 해, 겨울, 연못 등이 있다. 동물로는 개, 북양가마우지, 쇠고둥, 악어, 매, 황금방울새, 물뱀, 왜가리, 눈덧신토끼, 벌새, 소라게, 백조, 올빼미, 돔발상어, 기러기, 거북, 나방, 독수리, 혹등고래, 홍합, 검정뱀 등이 시인과 대화를 나눈다. 나무와 꽃으로는 푸른부전나무, 작약, 소나무, 마렝고, 양귀비, 쌀, 모카신꽃, 백합, 수련, 장미, 해바라기, 버섯 등이 출연한다. 그리고 미국 문명이 배제한 존재로 인디언, 에스키모가 나온다.

　19세기 미국 자연주의와 초월주의 전통을 대표하는 에머슨, 소로우, 휘트먼의 계승인인 올리버는 자연을 예찬하고 위안을 얻는다. 그렇다면 그녀의 시가 단지 자연에서 위로를 찾는 '나는 자연인이다'의 시적 버전에 불과한가? 물론 자연이 우리에게 그런 영향을 미치듯이 뛰어난 자연 시는 세속에 찌든 사람들의 오염된 감각과 마음을 잠시나마 정화하고 잡스러운 생각을 바로잡는 역할을 한다. 그러나 올리버 시는 거기서 멈추지 않는다. 무턱대고 자연을 찬미하고 문명을 비판하는 이분법은 진부하다. 나희덕 시가 보여주듯이 현대문명에서 장미꽃도 더 이상 자연의 산물이 아니다. 휘발유를 태워 길러낸 인위적 대상이다. 하지만 누군가에게 자연은 단순한 찬미의 대상이 아니라 자신을 돌아보게 만드는 무엇이다. 자연nature의 어원 자체가 두 가지 의미를 지닌다. 생명체를 길러내는 지구 환경을 가리키는 자연 개념이 있다. 물리적 자연이다. 다른 하나는 인간이 지닌 본성nature이다. 숲에 있으면서 마음이 불편해지는 이들은 거의 없을 것이다. 자연 안에 있는 것이 인간의 본성에 부합하기 때문이다. 외부 자연은 내부 자연인 인간 본성과 겹친다. 올리버 시가 자연을 만나면서 자신의 내면 안에 있는 또 다른 자연인 인간의 본성을 성찰하는 건 이해가 된다.

현대문명에서 식물과 동물에게 영성이 있다는 애니미즘은 전前근대적인 것으로 치부된다. 그럴까? 오히려 우리가 식물과 동물과 대화하는 법을 잃어버린 게 아닐까? 올리버는 자연 대상과 어떻게 대화할 수 있는지를, 그로부터 무엇을 배울 수 있는지를 보여준다. 『기러기』는 그런 배움의 예들이 출몰하는 갤러리다. "교양도, 지성도 없는 곳에서, / 비가 / 내리기 시작하네, / 꽃들의 / 체취 같은 냄새가 / 나기 시작하네."[5] 자연은 인간이 자부하는 "교양도, 지성도" 대수롭지 않게 여긴다. 자연에서 배우는 건 교양이나 지성이 아니라 "체취 같은 냄새"다. 인간에게는 인간의 언어가 있지만 자연에는 "야생의 말들"이 있다. "나는 잠시 고양이를 지켜보며 생각해. / 내가 야생의 말들로 무얼 더 할 수 있을까? / 나는 추운 부엌에 서서 고양이에게 고개를 숙여. / 나는 추운 부엌에 서 있고, 주위의 모든 것들이 경이로워."「아침」부분, 74쪽

『기러기』의 시작법 중 하나는 시적 화자가 마주치는 구체적인 정황을 제시하고 그 정황에서 시적 화자 혹은 시인이 만나는 자연의 대상이 표현하는 낯선 기호를 풀이하는 것이다. 그럴 때 '나'는 그 대상들과 어떤 위계도 지니지 않는다. 모두가 모든 걸 생산하는 자연의 산물일 뿐이다. 그때 '내'가 만나는 "모든 것들"은 경이롭다. 현대문명은 이런 경이로움을 잊어 버렸다. 이런 경이로운 관계에서 "소유" 같이 인간이 만들어낸 문명의 언어는 의미를 잃는다. "높은 구름 속에서 우는 왜가리들은 / 그게 자신들만의 음악이라고 생각할까? / 개는 당신에게 와서 당신 집에서 당신과 함께 살지만 / 그렇다고 당신이 개를 소유하는 건 아니야, 당신이 / 비나 나무, 그것들과 관련된 법칙들을 소유하는 게 아니듯."「개의 무덤」부분, 37쪽 개, 비, 나무 등은 그들만

---

5   메리 올리버, 민승남 옮김, 「비」부분, 『기러기』, 마음산책, 2021, 27쪽. 이하 시 제목과 쪽수 병기.

의 음악과 "법칙들"을 소유한다. 그것들은 인간의 시각에서 함부로 재단하고 값을 매길 게 아니다.

올리버가 생각하는 자연은 스피노자가 말하는 "모든 자연 만물을 생성시키는 '자연' 자체", 혹은 신神적 자연이다.

> 사람들은 모든 것을 자신의 이익에 준거하여 판단함에 따라 자연 만물이 인간을 위한 목적에서 존재하는 것이라고 생각했다. 하지만 어째서 자연이 인간을 위해 존재하는가? 어째서 유독 인간만이 자연과 구별되는 특권적인 존재란 말인가? (…중략…) 신은 하늘 어딘가에 세상과 동떨어져 군림하는 초자연적이고 초월적인 인격체가 아니라, 인간을 비롯한 모든 자연 만물을 생성시키는 '자연' 자체라는 것이다. 따라서 스피노자에게서 자연은 더 이상 인간의 지배를 받아야 할 대상이 아니며, 오히려 인간을 포함한 모든 만물이 자연의 법칙에 의해 지배된다. 인간은 다른 모든 만물처럼 자연의 일부일 따름이므로, 인간만이 유독 특권적이어야 할 하등의 이유가 없는 것이다.[6]

올리버는 『기러기』에서 사변적인 시를 거의 쓰지 않는다. 시적 제재로 선택하는 대상, 그 대상을 묘사하는 언어도 매우 구체적이고 감각적이다. 일종의 풍경시라고도 볼 수 있지만 자연을 조감하는 평범한 풍경 시와 다른 이유는 그 자연 대상을 대하는 시적 화자의 예리한 감각과 판단이 깔려 있기 때문이다. 표면에 드러내지 않는 깊은 지성이 작동한다. "어느 아침 / 여우가 빛나는 당당한 모습으로 언덕을 내려오면서 / 나를 보지 않았어 그리고 난 생각했지. / 이게 세상이야. / 난 이 안에 없어. / 세상은 아름다워."「시

---

6   손기태, 『스피노자, 고요한 폭풍이여』, 글항아리, 2016, 32쪽.

월」부분, 95쪽 사람들은 여우를 보면서 그 여우를 바라보는 인간의 시각을 배제하지 않는다. 아니, 못한다. 그런데 이 시에서 '나'는 그 풍경 안에 자신이 없기에 오히려 "세상은 아름다워"라고 고백한다. 세상은 어쩌면 인간이 없을 때 아름다울지도 모른다는 판단을 깔고 있다. 여기에는 인간만이 "영혼"을 지니고 있다는 강력한 인간중심주의에 대한 비판이 작동한다. "질문이 꼬리에 꼬리를 물고 이어지지. / 영혼은 형상을 갖고 있을까? 빙산 같은? / 벌새의 눈 같은? / (…중략…) / 어째서 나는 영혼을 갖는데, 낙타는 영혼을 못 갖는가? / 그러고 보니, 단풍나무는 어떨까? / 파란 붓꽃은 어떨까?"「당신이 할 수도 있는 몇 가지 질문들」부분, 99쪽

소위 현대과학에서는 이런 견해를 허무맹랑한 공상이라고 치부할 것이다. 그러나 이 구절에서 "영혼"을 다른 표현, 예컨대 생기라고 바꾸면 어떨까? 세상 모든 것은 삶을 지키려는 생기를 갖고 있다. 지구의 가장 지엄한 존재, 유일하게 영혼과 생기를 지닌 존재로 인간을 규정하는 그 태도가 지금 인류가 처한 환경파괴, 기후 위기의 원인은 아닐까? "하지만 수련은 / 종작없고 야생적이지 ─ 그들은 / 의미를 갖지 않고, 그저 / 존재의 가장 깊은 / 충동에 따라 / 여름마다 / 그들이 해야만 하는 일을 / 하고 있을 뿐. / 그리고, 친애하는 슬픔이여, 너도 그렇지."「검은 물 위로 피어난 수련」부분, 133쪽 매사를 인간이 부여한 "의미"라는 층위에서 사유하면서 "존재의 가장 깊은 충동"으로 움직이는 수련의 생기를 이해 못 하는 것이 문제다.

인간중심주의를 해체하려는 시인의 시도는 자연의 운동 속에서 순환하는 생명의 흐름에 대한 통찰로 이어진다. "아직 그들은 두려움을 모르지, 야심도, / 이유를 생각해본 적도 없지. / 자신들이 얼마나 오래 장미로 살다가 / 그다음에 무엇이 될지도 / 묻지 않지. 다른 어리석은 질문도 하지 않지."「장미, 늦여름」부분, 144쪽 장미는 다음 생에 자신이 "무엇이 될지도 묻지 않는"

다. 그건 "어리석은 질문"이다. 다음 삶이 무엇인지는 장미가 욕망하는 대로 되는 게 아니다. 생명의 순환은 자연이 정한다. "긴 회귀 시작하지 / 침투, 흐름, / 형평. 조만간 / 희미하게 빛나는 낙엽들 속에서 / 쥐는 날기를 배우고, 올빼미는 / 먹이가 되겠지."「뼈의 시」부분, 276쪽 자연의 운동은 "침투, 흐름, 형평" 이다. 그 운동 속에서 오늘의 쥐는 내일의 올빼미가 되고 올빼미는 내일의 "먹이"가 된다. 인간도 다를 바 없다. 영원한 것은 없다.

『기러기』에는 자연과 인간의 관계를 묻는 시들이 대다수를 차지하지만 인류 문명 자체를 직접적으로 비판하는 대목도 나온다. "그들이 가진 걸 나눠주지, 내가 / 남쪽 왕국들과 대포와 군대와 / 변하는 동맹들, 비행기, 권력에 대해 이야기하는 동안 / 그들은 뼈를 씹으며 서로에게 미소 보내지."「에스키모에겐 '전쟁'이라는 말이 없지」부분, 334쪽 나는 이 대목을 읽으며 러시아의 우크라이나 침공을 떠올렸다. 그게 소위 문명국가가 하는 짓이다. 인류 역사에서 수없이 벌어진 일이다. 문명의 어두운 토대는 "대포와 군대와 변하는 동맹들, 비행기, 권력"이다. 이런 얘기를 들으며 에스키모는 그저 "서로에게 미소"를 보낼 뿐이다. 자연스럽게 묻게 된다. 누가 더 지혜로운가? "기차에서 차창 밖으로 총을 쏘면 / 빗맞히기가 어려웠어, 버펄로가 / 그렇게 많았지. / 나중에 시체들에서 / 끔찍한 악취 풍기고, 파리들 노래하고, / 흰 지방 덩어리의 능선들, / 검은 밧줄 같은 피- / 대평원의 열기 속 지옥의 덩어리들."「유령」부분, 216쪽 미국 문명은 이렇게 세워졌다.

벤야민은 문명의 역사는 야만의 역사라고 통찰했다. 그 통찰을 시적으로 표현하면 이렇게 될 것이다. 이 시집의 표제작은 내가 지금까지 적은 얘기를 요약한다.

착하지 않아도 돼.

참회하며 드넓은 사막을

무릎으로 건너지 않아도 돼.

그저 너의 몸이라는 여린 동물이

사랑하는 걸 사랑하게 하면 돼.

너의 절망을 말해봐, 그럼 나의 절망도 말해주지.

그러는 사이에도 세상은 돌아가지.

그러는 사이에도 태양과 투명한 조약돌 같은 비가

풍경을 가로질러 지나가지,

초원들과 울창한 나무들,

산들과 강들 위로,

그러는 동안에도 기러기들은 맑고 푸른 하늘을 높이 날아

다시 집으로 향하지.

네가 누구든, 얼마나 외롭든

세상은 너의 상상에 맡겨져 있지,

저 기러기들처럼 거칠고 흥거운 소리로 너에게 소리치지—

세상 만물이 이룬 가족 안에 네가 있음을

거듭거듭 알려주지.「기러기」전문, 163쪽

인간은 잘난 척 해봐야 "세상 만물이 이룬 가족" 안에 있을 뿐이다. 그 가족이라는 울타리가 무너지면 인간도 사라질 것이다. 인간의 "절망"과는 상관없이 "세상은 돌아"간다. 세상은 인간의 것만이 아니다. 그러므로 "삶을 지나치게 사랑하지 마. / 나비는 그렇게 말하고, / 세상 속으로 / 사라졌지." 「한두 가지만」부분, 179쪽 나는 이 구절과 다음 구절을 읽으며 위로를 얻었다. 내가, 혹은 우리가 집착하고 안달하고 이루지 못했기에 괴로워했던 것이 그럴

만한 가치가 있는지를 돌아보게 한다. "이 세상에서 살아가려면 / 세 가지를 / 할 수 있어야만 하지. / 유한한 생명을 사랑하기, / 자신의 삶이 그것에 달려 있음을 / 알고 그걸 끌어안기 / 그리고 놓아줄 때가 되면 / 놓아주기."「블랙워터 숲에서」부분, 251~252쪽 깊은 위로를 주는 이런 시를 남기고 올리버는 2019년에 그가 왔던 자연으로 돌아갔다. (2022)

절망과 허무를 넘어서

이산하『악의 평범성』

1

요즘은 시집을 잘 안 읽는다. 그렇게 된 이유는 따로 길게 설명해야겠지만, 한마디로 말하면 감각이나 인식의 자극을 별로 받지 못하기 때문이다. 근자에 출간되는 소설도 사정이 별반 다르지 않고 요즘 시에 대한 내 인상도 그렇다. 뭔가 관념의 조작이라는 인상이 강하다. 관념의 조작은 곧 언어의 조작을 낳는다. 그렇다고 그 관념들이 새롭거나 생생하지도 않다. 물론 이것은 많은 시집을 읽지 못한 편견일 수 있다. 하지만 편견도 의견이다. 그런 차에 이산하 시인의 신작 시집『악의 평범성』이하『평범성』을 읽었다. 이 시집에 대해 뭔가 말하고 싶은 마음이 생겼다. 내게 이산하 시인은 그가 27살에 낸 시집『한라산』의 시인이었다. 당시 어느 무크지에 처음 실린 그 시를 읽고 받은 충격은 컸다. 이번 시집에는 본격적으로 제주4·3항쟁을 처음으로 시적으로 형상화한『한라산』때문에 시인이 겪은 고초가 아프게 담겨 있다. 신문 인터뷰에서 그 고통을 시인은 이렇게 이야기했다. "8년 전에는 서북청년단으로 추정되는 자에게 백색 테러를 당해 서른 바늘이나 꿰매고 몇 달 간 입원을 해야 했고, 그 때문에 오랫동안 애써 잊고자 했던 고문의 악몽도 되살아났다. 아직도 수시로 우울증 약을 먹는다. 지난 10여 년간 거의 자폐아처럼 살았다."[1]

나에게 『평범성』이 각별하게 다가온 이유. 이 시집이 종래 '민중시'나 '구호시'의 어법과 시각을 넘어서기 때문이다. 당대의 민감한 시사적 문제에 즉각적으로 반응하는 시의 역할이 있다. 인정한다. 시의 현장성이다. 그런데 그런 시들이 길게 살아남지 못하는 이유는 뭘까? 나는 그게 시를 쓰는 주체와 시가 다루는 대상 모두에 작동하는 일종의 정답주의 때문이라고 본다. 그것이 무엇이든 시가 다루는 대상의 가치를 절대화하는 것이 한 편향이다. 그럴 때 시는 내용적으로나 형식적으로 납작해진다. 날카로움을 잃는다. 어떤 대상도 시에서는 절대화될 수 없다. 모든 대상은 물음의 대상이다. 시에서 '절대'는 없다. 시는 어떤 장르보다도 영구혁명의 장르다. 시를 쓰는 주체의 측면에서도 사정은 마찬가지다. 생명력이 길지 않은 민중시, 정치시, 구호시를 두 번 읽고 싶지 않은 이유는 그 시들이 이미 '정답'을 갖고 있기 때문이다. 자신이 확신하는 정답을 독자에게 가르치려 든다. 그러니 재미가 없다. 그 정답도 역시 여러 가지다. 민중, 자주, 계급, 노동, 인권, 해방, 통일, 생명 등. 이런 개념들이 가치 없다는 게 아니다. 이 개념들조차 그 뿌리에 촉수를 내밀어 다시 살피려는 치열함이 부족하다는 뜻이다.

시에서 필요한 건 정답의 제시가 아니라 대상의 자명성과 주체의 안온한 위치를 파괴하려는 치열함이다. 좋은 시는, 혹은 좋은 문학은 대상의 가치, 주체의 정답을 미리 전제하지 않는다. 그 모든 것을 반성과 재해석과 물음의 저울에 올려놓는다. 그리고 계속해서 묻고 또 묻는다. 좋은 시는 그런 물음을 자신만의 독특한 어법과 형식으로 형상화하고 객체화한다. 시적 비유

---

1   이산하 시인 인터뷰, 「'한라산'은 내게 평생의 멍에였다」 http://www.hani.co.kr/arti/culture/book/981969.html?fbclid=IwAR3O9xHWRf7YrDrQTN0IpN10QOEnO9ZiCtiztza0YpBxt83TiE8mHK7f24Q

는 단지 말놀음이 아니라 이런 시적 모색을 위한 방책이다. 좋은 시어가 지닌 아름다운 단단함은 그 모색의 고통이 빚어낸 단단함이다. 그건 말과 이미지를 예쁘게 꾸민다고 되는 게 아니다. 종종 시에서는 그런 화려한 꾸밈이 독자를 호도하고 힘을 행사하는 때가 있다. 산문이 아닌 시의 위험성이다. 그러나 어디서나 그렇듯 거짓말과 분칠은 오래가지 못하는 법이다. 『평범성』이 독자의 감각과 인식을 찌르고 충격을 주는 이유는 거의 대부분의 시에 그런 물음의 형식화가 작동하기 때문이다. 시인은 정답을 갖고 있지 않다. 그래서 섣불리 희망도 말하지 않는다. "내 시집에는 '희망'이라는 단어가 하나도 없다"[2]라고 단호히 말하는 시인을 본 지 오랜만이다. 우리는 너무나 많이, 그만큼 쉽게 말해지는 희망과 절망에 질렸다. 희망과 절망도, 고통과 상처도 그렇게 상투화되었다. 모든 상투화는 시의 적이다.

2

내가 생각하는 좋은 시인은 두 종류가 있다. 사상의 시인과 질문의 시인이다. 앞의 시인은 드물다. 내가 사정을 조금 아는 영국시만 보더라도 사상의 시인이라 할 만한 이는 블레이크William Blake, 예이츠W. B. Yeats 정도를 꼽을 만하다. 그리고 시에서의 사상은 철학자나 사상가의 그것과는 다르다. 시의 사상은 감각으로 포착된 사상이고 감각을 통해서만 제시되는 사상이다. 시에서의 사상은 완결되고 체계화된 사상이 아니다. 그것은 세계의 물음에 답하면서도 동시에 다른 질문으로 열린 사상이다. 그런 점에서 나는 질문의

2   이산하, 「시인의 말」, 『악의 평범성』, 창비, 2021, 148쪽. 이하 시 제목과 쪽수 병기.

시인에게 더 마음이 끌린다. 예컨대 내가 좋아하는 시인인 디킨슨Emily Dickinson이나 쉼보르스카Wislawa Szymborska가 그런 시인이다. 여기서도 질문의 의미를 따져야 한다. 시의 질문은 시적 대상과 주체에 대한 질문이다. 그런데 엄밀히 말하면 사상의 시인과 질문의 시인은 또렷하게 나뉘지 않는다. 사상의 시인이라고 해서 완결된 사상을 단지 시로 포장해서 표현하는 게 아니다. 시는 당의정이 아니다. 체계를 세우는 철학과 달리 시의 사상은 시적 이미지로 포장된 사상이 아니라 그 사상의 안팎을 계속 질문하는 열린 체계다. 그런 점에서 시의 사상은 질문하는 사상이다.[3] 『평범성』은 시적 대상과 주체에 대해 어떤 질문을 던지는가?

앞서 언급한 인터뷰에서 시인은 현실에 대한 강한 비관주의를 표명한다. "세상은 불치병에 걸렸다. 못 고친다. 인간과 구조 자체가 불치병에 걸렸다. 내가 2014년과 2018년 두 차례에 걸쳐 아우슈비츠를 비롯한 나치 수용소들을 답사했다. 가서 보니, 나치 간부들이 모두 집에 가면 평범한 가장으로서 자식들을 걱정하고 가정의 행복을 중요시했던 착한 사람들이더라. 우리 역시 마찬가지다. 우리는 그저 가끔씩 인간이 될 뿐이다." 예민하고 섬세한 시인이 세상에 대해 낙관주의를 갖기는 어렵다. 오래전에 헤세Hermann Hesse는 비슷한 견해를 제시했다. "자넨 설마 저 바깥 길거리를 두 발로 서서 돌아다니는 모든 존재를 인간이라고 생각하는 건 아니겠지? 그들이 두 발로 똑바로 서고 애를 임신하면 태내에 아홉 달을 품는다는 이유만으로? 그들 중 얼마나 많은 이들이 물고기나 양, 벌레나 거머리인지, 얼마나 많은 이들이 개미이고 얼마나 많은 이들이 꿀벌인지 알고 있겠지! 하지만 그들 모두에겐 인간이 될 가능성이 있어. 다만 <u>스스로</u> 그걸 눈치 채고, <u>스스로</u> 어느

---

3 최근에 읽은 시집으로는 백무산의 『이렇게 한심한 시절의 아침에』를 꼽을 만하다.

정도는 그걸 의식하는 법을 배워야만 이 가능성이 진짜 그의 것이 되는 거지."『데미안』 인간의 탈을 쓰고 있다고 다 인간은 아니다. 비관주의의 강한 형태가 인간혐오주의misanthropism이다. 세상이 돌아가는 꼴을 보면 공감이 가는 시각이다. 하지만 비관주의나 혐오주의도 경직될 수 있다. 경직은 시적 사유에서 필요한 열림의 반대말이다.

『평범성』에는 다양한 대상이 나온다. 먼저 시인이 영향을 입은 사상가들이다. 벤야민, 니체, 맑스, 엥겔스 등. 시인은 그들의 사상이 아니라 그들의 태도에 관심을 갖는다. 그 태도도 질문의 대상이 되어야 한다.

> 베를린의 유년 시절 어린 벤야민은 설핏 잠들었다가
> 창으로 달빛이 들어와 방 안을 가득히 채우자
> 그 방이 달빛과 둘이서만 있고 싶은 것처럼 느껴져
> 슬며시 다른 방으로 자리를 피해준 뒤
> 베개에 얼굴을 깊이 묻고 혼자 아침까지 울었다.
> 정신착란 증세로 10년 동안 식물인간처럼 살았지만
> 마지막에는 신 없이도 죽을 수 있었던 니체는
> 어느 추운 겨울날 아침 토리노의 골목을 산책하다가
> 늙은 마부의 모질고 잔인한 채찍질에도
> 비명 없이 꼼짝도 않는 말의 목을 끌어안고 울었다.
> 나는 저렇게 표면이 심연인 듯 울어본 적이 없었다.「지옥의 묵시록」전문, 10쪽

시에는 두 가지 정서가 겹친다. 먼저 벤야민과 니체가 보여줬던 세상의 대상에 대한 태도를 묘사한다. 이어서 묘사를 매개로 자신을 돌아보는 태도가 표출된다. 그래서 "표면이 심연인 듯 울어본 적"이 없었던 자신에 대한

성찰이 나온다. 그 성찰은 예리하다. 그런데 좀 더 파고들면 시인이 받아들이는 벤야민과 니체는 왜 그렇게 울었는지를 물어야 하지 않을까? 벤야민이든 누구든 그들의 태도 또한 물음의 대상이 되어야하지 않을까?

　역사적 인물만이 아니라 사건들도 시적 제재가 된다. 특히 아우슈비츠, 유럽의 나치 수용소 등이 다뤄진다. 아마도 시인의 현지 탐방에서 비롯된 것으로 보이는 이런 제재를 통해 시인은 악의 평범성을 확인한다. 「악의 평범성」이란 제목을 단 세편의 시가 그 결과물이다. 그러나 여기서 시인이 제시하는 관점이 기존에 논의되어 온 '악의 평범성'과 얼마나 구분되는지는 아쉬움이 남는다. 사람만이 아니라 자연의 대상들, 예컨대 물방울도 시인의 감각에 포착된다.

> 그날 이후 세상의 모든 것들은 물방울로 보였다.
> 자세히 보면 맑고 투명한 물방울 속에는
> 삶과 죽음의 경계를 허물어 고요해지는 그 무엇이 숨어 있다.
> 자신을 적당히 허물어 절반의 미련을 남기는 법도 없고
> 비루한 생의 잉여까지 저물도록 방치하는 법도 없다.
> 언제나 자신의 형체를 완전히 파괴해 완전히 증발시켜버렸다.
> 내가 물방울 앞에서 물방울보다 먼저 무너지는 이유였다.
> 나는 여전히 다른 세상으로 가는 입구를 찾지 못했고
> 내가 찾을 때쯤이면 입구는 이미 출구로 바뀌었다. 「나는 물방울이었다」, 부분, 16쪽

　자연에서 인간이 갈 길을 찾는 태도가 독창적이지는 않다. 그런데 시인은 거기서 선명한 대조를 확인한다. 자연은 길을 찾지만 인간은, '나'는 입구를 찾지 못한다. 어렵게 찾은 입구도 이미 출구로 바뀌었다. 그리고 그 출구는

또 다른 것의 입구가 될 것이다. 여기에는 입구-출구의 단순한 대립이나 그 대립에서 확고한 정답을 추구하는 태도와는 다른 시인의 시각이 드러난다. 그렇지만 어쩌면 바로 그런 불확실함이 "비루한 생의 잉여"가 아닐까?

자연은 "자신의 형체를 완전히 파괴해 완전히 증발"시켜버리는 단순한 견결함을 지니지만 인간은 그럴 수 없다. 그럴 수 없기에 인간은 더 안쓰러운 존재가 아닐까? 그런 점에서 나는 바로 그 불완전함에서 오히려 완전한 인간의 모습을 확인하는 아래 시가 눈에 들어왔다.

내 눈에는 '큰 것 보다는 '작은 것'이 먼저 보인다.

작은 것이 큰 것을 겸하고 있기 때문이다.

오래전에 본 아마존 인디언의 한 다큐가 떠오른다.

아이들과 어른들의 목에 전부 목걸이가 걸려 있었다.

자세히 보니 모두 구슬이 하나씩 깨어져 있었다.

깨어지지 않은 구슬들 사이에 깨어진 구슬 하나를

살짝 끼워 넣어 목걸이를 완성한 것이었다.

인디언들은 그 깨어진 구슬을 '영혼의 구슬'이라고 불렀다.

여러 개의 완벽한 구슬들 사이에 한 개의 불완전한 구슬을

서로 동등하게 배열해 함께 평등한 존재로 거듭 태어난다는 것

어쩌면 인디언에게는 처음부터 완벽한 것은 존재하지 않았고,

그 완벽 속에는 영혼이 존재하지 않았는지도 모른다.

어떤 것이든 상처가 있어야 완전하고

가장 인간적인 것이 가장 완벽할 뿐이었다.

이 세상은 어느 곳이나 인디언의 구슬 같은 상처가 있다.

그 상처가 하나라도 존재하는 한

그들에게 이 세상은 결코 완전할 수가 없었다.

그 목걸이를 본 이후 내 영혼은 완벽한 잿더미로 변했다.「영혼의 목걸이」 전문, 104~105쪽

완벽하지 않고 상처가 있는 것이 인간적인 것이다. 그리고 "가장 인간적인 것이 가장 완벽"한 것이다. 불완전하기에 완벽하다. "그 목걸이를 본 이후 내 영혼은 완벽한 잿더미로 변했다"라는 시적 화자의 태도는 과장으로 들릴 수 있지만, '영혼의 목걸이'라는 대상에서 진정 인간다운 것이 무엇인가를 곱씹는 과정은 생생한 감각으로 전해진다.

3

앞서 살펴본 분석에서도 드러나듯이 『평범성』에서 시적 화자poetic narrator와 시인의 거리는 거의 없다. 한마디로 대부분의 시가 자전적이다. 그런데 이 점은 장점이자 동시에 문제가 될 수도 있다. 앞서 언급한 시적 사상과 시적 물음과 관련된 쟁점, 즉 시에서 여백과 열림의 문제를 따져볼 필요가 있다. 예컨대 이런 시와 비교해보자.

내 죄를 대신 저지르는 사람들에 대해
내 병을 대신 앓고 있는 병자들에 대해
한없이 맑은 날 나 대신 창문에서 뛰어내리거나
알약 한 통을 모두 삼켜버린 이들에 대해

나의 가득한 입맞춤을 대신하는 가을 벤치의 연인들

나 대신 식물원 화단의 빨간 석류를

따고 있는 아이의 불안한 기쁨과

나 대신 구불구불한 동물 내장을 가르는 칼처럼 강, 거리, 언덕을

불어가는 핏빛 바람에 대해

할 말이 있다

달콤한 술 향기의 전언을

빈틈없이 틀어막는 코르크 마개의 단호함과 확신에 대해

수음처럼 또다시 은밀해지려는 나의 슬픔에 대해

수음처럼 할 말이

나 대신 이 세계에 대해 더 많은 것을 희망하는 이들과

나 대신 어두워지려는 저녁 하늘

들판에 우두커니 서 있는 검은 묘비들

나 대신 울고 있는 한 여자에 대해 진은영, 「고백」 전문

이 시에서 '나'는 시인 자신일 수도 있고 그냥 시적 화자일 수도 있다. 일단 시적 주체의 태도에서도 열림의 공간이 있다. 그러나 더 중요한 건 '나'와 시적 대상들 사이에 존재하는 거리와 그 거리감에서 발생하는 긴장감과 서늘함이다. 반복되는 어구인 '……에 대해'는 그 거리감을 드러낸다. 누구도 그 '……에 대해'를 지우고 바로 그 대상에 다가갈 수 없으며 그 대상을 대신해 발언할 수도 없다. 그렇지만 '나'는 발언할 수밖에 없다는 복합적 시선이 시에 담긴다. 시에서 시적 화자의 역할에 대해 하나의 고정된 정답이

있다고 믿지 않는다. 『평범성』처럼 시적 화자와 시인의 거리감이 거의 사라질 때 발생하는 힘도 분명 있다. 이건 시를 대하는 태도의 차이이지 우열의 문제는 아니다. 시인이 시적 대상을 다루는 기질의 차이일 수도 있다. 하지만 『평범성』이 갖는 강렬한 정서의 힘이 주는 매력만큼이나 어떤 시적 여백에서 생기는 열린 울림을 시인이 앞으로 고민할 필요도 있어 보인다.

『평범성』의 시적 화자 혹은 시인이 드러내는 가장 눈에 띄는 정서는 예리한 자기 성찰이다. "바다에 처음 닿는 / 강물의 속살처럼 긴장하며 / 나는 그토록 / 아프고 아픈 것이다."「강」, 38쪽 그렇다면 왜 시인은 이렇게 아픈 것일까? 세상의 무엇이 시인에게 고통을 주는 걸까?

> 이른 새벽.
> 나는 강 앞에 쭈그리고 앉아 어제 먹은 것들을 토해낸다.
> 부서지지 않은 밥알들이 나를 빤히 쳐다본다.
> 이젠 밥알 하나조차 변화시킬 수 없는
> 내 안의 마지막 배수진마저 무너진 것 같아
> 강물에 떠내려가는 지푸라기에도 큰절을 한다.
> 어차피 마음밖에 건널 수 없는 강
> 그 너머 또 다른 무엇이 존재할지 몰라도
> 결코 지금의 여기보다 더 허무할 수는 없겠지.「어린 여우」 부분, 11쪽

『평범성』에서 자기성찰을 촉발하는 대상은 책, 우화, 인물, 동물, 사건 등 여러 가지이다. 그에 대한 시인-시적 화자가 성찰하는 서사 구조를 취한다. 그리고 그 정서의 핵은 "마지막 배수진마저 무너진 것 같"은 절망감과 "지금의 여기보다 더 허무할 수는 없겠지"라는 허무감이다. 그런 절망과 허무

의 뿌리는 아마도 시인이 겪었던 신상의 사건들과 그 사건이 촉발한 비관주의적 정서일 것이다. 그러나 시인은 산문적으로 그런 사건들을 시에 직접 노출하지는 않는다. 그랬다면 시는 시인의 자전적 이야기에 그쳤을 것이다. 시인이 겪은 고통스러운 시간들과 사건들을 다룬 「항소이유서」, 「새로운 유배지」, 「폭탄」 등이 있지만 이 시들은 시인의 자전적 경험에 갇히지 않는다. 개인의 이야기지만 시인은 그 이야기를 우리의 이야기로 확장, 증폭시키는 시적 장치를 작동시킨다.

시에서 표명되는 절망과 허무의 정서에는 현실에 대한 강한 환멸과 인간에 대한 혐오감이 작용한다. 비판이 아니다. 인간은 사실 가장 위험한 동물이라는 걸 역사가 입증한다. 그럴 때 시인이 그리는 대상인 인간은 단지 대상이 아니라 주체이기도 하다. 대상을 비판하지만 그 대상은 곧 자기 자신이 되는 역설이다. 그런데 이런 자기비판은 얼마나 어렵고 위험한 일인가? 그래서 단호함은 필요하지만 단호함만으로는 풀리지 않는 어려움이 있다.

몇 년 전 유럽여행 때
어느 실내동물원을 구경했다.
방문마다 사슴, 늑대, 사자, 악어 같은
동물들의 이름이 새겨져 있었다.
마지막 방문에는
'세상에서 가장 위험한 동물'이라고
깊이 새겨져 있었다.
호기심에 얼른 문을 열었다.
그런데 방은 텅 비어 있었고 정면 벽에
커다란 거울 하나가 걸려 있었다.

내 얼굴이 크게 비쳤다. 「가장 위험한 동물」전문, 29쪽

인간이 가장 위험한 동물이다. 그렇다고 해서 인간은 쉽게 인간이 아닌 존재가 될 수도 없다. 예컨대 인간은 나무가 될 수 없다. "나를 찍어라. / 그럼 난 / 네 도끼날에 / 향기를 묻혀주마."「나무」전문, 49쪽 나무는 그럴 수 있을 것이다. 나무는 자신을 베는 인간의 도끼질에 아무 말도 하지 못한다. 오히려 그 도끼날에 향기를 묻혀준다. 인간은 나무에게 폭력을 행사하지만 나무는 그 폭력의 댓가로 향기를 묻혀준다. 슬픈 역설이다.

그러나 이 시가 보여주는 건 그런 역설만이 아니다. 어려움은 인간은 나무가 될 수 없다는 데 있다. 인간이 자신을 베는 도끼폭력에 향기를 묻혀줄 수 있을까? 섣불리 그렇다고 말하는 이가 있다면 아마도 사이비 도사일 가능성이 크다. 그래서 이 시의 제목이 나무다. 그러나 이 시에는 언뜻 나무와 시적 화자가 동일시되는 단호함이 엿보인다. 그 점이 시가 전해주는 간결함의 힘이지만 시를 어느 하나의 층위에 가둘 위험도 있다. 시인도 그 점을 모르지 않는다.

오늘도 여전히 새로운 쓰레기들이 쌓인다.

밖에서 들어오는 것들

안에서 만들어지는 것들

또 수시로 안팎을 넘나들어 구분하기 어려운 것들

눈만 뜨면 방과 마당을 쓰는 자들이여

눈을 감아도 세상의 쓰레기들을 청소하는 자들이여

먼저 자기 안의 깔때기부터 조심하라.

먼저 자신의 빗자루부터 썩지 않았는지 조심하라. 「마당을 쓸며」부분, 63쪽

자신과 다른 대상을 "세상의 쓰레기"라고 단정하고 청소하려는 욕망이 강하다. 이 시대에 종종 발견하는 모습이다. 하지만 그렇게 단정하는 "자기 안의 깔때기"와 "자신의 빗자루"부터 썩지 않았는지 돌아볼 것을 시는 조언한다. 나는 그런 돌아봄을 보여주는 인상적인 시로 아래 시를 꼽고 싶다.

나이에 맞게 살 수 없다거나

시대와 불화를 일으킬 때마다.

난 얼어붙은 겨울 폭포를 찾는다.

한때 안팎의 경계를 지웠던 이 폭포는

자신의 그림자를 내려다보며

여전히 공포에 떨고 있다.

자신의 모든 틈을 완벽하게 폐쇄시켜

폭포 바닥에 깔린 돌들의 외침이며

사방으로 튀어나가 아직도 돌아오지 않은

물방울들의 그림자며

지금도 자신의 정체를 드러내지 않은

저 헛것들의 슬픔까지

폭포는 물의 마디마디 꺾어가며,

자신을 허공으로 던진다.

그러나 던져지면서도

폭포는 왜 정점에서 자신을 꺾는지

자신을 꺾어 왜 단숨에 비약하는지

물이 바닥을 치는 소리를 듣고 나서야 비로소

그것이 내 눈과 내 귀의 모호한 결탁임을

그것이 마침내 공포에 피는 내 헛것의 정체임을

불현듯 깨닫는다.

폭포는 물이 아래로 떨어지는 것이 아니라

바닥을 치며 하나로 체결되는 것이다.「겨울 폭포」전문, 72~73쪽

김수영의 절창「폭포」를 떠올리게 하는 이 시는 그러나 김수영의 폭포가 보여주는 단호함보다는 "내 눈과 내 귀의 모호한 결탁임을 그것이 마침내 공포에 피는 내 헛것의 정체임을 불현듯 깨닫는" 시적 화자의 열린 태도를 돋을새김한다.

듬성듬성하게 몇 가지 미덕과 아쉬움을 적었지만 이 모든 걸 요약해 평하자면, 이 시집은 올해의 시집을 꼽을 때 유력한 후보가 될 것이다. 이만한 치열함과 강렬함을 시적 절제로 아우르는 시집은 오랜만이다. 비평의 한 역할은 좋은 작품을 알리고 조금이라도 더 읽히게 하는 것이다. 좋은 것이 공허한 소음 속에 묻히는 시대이지만『평범성』은 묻히기에는 아까운 시집이다. (2021)

이식과 변용

김수영 시론과 번역

1. 들어가며

나는 김수영 전공자가 아니다. 시 전공자도 아니다. 외국문학 연구자아일랜
드문학이자 틈틈이 비평도 쓰는 평론가이다. 그러므로 내가 김수영 시와 시론
을 총체적으로 평가하면서 김수영 시 세계와 그가 번역한 글이 지닌 상호
관계를 점검할 역량이 없다. 다만 내가 읽은 김수영의 번역문집인 『시인의
거점』[1]과 『김수영 전집2 – 산문』[2]에 나타난, 김수영의 번역론, 혹은 김수영
이 당대의 외국문학 동향에 가졌던 생각과 그가 제기한 시론의 관계를 산
발적으로 짚어보려 한다.

오래전에 읽었던 임화를 다룬 한 탁월한 글에서 임화의 문학사론을 이식
과 창조의 변증법으로 정리한 대목이 기억난다.[3] 임화의 이식문학론을 단
편적으로 분석하는 시각을 넘어서 외부로부터 이식된 문학론을 갖고 어떻
게 창조적 변용을 이룰 것인가를 임화가 어떻게 궁구했는지를 해명한 글이
다. 나는 여기서 '이식'이라는 표현에 눈길이 갔다. 무엇이 이식되었는가?

---

1   김수영, 박수연 편, 『시인의 거점』, 도서출판b, 2020. 이하 『거점』으로 표기하고 쪽수 병기.
2   김수영, 이영준 편, 『김수영 전집2 – 산문』(3판), 민음사, 2018. 이하 쪽수 병기.
3   신승엽, 「이식과 창조의 변증법」, 『민족문학을 넘어서』, 소명출판, 2000.

식물학적 비유인 이식의 개념은 한마디로 외부에서 와서 이곳의 토양에 뿌리내린 것이다. 문학에서 내외부를 구분하는 것이 간단치 않지만 범박하게 말하면 작가나 시인이 자기 세계를 세우는 법은 두 경로를 통해서다. 하나는 자신이 속한 문학의 전통에서 배운 것을 통해서 그렇게 한다. 고유한 전통의 역할이다. 앞서 말했듯이 한국문학 전공자가 아닌 나로서는 논할 수 있는 주제가 아니다.

그런데 글을 준비하면서 다시 김수영 전집 두 권을 다시 통독한 인상으로는 김수영은 의외로 한국문학사의 전통과 유산에 별 관심이 없다는 것이다. 시인이 자기 세계를 세워가는 다른 경로는 외국문학의 수용을 통해서다. 임화가 언급한 이식을 좁은 의미에서 해석할 때 연결되는 지점이다. 그리고 번역문학·번역문화는 문화 이식의 구체적 형태다. 김수영에게 한국문학사의 전통이 끼친 영향 관계를 나는 잘 알지 못하지만, 번역을 통해 그가 받은 영향은 무시할 수 없다는 걸 글을 준비하면서 확인했다. 상식적 판단이지만 김수영이 주로 활동했던 1950~1960년대는 우리 시대와 달리 나라 밖 정보의 습득이 어려웠던 시대다. 거의 번역을 통해서만 외국문학과 문화 동향을 파악했다.

그런 시대에 김수영에게 번역은 무슨 의미였을까? 잘 알려진 발언이 있다. "나는 번역에 지나치게 열중해 있다. 내 시의 비밀은 내 번역을 보면 안다. 내 시가 번역 냄새가 나는 스타일이라고 말하지 말라, 비밀은 그런 천박한 것은 아니다."553쪽 그런데 이 발언도 잘 따져보면 의미가 명료하지는 않다. 김수영 시의 비밀을 이해하는 것과 그의 번역 작업이 그렇게 직접적으로 연결될까? 찬찬히 살펴보겠지만 그것도 단순치 않다. 김수영의 번역과 그의 시론(시 창작이 아니라) 사이에 직접적인 영향 관계가 드러나는 경우도 있다. 예컨대 카뮈의 글 「각서」 번역이 그렇다. "용기와 이행. 윤리가 아니

라, 이행履行이다. 그리고 사랑의 이행 이외에는 다른 이행은 없다."『거점』, 576쪽
이 표현은 김수영 시론에 거의 그대로 반복된다. "그런데 시의 사변에서 볼
때, 이러한 온몸에 의한 온몸의 이행이 사랑이라는 것을 알게 되고, 그것이
바로 시의 형식이라는 것을 알게 된다."498쪽 시 창작의 경우와는 별개로 김
수영 시론에 그가 번역한 다양한 종류의 문헌이 미친 직간접적 영향이 드
러난다. 김수영의 뛰어난 점은 그런 문헌을 수동적으로 받아들여 이식하는
데 그치지 않고 변용해서 자신만의 것으로 만들었다는 것이다. 더 흥미로운
점은 그가 "번역에 지나치게 열중"한 이유다. 첫째 이유는 번역이 김수영에
게 중요한 생활의 물적 기반이었다는 점이다. 한마디로 김수영에게 번역의
의미는 생활이고 먹고 사는 문제였다.[4] 시인도 작가도 먼저 생활인이다. 먼
저 이점을 인정하고 김수영과 번역의 문제를 논하는 게 필요하다.

2. 번역과 생활

현대 미국 소설가 레이먼드 카버는 작가를 신비화하려는 시각을 거부하
며 생활인으로서 작가의 존재를 규정한다. "아무도 저에게 작가가 되라고

---

4   번역문집인『거점』에 묶인 글에 더해 김수영은 다양한 장르에 걸친 작품을 번역했다. 아스
     투리아스의 「대통령 각하」, 예이츠의 「데어드르」(시극), 「임금님의 지혜」(산문), 「사라수
     정원 옆에서」(시), 「이니스프리의 호도」(시), 버나드 쇼의 「운명의 사람」(희곡), 엘리엇의
     「문화와 정치에 대한 각서」(산문), 「공허한 인간들」(시), 「앨프릿 프루프로크의 연가」(시),
     헤밍웨이의 「싸우는 사람들」(산문), 파스테르나크의 『空路』(소설), 『後方』(소설), 「코카서
     스」외(시), 「셰익스피어 번역소감」(산문), 제임스 볼드윈의 『또 하나의 나라』, 뮤리엘 스
     파아크의 『메멘토 모리』, 매리 맥카시의 『여대생그룹』, 벌 아이비즈의 『아리온데의 사랑』,
     호손의 『주홍글씨』, 괴테의 『젊은 베르테르의 슬픔』 등. 이들 작품 외에도『세계전후문제
     시집』(신구문화사, 1964)와『현대세계문학전집』(신구문화사, 1968) 번역에도 김수영은
     참여했다. 김수영이 번역한 작품 정보를 알려주신 박수연 충남대 교수께 감사드린다.

요구한 적은 없어요. 그러나 살아남고, 공과금을 내고, 식구들을 먹이고, 동시에 자신을 작가로 생각하고 글쓰기를 배우는 일은 참 어려운 일입니다. 여러 해 동안 쓰레기 같은 일을 하고, 아이들을 키우고, 글을 쓰려고 애쓰면서 제가 빨리 끝낼 수 있는 걸 써야 한다는 것을 깨달았답니다. (…중략…) 다음 해나 3년 후가 아니라 당장 보수를 지급받을 수 있는 것을 써야 했습니다. 그래서 단편이나 시를 썼지요."[5] 김수영도 "당장 보수를 지급받을 수 있는 것"을 해야 해서 번역을 했다. "번역이라도 부지런히 해서 '과학 서적'과 기타 '진지한 서적'을 사서 읽자."720쪽 김수영은 그가 잘 구사할 수 있는 두 개의 외국어 번역이 가능했다. 영어와 일본어다. 1921년생인 김수영은 그 세대가 그렇듯이 일본어를 더 자유롭게 구사할 수 있었다. "모 문학잡지사에 가서 오래간만에 일본문학지를 들춰 보다가 〈분가카이〉에 나온 시 평론을 읽어 보았다."575쪽

어떤 면에서 시인에게는 한국어가 일종의 외국어였다. 김수영의 산문을 보면 이런 언어적 자의식이 종종 드러난다. 김수영은 자신이 "일본말 속에서 살고 있는 건지도 모른다"728쪽라고 씁쓸하게 되묻는다. 김수영은 당대의 지적 동향을 알기 위해 사르트르나 하이데거를 일본어 책으로 읽었다고 밝힌다. 그의 번역문 중 상당수는 영어 글이지만 어떤 글은 일본어 중역을 한 것도 있다. 이 역시 김수영 세대에게는 자연스러운 일이었을 것이다. "따라서 35세 이상은 대체로 일본어를 통해서 문학의 자양을 흡수한 사람이고, 그 미만은 영어나 우리말을 통해서 그것을 흡수한 사람이다."369쪽 김수영에게 일본어 사용 문제는 "복잡한 식민지의 배경"369쪽과 관련된다. 식민지 언어인 일본어에 대해 지닌 양가적 감정 때문에 김수영이 영어로 된 글을 통

---

5   레이먼드 카버 외, 『작가란 무엇인가』, 다른, 2014, 322~323쪽.

해 외국 문예 동향을 그 나름대로 직접 수용하려는 태도를 보였을 여지도 짐작해 본다. 나는 김수영의 영어 실력이 어땠는지, 그가 내놓은 적지 않은 영어 번역이 얼마나 정확하고 뛰어난지를 평가할 생각이나 능력도 없다. 그의 번역문과 원문을 비교 분석하는 일도 하지 않았다. 이런 일도 필요한 작업이지만, 그것이 김수영과 번역의 관계를 따지는 데 관건이라고 보지 않기 때문이다.

3. 김수영이 옮기고 인용한 작가와 시인

김수영 시론과 번역의 관계를 논하기 전에 그가 무엇을 번역했는지를 먼저 살펴볼 필요가 있다. 그야말로 먹고 살려고 번역했던 다양한 종류의 외국문학 작품 번역은 논하지 않는다. 『거점』에 묶인 김수영의 번역문은 그야말로 다채롭다. 가장 많은 비중을 차지하는 건 역시 시와 시론에 대한 평문이다. 거기에는 시인과 신문의 관계를 다룬 글도 있다. 미국 현대 시 동향, 20세기의 가장 중요한 시인 중 한 명인 아일랜드 시인 예이츠를 다룬 글이 포함된다. 시론은 단지 영미권에서 나온 시에 관한 글만 번역한 게 아니다. 불란서^{프랑스} 현대시 전망을 짚은 글도 옮겼다. 현대영미소설론, 토마스 만이 쓴 소설가 앙드레 지드에 관한 글 등의 소설론, 셰익스피어, 테네시 윌리엄즈, 이오네스코 등 극작가에 대한 글도 있다. 덧붙여 사르트르가 쓴 미국에 관한 사회평론 성격의 글(이건 일본어 중역으로 보인다), 신비평과 불란서 비평의 현황, 실존주의^{사르트르와} 카뮈를 논한 글, 정신분석과 현대문학, 문학과 정치의 관계를 다룬 글, 미용 산업, 조각가 자코메티, 쏘련^{러시아} 등 사회주의와 맑스주의, 맑스주의와 문학비평에 대한 글도 목록에 들어간다.

대충만 살펴봐도 김수영의 관심이 다양한 영역에 걸쳐 있다는 걸 알 수 있다. 김수영의 번역은 대상 글을 전부 옮기는 전역全譯과 원문에서 발췌 번역한 출역出譯 등이 섞여 있다. 출역의 경우는 번역자의 판단이 더 크게 작용한다. 원문에서 김수영이 중요하다고 여기는 부분을 번역한 것이다. 그가 번역한 글과 대목을 보면 시인의 관심이 어디에 있는지를 대충 짐작할 수 있다. 1950~1960년대의 시대 상황에서 김수영이 맑스주의에 보인 관심은 주목을 요한다. 뒤에 좀 더 상세하게 살펴보겠지만 김수영이 특히 관심을 기울인 건 "파시스트형의 테러리스트인 스탈린보다도 자기들이 한층 더 우수한 맑스주의자라고 자인"『거점』, 269쪽하는 "쏘련"러시아의 작가와 비평가였다. 이런 번역문에는 다채로운 이름들이 나오는데 김수영 사후 20년 정도 뒤인 1980년대 한국문예 운동사에 강력한 영향력을 미친 루카치도 있다. "죠오지 루카치가 동구라파의 공산주의적 국제 생활의 회색 풍경 속에 고적하게 빛나는 탑처럼 솟아 있는 것이다. 비평가 겸 미학 이론가로서의 그의 위치는 이미 확고부동하다. 도량 큰 지성과 폭넓은 기량에 있어서 그는 우리들의 시대의 대비평가들과 어깨를 나란히 하고 있다."『거점』, 318쪽 김수영은 다양한 종류의 매체에 실린 글을 번역했다. 그가 관심을 두고 읽은 잡지는 『애틀랜틱The Atlantic』, 『파르티잔 리뷰PARTISAN REVIEW』, 『엔카운터Encounter』 등이다. 이들 잡지는 당대의 주류 맑스주의(스탈린주의라 통칭할 수 있는)와는 거리를 둔, 지식인 독자를 대상으로 한 비주류 좌파문예지 범주에 속한다.

김수영이 번역한 글의 경향과 꼭 일치하는 건 아니지만 그가 쓴 산문에서 언급되는 외국 작가, 시인, 작품도 다양한 경향을 아우른다. 시인으로는 영국 낭만주의 시인 바이런, 모더니즘 시 운동의 대표자이자 20세기 전반부 신비평과 이미지즘 시론을 주창한 T. S. 엘리엇, 김수영이 민주주의 시인이라고 부른 미국 시인 칼 샌드버그, 19세기 프랑스 시인 보들레르와 랭보,

초현실주의 시론의 대표자인 앙드레 브르통, 인도 시인 타고르 등이 언급된다. 영국 비평가 C. 데이 루이스의 시론도 나온다. 에커만이 쓴『괴테와의 대화』도 읽었다고 적는다. 소설가로는 헤밍웨이, 사르트르, 르 클레지오. 노먼 메일러, 카뮈, 폴란드 출신의 노벨상 수상 작가 시엔키에비치를 인용한다. 눈길을 끄는 건 김수영 당대의 영국 소설을 대표하는 중견 작가인 아이리스 머독, 그레이엄 그린, 앤거스 윌슨, 콤프턴, 버넷, C. P. 스노, 존 웨인, 뮤리엘 스파크를 다룬 글이다. 김수영은 이들이 공유하는 문제의식을 1960년대 영국문학의 새로운 특징으로 간주할 수 있다고 판단한다. 그밖에도 현대 러시아 작가 파스테르나크가 쓴 여러 장르에 걸친 작품, 극작가 이오네스코, 미국의 비평가 수전 손택의 「스타일론」을 언급한다. C. 라이트 밀즈가 쓴『들어라 양키들아』를 인상 깊게 읽은 걸 고백한다. 하이데거가 쓴 릴케론도 언급한다. 김수영이 지적으로 얼마나 부지런했는지를 보여주는 목록이다.

4. 시인과 공부

김수영이 번역하고 인용했던 다양한 작가와 시인을 그가 얼마나 깊이 있게 이해했는지는 알 수 없다. 그것도 김수영 전공자들이 밝힐 일이다. 그러나 적어도 김수영이 당대 외국문학, 특히 그 시대의 압도적 영향력을 행사했던 유럽문학 동향에 예민한 촉각을 대고 있었다는 건 분명하다. 김수영은 작가와 시인이 공부하길 바란다. 이때 공부가 단지 책을 통한 지식의 축적만을 뜻하지는 않는다. 생활 속에서 겪는 다양한 경험도 포함한다. 김수영 자신이 한편으로는 먹고살려고 했던 여러 노동 속에서 얻은 경험을 그의 시 세계 안에 갈무리했다. 여기서 길게 논할 수는 없지만 나는 김수영을 정의하는 개념 속에 생활의 시인이라는 규정이 포함되어야 한다고 생각한다.

> 내가 보기에는 우리 시단의 시는 시의 언어의 서술 면에서나 시의 언어의 작용 면에서나 다 같이 미숙하다. 쉽게 말하자면 우리의 생활 현실도 제대로 담겨 있지 않고, 난해한 시라고 하지만 제대로 난해한 시도 없다. 이 두 가지 시가 통할 수 있는 최대공약수가 있다면 그것은 사상인데, 이 사상이 어느 쪽에도 없으니까 그럴 수밖에 없다.353쪽

김수영이 시에서 사상의 역할을 되풀이 강조한 건 잘 알려진 사실이지만, 그때 사상은 언제나 "생활현실"과 밀착된 사상이었다. 그는 추상적이고 공소한 사상을 싫어했다. "현대의 의식의 위기를 극복하는 길은 어디까지나 common sense상식와 normality정상화이기 때문이다."329쪽 여기서 김수영이 말하는 상식과 정상화가 무엇인지는 좀 더 세부적인 논의가 필요하다. 그러나 이런 개념들이 철학적 개념 풀이가 아니라 생활현실과 결합된 것이라는 인상은 강하게 받는다. 김수영이 박두진 시를 높게 평가한 근거도 여기 있다. "어구만 보면 진부한 지복至福 1천 년의 삼위일체를 논한 것 같지만 그렇지 않다. 여기에는 경건한 종교인 박두진의 생활의 피가 스며있다. 그의 당당하고 침착한 사상의 전개를 볼 때 밉살스러운 감조차도 들지만 그는 역시 진지한 종교인이며 진정한 시인이다."337쪽 시에서 관건은 "생활의 피"다. 그로부터 "당당하고 침착한 사상"이 나온다.

공부에 대한 김수영의 견해는 여러 곳에서 나타난다. "부디 공부 좀 해라. 공부를 지독하게 하고 나서 지금의 그 발랄한 생리와 반짝거리는 이미지와 축복받은 독기가 죽지 않을 때, 고은은 한국의 장 주네가 될 수 있다. 철

학을 통해서 현대 공부를 철저히 하고 대성하라. 부탁한다."739쪽 김수영이 아꼈다고 하는 후배 시인 고은에게 쓴 편지에는 김수영 시론의 문제의식이 요약된다. 시인에게 "발랄한 생리와 반짝거리는 이미지와 축복받은 독기"는 필요하다. 아마 이런 요소가 김수영 당대에 유행했던 현대 시의 특징이라고 평가되었을 것이다. 그러나 그것만으로 충분치는 않다. 이런 요소를 묶어주는 것은 "현대 공부"다. 비슷한 조언을 김영태에게도 한다.

> 그러나 일본의 무라노 시로村野四郎 정도와 맞서려면 이 정도로는 모자랍니다. 철학 공부를 좀 더 하세요. 샤갈을 좋아하니 말이지만 샤갈이 사상적으로 얼마나 세련되었습니까. 프로이트나 파블로프나 마르크스 정도를 다 졸업했거든요. 그리고 영태 씨는 좀 예술적인 냄새가 짙어요. 샤갈, 바흐, 뷔페 등등을 좀 더 시의 재료 면에서 좀 더 의식적으로 쓰세요. 좀 더 지식인이 되세요. 좀 더 고민을 하세요.740쪽

좋은 시인이 되려면 "좀 더 지식인"이 되어야 한다. 김수영에게 번역은 그런 공부의 한 방도였다.

5. 한국문학과 번역

자신이 속한 문화의 밖을 알아야 안을 알 수 있다. 정체성은 관계에서만 정해진다. 나는 김수영을 모더니즘의 계보 속에서만 규정하려는 시각이 일면적이라고 보는데, 김수영이 번역 등을 통해 접촉하고 수용했던 외국문학과 사상의 흐름은 그만큼 폭이 넓고 깊다. 세계를 알아야 자신을 알 수 있는 법이다. 여기서 세계는 단지 한국의 현실이나 한국문학의 전통만을 뜻하지

않는다.

하기는 저 거대하고 찬란한 외국 문화를 나에게 소개해 주는 유일한 중개인이
우리나라에 있어서는 이 가난한 노점 상인들밖에는 없구나 생각하면 어이가 없어
지다 못해 웃음까지 나오는 일이 있지만 또한 이것도 멋이라고 생각하면 멋있는
일이 아닐 수 없으리라. 서적 장사들이 나를 부르는 별명이 있으니 그것은 애틀랜
틱미국월간 잡지 이름이다. 내가 언제나 물어보는 것이 『애틀랜틱』 나왔느냐는 말이요,
어려운 애틀랜틱만 찾으시오? 다른 것도 좋은 게 많은데 하면서 『애틀랜틱』이나
『하퍼스』같은 것밖에는 눈이 돌아가지 않고 일본 월간잡지는 값이 분에 넘쳐서 사
지를 못하고 시무룩한 표정을 한 채 번번이 그냥 빈손으로 돌아가는 나를 보고 그
들이 붙인 별명이 '애틀랜틱'이었다.80~81쪽

친구들 중에는 이러한 나를 보고 사대사상이나 감각적이니 하고 비웃을 사람도
있겠지만 생활을 찾지 못하고 아직도 허덕거리고만 있는 불쌍한 나 같은 사람에
게는 이만한 위안이라도 없으면 정말 질식을 하여 죽어 버릴 것 같은 생각이 든다.
정말 사람이 고독하게 되면 벌레 소리 하나에서도 우주의 진리를 찾아낸다고 하
지 않느냐. 내가 외국 서적이나 외국 신문을 좋아하는 것은 멀리 여행을 하고 싶은
억누른 정열의 어찌할 수 없는 최소한도의 미립자적 표정인지도 모른다.81쪽

인용문들에도 김수영 특유의 복합적 태도가 드러난다. 번역에 대한 자의
식도 읽을 수 있다. 누군가에게 번역은 "사대사상이나 감각적"인 것으로 보
일 수 있다. 시인에게 "외국 서적이나 외국 신문"은 "위안"의 수단이다. 단
지 여행 욕구의 대리 충족이 아니라 지식의 통로이다. 윗글은 1955년, 한
국전쟁 종료 직후에 쓴 것이다. 1950~1960년대 문화풍토에서 서양문물

은 일차적으로 모방 대상이었다. '저들'은 우월하고 '우리'는 열등했다. "그러니까 이 정도의 흉내는 낼 수 있을 것 같다. 구라파의 아방가르드의 새 문학에 면역이 되기까지도"183쪽 여기에서도 "흉내"와 "면역"의 관계가 흥미롭다. 흉내 내는 과정에만 주목하면 "사대사상"에 그치지만 그 과정을 거쳐서 면역이 되어야만 자신만의 것을 창조할 수 있다. "우리의 현대 시가 서구 시의 식민지 시대로부터 해방을 하려는 노력은 물론 중요하지만, 그러기 위해서 서구의 현대 시의 교육을 먼저 받아야 한다. 그것도 철저한 교육을 받아야 한다."460쪽 남들에게서 배울 건 배워야 한다. 변용은 그 다음 일이다. 흉내와 면역과 변용은 그렇게 결합한다.

김수영은 자신에게 너무 강하게 영향을 미칠 외국사상에 대해 거리를 둔다. "요즘 시론으로는 조르주 바타유의『문학의 악』과 모리스 블랑쇼의『불꽃의 문학』을 일본 번역 책으로 읽었는데, 너무 마음에 들어서 읽고나자마자 즉시 팔아 버렸다. 너무 좋은 책은 집에 두고 싶지 않다."542쪽 여기에는 영향의 두려움이 작동한다. 어쨌든 김수영에게 번역은 "세계의 조류"에 닿는 통로였다.

> 우리의 문학이 얼마나 세계의 조류를 등지고 있는가를 측량할 수 있다. (…중략…) 우리나라의 펜클럽은 예프투셴코를 모르고, 보즈네센스키를 모르고, 카자코프를 모르고,「해빙기」의 투쟁을 모르고, 앨런 테이트의『현대작가론』을 모르고, Communication과 Communion을 식별할 줄을 모른다. 우리나라의 대가연하는 소설가나 평론가들이 술을 마시기 전에 문학청년에게 침을 주는 말이 있다. — 이거 봐, 어려운 이야기는 하지 말아!372쪽

김수영의 사상에서 지성의 빈곤은 늘 비판의 대상이었다. 그런 빈곤의 뿌

리는 "세계의 조류"를 모른다는 것이다. "우리 작가들은 외국문학을 보지 않는 것을 명예처럼 생각하게 되었고, 다시 피부에 맞는 간편한 일본문학으로 고개를 돌이키게 되었다."374쪽

김수영이 자신의 시론을 세우고 한국 시단의 문제점을 조망하는 데는 그가 번역한 글에서 얻은 시사점이 많다. "평자는 요즘 미국의 평론가 스티븐 마커스의 「오늘의 소설」이란 논문을 번역하면서 오늘날 우리의 시단의 젊은 세대들의 작품이 유별나게 심미적 내지 기교적으로 흐르는 원인으로도 해석할 수 있는 재미있는 시사를 얻을 수 있었"606쪽다고 밝힌다. 이런 태도는 여러 군데서 확인된다. "엘리엇도 그의 온건하고 주밀한 논문 「시의 음악」의 끝머리에서 '시는 언제나 끊임없는 모험 앞에 서 있다'라는 말로 의미의 도를 달고 있다. 나의 시론이나 시평이 전부가 모험이라는 말은 아니지만, 나는 그것들을 통해서 상당한 부분에서 모험의 의미를 연습을 해 보았다."499쪽

김수영이 활발하게 활동 했던 1950~1960년대는 문학비평이론으로는 신비평, 사상적으로 김수영도 번역했던 사르트르나 카뮈 등이 대표하는 실존주의가 득세했다. 20세기 탁월한 시인이자 시 비평가였던 T. S. 엘리엇, 신비평 그룹 비평가 앨런 테이트의 시론을 번역하면서 김수영은 그 점을 의식한다. "그 밖의 시에서도 나는 앨런 테이트의 시론을 충실히 지키고 있다. Tension긴장의 시론이다. 그러나 그의 시론은 검사檢查를 위한 시론이다. 수동적 시론이다. 진위를 밝히는 도구로서는 우선 편리하지만 위대성의 여부를 자극하는 발동기의 역할은 못 한다. 이것은 오히려 시론의 숙명이다."555쪽 여기서도 드러나지만 김수영은 자신이 수용한 외국의 시론을 수동적으로 받아들이지 않고 그 한계를 예리하게 인식한다. 시의 위대성은 신비평같은 내재적 관점으로만 해명할 수 없다는 태도를 유지한다. "요즘 나는

라이오넬 트릴링의 「쾌락의 운명」이란 논문을 번역하면서, 트릴링의 수준으로 본다면 나의 현대 시의 출발은 어디에서 시작되었나 하고 생각해 보기도 했다."426쪽

신비평에서는 당대의 러시아 형식주의the Russian formalism에 공명하면서 시의 형식적 특징에 초점을 맞춘다. 이런 신비평적 형식주의에 거리를 두면서 김수영은 되풀이해서 시의 사상을 강조한다. 김수영이 보기에 한국 시단의 "소위 모더니즘 시인 중에서 명료한 사상을 명료한 형태에 넣는다는 현대 시의 가장 초보적인 명제를 실천한 시인이 없고"581쪽, "사실은 우리 시단의 너무나도 많은 현대 시의 실험이 방황에서 와서 방황에서 그치는 너무도 얄팍한 포즈 같은 인상을 주기 때문이다."596쪽 김수영에게 시가 표현하는 모더니티는 형식만의 문제가 아니다. "시의 모더니티란 외부로부터 부과하는 감각이 아니라 내면에서 우러나오는 지성의 화염이며, 따라서 그것은 시인이 육체로서 추구할 것이지, 시가 기술 면으로 추구할 것이 아니다."576쪽 관건은 "지성의 화염"이고 그건 단지 기술의 문제가 아니다. 시의 육체성, 널리 알려진 표현으로는 온몸으로 밀고 나가는 시학의 문제다. 김수영은 그가 번역하고 영향을 받기도 했던 신비평의 지평을 넘어섰다.

6. 시론과 번역

김수영이 번역했던 글을 편의상 장르별로 나눠보고 번역을 통해 김수영이 얻은 것과 변용하려 했던 것이 무엇인지를 좀 더 자세히 살펴보자. 이런 구분은 편의적이다. 어떤 장르의 글을 번역하든 김수영은 일관된 문제의식으로 그런 글을 발췌해서 옮긴다. 그에게는 번역도 밥벌이의 수단만이 아

니라 자신의 시 세계를 건축하는 데 필요한 자재였다. 시인이자 시 비평가로서 김수영이 관심을 기울인 주요대상은 당대 유럽과 미국문학의 시 세계였다. 김수영은 당대 시론을 지배했던 이미지즘이나 형식주의를 의식하면서도 그와는 다른 길을 걸은 시인과 시론에 주목한다. "그러나 이들 이미지스트들도 오든보다는 현실에 있어서 깊이 있는 멋쟁이가 아니다. 앞서가는 현실을 포착하는 데 있어서 오든은 이미지스트들보다는 훨씬 몸이 날쌔다."86쪽 오든W.H. Auden은 신비평에서 좋아할 만한 스타일과 기술적인 뛰어남도 지닌 시인이었지만 그 시가 다루는 정치적이고 종교적 깊이로 20세기를 대표하는 시인이 되었다. 중요한 건 "앞서가는 현실을 포착"하는 능력이다. 그것은 넓은 의미에서 신비평이 무시했던 도덕과 종교의 문제이다. "즉 예술의 세계에 도덕과 종교의 문제를 삽입하는 것은 침입이라고 생각하고 문학작품은 도덕적 진공 지대에서 연구되어야 하고 또한 연구될 수 있다고 생각하고 있다."『거점』, 15쪽

그러므로 김수영이 보기에 형식은 형식주의적으로 평가해서는 안 된다. "플롯은 운율과 후렴이 소규모로 하고 있는 것과 거의 똑같은 일을 대규모로 하고 있다. 따라서 만약에 우리들이 손바닥 속에서 무한을 보고 한 시간 속에서 영원을 보지 못한다면, 적어도 그것들을 알지 못할 것이다."『거점』, 201쪽 이 번역문에서 사용된 비유는 영국 낭만주의 시인 블레이크William Blake에 기댄 것이다. 이런 시각은 "큰 눈으로 작은 것을 봐야 한다"는 김수영의 시론으로 이어진다. 김수영이 현대 시론과 초현실주의에서 배운 것도 기법보다는 세계를 바라보는 시각과 태도와 정신이다.

1919년의 전후기는 다다의 허무주의적인 삽화 후에 초현실주의자의 반항의 대두를 보았다. 앙드레 부르똥은 그의 운동을 광명을 창조하는 것이라고 생각하였

다. 오늘날에 있어서는 그와 같은 새로운 불놀이는 없다. 우리들의 시대의 가장 뜻 있는 시인들은 초현실적인 환경에 있어서가 아니라 오히려 현실적인 환경에 있어 서 현상대로의 인간 조건의 암흑에 대한 끈기 있는 투쟁에 전심하고 있다.『거점』, 86쪽

김수영은 현대시의 동향에 매우 민감하게 반응하면서 브르통André R. Breton 이 대표하는 초현실주의의 문제의식에 공감한다. 하지만 그때 김수영이 공 감한 대상은 "현실적인 환경에 있어서 현상대로의 인간 조건의 암흑에 대 한 끈기 있는 투쟁"이었다. 시의 기술은 이 투쟁과 관련될 때 의미를 지닌 다. "시의 기술은 양심을 통한 기술인데 작금의 시나 시론에는 양심은 보이 지 않고 기술만이 보인다. 아니 그들은 양심이 없는 기술만을 구사하는 시 를 주지적主知的이고 현대적인 시라고 생각하고 있는 모양이다. 사기를 세련 된 현대성이라고 오해하고 있는 모양이다."364쪽

그렇다면 양심은 시에서 어떻게 표현되는가? 이 질문에 김수영은 명쾌 한 답을 내놓지 않지만 지성의 문제가 관건이라는 것을 되풀이해서 밝히고 있다. 그건 시적 형식으로는 힘의 문제가 된다. "진정한 시를 식별하는 가 장 손쉬운 첩경이 이 힘의 소재를 밝혀내는 일이다."358쪽 김수영 전문가가 아닌 나로서는 김수영이 관심을 기울인 "힘의 소재"가 무엇인지를 구체적 으로 설명할 수 없다. 궁금한 지점이다. 그러나 이 힘이 바로 현대적인 시나 형식주의 시론에서 강조하는 새로움과 별개의 것이 아니라는 건 강조한다. 시의 힘은 사물의 사물다움을 그대로 포착하는 능력과도 관련된다.

과학은 어떠한 방법으로서 그 지식을 우리들의 두뇌 안에 소개할 수 있다 ─ 아 마 우리들의 두뇌라는 것이 추상적이 되기 때문인지도 모른다. 그러나 시는 추상 을 하지 않는 것이라는 것을 우리들은 안다. 시는 나타내는 것이다. 시는 사물을 사

물 그대로 나타내는 것이다. 그리고 사물을 사물이 있는 그대로의 모습으로서 안다는 것이 — 임금을 임금으로서 안다는 것이 — 가능한 일이라는 것을 우리들은 이해하지 않는다. 『거점』, 17~18쪽

이 번역문은 김수영이 평생에 걸쳐 고민했던 시 창작의 쟁점, 즉 시 언어와 사물의 관계, "사물을 사물이 있는 그대로의 모습"으로 나타내는 시의 가능성을 제기한다. 시의 새로움은 사물의 사물다움을 새롭게 포착하는 것이다. "따라서 우리의 생활 현실이 담겨 있느냐 아니냐의 기준도, 진정한 난해시냐 가짜 난해시냐의 기준도 이 새로움이 있느냐 없느냐에서 결정되는 것이다. 새로움은 자유다, 자유는 새로움이다."355쪽 이때의 새로움이 신비평의 주요 개념인 낯설게 하기de-familiarization와는 구별된다.

이런 문제의식에서 김수영은 현대 영미 시의 동향에서 엘리엇이나 파운드같은 모더니스트가 아니라 예이츠W. B. Yeats나 월러스 스티븐스Wallace Stevens처럼 전통파이면서도 시적 혁신을 고민하는 시인들, 생활과 결합된 시를 쓴 시인에 주목한다. "『쿠레의 들백조』의 예이쓰와 『바위』의 스티븐스는 에리옷 씨나 파운드 씨보다도 오히려 새로운 시인들에게 올바른 '공중公衆' 시의 방향을 가리켜 주게 될 것이다. 즉, 인간의 지성과 생에 대한 존경과 평범한 감정 생활에의 협찬을 주장하는 시의 방향을 가리켜 주게 될 것이다."『거점』, 306쪽 아일랜드문학 전공자인 나로서는 김수영이 예이츠에게 쏟는 특별한 관심은 눈길을 끈다. 통상 예이츠는 엘리엇이나 파운드Ezra Pound로 대표되는 현대주의적 경향과는 다른 길을 택한 시인으로 평가된다. 예이츠는 낭만파적 경향에서 시작해서 몇 번에 걸쳐 시적 전환을 감행한 시인이다. 그 점이 그를 위대한 시인으로 만들었다. "그예이츠의 시가 현실적인 색채를 띠게 된 것은 자기의 초기 시에 대한 반성과 더불어 자신이 처한 현실적 위치

가 복잡해진 데 있다 하겠다."383쪽 예이츠가 시극詩劇에 관심을 둔 것도 김수영의 관심을 끈다. 드라마에 대한 김수영의 관심은 평생 이어졌는데 이점은 김수용 시론을 해명하는 데 중요한 포인트라는 생각만 적어둔다. "그예이츠는 쉽게 젊지도, 쉽게 노쇠하지도 않는 뮤즈를 지닌 유일한 시인이었던 것이다."385쪽 예이츠 시는 지속적으로 변화를 시도하는 영구혁명의 시다. 예이츠 시의 특징으로 "수식이 없이 간결한 시구, 나긋나긋하지 않고 오히려 단호한 아름다움, 예리함, 통일성, 객관성"385쪽을 언급하는데 어떤 점에서 이런 특징은 김수영 시가 지향하는 것이다.

예이츠와 함께 김수영이 관심을 기울여 번역하고 소개한 시인은 미국 현대 시인 스티븐스다. 스티븐스도 당대의 형식주의 시 경향과는 다른 독특한 시 세계를 개척한 시인이지만, 김수영이 주목하는 건 그런 특징보다도 스티븐스가 생활인으로서 보험회사 임원이라는 직업을 갖고 시작을 병행했다는 것이다.

서두에서 나는 스티븐스의 태도를 아마추어 시인의 태도라고 특징지어 놓았다. 지금 나는 그 태도의 내용이 어떠한 것인가를 감히 말하여 보겠다. 일반적으로 말하자면, 대부분의 시간을 다른 사무에 종사하고 있는 아마추어 시인은 시작품을 가지고 사랑이나 죽음이나 우정과 같은 어느 특별한 사연에 응답하고 있다. (…중략…) 스티븐스에게 있어서는 사업의 의무에서 도덕적으로 해방되는 순간이 산문에서부터 운문에까지 이르는 음악운동이 시작되는 순간이었다.『거점』, 59쪽

여기서 "아마추어 시인"이라는 표현은 비판이 아니다. 생활인의 감각을 지닌 시인이 보여주는 독특한 태도를 가리킨다. "스티븐스의 시는, 시인들의 '천직'을 엄숙하고 중요한 것이라고 변호하는 시인들의 노력에 의하여

특징지어진, 현대 시의 주류적인 분위기로 되어 있는 것에서부터 통쾌하게 해방되어 있다."『거점』, 63쪽

시를 신비화하고, "시인들의 천직" 운운하는 태도에 김수영이 거리를 뒀던 것이 표현된다. 김수영이 번역을 통해 배웠던 태도다. 필요한 건 주류에서 "통쾌하게 해방"되는 것이고 그 해방에는 생활의 논리가 작동한다. 범박하게 말하면 생활의 질은 시의 질과 깊이 관련된다.

우리들의 시대의 진정한 비극은, 일찍이 세계가 겪어보지 못한 거창한 사치 속에서도 헤아릴 수 없을 만한 사람들이 현대과학의 시계를 역전시키려고 애를 쓰고, 마르크스와 다윈과 프로이드를 우리들의 우주적인 전능을 빼앗아갔다고 비난하려고 애를 쓰는 것이 당연하게 생각될 만큼, 전체적이고 광범위한 패배주의적인 허무주의이다. 이런 사람들은 희망을 잃고 있지만, 현대 정신에 대한 그들의 고발에는 하나의 비극적 진실의 요소가 있다. 그것은 점점 더 많은 사람들이 20세기의 끊임없는 충격과 변화에 동화해 나갈 만한 전통의 감각을 상실해 가고 있다는 것이다.『거점』, 367쪽

이 번역문에는 김수영이 바라본 시대 진단이 있다. 그는 당대를 "전체적이고 광범위한 패배주의적인 허무주의"가 득세하는 때로 본다. 김수영도 부분적으로 관심을 기울인 실존주의는 이에 맞서는 하나의 사상적 흐름이었다. 하지만 시인으로서 김수영에게는 "20세기의 끊임없는 충격과 변화에 동화해 나갈 만한 전통의 감각"이 중요했다. 김수영에게 전통은 한국시의 전통이기보다는 그가 살았던 동 세대 문학이 지닌 전통과 동향이었다. 김수영의 독특한 위치는 그를 민족주의 시인과 현대 모더니즘 시인의 이분법적 틀 안에 가둘 수 없다는 것이다.

시인으로서 김수영에게 문명의 위기는 상상력의 위기였다.

> 우리들의 사회생활의 진정한 위기는 상상의 생활의 위기이다. 대륙 횡단 유도탄이나 도덕의 재무장再武裝이나 종교의 부흥復興 같은 것도 우리들에게는 필요하지만, 그것보다도 몇 배 더 필요한 것은 다시 한번 생기 있는 마음을 회복하고, 모든 원시문명의 기초가 되던 씩씩한 상상력 — 콜릿지가 말하는 '인간의 전령全靈'이 생동하고 지식이 알려질 수 있는 '종합적이며 마력적인 힘' — 을 회복하는 일이다.『거점』, 233쪽

몇 가지 표현이 주목을 요한다. 사회생활, 상상의 생활, 생기있는 마음, 그리고 씩씩한 상상력. 이 개념들은 긴밀하게 연결된다. 가장 중요한 것은 "생기 있는 마음"이고 "씩씩한 상상력"의 회복이다. 이들이 있을 때 생명력있는 사회생활이 가능하다. 뛰어난 시는 그런 상상력의 교육에 긴요하다. "우리들에게는 어떠한 전 세대보다도 더 많은 사실이 공급되고 있지만, 반드시 우리들이 그러한 사실에 대한 더 많은 지식을 소유하고 있는 것은 아니다."『거점』, 229~230쪽 더 많은 사실을 아는 것이 더 많은 지식을 낳는 건 아니다. 여기에는 씩씩한 상상력이 필요하다. 김수영이 여러 번에 걸쳐 언론 자유에 대해 관심을 기울인 이유도 생활의 언어가 지닌 질이 시의 언어가 지닌 수준에 영향을 미치기 때문이다. "오늘날의 신문은 더 많은 뉴스를 보다 더 조속히 시간 내에 수집해서 그것을 보다 더 정확하게 제시하고 있다. 그러나 그러한 언어의 분열이 적어도 시에 대해서는 나쁘고 문명에 대해서도 나쁘다는 것은 말할 수 있다."『거점』, 225쪽 이런 언급은 마치 우리 시대 언론 상황을 앞질러 본 듯하다. 더 많은 뉴스는 더 많은 진실이 아니라 "언어의 분열"을 낳는다. 생활언어의 위기다. 그리고 생활의 위기는 시 언어의 위기, 문명

의 위기를 낳는다.

예이츠, 스티븐스와 더불어 김수영이 주목한 시인은 브레히트^{Bertolt Brecht}다. 1950~1960년대를 지배한 반공주의 분위기에서 좌파 극작가이자 시인인 브레히트를 김수영이 여러 번 언급하는 건 흥미롭다. 그때도 브레히트 시의 장단점을 논하는 것보다는 그런 시가 나올 수 있는 사회적 조건을 먼저 언급한다. "그러나 브레히트 같은 시가 나오려면 지금 한국의 사회 사정하고는 엄청나게 다른 자유로운 사회가 실현되어야 한다."^{350쪽} 한 마디로 자유로운 사회가 자유로운 시를 낳는다. 브레히트 시의 가치를 언급할 때도 김수영은 참여시와 형식주의 시를 구분하는 이분법을 넘어서려 한다.

그러고 보면 우리에게는 진정한 참여시가 없는 반면에 진정한 포멀리스트의 절대시나 초월시도 없다고 보는 것이 타당할 것이다. 브레히트와 같은 참여시 속에 범용한 포멀리스트가 따라갈 수 없는 기술화된 형태의 축도縮圖를 찾아볼 수 있고, 전형적인 포멀리스트의 한 사람인 앙리 미쇼의 작품에서 예리하고 탁월한 문명비평의 훈시를 받을 수 있는 것을 생각해 볼 때, 참여시와 포멀리즘과의 관계는 결코 간단하게 구별할 수 있는 문제도 아니고 고정된 정의를 내릴 수 있는 문제도 아니다.^{655쪽}

김수영에게 좋은 시는 내용과 형식이 하나가 된 시, 그래서 "기술화된 형태의 축도"와 "예리하고 탁월한 문명비평의 훈시"가 결합된 시다. 그런 경지에서는 참여시나 포멀리스트의 구분은 의미가 없어진다는 걸 김수영은 통찰한다.

7. 다른 장르의 번역

김수영은 시인이자 뛰어난 시 비평가였지만 그가 번역한 글이나 시론에서 인용하는 문학인들이 시인에만 한정되지는 않는다. 이점도 넓은 의미의 공부를 게을리하지 않았던 김수영의 관심사를 보여준다. 김수영이 현대 프랑스 소설가 지드André Gide에게 배운 것은 극단의 사유다. "지이드는 '중용中庸'의 인간이 아니다 — 이것은 그가 가장 경멸하여 마지않는 것이다. 그의 임무는 극단極端을 육성하는 데 있다. 불확실한 조화에서 제종諸種의 극단을 포착捕捉하는 것이 그의 일생의 사명이며, 따라서 그것은 오히려 교활한 사명이기도 한 것이다."『거점』, 29쪽 김수영에게도 시의 임무는 "극단을 육성"하는 것이다. 그런 극한적 사유의 모험에서 새로운 시가 탄생한다. 그런 사유의 모험은 염세주의와는 거리가 멀다. 김수영이 19세기 영국소설의 마지막 대표자인 하디Thomas Hardy에게 주목하는 것도 그 지점이다. "토마스 하디는 지난날 그의 숭배자에게 염세적厭世的으로 되려면 그다지 많은 지성이 필요 없다고 고백한 일이 있었다. 염세주의의 보호 밑에서 생각하고 쓰고 싶은 유혹은 오늘날 같은 시기에 있어서는 매우 절실하다 — 그리고 바로 그렇기 때문에 그 유혹은 막아내야 한다."646쪽 이런 염세주의의 유혹은 김수영이 살았던 시대에는 특히 강했을 것이다. 김수영의 신산스러운 개인사를 살펴봐도 그렇다. 김수영은 염세주의와 허무주의의 유혹에 맞서는 투쟁을 포기하지 않았고 그게 그의 시와 시론을 살아남게 만드는 힘이다.

김수영이 해방 전부터 극작에 관심을 갖고 있었던 건 알려진 사실이다. 그런 이유도 있겠는데 시와 연극의 관계에 김수영은 지속적인 관심을 기울였고 연극 관련 글도 적지 않게 번역했다. 극에 관한 김수영의 관심에서도 주목하는 건 태도이다. "이것이 세익스피어의 독창성의 진정한 본질이다. 그의 정신은 사물의 표면에서는 놀지 않았다. 그의 정신은 가장 깊은 심층에서 출발해서 위를 향해 솟아올랐고, 그러면서 자료를 수집하고 그것을 변형시켰다."『거점』, 489쪽 시에서도 사물의 표면이 아니라 깊은 심층이 중요하다. 그렇게 깊은 심층에서 위로 솟구치는 힘의 소재가 중요하다. 김수영이 좋아한 외국 시인들도 연극성과 관련된다. "나는 오랫동안 영시英詩에서는 피터 비어레크하고, 불란서 시에서는 쥘 쉬페르비엘을 좋아한 일이 있었다. 두 시인이 다 얼마간의 연극성을 지니고 있는 것이 나를 매료한 원인이 되었을지도 모른다."320쪽 김수영은 이들 시인의 시에 매료되는 이유로 재미와 구성성을 꼽는다. 특히 "추상적인 술어의 나열"320쪽이 없다는 점을 주목한다. 이점도 생활의 시인으로서 김수영의 시각과 관련된다. 생활에서 추상적인 술어는 의미가 없다.

시, 소설, 연극 등의 창작만이 아니라 비평이론 관련 글도 김수영은 번역하고 참조한다. 특히 맑스주의 비평 관련 글을 적지 않게 번역한 것이 특기할 만하다. "맑스주의자의 문학에 대한 개념은, 그것이 비교회주의와 잔학 행위를 자행하고는 있지만, 미국에서 실천되고 있는 일부의 '신비평New Criticism'의 방법 같은 아카데믹한 것도 아니며, 현대의 수많은 영국인의 비평같이 지방적인 것도 아니다. 우선 그것은 경솔하지가 않다."『거점』, 338쪽 여기에도 신비평이나 형식주의 비평의 문제점을 보완하는 맑스주의 비평의 시각을 참조하려는 김수영의 시각이 작동한다. 1920~1950년대는 신비평 전성기였고 1950년대는 실존주의가 힘을 행사했다. 1930년대 맑스주의 비평이 주목을 받은 이후 한국전쟁을 겪으면서 맑스주의 문예이론은 이념적 재단의 대상이 되었다. 김수영은 1960년대 초반에 번역을 통해 당대 주류 문예이론과는 다른 좌파적 동향을 소개한다. 김수영의 이념적 입장을 뭐라고 규정할지는 어려운 문제이지만, 적어도 당대 좌파 문예 동향에 대한 관심을 계속 갖고 있었다는 건 분명하다.

김수영이 주목한 건 소련러시아 등이 내세운 관변 사회주의가 아니다. 여기서도 김수영만의 삐딱한 시각이 엿보인다. "요즘 외국 잡지를 보면, 소련 같은 무서운 독재주의 국가에 있어서도 에렌베르크 같은 작가는 소위 작가동맹의 횡포와 야만을 막기 위해서 작가들의 단결을 호소했다 하거늘, 항차 인권의 최위기最危機에 처한 우리나라 지성인들이란 너 나 할 것 없이 무엇을 하고 있는 것인지 모를 일이다."234쪽 김수영의 관심은 "인권의 최위기"에 있고 그에 대한 작가들의 대응에 놓인다. 김수영이 관변 사회주의에 거리를 둔 건 분명하지만 당대 한국 사회를 포함해서 현대자본주의 체제가 작가에게 미친 파괴적 영향을 놓치지 않는다.

현대 작가가 파괴하려고 애를 쓰는 가장 직접적인 외양만의 행복은 두말할 것도 없이 부르주아 세계의 습관과 풍속과 제 가치諸價値 등인데, 그것은 다만 이러한 것들이, 야비성이나 불리한 처지에 있는 사람들에 대한 착취 같은 수많은 악랄한 것들과 관련을 갖고 있기 때문만이 아니라, 또 다른 이유 때문에, 즉 이러한 것들이 자유를 위한 개인의 정신의 운동을 저해沮害하고, 더 많은 생명의 도달을 방해하기 때문에 그렇게 된다.『거점』, 533쪽

김수영의 관심은 "사람들에 대한 착취 같은 수많은 악랄한 것"과 함께 "자유를 위한 개인의 정신의 운동"에 놓인다. 자유의 시인으로서 김수영은 그것이 부르주아 세계이든 관변 사회주의 세계이든 자유로운 정신의 운동을 저해하는 움직임을 날카롭게 비판한다. 자유로운 세계가 될 때 자유로운 시의 지평이 열리기 때문이다. "사회조직이 완전한 조화를 이룬 생활을 하는 기회를 모든 사람에게 부여할 때, 편집적인 악덕에 쏠리는 환경의 자극

이나 유전적 경향이 없어질 때, 그때에 비로소 모든 남녀는 아름답게 될 것이다. 다시 말하자면, 모든 남녀가 전부 아름답게 되는 일은 결코 없을 것이다."『거점』, 452쪽 사회의 아름다움과 시의 아름다움은 그렇게 뗄 수 없는 관계를 맺는다.

김수영의 번역에서 놀라운 점 하나는 프로이트 정신분석학에 쏟는 관심이다. "우리들의 시대에서, 이 영적 생활의 사실이 문학에 있어서 현저한 지배적인 주제로 되었다는 것과, 또한 그것이 프로이트의 심령학에의 중요한 침입에 의해서 영적 생활의 한 사실로서 명시되고, 불가불 우리들의 의식 위에 오르게 되었다는 것이다."『거점』, 542쪽 김수영은 쾌락의 역할과 운명에 관심을 두고 "프로이트의 심령학"정신분석학의 역할을 살핀다. 아마도 그 이유는 자유로운 영혼과 자유로운 사회의 가능성을 사유하는 김수영 사상의 궤적에서 개인의 정신의 운동에 접근하는 유력한 방법 중 하나인 프로이트가 시야에 들어왔기 때문일 것이다. 김수영이 얼마나 프로이트를 깊이 이해했는지는 의문이다. metapsychology메타심리학를 심령학으로 번역한 것도 오역이다. 하지만 핵심은 그의 문제의식이다. "이성을 부인하는 프로이트의 정신분석의 혁명이 우리나라의 시의 경우에 어느 만큼 실감 있게 받아들여졌는가를 검토해 보는 것은 우리의 시사詩史의 커다란 하나의 숙제다."486쪽 조심스러운 판단이지만 이 숙제는 지금 이 글을 쓰고 있는 우리 시대에도 남아있는 커다란 숙제이다.

김수영은 스위스 출신 현대 조각가 자코메티 관련 글도 번역한다.

만약 당신이 눈으로 보는 것처럼 머리를 만들고 싶다면, 당신은 머리 밑에 있는 해골의 구조를 감지해야 해요. 당신이 머리를 가지고 오랫동안 일을 하면 할수록 더욱더 당신은 그 구조를 느끼게 돼요. 드디어 당신이 머리를 완성하게 되면, 그 구조는 표면 밑으로 다시 또 사라져 버리지요. 그러나 그 표면을 세우려면, 그 밑에 그 단단한 구조를 가질 필요가 있어요. 그리고 당신은 그것을 느끼게 돼요. 그런 느낌이 없다면, 당신이 하고 있는 일은 아무 보람 없는 일이지요.『거점』, 598쪽

이 번역문의 취지는 김수영의 시론에서도 확인된다. 사물을 사물 그대로 파악하는 시, 표면이 아니라 "해골의 구조"처럼 사물의 구조를 파악하는 시. 그렇게 "단단한 구조"를 가진 시. 김수영이 생각하는 좋은 시의 요건이다.[6]

김수영의 산문에서 종종 느끼는 건 그의 고독감이다. 언론의 자유, 시의 자유가 용인되지 않는 당대의 지배적 문예사조나 사상에 비판적 거리를 유지하려 했던 김수영에게 대중과의 관계를 어떻게 설정할지는 쉽지 않은 문제였다.

산더미같이 쌓여 있는 인쇄문자 속에서 가장 심오하고 가장 독창적인 작품이 일반 대중의 눈에 띄어서 그들의 주의를 끄는 기회가 없는 것은 물론이고, 그러한 것을 완독할 만한 자격을 가진 상당수의 독자의 주의를 끄는 일조차도 드뭅니다. 일시적인 유행이나 시대적인 단순한 정서에 아첨하는 사상이 영향하는 바는 훨씬 더 큽니다.『거점』, 379쪽

---

6   김수영 시에서 '자코메틱적 변모'에 대해서는 다음 글을 참고할 만하다. 정과리, 「김수영의 마지막 회심」, 『한국적 서정이라는 환을 좇아서』, 문학과지성사, 2020. "이 핵심을 다시 압축하면, 자코메티는 한 사람을 그림으로써 광대한 인간관계를 그린다는 것이다. (…중략…) 그는 '실물', 다시 말해 '실재', 즉 리얼리티를 그리고자 하는 것이다. 실물을 그리고자 한다면, 화폭에 한 사람 이상을 그릴 수는 없는 것이다. 그러나 그는 한 사람만을 그리는 것이 아니다. 그는 한 사람을 그림으로써 그가 관계를 맺고 있는 외부들 전체와 그 관계의 양상들 전체를 그린다는 것이다. (…중략…) 그러니까 그는 한 사람을 그려서 다양한 인간관계를 형성하는 것이고, 고독을 그려서 우정을 구축하는 것이다. 그게 정확한 의미에서의 자코메티의 '실재'이다"(286쪽).

김수영이 평생에 걸쳐 싸운 건 "일시적인 유행이나 시대적인 단순한 정서에 아첨하는 사상"이었다. 그런 것들은 김수영이 생각한 지성의 화염과는 거리가 먼 것이다. 그러므로 김수영 같은 시인은 고독하게 된다. "고독이나 절망도 마음대로 되는 것이 아니다. 고독이나 절망이 용납되지 않는 생활이라도 그것이 오늘의 내가 처하고 있는 현실이라면 조용히 받아들이는 것이 오히려 순수하고 남자다운 일이라고 생각한다."87쪽 이런 태도가 있기에 우리는 김수영이 남긴 시와 시론, 그리고 그가 쓴 시의 비밀을 드러내는 번역을 갖게 되었다. 그가 치른 고독의 댓가다. (2022)

숭배와 배움 사이

김수영 탄생 100년 단상

1

올해가 김수영1921~1968 탄생 100년이다. 어느 신문에서는 통면을 털어 탄생 100년을 기념하는 연재기획 글을 싣고 있다. 내 기억에 한 시인을 이렇게 대대적으로 기념하는 건 유례가 없는 일이다. 이런 모습은 두 가지 생각을 하게 한다. 하나는 그만큼 김수영이 현대시사에서 독보적인 위치에 있다는 걸 보여준다는 것. 다른 하나는 김수영 같은 시인을 그렇게 높이 평가할 수밖에 없을 정도로 한국현대시사詩史의 전통이 빈약하다는 증거로 볼 수 있다는 것. 한국현대문학이나 김수영 전공자도 아닌 나로서는 어느 쪽이 더 설득력이 있는지는 검증할 수 없다. 다만 부인할 수 없는 문제적 시인인 김수영을 통해 이 시대문학의 양상을 비춰볼 수 있는 계기로 삼을 수는 있겠다. 탄생 100년을 맞이하는 여러 학술대회도 준비 중인 걸로 알고 있다. 나도 그 중 한 행사에서 발표 꼭지를 맡아서 김수영 전집을 다시 읽고 있다. 그러면서 몇 가지 생각을 하게 되었다.

글을 준비하면서 몇 년 전에 나온 어느 잡지에 실렸던 김수영 50주기 좌담을 다시 읽었다. 나는 이 좌담을 읽으면서 미국의 탁월한 비평가 제임슨 Fredric Jameson이 했던 말이 떠올랐다.

한 개별 작가를 파고드는 전문적 연구는, 그것이 아무리 능숙하게 추구된다 하더라도, 바로 그 구조상 피할 수 없게 왜곡을 낳을 수밖에 없다. 실제로는 인위적으로 고립시킨 것에 불과한 것을 전체로 투사하는 총체성의 환각을 낳을 수밖에 없는 것이다. 현대 작가들이 이런 종류의 고립화를 촉발시킨다는 것, 즉 마치 하나의 '세계'에 귀의하듯이 비평가들이 자기네 작품에 철두철미 '귀의'하도록 촉발한다는 것은 그런 비평을 할 구실이 되기보다는 그 자체로 연구해 볼만한 흥미로운 현상이다.[1]

김수영 읽기도 "이런 종류의 고립화"와 "총체성의 환각" 혹은 김수영이라는 신화에 "철두철미 귀의하도록 촉발"하는 것은 아닌지 따져봐야 하지 않을까? 그것은 김수영이든 누구든 상관없는 문제다. 문학에서 작가의 우상화와 숭배는 금기사항이다. 김수영 시가 시적인 것의 의미를 다시 생각하게 만들었다는 좌담의 몇몇 주장에는 동의한다. 이번에 다시 김수영 전집을 읽으면서 그런 느낌을 나도 강하게 받았다. 내 느낌을 요약하자면 시적인 것은 고정된 것으로 존재하지 않는다. 시적인 것은 시적인 언어로 환원될 수 없으며 생활이 최대한으로, 극한적으로 응축된 것이다. 그러므로 비유적으로 말하자면 김수영도 여러 번 강조했듯이 생활을 모르면 시도 없다. 나는 김수영 시의 힘이 여기에 있다고 본다. 그런 점에서 생활과 시 모두에 대해 충실함과 반역을 동시에 도모하고 강렬한 내적 분열과 저항의 태도를 김수영이 취했다는 그 좌담의 견해에도 공감한다.

하지만 여성에 대한 김수영의 문제적 태도를 어떻게든 옹호하려는 좌담에서 나온 일부 시각에는 동의할 수 없다. 이런 점이 작가 우상화의 결과물

---

1   Fredric Jameson, *Marxism and Form*, Princeton UP, p.315.

이다. 그 점에 대해서는 진은영 시인이 좌담에서 표명한 견해가 타당하다. 김수영도 어쩔 수 없이 그 시대의 자식이었다. 그의 삶과 시에는 그 시대의 상처와 얼룩이 묻을 수밖에 없다. 작가가 보여준 인식과 감성의 한계를 그가 살았던 시대적 맥락에서 온당하게 살피는 역사적 안목은 필요하지만, 현재 시점에서 그 한계를 냉철하게 평가하는 과제를 덮을 수는 없다. 세심하게 따져봐야겠지만 김수영은 그가 살았던 시대가 그랬듯이, 가부장주의적 면모를 보여준다. 김수영이든 누구든 뛰어난 시인이라고 무조건 따라야할 전범이 될 수는 없다. 김수영은 자신의 시대에 충실 혹은 반역했고 극단의 입장에서 "극단적 사유"알튀세르에 기반을 둔 시적 실험, 사유의 모험을 시도했다. 그런 태도를 배워야 하지만 그 배움조차 지금의 현실에서 새롭게 재창조되고 변용되어야 한다. 그러므로 농반진반으로 나온 말이겠지만 "김수영 숭배자" 운운하는 말은 듣기 거북하다. 김수영이 보여준 전위의 태도는 반복하거나 숭배할 대상이 아니다. 그것은 새로운 전위로 재발명되어야 한다. 전위와 반복은 양립할 수 없다.

김수영과 비교하면서 언급된 미당에 대한 좌담 내용은 납득하기 힘들다. 미당은 김수영과 동급에 놓일 수 있는 시인이 아니다. 미당의 시에는 지성이 태부족하다. 염결성의 면에서도 둘은 상대가 될 수 없다. 나는 그 염결성 혹은 꼿꼿함이 김수영 시가 뿜어내는 결기의 뿌리라고 본다. 두 시인이 사용하는 비유와 이미지의 차이를 생각해볼 일이다. 그런 무리한 비교는 낭만주의 시인 키이츠John Keats를 김수영과 대조시키는 시각에서도 나타난다. 무지에서 나온 평가다. 키이츠는 김수영과는 다른 맥락에서 삶과 예술, 현실과 이상의 팽팽한 길항 관계를 통찰했다. 키이츠 시가 보여주는 강렬한 감각성은 그런 직시의 표현이지 말재주가 아니다. 키이츠는 초월의 시인이 아니다. 군이 말하면 키이츠와 동시대 시인인 셸리P. B. Shelley가 부정적인 의미에서 초월의 시인에 가깝다. 김수영이 생활과 시의 긴장관계를 사유했듯이 키이츠도 그렇다. 키이츠의 시 「나이팅게일에 바치는 송가Ode to a Nightingale」에 대한 좌담의 해석은 오독이다. 나는 오히려 김수영과 키이츠 사이에서 강한 친화성을 느낀다. 김수영을 세계문학의 맥락에서 평가하는 작업이 더 깊어져야 한다는 걸 보여주는 예라고 판단한다. 김수영 시의 난해성을 어떻게든 옹호하려는 발언이 좌담에서도 나오지만 그 난해성은 어쩌면 김수영의 지성이 지닌 시대적·정신적 한계와 자기분열의 표현일 수도 있다. 모든 난해성이 나쁜 것은 아니지만 모든 난해성이 좋은 것도 아니다. 김수영의 경우도 숙고해볼 일이다.

전체적으로 이 좌담은 김수영의 열렬한 지지자들이 나와서 덕담만을 늘어놓은 느낌이다. 물론 작고 50주기라는 특수성도 있겠지만 그 대상이 누구든 어떤 이를 숭배하는 듯한 태도는 보기 민망하다. 우리에게 필요한 것은 김수영의 반복이 아니다. 위대한 전통은 필요하지만 그 전통과의 관계는 배움과 해체의 긴장이 유지될 때만 생산적이다. 김수영도 숭배의 대상이 될 수 없다. 그는 배움과 숙고의 대상이다. 이렇게 말하면 분명 한국 현대시 전공자들에게 욕먹을 일이지만 한국 현대시사는 세계문학공화국파스칼 카자노바의 『세계문학공화국』 참조의 관점에서 비교하자면 초라하다. 그 초라함을 감추려고 우뚝한 시인으로서 김수영을 내세우려는 욕망을 이해 못할 바는 아니다. 그렇지만 옹색하다. 작고한 지 50년이 지나도 김수영이 운위되는 건 시인에게는 좋은 일이겠지만 여전히 김수영밖에 거론할 시인이 없다는 건 씁쓸한 일이다. 나는 그 이유를 한국시에서 매우 부족한 지성의 깊이에서 찾는다. 언어는 극한적 사유를 감행하는 매개체이다. 거기서 가짜와 진짜가 갈린다. 언어와 지성의 관계를 더 깊이 파고들 일이다. 김수영은 돋보이는 사례를 보여주었다.

소설이나 산문에서도 가짜와 진짜를 가리기는 어렵다. 하지만 시는 더욱 그렇다. 가짜가 출몰하기 더 쉬운 게 시다. 왜냐하면 시는 그 언어의 시적 작용이 도달한 깊이가 지성의 두께와 극한적 사유의 감행에서 나온 것인지 그냥 말재주나 말장난, 심지어는 부족한 언어구사력의 결과물인 비문非文이나 오문誤文에서 나온 것인지를 가리기가 더 어렵기 때문이다. 시적인 것과 시적 언어는 생활적인 것과 일상 언어의 최대치여야 한다. 예술에서 과잉은 용인되고 장려되지만 모자람은 용서될 수 없다. 앞서 언급한 시의 난해성과 관련해 고민할 문제다. 김수영이 그만의 독특한 감각적 지성을 탐구한 것은 분명 높이 평가해야겠지만 그 지성을 세계 시사詩史의 거장들과 비교할 때는 어떤가? 냉정한 비교분석과 평가가 필요하다.

2

이번에 김수영 전집을 다시 읽으면서 새삼 느낀 건 김수영이 뛰어난 시인이기도 하지만 예리한 비평가라는 사실이다. 나는 그의 산문과 비평에서 우리 시대의 비평에서는 점점 사라져가는 비평적 결기와 예리한 안목을 확인한다. 어떤 이들은 이 시대는 그런 비평적 결기가 더 이상 필요 없다고 주장할지도 모른다. 나는 동의하지 않는다. 창작이 그렇듯이 비평도 시대와 불화하는 운명을 타고 났다. 비평criticism의 어원은 비판critique에 닿아있다. 김수영은 지금 읽어도 예리한, 보기에 따라서는 무자비한 비평가였다. 박인환을 통박하는 표현은 지금 읽어도 매섭다.

나는 인환을 가장 경멸한 사람의 한 사람이었다. 그처럼 재주가 없고 그처럼 시인으로서의 소양이 없고 그처럼 경박하고 그처럼 값싼 유행의 숭배자가 없었기 때문이다. 그가 죽었을 때도 나는 장례식에를 일부러 가지 않았다. 그의 비석을 제막할 때는 망우리 산소에 나간 기억이 있다. (…중략…) 인환! 너는 왜 이런, 신문 기사만큼도 못한 것을 시라고 쓰고 갔다지? 이 유치한, 말발도 서지 않는 후기. 어떤 사람들은 너의 '목마와 숙녀'를 너의 가장 근사한 작품이라고 생각하는 모양인데, 내 눈에는 '목마'도 '숙녀'도 낡은 말이다. 네가 이것을 쓰기 20년 전에 벌써 무수히 써먹은 낡은 말들이다. '원정園丁'이 다 뭐냐? '배코니아'가 다 뭣이며 '아포롱'이 다 뭐냐?[2]

김수영 전공자가 아닌 나로서는 이런 발언의 구체적 맥락을 알지 못한다. 어떤 분석처럼 여기에는 김수영과 박인환의 사적인 관계에서 촉발된 경쟁심, 애증, 질투 등의 정념이 작용했을 수도 있다. 그러나 어쨌든 이 발언의 신랄함은 부정할 수 없다. 지금 이런 식으로 비평을 하면 그 비평가는 무지막지한 사람, 섬세하지 않은 비평가로 단정될 것이다. 그렇게 세상이 좋게 말하면 순해졌고 나쁘게 말하면 물렁물렁해졌다. 그런데 사유는 물렁물렁한 것과는 어울리지 않는다. 부드러운 사유, 부드러운 비평이라는 말은 듣기에 좋지만, 원래 사유와 비평은 강인함과 친화성을 지닌다. 나는 강인하지 않은 사유를 믿지 않는다.

좋은 시인 혹은 작가가 동시에 통찰력 있는 비평을 쓰는 경우는 흔치 않다. 내가 사정을 조금 아는 영문학만 하더라도, 시에서는 엘리엇T.S. Eliot, 소설에서는 로런스D.H. Lawrence 정도가 떠오른다. 엘리엇과 로런스의 비평은 그들의 창작품과 별개로 높은 평가를 받을 만한 통찰력을 지녔다. 김수영이

---

2   김수영, 『김수영 전집 2 - 산문』(개정판), 2018, 162쪽. 이하 쪽수 병기.

좀 더 오래 살았더라면 시만이 아니라 비평에서도 더 큰 역할을 했으리라 본다. 물론 지금 남긴 글만 하더라도 그 예리함과 설득력은 분명하지만. 김수영 전집을 다시 살펴보면서 느낀 것은 작가나 시인에게 중요한 건 글의 품질이지 양이 아니라는 것이다. 김수영 전공자인 이영준 교수가 엮어서 새로 나온 『김수영 전집』1권시은 400여쪽, 2권산문은 약 800쪽이다. 김수영이 이른 나이에 세상을 뜬 것을 고려하면 적은 분량은 아니지만 김수영보다 더 오래 살면서 다작을 하는 이들에 비하면 분명히 많지 않은 분량이다. 그는 생전에 단 한권의 시집만을 남겼다. 역시 작가나 시인이 시간의 흐름에서 살아남는 건 양이 아니라 글의 질과 밀도라는 걸 다시 확인한다. 수십 권의 책을 쓰면 뭘 하나? 그게 알맹이 없는 글이라면. 하지만 원래 강인한 사유는 드문 법이다.

작품 해설이 비평을 대체하고 듣기 좋은 칭찬이 비평의 본령인양 여겨지는 때에, 보기에 따라서는 독설과 비난이라고까지 할 김수영의 직필은 요즘 표현을 쓰자면 말 그대로 뼈를 때린다. 그렇게 맞은 뼈가 아파서 벌어진 논쟁도 실려 있다. 전봉건과 벌인 논쟁이다.『전집』2권 3부에 실린「문맥을 모르는 시인들」특히 5부 시평은 그런 뼈 때리는 비평의 정수를 보여준다. 이런 글을 읽으면 김수영이 드물게 시와 산문이 서로 뗄 수 없이 연결되는 시인이었다는 걸 실감한다. 그 대상이 누구든 우상화는 매우 싫어하지만 김수영이 지금도 강한 현재성을 지닌 시인이자 비평가라는 걸 전집을 다시 읽으며 확인한다.

잘은 모르지만 김수영의 시론에 대해서는 많은 연구가 나온 걸로 안다. 그런데 비평가 김수영이 보여주는 촌철살인의 안목은 더 깊이 따져볼 필요가 있어 보인다. 이런 비평이 나오던 시대는 끝났다. 이미 오래전에 루카치György Lukács는 "작가에게 좋은 비평가란 누구인가?"라는 문제를 제기하고 시니컬하게 답한 적이 있다. 정확한 인용은 아니지만 이런 내용이다. "작가에게 좋은 비평가는 자기를 칭찬하고 다른 작가를 비판하는 비평가다. 나쁜 비평가는 자기를 비판하고 다른 작가를 칭찬하는 비평가다." 우리시대에 인기를 얻고 작가들에게 사랑받는 비평가가 되려면 쉬운 길이 있다. 작가와 시인을 무조건 칭찬하면 된다. 만약에 김수영이 이 시대에도 뼈 때리는 비평을 계속 쓴다면 그 평가는 뻔하다. 그는 고독한 비평가로 내몰렸을 것이다.

그런데 이 시대문학의 어떤 곤경은 바로 김수영처럼 할 말은 하는 비평이 사라졌기 때문은 아닐까? 누구에게나 비판은 당연히 아프고 칭찬은 달콤하지만 오직 고통에서만 새로운 것이 생성된다는 게 세상의 이치라고 믿는다. 김수영이 쓴 뼈 때리는 비평의 몇 대목을 인용한다. 우리 시대의 시인이나 비평가가 여전히 새겨둘 고언이다.

일전에 평론을 쓰는 신동엽을 만났는데 그도 역시 내가 부연한 장일우가 제시한 시의 방향과 같은 말을 한다. "우리나라의 시는 지게꾼이 느끼는 절박한 현실을 대변해야 합니다." 그러나 이러한 오늘날의 우리의 시단의 적지 않은 진지한 사람들이 느끼고 있는 커다란 갭—이, 시를 쓰는 지게꾼이 나오지 않는 여러 가지 사회적 조건의 결여—을 인정하면서도— 그것은 장구한 시간이 필요한 자유로운 사회의 실현과 결부되는 문제이기 때문에— 나는 우선은 우리 시단이 해야 할 일은 현재의 유파의 한계 내에서라도 좋으니 작품다운 작품을 하나라도 더 많이 내놓는 일이라고 생각한다. 김춘수의 부르주아적인 것도 좋고, 장호의 서민적 경향도 좋고, 김구용의 실험실적 경향도 좋고, 마종기의 경향도 좋고, 유경환의 경향도 좋다. 한 양지의 평론가가 말하는 것 같은, 반드시 사회 참여적인 것이나 민족주의적인 것이 아니라도 좋다. 나의 소원으로는 최소한도 작품다운 작품이라도 많았으면 좋겠는데, 지난 1년의 작품을 훑어보아도 그런 작품이 실로 미미하다. 좀 더 가혹하게 말하자면 시인의 양심이 엿보이는 작품이 거의 없다고해도 과언이 아니다.351쪽 여기서 김수영이 말하는 "최소한도 작품다운 작품"의 의미가 무엇인지는 상세한 설명을 필요로 한다. 그러나 김수영의 시론에 기대어 짐작해보면 그 것은 생활의 감각과 결합된 작품, 그래서 "시인의 양심이 엿보이는 작품"이 다. 여기서 양심은 주관적 선향이나 태도만의 문제가 아니다. 굳이 어떤 시 적 경향을 택하든 자신의 생활에 정직한 작품을 말한다.

김수영이 되풀이 말하듯이 시는 시적 언어 구사만의 문제가 아니다. 시의 리듬은 생활의 리듬에 근거할 때 생명력을 얻는다.

> 비평가의 태도로서 또 한 가지 중요한 것은 독자에게 아부를 해서는 아니 된다 는 것이다. 독자를 납득시키는 것은 필요한 일이지만 독자에게 아부를 하는 것은 피해야 할 일이다. '사기'론을 훑어보면 말끝마다 존대를 써 가면서 "그렇지요? 그 렇지 않습니까?" 식의 반문을 해가면서 공감을 강요하는 아첨을 하고 있지만, 이 것은 평문뿐이 아니라 모든 문장의 정도正道에서 벗어나는 일이다. 독자에게 존대 를 써야 할 문장이 따로 있다.412~413쪽

세상사가 그렇듯이 비평에서도 겸손함은 겸손한 척하는 태도나 예의범 절의 문제가 아니다. 문체를 경어체로 쓴다고 해서 겸손한 글이 되지 않는 다. 관건은 자신의 시각이 지닌 한계를 정직하게 직시하려는 태도다. 단호 한 어투를 쓰고 안쓰고가 문제가 아니라 그 단호함의 의미와 한계를 동시 에 사유하려는 균형 잡힌 시선이 핵심이다. 그것이 "문장의 정도"다.

이렇게 소위 기성 시인이란 사람들이 허술하게 책임 없는 시론을 쓰고, 또 그런 시를 쓰는 신진들의 산파역을 하는 한 우리 시단의 장래는 암담하다. 나는 미숙한 것을 탓하지 않는다. 또한 환상시도 좋고 추상시도 좋고 환상적 시론도 좋고 기술

시론도 좋다. 몇 번이고 말하는 것이지만 기술의 우열이나 경향 여하가 문제가 아니라 시인의 양심이 문제다. 시의 기술은 양심을 통한 기술인데 작금의 시나 시론에는 양심은 보이지 않고 기술만이 보인다. 아니 그들은 양심이 없는 기술만을 구사하는 시를 주지적이고 현대적인 시라고 생각하고 있는 모양이다. 사기를 세련된 현대성이라고 오해하고 있는 모양이다.414쪽

이점은 앞서 언급한 시적 양심의 문제와 통한다. 시는 멋진 언어구사나 테크닉, 기교, 수사만의 문제가 아니다. 물론 좋은 시인이 되려면 탁월한 언어구사력이 뒷받침되어야 한다. 그러나 시적 양심이 빠진 기교는 제대로 된 기술이 아니라 얕은 기교에 불과하다. "기술의 우열이나 경향 여하가 문제가 아니라 시인의 양심이 문제다. 시의 기술은 양심을 통한 기술"이다. 나는 그 양심을 다른 말로 시적 지성이라고 표현하겠다.

최근 언론 기사를 보니 지난 1년 동안 약 3천 권의 시집이 출판되었다고 한다. 시를 꼼꼼하게 읽는 이들은 없고 시를 쓰려는 욕망이 더 큰 시대다. 기이한 현상이다. 그러나 이 많은 시집들 중에서 시적 지성에 도달한 시집은 얼마나 될까? "작금의 시나 시론에는 양심은 보이지 않고 기술만이 보인다"는 김수영의 힐난은 이 시대에도 강한 울림이 있다. 그런 맥락에서 아래와 같이 김수영은 "유별나게 심미적 내지 기교적으로 흐르는" 경향을 경계한다.

평자는 요즘 미국의 평론가 스티븐 마커스의 「오늘의 소설」이란 논문을 번역하면서 오늘날 우리의 시단의 젊은 세대들의 작품이 유별나게 심미적 내지 기교적으로 흐르는 원인으로도 해석할 수 있는 재미있는 시사를 얻을 수 있었는데, 이달의 작품만 보더라도 자기의 체질에 맞지 않게 지나치게 심미적으로 흐르는 사람으로

이를테면 김요섭의 '각서'『현대시학』같은 작품을 보면 도무지 이상한 느낌이 든다. 이런 하이칼라한 오토너머스autonomous한 경향은 요섭의 본질이 아니다. 변모가 어디까지나 자기의 본질의 발전체라야 된다는 기본 명제를 잊지 말아 주기 바란다.606쪽

쏟아져 나오는 시집을 그때그때 따라 읽지 못하는 게으른 비평가로서 하는 조심스러운 생각이지만, 듬성듬성 읽은 감에 비춰 봐도 우리 시대의 많은 시집도 이런 경향에서 벗어나지 못한 것으로 나는 판단한다. "이런 하이칼라한 오토너머스autonomous한 경향"은 결국 생활 감각을 잊은 결과이다.

권용태의 정치를 풍자한 '손오공 선생'은 조그만 규모 안에서 비교적 견고한 수준을 보여 주고 있다. 조그만 규모라고 한 것은 이런 유의 풍자시가 현대시로서의 수준을 확보하려면 '정치'에 대한 풍자로 그치는 것이 아니라 '현대의 정치'에 대한 풍자로 그쳐야 할 것이기 때문이다. 그러기 위해서는 시인의 지성은 우선 세계를 걸쳐서 우리나라로 돌아와야 한다. 오늘날 우리 시단의 모든 참여시의 숙제가 여기에 있다. 작은 눈으로 큰 현실을 다루거나 작은 눈으로 작은 현실을 다루지 말고 큰 눈으로 작은 현실을 다루게 되어야 할 것이다. 큰 눈은 지성이고 그런 큰 지성만이 현대시에서 독자를 리드할 수 있다.632쪽

내 생각에 이 시대 시 작풍의 큰 구멍은 시적 지성의 빈곤이다. 오해와는 달리 시는 단지 감각이나 감성의 표현이 아니다. 엘리엇T.S. Eliot의 표현에 기대면 좋은 시는 통합된 감수성associated sensibility의 시, 감각과 지성이 결합된 감각적 지성의 시다. 김수영이 "시인의 지성"을 되풀이 강조하면서 그의 후배 시인들에게 되풀이해서 공부할 것을 강조한 이유다. 여기서 공부는 단지 책을 많이 읽는 것만을 뜻하지 않는다. 그것은 "작은 눈으로 큰 현실을 다루

거나 작은 눈으로 작은 현실을 다루지 말고 큰 눈으로 작은 현실을 다루"는 걸 말한다. 여기서 "큰 눈은 지성"이다. 그 지성은 결국 생활과 현실을 느낄 줄 아는 감각을 말한다. 공부의 가장 큰 터전은 생활의 장이다. 김수영에게 생활과 지성은 그렇게 뗄 수 없는 관계를 지닌다. 시는 화려한 언어구사나 공허한 관념의 체조가 아니다.

이달같이 논평의 대상이 될 작품이 없는 달에는 '시단 월평' 같은 것도 사보타주를 하는 편이 오히려 나을 것 같다. 『현대문학』에 발표되어 있는 작품이 15편이나 되는데 한결같이 태작이다. 잡지사도 이런 작품을 시라고 해 가지고 낼 바에야 아예 휴란을 하는 것이 체면이 설 것 같다. 안 그러면 좀 더 작품 선정을 하든지 어떻게 하든지 해야지 이런 식의 편집 태도는 아무리 보아도 불성실하다. 작품의 시시한 화풀이를 부당하게 잡지사에도 돌리는 것 같아서 미안하고. 그러면 다른 종합잡지 같은 데에서는 매달 신통한 작품만 내놓느냐고 반문을 받아도 할 말은 없지만, 그러나 문학지가 많다면 또 모르되 둘도 없는 단 하나밖에 없는 실정에서 이렇게 한 편도 논평할 만한 것이 없는 시란을 꾸며 낸다는 것은, 그런 작품 자체의 책임에 못지않은 어떤 매너리즘의 책임이 잡지사 측에도 있는 것같이 생각된다. 15편 중에서 4편을 한데 묶은 『근업시초^{近業詩抄}』라는 것이 벽두에 나와 있는데 이런 것을 중견 시인의 이름만 보고 아까운 지면에 4편씩 내 준다는 것은 문학잡지의 체면이나, 지면이 없다고 불평을 하는 문학청년들을 생각해서라도 너무나 지나치게 인심이 후하다고 하지 않을 수 없다. 작품을 비평하는 사람으로서 제일 불쾌하게 생각되는 것은 미숙한 작품도 아니고 실패한 작품도 아니고 또한 미친 작품도 아니다. 그런 작품은 일마든지 좋게 볼 수 있고 논평의 대상으로 삼을 수도 있다. 그러나 불성실한 작품은 도저히 좋게 볼 수 없다. 난삽한 하이브로우의 현대시의 시집을 다섯 권씩이나 낸 중견 시인이라고 자처하는 사람이 20여 년의 작업 끝에 어린아이의 자문보다도 싱거운 글을 시라고 내놓는다면 이것을 성실한 태도라고 볼 수 있겠는가.^{666~667쪽}

이 시대에 이런 식으로 비평을 하는 비평가라면 추후에 발표 지면을 얻기 힘들 것이다. 칭찬의 비평을 해야 작가나 시인들에게 사랑받는 비평가가 될 수 있다. 그러나 참된 문학인 혹은 비평가라면 이렇게 말할 수 있어야 하지 않을까? "불성실한 작품은 도저히 좋게 볼 수 없다"라고 딱잘라 말하는 이런 비평가가 거의 사라진 게 우리시대에도 문제가 아닐까? 김수영은 "이 시대의 영웅은 스탈린도 김일성도 아니고 가장 불평을 잘 하는 사람이다"라고 적었다. 이 시대 비평에는 "불평"이 너무 적다.

되풀이 말해 나는 김수영이든 누구든 특정 작가나 시인을 우상화하거나 숭배하는 태도를 못마땅하게 생각한다. 뛰어난 문학은 모든 형태의 우상화, 체제화에 거리를 둔다. 그런 점에서 문학은 인류가 발명한 영구혁명의 탁월한 형식이다. 그러나 뛰어난 작가나 시인에게서 우리가 배울 점은 배워야 한다. 탄생 100년을 맞아 성대한 기념의 잔칫상을 받은 김수영에게서 내가 배우는 것은 주어진 사안에 대해 예리하고 정확하게, "가장 불평을 잘 하는 사람"의 면모를 지닌 비평가로서 김수영이 보여주는 견결하고 직정直情한 시각이다. 그 시각을 그대로 모방하는 것이 아니라 우리 시대의 현실에 견주어 새롭게 창조하는 것, 그런 반복 속의 차이라는 과제를 감당하는 것이 이 시대 창작과 비평의 과제라고 믿는다. (2021)

제4부

비평의 자리

문학 저널리즘과 비평

최재봉『이야기는 오래 산다』, 이경재『명작의 공간을 걷다』

문학비평은 작품의 분석과 해석, 혹은 해설에 치중하는 작품론이라고 보는 경향이 강해졌다. 나는 비평의 요체가 작품론이라는 점에 동의한다. 혹은 작품론이 축적된 된 결과가 작가론이라는 점도 동의한다. 이렇게 된 사정을 이해는 한다. 20세기 전반기에 강력한 영향력을 행사했던 신비평New Criticism은 작품 이외의 것들, 즉 작가, 현실, 독자를 비평 대상에서 제외했다. 오직 작품만이 비평 대상이라는 일종의 작품 물신주의를 낳았다. 신비평은 지나간 비평이론이 되었지만, 작품 분석을 비평의 척추로 보는 견해는 여전히 남았다. 이론이 남긴 유산이다. 이렇게 적고 있지만 내가 쓰는 비평의 대부분도 작품론이다. 생활인으로서의 작가를 다뤄본 적은 거의 없다. 작가와 작품이 맺는 관계를 따질 때, 그사이에 작동하는 많은 매개 요소를 고려하지 않고 직접적으로 연결하는 비평은 구태의연하다. 하지만 영문학의 경우를 보더라도 신역사주의 비평New Historicism이 보여주듯이, 작품–작가–현실 사이의 연결을 따져보지 않는 비평은 케케묵은 비평이 되었다. 나는 두 권의 책을 읽어보겠다. 이 책들은 비평 공간에서 통용되는 관행적인 작품론, 작가론과는 다른 관점을 보여준다.

1

한국 문학판에서 신문, 잡지 기자가 쓰는 문학에 관한 글, 통칭 문학 저널리즘의 위상이 정확히 어떤지에 대해 깊이 있는 논의가 있었는지 기억이 나지 않는다. 내가 알기로 문학을 포함한 문화부 담당 기자는 몇 년 동안 돌아가며 맡는 순환 보직이기에, 전문적인 문학 저널리즘을 실천하는 기사를 본 적이 많지 않다. 이번에 읽게 된 최재봉 기자^{이하 호칭 생략}의 『이야기는 오래 산다』^{이하 『이야기』}는 다르다. 문학 전문기자로 수십 년 동안 활동했던 이력부터 돋보인다. "돌이켜 보면 『한겨레신문』의 문학 담당 기자로 보낸 지난 30년은 분에 넘치는 영광과 보람의 세월이었다. 좋아하는 문학작품을 읽고 그에 관해 나 나름의 의견을 기사 형태로 제출한다는 것은 얼마나 매력적인 일인가."[1] 최재봉은 "영광과 보람의 세월"이라고 썼지만, 나는 평론가로서 그가 쓰는 저널리즘 기사를 챙겨 읽으면서 한국문학의 흐름을 파악하는 데 적지 않은 도움을 얻었다. 어느 분야에서 활동하든 필요한 덕목이라고 생각하는 것 중 하나가 성실함이다. 성실하게 오래 버티는 게 실력이라고 나는 믿는다. 나는 최재봉의 글은 그런 성실함을 보여주는 돋보이는 사례라고 생각해 왔다. 『이야기』에서 설명하듯이 문학의 위상은 예전 같지 않다. 평론가로서 나도 동의한다. 그러므로 문학 기자로 30년 동안 글을 써온 최재봉의 사례는 예전이나 앞으로나 찾기 힘들 것이다. 최재봉의 말대로 그는 운이 좋았다.

문학평론과 문학 저널리즘의 차이를 세부적으로 따져보기는 힘들지만, 그래도 『이야기』를 읽으면서 언뜻 떠오른 쟁점이 몇 개 있다. 『이야기』가 좋은 예지만, 최재봉의 글은 평론 글보다 명료하고 평이하다. 나는 최재봉의

---

1   최재봉, 『이야기는 오래 산다』, 한겨레출판, 2024, 21쪽. 이하 쪽수 병기.

글이 가진 미덕이 여기 있다고 본다. 조심스러운 얘기지만, 요즘 평론을 읽다 보면 무슨 말을 하고 싶은지를 알 수 없는 요령부득의 글이 적지 않다. 동업자가 읽어도 그렇다. 『이야기』에도 언급되는 최재봉의 스승 도정일 선생의 평론이 가진 독특함과 매력은 거기 있었다. 도정일 평론의 미덕은 그가 영문과 교수가 되기 전에 일했던 외신 기자로서의 글쓰기 경험에서 나온다고 나는 추측한다. 명료하면서도 위트와 풍자가 가미된 문체가 그렇다. 최재봉의 글은 도정일의 글과 다르지만, 문학 저널리즘의 좋은 면을 살린 점에서는 같다. 예컨대 장편소설의 필요성을 언급하는 부분이 그렇다.

장편이 제공하는 이야기와 깊은 문제의식에 목말라하던 독자들은 큰 고민 없이 국내 소설 대신 번역 소설을 읽는다(국내에 소개되는 해외 소설들의 태반이 장편이라는 점을 보아도 단편이 아닌 장편으로 해외 독자들을 겨냥해야 한다는 사실은 분명하다). 외국 문학 쪽으로 몰려간 독자들을 다시 한국문학으로 불러들이기 위해서라도 작가들은 장편소설에 주력해야 한다.124쪽

소위 '장편소설 대망론'을 다룬 평론을 몇 편 읽어봤지만, 최재봉의 글처럼 장편소설의 필요성을 설득력 있게 파고드는 글은 드물다. 그의 분석은 작품론에서 머물지 않고 작품의 생산을 둘러싼 문학 제도의 문제점을 날카롭게 지적한다. 역시 문학전문 기자의 역량이 발휘되는 지점이다.

시장이란 물론 자연스러운 만큼 위험스럽기도 한 곳이다. 내 말은 한국소설의 지나친 단편 편향이 평론가들을 중심으로 한 왜곡된 문예지 및 문학상 문화와 무관하지 않다는 것. 따라서 평론가들의 과도한 개입을 줄이고 작가와 대중 독자 사이의 직접 소통을 늘리는 쪽으로 판을 다시 짜야 한다는 뜻이다.125쪽

내가 사정을 조금 아는 북미권이나 유럽의 문학출판시장을 돌아보더라도 최재봉의 지적은 설득력이 있다. 서로 다른 출판문화를 단순 비교할 수는 없지만, "왜곡된 문예지 및 문학상 문화"가 한국문학의 생명력을 갉아먹는 해악이라는 건 부인하기 힘들다. "작가와 대중 독자 사이의 직접 소통을 늘리는" 방안이 무엇인지에 대해서 논의를 하고 의견을 모아야 한다. 그렇지 않으면 최재봉이 우려하듯이, 독자들은 거의 같은 시간에 번역 소개되는 외국 장편소설로 몰려갈 것이다.

앞서 적었지만, 평론은 기본적으로 작품만을 다룬다. 내가 쓴 글을 돌아봐도, 평론의 대상은 문인이라는 생활하는 존재가 아니라 작품이라는 통념을 벗어나는 글은 거의 쓰지 않았다. 문학 저널리즘은 다르다. 문학 기자는 저널리즘에 속해 있기에 작품만이 아니라 작가나 시인을 실제로 만나고 그들의 삶과 생활을 전한다. 『이야기』에도 그런 글들이 꽤 실렸고 그게 매력이기도 하다. 그런 점에서 부고 기사를 모은 꼭지가 인상적이다. 김소진, 박경리, 이청준, 박완서, 최인호, 최인훈, 황현산, 허수경, 김지하, 최일남, 조세희 등을 다룬 기사는 짤막하지만 예리한 작가론이면서, 동시에 한 시대를 살았던 인간으로서 작가들에게 바치는 사려 깊은 추도의 글이다. 특히 박완서를 추모하는 글은 문학 저널리즘을 넘어서는 절절함이 느껴진다. 일반적인 비평에서는 찾기 힘든 글이다. 박태순 작가의 부음을 듣고서 "신문에서도 그의 부음은 소홀하게 다루어졌다. 그렇지만 그는 그렇게 허투루 보내도 좋을 작가가 아니다"213쪽라는 구절이 그런 마음을 전해주는 예이다. 북에서 만난 작가들을 다룬 기사도 최재봉이 지닌 문학 저널리즘의 역량을 보여준다. 홍석중, 오영재, 남대현, 백남룡, 박세옥, 리호근 등 작가와 시인을 다룬 글을 읽으면서 나는 소략하게나마 북쪽 작가들의 생각을 느낄 수 있었다. 『이야기』를 구성하는 꼭지는 작가와 작품, 쟁점과 인물, 칼럼, 서평 등이다.

글로는 다 전달할 수 없는 생각을 담은 인터뷰가 눈길을 끈다. 각 꼭지 사이에 삽입된 인터뷰에서 다룬 대상은 황현산, 최인훈, 김종철, 정유정이다. 이런 인터뷰가 이들이 쓴 작품을 대신할 수는 없지만, 그들의 작품을 이해하는 데 큰 도움이 되는 것은 사실이다.

역시 내 편견이겠지만, 문학 저널리즘은 기본적으로 소개와 해설이 본령이다. 지금은 문학평론에서도 작품 해설을 비평으로 간주하는 경향이 커졌지만, 나는 동의하지 않는다. 정곡을 찌르는 비판이야말로 본격적인 문학평론의 요체라고 여전히 생각한다. 최재봉이 다른 문학 기자와 구별되는 지점이 여기 있다. 그는 자기의 감식안을 걸고 필요한 비판을 마다하지 않는다. 무라카미 하루키의 『기사단장 죽이기』를 비판하면서 "하루키의 허약하다기보다는 뒤틀린 역사관과 문학관이 결정적인 장애로 작용했다는 것이 나의 판단이다"163쪽라고 밝히거나, "그림 〈기사단장 죽이기〉에 대한 위와 같은 '나'의 해석은 도모히코가 체험하고 표현한 역사를 개인적 차원으로 축소, 환원하는 퇴행적 관점이라 할 수 있다. 일본 우익의 반발을 샀다는 난징학살과 관련해서도, 소설에서 부각되는 것이 '가해자'인 쓰구히코 개인이 겪은 트라우마일 뿐 피해자인 중국 인민의 고통, 그리고 이 사건이 지니는 인류사적 의미와 맥락에 대해서는 그에 합당한 비중이 할애되지 않는다는 사실이 이와 무관하지 않을 것이다"171쪽라는 지적은 무라카미 문학의 한계점을 날카롭게 파고든다.

나는 무라카미 문학이 일본이 저지른 역사적 잘못을 "인류사적 의미와 맥락"에서 정면으로 다루지 못하고 주저하고 있는 점이 그의 문학이 돌파해야 하는 지점이라고 생각해왔기에 공감한다. 나는 이 작품에 대해 이렇게 적었다.

그런데 아쉽게도 『기사단장』은 이 물음을 던져만 놓는다. 물음을 붙잡고 깊이 파고드는 게 아니라, 현실-환상의 구도를 봉합하려는 작품의 구도 속에서 대충 얼버무린다. 작품이 제기하는 문제를 강인하고 집요하게 밀어붙이지 않는다는 인상을 그의 전작들에서도 받았다. 이 작품도 크게 다르지 않다. 그의 소설은 좀 더 터프해질 필요가 있다.[2]

많은 평론가가 상찬하는 김훈 소설에 대해서도 문제점을 예리하게 지적한다. "김훈의 소설들은 매혹적인 미문과 불편한 세계관 사이에서 독자를 망설이게 한다. 소설 속에서 문장과 세계관은 뗄 수 없이 한 몸으로 버무려져 있는 것이지만, 할 수만 있다면 그 둘을 해체 재구성해서 다른 형태의 소설을 빚어내고 싶다."269쪽

최재봉이 비판만 하는 건 아니다. 겸손하게 '비평에세이'라고 책의 부제를 달았지만, 어떤 평론가보다도 예리하게 작품이 지닌 문학사적 위상을 정확히 자리매김한다. 조세희의 걸작 『난장이가 쏘아올린 작은 공』의 평가가 그런 사례다.

1970년대의 비판적 사실주의 소설들은 물론 1980년대의 민중문학 및 노동 문학을 통틀어도 「난쏘공」만큼 급진적인 소설은 드물다는 것이 나의 판단이다. '사랑의 강제'라는, 「난쏘공」의 핵심은 섬세하게 이해될 필요가 있다. 가령 이청준의 소설 「당신들의 천국」1976에서 소록도 병원장 조백헌이 원생들에게 강요하는 사랑과는 구분되어야 하는 것이다. 말하자면 「당신들의 천국」의 사랑이 위에서 아래로 강요되는 것이라면, 「난쏘공」에서는 아래에서 위로 강제되는 사랑이다.33쪽

---

2   오길영, 『아름다움의 지성』, 소명출판, 2020, 149쪽.

이런 분석은 성실한 문학 기자로서 최재봉이 한국문학의 주요 작품을 따라 읽으면서 얻은 안목에서 나온 통찰이다.

나는 한국문학평론이 점점 비평의 본령인 비판을 소홀히 하면서 작품의 해설을 비평으로 등치하는 경향이 문제라고 판단해 왔다. 하물며 신문 기사로 표현되는 문학 기사는 본격 평론보다 훨씬 더 해설의 성격이 강하다. 내가 읽어 본 대부분의 문학 기사는 아마도 출판사에서 보내주는 해설에 치우친 보도 자료를 참조해서 작성하는 걸로 생각된다. 최재봉은 다르다. 다르기에 이런 고독감을 느낀다.

문학 담당 기자로 일해오면서 지녔던 문제의식의 하나가 '칭찬과 비판의 균형'이었다. 문학기사란 으레 작가와 작품을 추어올리는 것이라는 분위기에 찬물을 끼얹고 싶었다. 어원상 '비판'에 가까운 평론에서도 비판의 목소리는 갈수록 잦아드는 풍토에 딴죽을 걸고 싶었다. 다른 기자와 평론가들이 한결같이 상찬의 목소리를 보태는 작품, 또는 기왕의 작업이 빼어났기에 기대가 컸던 작가의 실망스러운 신작에 나름대로 비판적인 기사를 써보았다. 결과는 참담했다. 해당 작가와, 때로는 출판사 쪽의 반발이 거셌다. (…중략…) 최근에는 전처럼 비판적인 기사가 잘 보이지 않는다는 독자들의 반응을 접할 때면 통증 비슷한 회한이 가슴을 훑고 지나가곤 한다. 나 역시 이렇게 순치되는 건가?140~141쪽

이런 착잡한 토로를 읽으면서 내가 깊이 공감한 이유는 그의 글에서 비판을 본령으로 삼는 비평, 그렇기에 고독할 수밖에 없는 비평의 역할을 확인하기 때문이다. 비평이든 문학 저널리즘이든 "순치"되지 않으면서 "비판적인 기사"와 비판적인 평론을 꾸준히 쓰는 건 쉽지 않다. 역으로 말하면 그만큼 현재 한국문학 장에서 비평과 문학 저널리즘이 대부분 순치되었다는

뜻이다. 우울한 예측이지만, 나는 문학평론도 문학 저널리즘도 쇠퇴와 소멸의 길에 접어들었다고 본다. 그래도 최재봉은 그의 힘이 닿는 대로 성실하게 문학 기사를 쓸 것이다.[3] 평론가로서 나도 본받고 싶은 점이다.

2

대학 문학개론 강의에서 통상 다루는 소설의 세 요소는 인물, 사건, 배경이다. 사전식으로 정리하면 인물캐릭터은 소설 속에서 이야기를 이끌어가는 주체, 사건은 인물 사이에서 일어나는 일이나 상황, 배경은 인물이 활동하는 시간적, 공간적 배경을 가리킨다. 이 중에서 상대적으로 소홀히 취급되어온 것이 배경이다. 그래도 시간적 배경은 역사주의 비평이나 신역사주의 비평에서 주목을 받았다. 내 판단으로는 가장 소홀히 취급되는 게 공간적 배경이다. 탈식민주의 비평에서는 공간적 배경, 지리적 맥락geographical context에 주목한다. 예컨대 유럽에서 소설의 시작을 알린 작품 중 하나인 대니얼 디포우의『로빈슨 크루소』를 제대로 이해하려면 크루소가 움직이는 지리적 맥락인 영국, 포르투갈, 브라질로 이어지는 동선을 알아야 한다. 크루소가 따라가는 동선은 작품에 깔린 유럽 식민주의를 드러낸다. 굳이 지리적 맥락까지 가지 않더라도 인물과 사건은 특정한 공간에서 움직이고 발생하기에, 공간적 배경은 중요하다. 가령 프란츠 카프카의 작품에서 체코의 프라하, 제임스 조이스의 작품에서 아일랜드의 더블린은 거의 캐릭터만큼이

---

3   이런 성실함을 보여주는 다른 책을 최재봉은 같이 출간했다. 문학을 둘러싼 여러 가지 쟁점을 하나하나 파고든『탐문』(비채, 2024)인데, 나는 이 책도 흥미롭게 읽었다. 특히 작가들의 창작을 둘러싼 다양한 풍경을 느낄 수 있다. 역시 깊이 있는 문학 저널리즘이 뭔지를 보여주는 사례다.

나 중요한 역할을 한다. 조이스에게 더블린은 그가 만든 문학세계의 배경이자 주인공이었다. 수많은 캐릭터가 조이스 작품에 등장하지만, 사실 딱 한 명의 주인공을 꼽으라면 더블린이다. 문학을 공부하는 재미와 보람 중 하나는 어떤 도시와 지역을 방문했을 때 유명하다는 관광명소를 둘러보는 것만이 아니라 내가 읽은 작품에 나오는 그 도시와 관련된 기억을 상기할 수 있다는 점이다. 조이스는 젊은 시절에 더블린을 떠나서 평생을 타지를 떠돌다가 스위스 취리히에서 세상을 떴다. 조이스가 왜 "아끼는 더러운 더블린 Dear dirty Dublin"을 사랑하면서도 증오했는지는 그의 문학을 이해하는 데 결정적인 질문이다.

이경재 교수^{이하 호칭 생략}의 『명작의 공간을 걷다』^{이하 『공간』}는 한국 근현대소설의 공간적 배경을 살펴보려는 독특한 시도다. 『공간』은 『혈의 누』, 『무정』, 『날개』 등의 소설, 「광야」나 「청포도」처럼 널리 알려진 시를 분석하면서 작품이 그려진 배경, 혹은 작품을 잉태한 공간을 부각한다. 당연한 얘기지만 작품의 공간적 배경을 이해한다고 작품 전체를 해석한다고 할 수는 없지만, 시공간적 배경이 작품 이해에 얼마나 긴요한가를 상기시키는 면에서 『공간』 같은 책이 이바지하는 바가 있다. 이경재는 김연수 소설 「뉴욕제과점」을 논의하면서 책의 문제의식을 요약한다. 뉴욕제과점은 김연수 소설의 중요 배경인 김천에서 작가의 부모님이 경영했던 가게다.

뉴욕제과점이 하나의 장소에 해당한다는 것을 암시한다. 인문지리학자들은 오래전부터 공간^{space}과 장소^{place}를 구분해 왔다. 공간이 추상적이며 객관적이고 사회적이라면, 장소는 구체적이며 주관적이고 개인적인 것이라고 할 수 있다. 어떤 공간에 개인만의 정서와 경험이 쌓이면, 이곳은 고유한 의미를 갖는 장소가 된다. 예를 들어 서울에서 나고 자란 이에게 김천이 단순한 공간에 불과하다면, 김연수와 같이 김천에서 나고 자란 이에게 김천은 대체 불가능한 장소가 된다고 할 수 있다. 특히나 자신이 태어나고 어른이 될 때까지 살았던 '뉴욕제과점'과 같은 곳은 '장소 중의 장소'이자 '장소의 원형'에 해당한다.[4]

한마디로 작품의 공간적 배경은 물리적 공간이 아니라 "구체적이며 주관적이고 개인적인" 정서가 배어있는 장소다. 어떤 장소는 작가에게만이 아니라 독자에게도 "대체 불가능한 장소"가 된다. 나도 그런 개인적 경험이 있다. 몇 년 전 프라하와 부다페스트를 잠시 방문했을 때 나는 사람들이 찾는 유명한 관광지보다는 카프카와 내게 비평의 길을 보여준 헝가리 출신 비평가인 루카치의 자취를 찾는데 더 관심이 갔다. 지금도 그때 그들의 묘지 앞에 섰던 기억이 생생하다.

『공간』은 공간을 통해 100년이 넘는 한국 현대문학사에 대한 안내서 역할을 겸한다. 나같이 한국 근현대문학사에 친숙하지 않은 외국 문학을 전공한 평론가만이 아니라 한국문학의 흐름에 관심이 있는 일반 독자에게도 도움이 되는 지침서 역할을 한다. 한국 현대문학의 명작 39편을 선별하면서 개화기부터 21세기에 이르는 한국 현대문학의 작품을 시기별로 균형감 있게 배열하였다. 다루는 작가는 이인직부터 김연수까지이고, 이광수의 북촌, 이효석의 봉평, 이육사의 안동 원촌, 한흑구의 포항, 김동리와 박목월의 경주, 김사량의 도쿄와 가마쿠라, 서정주의 질마재, 조지훈의 주실마을, 오정희의 차이나타운, 김연수의 김천 등의 장소를 소개한다. 다루는 작가와 장소 중에는 내가 친숙한 작가도 있지만 그렇지 않은 사례도 있다. 일제강점기 일본에서 활동했던 장혁주와 김사량이 그렇다. 둘은 해방 이후 다른 삶

---

4   이경재, 『명작의 공간을 걷다』, 소명출판, 2020, 405쪽. 이하 쪽수 병기.

의 경로를 선택하지만, 그들의 작품 이해에 그들이 일본에서 경험한 삶은 큰 영향을 미친다.

해방 이후 장혁주는 노골적인 친일 행적으로 조국은 물론이고 재일조선인 사회로부터도 배척받았다. 그러나 1998년 별세할 때까지 창작활동은 계속 이어나간다. (…중략…) 이러한 영어 창작이 지니는 의미는 과연 무엇이었을까? 경북의 벽촌에서 문학을 시작한 장혁주가 일본보다도 더욱 강력한 아버지를 영어 미국에서 발견한 것이었을까? 그것이 아니라면 평생 자신을 옥죄던 한글과 일본어라는 굴레에서 벗어나 새로운 창작을 꿈꿨던 것이었을까? 장혁주는 해방으로부터 수많은 날이 지난 지금도 아물지 않는 상처로 남아 한국문학의 정체와 양심에 대한 질문을 끊임없이 던지고 있다.97쪽

장혁주라는 이름이 "지금도 아물지 않는 상처로 남아 한국문학의 정체와 양심에 대한 질문을 끊임없이 던지"게 만드는 것을 이해하려면 "한글과 일본어라는 굴레"를 그가 어떻게 대했는지, 그가 살았던 일본의 시간적, 공간적 맥락이 어떠했는지 꼼꼼하게 살펴야 한다. 그럴 때 "노골적인 친일 행적으로 조국은 물론이고 재일조선인 사회로부터도 배척"된 것이 타당한지 아닌지를 제대로 평가할 수 있을 것이다. 김사량의 경우에도 그의 작품 배경을 이루는 일본의 여러 장소는 흥미롭다.

김사량의 작품은 1970년대에 이미 일본에서 전집이 나올 정도로 일본 사회에서는 큰 주목을 받았다. 그러나 한국 사회에서는 20세기 내내 큰 주목의 대상이 되지 못했다. 친일과 반일의 선명한 이분법 속에서 문학사를 바라보던 시각으로는 일본어로 재일조선인의 삶을 그린 김사량의 일제 말기 소설은 논의되기 어려웠던

것이다. 그러나 21세기에 들어 탈식민주의적인 시각이 널리 학계에 퍼지면서 김사량의 작품은 그 어떤 작가의 작품보다도 뜨거운 관심의 대상이 되었다. (…중략…) 가마쿠라에서 돌아오는 길에는 시바우라 해안에 들렀다. 이곳은 일제시기 재일조선인들이 하역 작업 등의 막노동을 하며 머물던 집단거주지로 유명한 곳이다. 김사량의 소설 중에서도 「벌레」, 「십장꼽새」, 「지기미」 등이 모두 시바우라 해안에서 막노동을 하며 힘들게 살아가는 재일조선인들의 삶을 다룬 소설들이다.425~428쪽

장혁주와 김사량 말고도 포항을 배경으로 활동했던 한흑구도 나는 처음 알게 된 작가인데, 그의 작품을 읽고 싶은 생각이 들었다.

현장답사를 하게 되면 막연히 작품에 대해 갖고 있던 선입견이 맞지 않는다는 걸 알게 되는 예도 있다. 이육사의 시 「광야」가 그렇다.

그러나 현재 이곳은 눈이 내리는 고난의 땅이 되었다. 이러한 상황에서 시인은 이곳을 다시 신성한 곳으로 되돌리기 위한 필사의 노력을 기울이고자 한다. 그러한 도전을 가능케 하는 것이 바로 여전히 남아 있는 매화 향기이다. 또한 이 매화 향기는 이 시의 광야를 만주 대륙과 연결지어 바라본 그동안의 논의를 교정할 수 있는 중요한 근거가 된다. 매화는 황해도 이남 지역에서 자라기 때문에 만주에서 매화를 발견하는 것은 불가능한 것이다. 홀로 아득한 매화 향기를 통해 이 시에 등장하는 광야는 시인의 고향인 원촌과 자연스럽게 연결된다.181쪽

나도 그렇게 생각했지만, 이 시의 배경이 되는 광야는 만주가 아니라 실제로 이육사가 나고 자란 안동의 원촌이라는 것을 이경재는 논증한다. 원촌을 가보면 상상하기 힘든 너른 벌판이 펼쳐져 있는 것을 확인할 수 있고, 이 벌판을 바라보고 있으면, 자연스럽게 「광야」의 광야는 바로 원촌의 들판을

가리킨다는 것을 느낀다는 것이다. 이런 해석이 얼마나 타당한지는 전문연구자들이 밝혀야겠지만, 작품의 해석에 다른 지평을 열었다는 것만으로도 명작의 장소를 알아야 할 필요성을 알려준다. 이들 작가 말고도 이상의 경성과 도쿄, 이문구의 보령, 지역과 방언의 관계를 보여주는 박목월의 사례 등이 눈길을 끈다. 작품론이나 작가론으로만 납작해진 문학평론과 문학연구의 대상이 확장되어야 할 이유를 보여주는 책이다. (2024)

세상의 굴레, 문학의 굴레

김석범『언어의 굴레』, 올가 토카르추크『다정한 서술자』

내가 참여하는 동아시아 지역학 공동연구 관련해서 얼마 전에 잘 정리된 일본문학사 책을 읽었다. 일본문학의 역사와 현황에 문외한인 내게 유익했다. 그 중 한 대목이 특히 눈길을 끌었다.

다음으로 '일본'이라는 개념인데, 이 또한 근대 국민국가를 기반으로 형성된 것이다. 에도시대 서민들의 국제 관념 역시 지금의 잣대와는 크게 다를 것이다. 메이지 이후의 기준으로 메이지를 재단한다면, 근대인의 입맛에 맞는 '근대'만 보게 될 것이다. 예컨대, 식민지 지배하에서 일본어를 강제당하거나 '내지' 문단에서 활동한 중국, 타이완, 조선 한반도 문학자들의 작품을 '일본문학' 범주로 수렴해 버리면 과거의 국가관을 그대로 재생산하는 범죄를 저지르게 될 것이다. 거꾸로 유아사 까스에처럼 일본에서 조선으로 건너와 이질적 타자와 만나면서 국가관의 붕괴를 경험하기도 한다. 재일 3세 이양지는 일본 국적으로 아쿠타가와상을 수상했고, 한국에서도 활동했다. 리비 히데오처럼 일본어를 습득해 일본어로 작품활동을 하거나, 다와다 요코처럼 독일에 머물면서 일본어와 독일어, 양국어로 작품활동을 하는 경우도 있다. '일본인이 일본어로 쓴 문학'이라는 단순한 정의는 자칫 일국사적 관점에 매몰될 우려가 있다. 언어란 본래 월경하는 성격을 갖는다. 경계영역의 양의성, 유동성 안에서 기왕의 내셔널리티를 상대화하는 시선이 요

청되는 이유다.[1]

이 인용문을 한국문학의 상황으로 바꾸면, 한국문학에서 근대, 근대 국민국가의 문제, 그리고 한국어와 한국문학의 내포와 외연을 따지는 문제가 된다. 이 책의 저자는 "식민지 지배하에서 일본어를 강제당하거나 '내지' 문단에서 활동한 중국, 타이완, 조선한반도 문학자들의 작품을 '일본문학' 범주로 수렴해 버리면 과거의 국가관을 그대로 재생산하는 범죄를 저지르게" 된다고 날카롭게 지적한다. 이 지적을 받아서 추가적인 질문을 할 수 있다. 일본에서 살 수밖에 없고 일본어로 글을 쓰지만 조선인의 정체성을 버리지 않는 재일조선인의 문학은 어떻게 평가해야 하는가? 예컨대 이글에서 다루는 작가인 김석범의 대표작이자 내가 보기에는 한국문학으로 당연히 포함되어야 하지만 일본어로 쓴 작품이기에 무시당하는 『화산도』는 어느 국적의 문학인가? 한국문학의 경계는 무엇을 기준으로 정해지는가? 이런 질문은 국경의 경계를 넘는 문학 공화국을 상상하는 폴란드 작가 올가 토카르쿠츠에게도 해당된다. 나는 두 작가의 산문집을 읽으면서 이런 질문에 대한 답의 실마리를 찾아보겠다.

1

한 작가의 삶과 작품을 아무런 매개 없이 연결해 비평하는 태도는 케케묵은 전기비평biographical criticism으로 간주된다. 하지만 그렇다고 해서 특정한

---

1   안도 히로시, 손지연 옮김, 『일본 근대소설사』, 소명출판, 2023, 250쪽.

시대를 생활인으로 살았던 작가의 삶을 도외시하고 작품을 읽는 것도 편협하다. 삶과 작품을 매개하는 많은 요소를 섬세하게 고려해야 하지만, 뛰어난 작품을 읽고 나서 그 작품을 생산한 작가의 삶과 사유에 관심이 가게 되는 것도 자연스럽다. 김석범 작가가 그런 예이다. 나는 앞서 언급한『화산도』와 그 후일담을 다룬『바다 밑에서』를 인상 깊게 읽었다. 이런 작품을 쓴 작가의 삶과 사유를 더 알고 싶어져서 때맞춰 나온 산문집『언어의 굴레』이하『굴레』를 찾아 읽었다. 1969~1972년에 쓴 글이다. 에세이만이 아니라 이회성, 오에 겐자부로와 함께 한 좌담도 있다. 수십 년 전에 쓴 글이지만 여전히 강한 울림이 있다. 남북한 어디에도 속하지 않는 '조선인'으로서 식민지 배국이었던 일본에서 살아가야 하는 상황, 일본어로 글을 쓰면서도 재일조선인문학을 하려는 곤혹스러운 상황, 언어와 존재의 분열, 한반도의 상황에 대한 착잡한 마음 등이 담겨 있다. 원문이 그런지 아니면 번역이 그런지는 모르겠지만 착잡하게 얽힌, 그래서 쉽게 읽히지 않는 문장도 그런 마음에서 나온 것으로 판단한다.

김석범이 살아온 내력은 주목을 요한다. 김석범이 태어난 곳은 일본 오사카이지만 그곳을 고향이라고 여기지는 않는다. "조선에서는 '객지地' 등으로 표현하는데, 그것은 주인에 대한 객이라는 말이다. 지금 내가 여행이라고 말한 것처럼, 확실히 지금은 오사카 쪽이 '여행지'가 되어버렸지만, 그래도 나에게 오사카는 객지라는 생각이 들지 않는다. 원래 나는 오사카에 있었고 오사카에서 태어난 나는 오사카 이쿠노 이카이노에서 자랐다. 그래서 사람들이 나에게 이카이노가 제2의 고향이냐고 물으면, 그것을 나는 부인할 수가 없다."[2] 이 구절은 김석범이 갖고 있는 정체성의 균열, 혹은 충돌을 설명

---

2   김석범,『언어의 굴레』, 보고사, 2022, 19쪽. 이하 쪽수 병기.

한다. 김석범은 일본에서 생활하지만 그의 마음은 일본이 아닌 한반도로 향한다. 이때 한반도는 한국과 북한 어느 쪽도 아닌, 분단 이전의 조선이다. 그런 점에서 그의 정체성은 분열된다. 일본과 한반도 어느 쪽에도 소속되지 않지만, 동시에 김석범은 한국과 북한 어디에도 속하지 않는다. "즉 발은 일본을 딛고 있지만 마음은 항상 비약하려고 하는 이 두 가지가 서로 싸우는 혼돈과 비슷한 심정으로밖에, 여전히 일본을 대할 수밖에 없다는 심정과 얽혀 있다. 그것은 또 태어나고 자랐다는 물리적인 이유만으로 '마음의 고향'이 된다고는 할 수 없는 것과 마찬가지이다."21쪽

그에게 일본은 "마음의 고향"이 아니다. 그런데 이런 김석범의 상황은 일반적이지 않다. 1969년 통계이지만 이미 그때부터 일본에 살고 있는 조선인 다수는 아마도 생활상의 이유로 일본 쪽으로, 정신이 향하고 있었다. 교육을 봐도 그렇다. 1969년 기준으로 재일조선인 60만 명의 약 4분의 1인 14만여 명이 학생인데 그 중 10만 명이 초·중·고등학교를 다녔는데, 학생 다수가 일본 학교를 선택했다. 거기에는 한반도의 분단 상황도 영향을 미쳤을 것이다. 재일조선인은 추상적인 존재가 아니다. 그들은 크게 총련에 속하는 사람, 민단에 속하는 사람, 그 밖의 사람이 있다. 이런 상황에서 김석범처럼 제주와 관련된 "과거 속 강렬한 고향의 이미지를 축으로 해서 그것을 계속 반추"39쪽하며 사는 건 쉽지 않다. 김석범은 그의 부모가 제주도 출신이고, 1945년 일본 패망 전에는 제주도에 머물다가 다시 오사카로 돌아갔다. 김석범의 삶을 규정하는 건 그가 10대 시절 경험했던 한반도의 식민 상황이다.

김석범이 선택한 삶이 만만치 않은 이유는 일본에서 생활하면서 조선인의 정신을 유지하기 힘들기 때문이다. 그것은 의식적으로 생활과 관념 사이의 거리를 팽팽하게 유지하려는 긴장을 요구한다. "현재 재일조선인은 '재일在日'의 이유나 시비는 차치하고 일본에 오랫동안 살아온 역사적 사실을

짊어지고 있다. 그것은 풍화 조건을 어느새 스스로의 내재적인 것으로 만들어가는 과정을 의미하기도 한다. 요컨대 조선인으로서 본성이 희미해져 체내에 동화적인 요소가 다분히 정착하게 된다는 것인데, 그러나 그렇다면 일본인이 되자고 해서 또 그렇게 간단하게 될 수 있는 것이 아니다."49쪽 김석범은『굴레』에서 종종 "풍화"라는 표현을 쓴다. 풍화風化는 지표를 구성하는 암석이 햇빛, 공기, 물, 생물 따위의 작용으로 점차로 파괴되거나 분해되는 것이다. 비유적으로는 사람도 자신이 놓여있는 지리적 조건, 사회문화적 조건의 힘에 따라 자신이 지닌 "본성"을 서서히 잃을 수 있다. 쉽게 말해 일본에 살 수밖에 없는 조선인으로서 점차적으로 "조선인으로서 본성"을 잃어가는 과정에 처한다. 김석범은 쉽지 않은 상황에 놓인 조선인의 자리를 선불리 재단하지 않는다. 김석범 자신은 어려운 길을 선택했지만 그렇지 않은 길을 택한 재일조선인을 함부로 비판하지 않는다. 생활의 힘은 그만큼 강하기 때문이다. 어쨌든 김석범은 "비일본적인 일본인과 비조선적인 조선인"58쪽이 되는 길을 묻고 그 길을 가려고 했다. 되풀이 말하지만 그 길은 쉽지 않은 길이다. 이런 물음은 곧 일본에서 "비일본적인 일본인과 비조선적인 조선인"으로서 글을 쓰는 것이 무엇을 뜻하는가라는 질문으로 이어진다.

김석범이 조선인으로서 일본어로 글을 쓰는 것의 의미를 고민했던 최초의 작가는 아니다.『굴레』에서 김석범은 일제 강점기에 대조적인 삶을 산 조선인이었던 장혁주와 김사량을 자주 언급한다. 장혁주와 김사량이 활동했던 시대에 많은 조선인 작가가 재일본在日本, 재조선在朝鮮을 막론하고 일본어로 글을 썼다. 1932년에 일본 문단에 나온 장혁주의 견해는 일본어를 일제 치하에 있는 조선의 민족적인 문제를 호소하기 위한 단순한 수단으로 여기는 견해를 요약한다. 한마디로 "조선어로는 범위가 협소하니 일본어로 작품을 쓰려고 하는 것"이다. 이렇게 일본어를 단지 창작의 수단으로만 간주할 때 그 귀결은 장혁주가 최종적으로 도달한 정체성의 변신, 일본인으로의 귀화다. 장혁주는 전쟁 중에는 노구치 미노루로 개명하고 해방 후인 1952년에는 노구치 가쿠추라는 이름으로 귀화해서 일본인의 정체성을 선택한다. 김사량은 다른 길로 간다. 김석범은 김사량이 가혹한 시대에 마지막까지 조선적인 작가의 정체성을 유지한 작가로 판단한다. 김사량은 일본어로 창작을 했지만 작품에서 조선적인 생활감정이나 감각을 지켰다. 그것은 단순히 민족적인 입장에서 나온 저항 사상이 아니라 "조선인의 감각이나 감정"174쪽이 뿌리내린 것이었다. 요약하면 김사량의 작품은 "문학에서 말의 자기 목적적인 기능을 바탕으로 한, '조선'을 호소하기 위해 일본어를 하나의 수단으로서 간주하고 있었던 것이다."109쪽 장혁주와 김사량이 걸어간 대조적인 길에서 김석범은 명확하게 김사량의 길을 택한다. 그것은 "재일조선인 작가 자신의 독자성이며, 일본어와 관련된 문제, 조선적인 체질감의 문제, 아이덴티티의 문제"203쪽였다.

  작가로서 김석범이 특히 민감하게 반응하는 쟁점은 "일본어와 관련된 문제"이다. "이 민족적인 것의 중심으로서 거기에 언어가 재일조선인의 경우 항상 의식 전면에 밀려나오는 것은 당연할 것이다. 적어도 재일조선인 작가가 일본어와 관계되는 경우 그것이 일본인 작가처럼 즉자적卽自的이어서는 안 되는 이유는 거기에 있다고 할 수가 있다. 그것은 언어학적인 논리적 요청이라기보다도 윤리적인 의미에서 그렇다는 것이다."60쪽 재일조선인 작가는 일본인 작가처럼 자연스럽게 혹은 "즉자적"으로 일본어를 사용할 수 없다. 재일조선인 작가에게 일본어는 그것을 쓰는 것의 의미를 끊임없이 따져봐야 하는 저들의 언어다. "그리고 동시에 '일본어로 쓰는 것' 속에서 모순을 밝혀 가는 것은, 또한 조선인 작가의 자기 확인, 또는 자신을 발견하는 작업과 무관하지 않다."69쪽 김석범에게 일본어는 함부로 사용할 수 없는 모순을 지닌 언어다. 이런 견해는 역시 식민지 아일랜드 작가였던 조이스James Joyce의 작품을 떠올리게 한다.『젊은 예술가의 초상』에서 주인공 스티븐은 그가 쓰는 제국의 언어인 영어를 대하는 내면을 이렇게 드러낸다.

> 나는 영혼의 흔들림 없이는 이 (영어–인용자) 단어들을 말하거나 쓸 수가 없다. 그의 언어는 너무 낯익으면서도 또한 너무 낯설기에 내게 항상 습득한 언어로 남아 있을 것이다. 나는 그 언어의 단어들을 만들지도 받아들이지도 않았다. 내 목소리는 그 낱말들을 경계하며 거리를 둔다. 내 영혼은 그의 언어의 그늘에서 초조해한다.[3]

영어의 위상은 스티븐에게 양가적이다. 혹은 김석범의 표현으로는 모순적이다. 영어는 "너무 낯익으면서도 또한 너무 낯"선 언어, "습득한 언어"다. 스티븐은 주어진 생활의 언어인 영어를 현실적으로 쓸 수밖에 없다. 하지만 동시에 스티븐은 습득한 제국의 언어인 영어를 "경계하며 거리를 둔다."[4]

식민언어에 대한 이런 거리 두기는 식민지 아일랜드를 떠나서 활동했던 조이스보다 식민국가였던 일본에서 재일조선인으로 태어나고 생활할 수밖에 없는 삶의 굴레, 언어의 굴레를 지녔던 김석범에게 더 곤혹스러운 상황일 것이다. 조이스는 영어를 쓰면서도 제국의 언어를 내부에서 폭파하는 내파implosion를 창작의 목표로 삼았다. 그의 대표작『율리시스』와『피네건의 경야』는 그 결과물이다. 김석범도 비슷한 방향을 지향한다. "나는 될 수 있다면 나를 먹어 버리는 일본어의 '일본화'라는 위장을 물어뜯는 '불가사리'

---

3   James Joyce, *A Portrait of the Artist as a Young Man*, Penguin Book, 1977, p.189.
4   영국의 식민지였던 아일랜드에서 민족문화와 민족언어의 문제를 고민했던 조이스의 입장을 다룬 글로는 오길영,「민족문화와 민족언어」,『아름다움의 지성』, 소명출판, 2020 참조.

가 되고 싶다."88쪽 이런 창작의 불가사리가 되는 건 쉽지 않다. 김석범이 인용한 루쉰의 말이 눈길을 끄는 이유다.

여기에는 적어도 시대와 장소를 넘을 수 있는 하나의 정신 자세, 방법이라는 것도 가리키고 있을 것이다. 격동, 혼란한 현실과의 관계에서 어려움을 바탕으로 한 루쉰의 절망에는, 그렇기 때문에 감상주의가 없다. 따라서 음습하지 않다. 그것은 강철처럼 말라 있다. 그리고 웃음마저 나온다. 루쉰에 따른 나는 지금도 조금 더 따르고 싶다. 나는 어떻게든 이해했다는 듯이 '굽음의 도道'를 취하고 싶지 않다.270쪽

이제 곧 100세를 바라보는 이 노작가의 작품이 주는 경이로움에는 "굽음의 도"에 저항하려는 꼿꼿한 태도, "시대와 장소를 넘을 수 있는 하나의 정신 자세, 방법"이 깔려 있다. 나는 이런 정신을 김석범의 작품세계를 외면하고 있는 한국문학계가 배워야 한다고 생각한다.

2

2018년 노벨문학상을 수상한 폴란드 작가 올가 토카르추크가 쓴 산문집 『다정한 서술자』이하『다정한』는『굴레』와는 다소 결이 다르다. 이 책에는 한반도만큼이나 굴곡진 역사를 지닌 폴란드의 상황과 그에 대한 작가의 견해가 직접적으로 드러나지는 않는다. 하지만 다른 의미에서 재미있고 유익하다. 특히 작가의 시각에서 작품 창작과 관련된 여러 요소를 설명하는 대목이 그렇다. 창작을 지망하는 이들에게 꽤 도움이 되겠다. 나는 작가와 서술자의 관계를 다루는 대목에서 여러 번 고개를 끄덕였다. 뛰어난 작가가 되기

위해서는 단지 문학적 기교만이 아니라 더 깊이 생각하고 사안을 신중하게 따져보는 태도가 반드시 있어야 한다는 점을 확인한다. 통찰력있는 작가가 세계를 바라보는 관점, 언어의 타락과 문학의 역할, 번역의 의미, 창작에 있어서 조사와 세부 묘사의 힘 등 곳곳에서 날카로운 통찰이 빛난다. 인용과 주석을 달고 싶은 구절이 많지만 그렇게 할 수는 없고 몇 대목에 대해서만 언급해 둔다.

먼저 토카르추크가 세계를 바라보는 관점이 독특하다. 『다정한』을 읽으면서 그의 대표작 중 하나인 『태고의 시간들』을 읽으면서 추측했던 작가의 관점을 좀더 명료하게 이해했다.

> 우리 모두, 그러니까 인간과 동식물, 사물들은 물리 법칙이 지배하는 단일한 공간 속에 함께 담겨 있는 존재입니다. (…중략…) 인간의 심혈관 체계는 지류가 모여드는 하천 유역의 형태와 비슷하고, 나뭇잎의 구조는 인간의 교감 신경계와 유사하며, 은하의 움직임은 세면대에서 흘러내리는 물의 소용돌이와 흡사합니다. (…중략…) 우리의 말, 사고, 창의력은 결코 추상적인 것이 아니며, 세상으로부터 분리된 것도 아닙니다. 단지 끝없는 변형의 과정에서 나타나는 또 다른 차원의 지속일 뿐입니다.[5]

이런 지적은 인간중심주의, 우리가 지각하는 세계만이 세계의 전부라고 여기는 태도에 대한 강력한 비판이다. 토카르추크의 상상력을 범박하게 말하면 우주적 상상력이라고 할 수 있는데, 그 세계관에서 "인간과 동식물, 사물들", 그리고 심지어는 신조차도 특별한 위치를 갖지 않는다. 현대의 다양

---

5   올가 토카르추크, 『다정한 서술자』, 민음사, 2022. 358쪽. 이하 쪽수 병기.

한 연구 결과에 기대고 생물학과 의학이 이루어 낸 발견 덕분에 인간은 개별적 존재가 아닌 집단적 존재라는 것, 단일체가 아니라 다양한 유기체의 공화국, 위계적으로 구조화된 일종의 군주제와 같은 구조를 가졌다는 사실이 밝혀졌다. 이 시대의 문제는 "세상의 놀라운 복합성을 이해하려던 시도를 완전히 멈췄다"27쪽는 것이다. 그 결과는 언어의 타락이다. 언어를 표면적 의미로만 이해하려는 직해주의直解主義의 득세다. "성급하고 과격한 판단을 내리는 경향, 모호함을 견디지 못하는 편협성, 아이러니에 대한 감수성 상실 등의 증상"은 살아오면서 생각과 감각을 흔드는 좋은 소설, 시집을 단한 권도 읽어보지 못한 결과다. 그런 주제에 자기가 엄청 똑똑하고 잘났다고 착각한다. 헛똑똑이의 전형적인 증상이다. 그렇기에 그들은 삶의 비밀을 담은 은유나 비유를 다루는 "문학이나 예술을 이해하지 못하며, 모욕감을 느꼈다든지 아니면 존엄성이나 명예를 침해했다는 이유로 언제든 창작자들을 법원에 고소할 준비"322쪽가 되어 있다. 그들에게 문학은 돈과 권력을 얻는 데 도움이 안되는, 이해할 수 없는 대상이다. 이 시대에 언어가 타락한 결과다.

토카르추크가 판단하기에도 이 시대문학의 위상은 쪼그라들고 있다. 이곳에서도 목도하는 현상이다. 토카르추크는 앞으로 독서 활동을 하는 인구는 2세대 혹은 3세대밖에 남지 않았다고 진단한다. 극소수만 책을 읽게 될 것이다. 우리가 아는 형태의 문학은 종말을 맞을 것이라는 비관적 전망을 내놓는다. 책이 벽돌이나 양말처럼 상품으로 소비되는 세상이 되었다. 비평도 비슷한 처지에 놓인다. 고용된 평론가는 자신의 고유한 사유와 비판을 내놓는 것이 아니라 작가의 말을 소화 또는 가공하거나 출판사가 미리 준비한 내용을 그대로 인용한다. 간단명료하지만 최대한 이목을 끌 수 있는 서평이나 해설에 만족한다. 내가 평소에 한국문학계에 갖고 있는 우려가 비단 한국만의 문제가 아니라는 진단에 씁쓸한 공감을 한다. 편협한 언어관이 지배하는 시대, 문학의 위상이 비관적인 시대에 작가는 무엇을 해야 할까? "괴상함은 자발적이면서 동시에 정상적이고 당연한 것으로 간주되는 것들에 맞서 논쟁을 즐기는 자세를 의미한다. 그것은 순응적 태도와 위선에 대한 과감한 도전이자 순간을 포착하여 운명의 궤적을 바꾸는 용기 있는 태도다."37쪽 이런 삐딱하고 뾰족한 안목이 있어야 작가는 주어진 현실이 아니라 "대안의 세계를 창조하고 다른 이들의 삶을 체험할 수 있게 만드는 원동력"을 제공하는 글을 쓸 수 있다.

언어를 주어진 정보의 유통 수단으로만 이해하고 언어의 심층적 의미를 이해하지 못하는 이들은 "미래를 창조하고, 시험하고, 다른 사람들과 가장 원활한 방식으로 소통할 수 있게 만들어" 주고 "우리에게 공감을 가르치고, 우리가 서로 얼마나 닮은 존재이며, 또 닮지 않은 존재인지를 알려 주"는 문학의 역할을 이해 못한다. 토카르추크는 문학은 이 시대에 수없이 발견하는 괴물이 되지 않도록 도와준다고 결론 내린다. 왜냐하면 문학을, "소설을 읽는 사람들은 어떤 면에서는 그렇지 않은 사람들보다 더욱 커다란 존재"가 되기 때문이다. 소설을 읽게 되면 "잠시나마 타자의 삶을 살아 보았기에 보다 폭넓은 인식을 갖게" 되기 때문이다."112쪽 여기에 문학의 전위성이 있다. 강하게 말하면 문학은 주어진 현실을 재현representation하지 않는다. 오히려 지금의 현실과는 다른 현실과 다른 삶이 무엇인지를 문학은 제시하고 그에 견주어 주어진 현실을 바꿀 것을 제안한다. 문학은 주어진 현실이 아니라 잠재성의 대안 현실로 독자를 초대한다.

내가 『다정한』에서 가장 인상깊게 읽은 부분은 창작의 과정, 특히 소설에서 서술자의 역할을 다룬 대목이다. 나는 현재 한국문학에서 결핍된 부분이 인물캐릭터의 심리묘사를 중시하면서도 생활인으로서 인물과 상황의 실감 나는 세목을 다루지 못하는 점이라고 판단한다. 그 결과 인물이 생생한 입체성과 개성을 지니지 못한다. 세부 항목들의 우월성을 강조하면서 토카르추크는 "소설을 쓰기 위해 각종 문서와 자료, 교재와 연대기, 회고록 등을 독파"하고 "필사적으로 세부 항목들을 찾아 헤맸"던 과정을 언급한다. 왜냐하면 세상은 거창한 이념이나 추상적 관념이 아니라 "세부로 이루어져 있다고 확신"251쪽하기 때문이다. 나는 아래 발언을 한국 작가들도 새겨야 한다고 본다.

어떤 소설에서는 맛이나 냄새, 재료의 질감, 가구 또는 도구, 색상과 촉감이 누락되어 있습니다. 나는 사람들이 무엇을 먹고, (이따금 아주 두꺼운 소설인데도 불구하고 어느 페이지에서도 등장인물들이 아침밥 먹는 장면이 등장하지 않는 경우가 있는데, 아마 그 책의 인물들은 허공에 살고 있나 봅니다) 무엇을 입고, 어디에서 자고, 그들의 신발은 어떤 모양인지, 창문을 열고 바라보는 풍경은 어떤지 궁금합니다. 그들이 저녁마다 몸을 씻는지, 아니면 아예 씻지 않는지, 자식들을 무릎에 앉히는지, 감기에 걸렸을 때 치료법은 무엇인지 궁금합니다. 또한 나는 풍경과 식물, 동물에도 관심이 많습니다. 어느 지역의 식물에 대해 모르면 그 세계를 제대로 설명할 수 없습니다. 하늘의 크기나 강물의 빛깔을 몰라도 마찬가지입니다.252쪽

집단심리학에 큰 관심을 갖고 있는 토카르추크가 제시하는 인물캐릭터론도 흥미롭다. 그가 생각하기에 소설의 인물은 작가가 고안해낸 결과물이 아니다. "문학적 인물이란 우리의 꿈이면서 우리의 경험과 상상이 빚어낸 보다 고차원적인 형태의 존재"이다. "우리는 자연에 의해 쓰인 문학이고, 세상이 꿈꾸는 식물적인, 아니 나아가 무기체적인 상상력의 산물"이며, 문학적 인물들은 "일종의 '존재 보관소'에 해당하는 뭔가 특별한 차원에서 머무는

존재들"299쪽이다. 작가는 그들을 이곳으로 초대하는 영매靈媒 같은 존재다. 여기에는 앞서 언급한 토카르추크의 독특한 우주론적 세계관이 작동한다.

　20세기 영국 소설을 대표하는 작가 중 한 명인 D. H. 로런스는 작가의 말을 믿지 말고 작품이 하는 말을 믿으라고 주장했다. 나도 그런 주장에 기본적으로 공감한다. 하지만 뛰어난 작가는 작품이 아니라 그의 견해를 좀더 직접적으로 드러내는 에세이와 강연을 통해서도 그들이 쓴 작품의 비밀에 접근하는 열쇠를 독자에게 제공한다. 김석범과 토카르추크의 글을 읽으면서 느낀 점이다. (2023)

비평과 사유의 모험

한기욱『문학의 열린 길』, 이성혁『시, 사건, 역사』

  비평의 위기라는 말이 나온 지는 꽤 되었다. 비평을 읽지 않는 독자층 변화는 따로 따져야할 중요한 문제다. 그 원인 중에는 비평가들 간의 생산적인 대화나 논쟁이 사라진 것도 있다고 나는 판단한다. 이 글에서는 내가 읽은 두 권의 비평집과 나누는 대화를 통해 이 시대 비평의 위상을 다시 고민해보려 한다. 한기욱『문학의 열린 길』과 이성혁『시, 사건, 역사』가 대화 대상이다. 제한된 지면에 두 평론집이 다루는 작가론, 작품론이 지닌 의미나 공과를 세부적으로 따지는 건 하지 않겠다. 이글은 비슷하면서 다른 방식으로 두 비평가가 제기하는 뾰족한 문제의식의 지평을 조망하는 데 초점을 둔다.

  현 단계 비평이 지닌 문제점에 대해 다양한 판단이 가능하겠지만 그중 하나는 비평이 해설과 등치되었다는 점이다. 일종의 내재적 비평immanent criticism인 해설은 작품이 제기하는 의미망을 풀어서 해설하는 미덕을 지닌다. 이것도 비평이 해야 할 소중한 역할이다. 그런데 해설에 머무는 비평에 대해서 이런 질문을 할 수 있다. 비평은 작품에 표현된 혹은 작품에 드러나지 않는 작가의 사유와 그 사유를 표현하는 내용과 형식을 수동적으로 좇아가는 것인가? 영국 소설가 D. H. 로런스에게 기대어 한기욱이 요약하듯이 문학은 "존재론적으로 미지의 영역을 탐구하는 발견적 방식"[1]이다. 로런스는 그걸 사유의 모험thought-adventure이라고 요약했다. 작품은 "미지의 영역"을 탐구하는 작가가 걸어가는 사유의 모험이다. 비평가는 그런 사유의 모험이 그리는 궤적을 추적하고 해설하는 역할을 한다. 그러나 그게 비평이 맡은 소임의 전부는 아니다. 창작과는 다른 방식으로 비평가는 창작품을 매개로 자신만의 사유의 모험을 감행한다. 비평은 창작의 종속물이 아니다. 사유의 모험에서 비평이 다루는 작품에 공감하기도 하고 부딪치기도 하면서 비평이 감당해야 하는 사유를 가다듬는다. 그런 공감과 충돌의 결과물이 내가 생각하는 비평이다. 비평이 단지 작품 해설이 아니라는 뜻을 나는 그렇게 이해한다. 두 평론집을 읽으면서 살펴보려는 것도 각 책이 보여 주는 비평적 사유가 새겨 놓은 흔적이다.

1

『문학의 열린 길』[이하 『길』]의 문제의식은 책의 부제인 사유, 정동, 리얼리즘으로 잘 요약된다. 4부로 구성된 『길』에서는 한국문학과 외국문학 작품을 다루지만 각 작가와 작품 읽기를 관류하는 키워드는 이것들이다. 이런 일관된 문제의식에 근거하여 작품을 읽는다는 점만으로도 『길』은 최근 비평의 흐름과는 다른 결을 지닌다. 나는 그런 미덕을 다시 상찬하기보다는 그 미덕이 미처 포괄하지 못한 공백 지점을 짚고자 한다. 『길』의 서술방식은 이 책에서도 여러 번 인용되는 창비식 비평 틀 좀 더 정확히 말하면 백낙청 비

---

1   한기욱,『문학의 열린 길』, 창비, 2021, 63쪽. 이하 쪽수 병기.

평의 틀을 따라간다. 거칠게 요약하면 그 서술방식은 체제론에 근거한 현실 진단과 그에 대한 문학적 대응방식을 틀짓는 방식이다. 오랜 기간 백낙청 비평이 시도해온 방식이고 미시비평이 대세가 된 지금은 거의 사라진 해석 틀이다. 그런 현실진단에 따라『길』에서는 87년 체제 위기, 분단체제 위기, 자본주의 체제 위기[86쪽]로 정리되는 현실 위기론이 제기된다.『길』이 여전히 리얼리즘의 시각을 취하는 이유다. 이때 리얼리즘은 좁은 의미의 창작방식 인 사실주의와는 구별된다. 백낙청이 표나게 제기하고 정립한 사유 틀이다. 그러나『길』은 정동의 개념을 가져오면서『길』만의 독특성을 확보하려고 한다. 그런 시도가 먼저 눈에 들어온다.

　『길』이 사유에 주목하는 이유는 좋은 문학은 정답이 아니라 질문을 제기 한다고 판단하기 때문이다. "오히려 그 참뜻은 무엇이 낡은 세상이고 무엇 이 새로운 세상인지, 무엇이 살아 있는 삶이고 무엇이 죽어있는 삶인지를 드러내는 문학적 실천"[59쪽]이다.『길』에서 반복적으로 사용하는 개념이 삶, 개별성이다. "문학은 작가가 의식하든 안하든 주어진 삶과 현실을 온몸으 로 밀고 나가 사유와 감각에서 미답의 세계를 여는 일이며, 비평은 이 창조 적 행위가 열어놓은 새로운 인식과 감성의 의미를 밝히면서 그 창조적 핵 심을 지켜내는 일이다."[79쪽] 비평이 어려운 이유는 "미답의 세계를 여는 일" 에서 비평이 손쉬운 정답을 제시하지 않으면서도 동시에 일정한 판단을 해 야 한다는 것이다. 손쉬운 판단을 경계하면서도 그때그때 판단해야 하는 위 험한 줄타기를 비평은 감수한다. 그렇게 비평은 일종의 창조적 열림을 견지 해야 하는데『길』이 여전히 백낙청의 사유 틀을 어떤 '정답'으로 전제하는 것은 아닌지 가끔 의문이 든다. 삶에 대한 사유는 곧 그 삶이 어떤 추상성이 아니라 "한 생명체가 바로 불가해한 존재"[371쪽]라는 고유한 개별성을 다룬다 는 뜻이 된다. 그런 바탕에서 황정은 소설을 분석하면서 저자가 요약하듯이

"도도의 주체적인 변화가 곧 혁명의 시작"24쪽이 된다. 문학이 제기하는 혁명이나 정치는 주체적인 변화라는 쟁점으로 이어진다. 『길』이 정동이나 마음의 문제에 관심을 쏟는 이유다.

한기욱이 주목하는 정동情動, affect[2] 개념이 한국 비평계에서 유행어가 된지는 꽤 되었지만 이 낯선 개념이 구체적인 비평에서 쓸모 있게 사용되고 있는지는 의문이다. 『길』에서도 그런 인상은 별반 다르지 않다. 저자는 정동을 "의식 이전의 유동적이고 혼란스러운 상태라서 고정된 개념으로 포착"하기 힘들며, "정동은 들뢰즈의 '되기becoming' 철학을 거치면서, 기존의 경계들 — 신체와 정신, 감성적인 것과 이성적인 것, 의식과 무의식 사이의 경계들 — 을 가로지름으로써 세계를 계속적으로 변형시키는 힘"21쪽이라고 요약한다. 핵심은 "세계를 계속적으로 변형시키는 힘"이다. 그런데 정동을 활용하려는 여러 작업에 대해서 평소 내가 갖고 있는 의문은 여기서도 말끔하게 해소되지 않는다. 정동은 기존에 비평에서 사용해온 정서emotion, 느낌feeling과는 어떤 관계를 맺는가? 어떻게 이들과 구별되는가? 저자가 김수영 시를 언급하면서 "정동이 내재된 사유"55쪽라고 규정할 때, 이렇게 정동을 내재적 개념으로 볼 수 있는가? 그것은 굳이 정서나 느낌이라는 개념을 사용하지 않으면서 관계에서 작동하는 정서, 혹은 느낌이 지닌 힘이라는 걸 부각시키려고 하기 때문이다. 한마디로 정동은 관계적 개념이다. 그런데 이건 이미 문학이 해온 역할이 아닐까? 문학에서는 감화感化라는 개념을 사용해왔다. 주체를 새롭게 느끼게 해서 변화시킨다. 저자가 "문학은 궁극적으로 마음에 작용"93쪽한다거나 마음을 흔드는 "사건"이라는 표현을 쓰는 이유도 이런 곤혹스러움 때문이리라. 저자가 제기하는 "마음 중심의 서

---

2   나는 철학자 김재인의 제안을 따라 스피노자가 제시한 affect의 번역어는 기운 혹은 정감이 적절하다고 판단한다.

사"^{28쪽}를 구체화할 필요가 있다.

정동 개념을 통해 리얼리즘을 새롭게 이해하려는 시도를『길』은 보여주지만 리얼리즘과 모더니즘의 대립 구도를 전제하는 틀은 여전하다. "사실주의 소설의 선형적인 서사와 모더니즘 소설의 의식의 흐름에 따른 파편화된 서사"[28쪽]라는 구도를 설정한다. 그때 리얼리즘은 사실주의는 아니다.『길』에서 "생생한 묘사의 사실적 지평과 (…중략…) 상징적 ・신화적 차원을 결합하는 복합적인 서사"[342쪽]를 되풀이 언급하는 이유다. 그런데 오래된 리얼리즘-모더니즘 대립 구도에 기대면서『길』이 요약하듯이 모더니즘을 "파편화된 서사"로 단정하는 시각은 지금도 타당한가? 정체에 빠진 한국 장편소설의 전망을 정리하면서 저자는 이 문제를 새롭게 접근할 수 있는 실마리를 제기하지만 거기서 멈춘다. 예컨대 김태환 평론가의 주장을 대하는 태도가 그렇다. "세계에 대한 인식 가능성과 서술 가능성이 의심스러워진 모더니즘의 시대에 전지적 서술자는 사실주의 소설과 함께 몰락한다고 주장되곤 했다. 하지만 모든 것에 대한 진술의 자유를 누리는 서술 장치로서의 전지적 서술자는 결코 몰락하지 않았다. 인물 스스로도 이야기할 수 없을 의식의 흐름을 재현하는 제임스 조이스의 서술자도 벌레가 된 채 혼자 갇혀 있는 주인공의 의식과 지각을 철저하게 추적하는 카프카의 서술자도 불가능한 진술의 주체로서 모두 사실주의 시대를 주도한 전지적 서술자의 계승자인 것이다."[269쪽] 김태환은 모더니즘을 파편화된 서사로 규정하는 게 타당한가라는 중요한 질문을 제기한다.『길』은 이런 질문을 수용하면서도 제대로 다루지 않고 넘어간다. 나는 이것이 리얼리즘과 모더니즘의 해묵은 이분법을 전제하는 어떤 사유의 정답을『길』이 설정한 데서 나오는 문제라고 판단한다.

『길』은 페미니즘문학에 주목한다. 4부에서 멜빌, 로런스, 매카시 등 외국 남성 작가를 다루지만『길』이 주목하는 한국문학 작가 목록에는 황정은, 권여선, 김애란, 정미경, 김금희, 김려령, 신경숙, 조해진, 김세희 등이 이름을 올린다. 남성 작가는 황석영 정도가 언급된다. 이렇게 된 데는 저자가 설명하듯이 독자층의 변화가 작용한다. "20대에서 40대에 걸친 견실한 여성 독자층이 든든히 받쳐주고 있다."[41쪽] 설득력있는 진단이다. 그렇다면 한국문학공간에서 왜 남성 작가가 거의 사라졌는가? 이 질문에 대한 답을 나도 갖고 있지 않지만 그것이 바람직한지는 따져볼 여지가 있다. 여성 작가들이 압도적인 대세를 형성하는 한국문학 현황에 대해 저자는 기본적으로 우호적인 태도를 취한다. "페미니즘문학의 전선"[63쪽]을 언급하고 "페미니즘의 목소리는 재현-대의체계상의 성차별을 철폐할 것을 요구하는 성평등 주장일 뿐더러 무의식적인 남성우월적 발상과 언어, 관행에 대한 정동적 저항"[21쪽]을 강조하는 대목이 그런 예다. 이런 현실진단은 "한국문학의 주력이 어느새 여성 작가 독자로 바뀐 데는 2016년 강남역 살인사건과 문단 내 성폭력 사건을 계기로 촉발된 새로운 페미니즘 물결이 한몫했음이 분명하다"[41쪽]는 판단으로 이어진다.

우선 여성 독자층의 대두와 새로운 페미니즘 물결이 그렇게 직접적으로 연결될 수 있는지는 좀 더 구체적인 분석이 필요하다. 더 따져볼 문제는 페미니즘 운동의 어떤 분파가 드러내는 인식론적 오류나 독단성은 주목하지 않으면서 "페미니즘운동과 갑질반대운동은 적폐청산과 더불어 촛불혁명의 강력한 보루"[234쪽]라고 단정하는 시각이다. 페미니즘운동을 포함해 어떤 이론이나 운동도 선험적으로 옳을 수 없으며 현실에서 검증되어야 한다. 페미니즘이 "촛불혁명의 강력한 보루"였는지도 의문이지만 촛불 이후의 페미니즘운동이 보여온 긍정성과 부정성을 동시에 드러낸 운동의 착찹한 궤적을 점검하지 않는 것은 아쉽다. 『길』이 다루는 여성작가들의 평가에서 비판적인 평가를 거의 찾아볼 수 없는 것도 이 점과 관련된다. 예컨대 김세희 소설을 평하면서 "그런 직장에서의 삶이 실감 나게 느껴지는 것은 단지 핍진한 사실주의 묘사 때문만이 아니다. 무엇보다 화자가 관찰자의 시점이 아닌 당사자의 입장에 서기 때문"49쪽이라는 일종의 당사자주의를 미덕으로 판단한다. 하지만 작가가 인물을 묘사할 때 어느 지점에서 당사자의 입장에 서는 게 가능한가라는 물음이 빠져 있다. 여기에는 재현의 윤리 문제가 있다. 여성 작가라고 해서 다른 여성 당사자의 입장에 서는 건 거의 불가능하다. 그런 재현의 간극을 살필 때 페미니즘 작품에 대한 좀더 설득력있는 평가가 가능하리라 판단한다.[3]

2

『길』과 마찬가지로 이성혁 평론집도 제목이 저자가 제기하려는 문제의식을 도드라지게 드러낸다. 그렇다면 시, 사건, 역사 개념이 무엇인지를 따져보는 것이 필요하다. 『시, 사건, 역사』이하『시』가『길』과 공유하는 맥락은 작품을 내재적으로만 이해하지 않고 작품 외적인 것과 작품이 맺는 관계를 짚는 것이다. "문학은 문학 장 외부와의 접속을 통해 생기를 얻을 수 있고 탄력을 가질 수 있다. 비평 역시 문학 내부의 미학적 문제만이 아니라 정치적인 것에 대한 사유와 함께 문학을 읽고 생각함으로써, 참여적이고 열정적인 글쓰기로 나아갈 수 있다."[4] 책 전체가 이런 문제의식에서 일관되게 서술된다. 그만큼 저자의 의도가 뚜렷하다. 미덕이다. 문제는 그런 날카로운 의도가 구체

---

3   이런 시각에서 나는 김세희 소설을 비판적으로 읽은 적이 있다. 오길영, 「합당한 수상작인가?」, 『아름다움의 지성』, 소명출판, 2020 참조.

4   이성혁, 『시, 사건, 역사』, 울력, 2021, 286쪽. 이하 쪽수 병기.

적인 시 읽기에서 얼마나 설득력있게 관철되는가라는 지점이다. 첫번째 질문이다. 문학이 문학 장 외부와 맺는 접속은 무슨 뜻인가? 여기서 문학 장이나 그 외부란 개념은 범박하게 말하면 제목에 들어 있는 역사와 같은 함의를 지닌다. 아마도 프랑스 사회학자 부르디외에 기댄 것으로 보이는 문학 장場 개념을 쓰는 이유는 주체-객체의 이분법을 넘어서서 주체-객체가 서로 얽혀 있는 힘의 관계를 포착하려는 의도로 읽힌다. 타당한 문제설정이다.

『시』가 역사 혹은 현실 개념을 이해하는 방식은 죽어있는 대상이 아니라 사건의 개념으로 보는 것이다. 이점도 독특한 시각이다. "그것은 역사의 흐름으로부터 치솟는 생성의 사건이다. 이러한 사건은 어떻게 이루어지는가? 이 생성은 문학 장 내에서의 혁신으로서만 이루어지지 않는다. 다시 말해서, 문학 장은 기타 현실에서의 장과는 상대적으로 자율적인 영역이지만, 생성의 과정을 이끌어 내는 문학적 사건은 문학 장 내에서의 새로움에 대한 충동에 이끌려서 이루어지지는 않는다는 것이다. 그 사건은 문학 외부에서의 충격이나 변화에 따라 이루어진다. 문학 외부와의 접속을 통한 새로운 변이事件가 아니라면, 문학 장 내에서 이루어 낸 새로움은 새로움의 연쇄가 형성하는 흐름 속에 쓸려 버려 아래로過去의 익숙한 것으로 떠내려갈 것이다."14쪽 저자가 보기에 시 쓰기도 사건이라면 그 사건은 독자적으로 생성되는 것이 아니라 "문학 외부에서의 충격이나 변화"에 영향을 받는다. 시 혹은 문학이 왜 단순한 글쓰기가 아니라 "생성의 과정을 이끌어 내는 문학적 사건"인지는 뒤에 살펴보겠다. 되풀이되는 질문이지만 관건은 문학 장과 문학 외부 장의 관계다. 문학 장은 외부 장의 힘에 어떻게 반응하는가? 반영인가? 그 힘을 따라가는 것인가? 아니면 외부 장을 문학 장이 인도하고 선도하는가? 문학이 외부에서 "생성의 자양분"18쪽을 얻는 것은 무슨 뜻인가?

구체적인 예를 살펴보자. 저자는 이상화, 김소월 등 근대 시인의 시 창작을 살펴보면서 시 쓰기의 역사·사회적인 배경을 주목한다. "1919년 삼일 운동의 봉기와 그 실패가 그것이다. 한국 낭만주의의 동경과 비애에는 민족 독립이라는 희망과 그 처절한 좌절이라는 현실이 투영되어 있는 것이다."[27]쪽 그런데 이런 관계 설명은 다소 단순하다. 시가 현실과 맺는 관계는 복합적인 매개mediation 변수를 고려해야 한다. 예컨대 T. S. 엘리엇의 시「황무지」를 읽는 이런 관점을 참고할 만하다.

「황무지」를 완전히 이해하려면 이 모든 (그리고 다른) 요소들을 고려할 필요가 있다. 그것에 대한 완전한 이해는 그 시를 당시의 자본주의 상태로 환원시킬 문제도 아니다. 너무나 명석하고도 복잡한 것들을 도입해서 자본주의 같은 원초적인 요소를 사실상 망각하도록 하는 문제도 아니다. 반대로 앞에서 열거한 모든 요소들作가의 계급적 위치, 이데올로기적 형식과 그것이 문학형식과 맺는 관계, 정신성(spirituality)과 철학, 문학생산의 기법, 미학이론)은 직접적으로 토대-상부구조의 모델과 관계가 있다. (…중략…) 따라서「황무지」가 당시 실제 역사와 맺는 관계는 다른 예술작품과 마찬가지로 고도로 매개된 것이다.[5]

매개 개념의 중요성은 임화 시를 설명하는 데서도 확인된다. 1920년대 중후반의 토양을 설명하면서 그 관계를 설명할 때도 매개 변수를 입체적으로 고민할 필요가 있겠다는 생각이 든다. 시가 "삶의 대지"[35]쪽에서 사건과 만나고 그 자체로 사건이 될 때 시는 외부 사건에 반응하는 데 멈추지 않는다. 그런데 이런 관계를 설명할 때 드러나는 해석의 단순성은 문학 외부 사건을 설명할 때도 발견된다. 이런 설명이 한 예다. 3·1만세운동에서 "조선

---

5   Terry Eagleton, *Marxism and Literary Criticism*, Methuen, 1976, pp.15~16.

인민이 주창한 것은 조선의 독립이지만 그것은 왕조로의 복귀가 아니라 인민주권의 요구이기도 했다. 독립 만세를 부르는 조선인들은 조선왕조의 신민이 아니라 주권자였다."44쪽 과연 3·1운동이 "인민주권의 요구"라는 단일한 명제로 설명할 수 있는지 의문이다. 과도한 해석이다. 하나의 사회 운동이 지닌 다면성을 고려해야 하지 않을까? 백조파 시인들의 시작을 3·1운동에 대한 반응으로 해석하는 것도 그렇다. 세심한 접근이 필요해 보인다.

『시』에서는 근현대사의 주요사건을 설명하면서 그 사건들이 시 창작에 미친 영향을 일관되게 설명한다. 광주항쟁, 민주화운동, 세월호 비극, 촛불혁명 등이 언급된다. 되풀이 말해 내재적 비평에 갇힌 우리 시대의 시 비평이 지닌 공백 지점을 타격하는『시』가 지닌 미덕이다. 예컨대 광주민주화운동을 설명하면서 저자는 그 사건의 시적 전유, 심대한 주체적 변화, 시작詩作의 변화를 언급한다. 그렇다면 시는 어떻게 외부의 사건을 전유하여 시화詩化하는가? 시는 사건을 반영하는가? 저자는 그렇지 않다고 설명한다. 이때 제기하는 개념이 사건이다. "사건-생성은 역사를 변화시키는 방향으로 끌어 올린다."39쪽 다르게 말하면 "시의 변이가 일어난 사건"19쪽은 시 외부의 역사를 변화시킨다. 일종의 시의 정치론, 혹은 문학의 정치론이다. 이는 과장이다. 문학과 시는 역사를, 세계를 단숨에 크게 변화시키지 못한다. 문학과 시는 그것을 읽는 사람들의 마음을 조금 움직일 뿐이다. 그런 점에서 김수영을 언급하면서 "사건-시는 혁명과 통한다"57쪽라고 할 때도 시라는 사건이 어떻게 혁명이라는 사건과 접속하는지를 구체적으로 설명하는 것이 필요하다. 시의 혁명은 멋지지만 어떤 경우에도 그것이 시 외부의 혁명으로 이어지는 건 만만한 일이 아니다.

그렇다면 저자가 생각하는 좋은 시는 무엇인가? 시는 외부 정황, 문학 외부 사건이 가하는 충격과 힘에 반응하는 것인가? 세월호 비극과 시적 대응을 설명하면서 "한국의 시인들 역시 고통 받고 있는 유가족들과 함께 하고자 하는 시를 썼다. 아래의 시박성우 시―인용자는 사람들이 유가족에 감응되어 행동에 나서는 과정을 구체적인 묘사적 이미지를 통해 보여 주고 있다"140쪽라고 설명할 때, "노동자들의 상황을 증언하는 시편들"175쪽을 평가할 때, 저자가 주장하는 시의 역할이 무엇인지를 묻게 된다. 시는 사건의 보고이자 증언인가? 비교해서 따져보자면 영화에서 리액션은 액션에 대한 수동적 반응이 아니다. 액션에 대한 적극적 해석이다. 감화되어 행동에 나서는 과정을 묘사하는 것은 의미있다. 하지만 그건 재현에 머물 위험에 처한다. 시가 현실의 흐름을 따라가는 것에 머문다. 그런데 뛰어난 시는 현실을 따라가는 것이 아니라 현실이 숨기고 있는 걸 드러내고 현실이 지향해야 할 모습을 미리 보여 준다. 현실의 흐름을 거스르고 새로운 리듬을 만든다. 내가 생각하는 시의 전위성이다.

사건으로서 시라는 개념을 저자가 제기하면서도 그 개념의 독특성이 무엇인지를 사유할 때는 다소 소박한 재현론에 머문 인상을 받는다. 『시』가 제기하는 날카로운 문제의식에 견줘서 "시인의 개성"158쪽에 따라 다양하게 나타나는 시적 반응과 시적 생성의 양상을 세심하게 살피는 대목이 아쉽다. 다시 말해 "주체성의 형성 기계로서의 작품"287쪽이 지닌 의미가 무엇인지가 또렷하게 드러나지 않는다. 문학과 문학 외부적인 것의 관계를 사유하는 미덕이 분명하지만, 역으로 "문학 내부의 미학적 문제"를 세심하게 읽는 지점이 약하다는 인상이다. 가령 기형도 시를 세기말적 감성이라는 키워드로 분석하는 것이 그렇다. 기형도 시는 "전망이 없는 세계 속에 내재해 있는 세기말의 죽음을 선구적으로 증언"96쪽 한다는 해석이다. 그런데 그런 세기말적 정황이 아니라 그 정황 혹은 삶의 여러 상황에 놓인 한 예민한 시인 혹은 시적 화자가 드러내는 고독하고 실존적인 내면의 표현으로 기형도를 읽을 수도 있다. 좋은 시는 시대 상황으로 환원되지 않는 잉여the residue를 지닌다. 종종 그런 잉여가 시의 독특한 힘을 생산한다. 그런 힘을 이해하려면 시 내부의 형식, 기법, 어법, 리듬 등을 꼼꼼하게 따져 읽는 내재적 독법이 요구된다. 그럴 분석이 뒷받침될 때 기형도 시가 표현한 "검은 페이지"는 독자의 "내면 깊숙한 곳에도 있다"97쪽는 결론이 설득력을 지닐 것이다.

시와 역사, 시와 정치적인 것의 관계를 설명하는 부분과 함께 내가 흥미롭게 읽은 것은 달라진 매체 환경에서 시의 위상을 천착하는 지점이다. "하이퍼텍스트 픽션은 컴퓨터를 이용한 문학의 변형이자 범위의 확장은 될 수 있어도 문학의 본령이 될 수 없으며, 컴퓨터를 통해 출현한 서사 양식은 더더욱 될 수 없다는 평가가 가능하며, 국내에서 '하이퍼텍스트'에 대한 기대에 찬 논의가 10년이 지났음에도 여전히 종이에 인쇄된 소설책이 각광받고 있는 것이다."194쪽 설득력 있는 분석이다. 그러므로 저자의 설명대로 이 문제에 관한 탐구는 시가 하이퍼텍스트의 특성을 어떻게 수용할 것인지 방안을 찾는 것이 포인트가 아니다. 그보다는 시에 내장된 하이퍼한 특성을 찾아내고 이것이 하이퍼텍스트의 특성과 연결되는 지점을 탐구하는 것이 더 생산적이다. 그러므로 "하이퍼텍스트라는 테크놀로지에 시를 예속시키려고 하는 하이퍼텍스트 시의 시도는 진보적이라기보다는 퇴보적이기에 실패하게 된다."216쪽 이런 분석은 새로운 매체와 시의 관계가 쟁점이 되고 소셜 네트워크에서 시가 소비되는 방식을 점검해야 하는 달라진 매체 환경 상황에서 시사점을 제공한다.

시의 상품화와 대중화를 따지는 부분도 눈길을 끈다. 저자는 대중적으로 널리 읽히는 시가 지닌 의미를 따지면서 많이 팔리는 대중 시를 무시하는 게 아니라 그것이 지닌 사회문화적 의미를 검토한다. "그리하여 사랑의 담론은 삶의 변화를 거부하는 이데올로기로 작동한다. 잠언시가 인기를 끄는 이유도 여기에 있다. 시를 상업적으로 출판하는 출판사들은 '잠언시'를 편집하여 내놓기를 좋아한다. 경쟁 사회에서 피곤한 삶을 살아가는 사람들에게 잠언시는 '평화'를 얻고자 하는 그들의 마음을 대변해 주곤 하기 때문이다. 그래서 사회가 힘들어지면 힘들어질수록 잠언시는 잘 팔린다."231쪽 역시 울림이 있는 분석이다. 그렇다면 이런 시대에 시는 어떻게 대중성을 얻을 수 있는가? 저자는 김기진과 임화 사이에 벌어진 대중화 논쟁에 기대고 임화의 손을 들면서 이렇게 결론을 내린다. "시가 저 광장에 들어가 대중의 잠재성과 접속하지 못한다면, 시의 대중화에는 무슨 의미가 있을 수 있을까? (…중략…) 시의 미래는, 대중의 잠재성과 만나면서 작동되는 시의 잠재적인 힘의 현실화에 있는 것 아닐까?"239쪽

남는 질문은 이렇다. 대중의 잠재성은 무엇인가? 그것이 혹시 대중이 지닌 힘을 지나치게 높이 평가하는 대중주의로 빠질 위험은 없는가? 더불어 저자는 언급만 하고 넘어가는 "정신적 귀족주의"224쪽가 지닌 문제의식도 고민해야 한다. 대중민주주의 시대에 귀족주의는 통상 부정적인 색깔로 덧칠되지만 저자가 강조하는 생성하는 사건으로서 문학이 지닌 힘은 정신적 귀족주의에서 발원하는 건 아닐까? 고민이 필요한 지점이다. 몇 가지 까칠한 견해를 적었지만 두 평론집은 해설을 넘어 각자가 시도하는 사유의 모험이 돋보인다. 두서없이 적은 불평은 내가 제기한 문제에 어떤 정답을 갖고 있기에 내놓은 게 아니다. 비평이 시도하는 사유의 모험에 정답은 없다. 다만 비평이 공동의 모색the common pursuit이라면 그런 모색의 자리에서 내가 받은 대화의 두 초대장에 대한 응답으로 읽어주길 바란다. (2022)

기억하고 기록하는 일

김해자 『위대한 일들이 지나가고 있습니다』, 황정은 『일기』

산문의 전성시대다. 작가나 시인들도 산문을 많이 쓴다. 작가나 시인은 기본적으로 작품으로 발언한다. 이때 작품의 의미는 문인들이 각 문학 장르의 법칙 안에서 세계를 대하는 인식과 감각을 표현하는 것이다. 예컨대 소설 속의 서술자는 소설가가 아니다. 소설은 작가가 창조한 다양한 캐릭터의 관계를 통해 극적 방식으로, 우회적으로 작가의 세계관을 드러낸다. 종종 작가가 특정 캐릭터를 통해 자신의 견해를 제시하는 경우도 있지만 그런 작품은 높은 평가를 받지 못한다. 조이스의 작품 『젊은 예술가의 초상』에서 표현한 대로 현대소설에서는 특히 그렇다.

이 극적 형식에 있어서의 미적 이미지는 인간의 상상력 속에서 순화되고 거기서 재투사再投射된 삶이야. 이런 미적 창조의 신비는 물질적 창조의 신비처럼 완성되지. 예술가는 창조의 신神처럼 자기가 만드는 작품의 내면이나 이면 혹은 그 위나 초월적인 곳에 남아서 남의 눈에 띄지 않은 채 스스로를 순화하여 사라지게 한 후 초연히 손톱이나 깎고 있는 거야.[1]

소설만이 아니라 시적 화자poetic narrator의 주관성이 직접적으로 표현되는 서정시lyric의 경우에도 독자는 종종 시적 화자의 인식을 시인의 그것과 동일시한다. 하지만 드물게 둘이 일치하는 때도 있지만 소설 서술자가 작가가 아닌 것처럼 시적 화자도 시인이 아니다.

문학개론에 나올 법한 얘기를 하는 이유는 작가의 견해가 직접적으로 표현되는 산문을 읽으면서 독자가 파악하는 감각과 인식을 시와 소설 같은 창작품에 담긴 넓은 의미의 매개된 세계관Weltanschauung과 기계적으로 동일시해서는 곤란하기 때문이다. 물론 작품에는 세계를 살아가고 지각하고 인식하는 한 개인으로서 작가와 시인의 고유한 관점이 작용한다. 그러나 작품에서 표현되는 감각과 인식에는 작가의 세계관만이 아니라 작가가 의식하지 못하는 다양한 이데올로기, 담론, 감각들이 동시에 스며든다. 사정이 이렇지만 세계를 예민하게 느끼는 작가와 시인의 산문을 읽으면서 그들이 쓴 작품으로 들어가는 실마리를 얻고 싶은 욕망을 독자는 갖고 있다. 설령 그런 실마리가 아니더라도 독자와 동시대를 사는 문인들의 내면세계를 알고 싶은 호기심은 자연스럽다. 문인도 생활인이기에 독자와 비슷한 고민을 하면서도 그들은 세계를 다르게 보는 눈을 갖고 있지는 않을까? 그런 호기심과 기대를 갖고 산문을 읽게 된다. 내 견해로는 이 시대의 가장 주목할 만한 시인과 소설가 목록에서 빼놓을 수 없는 시인과 소설가의 산문을 읽으면서 그런 호기심을 충족해보려 한다.

---

1   제임스 조이스, 『젊은 예술가의 초상』, 민음사, 2001, 331쪽.

1

조심스러운 생각이지만 한국문학 공간에서 농촌 / 농민문학은 거의 사라졌다. 그래도 시의 경우에는 아직 그런 작품이 가끔 나오지만 소설 쪽은 거의 멸종되다시피 했다.[2] 여기서 그 이유를 자세히 분석할 수는 없다. 한국경제에서 농업이 차지하는 비중이 현격히 줄어든 게 큰 원인이지만 그게 이유의 전부는 아니다. 여러 가지 의미에서 땅과 접촉할 기회를 거의 상실한 정서 구조의 변화가 다른 이유다. 김해자 시집 『해자네 점집』은 그 점에서 돋보이고 예외적이다.[3] 김해자 산문집 『위대한 일들이 지나가고 있습니다』이하 『위대한 일』는 김해자 시에서 돋보이는 땅의 정서와 결합된 시적 리듬, 정서, 목소리가 어디에서 발원하는지를 드러내 준다.[4] 시의 리듬을 말의 인위적 조작이나 형식적 구성의 결과물이라고 보는 견해가 있다. 동의하지 않는다. 시의 리듬은 그 시를 만들어내는 생활의 리듬과 긴밀히 얽혀 있다. 시를 쓰는 주체는 시인이지만 시인은 동시에 생활인이다. 여기서 시인과 생활인이라는 주체의 위치 사이에 단순한 연결고리는 없다. 하지만 그렇다고 생활인으로서의 시인의 존재를 제외하고 시의 내용과 형식을 온전하게 설명하는 것도 문제다. 케케묵은 전기비평biographical criticism은 경계해야지만 생활인으로서의 몸, 감각, 사유를 지닌 시인이 지닌 총체적 인격을 빼놓고 시를 이해하는 것도 문제다.

제목이 그 작품의 고갱이를 요약하지만 『위대한 일』은 특히 그렇다. 제목을 읽으면 묻게 된다. 무엇이 "위대한 일"인가? 그것이 "지나가고" 있다

---

2 정성숙 소설집 『호미』 정도가 눈에 띈다. 정성숙, 『호미』, 삶창, 2021.
3 이 시집에 대한 자세한 분석으로는 오길영, 「시와 감각적 지성」, 『아름다움의 지성』, 2020 참조.
4 김해자, 『위대한 일들이 지나가고 있습니다』, 한티재, 2022. 이 책의 인용은 쪽수 명기.

는 건 무슨 뜻인가? 부제인 "땅과 이웃, 시 이야기"에서 실마리를 찾을 수 있다. 땅, 이웃, 시는 이 책의 핵심 어휘다. 굳이 중요성을 나누자면 땅과 이웃이 먼저다. 그것들이 "위대한 일"이다. 시는 어쩌면 부차적이다. 시는 지나가는, 사라져가는 "땅과 이웃"의 이야기와 역사를 기록하고 표현하는 일을 한다. 하지만 김해자 시인이 스스로 생각하는 첫 번째 자기 정체성은 시인이 아니라 "이래저래 합하면 15년 경력이 우스울 정도"인 "초보농사꾼"7쪽이다. 시인은 겸양의 말로 쓴 말이지만 그에게는 "초보농사꾼"의 생활이 먼저고 시인의 정체성은 나중이다. 그때 농사꾼의 생활을 지탱하는 토대는 땅과 이웃이다. 이제 땅은 다수 사람에게는 투자, 정확히 말하면 투기의 대상이 되었다. 이웃이라는 말은 이제 사전에나 나오는 말이다. 자기 옆의 존재는 '내'가 살아남기 위해서는 이겨야 하는 경쟁상대가 되었다. 도시의 아파트 단지에서 '내' 옆집에 누가 사는지도 알지 못하고 관심도 없다. 이웃은 없다. 하지만 초보농사꾼 김해자에게는 투기의 대상인 토지가 아니라 땅의 기운, "한 달여 비워둔 집 엉거주춤 남의 집인 양 들어서는데 마실 다녀오던 아랫집 어머니가 당신 집처럼 마당으로 성큼 들어와 꼬옥 안아 주신다. 괜찮을 거라고 아파서 먼 길 다녀온 걸 어찌 아시고 걱정마라고, 우덜이 다 뽑아 김치 담았다고 얼까 봐 남은 무는 항아리 속에 넣었다고"21쪽 말해주는 이웃이 있다.

이런 환대와 돌봄의 마음은 어디서 생기는 걸까?

열심히 일하고 이웃과 즐겨 밥을 먹으며 나눠 주는 것이 과연 성격만일까 생각해 봤습니다. 천품도 당연히 있겠지만 땅과 연결된 어떤 감각이 자연스럽게 나눔과 환대와 보시로 이어지는 게 아닐까 싶기도 했죠. 콩이 흙에 심어지면 흙이 콩뿌리에 젖줄을 대 주듯이, 생명이 무상으로 나눠주는 것을 경험하고 일상화한 사람만이 이룰 수 있는 태도 말입니다. 수확물을 취득하는 것만이 목적이 아니라, 땅을 소중히 여기고 세상과 깊이 연결되었다는 감각 없이는 가능하지 않을 듯싶은 삶의 자세 말입니다.23쪽

현대문명이 잃어버린 소중한 감각 중 하나가 "땅에 연결된 어떤 감각"일 것이다. 하이데거 같은 철학자는 어려운 개념으로 대지의 정서를 말했지만 그런 추상적인 언어가 아니라 시인이 생활 속에서 느끼는 구체적인 생활의 리듬과 정서가 더 생생하다.

땅과 함께 시인을 살려주는 존재는 이웃이다. 『위대한 일』에는 우리 시대의 만인보萬人譜라 할 이웃들의 구체적 모습이 표현된다.

올해 일흔두 살, 기축년 소띠 생인 이종관 씨는 늘 회색 작업복 차림입니다. 뒤에 까만 철제 사다리가 솟아 있는 하얀 트럭이 우리 집 마당 옆을 지나가면 그가 공업 기술자로 변신했다는 뜻이고, 주황색 트랙터나 포클레인을 몰면 농부로 돌아왔단 신호죠, 아침 일찍 방송하거나 해도 뜨지 않는 새벽 제설차 소리가 나면 그가 이장 혹은 동네 봉사자로 돌아왔다는 거고, 늘 열려 있는 갈색 나무 대문 안에서 웃음소리가 울려 퍼지면 동네 어른이자 집안 장손이자 가장으로 돌아왔다는 겁니다.45쪽

시에 등장하는 이웃들은 구체적 삶의 내력을 지닌 존재다. 부녀회장 양승분 씨, 아랫집 맹구 언니, 맹대열 씨, 임영자 씨의 이야기가 펼쳐진다.

"여든이 코앞인 맹대열 씨의 옛이야기"54쪽, "미옥이, 미혜, 해경이, 현미, 미순이, 미희, 미숙이, 선희라는 고유명사들"100쪽이 생생한 모습으로 나타난다. 시인의 역할은 이런 "살아 있는 박물관의 이야기"를 귀담아듣고, "걸어 다니는 책들이 먼지처럼 사라질"61쪽까봐 이야기를 기록하는 존재다. "흔

적이 남아 있지 않아 땅속에 묻힌 평범한 사람들의 삶을 뼈만 앙상한 역사 속에서 숱한 사람들의 속담과 이야기와 수수께끼와 노래 속에 귀를 기울이며 그들의 삶을 조각하려 노력해 봅니다."62쪽 여기서 말하는 "숱한 사람들의 속담과 이야기와 수수께끼와 노래"는 벤야민Walter Benjamin이 이야기꾼의 탄생과 소멸을 지혜가 전승되는 공동체의 존재와 연결해 살폈던 취지를 상기시킨다.[5] 땅과 이웃이 살아 있는 농촌 공동체의 가치를 김해자가 소중하게 여기지만 농촌 생활을 무조건 이상화하는 건 아니다. 『위대한 일』의 이야기는 전원주의, 이상주의와는 거리가 멀다. "농촌이 깨끗하다고요? 아닙니다. 나무에 비닐이 새처럼 앉은 채 날고 있는 풍경을 보지 않거나, 백합 향기와 섞인 제초제나 농약 냄새를 맡지 않고 길을 지나다닐 일은 없습니다. 농촌이 조용하다구요? 아니요. 건너편 집 위에 산이 있는데 벌써 보름째 기계가 바위 혹은 흙을 까대는 소리가 요란스럽게 들립니다."70쪽 시인은 사라져가는 공동체가 지닌 가치를 기억하고 적을 뿐이다.

『위대한 일』이 시의 의미와 가치를 논하는 시론詩論을 자세하게 펼치는 책은 아니지만 초보농사꾼의 생활 감각과 시 창작의 관계를 보여주는 대목도 적지 않다. 앞서 지적했지만 김해자에게 "위대한 것"은 시가 아니다. "정원에 양배추와 마늘의 씨앗을 뿌리는 일, 그리고 따뜻한 달걀들을 거두어들이는 일 같은 사소한 일들이 저 친절과 대가 없는 보살핌 덕분에 '생각'에 찌들곤 하는 제 영혼에 빈틈이 생기고 있네요. 그 빈자리에서 시가 발아하고 있습니다. 듬성듬성 자라난 시가 콩잎처럼 바람에 날리고 있습니다."25쪽 시는 어쩔 수 없이 "생각"을 필요로 하지만 그 생각에만 사로잡히면 "영혼"은 숨을 쉬지 못한다. 그럴 때 시는 불가능하다. 생활의 위대한 "사소한 일

---

5   발터 벤야민, 「이야기꾼」, 『소설을 생각한다』, 문예출판사, 2018 참조.

들"과 부딪칠 때 "영혼에 빈틈"이 생기고 "시가 발아"하기 시작한다. 나는 『해자네 점집』을 읽으며 싱싱하고 활달한 생명력의 기운을 느꼈는데 그건 단지 글의 기예에서 나온 것이 아니라는 걸 『위대한 일』을 읽으며 확인한다. 시에서 언어는 매우 중요하지만 언어가 전부는 아니다.

> 이럴 때 잠시 멈춰 다시 질문합니다. 언어라는 장벽에 갇힌 것 아닌가, 언어가 나를 부리고 있는 것 아닌가. 그때 저는 모든 걸 멈추고 땀 흘릴 만큼 일합니다. 제로가 될 때까지. 그럴 때 그 빈 공간에 무언가가 다시 차오르곤 하더군요. 그 묘한 공백을 공간 혹은 여백 만들기라고 생각해요. 저는 시가 조립품이 되어 실려 가는 컨베이어 벨트를 잠시 멈추는 쉼표가 되기를 진정으로 바랍니다.79쪽

통상 서정시에서 시적 자아를 언급하지만 김해자가 보기에 자기에 갇힌 시적 자아는 뭔가 뒤틀린 것이다. 그 뒤틀린 자아를 치유해주는 건 생각만으로 되지 않는다. "인간만이 지닌 자의식, 즉 에고에 지친 정신과 육체를 흙에 묻고 그를 닮아 가려고 애쓰는지도 모릅니다. 그것은 우리가 모두 나누어 가진 내면의 윤리이자 하나됨의 은총인지 모르겠습니다."92쪽 그래서 김해자에게 시는 "흙에 내맡긴 초목의 수액과 닮았"다.93쪽 김해자에게 이웃은 단지 이웃 사람만이 아니라 초목을 포함한 자연의 이웃들을 아우른다. "어쩌면 아주 자주 신을 부르고 있었는지 모릅니다. 그래서 이웃과 친구와 동지, 형제들과 풀과 나무와 곡식과 꽃들을 신이라 여기게 됐는지도요."232쪽

"초목의 수액"을 닮은 시는 "에고에 지친 정신과 육체"로 표상되는 현대 문명과 다른 길을 간다. "에고"를 넘어 다른 존재에게 잔뿌리를 내민다. "흔히들 시를 영감으로 쓴다고 하는데 어림없는 소리입니다. 아무리 영감이 와도 그것을 오래 붙들고 발효시키지 않으면 설탕만 뿌려 놓은 갓 담은 매실

효소나 매한가지입니다. 내 안의 세계만으로 부족합니다. 사람들 속으로 들어가 그들의 마음도 읽어야 합니다. 풀이든 나무든 하늘이든 물이든 사람이든 진득하니 그 속을 들여다봐야지요."120쪽 시든 소설이든 내면의 세계를 탐구하는 건 필요하지만 그게 문학이 지닌 영토의 전부는 아니다. "뭐 그렇게 고상하고 뼈아픈 내면의 세계라는 게 존재해서 문학이 그렇게 내내 개인적 상처들을 뜯어 먹고 사는지 이해가 잘 되지 않습니다."204쪽 나는 이 발언을 이 시대문학이 지닌 어떤 고질병에 대한 통렬한 비판으로 읽는다.

2

서양문학 연구자들이 자주 하는 생각이지만 서양 작가들은 사적인 글을 많이 남긴다. 편지, 일기 등의 기록을 남긴다. 그런 사적인 글이 작가의 작품을 이해하는 직접적인 통로가 될 수는 없다. 앞서 지적했듯이 작가와 작품 사이에는 많은 매개 변수가 작용한다. 그러나 어쨌든 특정한 시대와 공간을 살았던 생활인으로서 작가가 무엇을 느끼고 사유했는지를 이해하는 데 그런 편지, 일기 등이 도움이 되는 것은 인정해야 한다. 다만 이 경우에도 사적인 글쓰기에 적힌 내용이 진실 그대로라고 여기는 건 조심해야 한다. 모든 글쓰기는 어느 정도의 위장과 은폐를 전제한다. 서양문학과 비교해보면 한국문학의 경우 작가들이 사적인 글을 적게 남긴다. 그 이유를 상세히 따져보는 건 이 글의 목적이 아니다. 작가들의 산문이 많이 나오는 건 그 점에서 반갑다. 황정은 에세이 『일기』도 한 예다.[6] 이 책은 말 그대로 일기다. 특

6   황정은, 『일기』, 창비, 2021. 이하 인용은 쪽수 병기.

히 "코로나 상황을 일 년째 겪고 있다는 이야기"다.26쪽 일기는 체계성을 전제하지 않는다. 파편적이고 우연성을 전제한 글쓰기다. 하지만 나는 『일기』에서 보기 드물게 냉철하면서도 예민한 작가 정신의 일면을 감지한다.

『일기』에는 사회적 이슈, 개인적인 경험, 작가 생활의 이면 등이 드러난다. 먼저 사회적 이슈에 대한 작가의 관심이 어떤 건지를 알 수 있다. 작가를 사로잡은 큰 이슈는 코로나 상황과 세월호 비극이다. 2년 넘은 코로나 팬데믹이 많은 사람의 생활과 의식에 알게 모르게 영향을 끼쳤으리라는 판단은 자연스럽다. 작가도 그 영향을 벗어날 수 없다.

> 이 걱정의 바탕은 자기가 남에게 병을 옮긴 나쁜 사람이 될 수도 있다는 두려움일 수도 있고 우애일 수도 있다. 나는 후자를 조금 더 믿고 있다. 남이 고통을 겪을까 염려하는 마음. 그게 이미 있다고 믿는다. 한국 사회 구성원들은 각자의 외부에서 발생한 거대한 고통과 이미 접촉한 적이 있다. 서로가 서로의 삶에 책임이 있다는 것을 고통스럽고도 경이로운 공동의 경험을 통해 이미 배운 적이 있다.38쪽

이 구절에는 상황에 대한 사실적 판단도 있지만 주관적인 믿음이 더 절실하다. 상황에서는 "두려움"이 우리를 지배하지만 그 두려움과 불안감을 이기는 방법은 "우애"에 대한 믿음이다. 어쩌면 그 우애의 연대는 많은 사람이 희생되고 고통받는 질병이 인간 존재의 유한성을 강하게 떠올리게 하기 때문이다. "나는 어째선지 인간 종의 수명-필멸성mortality을 생각한다. 할 일이 너무 많아 5분 단위로 시간을 쪼개며 산다는 그 차의 차주-일론 머스크도 그걸 자주 생각할 거라고 생각하고는 한다. 심심해서 미국 대통령을 해본 것 같은 도널드 트럼프도 은근히 그걸 자주 생각할 거라고 나는 생각하고 있다."32쪽 『일기』에는 황정은 소설에서도 종종 발견하는 냉철함과 함

께 은근한 비꼼과 위트, 거리 두기의 문장이 나타나는데, 이 구절도 그렇다. 돈과 권력이 너무 많은 이들은 그 돈과 권력이 아까워서 "필멸성"을 생각할 거라는 판단이 그렇다.

코로나 팬데믹의 영향을 작가가 민감하게 느끼지만 세월호 비극이 끼친 영향은 더 깊다. "아파트 바로 뒤편으로 820톤, 1,000톤 골리앗 크레인이 솟은 비탈에서 삼호아파트를 등진 채 허사도 방향으로 서면 거기에서도 세월호는 보인다. 배를 만드는 사람들은 저기 항만에 거치된 녹슨 배를 보면서 무엇을 생각할까. 그런 걸 생각하고, 그런 걸 보고 왔다."113쪽 작가는 "그런 걸 생각하고 보고" 와서 기록하는 존재다. 남들이 보기를 거부하고, 보고 싶어 하지 않는 걸 보게 만드는 일을 한다.

> 세월호 침몰은 진도 앞바다에서 배가 침몰하고 끝난 사건이 아니다. 과거에서 현재로, 진도와 안산에서 전국으로 이어지고 연결된 사건이므로 나는 산보하는 길에, 산보하는 길에도, 그 기억들을 우리가 다 만날 수 있어야 한다고 생각하고 있다. 지금을 생각하고 다음을 생각하기 위해서라도. 이런 이야기를 하면 너무 정치적이라는 말을 듣곤 한다. 그런데 나는 누가 어떤 이야기를 굳이 '너무 정치적'이라고 말하면 그저 그 일에 관심을 두지 않겠다는 말로 받아들인다.133쪽

이렇게 정치적인 것과 생활인의 관심은 연결된다. 이때 관심은 특정한 정치적 이념의 표현이 아니라 동시대를 살아가면서 느끼는 공감의 문제다. 그런 공감조차 없는 이들을 우리는 통상 인간말종이라고 부른다.

『일기』는 소설가에게 소설 쓰기와 산문 쓰기의 차이를 명료하게 드러낸다. 그 점이 흥미롭다.

소설을 쓰는 나는 이 모든 사건들 속에서 그들이 왜 그렇게 했는지를 궁금하게 여기고 그들 각자의 노동 조건이나 그가 속한 공동체의 이민사나 가족사, 그날을 전후로 그가 본 것 들은 것 읽은 것 등등을 생각해볼 테지만 이 글을 쓰는 나는 소설을 쓰는 내가 아니니까 이유가 궁금하지 않다. 이유를 생각하는 것으로 이유를 만들어주고 싶지 않아 그저 게으름을 생각할 뿐이다.72쪽

소설에서는 말과 행동의 감춰진 이유, "왜 그렇게 했는지"를 탐구한다. 좋은 소설에서 언제나 답이 아니라 질문과 탐구가 중요한 이유다. 작가는 답을 제시하는 존재가 아니라 사태의 배후와 "이유"를 사유한다. 아마도 황정은에게는, 그리고 다른 작가들에게도 이런 소설 형식이 강요하는 갑갑함이 있을 것이다. 어떤 경우는 그냥 "이유"를 살피지 않고 "그저 게으름을 생각"하고 게으른 존재를 그렇다고 직설적으로 비판하고 싶을 때가 있다. 게으른 존재들은 사유하지 않는다. 사유하지 않고 쉽게 판단한다. "한국계 미국인과 일본계 미국인을 중국인이라고 생각해 공격했다는 백인 남성의 범죄 소식을 인터넷 기사로 보았다. 그 기사에 중국인도 아닌데 왜 공격하느냐는 댓글을 적은 한국인을 보고 저런 걸 쓸 수 있구나 생각하느라고 아침 시간을 보냈다."128쪽 차별받았다는 생각으로 분노할 줄은 알지만 차별한다는 자각은 없는 게으름이다. 일기는 그런 게으름이 일상생활에서 어떻게 드러나고 상처를 주는지를 예리하게 드러낸다.

사회적 이슈에 대한 작가의 인식을 매개 없이 읽을 수 있다는 것도 눈길을 끌지만 평론가로서 역시 더 눈길이 가는 건 소설 쓰기의 속내에 대한 고백이다. 소설을 쓰려면 마음의 근육만이 아니라 몸의 근육이 있어야 하기에 꾸준히 운동한다는 대목이 흥미롭다. 더 많은 부분을 차지하는 건 작가가 읽은 책에 대한 감상이다. 거기에는 문학작품도 있고 인문서도 있다. 예컨

대『빨간 머리 앤』에 대한 이런 언급은 황정은이 그의 소설에 등장하는 어린이, 어른 캐릭터들을 대하는 작가적 태도의 배경을 설명한다.

그의 상상이 현실을 밀어내며 엉뚱하게 팽창하는 순간을 나는 좋아했고, 그가 어른들 앞에서 비교적 의젓하고 무력하지 않을 수 있는 까닭이 그 상상력에 있다고 생각했다. 앤이 하는 것처럼 앤처럼, 내게도 상상력이 있다고 믿으며 상상으로 빠져든 시간이 내게도 있었고 그 상상들 중에 무언가는 내게 도움이 되기도 했을 것이다. 나는 그가 부럽기도 했다.47쪽

나는 황정은 소설이 지닌 어떤 매력이 "현실을 밀어내며 엉뚱하게 팽창하는 순간"을 날카롭게 포착한 데 있다고 보는데, 그런 능력을 상상력이라고 요약하는 게 흥미롭다.『일기』에는 어른을 싫어한다는 말이 나온다. 예외는 있다.『빨간 머리 앤』에 나오는 "마릴라와 매튜는 앤의 수다에 당혹스러워하면서도 그의 말을 다 듣는다. 여전히 그들은 앤의 이야기에 매료될 수 있는 어른들이고 그건 그들의 특별한 능력이자 매력이기도 하며, 앤의 삶을 생각할 때 그들은 한 생태계를 생각하는 것처럼 신중하고 조심스럽다. 1986년에도 2020년에도 그들은 앤의 어른들이고 나는 그들이 좋다."49쪽 작가가 생각하기에 좋은 어른은 앤 같은 어린이나 소수자가 하는 "이야기에 매료될 수 있는 어른들"이다. 그들은 "신중하고 조심스럽"게 듣는다. 좋은 작가는 그렇게 자기가 만들어낸 캐릭터들의 말과 세계를 잘 듣는 존재다.

황정은 소설을 읽으면서 부모 캐릭터, 특히 아버지 캐릭터를 대하는 까칠하고 냉정한 서술의 배경이 궁금했다.『일기』는 그 해답의 실마리를 제공한다.

그래도 부모인데 가족인데. 이 말은 그래서 아무런 입장이 아니라고 나는 생각

하고 있다. 그것은 의견도 생각도 마음도 아니다. 사람이 하는 모든 말이 입장이고 의견이고 생각이고 마음일 필요는 없지만, '그래도 부모이고 가족'이라는 말은 그 중 어느 것도 아닐 뿐 아니라 누군가를 죽음으로 등 떠밀 수 있는 상투적이라서 해로운 말이다. 나는 뒤늦게 발견되곤 하는 가정폭력 사망의 첫 번째 원인으로 어른들의 그런 상투성을 꼽는다. 자기가 가진 것만을 헤아리는 그 게으른 태도들 때문에, 어린이가 고통 속으로 돌아가고 거기 방치된다.54~55쪽

나는 이 문장을 읽으며 최근에 본 고레에다 히로카즈 감독의 영화 〈브로커〉와 그 이전 작품인 〈어느 가족〉을 떠올렸다. "그래도 부모이고 가족이라는 말"은 "상투적이라서 해로운 말이다." 부모와 자식 사이이므로 자동적으로 이해되고 용서받는 일은 없다. 그게 "게으른 태도"다. 〈어느 가족〉에서 노부요 시바타안도 사쿠라는 직접 아이를 낳지 않았지만 어머니가 되고, "낳으면 다 엄마인가요?"라고 경찰에게 되묻는다. 낳았다고 자동적으로 부모가 되는 게 아니다. 나는 황정은 소설의 한 중요한 맥락이 "낳으면 다 부모인가요?"라는 물음의 답을 찾는 탐구에 있다고 판단한다.

황정은 소설의 또 다른 특징은 일상생활에서 벌어지는 미세한 폭력의 뿌리를 찾아가는 것이다. 『일기』에서 작가는 자기가 겪었던 성폭행의 기억을 어렵게 드러내는데, 생물학적 남성 비평가로서 나는 그 발언이 나오기까지의 어려움을 감히 짐작조차 못한다. 그렇게 섹슈얼리티는 성별로 다르게 인지된다. "남자아이들이 호기심을 충족하기로 마음먹고 모험을 행할 때, 가장 가까이 있는 여자아이가 대상이 된다. 남자아이들 성은 '어린아이다운' 호기심을 충족하고 '모험'을 완성하지만 여자아이들은 남에게 말하지 못할 수치로 그 일을 기억에 남긴다. 일곱 살에 겪은 일을 마흔이 넘어서도 잊지 못한다."177쪽 작가는 그런 기억을 잊지 않고 새기는 존재다. 그것이 아무리

고통스러운 일일지라도.

사람들은 온갖 것을 기억하고 기록한다. 기억은 망각과 연결되어 있지만 누군가가 잊은 기억은 차마 그것을 잊지 못한 누군가의 기억으로 다시 돌아온다. 우리는 모두 잠재적 화석이다. 뼈들은 역사라는 지층에 사로잡혀 드러날 기회조차 얻지 못한 채 퇴적되는 것들의 무게에 눌려 삭아버릴 테지만 기억은 그렇지 않다. 사람들은 기억하고, 기억은 그 자리에 돌아온다. 기록으로, 질문으로.76쪽

작가는 기억하고 기록하고 질문하면서 자기의 싸움을 하는 존재다.

소설을 쓰며 살다 보면 문학이란, 하고 묻는 질문을 반드시 만나게 된다. 이미 있는데 하필 왜 있느냐고 물어 멈추게 만드는 질문을. 누가 내게 그렇게 물으면 나는 일단 그를 의심한다. 개수작 마, 하고 실은 생각한다. 그 질문을 생각하느라고 다른 건 아무것도 생각하지 못한 채 읽거나 쓸 수도 없어 사는 걸 그냥 중단하고 싶은 시기를 보낸 적이 있었다. 그래서 나는 그런 것을 내게 묻지 않는다. 그런 질문에 대답하려고 애쓰지 않는다. 그렇게 묻는 이를 만나면 너는 실은 내 원고나 내 싸움엔 아무런 관심도 없으면서 너의 싸움에서 네가 스스로 찾지 못한 대답을 내게서 가져가려는 것뿐이다, 하고 생각하며 그를 잘 봐둔다.142쪽

우리는 각자가 자신이 감당해야 할 싸움을 할 뿐이다. "문학이란, 하고 묻는" 거창한 질문은 종종 감당해야 할 당면의 싸움을 호도하게 만든다. 황정은이 소설 쓰기든 산문 쓰기든 자신만의 "싸움"을 계속해주길 독자로서 바란다. (2022)

우주적 차원의 시선

염무웅『지옥에 이르지 않기 위하여』, W. G. 제발트『전원에 머문 날들』

코로나 팬데믹 시대다. 본격적으로 코로나가 퍼지기 시작한 지 2년 가까이 되었다. 강한 사회적 거리두기를 포함한 여러 조치로 확산세가 꺾이는 것처럼 보이지만 다시 새로운 변이들이 계속 등장한다. 이런 질문이 떠오른다. 코로나는 단지 방역이나 보건, 의료만의 문제일까? 효과 좋은 백신이나 치료제가 나오면 다시 예전의 생활로 돌아갈 수 있는 질병의 문제일까? 비평가이자 인문학자로서 나는 코로나 바이러스와 문명의 관계를 묻게 된다. 코로나 국면이 종료되면 좀 더 다양하고 깊이 있는 논의와 분석이 나오겠지만 코로나 바이러스는 단지 질병의 문제만이 아니라 현 단계 인류문명의 문제점, 특히 문명과 자연과의 관계를 돌아보게 한다. 계속 등장하고 변이하는 바이러스들, 급증하는 자연재해, 점점 뜨거워지는 지구 온난화 현상을 보며 인류의 미래가 있는가라는 근본적 질문을 제기하게 만든다. 이 모든 것들은 문명의 거대한 위기를 드러내는 징후라는 생각이 든다. 사태를 설명하기 위해 인류세Anthropocene, 자본세Capitalocene 등의 개념이 등장한다. 세부적인 설명을 논외로 하더라도 이 개념들은 지금 수면 위로 부각된 여러 문제가 인류문명에 대한 경고라는 건 상기시킨다. 그리고 이건 단지 인류세나 자본주의 시스템만의 문제만이 아니다. 체제와 시스템의 문제를 돌아보는 건 필요한 일이다. 구조는 언제나 힘이 세다. 그러나 그 구조 안에 살아가는 사람들이 지닌 욕망의 교육, 혹은 "감수성의 구조"[1]를 다시 짜는 것이 그만큼 중요하다. 이미 때가 늦었다는 비관주의에 종종 사로잡히지만, 그렇다고 이 위기를 넘어서기 위한, 그게 어렵다면 최소한 파국을 늦추기 위한 모색을 포기할 수는 없다.

욕망의 교육에 관한 가장 독창적인 인류의 발명품이 문학이다. 그래서 뛰어난 작가나 비평가는 어떤 대상을 다루고, 어떤 제재로 작품을 쓰고 비평을 하든 그런 문명사적 시야를 포기하지 않는다. 올해 탄생 100년을 맞은 김수영은 그 점을 예리하게 지적한 바 있다. "작은 눈으로 큰 현실을 다루거나 작은 눈으로 작은 현실을 다루지 말고 큰 눈으로 작은 현실을 다루게 되어야 할 것이다. 큰 눈은 지성이고 그런 큰 지성만이 현대 시에서 독자를 리드할 수 있다."[2] 관건은 "큰 눈으로 작은 현실을 다루"는 것이고, 그런 큰 눈이 지성이다. 조심스러운 판단이지만 나는 현재 한국문학계의 큰 구멍이 바로 이 지점에 있다고 본다. 큰 눈으로 현실을 다루는 태도. 그리고 큰 눈은 문명사적 시야를 전제한다. 이런 말을 하면 문학은 거창한 것을 말하지 않고 작은 것들을 세심하게 접근하는 일을 한다고 반박할지 모른다. 김수영의 말을 제대로 이해 못 한 오독이다. 문학은 세상의 작은 것들, 작은 현실에 주목하지만 그것을 대하는 시선은 커야 한다. 그 시선의 한계지점이 문명사적, 혹은 우주적 시야다. 이 글에서 읽어보려는 평론가 염무웅과 작가 W. G. 제발트는 그런 문명사적 시야를 각자의 글쓰기에서 놓치지 않고 글을 쓴다. 두 권의 산문집에서 무엇을 배울 수 있는지를 살펴보자.

---

1   염무웅, 『지옥에 이르지 않기 위하여』, 창비, 2021, 199쪽. 이하 인용은 쪽수 병기.
2   김수영, 이영준 편, 『김수영 전집 2 ─ 산문』, 민음사, 2019, 632쪽.

염무웅 산문집 『지옥에 이르지 않기 위하여』^{이하}『지옥』는 글의 성격으로 볼 때 두 부분으로 나뉜다. 1부는 수십 년 동안 문학평론가이자 출판인, 대학교수로 활동하면서 저자가 가졌던 사람들과의 관계를 회고하는 글이다. 여기 실린 글은 개인적인 차원에서 서술된 한국현대문학사이자 문화사다. 그만큼 재미있고 유익하다. 조태일, 천이두, 이호철, 김규동, 김용태, 김윤수, 채현국, 권정생 등의 인물이 거론된다. 『지옥』은 염무웅이 쓴 문학사, 문화사이자 귀중한 체험기이다. 구체적인 사람들의 이야기를 통해 인간적 품위와 품격, 그런 것들이 억압적 시대와 부딪쳤을 때 생기는 상처와 고통, 희망을 생생하게 묘사한다. 나머지 2부, 3부, 4부는 염무웅이 견지해 온 문학적 자세를 보여주는 글, 특히 분단, 통일, 남북관계 등 한반도의 고유한 문제들을 천착해온 글, 그리고 분단극복을 위해 참조할 수 있는 사례를 논하는 글로 짜였다. 산문 장르도 점점 사적인 얘기나 소소한 개인적 체험을 말랑말랑한 문체로 쓰는 경향이 강해지는데 염무웅의 글은 강인한 사유가 무엇인지를 보여주는 비범한 사례다.

염무웅은 한국사회의 여러 쟁점에 대한 강한 관심을 놓지 않지만 그 관점은 통상적인 사회과학적 시각과는 다르다. 염무웅은 사회구조나 체제의 문제를 도외시하지 않지만 문학평론가로서 그의 관심은 다른 데 있다.

생각건대 사회변혁을 위한 시민적 참여와 인간 내면의 감성적 변화는 진정한 혁명의 두 날개와 같다. 그러므로 촛불집회의 평화로움은 후지이 다케시가 말하듯 일상의 질서를 건드리지 않겠다는 소극적인 태도의 표명이 아니라 반대로 촛불혁명의 현실적 성공을 위한 집단지성의 현명하고도 적극적인 선택이었다고 보아야

하지 않겠는가.^{359쪽}

나는 이 대목이 염무웅이 『지옥』에서 얻은 득의의 영역이라고 본다. 염무웅이 기대를 건 "촛불혁명"이 지난 4년간 얼마나 "현실적 성공"을 거두었는지는 냉정한 평가가 필요하다. 지금 시점에서 솔직히 말하면 실망스러운 점도 적지 않다. 그런 실망감은 정권을 교체하고 제도 개혁을 했으면서도 왜 세상은 크게 달라지는 게 없는가라는 물음으로 이어진다. 범박하게 말하면 그건 "인간 내면의 감성적 변화"가 일어나지 않았기 때문이다. 쉽게 말해 아무리 좋은 제도를 만든다고 해도 그 제도를 담당하는 사람의 감성과 인식이 구태의연하기 때문이다. 내년 대선에 나오겠다고 거명되는 상당수 후보가 작금에 보여주는 천박한 인식과 감성 구조를 보면 쉽게 납득이 된다.

이 문제를 논하면서 염무웅은 항산과 항심의 관계를 새롭게 해석한다.

지난 반세기 동안의 엄청난 외형적 발전에도 불구하고 우리들의 감정과 정신이 날로 저열하고 황폐해진다고 느껴지는 것은 다들 '마음의 정처'를 잃어버렸기 때문이 아닐까. 예로부터 항심恒心의 근거가 항산恒産이라 했는데, 이때 '항산'은 단지 일정한 재산만을 뜻하는 것이 아닐 것이다. 인간에게 '한결같은 마음'의 가능성과 기반을 보장해주는 조건들, 가령 실직을 하거나 중병이 들어도 생계가 통째로 무너지지는 않으리라는 보장, 동료와 이웃이 느닷없이 칼을 들고 달려들지는 않으리라는 믿음, 힘들거나 지쳤을 때 가족과 친구의 위로가 있으리라는 기대, 6·25전쟁 같은 사태가 돌연히 일어날 리 없다는 확신, 이런 것들이야말로 우리에게 삶의 지속을 담보하는 사회적·심리적 '항산'일 것이다.^{142~143쪽}

몇 개의 중요한 키워드가 눈길을 끈다. 감정과 정신, 마음의 정처, 한결같은 마음의 가능성, 가족과 친구의 위로 등. 이 대목을 읽으며 떠오른 것은 내가 가르치는 젊은 학생들이다. 요즘 젊은 세대가 느끼는 심각한 불안감, 좌절감의 원인에 대해 윗세대가 함부로 말하기는 조심스럽다.

그러나 내가 그들과 나눠본 대화와 나름의 자료공부에 근거해 짐작하자면, 그 원인은 "삶의 지속을 담보하는 사회적·심리적 항산"이 부족하기 때문이다. 한발만 삐끗하면 생존의 절벽 아래로 떨어질 수밖에 없다는 불안감을 사회가 자극하고 그때 자신의 손을 잡아줄 이가 아무도 없다는 절망감이 젊은 세대의 마음을 지배한다. 기본소득을 둘러싼 여러 논란이 있지만 그 모든 논의에는 "사람들이 미치거나 자살하지 않고 끝까지 살아내"도록 뒷받침해 주는 사회문화적 항산이 먼저 있어야 한다. 이 점이 '아프니까 청춘이다' 류의 정신승리를 강조하는 책과 『지옥』이 갈라지는 지점이다. 이런 문제의식은 책의 제목에서도 확인된다.

책의 표제로 내세운 '지옥에 이르지 않기 위하여'는 독일의 저명한 음유시인 볼프 비어만Wolf Biermann이 한국 인터뷰어에게 했던 말에서 가져온 것이다. 비어만의 아버지는 유대인 공산주의자로서 아우슈비츠에서 학살되었고 비어만 자신도 부모의 뜻을 이어받아 일찍이 소년 공산주의자가 되었다. (…중략…) 그가 꿈꾸었던 이상적 공산주의와 실재하는 독일민주공화국의 현실은 너무도 다른 것임이 드러난 것이었다. (…중략…) 머릿속에서 구상한 낙원을 억지로 지상에 건설하려는 것은 지옥에 이르는 지름길이 될 수도 있다는 확신에 도달한 것이었다. (…중략…) 그런 여러 차이에도 불구하고 지구의 환경과 인간의 현실이 지옥으로 화하지 않도록 각자 자기 자리에서 최선을 다해야겠다는 마음만은 비어만도 나도, 아니 이 세상 어디에 사는 누구라도 공유하는 게 옳다고 생각한다.7~8쪽 앞서 언급한 인류세나 자본세를 거론하지 않더라도 인류문명이 과연 얼마나 존속할 수 있을지에 대해서는 나는 솔직히 비관적이다. 이미 돌이킬 수 없는 선을 넘었다는 생각을 한다. "지구의 환경과 인간의 현실이 지옥으로" 이미 변한 건 아닐까? 여기에서 판단이 다를 수 있다. 염무웅은 아직 기회가 있다고 믿는다. 그리고 '헬조선' 같은 신조어에서 알 수 있듯이, 설령 현실이 지옥으로 변했더라도 어떻게든 결정적 파국을 뒤로 미룰 수 있도록 "각자 자기 자리에서 최선을 다해야겠다는 마음"을 염무웅은 강조한다. 나는 그 마음이 어쩌면 우리에게 남은 마지막 희망일지도 모른다는 생각을 한다.

염무웅은 그 마음의 뿌리를 오래된 미래인 과거의 기억에서 찾는다.

공주 같은 시골에는 과외나 학원 같은 건 도무지 없었고, 고3 한 해 동안만 입시 공부에 집중하면 대학에 갈 수 있었다. 가정형편 때문에 진학을 체념한 동급생도 많았지만, 당시에는 대학진학률이 높지 않아서 고등학교만 졸업하고 사회에 진출한다고 해서 사회의 낙오자가 된다는 느낌을 갖는 사람은 거의 없었다. 따라서 대학진학을 포기한 동급생들이 교실의 분위기를 망가뜨리지 않았고, 대학입시에 실패하는 것을 인생의 실패로 여기는 풍조도 아직 없었다. 여학생들의 대학진학은 더 드물었다. 그런데 어찌 된 셈인지 물질적 풍요가 증가할수록 우리 사회의 행복의 총량은 점점 더 감소하고 있다.100쪽

이런 대목을 읽으면 우리가 무엇을 잃어버렸는지를 생각하게 된다. 나는 염무웅보다 한 세대 정도 아래지만 비슷한 공감을 한다. 내 세대는 염무웅 세대보다, 내 아랫세대는 내 세대보다 물질적으로 더 풍요롭다. 하지만 그렇다고 뒷세대가 앞세대보다 행복한가? "물질적 풍요"와 "행복의 총량"은 비례하는가?

행복한 삶을 위해 어느 정도의 물질이 필요하다는 것이 염무웅도 인용하는 항산의 문제다. 그러나 그 수준을 넘게 되면 물질과 행복은 꼭 비례관계를 갖지 않는다. 하지만 물질의 힘, 자본의 힘, 돈의 힘이 무서운 건 이런 질문조차 세상 물정 모르는 '꼰대'의 생각으로 치부하게 만든다는 것이다. 눈에 보이지 않는 것의 가치는 점점 잊힌다. 이렇게 세상이 각박해질수록 서로 뜻을 함께하는 우애의 공동체가 더 절실해진다. 염무웅도 그 점을 지적한다. "문학적으로뿐만 아니라 시국에 대한 견해까지 말을 꺼내기 전에 뜻이 통한다는 것이 서로에게 직감되었다. 생각해보면 이런 정서적 동지 관계가 형성되어 있었기에 1970년대의 정치적 암흑시대를 굳건하게 잘 견디며 자유와 민주주의를 지향하는 문학운동을 지속할 수 있지 않았을까 생각한다."20~21쪽

염무웅이 평생 사유해온 한반도 분단문제에 대한 글들이 이 책에서 가장 많은 분량을 차지한다. 나는 그중에서 특히 우리와 비슷한 사례로서, 분단의 가능성이 있었지만 그것을 슬기롭게 넘어선 오스트리아를 언급하는 부분에 눈길이 간다. 그런 대목에서 저자의 절실한 마음을 느낀다. "역사에 가정은 없는 법이지만, 만약 이때 한반도의 정치지도자와 국민들이 서로 간의 이견을 극복하고 내부적 타협에 성공하여 이 결정을 받아들였다면 한국은 동시대의 오스트리아처럼 중립적 통일국가로 출범하게 되었을지 모른다. 그러나 실제의 역사는 그와 다르게 전개되었다."184쪽 앞으로 "중립적 통일국가"의 가능성을 사유할 화두를 나는 이 책에서 배웠다.

2

꼭 세 명의 좋아하는 외국 작가를 꼽으라는 질문을 받는다면 W.G. 제발트는 거기 포함된다. 다른 둘은 제임스 조이스와 미야베 미유키를 들겠다. 이른바 에세이 소설이라고 부를 만한 독창적인 소설 양식을 개척한 제발트는 그 형식의 독특함 만큼이나 인류문명의 의미, 그 안에서 폭력과 억압으로 스러져가는 사람들, 그러면서도 인간의 품격을 잃지 않으려고 분투하는 이들의 고결한 삶을 그만의 독특한 정조로 묘사하는 내용의 깊이로 독자를 사로잡는다. 쓸데없는 가정이지만 교통사고로 불의의 죽음을 맞지 않았다면, 제발트는 노벨문학상 수상 후보 목록에서 가장 앞에 위치한다고 판단한다. 제발트는 뛰어난 소설가이지만 동시에 문학박사로서 대학에서 교편을 잡은 문학선생이기도 했다. 독일태생인 그는 영국에서 문학박사를 받고 거기서 교수 생활을 하다 2001년 57세의 나이로 교통사고로 작고했다. 그가 1998년에 낸 문학연구서이자 독특한 에세이라고 할 『전원에 머문 날들』^{이하}『전원』의 출간 소식을 듣고 기뻤다. 이 책은 문학연구서이지만 마치 그가 쓴 에세이 소설 같은 느낌을 준다. 물론 이 경우에는 가공의 인물이 아니라 실존했던 작가들이라는 차이점이 있지만.

이 책에서 제발트가 다루는 작가들은 유럽 작가들이다. 요한 페터 헤벨, 장 자크 루소, 에두하르트 뫼리케, 고트프리트 켈러, 로베르트 발저 등의 18~20세기 작가, 그리고 제발트의 친구였던 화가 얀 페터 트리프의 그림을 끝으로 분석한다. 여러 작가론을 묶어주는 관점은 작가의 삶과 작품을 연결해 작가의 초상화를 그리려는 시도에 있다. 작가가 살았던 시대와 작가의 삶은 어떤 형태로든 작품에 영향을 미친다. 작가의 삶과 작품을 무매개적으로 연결해서 작품의 의미를 확정하려는 것은 조야한 비평이다. 하지만 어떤 작가나 시인도 자신의 시대를 벗어날 수는 없다. 이렇게 시대와 인물캐릭터을 통합적으로 사유하려는 시각은 제발트의 소설에서도 확인되는 그만의 독창성이다. 그런 미덕이 작가론이자 에세이인 『전원』에서도 나타난다. 그런 사유에는 제발트가 살았던 시대와 인류문명의 속내를 감지하려는 제발트의 감성이 드러난다. 제발트는 그가 아끼는 작가를 통해 우회적으로 문학과 인간과 문명에 대한 속내를 드러낸다.

먼저 문학과 글쓰기에 대한 언급이 눈길을 끈다. "내게 당혹감을 불러일으키는 것은 바로 이 문인들의 끔찍스러운 끈기다. 글쓰기라는 악덕은 너무나 고약해서 어떤 약도 듣지 않는다."[3] 『전원』에 실린 모든 작가, 특히 발저의 삶과 글쓰기의 관계를 설명하면서 제발트는 글쓰기가 지닌 "악덕"을 언급한다. 글쓰기는 작가에게는 악덕이자 즐거운 고통이지만 독자는 그런 작가의 고통이 있기에, 아니 더 정확히 말하면 그런 고통을 작가에게 요구하면서 읽기의 쾌락을 얻는다. 자신이 다루는 작가를 분석하면서 제발트 자신의 문학론, 예술론의 실마리를 드러낸다. 이 책의 묘미다. 맨 뒤에 실린 유일한 비문학 예술가인 얀 페터 트리프의 그림을 설명하는 대목이 그렇다. "아주 깊숙이 들여다봐야 한다는 점, 예술은 수공예 없이는 살아남을 수 없다는 점, 사물들을 하나씩 헤아리는 일에는 감수해야 할 많은 어려움이 따른다는 점을 내게 가르쳐준 것이 바로 그의 그림들이기 때문이다."10쪽 예술이 지닌 수공성은 뫼르케의 경우에서도 발견된다. "그런 예술을 창조하기 위해 필요한 것이 무엇인가는 여전히 풀리지 않는 수수께끼이다. 분명 미세한 조정과 수정을 가할 수 있는 희귀한 수공예적 솜씨가 필요할 것이다. 그 밖에도 내 생각에는 아주 집요한 기억력이 필요할 것"이다.102쪽

---

3   W. G. 제발트 지음, 이경진 옮김, 『전원에 머문 날들』, 문학동네, 2021, 8쪽. 이하 쪽수 병기.

아마도 이런 가르침에서 제발트의 독특한 소설 쓰기가 비롯됐을 것이다. 무엇보다 "깊숙이 들여다"보는 게 관건이다. 그렇게 하려면 잊힌 것을 되살리는 "집요한 기억력"이 요구된다. 그리고 그것을 예술적으로 형상화하는 "희귀한 수공예적 솜씨"가 있어야 한다. 나는 이런 단어들이 제발트 자신의 문학을 요약한다고 판단한다.

> 얀 페터 트리프의 그림들에서 죽음이라는 주제는 전적으로 프루스트의 규정을 따라 덧없는 순간들과 성좌들이 시간의 흐름에서 벗어남으로써 중지되는, 지나가고 있고 지나갔으며 잃어버린 시간의 주제와 연결된다. 빨간 장갑 한 짝, 다 타버린 성냥개비, 도마 위의 작은 양파 한 개와 같은 사물들은 자신 안에 모든 시간을 품고 있으며 화가의 헌신적인 노고를 통해 영원히 구원된다고 할 수 있을 것이다. 그 사물들을 감싸고 있는 기억의 아우라는 사물들에 멜랑콜리의 결정을 이루는 일종의 추모의 성격을 부여한다.208쪽

그 기억력은 제발트가 트리프의 그림에서 발견하는 하찮은 대상들이 품고 있는 "잃어버린 시간"이다. 작가는 작품을 통해 덧없는 순간을 "구원"한다. "그 사물들을 감싸고 있는 기억의 아우라"는 내가 제발트 소설에서 발견하는 독특하고 아련한 분위기, 사라져가기에 더 애틋한 인류문명의 자취를 떠올리게 한다. 어떤 점에서 제발트문학은 "사물들에 멜랑콜리의 결정을 이루는 일종의 추모"의 성격을 띤다.

그런 글쓰기의 두드러진 사례로 제발트는 발저의 예를 꼽는다. 발저는 "세계 몰락을 예언하는 표현주의적인 선지자"가 아니라 "최대한 극단적인 세밀화와 축약도를 추구했고, 하나의 이야기를 망설임 없는 단 한 번의 도움닫기로 만들어내는 도약 속에 띄워보려 했다."163쪽 이런 세밀화와 축약도

는 제발트 글쓰기의 주요한 특징과도 관련된다. 많지 않은 인물 속에 한 시대의 풍경을 포착하는 제발트 소설의 독특성은 그가 거창하고 추상적인 말을 떠드는 "선지자"가 아니라 개별적인 것 속에서 보편적인 것을 드러내는 예술의 본령에 힘을 쏟는다는 걸 뜻한다. 세밀화와 축약도에는 무엇이 담기는가? "하지만 발저가 일종의 철두철미한 동화와 공감을 통해서 그 안에 영혼을 불어넣는 방식은 어쩌면, 가장 하찮은 것들에서 입증되는 감정이야말로 결국 가장 처절하다는 것을 드러내는 듯하다."171쪽 그 대상은 "가장 하찮은 것들"이다. 거대한 역사 서사에서 배제되고 삭제된 것들에 발저는 주목하는데 그 점은 제발트 소설의 특징이기도 하다.[4] 사람이든 사물이든 그런 하찮은 것들의 관계 속에서 서술자가 포착하는 감정의 울림이 제발트 소설을 우리 시대의 고전으로 만든다. 작가는 그런 울림을 통해 세계가 어떻게 연결되는지를 보여주는 존재다. "하지만 그발저는 이렇게 얻은 특별한 지각력을 단순히 자신이 걸어온 고통의 길에 쏟지 않고 그의 다른 자아인 강도와 연결된 아웃사이더들과 격리된 자들, 지워진 자들에게 쏟았다."181쪽

제발트가 루소에게서 새롭게 주목하는 것도 이런 감정의 깊이가 아니라 딱딱해진 사유의 병리 현상이다. "시민 계층이 어마어마한 철학적 문학적 에너지를 들여 자신의 해방에 대한 요구를 천명하던 시대에 루소만큼 사유의 병리적 측면을 인식한 사람은 없었다."68쪽 작가나 예술가도 예외는 아니다. "작가야말로 사유라는 병에 시달리는 주체들 가운데 어쩌면 가장 불치의 환자라는 것을 입증한다."69쪽 루소의 고립과 고독을 낳은 시민계층과 루소 사이의 괴리를 제발트는 세심하게 복원한다. 이 책에는 루소를 격렬하게 질투했던 볼테르의 일화가 언급되는데, 나는 그런 관계에서도 사유라는 병

---

4   이런 제발트 소설의 면모를 다룬 글로는 오길영, 「한국문학의 경계-김석범 『화산도』와 W.G. 제발트 『이민자들』, 『아우스터리츠』」, 『아름다움의 지성』, 소명출판, 2020 참조.

에 시달리는 작가의 모습을 발견한다. 흥미로운 동시에 씁쓸한 진실이다.

그렇다면 왜 사유는 병리적 성격을 갖게 되었는가? 제발트는 그 점을 명료하게 드러내지 않지만 자본주의의 힘을 무시할 수 없다. "켈러가 그토록 한탄했던, 동향 사람들의 경제적·도덕적 상태에 미치는 화폐시장의 파급력"122쪽이다. 그런 파급력에서 뫼리케의 삶과 글쓰기에서 드러나는 "그를 매양 괴롭혔던 건강염려증과 울화, 늘 입에 달고 다녔던 무기력과 헛헛함, 혼란스러운 우울감, 마비 현상, 갑작스러운 힘 빠짐, 어지럼증, 두통, 또 끊임없이 엄습해오던 알 수 없는 공포감, 이 모든 것은 멜랑콜리에 빠진 그의 마음 상태를 보여주는 증상일 뿐만 아니라, 노동윤리와 경쟁이 격화되는 사회가 영혼에 미치는 영향이기도 하다."93쪽 이런 영향은 지금 이 시대에도 확인된다. 우리 시대의 병리현상은 단지 개인의 문제가 아니다. 마음 상태를 보여주는 증상에 그치지 않는다. 그건 "노동윤리와 경쟁이 격화되는 사회가 영혼에 미치는 영향"이다. 내가 읽은 제발트 소설에서는 자본주의의 이런 영향을 직접적으로 천착하지는 않는데 『전원』은 좀 더 명료하게 제발트의 인식을 드러낸다.

켈러의 작품이 이미 보여주듯이 자본주의의 파괴적 영향력은 우리 시대의 심각한 화두가 된 자연파괴를 낳는다.

마지막에 언급된 시민들의 흐릿한 모습과 창가의 철창살은 불길하게 다가오기 충분하다. 하지만 고약해진 자본주의가 자연환경에 끼치는 영향은 더욱 심각할 수 있다. 우리는 『마르틴 잘란더』의 첫 페이지에서부터 이미 땅이 쉴 새 없이 개간되어, 원래라면 초원과 정원 사이에 너른 그늘을 드리우고 푸르른 언덕으로 이끌었을 예전 오솔길의 흔적이라고는 찾아볼 수 없음을 알게 된다. (…중략…) 그러자 잘란더가 말한다. "제 손으로 환경을 망치다니 몹쓸 놈들 같으니라고."119쪽

켈러는 이런 경향을 작품 곳곳에서 포착하면서 "모든 살아 있는 생명에게 무조건적으로 우호적인 태도"128쪽를 드러낸다. 제발트는 그런 표현을 쓰지 않지만 나는 여기서 작가의 급진성을 확인한다. 작가는 삶의 탐구자이지만 그것은 미세한 삶의 결을 어루만지는 시선만이 아니라 덧없는 삶과 현실의 허무함을 유구한 자연의 역사, 더 나아가서는 우주의 역사라는 시야에서 조망하는 것이다.

제발트가 헤벨의 작품에서 발견하는 것도 그런 시각이다. "그러니까 헤벨의 이야기들에서 인간 운명의 부침을 다스리는 주권이 발원하는 원천은 결국 우주적 차원이자 그 우주적 차원에서 얻어낸 자기 자신의 미미한 의미에 대한 통찰인 셈이다."22쪽 이런 시선이 바로 김수영이 말하는 "큰 눈"의 지성이다. 영국 낭만주의 시인 블레이크는 그것을 '한 알의 모래알에서 우주를 본다'라고 표현했다. "지구의 폐허를 은하수에서 내려다보는 시선보다 더 생소한 시선은 없을 것이다. 하지만 우리가 그곳에서 보낸 유년 시절과 가정의 벗의 이야기에서 울려 퍼지는 유년 시절은 어제보다 더 먼 과거는 아니다."48쪽

뛰어난 작가는 그런 "생소한 시선"을 통해 독자에게 우리가 살고 있는 시대와 인류문명의 의미와 가치를 살펴보도록 초대한다. 범박하게 말해 한국문학이 최인훈 이래 많이 잃어버린 것이 "우주적 차원에서 얻어낸 자기 자신"이다. 그래서 작품들이 자잘해지고 힘이 없다. 큰 눈의 지성이 부족하다. 제발트의 작품과 산문에서 배워야 할 점이 그런 시선일 것이다. (2021)

제5부

탐구하는 작가들

체제 붕괴의 우화가 된 파국적 사랑

예니 에르펜베크『카이로스』

1

예니 에르펜베크의 장편소설『카이로스』는 2024년 부커상 인터내셔널 부문 수상작이다. 황석영 작가가 같이 최종후보에 올랐다. 심사위원회는 『카이로스』를 "아름다우면서 불편하고, 개인적이면서 정치적"이라고 평했다. 이런 평가는 좋은 소설에 다 해당하지만, 뒷부분 표현이 눈에 들어온다. "개인적이면서 정치적"인 소설.『카이로스』는 나이 차가 많은 남녀의 사적인 사랑 이야기가 표면적인 플롯을 이룬다. 그러나 그들의 사랑과 관계에는 당연히 그들이 살았던 시대의 힘과 분위기가 배어든다. 그래서『뉴욕타임스』는 "소설의 내면에는 독일의 정치·역사·문화의 기억이 깔렸다. 그녀에르펜베크가 미래의 노벨문학상 후보로 거론되는 것도 놀라운 일이 아니다"라며 추켜세웠다. 내 판단으로도 앞으로 독일어권 작가가 노벨상을 받는다면 에르펜베크는 유력한 후보가 될 것이다. 소설을 읽기 시작했을 때 이미 수없이 많이 다뤄진 사랑 이야기를 이 작가가 어떻게 접근할 것인가? 그 점이 궁금했다. 왜냐하면 소설의 주인공인 카타리나와 한스는 평범한 관계가 아니기 때문이다.

세상에는 수많은 사랑 이야기가 있지만, 그 관계는 각기 다르다. 따라서 두 인물이 놓인 조건과 상황을 세밀히 따져봐야 한다. 예컨대 영문학 고전인 셰익스피어의 『로미오와 줄리엣』처럼 동년배의 십대 남녀가 표현하는 사랑, 혹은 샬럿 브론테의 『제인 에어』처럼 10대 후반의 연애 경험이 전혀 없는 제인 에어와 훨씬 나이가 많은 30대 후반~40대 초반으로 '플레이보이'라고 할 수 있는 에드워드 로체스터의 사랑은 같은 사랑 이야기가 아니다. 『카이로스』는 『제인 에어』와 비슷한 조건을 지닌 남녀의 사랑을 다룬다. 카타리나는 연극 디자인을 공부하는 학생이다. 소설의 시작 부분인 1986년에 그녀의 나이는 19세이다. 작가도 여러 인터뷰에서 인정했듯이, 카타리나는 작가와 닮았다. 둘 다 1967년 동독에서 태어났다. 고향과 청년 시절의 직업도 같고, 연극계에서 일하기 전에 출판업에 종사한 것도 같다. 카타리나는 겉으로는 동독 사회주의의 충실한 딸로 보인다. 카타리나는 "사회주의 국가가 자국의 아동을 미래의 시민으로 만들기 위해 마련한 모든 정거장을 두루 거쳐온 아이 중의 하나다. 그럼에도 그녀와 국가와의 거리는 엄청나다. 거리. 그것은 반항이 아니기에 거리이며, 다만 무관심, 정치적 피로와 비슷한 것이다. 이것은 그녀의 젊음과 상당히 부조화를 이룬다. 그녀는 무엇을 추구해야 할지를 더 이상 알지 못하는 듯하다."[1] 이 구절은 『카이로스』의 주제를 요약한다. 카타리나가 한스와 맺는 관계와 종국적인 파국은 그녀와 기성 동독 체제와의 거리를 표현한다. 흥미로운 것은 그 체제의 "아이들 중 하나"로서 카타리나가 이 체제에 적극적인 반항을 하지는 않으며, 거리를 둔다는 것이다.

한 세대 앞 인물인 한스와는 다르게 동베를린에서 태어나고 성장한 젊은 여성 카타리나는 동독을 자신의 삶을 제한하는 곳이지만 동시에 친숙한 곳

---

1   예니 에르펜베크, 『카이로스』, 한길사, 2024, 182쪽. 이하 쪽수 병기.

으로 경험한다. 그녀는 정치적 성향을 노골적으로 드러내지는 않지만, 그녀의 삶이 동독 국가 체제에 의해 어떻게 형성되었는지, 그 체제를 대하는 그녀의 태도가 무엇인지를 작가는 동독 체제와 서독 체제를 비교하는 카타리나의 예리한 시선을 통해 포착한다. 잠시 이모를 방문하러 서독을 찾게 된 카타리나의 모습이 그렇다. "기차가 스르르 달려가면서, 카타리나는 자신이 예외적으로 시선을 던질 수 있게 된 이 세상 위로 메르세데스 벤츠의 별이 돌아가는 것을 본다."101쪽 한편으로 카타리나에게 서독은 "메르세데스의 벤츠의 별"이 상징하듯이 물질적 풍요로움이 눈에 들어오는 곳이다. 그러나 그곳에서 그녀는 거리의 걸인을 발견한다. 그래서 묻는다. "걸인들이 시야에서 사라지고, 아래 승강장에서 카타리나는 겨울에 추울 때 저 사람들은 어떻게 하냐고 묻는다. 만프레트가 말한다. 아주 간단해. 겨울에는 히터 박스 위에 누워 있지."107쪽 이 대목은 사회에서 낙오된 이들을 사회와 국가가 어떻게 대하는지, 혹은 대해야 하는지를 생각하게 만든다.

물론 작가가, 혹은 카타리나가 이미 몰락해버린 현실 사회주의 체제를 옹호하는 건 아니다. 그건 이미 지나간 역사다. 하지만 독일 통일 이후 새롭게 등장한 전지구적 자본주의 체제의 명암을 의식하는 것은 분명하다. 여성으로서 카타리나는 (서독)자본주의의 어두운 면을 성매매 공간에서 확인한다.

일생에 단 한 번밖에 보지 못할지도 모르는 이 세계의 모든 것을 보아야 한다는 생각이 든다. 자유의 밑바닥을 눈으로 보아야 한다. 그리고 그 밑바닥은 의심할 바 없이 이곳 일터, 지하 세계로 가는 입구에 바로 '섹스숍'이라 적혀 있다. 쇼윈도에는 거의 벗다시피 한 여자들의 사진이 붙어 있다.114쪽

이런 경험 뒤에 서술자는 초점 화자의 역할로 카타리나가 서독과 동독

체제 사이에서, 혹은 동독의 붕괴와 통일 이후 그녀와 당시 젊은 동독인들이 느꼈을 분열 의식, 당혹감을 예리하게 포착한다.

그녀 역시 아무도 그녀를 알지 못하는 곳, 철두철미하게 낯선 곳에서 비로소 자기 자신이 되는 것일까? 30분 동안 그녀는 시스템을 벗어나 존재한다. 그녀의 도박과 그녀의 두려움은 국가의 팔이 아마도 이곳까지도 미칠 수 있지 않을까, 누군가가 어떤 식으로든 몰래 그녀를 감시할 수 있지 않을까 하는 의문에 있지 않다. 그녀의 도박 내지 그녀의 두려움은 이 30분의 고독이 남은 생의 영원한 고독이 되면 어쩌나 하는 것이다. 익숙한 삶에서 떨어져 나오고, 밀려 나와, 영원히 이곳에 머물게 되면 어쩌나 하는 것이다. 이 장난은 자신과의 도박이며, 그녀의 걱정은 그녀 자신의 이름을 달고 있다.124쪽

동독 체제는 카타리나에게 상시적 국가 통제를 뜻하는 "국가의 팔"이고 "몰래 그녀를 감시"하는 억압적 아버지와 같다. 하지만 카타리나에게 그 체제는 "익숙한 삶"이다. 그래서 그녀는 그 삶에서 밀려 나와 "영원히 이곳서독에 머물게 되면 어쩌나" 하는 두려움에 사로잡힌다. 그리고 작품의 결말은 그녀가 예감했던 두려움이 무엇인지를 또렷하게 알려준다.

카타리나의 고향은 잘못된 편. 그녀의 눈에 잘못된 것이 아니라, 28년간 장벽 안에 숨겨져 있던 이 땅에 갑작스럽게 향하는 세계의 눈으로 보기에 잘못된 편이다. 장벽이 열리면서 그녀의 현실은 강력한 소용돌이에 휘말린 것처럼 이런 세계로 내동댕이쳐졌다. 첫 며칠간에는 정말로 시간이 질주하는 소리가 들리는 듯한 느낌이었다. 현재는 소리를 내며 영영 가버리는 것일까? 그러면 무엇이 남는 것일까?373쪽

2

『카이로스』는 카타리나가 가진 "무관심, 정치적 피로"의 반대급부가 한스와의 성적 관계 맺기이며, "그녀는 무엇을 추구해야 할지를 더 이상 알지 못하"기에 더욱 한스에게 집착한다는 것을 파고든다. "지금까지 그녀는 세상 안에 있기 위해 한스라는 존재가 필요하다고 믿었는데, 이제는 세상에 맞서기 위해 한스가 필요하다는 것이 드러났다."155쪽 이제 사랑의 세계에 뛰어든 카타리나는 그런 집착을 사랑이라고 확신하지만, 소설은 그것이 무지의 결과라는 걸 찬찬히 보여준다. 한스는 53살 유부남이다. 그는 소설가이자 라디오 작가이다. 다시 말해 카타리나와 한스의 관계는 불륜이고 치정관계이다. 이 점도 숨겨놓은 법적 아내가 있었던 『제인 에어』의 로체스터를 떠올리게 하는데, 한스는 로체스터보다 훨씬 뻔뻔하다.

> 우리는 가끔만 볼 수 있어. 하지만 매번 첫 만남 같을 거야. 축제처럼. 그녀는 주의 깊게 들으며 고개를 끄덕인다. 너에게 난 기껏해야 자주 누릴 수 없는 기쁨이 될 수 있을 뿐. 난 유부남이기 때문이지. 알아요. 그녀가 말한다. 네겐 흡족하지 않겠지만. 그리고 흡족해하지 않는 건 네 권리이고. 그가 말한다. (…중략…) 그녀가 아무런 요구도 하지 않는다면, 어떻게 그녀를 내칠 수 있겠는가?37쪽

서술자가 명시적으로 한스를 평가하지는 않지만, 한스가 하는 말과 태도는 그가 얼마나 이기적인 남성인지를 드러낸다. 한스는 "네겐 흡족하지 않겠지만. 그리고 흡족해하지 않는 건 네 권리"라면서 짐짓 카타리나와의 관계가 공정한 계약 관계라고 주장하지만, 그건 그만의 생각이다. 그리고 이런 태도는 뒤에 살펴보겠지만 한스 개인의 문제만이 아니라, 그가 충실히

믿었던, 하지만 결국은 버림받았던 동독 국가 사회주의 체제의 한계와 관련된다. 카타리나가 동독 체제의 충실한 딸이었듯이, 좀 더 부정적인 의미에서 한스는 동독의 아들이다.

이들의 관계가 남들이 보기에 평범하지 않다는 건 카타리나의 친한 친구도 지적한다. "서른네 살 차이. 너 정말 미쳤구나. 크리스티나가 말한다."52쪽 만약 이 소설이 둘의 나이 차이와 사회적 압력을 극복하고 아름다운 사랑을 이뤄가는 식으로 전개되었다면 뻔한 소설이 되었을 것이다. 두 인물의 착잡한 관계와 "소설의 내면에는 독일의 정치·역사·문화의 기억"이 깔려 있다. 『제인 에어』가 그랬듯이 이 작품이 그저 그런 사랑 이야기가 되지 않은 이유다. 이 소설이 성공적인 작품이 될 것인지 아닌지는 카타리나와 한스의 사적 관계와 그들이 살아가는 당대 동독의 현실, 특히 베를린 장벽 붕괴와 독일 통일이라는 역사적 전환기가 연결되는 접점을 얼마나 작가가 서사적으로 형상화하는가에 달렸다. 뛰어난 작품은 사랑은 이미 정치적이라는 걸 보여주는데, 카타리나와 한스의 사랑도 그렇다. 개인의 삶과 그들이 살아가는 사회 혹은 국가는 그렇게 연결된다.

중년의 비평가로서 나는 이 소설을 읽으면서 1980년대 후반을 살았던 10대 후반~20대 초반 여성인 카타리나의 내면을 이해한다는 게 쉽지 않다는 걸 느꼈다. 질문은 이것이다. 왜 카타리나는 50대 남성 한스에게 끌리는가? 작품은 카타리나의 마음을 드러내는 묘사를 여러 차례 하지만 나는 잘 공감이 되지 않았다. 1986년 7월 11일 동베를린의 버스에서 카타리나는 한스를 우연히 만난다. 버스에서 내린 둘은 고가 아래 서서 폭우가 그치기를 기다렸고, 눈을 마주치고 미소 지었다. 헝가리 문화센터에 갔는데 문이 닫혔고, 남자가 커피를 마시자고 청했다. 사랑은 그렇게 시작되었다. 이렇게 적고 보면 식상한 표현인 '운명적 사랑'이 떠오른다. 실제 카타리나는 그런 마음을 표현한다. "모든 것이 마치 정해진 것처럼 그렇게 되었다. 1986년 7월 11일이었다."²¹쪽 10대 후반 여성인 카타리나가 이런 생각을 하는 건 이해할 수는 있다. "처음으로 그녀는 만날 때마다 점점 더 빠져드는 경험을 하고 있다. 어찌하여 비밀에 부쳐야 하는 사랑이 공개적으로 말해도 되는 사랑보다 훨씬 더 행복할까, 그녀는 알고 싶다."⁵⁸쪽 주위의 걱정과 편치 않은 시선을 무릅쓰면서 "비밀에 부쳐야 하는 사랑"에 자신을 던지는 카타리나의 태도는 열정적이다. 그녀는 한스가 아내와 아들이 있는 유부남이라는 것도 별로 개의치 않는다.

그렇다면 한스의 태도는 어떤가? 나는 앞에서 한스가 카타리나를 대하는 이기주의적 태도를 지적했다. 카타리나보다 훨씬 오랫동안 동독에서 살아온, 서독을 버리고 동독을 택한 중년 지식인인 한스는 동독의 사회주의 이상을 깊이 믿는다. 그의 내면은 그렇게 분열되어 있다.

창백한 청년 한스는 붉은 현수막에 반파시즘이 쓰인 동독으로 가기로 결정했다. 죽은 자들에게 마음이 쓰였다. 그에 대한 보상은 희망을 높게 갖게 되었다는 것이었다. 하지만 그가 40년 동안 해답으로 여겼던 것이 해답이 아니었고, 더 이상 답이 될 수도 없다면, 40년 전 희생자들의 죽음은 헛되었던 걸까? 누가 감히 저승으로 내려가 죽은 자들에게 그들이 헛되이 죽었다고 말할 수 있을까?

과거를 물을 수 있는가? 그럴 수 없다.²¹⁶쪽

한스는 서독을 물질주의, 개인주의, 자본주의적 부패가 만연한 곳이라고 비판한다. "맞아, 하지만 통일에 대한 선한 의지는 이런 가사로만 남았지, 라고 한스는 말한다. 아데나워는 나토 가입을 위해 동독을 팔아넘겼어."⁶⁴쪽 한스는 정치적 사안을 대할 때 냉소적이다. 이런 냉소주의는 카타리나를 대할 때도 드러난다. 그는 아데나워 서독 수상을 비판하지만 통일에 대한 기대도 하지 않는다. 동독 체제가 무너지면서 동독에 대한 그의 믿음은 도전받지만, 한스는 여전히 동독의 국가 사회주의 이념에 감정적으로 묶여 있다. 독일 통일은 그에게 개인적, 이념적 상실을 의미한다.

한스는 그가 믿어온 동독 체제, 혹은 동독-서독의 분단 체제를 작동하는데 참여하고 있으며, 본인은 명료하게 의식하지 못하지만 그 체제의 부정적인 영향력을 내면화한다. 작품의 다소 충격적인 에필로그는 그 점을 드러낸다. 한마디로 한스는 자기를 돌아보지 못한다. 카타리나를 대하는 태도에서 드러나는 남성주의, 혹은 자아 중심주의는 그걸 드러낸다. "와인 한 잔을 더 따르기 위해 일어난 한스는 (아내-인용자) 잉그리트와 (아들) 루트비히가 얼마나 게임에 푹 빠져 있는지를 본다. 두 사람이 함께 앉아 있는 모습이 보기 좋다. 사실 그는 하나의 사랑이 조금이라도 다른 사랑을 식게 한다고는 생각하지 않는다."118쪽 한스는 카타리나를 사랑한다고 믿지만 그렇다고 자신의 일상을 포기할 생각도 없다. 지식인답게 그는 자기변명을 한다. "하나의 사랑이 조금이라도 다른 사랑을 식게 한다고는 생각하지 않는다."

이 작품의 힘은 뒤로 갈수록 파열음이 발생하는 두 사람의 관계를 묘사하는 데서 드러난다. 한스는 그가 인정하듯이 카타리나 말고도 많은 여성과 관계를 맺었고 잉그리트와의 결혼 관계를 포기할 생각은 전혀 없다. 그러면서 한스는 카타리나가 자신 말고 다른 남자와 잠깐 관계를 가졌다고 가혹하게 비난한다. 한스는 둘의 관계에서 카타리나에 대한 압도적인 통제권을 갖는다. 동독 체제가 본격적으로 흔들리기 시작하자 한스는 연애 관계의 주도권을 잃는다. 그는 그 점을 참지 못한다. 한스는 질투와 열패감에 휩싸여 어린 연인을 정신적으로 학대하는 인물로 바뀐다. 그러면서 그걸 사랑이라고 호도한다.

단 한 번이라니, 그 말을 누가 믿겠냐. 너는 싸구려 썩은 고기처럼 행동했어. 그리고 그 정사의 기억을 간직하고 있고. 하지만 내게 남은 건 실망과 역겨움뿐이야. 넌 내 인생의 일 년 반을 앗아갔어.257쪽

그는 이런 삶에서 더 이상 벗어날 수도, 떠날 수도 없고, 더 이상 지금까지 고향과 같았던 저 높은 구름 위로 올라갈 수도 없다. 거짓말쟁이 계집애가 그의 모차르트, 그의 휠덜린, 그의 아이슬러를 불태워버렸다. 브레히트조차도 이제 노동계급의 땀에 속수무책인 그를 더는 돕지 못한다.298쪽

두 번째 인용문에는 에르펜베크가 어떻게 캐릭터 형상화를 솜씨 있게 하는지를 보여준다. 교양있는 지식인으로서 한스는 카타리나에게 모차르트, 휠덜린, 아이슬러, 브레히트, 레닌, 카프카 등을 떠들지만, 그런 지식은 몰락해가는 체제의 한 구성원으로 한스의 시대착오적 감수성을 뾰족하게 드러낼 뿐이다. "전에 그는 그녀에게 레닌을 읽어주었다. 내일은 카프카를 읽어줘야지."167쪽

3

되풀이 말해 한스의 분열적 정신 구조는 두 사람의 사랑이 단지 사적인 관계가 아니라 서로 다르게 동독 체제에 적응하며 살았던 세대를 달리하는 남녀 관계가 몰락해가는 동독 체제의 비유라는 걸 알려준다. 작품 제목인 카이로스는 주인공들의 관계뿐만 아니라 동독 붕괴라는 역사적 배경과도 맞물려 있다. 고대 그리스어에서 카이로스Kairos는 적절한 순간, 혹은 결정적

인 순간을 뜻한다. 카이로스는 연속적인 시간을 뜻하는 크로노스Chronos 와 대조된다. 카이로스는 중요한 사건이 일어날 수 있는 순간, 즉 미래를 결정 짓는 전환점이다. 무엇보다 카이로스는 카타리나와 한스가 맺게 되는 운명적 사랑의 순간을 가리킨다. 그들의 관계는 서로에게 필연적인 사랑으로 느껴지며, 감정이 최고조에 달하는 순간들이 연속적으로 제시된다. 카이로스는 두 사람이 서로 느끼는 의미와 가능성이 가득 찬 시간, 하지만 종국에는 파국으로 끝나는 시간을 표현한다.

두 사람의 격렬하고 파국적인 사랑이 펼쳐지는 작품 배경은 1980년대 말, 동독이 무너지고 독일 통일이 이뤄지는 마지막 시기를 배경으로 한다. 그 시기는 역사적인 카이로스, 즉 급격한 변화의 순간이었다. 한 시대의 종말, 그리고 서독과 동독 주민에게 각기 다른 의미를 지닌 희망이자 파국의 시기를 의미한다. 카타리나와 한스의 사랑이 처음에는 열정으로 시작되었지만 결국 파멸로 치닫듯이, 동독 또한 안정적인 체제로 보였지만 결국 무너지고 만다. 이 변화는 당시 동독 사회를 살아가던 이들에게 커다란 혼란과 상실감을 안겨준다. 단순한 비교는 신중해야 하지만, 기성세대를 대변하는 한스가 보여주는 분열적이고 가학적인 모습은 동독 체제의 어떤 부정적 면모를 대변한다. 풀어서 설명하면 카타리나와 한스가 맺는 관계가 적절한 순간에 변화하거나 적응하지 못하면서 점점 파괴적으로 추락하듯이, 동독도 개혁의 기회를 잡지 못한 채 결국 붕괴의 길로 들어선다. 카타리나에게 연인이자 아버지 같은 존재였던 한스의 몰락은 한스에게 이념적 아버지 같은 동독의 몰락과 병치를 이룬다. 그렇게 사랑과 숭배의 대상이었던 아버지들은 역사의 뒤편으로 사라진다.

카타리나와 한스의 사랑과 파국은 그렇게 동독 붕괴에 대한 우화寓話가 된다. 여기서 우화라는 표현은 이들의 관계에 현실감이 없다는 뜻이 아니라 개별적 삶과 그들을 둘러싼 공동체의 진로가 뗄 수 없을 정도로 접합되어 있다는 것을 뜻한다. 열정과 매혹으로 시작되었다가 기괴한 통제와 환멸로 끝나는, 하지만 적어도 카타리나의 편에서는 사랑의 기억은 남아 있는 두 사람의 관계는 동독의 궤적, 즉 초기 희망과 이상주의가 역기능과 억압, 궁극적인 실패로 이어지는 과정을 떠올리게 한다. 젊고 감수성이 풍부한 카타리나는 지성주의와 사회주의 이상을 대표하는 나이가 많고 권위적인 인물인 한스에게 끌린다. 둘의 관계에 작용하는 역학 관계는 동독 시민, 특히 전후 세대가 동독 사회주의 체제 속에서 어떻게 비슷하면서도 다르게 형성되었는지를 보여준다. 하지만 시간이 지남에 따라 카타리나에게 점점 더 많은 지배력을 행사하려 드는 한스의 모습은 동독 정권이 동독 국민에게 행사했던 권위주의적 통제를 반영한다. 그리고 이런 통제 체제는 1980년대 말 현실 사회주의 체제의 내부 모순이 증가하면서 체제의 붕괴를 낳고, 한스의 붕괴로 귀결된다. 한스를 악한으로만 단정하기 어려운 이유다. "그렇지. 누구와 맞서 싸웠든 간에 마지막 가는 길은 외로운 법이야. 한스가 말한다."77쪽

카타리나가 한스에게서 점차 거리를 두면서 독립하기 시작하는 모습은 바로 이런 체제의 변화와 맞물린다. 통일을 앞둔 동독 사회의 균열이 커지면서 카타리나와 한스, 그리고 한스가 평생 이념적 신뢰를 부여했던 동독 체제와의 관계도 악화한다. 한스가 체제의 변화를 받아들이지 못하고 결국 독일 통일 뒤에 해고, 도태되는 모습은 동독이 무너지는 와중에도 동독에 이념적으로 헌신했던 한스 세대 동독 주민의 고군분투와 몰락을 상기시킨다.

무용수들도, 여러 라디오 프로그램의 편집자들, 사내 병원의 치과의사들, 사내 유치원의 교사들, 방송국 소유 차량의 운전기사들과 자동차 정비사들, 구내식당의 요리사들, 진행자들, 문서실 직원들, 카메라맨들, 촬영 감독들, 영상 편집자들, 극작

가들, 그리고 물론 한스 같은 사람들, 작가들, 기자들, 작곡가들, 감독들, 고정 프리
랜서들. 이제 모두 실업자다.401쪽

빵은 다른 맛이 날 것이다. 거리에는 낯선 사람들이 낯선 가게 앞을 지나가게 될
것이며, 낯선 돈을 주머니에 넣고, 낯선 자동차를 타고 달리게 될 것이다. 지금까지
카타리나의 친숙한 고향이었던 동네는 결코 지금까지처럼 조용하고 한산하지 않을
것이다. 지금도 벌써 베를린의 동쪽 구역들은 다른 냄새를 풍기기 시작하고 있다.378쪽

한국에서도 독일 통일은 부러움의 대상, 수준 낮은 독재 사회주의 체제의
붕괴와 우월한 자본주의와 민주주의 체제의 승리라는 이미지로 각인되었
다. 하지만 그 와중에 동독인들은 어떤 경험을 했는지를 이 구절은 요약한다.
한스와 카타리나의 피할 수 없는 관계의 종말은 동독의 해체와 마찬가지
로 각자에게 쓸쓸하고 고통스러운 경험이 된다. 동독 붕괴 후 한스가 겪은
깊은 상실감은 통일 후 많은 동독 주민이 느꼈던 방향 감각 상실과 유사하
다. "없애고자 하는 옛것과 아직 들어서지 않은 새로운 것 사이의 풍경은 폐
허의 풍경이다. 눈이 내릴 때만, 하얀 피부 아래로 며칠간 폐허가 살아 있는
듯이 보인다."393쪽 한스보다 한 세대 아래인 카타리나는 작품의 시작 부분
이 보여주듯이 상처를 입었지만 그래도 불확실한 미래로 나아가 새로운 삶
을 살아간다. 하지만 한스는 그럴 수 없다. "지금 모든 것이 붕괴하고 있다.
어떤 것은 무너져 내리고, 어떤 것은 부서지고, 어떤 것은 갈라져 균열이 생
기고 있다."380쪽 누군가에게 희열의 카이로스였을 독일 통일은 다른 누군가
에게는 붕괴의 카이로스로 느껴진다. "나치 시대에 베르톨트 브레히트부터
토마스 만까지 수많은 작가가 조국을 떠났는데, 이제는 반대다. 조국이 그
들을 떠나는데, 그들은 꼼짝없이 그 자리에 가만히 있다."383쪽 한스의 쓸쓸

한 몰락을 젊은 여성을 성적으로 착취하고 학대하는 가증스러운 중년 남성의 초상으로만 읽을 수 없는 이유다.

결국 카이로스라는 제목은 개인적인 사랑 이야기와 정치적 변화라는 측면 모두에서 강력한 은유 역할을 한다. 운명의 순간이 얼마나 개인의 삶, 공동체와 국가의 진로를 극적으로 변화시킬 수 있는지를 도드라지게 강조한다. 그 순간이 환희일 수도, 파멸일 수도 있음을 보여준다. 작가가 어느 인터뷰에서 이 작품의 주제를 "시간, 선택, 역사의 힘에 대한 철학적 탐구"라고 요약한 것도 이 제목이 지닌 울림이 무엇인지, 카타리나와 한스의 순탄치 않은 관계에서 우리가 무엇을 읽고 생각해야 하는지를 알려준다. 좋은 작품의 힘이다. (2025)

사실을 기록하는 일

아다니아 쉬블리『사소한 일』, 다카야마 하네코『슈리의 말』

얼마 전 오랫동안 같이 책을 읽어온 모임에서 스리랑카 작가 셰한 카루나틸라카가 쓴 장편소설『말리의 일곱 개의 달』을 다뤘다. 영국의 저명한 문학상인 2022년 부커상 수상작이다.『말리』는 1990년 스리랑카를 배경으로 25년간 이어진 내전의 아픔을 환상소설의 형식에 담았다. 이 글에서『말리』를 다루지는 않겠지만, 처음으로 읽은 스리랑카 작품을 읽으면서 내가 아는 문학의 범주에 대해 생각했다. 비단 문학만이 아니다. 명색이 문학 연구자이자 평론가인 내가 조금이라도 읽어보고 동향을 알고 있는, 나라 밖 문학이라고 해야 영미권아일랜드 포함, 프랑스, 독일, 러시아, 아프리카문학 조금이다. 그리고 요 몇 년간 내가 참여하는 공동연구 관련해서 읽은 중국, 타이완, 일본문학 약간 정도다. 내가 알고 있는 '세계문학' 지도에 얼마나 많은 공백 지점이 있는지 알 수 있다.『말리』를 읽기 전에는 스리랑카문학을 읽은 적도 없다. 이 글에서 다루려는 팔레스타인문학, 아랍권 문학도 거의 모른다. 오키나와문학도 2023년 이호철통일로문학상을 수상한 메도루마 슌을 조금 읽었을 뿐이다.

문학만이 아니라 우리는 밀접한 관계를 맺고 있는 국가 말고는 다른 나라에 관심이 별로 없다. 어쩌면 당연한 결과다. 개인이나 국가나 이해관계가 별로 없는 대상에 관심이 안 가는 것은 자연스럽다. 하지만 그 결과 생기는 인식의 구멍은 여전히 남는다. 지금 팔레스타인과 이스라엘 전쟁으로 어수선하지만 우리는 구체적으로 팔레스타인과 이스라엘의 상황과 거기서 벌어진 갈등의 역사를 잘 알지 못한다. 마찬가지로 겨울에 놀러 가기 좋은 가까운 해외 여행지 중 하나로 오키나와를 알지만, 오키나와와 일본 사이에 있었던 억압의 역사와 현재 상황은 역시 모른다. 문학의 역할 중 하나는 그런 무지한 인식에 감각의 충격을 준다는 것이다. 물론 한두 권의 소설을 읽는다고 해서 각 나라에 대한 해박한 지식을 얻지는 못한다. 그런 식의 지식은 각 나라를 소개하는 역사책이나 지역 소개 서적이 더 체계적으로 제공한다. 하지만 문학은 살아 움직이는 인물의 삶과 인식, 행동을 통해 그들이 살아가는 현실의 의미를 독자에게 좀 더 감각적이고 육체적으로 느끼게 만든다. 이 글에서는 팔레스타인과 오키나와에서 벌어지는 일과 생활을 드러내는 두 권의 소설을 읽으면서 그런 문학의 역할을 따져보겠다.

1

팔레스타인 작가 아다니아 쉬블리의 『사소한 일』이하 『사소한』은 2017년에 출간되었다. 영역본이 미국 전미도서상 최종 후보작에, 그리고 한강 작가가 수상해서 한국에도 알려진 부커상 국제 부문 후보에 올랐다. 나는 이 작품을 읽기 전에 쉬블리를 몰랐다. 『사소한』를 읽고 나니 앞으로 주목할 작가라는 판단이 든다. 길지 않은 장편인 『사소한』은 일단 구성이 눈에 띈다. 두 인물을 중심으로 한 이야기는 두 부분으로 나뉜다. 1부는 이스라엘이 팔레스타인을 점령한 다음 해인 "1949년 8월 9일"[1]에서 8월 13일까지 며칠간의 사건을 다룬다. 2부는 작품이 출간된 2000년대 초반 웨스트뱅크의 팔레스타인 구역에 살고 있는, 이름이 명기되지 않은 한 팔레스타인 여성의 행적을 따라간다. 그리고 뛰어난 소설이 그렇듯이 언뜻 개별적으로 보이는 두 인물의 형상화에는 그들이 살아갔던 시대의 흔적이 부정적이든, 긍정적이든 새겨진다.

1부는 3인칭 관찰자 시점으로 점령군 소대를 이끌고 네게브 사막 지역 니림이라는 마을에 주둔한 이스라엘군 소대장의 행적을 보여준다. 현대 소설에서는 3인칭 시점을 취할 때에도 종종 주인공 시점을 대신 전달해주는 자유간접화법이 많이 쓰이는 데 『사소한』은 그렇지 않고 거의 전적으로 냉정한 3인칭 관찰자 시점을 택한다. 이런 냉정한 시점은 서술자만이 아니라 이스라엘 소대장이 자신의 임무를 바라보는 관점에서도 발견된다.

그는 그곳 주둔 시 자기 부대의 일차적인 임무는 이집트와의 남쪽 국경을 지켜서 아무도 침투하지 못하도록 막는 외에도 네게브 사막 남서쪽을 샅샅이 뒤져서 잔존 아랍인들을 모조리 제거하는 것이라는 설명으로 브리핑을 시작했다. 공군 소식통에 따르면 아랍인들과 잠입자들의 움직임이 감지됐다는 것이다.[11쪽]

이런 관찰자 시점에는 주어진 시스템에서 이뤄지는 도구적 합리성이 드러난다. 도구적 합리성은 그것을 추동하는 생각과 행동이 어떤 목적으로 이뤄지는지를 따지지 않는다. 다시 말해 합목적적 합리성은 없다. 소대장을 비롯한 이스라엘 군인의 행동이 좋은 예다. 그들은 왜 자신들에게 그런 명령이 주어졌는지를 고민하지 않는다. 아니, 고민해서는 안 된다. 필요한 것은 행위의 목적이 아니라 주어진 명령을 최대한 냉정하고 효율적으로 실행

1   아다니아 쉬블리, 『사소한 일』, 강출판사, 2023, 15쪽. 이하 쪽수 병기.

하는 것이다.

하지만 그런 도구적 행동에도 어쩔 수 없이 자신이 옳은 일을 하고 있다는 확신은 필요하다. 인간은 누구나 자신의 사유와 행동을 합리화하고 싶어 한다. 소대장에게 그가 주둔하고 있는 땅이 애초에 누구의 것이었는지는 따질 대상이 아니다. 점령한 땅은 이미 이스라엘의 것이며 그 땅에 "침투"하려는 이들은 "모조리 제거"해야 한다. 소대장과 그의 부하에게는 우리와 적이라는 선명한 이분법만이 작용한다.

그러나 모래 폭풍은 그들의 순찰을 막지 못했고, 황량한 언덕을 지배하고 있는 정적도 어딘가에 남아 있는 아랍인들을 찾아내 그들 속에 숨어있는 첩자를 색출해내고야 말겠다는 그의 결심을 약화시키지 못했다. 첩자들은 차량의 굉음이 들리면 재빨리 사구 너머로 몸을 숨기는 것일 터였다.[21]쪽

이 구절에는 "아랍인들"과 그들 속에 숨은 "첩자"를 구분할 수 있다는 점령자의 시각이 깔려 있는데, 실상은 그렇지 못하다. 긴급한 전투 상황에서는 민간인과 첩자는 쉽게 구분할 수 없다. 2023년 10월부터 이어지고 있는 팔레스타인-이스라엘 전쟁에서도 다시 확인하는 점이다. 하지만 모든 전쟁에서는 선과 악은 명확히 구분해야 하며, 사실에 부합하든 그렇지 않든 '우리'는 선이고, 상대방은 악이 되어야 한다. 이것이 전쟁을 지배하는 애국주의 논리다.

그러니 누구도 이 지역에 대한 권리를 우리보다 더 가진 사람은 없다. 그들이 여기 오지 못하도록 막는 게, 그래서 영원히 쫓아버리는 게 우리의 임무다. 사실, 베두인들은 아무것도 경작하지 않고 없애기만 한다. 그들이 기르는 가축은 식물이란

식물은 눈에 보이는 족족 다 먹어 치워서 그나마 조금 남아 있는 초지도 점점 줄어들고 있다. 반대로, 우리는 이 넓은 지역을 지금처럼 황폐한 무인 지역으로 놔두지 않고, 꽃이 피고 사람이 살 수 있는 곳으로 만드는 일에 온 힘을 쏟을 것이다.51쪽

이 구절은 명료하게 소대장의 견해, 더 나아가서 팔레스타인을 대하는 이스라엘 군부와 지배층의 시각을 요약한다. "이 지역에 대한 권리"를 애초부터 자신들이 갖고 있었다고 믿는 이들에게 그 권리의 역사적 근거를 따지는 건 부질없다. 이런 시각에는 타자를 야만시하는, 사이드Edward Said가 말한 오리엔털리즘Orientalism이 작동한다. 오리엔털리즘의 시각에서는 베두인 같은 야만인은 "이 넓은 지역을 지금처럼 황폐한 무인 지역"으로 만든다. 그들은 이스라엘 같은 문명의 교화와 지배가 필요하다. 순응치 않는 이들은 "영원히 쫓아버리는 게" 문명화된 자신들의 "임무"가 된다.

1부에서 소대장을 비롯해 어떤 캐릭터도 고유한 이름을 갖고 있지 못하다는 점은 여기서 묘사되는 견해가 단지 한 개인의 것이 아니라 그들이 속한 집단 전체의 것이라는 점을 표시한다. 이런 시각에서는 비무장한 어린 소녀도 인간적인 대접을 받지 못한다.

그리고 땅거미가 진 후 완전한 어둠이 닥치기 직전의 그 순간, 소녀의 입에서 그들이 쓰는 것과 다른 말이 터져 나오던 바로 그 순간, 그 소녀는 겉모습이 진지 안 다른 병사들과 아무리 닮았더라도 다시 한번 이방인이 되었다.49쪽

소녀가 "이방인"이 되는 순간, 그녀의 고통은 신경 쓸 대상이 못 된다. 이어지는 것은 폭력과 죽임이다. 1부는 전체적으로 소대장의 일상생활을 따라가지만 그렇게 규율화된 것처럼 보이는 군인의 생활을 위협하는 것은 개

짓는 소리다. "그러는 동안, 소녀의 통곡은 들릴락 말락 한 울음소리로 잦아들었다. 덩달아 개 짖는 소리도 차츰 진정되었다."69쪽 여기서 "소녀의 통곡"은 "개 짖는 소리"로 연결되는데, 이렇게 소녀는 개와 같은 짐승의 수준으로 격하된다. 그러나 1부만이 아니라 2부에서 반복적으로 출현하는 "그 개의 끈질긴 짖어댐"79쪽은 문명화의 논리로 완전히 제압할 수 없는 힘, 야성과 자연의 힘을 나타낸다. 오리엔털리즘을 내장한 국가주의는 자신을 인간의 편으로, 상대방을 짐승의 수준으로 규정한다. 하지만 실제 나타나는 결과는 인간다움을 잃어버린 자신의 모습이다.

2부는 "이방인" 취급을 받는 팔레스타인 여성의 삶을 1인칭 시점으로 서술한다. 역시 이름이 드러나지 않는 서술자 '나'의 삶은 전쟁 상황은 아니지만 거의 전시 상황에 준하는 담장과 경계가 행동의 자유를 제한하고, 곳곳에서 검문이 이뤄지는 상황이다. 이런 상황에서 "불안과 공포"80쪽를 느끼는 건 자연스럽다. 2부 서술자가 겪는 생활은 팔레스타인인들이 이스라엘의 점령 후 긴 세월 동안 겪어온 폭력과 억압 상황을 압축해 보여준다. 1부 이스라엘 소대장과 마찬가지로 2부 이름 없는 팔레스타인 여성의 삶은 개별성을 넘어선 집단적 삶을 표현한다. 2부에서 서술자 '나'의 행적은 자신이 태어난 날이 신문에서 우연히 읽은 한 사건이 발생한 날로부터 꼭 25년 후라는 사소한 사실에서 출발한다.

그 사건이 일어난 날 아침으로부터 정확히 사반세기 후 같은 날 아침에 내가 태어났던 것이다. 물론 이걸 순전한 나르시시즘이라고 볼 수도 있겠다. 내 주의를 끌고 내 관심을 지속시킨 부분은 비극적이라 묘사될 만한 그 사건의 주요 내용에 비하면 아주 사소한 것이었으니까.87쪽 작품의 제목이기도 한 '사소한 일'은 1부에서 다뤄진 1948년에 네게브 사막에서 강간 살해당한 베두인 소녀의 죽음이다.

> 병사들의 무리가 소녀 하나를 사로잡아서 사반세기 후 내가 태어난 날과 같은 날 강간하고 죽인다. 다른 사람들이라면 별것 아니라고 생각할 이 사소한 사건이 내가 아무리 잊으려고 노력해도 끊임없이 나를 괴롭힌다.[91쪽]

'나'는 짐짓 그 일이 "사소한 사건"이라고 말하지만, 사실은 그렇지 않다. 왜 그 사소한 사건은 "아무리 잊으려고 노력해도 끊임없이" 서술자를 괴롭히는가? 그것이 개인적 호기심의 문제가 아니라 팔레스타인과 이스라엘 사이에 켜켜이 쌓인 역사적 상처, 트라우마이기 때문이다.

상처를 제대로 들여다보고 치유하지 않으면 트라우마는 사라지지 않는다. "그리고 사실 총체적인 진실에 도달하려면 이 사소한 단서보다 더 중요한 건 없을지도 모른다. 그 기사는 그 소녀의 이야기를 안 다루었기 때문에 총체적인 진실에 도달하지 못한 것일지도 모른다."[92쪽] 서술자 '나'가 추적하는 "사소한 단서"를 무시하면 "총체적인 진실"에 도달하지 못한다. 그리고 『사소한』이 예증하듯이 문학은 그런 사소한 단서에 주목한다. 총체적 진실은 사소한 단서들이 모일 때 서서히 그 모습을 드러낸다. 그리고 살펴봐야 할 것은 그 일을 사소한 것이라고 규정하는 것이 누구인가라는 점이다. '나'에게는 그 일은 전혀 사소하지 않다. 그렇기에 '나'는 자칫 위험을 초래할 수 있는 주저함을 무릅쓰고 "아주 사소한 것"의 진실을 찾아보는 여정을 떠난다. 그러나 경계를 위반하는 여정의 결과는 비극적이다. "경계선을 모두 넘어온 지금 돌아갈 순 없다. 군사적 경계선, 지리적 경계선, 물리적 경계선, 심리적 경계선, 정신적 경계선"[105쪽]은 위험하다. '나'는 집으로 돌아가지 못하고 살해당한다. 반세기 전의 소녀가 그랬듯이. 역사는 그렇게 지속한다. 지금도 진행 중인 팔레스타인-이스라엘 전쟁이 보여주듯이.

2

최근 출간된, 오키나와를 대표하는 작가인 메도루마 슌 산문집을 인상 깊게 읽었다. 메도루마는 1879년 메이지 정부가 류큐국琉球國을 멸망시킨 이래, 교육을 비롯한 모든 면에서 일본으로 통합시키는 동화 정책을 어떻게 추진했는지부터 현재까지도 오키나와가 왜 일본 본토의 버리는 돌, 사석捨石이 되어 왔는지를 날카롭게 지적한다.

오키나와는 61년 전이나 지금이나 변함없이 일본의 '사석'이다. 그 '사석'의 위치에서 벗어나기 위해서도 오키나와전을 현재의 문제로 두고 계속 생각해야만 한다. 미·일 안보 체제의 필요성을 말하면서 압도적 다수의 일본인은 그 부담을 스스로 짊어지려고 하지 않는다. 정작 유사시 전쟁이 터지면 미군과 자위대가 지키는 것은 본토이며, 오키나와 사람들은 본토 방위를 위해 버림받을 것이다.[2]

이런 동화 압력과 함께 독자적인 역사, 언어, 문화, 민속을 가진 오키나와인에 대한 편견, 차별, 불신이 일본 본토 사람들 안에 뿌리 깊게 자리 잡고 있었다. 나 같은 외부인에게는 오키나와는 일본의 한 부속 섬이라는 생각이 쉽게 들지만, 그 속내는 간단치 않은 것이다.

---

2   메도루마 슌, 『얀바루의 깊은 숲과 바다로부터』, 소명출판, 2023, 17쪽.

2020년 제163회 아쿠다카와문학상 수상작인 다카야마 하네코의 『슈리의 말』이하 『슈리』은 직접적으로 오키나와의 상황을 재현하거나 오키나와와 일본의 관계를 다루지 않는다. 거기에는 이 작가가 메도루마 작가와는 달리 오키나와 출신이 아니라는 점도 작용할 것이다.

오키나와에서 태어나고 자라지 않은 내가 그런 배경을 가진 오키나와를 무대로 소설을 쓴다는 것에 대한 두려움도 있었습니다. (소설의 주인공인–인용자) 미나코나 요리 씨도 오키나와에서 태어나고 자라지 않았다는 점은 소설을 이루는 중요한 요소 중 하나라고 생각합니다. 『슈리의 말』은 제가 오키나와 땅에서 본 것뿐만 아니라, 후각을 비롯한 감각으로 느낀 것까지 반영하며 쓴 것입니다. 이 소설을 통해 오키나와의 역사, 문화, 그리고 사람들에게 관심을 갖게 된다면 더없이 기쁘겠습니다.[3]

『슈리』에도 드문드문 오키나와가 처한 상황이 언급은 된다. 예컨대 "전쟁 이후 오키나와 전역은 미국령이 되었다. 모든 것이 불타버려 아무것도 남아 있지 않은 땅에 기지 주변이건 어디건 가리지 않고 주택과 시설들이 들어섰다. 지금은 일본으로 돌아오긴 했지만 미국령의 흔적이 곳곳에 남아 있고 아직도 국외 취급을 받는 곳도 있다고 한다"[4]는 서술이나 일본 본토에서 버리는 돌 취급을 받은 결과 "이 섬의 자연동굴은 예외 없이 전시 방공호로 이용되었다. 태평양전쟁 말기에 이르면 그곳에서 크고 작은 집단자결이 벌어졌었다"52쪽는 대목이 그렇다.

---

3   다카야마 하네코 인터뷰 「기록하는 것이 미래의 희망이다」, 『문학인』 11호(2023년 가을), 320쪽.
4   다카야마 하네코, 『슈리의 말』, 소명출판, 2023, 14쪽. 이하 쪽수 병기.

그러나『슈리』의 관심사는 오키나와와 일본, 오키나와 미국의 관계를 직접적으로 다루는 데 있지 않다. 작가는 문학의 본디 역할인 기록의 의미를 탐색하는 데 초점을 맞춘다. 기록과 아카이브의 중요성은 쉬블리의『사소한』2부에서도 핵심을 차지하는데, 이런 공통점은 힘없는 피억압자가 할 수 있는 강력한 저항의 방법이 기록하고 그 기록을 저장하고 지키는 데 있다는 걸 상기시킨다. "요리 씨가 매입한 건물 입구에 내걸린 가로 육십 센티 정도의 법랑 재질로 만들어진 간판에는 조금 낡히긴 했지만 또박또박 선명한 글씨로 '오키나와 도서자료관'이라고 쓰여 있다. 그렇게 이 건물은 어찌어찌 이 섬의 자료관이 되었다."16쪽 작가처럼 요리도 오키나와 출신이 아니다. "현재의 주인은 요리라는 이름의 노년 여성이다. 요리 씨는 이곳 오키나와에서 나고 자란 사람이 아니다."15쪽 그녀가 왜 오키나와에 이런 도서자료관을 세웠는지는 작품의 뒷부분에서 요리의 딸인 미치의 회상을 통해 드러난다.

　길지 않은 장편인『슈리』를 읽고 느끼는 아쉬움은 캐릭터가 입체적이지는 않다는 점이다. 소설의 핵심 인물인 요리, 주인공 미나코, 그리고 요리의 딸인 미치의 형상화에서 각 캐릭터의 삶을 파고 들어가지 못한 느낌을 받는다. 예컨대 뒷부분에 나오는 요리와 미치의 모녀 관계는 미치가 짧게 회상하듯이 일본 현대사의 착잡한 사연을 응축하는 면이 있기에 더 길고 구체적으로 서술했으면 어떨까 하는 생각이 든다. 예컨대 이런 미치의 회상이 그렇다. "그때 내 눈에 비친 어머니의 모습은 전쟁은 끝났지만 뭔가 아주 비극적이고 슬프고 외딴곳에 홀로 남겨진 듯했어요. 일본이라는 나라의 무대 뒤편으로 떠밀려버린 저주받은 전후의 망령처럼 말이죠."136쪽 왜 요리는 "전쟁은 끝났지만 뭔가 아주 비극적이고 슬프고 외딴곳에 홀로 남겨진" 존재가 되었을까? 작품에서 오키나와의 기록을 모으는 작업과 요리가 해온 일에 대한 미나코의 생각이 드러나지만, 그것도 역시 또렷하게 묘사되지는 않는다. 하지만 이런 묘사를 더 상세히 했다면 훨씬 긴 소설이 되어야 했을 것이다.

그렇게 본다면 『슈리』의 주인공은 인물이 아니라 요리와 미나코가 정성을 다해 기록을 모아 보관하는 오키나와 도서자료관이라는 공간, 혹은 거기 모은 자료라고 할 수 있다. 소설에서 세상을 떠나는 요리처럼 사람은 때가 되면 세상을 떠나지만 수집된 기록아카이브은 세월을 견디기 때문이다. 요리와 미나코가 쌓는 아카이브에는 오키나와섬의 역사, 예컨대 전쟁 전부터 살아온 이들의 이야기나 부모와 그 부모의 부모 세대까지 거슬러 올라가 먼 조상에게서 전해 내려오는 이야기, 그리고 구술자료가 포함된다.

자료관에는 오키나와 주민들이 제공한 모든 정보가 보존되어 있다. 그 가운데는 진위가 확실치 않은 것도 포함되어 있다. 기억을 듣고 쓰는 일, 증언이나 주장도 시대에 따라 바뀔 수 있다. 세월이 흐르면서 변화하고 그 기억의 신뢰도 또한 불안정하기만 하다. 이들 자료가 과연 진실을 담보한 기록인 건지, 어디선가 바뀐 건 아닌지, 그것도 아니면 애초부터 가짜인건지 머리를 싸매고 파헤치는 것은 연구자들의 몫이다. 요리 씨나 미나코는 그저 자료를 수집하는 일에만 열중하면 된다고 생각했다.57쪽

이 인용문에는 작품의 문제의식이 들어 있다. 하나의 작품이 모든 걸 할 수는 없다. 『슈리』는 요리나 미나코가 하듯이 "그저 자료를 수집하는 일"이 지니는 의미를 도드라지게 부각한다. 그렇게 수집된 자료가 "과연 진실을 담보한 기록인 건지, 어디선가 바뀐 건 아닌지, 그것도 아니면 애초부터 가짜인건지" 등을 다루는 건 다른 작품이 감당할 일이다. 언뜻 보기에 인상적인 사건이 거의 없기에 밋밋하게 느껴질 수 있는 『슈리』의 미덕이 이런 슴슴하지만 강단 있는 절제에서 나온다고 판단한다.

오키나와 도서자료관에는 단지 기록된 문서만이 아니라 "모든 살아있는 것들의 흔적"이 담겨 있다.

> 마을 사람들의 눈에는 오래된 이상한 건물로 비칠지 모르지만, 이 자료관은 사람뿐만이 아니라 모든 살아있는 것들의 흔적이 보관된 곳이다. 이 주변에서 서식하다 죽음을 맞이했을 동물의 조잡한 박제가 창문 너머로 보이고 무수한 불온한 정보들이 흘러넘치는 곳이다.[23쪽]

그렇게 "무수한 불온한 정보들이 흘러넘치는 곳"인 도서자료관은 단지 죽은 공간이 아니라 살아있는 존재가 된다. 요리나 미나코의 작업을 다른 사람들이 불편해하는 이유도 여기 있다. "세상 사람들은 미나코나 요리 씨처럼 세상 어딘가에 존재하는 정보를 정리하고 축적하는 일에 불편한 감정을 느끼는 듯했다."[90쪽] 그렇게 도서자료관은 모든 글쓰기, 문학의 상징이 된다.

작품에서 불쑥 등장하는 "몸집이 작은 오키나와산 토종말"[76쪽]인 슈리의 말馬이 제기하는 의미도 이런 "불편한 감정"과 연결된다. 『슈리』에서 말은 사실적 존재가 아니라 신화적 동물이라는 느낌을 준다. 이 소설에 환상소설의 분위기를 만들어내는 요소다. 그래서 미나코는 이 말을 어떻게 처리할지를 곤혹스러워한다. 그리고 결정을 내린다. 남들이 뭐라고 여기든 기록을 보관하는 일을 하듯이 이 말을 지켜주기로. 도서자료관을 세운 요리, 요리를 도와 자료를 기록하고 모으고 갑자기 마주친 오키나와의 말을 지켜주기로 하는 미나코의 모습에는 자신이 해야 할 일을 묵묵히 감당하려는 숙연한 태도가 있다.

> 이처럼 섬에는 아직 전해지지 못한 이야기가 너무도 많다. 어둠에 갇혀 있는 이

야기들은 사회학자와 역사가들의 손에 의해 차차 밝혀질 것이다. (…중략…) 미나코가 할 수 있는 일은 사실을 기록한 것을 아카이브화하고 보존하는 일이다.[147쪽]

소설의 역할은 여러 가지가 있겠지만 때로 어떤 소설은 "사실을 기록한 것을 아카이브화하고 보존하는 일"을 한다. 그 대상이 오키나와, 팔레스타인, 혹은 한국이든 어디든. 『슈리』를 읽으며 다시 그 점을 확인한다. (2024)

아일랜드 여성의 영국 이주

월리엄 트레버 『펠리시아의 여정』

1

이 글의 목적은 20세기 후반부의 중요한 아일랜드 작가 중 한 명인 월리엄 트레버William Trevor의 장편소설 『펠리시아의 여정Felicia's Journey』이하 『여정』을 이주migration, 특히 아일랜드 사람들의 영국 이주의 시각에서 살펴보는 것이다. 이 작품의 모티프에 강한 영향을 끼친 제임스 조이스James Joyce의 작품들, 특히 단편집 『더블린 사람들Dubliners』에 실린 「에블린Eveline」과의 영향 관계도 주목할 것이다. 하지만 두 작품을 단순비교하는 서술방식은 택하지 않는다. 서로 다른 역사적 배경을 지닌 두 작품은 장편소설과 단편소설이라는 차이만큼이나 다른 시대적 배경에서 비롯된 캐릭터 형상화가 나타난다. 당연한 말이지만 펠리시아는 에블린이 아니다. 하지만 동시에 두 인물은 아일랜드와 영국이 맺었던 착잡한 역사와 결부되어 세기 전환기 식민지 아일랜드, 그리고 영국에서 독립한 지 꽤 많은 시간이 흘렀지만, 여전히 이민 문제 등에서 강한 유착 관계를 맺고 있는 여러 양상을 비슷하게, 혹은 다르게 보여준다. 그런 공통점과 차이점은 두 여성 주인공만이 아니라 그들이 맺는 가족, 애인 관계에서도 나타난다. 작품에서 펠리시아가 아일랜드를 떠나서 영국에서 경험하는 여정은 대략 100년 전 식민지 아일랜드를 떠나지 못했던 에블린이 만약에 탈출을 감행했다면 어떤 일이 벌어졌을지를 알려준다. 그렇게 보면 두 작품은 시대를 달리하는 여성의 초상ª portrait of Irish women 으로 해석할 수도 있다.[1]

이 글의 주요한 토픽인 이주의 문제는 작가의 삶과도 관련된다. 작품이 작가 삶의 직접적 반영은 아니지만, 작품과 작가의 삶이 맺는 관계를 아주 도외시할 수도 없다. 트레버는 가톨릭 국가인 아일랜드에서 프로테스탄트 집안의 자녀로 태어났고, 그것은 작가에게 이방인의 자의식을 갖게 한다. 펠리시아와 같은 노동자 계급 이주민은 아니었지만, 작가 자신도 영국에서 살고 글을 쓰면서 영국-아일랜드 사이의 경계에 선 독특한 시각을 갖게 되었다. 이런 점은 『여정』에서도 나타난다. 이런 이방인의 감수성이 각기 다른 의미에서 펠리시아와 힐디치 같은 독특한 캐릭터 형상화를 낳는다.

이 글에서는 먼저 펠리시아가 겪게 되는 영국 이주가 지닌 의미를 살펴본다. 그런 분석을 위해서 아일랜드 이민, 특히 영국으로의 이주 역사를 짧게 검토한다. 이어서 영국-아일랜드 관계에서 영국을 대하는 펠리시아를 비롯한 아일랜드인들의 태도와 관점을 분석한다. 작품의 또 다른 강력한 캐릭터인 힐디치라는 인물의 의미를 따져본다. 그와 함께 영국-아일랜드 관계에서 아일랜드를 대하는 종교단체의 시각을 살펴본다. 그런 분석을 바탕으로 왜 작가가 힐디치와 종교단체 같이 평범하지 않은 인물들을 등장시켰는지를 따져볼 것이다. 끝으로 작품의 결말을 분석한다.

---

1   이런 관점은 미국 퓰리처상 수상작인 마이클 커닝햄(Michael Cunningham)의 『세월(*The Hours*)』에서 영감을 얻은 것이다. 이 소설에서 커닝햄은 80여 년에 걸친 시간대를 놓인, 다른 시대를 살았던 세 여성의 삶을 조명한다. 그런 시간의 흐름 속에서 여성의 삶이 어떻게 달라졌는지, 혹은 변화하지 않았는지를 보여준다.

2

1980~1990년대를 배경으로 한 『여정』에서 트레버는 펠리시아가 영국에 건너가 겪게 되는 경험의 여정에 초점을 두지만, 펠리시아의 경험을 단지 한 아일랜드 여성의 특수한 이주경험이라고 할 수는 없다. 펠리시아의 여정을 입체적으로 파악하려면 아일랜드인들이 어떤 과정을 거쳐서 고국을 떠나게 되었는가를 살펴볼 필요가 있다. 그런데 이런 이주의 역사에는 영국의 아일랜드 점령과 착취과정이 배경으로 작용한다. 영국의 아일랜드 지배의 분수령이 된 17세기 크롬웰Oliver Cromwell이 주도한 아일랜드 점령과정에 주목할 필요가 있다. 크롬웰을 중심으로 한 군 평의회는 아일랜드 원주민들을 제거해 버릴 것인지, 혹은 토지의 권리만 박탈할 것인지를 놓고 토론했다. 그 결과 1652년에 아일랜드 정주법이 만들어지면서 지주제도가 정착되었다. 잘 알려진 "신교도 지배층the Protestant Ascendancy"의 성립과정이다.

이런 결정을 하게 된 이유는 현실적으로 아일랜드 원주민의 도움 없이는 빼앗은 땅을 경작할 수 없었기 때문이었다. 확정된 구획지가 개발자를 대체하고 흩어져있는 단일 농장들이 결집된 정주지 혹은 촌락을 대신했다. 그 결과 상업적 경작지와 농업 노동이 증대되었다. 아일랜드 땅을 영국계 지주계급에게 무자비하게 이양한 데는 거대한 지적 측량 사업이 요구되었다. 이렇게 땅을 빼앗긴 아일랜드 원주민들은 강제 이주에 동원되었다. 그들은 아일랜드 안에서뿐만 아니라 대서양 전역에 걸쳐 영국 영주들의 영지들로 보내졌다. 크롬웰은 수천의 아일랜드인들을 자메이카로 보냈다. 또 1천여 명의 아일랜드 노예들이 1610년에 스웨덴에 팔려나갔다. 성인 남성의 육분의 일인, 약 34,000명의 사람이 1649년 정복의 결과 아일랜드로부터 실려 나가 팔려갔다.[2] 널리 알려진 19세기 중엽 "대기근the Great Famine"보다 훨씬 오래전부터 아일랜드인들의 강제적인, 혹은 자발적으로 보이지만 식민지 상황의 압박에 따른 이주가 이뤄졌다.

아일랜드인들이 경험했던 해외 이주의 최종 목적지는 다양하다. 가장 잘 알려진 곳은 미국, 호주 등이었다. 현재 미국에서 두 번째로 많은 이민자 집단이 아일랜드계 미국인the Irish American으로 전체 미국 인구 중 약 10분의 1인 3,300만 명 정도를 차지한다. 2014년 현재 5천만 명 정도로 가장 많은 숫자인 독일계 이주민에 이어 두 번째로 많은 이주민 집단이다. 하지만 그만큼 많은 아일랜드인이 가까운 나라인 영국으로 이주했다. 가장 큰 이유는 경제적인 이유였다. 『여정』의 배경인 대략 1980년대부터 이주 숫자를 따져보면 1980년대에만 약 45만 명이 이주했다. 그들은 펠리시아처럼 대부분 "비숙련 노동자들the semi-skilled or unskilled economic groups"이었다. 이런 이주 경향은 그 뒤에도 비슷하게 이어져서 1990년대에도 비슷한 숫자의 이주가 이뤄진다. 2021년 현재 아일랜드에서 태어나 영국으로 건너온 이주 1세대 아일랜드인 숫자는 약 40만 명이다. 그 결과 "토박이 아일랜드인들이 아닌 아시아계 아일랜드인이나 흑인 아일랜드인들"non-indigenous Asian Irish and black Irish people을 포함해서 2016년 기준으로 그들의 조부모 중 최소한 한 명이 아일랜드인인 영국인들의 숫자가 6백만 명 정도로 추산된다. 이 숫자는 전체 영국 인구의 약 10%를 차지한다. 이런 이주의 경향으로 아일랜드 이주민들은 영국을 다르게 경험하는 과정을 거쳤다. 펠리시아의 여정에는 이런 이주의 역사가 배경으로 깔려 있다.

앞서 언급했듯이 1980~1990년대에 이주했던, 펠리시아를 비롯한 아일

---

2 Peter Linebough & Marcus Rediker, *Many-Headed Hydra*, Beacon Press, 2001, p.123.

랜드인들은 비숙련 노동자가 다수였다. 『여정』에도 나오듯이 아일랜드인들은 영국에서 무시당하며 이등 시민 취급을 당했다. 영어 억양에서부터 영국인과 구분되었기에 영국 국민의 정체성을 지닌 북아일랜드인들조차도 아일랜드인으로 불리며 차별받았다.

> 그날 아침 이 도시에 도착하고부터, 펠리시아는 "낯선 억양an accent that is unfamiliar" 때문에 사람들의 말을 잘 알아들을 수가 없다. 심지어 그들이 되풀이해서 말해 줘도 이해하기 어려워서 때로는 포기하게 된다. 산업단지에서 그녀는 길을 물으려 사무용품을 파는 한 건물에 들어간다. (…중략…) 그곳에서 일하는 여자가 대답한 말의 절반은 알아듣지 못했지만 상관없었다.[3]

"아일랜드 영어Irish English"와 "영국 영어British English"가 그 억양의 차이 때문에 "말을 잘 알아들을 수 없"다는 대목은 비영어권 독자에게는 의아스러운 대목이다. 영어가 모국어가 아닌 입장에서는 두 언어의 섬세한 차이를 파악하기 어려운 대목이지만, 작가는 여기서 의도치 않은 영국 이주민으로서 펠리시아가 겪게 되는 차이점을 부각시킨다. 한마디로 아일랜드인들은 그 "낯선 억양"에서부터 외국인으로 간주된다.

이런 점은 뒤에 살펴보겠지만 펠리시아를 대하는 힐디치Mr. Hilditch의 태도에서도 나타난다. 작품이 전개되면서 연쇄살인범으로 밝혀지는 힐디치가 펠리시아를 대하는 태도가 구별되는 이유는 펠리시아가 아일랜드 이주민이라는 점이다. 연쇄살인 대상이 되었던 다른 여성들과 펠리시아를 다르게

---

3   William Trevor, *Felicia's Journey*, Penguin Random House, 1994. p.14. 이하 쪽수 병기. 작품 번역은 아래 한국어 번역본을 참고하되 필요한 경우 수정하였다. 윌리엄 트레버, 『펠리시아의 여정』, 문학동네, 2021.

느끼는 힐디치의 태도를 주목해야 할 이유다. 남들의 눈에 띄지 않는 존재라는 점에서 힐디치는 자신과 유사한 처지에 놓인 펠리시아에게 묘한 친화감을 느낀다.

그렇다면 펠리시아가 아일랜드를 떠난 이유는 무엇인가? 당겨 말하면 『여정』은 '여정'이라는 제목을 달았다는 점에서 전통적인 성장소설Bildungs-roman의 인상을 주지만 실제 내용은 그렇지 않다. 펠리시아가 변모하는 것은 사실이지만 그것은 성장이라기보다는 새로운 상황에 적응한 결과다. 혹은 그녀만의 방식으로 살아남기 위한 노력의 결과다. 표면적으로 펠리시아가 아일랜드를 떠나는 것은 그녀가 남자친구라고 믿는 조니Johnny를 찾기 위한 것이지만, 그 배경에는 「에블린」이 그렇듯이 보수적이고 엄격한 아버지와 오빠들, 증조할머니와의 관계에서 오는 억압이 작용한다. 여기서도 젊은 여성에게 가족은 사랑과 보호의 울타리라기보다는 주체적 삶을 옥죄는 틀로 작용한다.

펠리시아는 명료하게 의식하지 못하지만, 그녀가 상상하는 조니와의 사랑은 사랑이라기보다는 탈출과 생존의 다른 표현이라고 할 수 있다. 그 점을 「에블린」도 오래전에 보여줬다.

그녀는 갑작스러운 공포에 이끌려 벌떡 일어났다. 도망치자! 도망쳐야 해! 프랭크가 그녀를 구원해줄 것이다. 그가 그녀에게 삶을 줄 것이다. 아마 사랑도. 참으로 그녀는 살고 싶었다. 왜 그녀가 불행해야 하나? 그녀는 행복할 권리가 있다. 프랭크가 그녀를 두 팔로 껴안고, 꼬옥 감싸줄 것이다. 그가 그녀를 구원해줄 것이다.[4]

---

4   James Joyce, *Dubliners*(1914), Penguin Books, 1992, p.33.

「에블린」에서 에블린이 기대하는 프랭크와의 사랑이 의심스럽듯이, 『여정』에서 조니를 대하는 펠리시아의 관점도 그녀만의 주관적인 착각일 가능성이 크다. 작가는 펠리시아를 대하는 조니의 내면과 생각을 전달해주는 장면을 단 한 곳도 할애하지 않는다. 그런 생략은 펠리시아가 상상하는 '사랑' 관계가 착각일 가능성을 명확하게 해 준다.

둘이 함께 있는 것만이, 둘의 사랑만이 구원을 가져오리라 그녀는 그 사실을 너무나도 잘 안다. 크리스마스가 지나고, 그가 돌아오지 않았을 때 그녀는 그 사실을 깨달았다. 1월에 눈이 내렸을 때 그녀는 그 사실을 깨달았다. 2월 첫 주가 되어 세찬 바람이 불었을 때, 그의 어머니를 만나러 갔을 때 그녀는 그 사실을 깨달았다.45쪽

펠리시아는 "둘이 함께 있는 것만이, 둘의 사랑만이 구원을 가져오리라" 믿고 자신은 "그 사실을 너무나도 잘 안다"고 결론짓지만, 이런 판단은 점차 그녀만의 착각으로 판명된다. "몸을 돌린 순간 마주친 지나가던 남자의 시선. 그가 미소를 지어 그녀 역시 미소로 답하던 순간 나중에 펠리시아는 생각했다. 바로 그때 알았다고 그것이 사랑의 시작"18쪽이라고 생각하는 펠리시아에 대해 서술자는 거리를 유지한다. 트레버는 3인칭 시점에서 종종 펠리시아의 견해를 전달해주는 간접자유화법free indirect style을 능란하게 구사하는데, 펠리시아를 1인칭 서술자로 삼지 않는 이유는 펠리시아와 힐디치를 초점 화자로 삼는 경우 서술자가 이들 캐릭터에 대해 거리를 유지하기 어렵기 때문이다.

트레버는 펠리시아의 시점이 아니라 제3자인 힐디치의 시점에서 펠리시아가 보지 못하는 맹목 지점을 드러낸다. 펠리시아와 힐디치의 관계를 단순하게 대립 관계로만 봐서는 안 되는 이유다.

어쩌면 그녀 아버지가 군대에 대해 한 말이 사실일지도 모른다. 십중팔구 그녀는 새파란 깡패와 엮였고, 그 깡패는 절호의 기회를 노리고 있다가 기회가 오자마자 낚은 것이다.66쪽

힐디치 씨는 단번에 그를 알아본다. 단정한 검은 머리, 녹색 빛이 도는 눈, 도드라진 광대뼈. 힐디치 씨가 여러 번 들은 묘사에는 없었던 모습도 있다. 교활함이 깃든 눈, 한쪽 입꼬리를 치켜올리며 다 안다는 듯한 미소를 짓는 입, 갓 자란 콧수염. 힐디치 씨는 확신이 들 때까지, 청년의 이름이 불리는 것을 들을 때까지 기다린 후 구스 앤드 갠더Goose and Gander에서 그가 선택한 구석 자리의 어둠 속으로 물러나 앉는다. 이곳은 올드 힌리Old Hinley 부대 막사 근처 술집 가운데 그가 첫번째로 들어온 곳으로, 듀크 오브 웰링턴 로드에서 이십 분 정도 거리에 있다.176쪽

조니에 대한 펠리시아 아버지의 판단을 두고 단지 딸을 옆에 두는 것이 편하다는 가부장적 욕심으로만 단정하기는 힘들다. 어쨌든 딸을 둔 아버지가 경험한 그 나름의 경험에서 나온 예리한 판단이기도 하다. 이런 점은「에블린」에서 에블린을 유혹하는 프랭크를 대하는 아버지의 판단을 떠올리게 한다. 조이스처럼 트레버도 아버지가 지닌 양가적 태도를 세심하게 포착한다. 힐디치가 조니의 본색을 "단번에 알아본" 이유는 두 사람이 비슷한 종류의 인간이기 때문이다. 물론 이런 묘사도 힐디치의 시점에서 나온 것이라는 것에 유의해야 하지만 자신이 군인이라는 것을 감춘 조니의 태도를 고려하면 힐디치의 판단이 경솔하다고 하기도 힘들다. "교활함이 깃든 눈, 한쪽 입꼬리를 치켜올리며 다 안다는 듯한 미소를 짓는 입, 갓 자란 콧수염"176쪽 등의 묘사는 힐디치 나름대로 조니가 어떤 부류의 인간인가를 파악한 증거다. 힐디치라는 인물이 단순치 않은 이유다.

3

앞서 언급했듯이 펠리시아가 아일랜드를 떠나 영국으로 온 것은 그녀가 의식적으로 인지하듯이 조니에 대한 주관적인 사랑(의 착각) 때문만은 아니다. 펠리시아는 명료하게 인지하지 못하지만 두 가지 이유가 더 있다. 트레버는 그 점을 섬세하게 드러낸다. 먼저 아일랜드의 좋지 않은 경제적 사정이 작용한다. 작품에는 구체적으로 나오지 않지만 펠리시아는 제대로 교육받지 못한 비숙련 노동자다. 그녀가 택할 수 있는 하나의 대안은 수녀가 되는 것이다.

"너는 순결을 지키며 사는 삶에 대해 한 번도 생각해보지 않았니, 펠리시아?" 언젠가 수녀원장님이 불쑥 물었다. 나중에 카멀과 로즈에게 그 이야기를 해주었더니 그들은 펠리시아에게 수녀의 얼굴이 있다고 말했다.21쪽

이런 부분은 조이스의 『젊은 예술가의 초상A Portrait of the Artist as a Young Man』에서 스티븐 디덜러스에게 성직을 권하는 장면을 떠올리게 한다. 스티븐과 비교해볼때 젊은 여성인 펠리시아에게는 수녀로서의 삶이 경제적인 문제를 해결할 수 있는 대안으로 작용한다는 점이 다르다. 조니와 만나서 나눈 대화에서 펠리시아를 비롯한 당대의 비숙련 여성 노동자가 처한 상황이 드러난다.

그는 주로 혼자 다녔고, 그리스도교형제단 학교를 졸업한 후에는 더블린으로 갔다가 곧 영국으로 떠났다. 그의 말투에 영국 억양이 배어 있었다. "잘 지내." 그가 말했다. "너는 어때, 펠리시아?" "일자리를 잃었어요." "육가공 공장에 다니지 않았나?" "공장이 문을 닫았어요." 그가 다시 미소를 지었다.22쪽

지난 삼 개월 동안 일없이 지냈으며, 적어도 인근에서는 취직될 가망이 안 보인다는 이야기는 하지 않았다. 경력이랄 게 통조림 만드는 일뿐이었고, 별다른 기술이 필요 없는 일이긴 해도 그녀는 익숙한 손놀림으로 재빠르게 일할 수 있었으며 잘못 봉해진 통조림을 찾아내는 눈썰미도 길렀다.23쪽

『여정』은 사회 문제를 직접적으로 다루는 사회파 소설은 아니지만, "경력이랄 게 통조림 만드는 일뿐이었고, 별다른 기술이 필요 없는 일"밖에 할 수 없는 펠리시아의 상황은 그녀가 아일랜드를 떠나게 만든 중요한 배경이다.

두 번째는 가족의 문제다. 여기에는 펠리시아가 생활하는 현재 시점만이 아니라 아일랜드와 영국 사이에 있었던 식민 역사가 작용한다. 펠리시아의 가족은 반反식민 투쟁의 역사를 안고 있다.

칠십오 년 전, 노인의 남편이 된 지 한 달 된 이가 두 동지와 함께 아일랜드의 자유를 위해 목숨을 바쳤다는 사실은 아버지의 끈질긴 고집으로 가족 내에서 하나의 진실로 숭상되어왔다. 그 비극으로 노인은 앞으로 태어날 아이와 함께 빈곤한 처지에 놓였고, 남은 인생을 사무실과 가정집 바닥을 닦아 번 돈으로 먹고살아야 했다. 그러나 그 고생도 오랜 대의에 대한 믿음이 있어 고귀하게 여겨졌다. (…중략…) 증조할머니가 몇 안 되는 소지품과 함께 간직하고 있다가 스크랩북이 더 안전하다고 판단해 거기에 보관해둔 것이다. 그다음으로 중요한 것은 패트릭 피어스의 1916년 4월 24일자 임시정부 선언문을 손으로 베껴쓴 필사본으로, 서명 일곱 개가 모두 법원 서기 같은 필체로 쓰여 있었다.25~26쪽

이 대목들에는 사실과 해석의 경계에 대한 미묘한 지점이 있다. "노인의

남편이 된 지 한 달 된 이가 두 동지와 함께 아일랜드의 자유를 위해 목숨을 바쳤다"는 것은 "사실"인가? 아니면 "오랜 대의에 대한 믿음"에서 나온 허구인가? 서술자는 언뜻 보기에는 사실처럼 보이는 내용이 어쩌면 "아버지의 끈질긴 고집으로 가족 내에서 하나의 진실로 숭상"되었을지 모른다는 점을 펠리시아의 시점에서 부각시킨다. 그러므로 펠리시아를 위하는 것처럼 보이는 다음의 발언도 역시 그 진의를 따져봐야 한다.

> 아버지는 이번에도 느리게 고개를 끄덕였고, 말을 할 때도 서두르지 않는 어조를 유지했다. 그는 근거 없는 소문은 없다며 이렇게 덧붙였다. "그 녀석보다 나은 청년들이 주위에 있잖니, 얘야. 아일랜드 젊은이들은 아일랜드에 있어야 한다." "조니는 여기서 일자리를 못 찾아서 영국으로 간 거예요." "영국군은 북쪽으로 파견될 수도 있어. 그 녀석이 우리 민족을 죽이게 될지도 모른다고."54쪽

아일랜드와 영국 관계를 여전히 대립적으로 파악하는 아버지의 판단은 자신이 믿고 있는 "대의"가 옳다는 것을 전제한다. 그런데 현실에서 중요한 것, 특히 젊은이들에게 더욱 중요한 것은 "일자리"의 문제다. "우리 민족"이라는 거창한 관념은 그 관념을 지탱하는 구체적 근거가 빈약하다.

오히려 펠리시아를 떠나지 못하게 붙잡아 두려는 아버지의 욕망은 다음과 같은 이유 때문일 가능성이 크다.

> 그것은 아버지가 그녀에게 원하는 바였다. 아버지는 펠리시아가 매콰이어 피그스에 취직하기에는 자격이 부족했다는 사실에 오히려 안도했다. 그녀가 파트타임으로 일하게 되면 실직 상태를 벗어나면서도 계속 집안일을 도맡아 하고 아버지와 아직 결혼하지 않은 오빠들을 위해 식사 준비를 할 수 있을 터였다. 그러나 슬

리브 블룸에서처럼 종일 일하면 퀴글리 부인에게 돈을 주고 낮 시간에 노인을 돌봐 달라고 부탁해야 한다. 그는 이미 다 생각해놓았다.^{28쪽}

이 대목은 「에블린」에서 에블린과 아버지의 관계를 거의 그대로 반복한다. 아버지가 딸을 곁에 두려는 것은 딸의 앞날을 걱정해서가 아니다. 펠리시아가 집에 머무는 것이 "집안일을 도맡아 하고 아버지와 아직 결혼하지 않은 오빠들을 위해 식사 준비"를 할 수 있기 때문이다.

그러므로 조니를 "한 점령군 놈"이라고 단정하는 아버지의 판단은 다른 욕망의 결과라고 봐야 한다.

네가 이 집에서 사는 한 점령군 놈과 어울려서는 안 된다. 우리 집안은 뭐가 중요한지 알고, 늘 그래왔어. 네 증조할아버지와 애국자 동지들이 이 작은 마을을 떠나 전장의 한가운데로 갔고, 용감하게 싸우다 목숨을 잃었다. 팔 세기 동안, 한 시간도 빼놓지 않고 꼬박, 그 긴긴 세월을 아일랜드 사람들은 오직 언어와 종교와 인간 자유의 억압을 받으며 살아야 했다.^{58쪽}

"증조할아버지와 애국자 동지들"을 들먹이는, 얼핏 보기에 거창해 보이는 아버지의 주장은 살기가 힘들고 마땅한 일자리를 구할 수 없는 펠리시아가 처한 상황을 전혀 이해하지 못한 결과다. 펠리시아의 여정은 단지 사랑을 찾아가는 표면적 서사만이 아니라 지금까지 살펴본 다른 심층적인 이유가 작용한 결과로 봐야 한다.

4

「에블린」에서 모티프를 가져왔지만 『여정』이 날카롭게 에블린과 갈라지는 지점은 힐디치라는 독특한 캐릭터다. 힐디치는 프랭크보다 훨씬 병적이고 그로테스크하다. 지금까지 영국(인)을 대하는 아일랜드 사람들의 시각과 감정을 살펴봤지만, 펠리시아가 발을 디딘 영국인들은 어떤 태도로 아일랜드(인)를 대하는가? 『여정』이 제기하는 중요한 쟁점인데 트레버는 평범한 영국인이 아닌 힐디치라는 연쇄살인범을 등장시킨다. 그리고 일종의 온정주의의 시각에서 펠리시아를 대하는 독특한 종교집단이 힐디치와 구별되는 시각을 전한다. 둘 다 평범하지 않은 존재들이다. 그렇다면 이런 인물과 집단을 등장시킨 이유를 따져볼 필요가 있겠다.

펠리시아의 형상화에 비해 작가는 오히려 힐디치라는 중년 남성을 좀 더 입체적으로 그린다. 여기서도 트레버는 3인칭 서술 시점을 사용하지만 내용적으로는 힐디치를 초점화자로 삼는 서술기법을 쓴다. 평범하지 않은 캐릭터인 힐디치의 내면을 드러내는 방법이다. "그가 만들어낸 정상적인 겉모습 아래에서는, 장면들이 스쳐 지나가고 목소리들이 말을 한다."[189] 힐디치에게는 부자연스러운 측면이 존재하지만 다른 사람들은 그 점을 간파하지 못한다. 마치 펠리시아가 왜 힘겨운 여정을 떠났는지를 이해하려는 이들이 없는 것처럼 힐디치도 다른 이들에게는 스쳐 지나가는 대상으로 여겨진다. 그점에서 펠리시아와 힐디치는 사회적으로 눈에 띄지 않는 인물들이며, 힐디치가 펠리시아를 다르게 대하는 이유다. 어떤 의미에서든 연쇄살인자인 힐디치를 옹호할 수는 없지만, 그가 느끼는 고독감은 그것 나름의 호소력을 지닌다. 펠리시아와 힐디치는 다른 맥락에서 고독하다.

주방과 작업장 사람들은 하나의 결론에 도달했다. 오랫동안 그들과 일상을 함께한 정이 많은 사람, 구내식당 매니저가 어떤 알 수 없는 질병으로 고통받았다는 것이다. 그는 의사들이 보여준 당혹감이 암울한 예후를 뜻한다고 믿고 스스로 목숨을 끊었다.203쪽

힐디치가 자살을 선택했을 때 아무도 그 삶을 이해하지 못한다. 그의 삶과 죽음은 "아무도 이해할 수 없는 질병" 탓으로 환원된다.

『여정』은 이렇게 남들에게 보이는 힐디치의 외적 모습과 아무도 알 수 없는 내면 사이의 격차를 부각시킨다. 힐디치는 공장의 구내식당 매니저로 일한다. 그는 겉으로는 평범하고 상냥하고 친절하게 보인다. 그러나 힐디치에게는 아무도 모르는 비밀이 있다. "홀로 있을 때면 종종 내면 깊이 존재하는 다른, 더 어두운 면에 가닿곤 한다."19쪽 힐디치가 지닌 "어두운 면"이 무엇인지에 대해 독자의 궁금증을 유발하고, 그런 어두면 면이 펠리시아와의 관계에서는 어떻게 작동하는지가 이 작품을 이끌어가는 서사의 동력으로 작용한다.

아일랜드 소녀가 이 모든 기억을 일깨운다. 새로운 친구가 항상 그러듯 그녀가 그런 것도 당연한 일이다. 기억의 뒤안길은 늘 그곳에, 늘 그늘진 채로, 때론 완전히 어둠에 파묻혀 있고, 그러다 무언가가 그곳에 불을 밝힌다. 힐디치 씨는 그런 식으로 생각하는 것이 좋다. 그것을 기억의 뒤안길이라 부르는 것이 좋다. 물론 그렇다고 해서 크게 소리 내어 말하지는 않지만 어떤 것은 크게 소리 내어 말하지 않는 법이고, 또 어떤 것은 심지어 혼잣말로도 말하지 않는 법이다.42쪽

이 서술은 단조로운 듯 보이지만 힐디치가 갖고 있는 "기억의 뒤안길"이

상식적이고 범상한 것이 아니라는 걸 서늘한 톤으로 전달한다.

힐디치가 생각하는 "새로운 친구"는 무슨 뜻일까? 어떤 의미에서 힐디치가 살해했던 여성들은 힐디치에게 "친구"로 여겨졌던 것일까? 그런데 힐디치의 기억은 "완전한 어둠"에 묻힌 것이다. 힐디치 자신도 어두운 기억을 자주 끄집어내지는 않는다는 뜻이다. 그에게 기억은 일종의 기호품 채집을 위한 저장고 같은 역할을 한다. 그런 면에서 힐디치가 기억하고 있는 "새로운 친구"들, 즉 힐디치가 살해한 것으로 드러난 여성들과 힐디치가 맺는 관계는 실제적인 것이 아니다. 그 관계에 대한 힐디치의 관념, 혹은 기억이 그에게는 중요하다. 그리고 다시 새로운 수집 대상, 혹은 "새로운 친구"인 펠리시아가 등장했을 때 어두운 기억은 환기되고 새로운 기억이 추가된다.

정리하자면 힐디치에게는 심각한 내면적 결핍이 존재하며 그 결핍을 채우기 위한 대상이 필요하다. 더 정확히 말하면 대상과 맺은 관계에서 생기는 "기억"이 중요하다. 그가 매번 새로운 (살인의) 대상, "새로운 친구"를 찾는 이유다.

그들이 그를 기억하는 것은 젊은 여자들 때문이다. 한 젊은 여자, 그다음에는 다른 젊은 여자, 그리고 이번엔 또 새로운 젊은 여자다. 그것도 임신 중인. 짧은 순간 쾌감이 그의 내면 어디선가 피어오르는 것을 느끼며 그는 플라스틱 용기를 들고 다시 테이블로 돌아간다.119쪽

따지고 보면 엽기적인 연쇄살인마이지만 작가는 힐디치의 살인 행각을 사실적으로 묘사하는 데는 큰 관심이 없다. 실제로 작품에서도 그런 엽기 행위에 대한 선정적인 묘사는 나오지 않는다. 작가가 의식적으로 절제한 결과다. 작가의 관심은 그런 행위 자체가 아니라 힐디치라는 영국 중년 남성

이 어떻게 탄생했는가를 포착하는 데 있다. 펠리시아가 젊은 아일랜드 여성의 "전형type"이 아니듯이, 힐디치를 중년 영국 남성의 전형이라고 규정하기는 어렵다. 하지만 펠리시아가 그렇듯이 독특한 개성을 지닌 인물로서 힐디치가 보여주는 여러 면모를 개인적인 상황으로만 설명하기는 힘들다. 사회 역사적 관계에 얽힌 영국인의 무의식이 작동한다는 걸 작가는 천착한다.

앞서 언급했듯이 힐디치는 남들은 알지 못하는 내면의 결핍을 안고 있다. 그리고 그 결핍은 병적인 양상을 지닌다.

> 우정이 끝나면 힐디치 씨는 늘 이런 식으로 고통을 겪는다. 어렴풋이 뭔가를 잃어버린 것 같다고 인식하고는 상실감이 너무나 커서 기억에 착란이 일어나는 거라고 여긴다 — 그들이 떠난 순간이 매번 너무나 고통스러워 자신의 무의식이 그와 관련된 상황의 세부 사항을 지워버렸다고, 처음에, 베스Beth가 떠났을 때, 그는 이 기억의 착란이 걱정되어 그 순간으로, 그 당시 상황으로 돌아가 보려 애를 썼다. 그러나 성공하지 못했고 그 후로는 자신이 겪은 기억의 소멸을 자비의 선물로, 심지어는 자신의 비밀스러운 영역, 물어보지 않는 것이 가장 좋은 영역으로 받아들이기로 했다.159~160쪽

『여정』에는 힐디치에게 희생된 여성들의 묘사는 전혀 나오지 않는다. 힐디치의 시점에서 희생자들의 이름이 언급될 뿐이다. 그런 묘사에서 희생자들은 살아있는 생명체가 아니라 사물처럼 대상화된다. "뭔가를 잃어버린 것 같다고 인식한 상실감"은 힐디치의 주관적인 느낌일 뿐이며, 이때 상실된 대상은 마치 물건처럼 다가온다. 힐디치는 "베스가 떠났"다고 생각하지만, 이때 베스라는 여성의 존재는 살아있는 인간의 의미가 아니다. 힐디치가 느끼는 존재의 공허감을 채워주는 대상에 불과하다. 이런 힐디치의 태도

는 유별난 데가 있지만『여정』에서는 펠리시아의 가족, 조니, 그리고 뒤에 살펴보겠지만 펠리시아에게 온정을 베푸는 종교단체 인물들 모두 비슷한 시각을 공유하고 있다는 점도 살펴야 한다. 다른 인간을 대상이 아니라 고유한 생명력을 지닌 존재로 보지 않고 사물이나 대상으로 취급한다는 점이 그렇다. 펠리시아도 그런 대상 중 하나다.

작가는 힐디치가 느끼는 공허감에는 영국과 아일랜드 사이의 착잡한 지배 / 종속의 역사가 깔려있다는 걸 제시한다. 다른 존재를 대상화하는 가장 강력한 메커니즘 중 하나가 식민주의이기 때문이다.

그날 밤 열두시 오 분 전, 힐디치 씨는 천천히 침실로 향하는 계단을 오른다. 윌프 삼촌Uncle Wilf은 제일차세계대전 후 아일랜드로 갔다. 무장봉기를 진압하기 위해서였고, 극적일 것 없는 그만저만한 군대 이야기 한두 가지를 가지고 돌아왔다. 그는 십이 년쯤 전 여든여덟의 나이로 세상을 떠났는데, 그 나이에도 여전히 프랑스와 벨기에에서의 소규모 접전들이며 아일랜드에서의 폭동 단속 등 군대 시절 이야기를 들려주곤 했다. 힐디치 씨는 어린 시절 윌프 삼촌의 이야기를 듣다가 입대하고 싶은 마음이 생겨났고, 그 소망은 자라면서 점점 더 커졌다. 그러나 막상 때가 되자 시력과 발 때문에 받아들여지지 않았다.20쪽

펠리시아의 가족에게 아일랜드 독립운동에 참여한 것이 사실 여부를 떠나서 거창한 대의가 된 것처럼, 힐디치에게 윌프 삼촌의 삶은 무의식적으로 깊은 영향을 미쳤다. 삼촌의 영향을 받아 "입대하고 싶은 마음"이 생겼기 때문이다. 아일랜드 "무장봉기"를 진압하고 "아일랜드에서의 폭동 단속"에 참여했던 윌프 삼촌의 "군대 이야기" 혹은 영웅담에 대해 힐디치는 동의하는 태도를 취한다. 짐작건대 이런 공감은 힐디치만이 아니라 영국인들 전반

이 아일랜드를 대하는 태도라고 해석할 수 있다. 힐디치는 월프 삼촌처럼 군대에 입대하려 시도하는데 그 계획은 좌절된다.

모병관은 장애가 있는 신병 지원자가 병참 장교 직을 문의하다니 가소롭다고 여기는 듯했고, 그러한 생각을 숨기려는 최소한의 노력조차 하지 않았다. 힐디치 씨는 시력과 발과 관련된 그 두 가지 사소한 결함 때문에 어린 시절부터 내내 당연히 하게 되리라 여겼던 직업에서 배제당했다.147쪽

힐디치의 기괴한 행적에는 그가 겪었던 이런 좌절도 작용한다. 그의 "사소한 결함"이 자신보다 약한 여성들에 대한 지배 욕구를 낳았다고 해석할 수 있다.

이런 배경에서 보면 펠리시아를 대하는 힐디치의 태도를 단지 개인적인 차원에서만 설명할 수는 없다. "난 아가씨 나라에 한 번도 가본 적이 없어요. 펠리시아, 친척 한 사람이 그 나라에 대해 자주 이야기하곤 했지요. 아름다운 나라라고, 그렇게 이해했어요."62쪽 힐디치는 아일랜드를 마치 먼 나라처럼 이야기하며 "아름다운 나라"라고 말하지만, 사실은 공허한 언급이다. 그 점을 힐디치도 알고 있다.

이제 그녀의 눈에는 전에 존재했던 열정은 모두 사라지고 죽음의 기운이 드리워져 있다. 그녀는 떠나온 집 한구석에 주저앉아 쓸모없는 남자를 영원히 기다리는 여인으로 시들어갈 것이다. 블랙 앤드 탠스Black and Tans는 아일랜드섬을 처리했어야 했다고, 인도적 이유로 그러지 못한 것이 유감스럽다고 월프 삼촌은 말했다. 단어 선택에 신중을 기하며 그 모든 이야기를 하면서도 블랙 앤드 탠스 이야기는 그녀를 자극할 것을 우려하면서 꺼내지 않았다.149쪽

힐디치는 아일랜드 무장봉기 진압을 위해 만들어진 특수부대인 "블랙 앤드 탠스는 아일랜드섬을 처리했어야" 한다는 월프 삼촌의 말을 떠올린다. 그러면서도 자신의 견해를 직접적으로 밝히지는 않는다. 그러나 바로 앞 구절에서 펠리시아의 미래를 상상하며 "별 볼 일 없는 남자를 영원히 기다리는 여인으로 시들어갈 것"이라고 상상할 때 바로 그런 여인의 모습과 아일랜드를 등치 시키려는 관점을 읽을 수 있다. 월프 삼촌과 마찬가지로 힐디치에게 "인도적 이유"를 내세우는 것은 "죽음의 그림자가 드리워"진 감상주의로만 여겨질 것이다.

강력한 캐릭터인 힐디치에 비교하긴 어렵지만, 펠리시아를 대하는 영국인의 태도를 보여주는 주요한 그룹이 인도주의를 내세우는 종교단체다. 작품에서 이 종교단체가 정확히 어떤 성격인지는 드러나지 않는다. 그리고 힐디치와 이들 그룹 사이에는 미묘한 차이와 갈등이 발생한다.

힐디치 씨는 그들을 본 적이 있다. 미치광이들, 이라는 것이 그의 생각이다. 그는 거리에서 그들이 사람들에게 억지로 책자를 안기는 것을, 종교 이야기로 귀찮게 하는 것을 보았다. 어떤 식으로든 그 여자가 그들과 얽혔고 그들의 집에서 묵고 있는 것이 확실하다. 그녀가 그 집으로 들어가는 걸 보았으니까. 아일랜드 촌구석에서 온 순진한 여자아이라면 그들이 어떤 제안을 하든 쉽게 넘어갔을 것이다.^{90쪽}

힐디치가 종교단체 사람들을 "미치광이들"이라고 판단하는 것은 역설적인데 그 자신도 정상이라고 보기는 힘들기 때문이다. 작품에서 힐디치의 종교적 성향이 어떤지는 명확히 나오지 않지만, 그가 보기에 "그들"은 "종교 이야기"로 사람들을 귀찮게 만드는 이상한 집단이다. 힐디치의 판단은 나름대로 예리한 데가 있다. 이 작품의 미덕은 사악한 살인자로만 볼 수 있는 힐디치가 지닌 여러 측면을 입체적으로 형상화한 것이다. 힐디치는 "그들"이 펠리시아에게 접근한 이유를 "아일랜드 촌구석에서 온 순진한 여자아이라면 그들이 어떤 제안을 하든 쉽게 넘어갔을 것"이라고 날카롭게 파악한다. 이런 인식은 힐디치도 공유하는 것이며 더 나아가서는 당대 영국인들이 일반적으로 "아일랜드 촌구석"을 바라보는 시각이라고 볼 수도 있다.

그러나 흑인 여자는 계속 주절주절 무어라 말하고, 젊은 여자 역시 자신의 몫을 하는 듯 입술을 움직인다. 토끼같이 생긴 이 아이의 삶은 어떨까? 힐디치 씨는 생각한다. 이 아이는 저 흑인 여자처럼 종교적이지 않다. 생각해보지 않아도 그냥 알 수 있다. 그저 어딘가 갈 곳을 의지할 데를 찾느라 이들에게 합류했을 뿐이다. 이 아이는 무언가로부터 도망치고 있다. 그게 눈에 훤히 드러난다. 그런데 이 아이가 이 미친 인간들과 함께 지내면서, 안내 책자를 들고 허튼소리나 하며 돌아다니면서 남은 인생을 살아간다면, 대체 이 아이의 삶은 어떻게 될 것인가?184쪽

힐디치는 이들 종교집단을 "미친 인간들"이라고 규정하는데 이런 판단이 지나친 것은 사실이다. 하지만 이들이 펠리시아를 대하는 태도가 진심 어린 이해나 공감에서 나온 것이 아니라는 걸 고려하면 전혀 틀린 판단이라고 보기도 어렵다.

힐디치는 이들 종교단체가 "그저 어딘가 갈 곳을 의지할 데를 찾느라" 궁지에 몰린 이들의 처지를 이용하고 있다는 점을 짚는다. "캘리거리는 멀리서 녹색과 검은색이 섞인 쇼핑백 두 개와 피곤으로 굽은 어깨를 살펴본다. 여기 행복하지 못한 사람이 있군, 캘리거리는 속으로 생각하며 여자를 모임으로 인도하기 위해 성큼성큼 걸어간다."127쪽 종교단체에서 일하는 캘리거리는 펠리시아를 보고 "행복하지 못한 사람"이라고 쉽게 단정한다. 그런 단

정은 펠리시아의 처지를 자의적으로 해석하는 결과를 낳는다. "미친 인간들"이라는 점에서는 힐디치와 종교단체는 통한다. 힐디치가 종교집단의 성격을 파악하듯이, 종교단체도 힐디치가 누구인지를 알게 된다.

이 남자 미쳤군, 마샤 티비츠Marcia Tibbitts는 생각한다. 집집마다 돌아다니기 시작한 후로 이런 적은 처음이다. 캘리거리Miss Calligary는 이런 일에 경험이 많기에, 지금 막 들은 이야기에 모종의 진실이 담겨 있음을 알아차리고 곧 이 남자가 겉보기와는 다른 사람이라고 생각한다. 그가 자신의 입으로 고백하자 그녀는 너무나 놀라 말문이 막힌다. 그는 가증스러운 목적으로 아이의 돈을 훔쳐 아이가 다른 사람들에게 비난을 받게 만들었다. 캘리거리는 자신이 제대로 들은 게 맞는지 확실히 확인하려 다시 한번 말해달라고 부탁한다.199쪽

일상생활에서 중요한 역할을 하는 섹슈얼리티와 종교의 측면에서 뭔가 어긋난 캐릭터인 힐디치와 종교단체 인물들을 작가가 주목한 이유는 펠리시아 같은 외부인을 대할 때 영국인이 보여주는 인식이 지닌 한계를 드러내려 한 것으로 해석할 수 있다. 펠리시아의 여정에서 그녀를 이해해주는 인물이 작품에 나오지 않는다는 점이 그 점을 부각시킨다. 펠리시아는 그녀의 고향인 아일랜드에서도, 그리고 그녀가 헛된 사랑의 대상인 조니를 찾아온 영국에서도 고립되어 있다. 그렇다면 펠리시아가 걸어온 여정의 결말은 무엇인가?

『여정』에 영향을 준 「에블린」에서 에블린은 결국 아일랜드를 떠나지 못한다. 펠리시아는 다르다. 그녀는 우여곡절이 있었지만 영국에 왔다. 그녀는 찾으려 했던 조니와의 사랑은 결실을 맺지 못했고 정착지를 찾지 못한 거리 부랑자의 삶을 살게 된다. 앞서 언급한 비숙련 여성 노동자의 전형적

인 행로라고 볼 수도 있다. 하지만 펠리시아가 도달한 영국의 삶이 비극적이라고 봐야 하는지는 의문이다. 작가는 펠리시아의 새로운 삶의 모습을 긍정적으로 묘사하기도 한다.

> 펠리시아는 그런 추측에 굳이 반박하지 않았다. 이젠 사람들이 하는 말에 익숙해졌다. 무슨 말을 하든 개의치 않는다. 그녀는 이제 예전의 자신이 아니라는 걸 안다. 가을날 결혼식 신부 들러리도 아니고 자동차 뒷좌석에서 담요를 뒤집어썼던 아이도 아니다. 한때 그녀의 것이던 순수함은 시간이 흐르며 이제 어리석음이 되었지만, 여전히 그녀에게 남아 있고, 상실을 경험한 예전의 그녀는 지금의 자신으로 이끈 사람이기에 소중하다.207쪽

시간의 흐름 속에서 펠리시아는 변화했다. 인용문이 구체적으로 펠리시아가 지금의 어떤 삶에 도달했는지를 보여주지는 않지만, 펠리시아는 이제 "예전의 자신이 아니라는 걸" 안다.

『여정』이 주체성을 지닌 인물로 변모해가는 펠리시아의 여정을 좀 더 깊이 있게 보여주지 않은 건 아쉽다. 하지만 결말에서 작가는 펠리시아가 무엇을 잃고 무엇을 얻었는지를 인상적으로 요약한다. 그녀는 더 이상 "신부 들러리"나 "아이"도 아니다. 그녀가 지녔던 "순수함"은 역설적인 의미에서 "어리석음"과 결합된 순수함으로 남아 있다. 결론적으로 그녀는 "상실을 경험"했지만, 이제 자신의 삶을 사는 주체적 존재가 되었다. 이런 펠리시아의 모습은 영국에서, 혹은 어떤 나라에서이든지 그 사회에 존재하는 주변적인 존재들의 모습으로 확장된다.

> 얼빠진 멍청이, 아무 데나 떠도는 바보, 피로감 섞인 동정 한 조각이 거리의 사

람을 향해 던져지고, 눈길은 서둘러 다른 데로 옮겨간다. 다른 도시도 있을 테고, 다른 도시의 거리와 도로도 있을 것이다. 태퍼와 조지, 리나, 케브, 다보, 멍청한 해나들도 있을 것이다. 자선단체와 보호소가, 자비와 경멸이 있을 것이다. 그리고 항상 어디에나 산 사람과 죽은 사람을 가르는 운명이 존재할 것이다.213쪽

펠리시아 같은 "거리의 사람"은 어느 나라, 도시에나 다른 이름을 지닌 채 존재한다. 그들은 멍청이, 바보로 취급된다. 그들에게는 "자선단체와 보호소가, 자비와 경멸"이 기다린다. 그런데 이런 묘사에서 드러나는 톤이 부정적이지만은 않다. 트레버는 "거리의 사람"들이 처한 사회적 상황을 냉정하게 인식하지만 그런 상황에 놓인 펠리시아 같은 사회적 소수자가 지닌 품격을 부정하지 않는다. 그런 품격은 남들의 "피로감 섞인 동정"과는 관계없는 것이다. 펠리시아의 여정을 통해 여정이 상기시키고자 하는 인간다운 품격의 의미다. (2023)

고정된 믿음은 위험하다

압둘라자크 구르나 『바닷가에서』, J. M. 쿳시 『엘리자베스 코스텔로』

지난 몇 년간 인접 국가 사이의 문화적 교류의 양상을 살펴보는 공동연구에 참여 중이다. 아일랜드, 하와이, 중국, 일본, 타이완 등이 연구대상에 포함된다. 영미문학 연구자이자 한국문학 평론을 틈틈이 쓰는 비평가로서 내가 알고 있는 문학과 문화의 폭이 얼마나 협소한지를 실감한다. 이웃 국가라고 하는 중국, 일본, 타이완 등의 역사, 문학, 문화에 대해 제대로 배운 적이 없었다. 최근 탈식민주의 문학연구post-colonial studies에서는 역사적 맥락만이 아니라 지리적 맥락도 중요하게 여기는데, 아무래도 국가 간 관계에서 지리적 관계가 중요하게 작용하기 때문이다. 다른 말로 하면 한 국가와 지리적으로 멀어질수록 그곳에 관한 관심이 약해지기 쉽다. 이런 시각에서 보자면 아프리카 지역과 문학은 홀대받기 쉽다. 나만 해도 몇 년 전 내가 참여하는 독회 모임에서 아프리카문학 몇 권을 같이 읽은 경험을 제외하면 일부러 찾아서 읽은 기억이 없다. 그만큼 내 독서 읽기 폭이 편향적이다. 그런데 이런 상황은 단지 나만의 문제가 아니라 한국문학, 혹은 한국 독서공간 상황과 관련된다. 여기서 길게 다룰 수는 없지만 이곳의 관심사가 유럽, 북미 중심의 서양 문화권, 그리고 아시아에서도 일본과 중국 정도에만 편향적으로 쏠린다.

하지만 넓게 보면 아프리카문학에 속하는 두 작품, 압둘라자크 구르나의

『바닷가에서』, 그리고 J. M. 쿳시의『엘리자베스 코스텔로』를 읽으면서 나는 아프리카문학이 세계문학 공간에서 차지하는 위상을 새삼 따져 본다. 두 작가가 노벨문학상 수상이라는 명망을 얻었기 때문만은 아니다. 본론에서 구체적으로 따져 보겠지만 내 판단으로 두 작품은 현재 세계문학의 어떤 경향을 보여주고 있으며 자신들의 문제의식을 예민하게 제시하고 있다. 그 이유는 그들이 놓여 있는 경계인의 위치와 관련된다. 이 점에서 오래전 에드워드 사이드가 인용했던 11~12세기에 활동했던 수도승이자 신비주의 철학자 위고Hugo of St. Victor의 말이 울림이 있다. "자신의 고국을 여전히 달콤하다고 느끼는 이는 아직 마음이 여린 초보자이다. 어디를 가나 다 자신의 조국처럼 느끼는 사람은 이미 강한 사람이다. 그러나 어디를 가든지 낯선 나라처럼 느끼는 이야말로 완성된 사람이다. 여린 영혼은 세상의 한군데에 사랑을 고정한다. 강한 사람은 모든 곳으로 사랑을 확대한다. 완성된 사람은 모든 곳에 대한 사랑의 불을 끈다."[1] 위고의 말은 자신의 고국과 고향을 떠난 사람이 가질 수 있는 태도를 요약한다. 경계인의 자리에 서 있는 사람은 자신이 속해 있는 어느 곳에서도 사랑을 "고정"하거나 "확대"하지 않는다. 그는 자신이 놓여 있는 삶과 맥락을 계속해서 반추한다. 그런 태도에서 세계를 보는, 다르면서 깊은 숙고와 성찰의 시야가 열린다. 그런 시야는 답을 제시하는 것이 아니라 질문하는 것이다.

---

1 Edward Said, *Reflections on Exile and Other Literary and Cultural Essays*, London : Granta Books, 2001, p.185.

1

탄자니아 출신 영국 작가 압둘라자크 구르나의 이름을 2021년 노벨문학
상 수상 소식을 통해 나는 처음 알았다. 최근 몇 년간은 노벨문학상이 예상
을 깬 수상자 선정을 한다는 느낌을 받았다. 하지만 수상 이후 국내에 번역
된 장편소설 『바닷가에서』^{이하 『바닷가』}를 읽으며 이례적인 수상이라는 느낌보
다는 받을 만하다는 판단이 들었다. 이 작품에서도 묘사되는 아프리카의 정
치적 혼란 상황 때문에 영국으로 이주했던 작가의 이력이 『바닷가』를 읽는
데 참고가 되지만, 작품의 폭과 울림은 더 깊고 넓다. 역사의 물결과 부딪치
면서 벌어지는 인물들의 비극이 서술된다. 원한과 악의로 얼룩진 두 가문
의 얽히고설킨 이야기가 전개되면서 이해와 연대가 가능해지는 지점을 그
린다. 『바닷가』는 한국문학에서 사용하는 소설小說 개념의 의미를 다시 돌아
보게 한다. 소설은 '작은 이야기'란 뜻이다. 여기서 작다는 무슨 뜻일까? 다
양한 해석이 가능하지만 소설은 철학이나 역사학, 혹은 사회과학처럼 거창
하고 추상적인 개념과 틀로 인간과 세계를 단정하지 않는다. 소설은 대개
는 몇 명의 인물과 그들이 맺는 관계를 따라가면서 거기서 발생하는 사건
과 그 사건과 관련된 상황과 맥락을 통해 독자가 살아가는 세계를 돌아보
게 한다. 작은 이야기지만 그 작은 이야기에서 세계의 의미와 진실을 묻는
다. 『바닷가』도 그런 소설이다.

『바닷가』에는 1인칭 서술자가 두 명 있다. 아프리카 잔지바르 출신 난민
이다. 먼저 예순다섯의 나이에 영국행 망명길에 오른 살레 오마르가 있다.
그러나 망명 과정에서 오마르는 본명을 숨긴다. "그리고 내 이름은 라자브
샤아반이다. 진짜 이름은 아니고, 목숨을 구하려고 이번 여행을 떠나며 특
별히 빌린 이름이다. 그 이름은 수년 전에 알았던 누군가의 것이었다."² 『바

닷가』는 독자의 관심을 끌기 위한 특별한 장치는 없지만 작품 앞부분에 나오는 이런 고백은 왜 오마르가 본명을 숨기려고 하는지 궁금증을 자아낸다. 그런 궁금증은 뒤에 등장하는 다른 1인칭 서술자인 마흐무드와의 관계를 서술할 때 독자의 흥미를 유지하게 해주는 역할을 한다. 망명을 선택하기에는 적지 않은 오마르의 나이도 주목할 만하다. "예순다섯, 고향에서 도망치기 참 좋은 나이로군요. 그녀가 미소를 지으며 말했다. 대체 무슨 생각이셨던 거예요?"82쪽 영국 난민기구에서 일하면서 오마르를 돕는 활동가 레이첼의 견해는 한편으로는 상식적인 질문이지만 다른 한편으로는 난민 문제에서 드러나는 재현과 이해의 어려움을 포착한다. 레이첼은 좋은 의도를 갖고 오마르를 도우려고 하지만 그런 경우에도 오마르를 정확히 이해하지 못한다. 통상 난민 문제는 거창한 정치적, 외교적 이슈로 접근하는 시각이 팽배하지만 『바닷가』는 그런 시각이 포착하지 못하는 구체적인 인간관계의 양상을 드러낸다. 오마르도 그에 대한 강한 자의식을 갖고 있다. "나는 또다시 내가 성가신 골칫거리라는, 합리적인 사람에게 불필요한 문제와 불편함을 안겨주는 존재라는 기분이 들 때도 있다."25쪽 이런 문장은 관계의 윤리라는 측면에서 생각해볼 이슈를 제기한다. 어떤 경우에 한 사람은 다른 사람에게 "성가신 골칫거리"가 되는가? "합리적인 사람"의 기준은 무엇인가? 어떤 경우에 사람은 다른 이에게 "불필요한 문제와 불편함을 안겨주는 존재"로 비춰지는가?

『바닷가』를 읽으면서 내 감각과 사유를 촉발하는 것은 이런 문제다. 작품에서도 여기저기서 묘사되는 잔지바르를 비롯한 아프리카 여러 나라의 역사적, 정치적 상황에 대해 소상한 지식과 경험이 있지 못한 독자인 나는 그

---

2   압둘라자크 구르나, 『바닷가에서』, 문학동네, 2022, 73쪽. 이하 쪽수 병기.

런 묘사에서 생생한 현실감을 얻기는 힘들다. 역시 지리적 거리감에서 생기는 감각의 차이다. 작품 뒤에 묘사되는, 오마르가 겪었던 수년간의 정치적 탄압과 수감생활에 대한 묘사는 한국의 현대사를 떠올리게 하는 바가 있지만 그런 부분을 이 작품의 고갱이라고 판단하기도 어렵다. 그보다는 다음과 같은 오마르의 토로에 더 눈길이 간다. "내 시절에 대한 판단과 표리부동한 우리 삶의 하찮음을 드러내 보이길 간절히 원합니다."344쪽 『바닷가』는 역사라는 서사가 "표리부동한 우리 삶의 하찮음"과 그에 대한 다양한 해석이 모인 이야기라는 걸 부각한다. 이 작품에서 유독 사실 자체보다는 유독 그 사실을 전하는 이야기에 대한 언급이 많이 보이는 이유다.

두 번째 서술자인 마흐무드의 경우도 마찬가지다. "아버지의 고모의 집을 훔쳐가더니 이제는 우리 집까지 훔쳐 가려 했다는 이야기가 기억납니다. 제가 기억하는 게 그날이 맞는지도 잘 모르겠지만, 그래도 그 이야기는 기억납니다. 그것은 제 어린 시절의 이야기였어요."275쪽 『바닷가』는 인간이 사실 자체의 진실성보다는 기억과 이야기에 훨씬 더 많이 기대는 존재라는 걸 흥미롭게 드러낸다. 그 이야기가 사실의 정확성에 부합하는가, 아닌가 보다는 그 이야기를 하고 듣는 과정에서 발생하는 어떤 정서와 정념이 더 큰 영향을 미친다는 뜻이다.

서사를 끌고 가는 두 번째 1인칭 서술자는 30년 전 10대 시절에 영국으로 온 마흐무드이다. 앞서 언급했듯이 서사의 동력을 주는 고리가 오마르와 마흐무드가 어떤 관계였는가를 밝혀가는 데 있는 건 사실이지만, 그것만으로는 『바닷가』를 읽고 나서 느끼는 서사의 풍요로움을 온전히 설명하지는 못한다. 작품 앞부분을 읽으면서는 이야기가 다소 산만해 보이고 어떻게 흘러갈지가 궁금해진다. 작가는 그런 서사의 어려움을 두 가지 방식으로 푼다. 먼저 자신의 이야기를 1인칭 시점에서 전달하는 두 명의 서술자를 두고 다른 하위 서사를 두 사람의 이야기로 수렴한다. 두 서술자가 구심 역할을 하는 것이다. 그러나 이렇게 되면 자칫 서술자들의 주관적 회상과 기억으로만 소설이 구성될 수 있다. 그렇게 되면 서사의 풍요로움을 얻을 수 없게 된다. 그 문제를 해결하기 위해 작가는 두 서술자가 회고하는 기억 속에 등장하는 흥미로운 인물의 이야기, 그리고 현재 회고 시점에서 두 사람이 만나거나 생각하는 캐릭터들의 이야기를 엮는다. 두 사람을 중심으로 이야기가 밖으로 넓게 펼쳐진다. 모든 이야기가 한편으로는 자신의 생명력을 지니면서 동시에 서술자의 삶과의 관계에서 다시 조명된다. 두 개의 1인칭 시점이 교차하는 구성을 택한 이유다. 이런 서사 방식은 W.G. 제발트의 작품을 떠올리게도 한다. 하지만 에세이적 소설이라고 할 만한 제발트와는 다르게 구르나는 전통적인 소설 작법의 틀을 유지하면서 구심과 원심의 적절한 균형을 유지하는 서사를 전개한다.

이제 막 난민이 된 오마르와 달리 마흐무드의 이야기는 오마르에 비해 적은 비중을 차지한다. "그로 인해 나는 미움받고 있다는 기분, 그러한 연상에서 오는 일종의 공포에 갑자기 나약해지는 느낌이 들었다. 이곳이 내가 살고 있는 집이다, 라고 나는 생각했다."124쪽 『바닷가』에서 다소 아쉬운 점은 오마르의 이야기에 비해 영국에서 수십 년을 난민으로 살아온 마흐무드가 살아온 과거 삶에 대한 묘사가 적다는 것이다. 전체적으로 마흐무드의 이야기는 오마르와의 관계 속에서 조명된다. "나는 수년간의 분쟁과 굴욕 끝에 나의 아버지에게서 우리 집과 그에 딸린 모든 물건을 빼앗아간 그 남자, 태연한 속임수와 악행 및 파렴치한 탐욕에 관한 이야기가 끝도 없이 들려오던 그 암살자 바로 앞에 서 있었다."167쪽 수십 년 전의 착잡한 관계와 그로 인한 오해를 지닌 두 인물이 과연 현재 서술 시점에서 어떤 관계를 맺을 것인가? 그들은 서로를 이해하고 용서할 수 있을까? 독자는 이런 의문을 갖게 된다. 『바닷가』는 이런 질문에 대해 명쾌한 답을 주지는 않는다. 어쩌면 그게 삶의 진실에 더 가까울 것이다. 좋은 소설은 답을 주는 것이 아니라 계속 질문하게 만든다. 쿳시의 『엘리자베스 코스텔로』이하 『코스텔로』도 그런 소설이다.

2

상세한 작품 논의를 하기 전에 『코스텔로』를 읽은 전체적인 소감부터 적는다. 이 작품은 근년에 내가 읽은 가장 뛰어난 소설 중 하나다. 『코스텔로』를 읽기 전부터 쿳시가 현 시대를 대표할 만한 작가 중 한 명이라고 생각해왔지만 이 작품을 읽고 나서 그런 생각이 더 강해졌다. 오래전 영국 소설가 D. H. 로런스는 소설 장르를 정의하면서 사유의 모험thought-adventure이라고 말한 바 있는데 『코스텔로』는 그 정의에 정확히 부합한다. 형식 면에서 『코스텔로』가 아주 새롭지는 않다. 여행 형식을 빌려 세계 곳곳을 다니면서 주인공인 엘리자베스 코스텔로가 작가로서 다양한 주제로 하는 강연, 강연에 관한 토론과 반응, 편지 등이 서사의 골격을 이룬다. 거기에 강연주제를 두고 벌어지는 코스텔로와 다른 강연자들, 코스텔로와 가족 사이에 발생하는 다른 견해와 논쟁 등이 서사에 긴장감을 부여한다.

가장 눈에 띄는 것은 주인공 코스텔로가 지닌 독특한 위치다. 남아공에서 호주로 이주한 작가 쿳시의 실제 삶과 유사한 면모를 지니고 있지만 당연히 코스텔로는 쿳시가 아니다. 코스텔로가 다루는 강연주제 일부는 쿳시가 실제로 했던 강연과 겹치지만, 코스텔로는 강연자가 아니라 소설의 서사를 끌고 가는 캐릭터다. 강연을 모아놓은 것이라면 강연자의 견해만이 일방적으로 전달되겠지만『코스텔로』는 소설이며 코스텔로의 견해는 다양한 시각에서 검증되고 해석된다. 그런 소설적 구조를 통해『코스텔로』는 현대문명의 중요한 쟁점들을 정면으로 제기한다. 아프리카문학의 현황을 중심으로 한 식민주의와 재현의 문제, 인간과 동물의 공통점과 차이, 이성과 종교의 관계 등 매우 묵직하고 쉽지 않은 쟁점을 제기한다. 그리고 그런 쟁점을 제기하는 데 노년의 여성 작가로서 코스텔로의 위치가 있다. 통상적인 소설과는 달리『코스텔로』는 인물과 인물의 관계를 세밀하게 탐구하지는 않는다. 그런 시각에서 이 작품에 불만을 제기할 수도 있다. 대신에『코스텔로』는 중요한 쟁점에 대한 날카로운 물음을 던진다. 여기서 그것에 대한 명확한 답을 작품이 제시하고 있는가는 중요하지 않다. 관건은 질문의 힘과 깊이다.

먼저 식민주의와 문학적 재현의 관계에 대해 코스텔로는 도발적인 질문을 한다.

그녀가 말한다. 영국 소설은 일차적으로 영국인이 영국인을 위해서 써요. 그래서 영국 소설인 거죠. 러시아 소설은 러시아인이 러시아인을 위해 써요. 그런데 아프리카 소설은 아프리카인이 아프리카인을 위해서 쓰지 않아요. 아프리카 소설가는 아프리카에 대해서, 아프리카적 경험에 대해서 쓸지 몰라도, 내가 볼 때는 글을 쓰는 내내 자기들 책을 읽어줄 외국인을 어깨 너머로 힐끔거리고 있는 것 같단 말이에요. 그이들은 좋든 싫든 해석자의 역할, 자기 독자들에게 아프리카를 해석해주는 역할을 받아들인 거예요.[3]

힘의 역학이 작동하는 세계문학 체제에서 어떻게 여러 문학 사이에 재현

---

3   J. M. 쿳시,『엘리자베스 코스텔로』, 창비, 2022, 71~72쪽. 이하 쪽수 병기.

의 위계가 작동하는지를 밝힌다. 그리고 그런 위계에 부응하면서 일종의 토속주의를 팔아먹는 작가도 있다는 점을 지적한다. "늘 이런 식이지, 하고 그녀는 생각한다. 강조되고 내세워지는 몸, 그리고 몸속에서부터 솟구쳐오르는 몸의 검은 본질, 목소리, 네그리튀드라. 그녀는 이매뉴얼이 나중에는 정신을 차리고 그 사이비 철학에서 벗어나리라 생각했었다. 그러지 않은 게 명백하다. 직업적 자기홍보의 일부로 그것을 간직하기로 작정한 게 명백하다. 뭐, 잘해보라지."65쪽 여전히 특정 계급의 남성적 권위가 작동하는 문학계나 학계에서 코스텔로의 발언은 당돌한 말로 치부된다.

그런 부딪침은 인간과 동물의 관계를 다루는 부분에서 더욱 예리하게 드러난다.

하지만 우리가 정말로 알고자 하는 것은 박쥐는 박쥐이듯이, 박쥐로 존재한다는 건 어떤 것인가 하는 거지요. 그래서 우리는 결코 그런 삶에 도달할 수 없는데, 우리의 마음이 그 일에 부적합하기 때문입니다. 우리의 마음은 박쥐의 마음이 아닌 것입니다.103쪽

공감적 상상력에는 한계가 없습니다. (…중략…) 제가 결코 실존한 적 없는 어떤 존재의 실존 속으로 생각해 들어갈 수 있다면, 저는 박쥐나 침팬지나 굴柘花의 실존, 저와 삶의 기층을 공유하는 그 어떤 존재의 실존 속으로도 생각해 들어갈 수 있는 것입니다.109쪽

작품에서 드러나지만 이런 주장에 대해 격렬한 반발이 제기되며 그에 맞서 코스텔로가 정연하게 정리된 주장을 펼치는 것은 아니다. 예컨대 "박쥐로 존재한다는 건 어떤 것인가"라는 쉽지 않은 문제를 툭 던지고 그녀는 뒤

로 물러선다. 그런데 그런 태도는 회피라기보다는 신중함의 표현이다. 작가는 물음을 제기하는 존재지 선명한 답을 제시하는 존재가 아니다.

우리가 알던 시절이 있었습니다. 텍스트에서 '탁자 위에 물 한잔이 있었다'고 하면 정말로 탁자가 있고 그 위에 물 한잔이 있다고 믿었으며, 텍스트라는 말-거울을 들여다보기만 하면 그것들이 보였던 겁니다. 하지만 이 모든 것은 종말을 고했습니다. (…중략…) 사람들과 사람들 이야기인지, 사람들과 원숭이들 이야기인지, 원숭이들과 사람들 이야기인지, 원숭이들과 원숭이들 이야기인지 잘 모르는 거죠.³¹쪽

확고한 믿음에 기반한 재현의 시대는 끝났다. 그렇다면 필요한 것은 주어진 믿음의 시스템에 대해 그것이 지닌 가치와 의미가 타당한가를 묻는 태도다. "그렇지만 또한 스위프트의 우화를 극한까지 밀어붙여서, 역사 속에서는 인간의 지위를 기꺼이 받아들인다는 것이 한 종을 이루는 신성한, 또는 신성하게 창조된 존재들을 학살하고 노예로 삼는 것, 그럼으로써 우리 자신에게 저주를 불러오는 것을 의미했다는 점을 인정하기로 해요."¹³⁹쪽 질문하되 대충 중간에서 머뭇거리며 타협하지 않고 그 질문을, 그 이야기를 "극한까지 밀어붙이"는 태도를 보여주는 코스텔로의 형상화는 매력적이다.

되풀이 말하지만 『코스텔로』는 강연집이 아니라 소설이다. 뾰족한 질문을 계속 던지는 코스텔로의 태도는 주변 사람을 불편하게 만들고 반론을 자극한다. 그녀의 아들이 하는 질문이 좋은 예다. "어머니가 손주들을 보는 것도 좋다. 어머니가 인정을 받는 것도 좋다. 하지만 그가 치르고 있는 대가, 이 방문이 잘못될 경우 그가 치러야 할 대가가 너무 커 보인다. 왜 어머니는 평범한 노인의 삶을 사는 평범한 노인이 될 수 없는 걸까? 동물한테 가슴을 열고 싶다면 집에 머물며 당신 고양이들한테 그렇게 하면 되지 않는가?"¹¹⁴

쪽 비슷한 시각은 코스텔로의 며느리에게서 더 예각화된 형태로 제기된다. 다른 사람들은 그 정도는 아니지만 비슷한 불편함을 드러낸다.

아들 존은 "왜 어머니는 평범한 노인의 삶을 사는 평범한 노인이 될 수 없는"가라고, "어머니의 진실은 무엇일까?"45쪽라고 묻지만, 그도 내심 어머니가 그렇게 살 수 없다는 걸 안다. 그리고 존과 그의 아내가 제기하는 물음이 엉터리인 것도 아니다. 분명 코스텔로의 주장은 듣기에 따라서는 실제 생활과는 동떨어진 원론적 주장으로 비칠 혐의가 있다. 여기에 누가 옳고 누가 그른가는 중요한 문제가 아니다. 이런 문제에 명료하고 확정적인 답은 없다.

그녀, 엘리자베스의 경우에, 젖가슴을 덜렁거리며 뼈와 가죽만 남은 늙은이 위로 웅크리고서 거의 죽어버린 생식기를 가지고 애를 쓰고 있는 그 광경에 그리스인들은 어떤 명칭을 부여할까? 확실히 '에로스'는 아니다. 그렇게 부르기에는 너무 그로테스크하다. '아가페'? 역시 아닐 게다. 그렇다면 그리스인들한테는 그에 맞는 말이 없는가? 기독교인들이 적절한 말, '카리타스'를 가지고 오기를 기다려야 할 것인가?204~205쪽

다소 그로테스크하게 보이는, 작가도 그렇게 의도했을 것이 분명한 이 장면을 어떻게 해석할 것인가? 코스텔로가 자기 자신에게 질문 하듯이 이것은 에로스도, 아가페도 아니다. 그렇다고 에로스와는 다른 종류의 사랑을 가리키는 카리타스가 딱 들어맞는 "적절한 말"도 아니다. 최종적인 답이 제시되는 순간은 오지 않는다. 어디선가 들뢰즈가 썼듯이 작가는 의견opinion을 갖지 않는다.

저는 작가, 소설을 다루는 사람입니다. 저는 잠정적으로만 믿음을 유지합니다.

고정된 믿음은 저를 방해할 테니까요. 저는 거주지나 의상을 바꾸듯이 필요에 따라서 믿음을 바꿉니다. 이러한 근거, 제 직업에, 천직에 관련된 근거에서 저는 지금 처음으로 듣는 규정, 즉 문 앞의 모든 청원자는 하나나 그 이상의 믿음을 고수해야 한다는 규정에서 저를 면제해주실 것을 요청하는 바입니다.256쪽

"제가 하는 일에서 믿음은 저항, 방해물입니다. 저는 제 안의 저항을 없애려고 애씁니다."
"믿음이 없으면 우리는 인간이 아닙니다." 그 목소리는 그들 중에 제일 왼쪽에 있는 사람에게서 나온다.263쪽

작가에게 "고정된 믿음"은 그의 창작을 방해하는 최대의 장애물이다. 작가가 마주하는 수많은 사건, 세계, 생명체 앞에서 그런 믿음은 공허하다. 작가는 자신이 마주한 타자의 세계에 얼마나 더 접근할 수 있을지를 묻는 존재, 더 나아가 잠시라도 그 타자와의 부딪침을 통해 새로운 감각과 사유의 가능성을 탐구하는 존재다. "쉽냐고요? 아니죠. 쉬우면 할 만한 가치가 없겠죠. 그 타자성이 도전이 되는 거예요. 자기 자신과는 다른 누군가를 지어내는 것. 그 사람이 돌아다닐 세계를 지어내는 것. 하나의 호주를 지어내는 것."21쪽 그런 도전에서 새로운 사유의 가능성을 품은 작품이 탄생한다.

앞에서 소설은 작은 이야기라고 적었다. 『코스텔로』가 좋은 예다. 여기에 특별하고 거창한 사건은 일어나지 않는다. 코스텔로가 맺는 인간관계의 공간은 좁다. 그녀가 움직이는 동선도 제한적이다. 하지만 코스텔로는 그녀의 말과 글을 통해 그 협소함을 넘어서는 문제를 제기한다. 그녀가 맺는 관계를 통해 이 시대 인간과 인간의 관계, 인간과 동물의 관계, 인간과 세계의 관계를 천착한다. 그때 소설은 큰 이야기가 된다. 큰 이야기가 된다고 해서

『코스텔로』가 현대문명이 제기하는 긴박한 쟁점에 대해 명료한 정답을 제시하는 건 아니다. 소설은 사유의 모험이지만 철학은 아니다. 모험에서 중요한 건 정답을 찾는 것이 아니라 포기하지 않고 시도하는 것이다.『바닷가에서』도 그렇지만『코스텔로』는 그렇게 이 시대 문명의 뿌리를 사유한다. 한국문학이 다른 나라 문학에서 뭔가를 배워야 한다면 이런 뾰족하고 담대한 사유의 모험일 것이다. (2022)

서서히 모든 것이 되기

아룬다티 로이 『지복의 성자』

1

　김남일 작가가 쓴 아시아 국가 문학 여행기를 읽었다. 국내외에 번역된 아시아 작가들의 소설 작품 목록을 정리하면서 남긴 논평이 인상적이다. "단편집에 수록된 단편 하나하나를 다 꼽아도 1,000편이 되지 않는 건 분명했다. 세상에, 근대 100년간 최소 마흔다섯 개 이상의 '나라'를 대상으로 이 땅에서 출판한 모든 작품의 양 치고는 터무니없이 빈약했다. 단 한 편의 단편조차 번역되지 않은 나라도 수두룩했다."[1] 우리는 아시아 국가에 대해 잘 안다고 생각하지만, 실은 잘 모른다. 나도 그렇다. 중국, 일본, 대만 정도의 문학만을 조금 알고 있는 정도다. 인도는 어떤가? 거의 아는 게 없다. 추상적인 이미지 말고 인도의 구체적인 역사, 정치, 경제 상황을 알지 못한다. 인도 작가 아룬다티 로이Arundhati Roy를 내가 알게 된 것도 1997년 데뷔작 『작은 것들의 신The God of Small Things』으로 영국의 주요문학상인 부커상을 수상했기 때문이다. 아시아문학의 가치를 여전히 서구의 인증을 통해 역으로 확인하는 것이다. 이런 부끄러움을 잠시 제쳐두면, 로이가 20년 만에 출간한 장

1　김남일, 『어제 그곳, 오늘 여기』, 학고재, 2020, 22쪽.

편소설『지복의 성자The Ministry of Utmost Happiness』이하『지복』를 읽게 된 건 반가운 일이다. 원작은 2017년, 국역본은 2020년에 나왔다. 두 권의 소설 쓰기 사이에 그녀가 글쓰기를 멈춘 것은 아니다. 로이는 인권운동가, 환경운동가로 왕성하게 활동하며 논픽션 글쓰기를 해왔다. 그런 글쓰기의 미덕도 분명하지만 소설가로서 로이를 다시 만나게 된 건 반갑다.

앞서 말했지만 나는 인도에 대해 잘 모른다. 얼마 전『뉴욕타임즈』에서 읽은 기사에서 인도가 다종교를 존중하는 국가에서 힌두교 지배국가로 변질되어 가고 있다는 분석 기사를 읽은 것이 기억에 남는 정도다. 이 문제는 『지복』의 중요한 쟁점이기도 하다.『지복』을 읽으면서 나는 인도가 처한 여러 가지 문제점을 인식하게 되었다. 인도 북부의 카슈미르 지역을 중심으로 한 힌두교와 이슬람의 격렬한 종교 갈등, 카스트 제도로 압축되는 계층적 차이와 갈등, 여성과 성적 소수자를 대상으로 한 폭력과 혐오, 비민주적인 정부의 행태 등. 이런 이슈들을 솜씨 있게 다루는 작가의 역량을 우선 주목할 만하다. 하나하나 만만치 않은 쟁점들을 구체적인 사례들을 극화하면서 제기한다. 특히 한국현대사에서도 경험했던 정보정치와 인권탄압의 양상들을 인도에서도 발견하게 되는 건 씁쓸한 공감을 불러일으킨다. 하지만 종교적 갈등과 카스트 제도를 둘러싼 쟁점들은 나 같은 한국독자에게는 낯선 경험이다. 무엇보다 이 소설의 주요 인물 중 한 명인 안줌은 어느 성에도 속하지 않는데 그 형상화는 충분히 낯설게 하기defamiliarization의 효과가 있다.

소설이 논픽션과 다른 점을 꼽자면 소설에서는 사건 자체의 탐구가 아니라 그 사건들이 인물들에 미치는 영향과 그 영향에 대한 인물들의 반응이 더 중요하다는 점이다. 로이는 그런 인상적인 캐릭터들을 창조하는 데서 뛰어나다.『지복』은 20세기 후반부 인도 현대사를 아우른다. 큰 스케일의 작품이다. 그런데 그런 스케일에도 서사가 압도되지 않는다는 점이 작가의 역량을 보여준다. 소설의 공간은 인도 델리와 카슈미르 지역이다. 시간적 배경은 대략 1950년대부터 시작해서 2천 년대를 아우른다. 인도의 상황을 바라보는 작가의 시선은 비판적이다. 힌두교와 이슬람 사이의 갈등과 내전이 지속되는 북부 카슈미르의 상황이 주요한 서사의 핵을 이룬다. 거기에는 2002년 구자라트에서 이슬람교도를 상대로 벌어진 학살 등 실제 사건도 중요한 소재가 된다. 안줌은 구자라트 학살에서 거의 죽을 뻔한 고비를 넘긴다. 인도 본토의 상황도 다르지 않다. "인도 본토의 우둔화는 전례 없는 속도로 가속화되고 있었고, 심지어 이곳에서는 군의 점령도 필요하지 않았다."[2]

2

『지복』에서는 두 개가 서사가 직품을 지탱하는 기둥이 된다. 그리고 그 둘은 상호보완적이다. 기둥서사의 초점은 두 여성 캐릭터에 놓인다. 안줌과 틸로가 그들이다. 범박하게 말하면 틸로의 서사가 좀 더 리얼리즘적인 경향을 보인다면 안줌의 서사는 환상적이다. 그렇다고 『지복』을 환상적 리얼리즘 같은 범주에 가두는 것도 선뜻 동의하기 힘들다. 이 점을 좀 더 살펴보는 것도 이 글의 관심사다. 먼저 안줌의 이야기를 살펴보자. 3인칭 시점으로 서술되는 안줌의 이야기는 일단 안줌의 성적 정체성부터가 문제적이다. 안줌은 1950년대 중반 델리에서 남성과 여성의 성기를 한 몸에 지닌 채 태어났다. 그녀는 히즈라이다. 히즈라는 남성/여성의 어느 한쪽에 속하지 않는 제 3의 성을 가리킨다. 부모는 그/그녀를 아프타브라는 이름을 지닌 남

---

2   아룬다티 로이 지음, 『지복의 성자』, 문학동네, 2020, 517쪽. 이하 쪽수 병기.

자 아이로 키우려고 한다.

그러나 비밀은 오래가지 못한다. 주위의 아이들은 안줌을 놀린다. "쟤는 여자야. 쟤는 남자나 여자가 아냐. 쟤는 남자이고 여자야. 여자-남자, 남자-여자 히히히!"25쪽 주어진 성적 정체성을 거부하고 안줌은 자신의 정체성을 여성으로 규정하고 가족을 떠나 히즈라들이 모여 사는 공동 거주지 콰브가로 거처를 옮긴다. 그리고 버려진 여자아이를 데려와 자이나브라는 이름을 주고 키운다. 구라자트 학살의 경험을 한 뒤 안줌은 콰브가를 떠나 공동묘지를 자신의 거처로 삼는다. 그리고 그곳에 사회에서 배척된 이들을 위한 게스트하우스 '잔나트'낙원를 연다. 이어서 사회에서 버림받은 시신을 염하고 장례를 해주는 일을 시작한다. 『지복』의 전체분량에서 안줌의 서사 부분은 또 다른 주인공 틸로의 이야기에 비해 적다. 하지만 안줌의 이야기는 작품의 앞부분과 뒷부분에 배치되면서 매우 현실적이기에 그만큼 살벌하고 폭력적인 틸로의 이야기를 감싸고 위무해주는 역할을 한다. 이런 역할은 작품 뒷부분에서 한 아이를 매개로 안줌과 틸로의 이야기가 연결되면서 분명해진다.

나는 틸로의 이야기보다는 안줌의 서사 파트를 더 재미있게 읽었다. 그런 이유는 제3의 성을 지닌 안줌의 성적 정체성이 주는 낯섦도 작용하지만 그게 다는 아니다. 작가가 이 인물을 통해 전하고 싶은 이야기가 있고, 그것이 효과적으로 작동하고 있다는 느낌을 받았기 때문이다.

"신이 왜 히즈라를 만들었는지 알아?" 어느 날 오후, 님모가 모서리가 잔뜩 접힌 1967년 판 『보그』 잡지를 휙휙 넘기며 그녀를 매혹시키는 맨다리의 금발 여자들을 감상하다가 아프타브에게 물었다.

"아뇨, 왜 만들었는데요?"

"일종의 실험이었어. 신은 행복할 수 없는 생물체를 만들어보기로 결심한 거야. 그래서 우리를 만들었지." 그 말은 아프타브에게 물리적인 타격과도 같은 충격을 주었다.39쪽

어떤 면에서 『지복』은 안줌 같은 히즈라는 "행복할 수 없는 생물체"인가라는 물음의 답을 찾아가는 작품이다. 남성과 여성의 이분법에 속하지 않는 히즈라는 어느 쪽에서도 환영받지 못하는 경계의 존재이다. 그런데 그 혼종적hybridity이고 비규정적인 존재를 통해 작가는 자기 시대 인도의 착잡한 문제들을 해결할 수 있는 하나의 가능성을 제시한다. 성별, 카스트, 종교 등의 찢기고 대립하고 죽이는 현실에서 이해와 사랑으로 결속된 안줌의 공동체는 일종의 대안적 공동체로 기능한다. "우리가 사는 여기 이곳, 우리가 보금자리로 삼은 이곳은 추락하는 사람들의 집이야."117쪽

"추락하는 사람들의 집"은 사회적 시각에서는 무시와 경계의 대상이다. 히즈라로서 자신의 성을 긍정적인 무기로 삼는 안줌은 작품을 지배하는 주어진 가치관과는 다른 면모를 보여준다. 그녀는 인도 상황에서 평화주의적이지만 강력한 문제적 인물의 개성을 드러낸다. 한 아이를 둘러싸고 벌어지는 안줌과 회계사의 대립 장면이 좋은 예다. 우선 "그녀안줌는 군중이 누구 편이건 개의치 않았다. 그녀 안에서 무언가가 환히 밝혀지며 결연한 용기가 가득 차올랐다."164쪽 안줌은 남의 이목에 신경 쓰지 않고 자신이 옳다고 믿는 바를 밀고 나간다. 이런 태도는 다른 여성 주인공 틸로와도 유사하다.

"이건 아이 문제예요. 누가 당신 아버지 땅에 불법 침입을 했다거나 그런 게 아니라, 선생께선 경찰에 알아보시지요. 우리는 지름길을 택해서 곧장 신께 알아볼 테니까." 사담은 싸움의 편이 갈리기 전에, 안줌이 신을 특정한 '알라 미안'이 아닌

포괄적인 '쿠다'로 칭한 것에 간단한 감사 기도를 웅얼거릴 짬을 낼 수 있었다. 두 사람이 전투태세를 갖췄다. 안줌과 회계사, 참으로 볼만한 대결이었다.165쪽

여기서 안줌의 모습은 국가의 법을 인정하지 않고 오직 신의 법만을 따르겠다는 고전 그리스 비극의 주인공 안티고네를 떠올리게 한다. 경찰과 회계사는 국가와 제도를 대표한다. 안줌은 그런 것들을 인정하지 않는다. 안줌의 캐릭터가 주는 위엄은 그녀의 이런 꼿꼿한 태도에서 비롯된다.

그런데 이런 태도가 가능한 이유는 안줌이 극단적 소수자이기 때문이다. 그녀는 늘 비난받고 살아온 존재다. 그런데 그런 위치가 그녀를 역설적으로 강하게 만들었다. "그회계사는, 자신이 늘 옳다고 믿었다. 그녀안줌는, 자신이 완전히, 늘 잘못되었다고 믿었다. 그는, 자신의 확실성으로 인해 축소되었다. 그녀는, 자신의 모호성으로 인해 확대되었다. 그는 법을 원했다. 그녀는 아기를 원했다."166쪽 자신의 견해가 확실하다고 믿는 자들은 정신분석적으로 볼 때 강박증자이다. 대체로 모든 권력은 강박증과 관련된다. 권력은 자신의 잘못을 인정하지 않는다. 그들은 언제나 옳다고 믿는다. 그래서 주어진 법의 편에 선다. 예컨대 주요 인물은 아니지만 강한 인상을 남기는, 국가 권력의 대리인인 암리크 싱 소령이 그렇다. "그는 자신을 군인이라기보다는 사냥꾼으로 보았다. 그것이 그의 명랑한 정신에 기여했다. 암리크 싱 소령은 도박사이자 저돌적인 장교, 무시무시한 심문관, 쾌활하고 냉혈한 살인자였다. 그는 자신의 일을 무척이나 즐겼고 끊임없이 그 즐거움을 증대시킬 방안을 모색했다."443쪽 이런 캐릭터는 한국소설이나 한국영화에서도 발견되는 강박증에 사로잡힌 권력대리인의 전형적 모습이다. 그런 형상화가 인도의 특수한 상황과 맞물려 강한 빛을 발한다.

안줌은 이들과는 다른 길을 걷는다. 삶의 진실은 "자신의 모호성"을 긍정

하는 이들에게만 열린다. 이들에게만 생명이, 아기가 주어진다. 작품 후반부에서 제시되는 틸로가 적어놓은 시는 한편으로는 자신의 이야기를 전달하는 방법을 고민하는 틸로의 내면을 보여주지만, 동시에 그 답을 안줌을 통해 제시한다. "산산조각이 난 이야기를 어떻게 말해야 할까? 서서히 모든 사람이 되어서, 아니. 서서히 모든 것이 되어서"571쪽 안줌이 바로 "서서히 모든 사람이 되"는 존재, 그래서 "서서히 모든 것이 되"는 존재이다. 그리고 독자들에게도 바로 그런 되기becoming의 모험에 동참하길 요청한다. 『지복』의 미덕은 이 작품이 다루는 현실이 인도라는 구체적 상황이지만 거기서 벌어지는 일들과 관련된 인물들이 보여주는 모습이 지닌 전형성에서 비롯된다. 예컨대 법과 생명, 국가의 법과 신의 법 사이의 관계 등을 깊이 사유하기 때문이다. 모든 좋은 작품이 그렇듯이 이 작품도 문명사적 비전을 제시한다. 이런 비전이 있었기에 "안줌은 그것이 틸로에게 친숙한 세상, 모두에게 친숙해야 하는 세상, 사실 친숙해질 가치가 있는 유일한 세상인 것처럼 이야기했다. 틸로는 난생처음 자신의 몸이 내부의 모든 기관들을 수용할 만한 공간을 지녔다고 느꼈다."404쪽 이것은 다른 공동체이다. 이런 공동체가 작품이 묘사하는 인도의 착잡한 상황에서 얼마나 현실적인 힘을 지니는지는 별로 중요하지 않다. 작가는 정치적 해결책을 제시할 의무를 지지 않는다. 작가는 그만의 상상력으로 주어진 현실의 구멍을 드러내고 그 구멍을 메울 어떤 대안적 가능성을 사유할 뿐이다.

3

작품을 구성하는 두 번째 기둥서사는 틸로를 중심으로 전개된다. 짐작컨 대 작가 자신의 삶이 많이 반영된 것으로 보이는 인물이 틸로다. 틸로가 대 학 시절 연극반 활동을 통해 만나게 되는 무사, 비플랍, 나가라는 동년배 남 성 친구들의 이야기가 골격을 이룬다. 그 서사는 지금은 카슈미르에 근무하 는 인도정보국의 고위 공무원인 비플랍이 '나'로서 서술하는 1인칭 시점으 로 전해진다. 틸로의 곁에는 연인인 듯 형제인 듯한 관계인 카슈미르 출신 무사가 있다. 졸업 이후 연락이 끊어진 이들의 삶은 정보국 요원이 된 비플 랍, 유명 신문기자이자 정보국과 협력관계를 맺는 나가, 그리고 카슈미르의 반정부투쟁에 깊이 개입하는 무사의 이야기가 얽히면서 숨 가쁘게 전개된 다. 앞서 말했듯이 좋은 소설은 사건 자체를 그 자체로 제시하지 않고 언제 나 인물들의 삶, 성격, 관계 속에서 드러낸다. 정치적 이유로 틸로가 결혼하 게 되는 나가의 형상화가 다소 납작한 인상을 주지만 틸로, 무사, 그리고 서 술자 비플랍의 형상화는 그들만의 개성을 고유하게 전해준다.

이들의 이야기는 매우 리얼리즘적이고 정치적이다. 찾아보니 어떤 외국 평자들은 『지복』이 전작前作인 『작은 것들의 신』에 비해 훨씬 노골적인 정치 성을 드러낸다고 불만을 표하기도 했다고 한다. 그렇게 볼 여지도 있지만 작품을 읽은 내 실감은 좀 다르다. 그런 평가조차도 인도를 잘 모르는 외부 자의 시각일 수 있다. 틸로가 남긴 노트는 작가 자신의 견해를 표현한다고 봐도 무리 없겠다.

나는 별다른 사건이 일어나지 않으면서도 쓸거리가 많은 세련된 이야기를 쓰고 싶다. 카슈미르에서는 그게 불가능하다. 여기서 일어나는 일은 세련되지 못하다.

훌륭한 문학이 되기엔 너무 유혈이 낭자하다.

문제 1 : 그것은 왜 세련되지 못한가?

문제 2 : 훌륭한 문학에 허용되는 피의 양은 얼마인가?376쪽

작가가 "세련된" 글쓰기의 가치를 몰라서 안 쓰는 게 아니다. "너무 유혈이 낭자"한 문학이 훌륭한 문학과 어울리지 않을 수 있다는 조심스러움도 있다. 그런데 현실이 이미 "유혈이 낭자"하다면 문학은 어떤 태도를 취해야 하는가? 작가의 물음이다. 그래서 두 번째 질문은 이 작품 전체의 문제의식을 집약한다. "훌륭한 문학에 허용되는 피의 양은 얼마인가?" 틸로, 무사, 비플랍, 나가의 이야기는 이 질문의 답을 찾으려는 모색이다.

인도가 처한 갈등양상이 압축적으로 제시되는 카슈미르의 상황을 작가가 택한 것도 이런 이유 때문일 것이다. "모든 곳에 죽음이 있었다. 죽음은 모든 것이었다. 경력. 욕망. 꿈. 시. 사랑. 젊음 그 자체. 죽음은 또 다른 방식의 삶이 되었다."415쪽 카슈미르에서는 살아도 사는 것이 아니고 죽어도 죽는 것이 아니다. 그런데 상황을 이해하기가 더 어려운 것은 이 상황을 해결할 수 있는 명백한 답을 찾기가 어렵기 때문이다. 한마디로 착종된 상황이다. 이것저것이 뒤섞여 엉클어진 것. 그것이 착종錯綜의 뜻인데 틸로와 그 친구들의 이야기는 이 말에 딱 들어맞는다. 흑과 백, 선과 악, 옳음과 그름을 분명하게 가려내기 힘든 상황. 작가가 틸로와 무사를 통해 보여주는 시각은 일견 분명하다. 인도 정부와 다수 힌두교 정파가 이슬람주의를 지향하는 카슈미르를 군사적으로 억압하고 학살하는 것은 잘못되었다는 것이다.

그러나 사태의 양상이 그렇게 단순하지만은 않다. 여기에는 그 이면에 숨은 폭력의 본질에 대한 성찰이 깔려 있다.

미처 날뛰던 살인자들은 송곳니를 감추고 일상의 업무 — 사무원, 재단사, 배관공, 목수, 장사꾼으로서의 — 로 복귀했고 삶은 이전과 같이 이어졌다. 우리의 세계에서 정상성은 삶은 달걀과 약간 비슷하다. 그 단조로운 껍질 속중심부에 지독한 폭력성을 지닌 노른자가 들어 있다는 점에서 말이다. 우리처럼 복잡하고 다양한 사람들이 계속 공존하기 위해 계속 함께 살면서 서로를 참아내고, 그러다 이따금 서로를 살해하기 위한 규칙들을 정하는 건, 우리가 그 폭력성에 대해 늘 느끼는 불안감, 그것이 과거에 행한 일들에 대한 기억, 그것이 미래에 발현할 것에 대한 두려움 때문이다. 중심부가 흔들리지 않는 한, 노른자가 흘러나오지 않는 한 우리는 괜찮을 것이다. 위기의 순간에는 장기적인 관점을 취하는 것이 좋다.201쪽

위의 서술은 1인칭 서술자인 비플랍의 시각에서 제시된 것이다. 인디라 간디가 그녀의 시크교도 보디가드들에게 암살당하자 인디라 간디의 지지자들과 수행원들이 이끄는 폭도가 델리에서 수천 명의 시크 교도를 학살했다. 이에 대해 "나는 그 어리석음에, 그 모든 것의 무가치함에 혐오를 느꼈지만, 어떤 일인지 충격은 없었다"201쪽라고 느낀다. 국가 정보부에서 일하는 비플랍의 시각은 그것대로 따져보고 살펴야 한다. "중심부가 흔들리지 않는 한, 노른자가 흘러나오지 않는 한 우리는 괜찮을 것이다"라는 식의 판단은 정보부 고위직으로서 비플랍의 주관적인 해석이다. 하지만 "이따금 서로를 살해하기 위한 규칙들"을 정하고 종교적 광신에서 상대 종교인들을 학살하던 이들이 학살 뒤에는 아무 일도 없다는 듯이 "일상의 업무"로 복귀하고, 그렇게 삶이 이어진다면 그 이유는 무엇인가?

그걸 단지 종교적 광신의 일시적 분출이라고 설명할 수는 없다. 여기에는 '나'와 다른 이들을 자꾸 나누고, 세분하고, 차별하고 제거하려는 어떤 인간적 습성에 대한 비판의식이 작용한다.

그들은 타인의 고통은 잘 헤아리지 못한다. 하긴 누군들 안 그렇겠는가? 파키스탄 때문에 고통 받는 발루치족은 카슈미르인들에게 마음을 쓰지 않는다. 우리가 해방시켜준 방글라데시인들은 힌두교도를 박해한다. 선량하신 공산주의자들은 스탈린의 강제노동수용소를 혁명의 불가피한 부분이라고 부른다. 미국인들은 현재 베트남 사람들에게 인권에 대해 설교하고 있다. 우리가 안고 있는 문제는 인간이라는 종 전체의 문제다. 우리 중 누구도 예외가 아니다. 그리고 요즘 아주 크게 부상한 다른 문제도 있다. 사람들 ─ 공동체, 계급, 민족, 그리고 심지어 국가까지도 ─ 은 자신들의 비극적인 역사와 불행을 트로피처럼, 혹은 시장에서 사고팔 수 있는 상품처럼 지니고 다닌다.[259쪽]

오직 우리 이슬람교도만 남았죠. 우리는 서로에게 무슨 짓을 할까요? 살라피파는 바렐비파에게 무슨 짓을 할까요? 수니파는 시아파에게 무슨 짓을 할까요? 수니파는 힌두교인을 죽이는 것보다 시아파를 죽이는 게 천국에 가는 더 확실한 방법이라고 말합니다. 라다크 불교도의 운명은 어떻게 될까요? 잠무 힌두교인들은? 잠무카슈미르는 그저 카슈미르가 아닙니다. 잠무, 카슈미르, 그리고 라다크죠. 분리주의자 중에 그 생각을 해본 사람이 있을까요?[297쪽]

종교, 인종, 민족, 국가의 이름으로 서로를 불신하고 죽이는 아수라의 세계. 이 세계에서는 주어진 체제에 맞서는 반체제의 운동이나 세력도 그들이 맞서는 시스템을 종종 닮아간다.

사람들은 비강경파를 좋아하면서도 강경파를 두려워하고 존경했다. 양 세력의 소모전에서 수백 명이 목숨을 잃었다. 결국 비강경파는 휴전을 선언하고 지상으로 나와서 간디주의자로서 투쟁을 계속하겠노라고 맹세했다. 강경파는 싸움을 이어

갔고, 시간이 흐르면서 한 사람씩 잡혀갔다. 전사 한 명이 죽으면 다른 한 명이 그 자리를 채웠다.⁴²⁴쪽

이슬람교도 강경파와 온건파의 대립구도를 보여준다. 무사의 아래 지적대로 '성스러운 전쟁'을 위해서도 자신들이 맞서는 상대방과 관련을 아예 끊을 수는 없다. 그게 현실의 착잡함이다. "우리는 아자디를 위해 싸우며 수천 명씩 죽어갔지만, 동시에 우리가 맞서 싸우는 바로 그 정부로부터 싼 융자를 얻으려 애썼지. 이곳은 멍청이들과 정신분열증 환자들의 계곡이었고 우리가 자유를 위해 싸운 건 결국 멍청하고……."⁴⁷²쪽 이것은 무사의 자기비판이지만 동시에 모든 형태의 절대주의, 순수주의에 대한 비판이기도 하다.

끝으로 다시 묻자면, 이렇게 착종된 인도의 꼬인 매듭을 어떻게 풀 수 있을까? 다른 양상이지만 역시 그만큼의 착종성을 지닌 현실을 살고 있는 한국 독자들도 품게 되는 질문이다. 이 작품의 제목이 지닌 의미를 잠시 살펴보는 것으로 그 실마리를 찾고 싶다.

하즈라트 사르마드 샤히드 영묘를 찾는 모든 이가 사르마드의 이야기를 아는 건 아니었다. 이야기의 일부분만 아는 이들도, 전혀 모르는 이들도, 자기 멋대로 이야기를 지어내는 이들도 있었다. 그가 일생의 사랑을 찾아 페르시아에서 델리로 온 아르메니아 유대인 상인이라는 건 대부분의 사람들이 알았다. 그 일생의 사랑이 그가 신드에서 만난 아브헤이 찬드라는 힌두교인 소년이라는 걸 아는 사람은 거의 없었다. 그가 유대교를 버리고 이슬람교를 받아들였다는 건 대부분이 알았다. 그의 영적 추구가 끝내는 정통 이슬람교까지 버리도록 만들었다는 건 거의 몰랐다. 그가 공개 처형을 당하기 전에 샤자하나바드의 길거리에서 알몸의 고행자로 살았다는 건 대부분이 알았다. 그가 처형을 당한 게 공공장소에서 알몸을 보인 죄

가 아닌 배교의 죄 때문임은 거의들 몰랐다. 당시 황제였던 아우랑제브가 사르마드를 궁으로 불러, 라 일라하 일랄라, 마호메트 우르 라술 알라 — 알라 외에 신은 없고, 마호메트는 알라의 사도다 — 라는 칼리마를 암송해 진정한 이슬람교도임을 증명하라고 명했다. (…중략…) 하지만 그는 암송을 시작하자마자 중단했다. 첫 구절까지만 암송한 것이다. 라 일라하. 신은 없다. 그는 영적 추구를 완성해 충심으로 알라를 받아들일 수 있을 때까지는 그 이상 증언할 수 없다고 고집했다. 그때까지는 칼리마 암송이 기도에 대한 조롱만 될 뿐이라는 것이었다. 재판관들의 지지를 등에 업은 아우랑제브는 사르마드의 처형을 명했다.^{21~22쪽}

작품의 앞부분에 언급되는 하즈라트 사르마드는 고통 받는 이들의 염원을 들어주는 지복至福의 성지聖者이다. 그래서 남녀 모두의 성기를 지닌 아기 아프타브를 데리고 엄마 자하나라 베굼은 샤히드殉教자 사르마드를 기리는 영묘를 찾는다. 흥미로운 건 사르마드의 정체성이다. 페르시아에서 델리로 온 아르메니아 유대인, 힌두교인 소년을 사랑하는 동성애자, 유대교를 버리고 이슬람교를 받아들인 배교자, 하지만 정통 이슬람교조차 영적 추구의 완성의 관점에서 거부하고 "배교의 죄"로 처형당하는 인물. 사르마드의 혼종되고 경계를 넘어서는 정체성은 작품에서 안줌이 지닌 역시 혼종된 정체성의 가치를 다시 따져보게 한다. 우리는 손쉽게 자신의 주어진 성적, 종교적, 인종적, 혹은 민족적 정체성을 벗어날 수 없다. 하지만 안줌의 대안적 공동체가 가능하려면, 바로 그렇게 "서서히 모든 사람이 되어서, 아니 서서히 모든 것이 되어"^{571쪽} 가려는 노력만이 절실한 것이 아닐까?

『지복』은 쉬운 소설은 아니다. 장황하다고 느낄 수도 있다. 정치적인 색채가 지나치게 노골적으로 드러난다고 비판할 수도 있다. 서술되는 인도의 상황이 낯설 수도 있다. 그러나 "나는 언제나 옳고, 너희들은 틀렸다"는 확증편향이 지배하는 시대에 그와는 다른 삶과 공동체의 모색을 보여준다는 점만으로도 이 작품의 가치가 있다. 20년 만에 나온 로이의 신작을 기다린 보람이 충분하다.[3] (2021)

---

3   아룬다티 로이는 2020년 제 4회 이호철통일로문학상 본상 수상자로 선정되었다. 적절한 수상이라고 본다.

소설의 재미

미야베 미유키 『세상의 봄』

1

얼마 전 어느 문학상 심사에 참석했다. 한국문학 전공자들과 외국문학전공자들이 같이 참여하는 자리였다. 거기서 요즘 한국문학은 재미가 없다는 이야기가 오갔다. 특히 소설이 그렇다고 했다. 사소한 것에 매몰되는 쇄말주의도 한 원인으로 언급됐다. 스토리텔링storytelling 능력이 현저히 약해졌다는 말도 나왔다. 다른 사람들도 같은 느낌을 갖고 있다는 걸 확인했다. 씁쓸했다. 그래서 묻게 된다. 소설의 재미는 무엇인가? 최근 어느 계간지 여름호에는 평론가 김현 30주기를 기념하는 특집이 실렸다. 김현을 아는 지인들의 좌담이 눈길을 끌었다. 특히 작품 감상의 개념으로 재미를 생전에 언급한 대목이 눈에 띄었다. "그 당시에 김현 선생이 개발한 작품 감상에 관한 용어로서 '재밌다'라는 표현이 있었습니다. '니 작품 재밌더라.' '니글 재밌더라.' 이런 얘기 하셨는데 그것에 대해 황동규 선생님은 되게 싫어하셨어요. '재밌다니 감동했다고 해야지.' (일동 웃음)"[1] 이 대화에서 '재미'는 '감동' 등에 비해 뭔가 수준이 낮은 것으로 치부된다. 과연 그럴까? 작품의 재미를

---

1   좌담 「사람 김현의 일상을 되돌아본다」, 『문학과사회』, 130호(2020년 여름), 317쪽.

생각할 때 봉준호 영화의 재미를 언급한 이런 분석은 주목할 만하다.

이건 봉준호의 창작 방식과도 연관이 있는데 그는 정치사회적 메시지의 깃발을 휘두르기보다는 장르적인 쾌감, 이를테면 서스펜스나 쇼크 등으로 상황을 장악하는 쪽의 감독이다. 그의 출발은 늘 '재미있는' 영화이며 해외 관객들에게 통하는 지점도 바로 여기에 있다. 즉, 영화라는 공통의 언어를 기반으로 구축된 구조물이기에 공감의 통로도 여기에 있다. 문제는 이런 표현이 적절할지 모르겠지만 '지나치게' 깔끔하고 재미있다는 거다. 봉준호의 표현처럼 한창 재미있게 즐기고 집에 가서 누우면 정치사회적 메시지들이 스멀스멀 피어나는 영화인 셈인데, 그 심리적 거리감이 국가마다 다소 차이가 있을 수 있다.[2]

이런 분석은 이 글에서 다루려는 일본 작가 미야베 미유키宮部みゆき의 작품에도 해당된다.[3] 미야베의 소설도 "정치사회적 메시지의 깃발을 휘두르기보다는 장르적인 쾌감, 이를테면 서스펜스나 쇼크 등으로 상황을 장악하는" 쪽이다. 미야베 소설의 "출발은 늘 재미있는" 소설이며 "해외 관객들에게 통하는 지점도 바로 여기에 있다." 또한 문학과 영화라는 매체 차이를 고려해야지만 미야베 소설도 "한창 재미있게 즐기고 집에 가서 누우면 정치사회적 메시지들이 스멀스멀 피어나는" 작품들이다. 이런 점에서도 봉준호 영화와 미야베 소설은 통하는 바가 있으며 재미에도 여러 급이 있다는 걸 알려준다. 이들은 자신들이 활용하는 장르영화나 장르문학의 내용과 형식을 비틀고 전복하고 해체하여 새로운 "장르적인 쾌감"을 만들어낸다. 그리

---

2   송경원, 「기생충 이후의 세상을 상상하다」, 『영화가 있는 문학의 오늘』 35호(2020년 여름), 203쪽.
3   미야베는 봉준호 영화의 열렬한 팬이라고 한다. 흥미롭다. 재미를 아는 작가와 감독은 서로를 알아본다고나 할까.

고 그 쾌감을 통해 우리가 알고 있는 세계에 대한 감각과는 다른 새로운 감각을 창조한다.

그렇다면 재미는 무엇인가? 사전을 찾아보면 재미는 "아기자기하게 즐거운 기분이나 느낌"이라고 되어 있다. 어떤 이유로 우리는 즐거운 기분과 느낌을 갖게 되는가? 그것은 작품에 내재하는 요소인가? 아니면 그 작품을 보거나 읽는 독자·관객의 반응의 문제인가? 재미의 어원을 따져보자. 재미는 순수한 한국어는 아니라는 게 정설이다. 재미는 어원적으로는 한자어인 자미滋味와 연결된다는 해석이 있다. 자미는 영양분이 많고 맛있는 음식이라는 뜻이다. 재미는 맛의 문제다. 한마디로 그 음식, 영화, 소설을 맛보는 주체의 반응에 속하는 것이다. 영어의 어원을 살펴봐도 유사하다. 흥미롭다는 뜻의 interesting의 어원은 라틴어의 interest이다. 그 뜻은 '어느 사이에 있는', '중요한', '관심을 불러일으키는' 등의 뜻을 지닌다. 그렇다면 어떻게 관심이 생기는가? 관심과 재미는 작품자체가 지닌 고유한 맛이 물론 있어야겠지만 그 맛에 반응하는 독자의 감각에서 발생하는 상호작용의 결과이다. 작품의 어떤 내적 요소가 독자에게 관심, 호기심, 흥미, 욕망을 자극하거나 불러일으키는 어떤 지점을 건드릴 때 재미가 발생한다. 해석학적 비평에서는 그것을 '지평의 융합the fusion of horizons'이라고 설명할 것이다.

2

이 글은 미야베 작품의 재미를 다룬다. 그런 논의를 통해 한국문학의 어떤 공백지점을 보려 한다. 재미의 문제를 중심으로 미야베 작품을 다룬다고 하면 나올 수 있는 전형적인 반응 중 하나로 이런 걸 예상할 수 있다. 재미는 본격문학이나 순문학과는 다른 대중성의 영역이 아닌가? 미야베는 전형적인 대중문학 작가가 아닌가?[4] 그런 작가를 예술성을 본령으로 하는 순문학이나 본격문학의 참조로 제시하는 것은 문제가 아닌가? 여기서 해묵은 문학의 대중성과 예술성의 차이와 관계를 논하지는 않겠다. 다만 강하게 말하면 문학에는 오직 좋은 문학과 그렇지 않은 문학이 있을 뿐이고 그 좋음과 나쁨의 기준에 대한 논의만이 유효하다는 것, 본격소설, 장르소설, 대중소설이니 하는 명칭들은 편의적 구분일 뿐이라는 것은 지적해둔다. 유럽문학사를 살펴보더라도 대중성과 예술성의 행복한 결합이 가능했던 때가 있었다. "대중예술 자체가 우리가 여기서 살피고 있는 문화적 분화의 불가피한 결과이자 부산물이다. 이렇게 해서, 발자크는 베스트셀러 작가였고 위고는 매우 인기 있는 시인일 수 있었다. 이는 그들의 후예에게는 더는 가능하지 않은 일이었다."[5] 발자크, 위고, 혹은 19세기 영국 작가인 디킨스의 경우 그들은 대중작가, 대중시인이면서 문학사에 남을 만한 걸작들을 남겼다. 예술성과 대중성의 행복한 결합이 가능한 시대였다.

그렇다면 그런 시대는 제임슨의 지적대로 완전히 끝난 것일까? 베스트셀러 작가가 된다는 건 자본주의 문학시장에서는 대중성에 굴복했다는 인상을 준다. 그래서 베스트셀러는 예술성 면에서는 논할 가치가 없다는 손쉬운 결론으로 이어진다. 많이 팔린다고 해서 곧 훌륭한 작품이라는 뜻은 분명 아니다. 대부분의 베스트셀러는 시간의 시험을 이기지 못하고 사라진다. 하지만 많이 팔린다는 이유만으로 그 작품을 예술성 면에서 떨어진다고 단정할 수는 없다. 신중한 판단이 필요하다. 봉준호와 박찬욱의 영화들은 B급

---

4 나는 이 문제를 중간문학의 의미와 관련해 정유정 소설을 분석하면서 다뤘다. 오길영, 「악을 장악할 수 있는가?」, 『아름다움의 지성』, 소명출판, 2020.
5 프레드릭 제임슨, 『단일한 근대성』, 창비, 2020, 182쪽.

영화장르에 기대면서 그 장르의 여백에 자신만의 고유한 인장을 새겨 넣는다. 그런 고유한 인장이 관객들을 사로잡는다. 재미를 느끼게 한다. 앞서 언급한 "장르적인 쾌감, 이를테면 서스펜스나 쇼크 등으로 상황을 장악하는" 데서 발생하는 재미이다.

미야베 소설도 그렇다. 그녀의 작품들은 미스터리 소설, 사회파 추리소설, 혹은 역사시대소설의 외피를 빌려오되 그것을 비틀어 자신의 고유한 목소리를 불어넣는다. 그렇다면 봉준호, 박찬욱, 미야베가 공통적으로 만들어내는 재미의 핵심은 무엇인가? 재미에도 여러 급이 있다. 디테일의 리얼한 설정, 실감나는 장면 만들기, 문장의 고유한 맛 등에서 발생하는 잔재미도 무시할 수 없다. 하지만 진짜 재미는 그들의 작품을 보거나 읽으면서 관객이나 독자가 느끼게 되는 감각과 인식의 충격이다. 그런 충격은 관객이나 독자가 인지하지 못해 온 다른 삶과 세계를 느끼게 해주는 데서 나온다. 그들의 세계는 이미 있는 세계의 재현이 아니라 그 세계에 기반을 두되 전혀 다른 새로운 세계, 일종의 증강현실augmented reality을 창조한다. 미야베를 평할 때 일본 '미스터리 소설'의 여왕, 일본 최고의 '대중문학' 작가 등의 표현이 나온다. 이런 규정은 그녀의 작품을 미스터리, 대중문학이라는 틀 안에 가두려는 시각의 소산이다.

미야베 소설은 단순하게 장르문학으로만 규정할 수 없다. 오독이다. 나는 지난 몇 달간 코로나 시기를 우울하게 보내면서 미야베 전작을 통독하는 중이다. 무엇보다 소설의 재미가 무엇인가를 생각하게 됐다. 미야베는 이 시대의 이야기꾼이다. 미야베는 현대 미스터리 작품들인 『화차』, 『모방범』, 『솔로몬의 위증』, 『이유』 등으로 알려졌다. 이 작품들도 서사를 이끌고 나가는 능력, 개성적인 인물형상화 등에서 뛰어나다. 그리고 각 이야기에는 작가가 살고 있는 당대 일본사회, 혹은 현대문명에 대한 예리한 문제의식이 갈려 있다.[6] 내 판단으로는 미야베의 장점은 통상 '미야베 월드 2'로 불리는 에도 시대를 다룬 시대소설에서 더 잘 나타난다. 현재까지만도 20여 권이 출간된 미야베 시대소설의 재미는 어디에서 나오는가? 이 글에서는 에도 시대소설 중 최근작인 『세상의 봄』[7]을 다루면서 이 문제의 답을 찾겠다.

3

시대소설을 읽을 때 생기는 어려움은 작품이 다루는 인물들과 세상의 모습이 독자에게 낯설다는 것이다. 시간적인 거리감, 지리적·문화적인 거리감이 주요 원인이다. 한국독자에게는 특히 그렇다. 몇 백 년 전 일본의 에도 시대를 다룬 소설들이기 때문이다. 그러나 이런 거리감은 오히려 새로운 것에 대한 호기심이나 흥미를 불러일으키는 요소로 작용할 수도 있다. 나는 미야베 시대소설을 읽으며 근대이전 일본사회와 문화에 대한 감각을 나름대로 익힐 수 있었다. 이국주의exoticism는 대체로 부정적인 의미로 사용된다. 하지만 여행에서 이국 정취가 주는 감흥을 여행의 매력으로 빼놓을 수 없는 것처럼 시대소설에 스며있는 독특한 이국적 정취도 독서의 매력으로 작용할 수 있다. 물론 좋은 작품이 되기 위해서는 그 정취를 왜 지금 시점에서 주목하는가라는 현재적 문제의식이 중요하다. 미야베는 자신이 에도시대물을 창작하게 된 이유를 이렇게 밝힌다. "에도 시대는 사람의 목

---

6 어떤 평에서는 미야베를 스티븐 킹(Stephen King)과 비교하기도 한다. 하지만 나는 인간과 세계를 바라보는 예리하면서도 따뜻한 시선, 생생한 인물형상화의 측면에서 미야베에게 더 높은 점수를 주고 싶다.

7 미야베 미유키, 『세상의 봄』(전 2권, 이하 『봄』), 비채, 2020. 원작은 2017년에 발표되었다. 이하 권수와 쪽수 병기.

숨을 간단히 뺏을 수 있는 시기였기 때문에 함께 살아가는 사람들의 연대감이 매우 강했습니다. 제가 에도 시대물을 계속 쓰고 싶어 하는 이유는, 그렇게 따뜻한 인간의 정이 있는 사회를 향한 동경 때문입니다." 미야베는 자신이 다루는 시대를 세밀하게 파악하고 그 시대의 다양한 면모를 담으려고 한다. 미야베 소설의 매력은 에도 시대 소설들이 "따뜻한 인간의 정이 있는 사회"를 충실하게 재현했기 때문이 아니다. 하지만 그것은 시대의 재현이라기보다는 새로운 세계를 창조하는 과정이다. 그 세계 안에서 생명력을 지닌 인물들이 그 시대의 독특한 분위기를 호흡하면서 그들만의 이야기, 하지만 지금 시대에 읽어도 공감을 자아내는 이야기를 만들어낸다.

『봄』은 미야베 시대소설의 대표작인 『외딴 집』의 구성과 서사방식을 공유한다. 권력투쟁에서 배제된 신비로운 권력자가 유배된 집, 그곳에서 벌어지는 사건, 그 사건에 연루된 사람들의 이야기 등이 그렇다. 뒤에 살펴보겠지만 어떤 점에서는 『외딴 집』의 냉철한 서사에 미치지 못하는 대목도 눈에 띈다. 그러나 이 작품은 소설의 재미가 무엇인가라는 이 글의 질문과 관련해서 의미 있는 시사점을 제기한다. 소설은 무엇보다 "인간과 인간 사이에 맺어지는 관계의 탐색"레이먼드 윌리엄스이다. 독자는 소설을 읽으며 사람살이의 의미, 가치, 윤리를 다시 사유하고 배우게 된다. 인간관계에는 정념들이 작동한다. 무엇이 사람을 기쁘게 하고 슬프게 하는가? 왜 사람은 남을 죽일 정도의 정념에 사로잡히는가? 그런 정념들과 사회의 권력관계는 어떤 관련이 있는가? 미야베 소설은 그 질문들을 인물이 맺는 관계에서 발생하는 갈등과 범죄를 통해 사유하며 독자를 이야기의 세계, 작품의 세상으로 끌어들인다. 강한 몰입감을 지닌 작품을 쓴다. 『봄』은 에도 시대 가상의 작은 번藩을 배경으로 벌어지는 사건들이 서사의 골격을 이룬다. 기타미 번의 청년 번주 시게오키가 요양을 이유로 산속 호수 부근의 별저 고코인五香苑에 유폐된다. 실각한 권력자다. 시게오키가 실각된 배경에는 끔찍한 가족비극이 깔려 있다. 시게오키는 현대의학의 기준으로 볼 때는 다중인격의 모습을 보인다. 시게오키 주위에는 다양한 정념을 지닌 주변 인물들이 등장한다. 이야기를 이끌고 가는 하급관리 집 여성인 가가미 다키, 고코인의 저택 관리인 이시 노 오리베, 시게오키를 돌보는 주치의 시로타 노보루, 고코인의 하인 스즈, 고, 간키치 등이다.

『봄』은 "세상의 봄이 다시 올 때까지",^{하권, 461쪽} 숨겨진 악이 출몰하는 때를 배경으로 그 악의 뿌리가 무엇인지를 탐색한다. "호에이 7년¹⁷²⁰ 사쓰키^{5월} 늦은 밤이었다. 아버지가 서재에서 일을 하고 있어 다키도 자지 않고 바느 질을 하고 있었다."^{상권, 9쪽} 작품의 시작이다. 이런 묘사를 읽게 되면 다키, 아 버지 가즈에몬, 그리고 이 묘사 이후에 다키를 찾아오는 여인과 아이의 정 체가 궁금해진다. 미야베 소설은 작품이 전개되면서 그 서사의 향방을 예단 하기 어렵다. 이것은 작가가 미스터리 서사의 관습을 잘 따라서 그런 것이 아니다. 서사는 곧 인간관계의 펼쳐짐과 짜임이고^{그것이 플롯이다}, 미야베 소설 은 그 서사가 다루는 인물들의 파악하기 힘든 내면을 표현한다. 인간은 쉽 게 파악될 수 없는 존재이기에 서사도 쉽게 그 궤적을 예측할 수 없게 된다. 그 미지의 궤적이 독자의 호기심을 자극한다. 시로타 의사의 말대로 "알기 쉽고 납득하기 쉽다는 이유만으로 결론을 서둘러서는 안 됩니다. 사람의 마 음은 그런 식으로 깔끔하기 정리할 수 있을 만큼 간단한 게 아닙니다."^{상권,} ^{257쪽} 이 소설은 그런 "사람의 마음"이 지닌 빛과 어둠을 파헤친다.

미야베는 에도시대의 풍속과 사회풍경을 인물과 분리하여 별도로 묘사 하지 않는다. 풍속은 언제나 풍속 안에 있는 인물을 품은 풍속이고 상황이 다. 그런 풍속은 구체적 개인의 생활과 사건의 발생 속에서만 묘사된다. 그 풍속과 사건 속에서 시대와 사람살이의 세목이 드러난다. 재미는 그 세목을 확인하는 데서 우선 나온다. 예컨대 하녀 스즈는 어릴 때 큰 화상을 입어 남들에게 나서기를 주저한다. 스즈의 화상은 당대의 토속신앙과 관련되어 설명된다. 근대 이전 에도시대의 분위기가 거기서 전해진다.

그러더니 "너, 온도 님의 큰불에 당했다지?"라고 말을 이었다.

"나 어렸을 때도 산불이 그 동네까지 닥친 적이 있었어. 운 좋게 산바람이 불어와서 아슬아슬하게 목숨을 건졌다만, 그 시기 산불이 얼마나 무서운지는 잘 안다."

'온도 님'이란 기타미 번 일대에서 예로부터 신앙해온 토지신님이다. 한자로는 '隱土' 님이라고 쓴다. 땅에 숨어 계시니까 농사의 신이고, 사람은 죽어서 흙으로 돌아가며 땅속 깊은 곳에 죽은 자의 영혼이 가는 저승이 있으니 인간의 생사를 관장하는 신이기도 하다. 기타미 영에서는 예로부터 선달 중순에 대청소를 끝낸 뒤, 일 년간 온도 님께서 내려주신 가호에 대한 감사의 표시로 장식을 하는 습관이 있었다. 스즈가 가족을 잃은 화재는 바로 그 시기에 발생한 데다 도편수의 말처럼 원래 산불이 많은 지역인 터라 그것만 특별히 '온도 님의 큰불'이라고 부른다.상권, 74쪽

하나의 예에 불과하지만 이런 묘사를 통해 인물의 내력이 자연스럽게 전해진다. 많은 지면을 할애하지 않으면서도 서사에서 비중이 적은 인물들도 소홀히 다루지 않는다. 뛰어난 인물형상화는 단지 그 인물의 캐릭터성격를 표현하는 것이 아니라 그 캐릭터가 어떤 관계, 풍속, 정조 속에서 형성되고 굴절되고 뒤틀리는가를 포착하는 데 있다. 미야베는 그 점에 능란하다.

4

소설의 핵심요소로 스토리텔링storytelling을 종종 거론한다. 그런데 이 단어는 쪼개서 살펴봐야 한다. 이야기story+말하기telling. 여기서 스토리는 범박하게 말하면 서사의 내용이다. 말하기telling는 그 내용이 전달되는 형식이다. 말하기가 작품의 구조에 적용되면 플롯이 된다. 미야베는 이야기의 내용과 형식면에서 뛰어난 구성력을 보여준다. 먼저 스토리의 측면을 살펴보자. 미야베를 일컫는 말 중에 사회파 미스터리의 대가라는 언급이 있다. 이 말이 꼭 맞는 평가라고 보기는 어렵지만 적어도 미야베가 다루는 스토리의 내용이 당대 사회의 핵심적 문제들, 특히 에도 시대소설의 경우에는 권력과 그 권력이 미치는 파급, 그 파급력으로 상하거나 죽어가는 보통 사람들평민의 생활에 닿아있는 것은 일단 인정해야 한다. 미야베는 생활에서 권력의 힘을 느낀다. 그런데 미야베는 권력과 범죄의 문제를 항상 구체적 개인의 생활의 묘사를 통해서 전달한다. 나는 최근 한국소설의 문제 중 하나가 서사에서 생활의 세목을 등한시하는 데 있다고 판단하는데 미야베 소설은 그 점에서도 참고할 만하다. 생활이 빠진 작품이 재미있기는 어렵다. 예컨대 초점화자인 다키는 당대로서는 환영받지 못했을 이혼녀이다. 그런데 이혼의 배경을 압축적으로 설명하는 묘사들이 다키를 이해하는 데 필요한, 사소해 보이지만 중요한 세목으로 작용한다. 다키와 시게오키의 향후 관계를 이해하는 데도 긴요하게 작용한다.

표면적으로 『봄』은 5년 전 급서한 시게오키의 아버지인 5대 번주 나리오키, 6대 번주이지만 실각하여 유폐된 시게오키, 그리고 시게오키의 뒤를 이은 나오마사 등의 관계에서 작동하는 권력 관계가 서사의 핵을 이룬다. "형태가 어떻든 정변은 일어나지 않는 게 제일이다. 하지만 일어난 이상은 최대한 빨리 공연한 풍파를 일으키지 않고 수습하는 게 중요해."^{상권 31쪽} 나리오키의 "급서"의 이유는 무엇인가? 그는 세상에 알려진 것처럼 훌륭한 번주였나? 작품은 서사가 진행되면서 나리오키의 감춰진 모습을 드러낸다. 사람들이 알고 있는 모습과 실제 모습 사이의 거리가 드러난다. 그런데 그 실제 모습 은 다시 어떤 음모에 의해 굴절된 것이다. 어떤 모습도 진실과는 거리가 있다. 미야베 소설은 이런 권력의 양태를 그와는 다른 시각, 대개는 평민 계층 인물, 특히 여성의 시각을 통해 조망한다. 그 조망을 통해 권력의 구멍이 드러난다. 죽은 자를 불러내는 미타마쿠리 기술, 그와 관련된 정치적 암투, 그것이 가져온 참혹한 결과가 묘사된다. "화재로 인해 쿠리야와 이즈치 촌이 사라졌다는 사실 자체가 은밀히 묻히고 말았다. 악랄한 하인이 불을 질러 운운하는 가짜 이야기조차 널리 알려지지 않았다."^{상권, 159쪽} 미야베의 이야기에는 언제나 권력이 작동한다. 미야베는 미시권력_{푸코}의 이야기꾼이다.

대하소설이라는 소설의 하위 장르가 있다. 미야베 소설은 그 이야기 방식 telling에서 대하소설을 연상시킨다. 언뜻 보기에는 상관없어 보이는 인물들의 이야기가 지류처럼 펼쳐지다가 강으로 모이고 바다로 흘러간다. 섬세하면서도 유장한 서사다. 그렇게 지류들이 모여서 강을 이루는 접점을 만들어가는 게 이야기를 짜는 능력이다. 각 인물들의 이야기가 각자 펼쳐지는 것처럼 보이다가 어느 지점에서 만나서 충돌한다. 그 충격에서 이야기의 강도intensity가 급격히 상승하며 독자의 관심과 재미를 불러일으킨다. 인물들의 생각과 행동이 서로 연결되어 벌어지는 사건이 어떻게 전개될지 모른다는 것에서 기대감이 발생한다. 이건 단지 반전의 충격이 아니다. 인물들의 다층적인 면모를 포착하기에 가능하다. "덩굴문에서 비롯된 운명을, 나리오키와 시게오키 사이에 일어난 일을. 고토네의 말을. 이즈치 촌의 참극을. 제물이 되어 행방불명이 된 사내애들을. 틈새 부녀, 구자와 기리하의 원한을."^{하권 357쪽} 여러 사건과 관계들이 만들어내는 정념들을 파고들면서 인간과 사회의 본성에 대한 탐구를 작가는 시도한다. 미야베 소설에서도 살인과 폭력의 묘사가 있지만 대체로 상세한 묘사를 하지 않는 이유도 여기에 있다. 미야베는 폭력과 살인을 전시하는 포르노그래피에 관심이 없다. 작가의 관심사는 왜 그런 끔찍한 일들이 발생하는가, 그 이유의 탐색에 있다.[8]

미야베 소설은 하나의 사건을 대하는 서로 다른 이해관계와 위치에 따른 해석의 차이들을 입체적으로 제시한다. 누구도 섣불리 진실을 알고 있다고 말할 수 없는 지점까지 서사를 밀고나간다. 외면만 보게 되는 인식의 한계에 초점을 둔다. 예컨대 지금 시대를 다룬 미스터리 작품에서는 언론의 문제가 그 인식의 한계를 드러내는 예로 제시된다. 사건의 표면에만 집착하는 언론, 선정성에만 주목하는 언론, 그걸 역이용하는 악인들의 태도를 다룬다. 수많은 주관성과 해석이 충돌할 때 진실은 어디까지 알 수 있는가?『봄』도 다르지 않다. "이 악순환을 끊고 시게오키가 안고 있는 문제와 짐이 무엇인지 밝혀내 그 핵심에 숨어 있는 수치와 공포를 해소한다. 그러면 혼란은 자연스레 해결될 것이다. 그게 시로타 노보루의 진단이자 유일한 치료 방침이었다."^{상권, 429쪽} 의사 시로타는 그렇게 믿는다. 하지만 작품은 그렇게 쉽게 혼란이 해결되지 않는다는 걸 보여준다. "유일한 치료 방침"이 없는 것이 인간사이기 때문이다.

---

8   미야베가 쓴 현대 미스터리 작품 중 대표작인『이유』는 작품의 제목 그대로 집단 살인이라는 이름 밑에 감춰진 살인의 '이유'를 장대한 서사로 탐색한다. 사건은 중요하지 않다. 그 사건이 감추고 있는 진실과 그 진실 밑의 정념과 욕망이 중요하다.

4

이 작품이 미야베 시대소설의 최고작은 아니다. 전체적 짜임새나 인물묘사에서 시대소설의 최고작품인 『외딴 집』에는 못 미친다.[9] 특히 몰락한 권력자인 시케오키의 묘사는 『외딴 집』의 유배된 권력자인 가가의 묘사와 비교할 때 다소 일면적이다. 거기에는 시게오키가 겪고 있는 다중인격의 면모도 작용한다. 미야베는 작품의 중요인물을 그릴 때 그 인물의 시점_{영화에서는 시점숏이라고 부른다}을 일부러 배제하는 경우가 있다. 가령 『화차』에서 잘 드러나듯이 사건의 핵심인물인 주인공을 언제나 그를 추적하는 형사들의 시점이나 다른 인물들의 시점에서만 묘사한다. 그 대상의 실제 모습을 전면적으로 파악할 수 없기에 더 긴박해지는 묘사의 힘이 있다. 이런 묘사가 『외딴 집』의 몰락한 권력자인 가가를 그릴 때는 『봄』보다 더 생생하다. 『봄』에도 물론 권력의 사악함에 대한 날카로운 묘사들이 있다. "누군가의 목숨을 빼앗고 혼에 상처를 입히는 일을 계속 하다 보면 언젠가 반드시 자기 몸과 혼에도 같은 일이 벌어진다."_{하권, 334쪽} 하지만 『봄』은 미야베의 다른 작품들에 견주어 악인들의 입체적인 묘사가 약하다. 왜 그런 악행을 저질렀는지는 그 악인의 시각에서 입체적으로 제시되지 못한다. 단지 정치투쟁의 희생물이 되었다는 점이 이유로 제시된다. 미야베 작품의 묘미는 악인들이 단순히 악인이 아니라는 것을 드러내고, 악행의 원인이 무엇인가를 파고든다. 더 나아가 악과 선의 경계를 묻는다. 『봄』은 그 점이 약하다. 이 작품의 해피엔딩이 다소 불만스럽게 여겨지는 이유다.

두서없이 여러 얘기를 했다. 미야베 소설은 무엇보다 생생한 개성을 지닌

---

9   중단편으로는 「안주(暗獸)」를 대표작이라고 꼽겠다.

인물들이 맺는 관계를 통해, 그 관계에서 드러나는 수많은 정념들분노, 원한, 슬픔, 기쁨 등을 표현한다. 그 정념들이 어떤 맥락에서 탄생하는지, 그 정념이 어떤 과정을 통해 폭력과 살인으로 이어지는지, 그럴 때 악과 선의 경계는 무엇인지를 탐구한다. 그 탐구를 통해 독자는 낯설고 새로운 세계 속으로 들어가게 된다. 그 세계와 그 세계 안에서 살아가는 인물들과 만나면서 인식과 감각의 충격을 경험한다. 미야베의 소설들은 그런 탐색을 이끌어가는 개성적 인물들과 그 인물이 움직이는 공간과 분위기, 풍속의 표현에 뛰어나다. 그래서 소설을 읽고 나면 그 인물들과 사건들이 만들어내는 세계를 독자가 육체적으로 부딪친 듯한 느낌을 준다. 그래서 "한창 재미있게 즐기고 집에 가서 누우면 정치사회적 메시지들이 스멀스멀 피어나는" 느낌을 갖게 만든다. 디테일의 축적이 만들어내는 잔재미도 중요하지만, 소설의 진짜 재미는 바로 이런 느낌을 받을 때 생긴다. 미야베 작품을 장르문학의 협소한 틀로만 규정할 것이 아니라 스토리텔링의 좋은 전범으로서 다시 읽어야 할 이유가 여기 있다. (2020)